Karl-May-Weltkarte, Amerika
Die Ziffern bezeichnen die Handlungsorte der Karl-May-Bände 1-70
Mercator Projektion
W
90
60
30
0
35
19
38
24
48
9
23
8
15
36
19
38
37
23
22
26
35
61
62
70
48
7
9
14
62
33
46
20
21
8
51
55
19
53

KARL MAY'S GESAMMELTE WERKE

BAND 43

AUS DUNKLEM TANN

KARL-MAY-VERLAG BAMBERG

SONNENSCHEINCHEN

Der Herr Major fuhr durch das Dorf. Die Frau Major saß neben ihm. Und auch das ‚Majörle' war dabei, das kleine.

Man kannte den Herrn Major im ganzen Ort, und jedermann, einen einzigen ausgenommen, hatte ihn lieb. Er gehörte zu jenen im Dienst unnachsichtig strengen Offizieren, die aber, sobald sie den Zivilrock tragen, gegen alle Menschen mild und freundlich sind. Und heut war er in Zivil! Der weiche Felbelhut saß ihm hinten im Nacken, so daß das braune Gesicht mit der hohen Stirn, unter der die hellen Augen nach allen Seiten lachten, ganz zu sehen war.

Die Frau Major war eine schöne, schlanke, aber blasse Frau. Den Schleier hatte sie trotz des Sonnenscheins, der rundum licht auf den Fluren lag, zurückgeschlagen, um die gesunde, reine Bergluft frei einatmen zu können. Ihre Augen hatten fast die Farbe der Veilchen, die sich schon hier und da im Gras sonnten; sie schaute so sinnend, so eigentümlich träumerisch in die Welt hinein. Was für Augen waren das wohl? Diese Frage wußte der Herr Lehrer am besten zu beantworten. Er war in den vorigen Ferien in der Hauptstadt gewesen und hatte bei Majors mitspeisen dürfen. Da hatte er mit der Frau viel gesprochen und dann nach seiner Rückkehr im Dorf berichtet: „Sie ist hochgebildet und sehr ideal; darum faßt sie alles von der poetischen Seite auf. Ja, sie macht sogar Gedichte!"

Das ‚Majörle', das im Wagen rückwärts saß, war nicht in Zivil. Seine elfjährige Gestalt steckte in der schönen, bunten Uniform, die ihm zu Weihnachten vom Christkindlein beschert worden war. Daheim durfte sie nur im Zimmer getragen werden; auf der Straße war es verboten. Aber hier im Dorf, das war etwas ganz anderes! Das ‚Majörle' hatte rundweg erklärt, es werde diese Reise in das Gebirge nicht mitmachen, wenn es die Uniform nicht anziehen dürfe, und dieser militärisch feste Wille war nach langen, elterlichen Gegenreden schließlich mit der schuldigen Achtung begriffen und ausgeführt worden. In der Rangliste der Kinderzeit steht das ‚Majörle' über dem Major. Man hat ihm zu gehorchen!

Heut war ein warmer, einzigschöner Frühlingstag. Die Luft schien stillzustehn, doch fühlte man den Hauch des jungen Lebens, der aus dem Mund des Lenzes geht, wenn dieser der Natur leise verkündet, daß es nun wieder blühen und duften werde. Die Sonne hatte den Mittagspunkt noch nicht erreicht, schien aber schon so warm wie sonst im Mai. Es war, als habe sie die Leute sogar aus der Kirche gelockt. Der Sonntags-Frühgottesdienst war zu Ende, und die Leute kamen, die Gesangbücher in den Händen, aus dem breiten Kirchentor, um sich heimkehrend im Dorf zu verteilen. Diejenigen von ihnen, die dem Wagen des Majors begegneten, grüßten mit jener warmen Höflichkeit, der man es ansieht, daß sie aus dem Herzen kommt. Der Major dankte, indem er den Hut abnahm. Frau Major nickte freundlich. Das ‚Majörle' legte das Zeige- und Mittelfingerchen an die betreßte Mütze und machte dazu eine Miene, als ob es gar keinen höheren Rang über ihm gäbe. Das war so seine selbstbewußte Art, die wahrscheinlich von seinen vielen vornehmen Ahnen stammte.

Warum schauten die Dorfbewohner, nachdem sie freundlich gegrüßt hatten, mit so bedenklicher Miene hinter dem Wagen her? Das hatte seinen Grund, und jeder kannte ihn. Draußen vor dem Ort lag der Pachthof, der dem Major gehörte. Der alte Pächter, der ihn stets gut bewirtschaftet hatte, lebte nicht mehr, und sein

Sohn war leichten Sinns und liebte die Arbeit weniger als das Vergnügen. Er war unverheiratet. Ein rechter Bauer aber braucht eine brave, arbeitsame Bäuerin, die scharfe Augen hat und alles wohl zusammenhält. Wer sich auf fremdes Gesinde verläßt, der kann leicht rückwärts, selten vorwärts kommen, zumal wenn er das Wirtshaus mehr als seine Felder, oder Kartenspiel und Trunk mehr als die Arbeit liebt. Und leider war dies bei dem Pachthofer der Fall.

Für kurze Zeit nach seines Vaters Tod war es wohl gegangen. Da hatte er einen fleißigen Knecht, der sich des Hofs annahm, als ob es zu seinem eigenen Vorteil sei. Das war der Felber Fritz, der beim Militär gestanden und dort gelernt hatte, pünktlich, treu und arbeitsam zu sein. Seit dieser aber ganz plötzlich seinen Dienst verlassen und sich mit einer gewaltigen Ohrfeige von seinem Herrn verabschiedet hatte, waren die Erträgnisse des Pachthofs von Jahr zu Jahr zurückgegangen. Man sprach davon, daß die Zinsen schon seit längerer Zeit nicht bezahlt worden seien. Der Major hatte bei dem Gemeindevorstand brieflich Auskunft eingeholt, und als er nun heut nach dem Tod des alten Pächters zum erstenmal wieder im Dorf erschien, verstand es sich ganz von selbst, daß er gekommen war, um persönlich nachzusehen, wie es um sein Eigentum stand.

Der Pachthof lag am obern Ende des Dorfes. Der Major ließ aber den Wagen schon früher halten, um auszusteigen. Man wollte überraschen. Das ‚Majörle' ging hinter seinen Eltern. Es nahm den Säbel hoch in den gekrümmten Arm und kniff das eine Auge vornehm zu, als ob es ein Einglas trüge. Man sah das Tor von weitem. Es gab über ihm eine Sonnenuhr, die jedenfalls von einem schon längst verstorbenen Dorfkünstler gemalt worden war. Sie stellte einen Engel dar, von dem sehr schön gelbgefärbte Strahlen ausgingen. Seine Wangen glühten wunderbar zinnoberrot, und die Augen waren ganz ausgesprochen himmelblau. Die Stundenziffern standen auf den beiden Flügeln.

Vor diesem Bild stand in der Mitte des Weges ein kleines Mädchen, vielleicht acht Jahre alt. Über sein sauberes Sonntagskleidchen hingen zwei dicke, lange, goldblonde Flechten, geschmückt mit einem blauseidenen Band. Die Wangen glühten vor Gesundheit, wenn auch nicht ganz so rot wie die des Engels, in dessen Anblick das kleine, holde Wesen so vertieft war, daß es die drei Herankommenden gar nicht bemerkte. Die Frau Major blieb überrascht stehn.

„Welch ein schönes Kind!" sagte sie in gedämpftem Ton. „Wie schmuck und rein! Da kann man wohl schon freundlich auf die Mutter schließen."

Der Major nickte beistimmend. Das ‚Majörle' aber ging stracks auf das Mädchen zu, ließ den Säbel rasselnd fallen, stemmte beide Fäuste in die Hüften und fragte: „Wer bist du? Und warum stehst du hier vor unserm Tor?"

Das Kind drehte sich zu ihm herum und betrachtete ihn mit großen, klaren Augen. Etwas so Schönes wie diese seine Uniform hatte es noch nie gesehen. Dennoch klang seine Stimme vollständig furchtlos, als es antwortete: „Ich bin das ‚Sonnenscheinchen'. Dieses Tor ist nicht euer, sondern unser. Wer bist du denn?"

„Ich bin das ‚Majörle'", sagte er. „Mama nennt mich so. Und dieses Tor war schon unser, als ich noch das ganz kleine Hauptmännle war. Der da drin wohnt, ist unser Pächter. Wir sind reich, sehr reich!"

Er richtete sich bei diesen Worten so hoch auf, wie er konnte. Sie aber entgegnete, ohne sich einschüchtern zu lassen: „Euer Pächter? Das ist nichts! Er hat von meinem Vater eine Maulschelle bekommen. Das weiß das ganze Dorf. Mein Vater war der Oberknecht. Das ist mehr als ein ‚Majörle'. Und reich sind wir auch. In meiner Sparbüchse sind schon dreizehn Pfennig. Willst du sie sehn, so komm! Ich zeig sie dir!"

„Ja“, nickte er, mehr aus Höflichkeit als aus Hochachtung. „Wir müssen aber erst mit dem Pächter reden. Wo wohnst du denn?“

„Wo es am schönsten ist: ‚Im Sonnenschein‘. So nennt man unser Haus. Willst du, daß ich an der Straße auf dich warte?“

„Ja.“

„Gut! Aber erst muß ich essen. Wir haben heut Klöße mit Sauerkraut, weil Sonntag ist. Da bleibt nichts übrig. Aber Kaffee kannst du nachher mit trinken. Da sitzen wir vor der Tür. Leb wohl!“

Sie reichte ihm die Rechte und sah ihm dabei freundlich lächelnd in die Augen. Da vergaß das ‚Majörle‘ alle seine Ahnen; es bückte sich nieder, drückte seine Lippen auf das kleine Kinderhändchen und erklärte:

„So küßt man der Dame die Hand, wenn sie einem gefällt. Ich bin dir gut und komme ganz bestimmt!“

Das Kind wollte gehn, da strich ihm die Frau Major über das reiche, blonde Haar und sprach: „Du bist also das Sonnenscheinchen. Wer hat dich so genannt?“

„Das weiß ich nicht“, lautete die Antwort. „Vielleicht der liebe Gott!“

„Das wird wohl richtig sein. Nun geh zu deiner Mutter! Es ist fast Essenszeit. Sie wird auf dich warten!“

Dann fuhr sie, zu dem Major gewendet, fort:

„Nicht nur ein schönes, sondern auch ein kluges Kind. Weit über sein Alter entwickelt. Bedächtig und entschlossen. Ein lebendiges Frühlingsgedicht!“

Er nickte nur. Der Anblick des Pachthofs hatte seine bisher heitere Stimmung verscheucht. Nun öffnete er das Tor; sie traten ein. Das Sonnenscheinchen aber lief in großer Eile das Dorf hinab und an der Kirche vorüber, bis dahin, wo links der Gasthof lag und rechts an der Lehne des Berges ein hellgestrichenes Häuschen stand, dessen Schornstein gastlich rauchte. Auf der Bank vor der Tür saßen ein junger Mann und eine ältere Frau, des Kindes Vater, der Felber Fritz, und dessen Schwiegermutter, die Botenfrau, die die Verbindung des Dorfes mit der zwei Wegstunden entfernten Stadt unterhielt. Eine Eisenbahn gab es damals noch nicht. Als sie das Kind kommen sahen, rief ihm die Großmutter entgegen:

„Sonnenscheinchen, wir haben dich gesucht! Wo bist du denn gewesen?"

„Beim Uhrenengel war ich nur! Ich wollte ihn fragen, ob wir bald essen werden", lautete die Auskunft.

„Was hat er denn gesagt?"

„Er meinte, es sei noch gar nicht eilig. Der schwarze Strich ging noch nicht gerade herunter. Ich wollte darauf warten; da aber kam das ‚Majörle'; das denkt, wir haben kein Geld. Ich werde ihm aber meine Sparbüchse zeigen. Darf ich, Großmutter? Ich hole sie mir gleich."

Hierauf verschwand das Kind, ohne die Antwort abzuwarten, im Innern des Hauses.

„Das ‚Majörle'! So also wird der Junge genannt!" setzte die Botenfrau das unterbrochene Gespräch mit ihrem Schwiegersohn fort. „Hast du ihn vorhin, als sie vorbeifuhren, zum erstenmal gesehn?"

„Nein", antwortete er. „Als Offiziersbursche seines Vaters wurde ich sehr oft zur Aushilfe des Kindermädchens befohlen. Er war damals ungefähr ein Jahr alt und wurde das ‚Hauptmännle' geheißen. Inzwischen ist sein Vater befördert worden, der Knabe natürlich mit."

„Ob der Major dich wohl noch kennt?"

„Möglich, obgleich er mich seitdem nicht mehr gesehn hat."

„Auch nicht, als du auf seinem Pachthof dientest?"

„Nein. Er war während dieser Zeit niemals hier oben. Ich hab mich des Hofes redlich angenommen, erstens aus Pflichtgefühl, und zweitens auch um des Majors willen, der mir ein guter Herr gewesen ist. Ich wollte verhüten, daß sein Besitztum so weit heruntergebracht wurde, wie es nun doch geschehen ist. Da aber kam jene Ohrfeige, die ich jetzt wohl fast bereuen möchte."

„Bereuen?" fragte sie verwundert. „Wie kannst du es bereuen, deine damalige Braut und jetzige Frau gegen einen so zudringlichen Menschen in Schutz genommen zu haben? Das war ja deine Pflicht!"

„Ich hätte aber doch besonnener sein können, wenigstens nicht gleich zuschlagen sollen. Deine Tochter, die Paule, war ein hübsches, braves Mädchen. Sie ist noch jetzt die hübscheste und beste Frau im ganzen Dorf. Der Pachthofer wollte sie haben. Sie wies ihn ab. Schon das mußte ihn kränken. Als er aber erfuhr, daß sie mich, seinen Knecht, lieber habe als ihn, da war das eine Beleidigung, die ihn ergrimmen mußte. Er hatte getrunken, als er mich mit ihr traf. Er war berauscht. Darum versuchte er es, auf mich einzuschlagen. Er hatte vergessen, daß ich viel stärker bin als er. Meine Ohrfeige warf ihn sofort nieder. Ich ließ ihn liegen, holte meine Sachen und ging vom Hof ab. Hätte ich mich damals beherrscht, so wäre ich bei ihm geblieben und müßte mir jetzt nicht vorwerfen, schuld zu sein, daß er und der Pachthof nun so weit heruntergekommen sind."

Da legte die Schwiegermutter die Hand auf seinen Arm, sah ihm liebevoll ins Gesicht und sagte:

„Fritz, lieber Fritz, also das ist es, was dich quält? Vorwürfe machst du dir? Du Braver! Da muß ich helfen. Da muß ich dir sagen, was wir bisher verschwiegen haben. Du weißt, wir reden nicht gern über andre Leute. Sogar den Pachthofer haben wir schonen wollen, obgleich er es an Paule nicht verdiente. Du glaubst, es sei seine Absicht gewesen, sie zu heiraten? Da irrst du dich! Er, der sich für den Vornehmsten hält, und sie, die Tochter der Botenfrau? Das wäre ihm niemals eingefallen! Er hat ihr das auch ganz regelrecht gerade ins Gesicht gesagt. Da erhielt er von ihr das, was du nicht weißt, nämlich eine Ohrfeige — schon vor der deinigen!"

„Ist das wahr, Mutter?" rief Felber und sprang dabei von der Bank auf.

„Ja, es ist wahr", bestätigte sie. „Und trotzdem ist er noch ferner um das Haus hier geschlichen und hat sie verfolgt auf Schritt und Tritt, bis es dann durch dich zur zweiten Maulschelle kam. Da hatte er endlich genug!"

„Das wußte ich freilich nicht! Aber es sind Jahre darüber hingegangen, und er hat die beiden Hiebe vergessen und vergeben. Du weißt es ja, wie freundlich er seit längerer Zeit gegen mich ist. Er hat mir schon manchen Gefallen getan, ohne daß ich darum bat."

„Er will dich täuschen, Fritz! Grad diese Freundlichkeit macht mich bedenklich. Er sucht etwas an dir. Er hat dich schon zwei- oder dreimal mit ins Wirtshaus genommen und die Zeche für dich bezahlt. Das macht mich bang. Du gehst sonst nie zum Trunk. Was will er dort mit dir? Wer den Pachthofer kennt, der weiß, daß er nie etwas verzeiht. Sei vorsichtig, mein Sohn; nimm dich in acht! Er ist ja auch nicht mehr der, der er früher war, sondern ein Heruntergekommener. Wie lange wird es noch dauern, so jagt ihn der Major vom Hof. Willst du vielleicht der Freund und Genosse eines solchen Menschen werden? Da sei Gott vor!"

In diesem Augenblick trat das Sonnenscheinchen unter die Tür und rief: „Die Klöße sind fertig. Ihr sollt kommen, sagt die Mutter!"

Sie folgten diesem Ruf. In der Wohnstube stand Frau Paule wartend am gedeckten Tisch. Ihr Mann hatte sie „hübsch" genannt. Er hatte recht; sie war es wirklich. Ihr starkes, schönes, blondes Haar war nur um einen Schein dunkler als das ihres Kindes, und so ein liebes Gesicht wie sie kann nur eine Frau haben, die sich in ihrem Haus glücklich fühlt. Als sich jedes an seinen Platz gestellt und die Hände gefaltet hatte, erhob das Sonnenscheinchen seine Stimme und betete, die Augen begehrlich auf die dampfenden Klöße gerichtet: „Komm, Herr Jesus, sei unser Gast, und segne, was du uns bescheret hast. Amen!“

Dann tat es einen Freudensprung und fügte schnell hinzu: „Heut ist aber der Herr Jesus sehr gut!“

Die Eltern lachten über diesen begeisterten Andachtsschluß, und es erging der kleinen Beterin ähnlich wie einst dem braven Feldhauptmann Schweppermann; sie bekam gleich zwei Klöße auf einmal. Infolgedessen war sie so beschäftigt, daß sie vollständig zu erzählen vergaß, was sie mit den vornehmen Leuten am Tor des Pachthofs gesprochen hatte. Selbstverständlich hätte man die kindliche Einladung zum Kaffee auch nicht als bindend für das ‚Majörle‘ betrachtet, und noch viel weniger für dessen Eltern. Aber Kaffee wurde trotzdem bereitet; das war man zum Sonntag so gewöhnt. Deshalb wurde nach dem Essen der Tisch hinaus vor die Bank am Haus getragen, zwei Stühle dazu, und nun goß die Mutter den braunen Trank auf, der mehr nach Zichorie als nach wirklichen Bohnen duftete. Da kam dem Sonnenscheinchen plötzlich die Besinnung, daß es die Sparbüchse in der Tasche habe und an der Straße auf das ‚Majörle‘ warten wolle.

Das Kind sagte kein Wort, weil es sich seiner Vergeßlichkeit schämte, und ging den kurzen Hang hinab, um aufzupassen, ob der Erwartete kommen werde. Da standen rechts und links die duftenden Veilchen, die Sonnenscheinchen liebte. Ob die vornehme Frau, die so freundlich war, wohl auch Veilchen gern hatte? Das Mädchen begann zu pflücken, und noch hatte es kein ganzes Dutzend beisammen, so sah es den offenen Wagen kommen und das ‚Majörle‘ und seine Eltern drin. Er hielt am Gasthof an, wo die drei ausstiegen. Das Kind sah, daß sie hinein wollten. Darum lief es schnell hin, drückte der Frau Major die Blumen in die Hand und sagte zu dem Knaben, wobei es nach dem Tisch vor dem Häuschen deutete: „Der Kaffee ist gleich fertig, und die Sparbüchse hab ich auch. Nun müßt ihr aber gleich kommen!“

Der Major hatte sehr ernst ausgesehen; jetzt lächelte er. Auch die Frau Major schaute vergnügt darein; das ‚Majörle‘ aber fühlte sich als Herr der Lage. Es streckte dem Sonnenscheinchen seinen rechten Arm hin und forderte es auf: „Häng ein!“

Dieses verstand ihn nicht und fragte darum verwundert: „Wo hinein willst du mich hängen?“

Da sah er sie etwas von oben herunter an und erklärte ihr: „Wenn man eine Dame zum Kaffee führt, so legt sie ihre Hand so hier auf den Arm. Dann geht man mit ihr fort. Handschuhe brauchst du nicht, denn wir sind auf dem Dorf. Also komm!“

Er klemmte ihre linke Hand in den Winkel seines rechten Ellenbogens und ging mit ihr über die Straße hinüber, ohne sich um seine Eltern zu bekümmern. Diese blickten einander fragend an. Dann schaute der Major hinüber nach dem Häuschen. Dort hatte man den Vorgang wohl bemerkt. Felber befand sich in größter Verlegenheit über die Kühnheit seines Töchterchens. Er hatte sich von seiner Bank erhoben und strich den Schnurrbart genau in derselben Weise wie damals, wenn er zur Frau Hauptmann als Kindermädchen befohlen worden war und sich irgendeiner Ungeschicklichkeit schuldig gemacht hatte.

„Du, den muß ich kennen!“ sagte der Major.

„Ich auch“, stimmte sie bei.

„Ist das nicht der Gefreite Fritz Felber, unser ehemaliger Bursche?“

„Die Namen merk ich mir ja nie. Aber einer unsrer Burschen ist’s.“

„Na, dann getrost hinüber, wenn auch nicht wegen des Kaffees! Man sieht es ihm deutlich genug an, daß er gar nichts von der Sache weiß.“

„Ein kleines, allerliebstes Abenteuer", nickte sie, „das du dir auf den Ärger gönnen darfst."

Als die beiden drüben ankamen, hatte sich das ‚Majörle' mit dem Sonnenscheinchen schon gemütlich an den Tisch gesetzt. Die Botenfrau war vor Angst im Haus verschwunden. Paule stand verlegen an der Tür. Felber klappte die Absätze zusammen, drückte die Brust heraus und legte die Fingerspitzen an den Rand der Militärmütze, die er nicht besaß. Der Major klärte mit einigen Worten alles auf und erteilte dann seine Befehle. Er verlangte noch drei Stühle und dazu die abhanden gekommene Schwiegermutter. Als diese vier Gegenstände herbeigeschafft worden waren, erkundigte er sich, ob die Klöße wirklich alle geworden seien. Ein allgemeines „Ja" ertönte.

„Gut, dann also Kaffee!" lachte er. „Ob wir ihn hier oder drüben im Gasthof trinken, das bleibt sich gleich."

„Nur hier, aber Kuchen dazu!" bestimmte das ‚Majörle'.

„Du kriegst Brot mit Butter drauf, weiter nichts!" wies ihn das Sonnenscheinchen zurecht. „Kuchen gibt es nur zur Kirmes und zu Weihnacht. Da kommst du wieder. Ich backe ihn dir selber!"

Das ließ sich hören. Der kleine Gebieter zeigte sich zufrieden. Frau Paule aber zog sich zurück, um die gewöhnliche Zahl der Bohnen um einige zu vermehren und dafür die Zichorie zu verringern. Dann saßen alle fröhlich um den Tisch. Die Kleinen hatten sich sehr Wichtiges zu sagen. Die Großen aber sprachen zunächst von vergangenen Kindermädchenzeiten. Dann erwähnte der Major den Grund seiner heutigen Anwesenheit. Er hatte schnell erkannt, daß sein einstiger Bursche ein urteilsfähiger und ehrenwerter Mann geworden war, obgleich er zu den sogenannten armen Leuten zählte. Darum sagte er ihm offen, daß er nahe daran stehe, den Pachthofer fortzujagen. Da wagte es Felber, für diesen zu bitten. Er brachte seine Gründe vor, die freilich nicht so recht begeistern wollten. Der Major hörte ihn ruhig an, gab ihm dann die Hand und sagte:

„Felber, Sie sind ein braver Kerl! Verstehen Sie denn von der Landwirtschaft etwas?"

„Ich denke, ja. Ich war ja bis zu meiner Verheiratung vor acht Jahren Oberknecht auf Ihrem Hof."

„Hm! Sonderbar! Also ungefähr bis zu der Zeit, wo die Zahlungen begannen unregelmäßig zu werden! Das läuft nämlich fast schon so lange. Wie ist Ihr Häuschen hier zu der Bezeichnung ‚Im Sonnenschein' gekommen?"

„Weil es am Hang liegt, den die Sonne von früh bis abends trifft, und vielleicht auch, weil — weil — —"

Er stockte und sah verlegen zu Frau Paule hinüber.

„Na, werdet nicht so rot, Kinder!" lächelte der Major. „Ich weiß ebensogut wie ihr, daß es für gute, liebe Frauen Kosenamen gibt. Hab ich es getroffen?"

Felber nickte.

„Sie haben Ihre junge Frau gern ‚Sonnenschein' genannt. Das ist ruchbar geworden, und als sich hierzu gar noch ein kleines ‚Sonnenscheinchen' gesellte, da wurde Ihr Haus dann allgemein ‚Im Sonnenschein' genannt?"

„Erraten, Herr Major!"

„Wissen Sie, daß der Pachthof früher auch ‚Zum Sonnenschein' geheißen hat?"

„Ja. Alte Leute erzählen noch davon."

„Das war wohl wegen der schöngemalten Sonnenuhr mit ihren gelben Strahlen. Inneren Sonnenschein hat es in diesem alten Haus nur selten gegeben. Ich meine, er wäre ihm endlich nötig. Doch — hm! Sie haben ein gutes Wort für den Pachthofer eingelegt, und das soll nicht umsonst gewesen sein. Ich will es also noch einmal mit ihm versuchen. Ich wiederhole es, Sie sind ein braver Kerl! — — Jetzt, Kinder, steckt eure Schätze wieder in die Büchse, und tut auch das dazu!"

Das Sonnenscheinchen hatte nämlich seine Sparbüchse hervorgezogen, um zu beweisen, daß es reich sei. Es war eine jener runden, tönernen, die man nicht öffnen kann. Man hat sie zu zerschlagen, wenn man zu seinem Geld kommen will. Aber das kluge Kind hatte eine Art des Schüttelns entdeckt, bei dem die Stücke einzeln in dem Spalt erschienen und dann vollends hervorgezogen werden konnten. Auf diese Weise hatte es jetzt seine dreizehn Pfennige zum Vorschein gebracht und stritt sich nun mit dem ‚Majörle' herum, das behauptete, dies sei noch lange kein so übermäßiger Reichtum. Der Major aber hatte während seiner letzten Worte ein Goldstück aus seiner Börse genommen. Das legte er dem Sonnenscheinchen hin.

„Wieviel ist das?" fragte das Kind, indem es die schöne, glänzende Münze gegen die Sonne hielt.

„Fünf Taler! Herr Major!" rief Felber aus, beinahe erschrocken über die reiche Gabe.

„Hörst du? Fünftausend Taler!" wiederholte das ‚Majörle' seiner kleinen Nachbarin, ohne zu fragen, ob es erlaubt sei, drei Nullen als Vergrößerungsgläser zu benutzen.

„Fünftausend! Ist das wahr?"

Das Sonnenscheinchen hatte noch keinen klaren Begriff von Tausenden, aber daß es unendlich viel sei, das ahnte es.

„Natürlich! Fünftausend! Man bekommt einen ganzen Pachthof dafür!" versicherte das überschwengliche ‚Majörle'. Komm, tu jetzt alles schnell wieder in die Büchse. Erst warst du arm; jetzt aber bist du durch meinen Papa reich geworden, fast reicher noch als ich, denn mir gibt er immer nur so lumpige, silberne Viergroschenstücke!"

Er warf seinem Vater einen vernichtenden Blick hinüber und half dann, das Geld wieder in die Büchse heimsen. Dann brachen die Herrschaften auf. Felbers gingen mit bis an den Wagen.

„Das ist ein Mietwagen aus der Stadt", erklärte das ‚Majörle'. „Er kostet zehn Neugroschen für die Stunde. Vorher fuhren wir auf der Bahn. In Dresden aber haben wir unsere eigenen Pferde zum Reiten und zum Fahren und Wagen dazu, sogar auch einen Schlitten. Vielleicht lade ich dich zu meinem Geburtstag ein, Sonnenscheinchen. Du hast mir sehr gefallen!"

Der Herr Major gab, ehe er einstieg, den Felbers allen die Hand. Die Frau Major folgte diesem Beispiel und küßte dann Sonnenscheinchen noch auf den wohlgespitzten Mund. Das ‚Majörle' nickte den neugierig herbeigeeilten Dörflern huldreich zu. Dann zogen die Pferde an, und als der Wagen hinter der nächsten Krümmung des Weges verschwunden war, drängten sich die Leute an Felber heran, um ihrer Freude über die ihm widerfahrene große Ehre Ausdruck zu verleihen. Er schien um wenigstens fünfhundert Prozent in ihrer Achtung gestiegen zu sein. Sie wollten erfahren, wie er zu dieser Ehre gekommen sei. Er sollte erzählen. Sie trennten ihn von Schwiegermutter, Frau und Kind. Und als er bat, daß man ihn doch gehen lassen möge, wurde er einfach umringt und, halb gezogen, halb geschoben, in die Gaststube des Wirtshauses gebracht, wo man ihn zwang, Bericht zu erstatten.

Frau Paule nahm das Sonnenscheinchen an der Hand und ging mit ihm und der Mutter nach dem Häuschen zurück. Dort setzten sie sich wieder an den Tisch, wo es noch Kaffee gab, weil die sehr bauchige Kanne nicht leergetrunken worden war. Natürlich wurde von den beiden Frauen der Besuch auf das ausführlichste durchgesprochen. Währenddessen beschäftigte sich das Kind in seiner stillen Weise, wobei es unter dem Stuhl, auf dem die Frau Major gesessen hatte, etwas liegen sah, was sich da jedenfalls nicht auf dem rechten Platz befand. Das Sonnenscheinchen hob es auf und brachte es der Mutter. Es war ein kleines Buch, in dem ein Bleistift steckte. Auf der vorderen Seite des Einbandes war in goldenen Buchstaben das Wort „Poesie" zu lesen. Paule schlug es auf und sah die beschriebenen Blätter nach. Sie hatte ihre Schulzeit gut angewendet und war noch heute eine fleißige Leserin. Mutter brachte aus der Leihbibliothek in der Stadt oft Bücher mit, aus denen abends vorgelesen wurde. Das war ihrem Mann lieber, als wie andere oft bis spät in die Nacht hinein im Gasthof zu sitzen. Darum machte es Frau Paule keine Mühe, zu erkennen, was für ein Buch das Kind gefunden hatte.

„Die Frau Major muß es mit dem Tuch aus der Tasche gezogen haben", sagte sie. „Da ist es heruntergefallen, ohne daß wir es gesehen haben. Es stehen lauter Gedichte drin. Die hat die Frau Majorin wohl selbst gemacht, denn es ist vieles ausgestrichen und verändert worden. Auch heute hat sie gedichtet. Das seh ich am Datum auf der letzten Seite und auch an der Überschrift. Die lautet: ‚Sonnenscheinchen'. Mutter, ist das nicht sonderbar?"

„Freilich wohl!" antwortete die Gefragte. „Ein Gedicht über unser Kind! Wann mag sie es wohl gemacht haben?"

„Vielleicht während der Major mit dem Pächter verhandelte. Sie wird nicht haben zuhören wollen und ist inzwischen in den Garten oder sonstwohin gegangen. Das Sonnenscheinchen hat ihr gefallen, und wenn man einmal Dichterin ist, so macht man gleich über alles Reime, was man gut leiden mag. Wenn ich gescheiter wäre, so dichtete ich auch nur über unseren Sonnenschein und sonst über nichts weiter."

„Wie lautet denn das Gedicht?"

„Es sind nur vier Zeilen. Sie ist wohl nicht ganz fertig geworden damit. Hör einmal zu!"

Sie las es vor. Es gefiel beiden ungemein. Dann wurde besprochen, wie das Buch der Besitzerin zuzustellen sei. Paule dachte an ihre Freundin, die Frau Lehrerin.

„Weißt du, Mutter", sagte sie, „ich wollte sowieso heute

nachmittag ein Stündchen zu ihr gehen. Da nehme ich das Buch mit. Der Herr Lehrer weiß, wie man das macht. Er packt es schön sauber ein, und dann geben wir es auf die Post."

„Das ist das Richtige", nickte die Botenfrau. „Aber lies es noch einmal vor, damit ich es auswendig lerne. Ein Gedicht auf unser Sonnenscheinchen, das muß man fest im Kopf behalten, damit man es nicht gar wieder vergißt!"

Paule las es zum zweitenmal vor, und wieder und immer wieder. Großmutters Kopf schien hart zu sein; das Gedicht wollte gar nicht leicht hinein. Da lachte das Sonnenscheinchen und sagte: „Ich hab aufgepaßt und weiß es schon ganz gut. Soll ich es sagen?"

Und ohne die Erlaubnis abzuwarten, sagte es die vier Zeilen gleich dreimal hintereinander so richtig her, daß die Botenfrau die Hände zusammenschlug und erstaunt ausrief: „Ja, was ist denn das? Da ist ja das Ei wirklich einmal klüger als die Henne! Wirst du es aber auch nicht wieder vergessen, Sonnenscheinchen? Das darfst du nicht, denn es ist für dich gemacht!"

„Ich vergeß es nicht, Großmutter. Ich geh jetzt hinter den Garten und setz mich unter den Holunderbusch. Da sag ich es ganz laut so lange her, bis es fest angewachsen ist."

Das Kind eilte fort. Die beiden Frauen traten in das Haus, doch Paule kehrte bald darauf wieder zurück. Sie hatte die Sonntagsjacke angezogen, um die Frau Lehrer zu besuchen. Das Schulhaus lag von hier aus bergab; darum sah sie nicht, daß soeben der Pachthofer von oben kam und in das Wirtshaus ging, in dem sich ihr Mann befand. Er schaute finster drein, fast wie verstört. Die Unterredung mit dem Major hatte ihn in Grimm gebracht.

Bald darauf trat auch die Botenfrau wieder aus dem Haus. Sie hatte die alte, angeerbte Brille mit den großen, runden Gläsern auf der Nase, und ihr Sonntagnachmittagsgebetbuch in der Hand. Damit setzte sie sich abermals an den Tisch, um ihrer Andacht nachzugehen. Die Brille wollte zwar die Zeilen nicht so ganz ans Auge ziehen, aber die Buchstaben waren von doppelter Größe, und wenn man das Buch so ziemlich auswendig kann, so merkt man es beinahe gar nicht, daß man überhaupt niemals in der Schule gewesen ist, an der man das Lesen lernen konnte. Aber wenn man Botenfrau ist und sich täglich allerlei anzumerken hat, so kommt das Lesen mit dem Schreiben von selbst. Es braucht ja nicht genau so nach der Schnur zu gehen, wie andere Leute sich einbilden.

Großmutter las also in ihrem Buch, so gut sie konnte.

Der Zeigefinger diente ihr als Wegweiser über die Zeilen, und wenn er einmal von einer hinweg auf eine falsche rutschte, so war das kein Unglück. Die Brille wurde geputzt, und dann ging es auf einer noch falscheren fröhlich weiter. So las und rutschte sie sich immer tiefer in ihre Gedanken hinein, so daß sie nichts anderes sah und hörte. Dadurch bemerkte sie auch nicht, wie überlaut es jetzt drüben in der Gaststube herging. Dort schallte durch die Fenster, obgleich sie geschlossen waren, wüster Lärm. Allerlei halberwachsenes Volk sammelte sich neugierig vor dem Gasthof an, als gäbe es da ein ungewöhnliches Ereignis zu erwarten. Tische und Stühle wurden so laut gerückt, daß man es bis herüber hörte. Endlich klirrte gar eine Scheibe, und ein Bierglas flog heraus. Zu gleicher Zeit kam die Wirtin aus dem Haus und über die Straße herübergerannt.

„Botenfrau!“ rief sie den Hang herauf. „Komm schnell; hol deinen Schwiegersohn, sonst gibt es ein Unglück drüben in der Stube!“

Die Angeredete ließ vor Schrecken das Buch zur Erde fallen, sprang auf, nahm die Brille ab, legte sie auf den Tisch und fragte: „Ein Unglück? Was ist denn geschehn?“

„Der Pachthofer ist ganz außer sich vor Wut. Er sagt, Felber habe ihn beim Herrn Major angeschwärzt. Er will ihn erschlagen; man hält die beiden fest; sie wollen aneinander!"

„Herrgott! Der liebe Mensch, der Fritz! Er ist ja ganz unschuldig! Er hat den Herrn Major sogar gebeten, den Pachthofer zu behalten!"

Mit diesen Worten eilte die Großmutter den Hang hinab und über die Straße hinüber. In diesem Augenblick kam das Sonnenscheinchen hinter dem Garten vor. Es sah die Botenfrau laufen und rief ihr nach:

„Großmutter, geh nicht fort! Ich kann es jetzt; es ist nun angewachsen. Ich will es dir sagen und dann auch noch dem Vater. Der hat es noch nicht gehört."

Als auf diese Worte gar nicht geachtet wurde, lief das Sonnenscheinchen hinterdrein, um sich Gehör zu verschaffen. Es sah die Großmutter in der Gasthofstür verschwinden. Dahin rannte es auch. Als es dort ankam, hörte es die laute, zornige Stimme des Vaters aus der offnen Stube schallen. Da wurde ihm himmelangst. Im Hausflur standen Leute, durch die die Großmutter sich drängte. Das Kind wand sich bis zu ihr hindurch und faßte sie am Rock. So wurde es mit bis in die Stube gezogen, in der sich soeben der Pachthofer mit einem Messer auf Felber gestürzt hatte, um ihn zu erstechen. Sie rangen miteinander. Nun getraute sich des Messers wegen niemand mehr, den Pächter anzufassen. Er schäumte vor Wut. Felber versuchte ihm vor allen Dingen die Waffe zu entreißen.

Auch er war zornig, hatte aber die Überlegung nicht verloren. Bei seiner wohlbekannten Körperkraft stand zu erwarten, daß es ihm gelingen werde, den Gegner unschädlich zu machen; nur durfte man ihn nicht hindern, so zuzugreifen, wie er wollte. Das begriff aber seine Schwiegermutter nicht. Sie sprang auf ihn zu und faßte ihn am Arm, indem sie bat, er solle mit ihr kommen.

„Laß mich los, Mutter!" rief er.

„Nein, nein", beharrte sie. „Ich halte dich fest, bis du mitgehst."

Sie hängte sich so an ihn, daß er sich fast nicht rühren konnte.

„Laß mich los!" wiederholte er, und die Adern seiner Stirn schwollen an. „Wenn du mich hältst, so gibt es einen Mord!"

„Herrgott, ein Mord!" zeterte sie. „Du mußt mit fort, gleich auf der Stelle."

Sie zwang ihn, den bewaffneten Arm des Pachthofers, den er bisher festgehalten hatte, freizugeben. Dieser holte aus und stach zu. Es gelang Felber, sich halb auf die Seite zu biegen. Der Stich streifte seinen Hals. Da war es mit seiner Selbstbeherrschung vorbei. Er riß die Mutter von sich los und schleuderte sie auf die Seite. Dann bückte er sich, um den Pachthofer zu unterlaufen, faßte ihn unter beiden Armen, hob ihn empor, schleuderte ihn auf die Diele nieder, daß es nur so krachte, warf sich auf ihn und riß ihm das Messer aus der Hand.

Augenblicklich herrschte tiefe Stille in der Stube. Kein Mensch wagte, einen Laut auszustoßen, als Felber nun das Messer hob, um den erhaltenen Stich zurückzugeben. Kein Mensch? O doch!

Großmutter lag am Boden. Neben ihr stand das Sonnenscheinchen. Es fühlte eine entsetzliche Angst in sich. Der Vater kniete auf dem Pächter, hatte mit der Linken seinen Hals umklammert und in der Rechten das Messer. Er sah zum Fürchten aus. Niemand sprach. Aber das Kind fühlte, daß man grad jetzt etwas sagen müsse; es wußte nur nicht was. Da fiel ihm das Gedichtchen ein, dessentwegen es der Großmutter ja nachgelaufen war. Es faltete die Händchen, drängte die Tränen der Angst, die hervorbrechen wollten, zurück und rief: „Vater, ich kann es; ich hab es gelernt; ich werde es dir sagen."

Als Felber die liebe, klare Stimme seines Kindes hörte,

wandte er den Kopf, hielt aber den Pächter um so fester. Reden konnte er nicht; dazu war er zu erregt. Da tat das Sonnenscheinchen zwei Schritte auf ihn zu und sprach deutlich und ohne allen Anstoß:

„Komm mit hinaus in meinen Sonnenschein.
Ich bin der Frühling. Laß dich doch erflehen!
Der liebe Gott schickt mich zu dir herein.
Du sollst mit mir hinaus ins Freie gehen."

Was nun geschah, das läßt sich unmöglich erzählen. Worte reichen dazu nicht aus. Felber schloß zunächst für einige Sekunden die Augen, als ob in seinem Innern etwas vor sich gehe, was niemand von außen sehen dürfe. Dann stieß er einen Schrei aus, der laut durch die Stube schmetterte und noch draußen auf der Straße gehört werden konnte. Hierauf schnellte er sich empor, warf das Messer weit von sich und stürzte auf sein Kind zu. Er kniete vor ihm nieder, drückte es an sich und rief, es küssend und immer wieder küssend:

„Mein Sonnenscheinchen, mein liebes, liebes Sonnenscheinchen —! Ja, ja, es ist richtig: der liebe Gott hat dich von draußen hereingeschickt —! Was hätte ich getan — was, was? — Das war der Mord, der Mord! — Es war finster vor meinen Augen, ganz finster, dunkel, dunkel! Da kamst du, der liebe, helle Sonnenschein. Da wurde es wieder licht — licht — licht —! Ja, komm, komm — hinaus ins Freie! Der Spruch, den du gesagt hast, ist mir unbekannt — aber das weiß ich, daß er vom Himmel gekommen ist, damit du deinen Vater retten mögest. — Hinaus ins Freie! Auch du mit, Mutter! — Das soll das letztemal im Leben gewesen sein, daß ich mich vom Zorn um den Verstand bringen ließ!"

Er hob das Sonnenscheinchen empor an seine Brust, reichte der Schwiegermutter die Hand und ging mit beiden hinaus, ohne sich um den Pachthofer zu bekümmern, der aufgestanden war und vor sich hinschaute, als seien ihm alle seine Gedanken abhanden gekommen. Felber wollte geradewegs heimgehen, blieb aber auf der Mitte der Straße stehen, weil er Paule kommen sah. Ihr Besuch war beendet. Sie hatte das Notizbuch als Paketchen in der Hand. Und weiter unten, was kam denn da? Das war ja der Wagen des Herrn Majors wieder! Warum war er umgekehrt?

Was niemand bisher beachtet hatte, das sah Paule sofort, als sie ihren Mann erreichte. Sie wurde leichenblaß, schlug die Hände zusammen und rief erschrocken aus: „Fritz, was ist mit dir? Du blutest ja! Herrgott, du armer, armer Mann!“

Sie riß ihm das Kind vom Arm, das Tuch vom Hals und den Kragen auseinander. Er aber lächelte ihr glücklich zu und beruhigte sie:

„Keine Angst, Paule! Es kann nicht gefährlich sein, denn ich fühle fast gar keinen Schmerz.“

„Aber das Blut, das Blut! Bist du etwa gar gestochen worden?“

„Ein kleines bißchen nur, kaum durch die Haut.“

„Nein, nein! Ich seh es ja, der Stich geht tief in das Fleisch! Wer ist's gewesen? Oh, was frage ich denn! Dort steht er drin am Fenster. Ich seh ihn, den Pachthofer; kein andrer kann —“

Sie wurde unterbrochen, denn jetzt war der Wagen da und blieb neben ihnen halten.

„Da seid ihr ja“, sagte die Frau Major. „Ich muß meine ‚Poesie‘ bei euch verloren haben. Ich vermisse sie; deshalb sind wir umgekehrt.“

„Hier ist das Buch“, antwortete Paule, das Päckchen in den Wagen reichend und dann schnell wieder zu ihrem Mann tretend. „Es lag unter dem Stuhl. Ich wollte es Ihnen mit der Post schicken.“

Während sie das sagte, hielt sie ihr Taschentuch an die Wunde, um das Blut zu stillen. Dadurch wurden die Herrschaften aufmerksam. Der Major stieg rasch aus dem Wagen und griff nach Felbers Hals.

„Sie bluten!“ rief er aus. „Ah, ein Stich! Zwar nicht gefährlich, aber gleich neben der Ader. Lassen Sie es getrost laufen. Wir verbinden Sie dann. Vor allen Dingen: Wer hat Sie gestochen und warum?“

Der Major fragte sehr energisch. Felber zögerte zu antworten, aber einer der Bauern, die hinter ihm herausgekommen waren, berichtete in kurzen Worten, was geschehen war. Er hielt sich dazu für verpflichtet, weil er der Gemeindevorstand war.

„Wo ist der Messerheld?“ fragte ihn hierauf der Major, der als geistesgegenwärtiger und entschlossener Mann sofort wußte, was zu geschehen hatte.

„Noch drin in der Stube.“

„So kommen Sie mit hinein! Ich werde die Sache untersuchen.“ Und zur Frau Major gewendet, fuhr er fort: „Du fährst mit Felber und seiner Frau nach der Apotheke. Dort laßt ihr euch Verbandzeug geben, um ihn zu verbinden. Du verstehst das ja vortrefflich. Dann kommt ihr zu mir. Ich werde entweder im Gasthof oder drüben im ‚Sonnenschein‘ sein. Der Junge mag aussteigen und inzwischen mit bei der Großmutter bleiben.“

Der Major verstand zu befehlen. Was er gesagt hatte, geschah sehr schnell, und niemand schien damit zufriedener zu sein als das ‚Majörle‘.

„Komm, Sonnenscheinchen“, sagte es, als der Wagen fort und der Vater hineingegangen war. „Ich weiß, was wir machen werden.“

„Was?“ fragte das Kind.

„Euer Häuschen ist die Apotheke. Ich werde gestochen, und du verbindest mich.“

„Aber wer soll dich denn stechen?“

„Das wird die Schwiegermutter besorgen. Sie nimmt das größte Messer, was ihr habt, oder gar hier meinen Säbel. Habt ihr Blut?“

„Nein!“

„Aber Leinwand, Kattun und Bindfaden?“

„Das mag die Großmutter suchen. Ich weiß nicht, wo es steckt. Aber der Schlüssel zu der Lade hängt am Nagel."

„Den werden wir schon kriegen. Also komm!"

Großmutter hatte das alles gehört. Sie schmunzelte dazu und ging den Kindern voran hinüber nach dem Häuschen, um alles zusammenzusuchen, was ihr für dieses Spiel unerläßlich schien. Dessen Schauplatz wurde in den Garten verlegt. Aber grad als es zum ‚Stechen' kommen sollte, stellte es sich heraus, daß die Botenfrau das Spiel nicht mitmachen könne, weil sie sich von der Wirklichkeit zu sehr angegriffen fühlte. Sie behauptete, daß sie sich ein bißchen niederlegen müsse, weil ihr der Schreck noch jetzt in allen Gliedern liege. Doch störte das die Kleinen nicht.

Das ‚Majörle' behauptete, daß es sich auch ohne Schwiegermutter zu behelfen wissen werde, und so zog sich diese, die beiden allein lassend, völlig beruhigt in das Haus zurück.

Inzwischen war der Herr Major durch die große Stube des Gasthofs nach dem danebenliegenden, sogenannten ‚Herrenstüble' gegangen, in dem die Sitzungen des Dorfgemeinderats abgehalten wurden. Im Vorübergehen hatte er befohlen, daß weder der Pachthofer, noch einer der anwesenden Zeugen sich entfernen dürfe. Als Gutsherr besaß er das volle Recht dazu. Er begann das Verhör, indem er erst die Zeugen einzeln kommen ließ. Der Pachthofer sollte dann der letzte sein. Es sollte aber anders werden, als er dachte.

Der Wagen kehrte nämlich schon nach kurzer Zeit zurück. Felber war verbunden worden und kam mit der Frau Major und Paule nach dem Stüble. Als er hörte, wie streng der Herr Major das Geschehene nehmen wollte, bat er um Gnade für den Pachthofer.

„Er wird festgenommen und in die Stadt vor das Gericht gebracht", erklärte der Gutsherr. „Es liegt schwere Körperverletzung vor. Einen Zoll weiter nach rechts, so hätte er die Schlagader zerschnitten, und Sie, Felber, wären jetzt eine Leiche!"

„So bitte ich, auch mich mit festnehmen zu lassen, Herr Major!" antwortete der Genannte.

„Sie? Unsinn! Weshalb?"

„Wegen Mordversuchs. Wäre mein Kind nicht gekommen, so hätte ich den Gutspächter ganz gewiß erstochen."

„Aber Sie haben es nicht getan, und das genügt. Selbst wenn Sie es getan hätten, wären Sie zu entschuldigen gewesen, da ein Akt der Notwehr vorlag."

„Das war nicht mehr Notwehr. Ich bin stärker als er. Ich mußte ihm das Messer nehmen, und damit war es gut!"

„Aber Ihre Schwiegermutter erhöhte durch ihr unbedachtes Dareinmischen die Gefahr, in der Ihr Leben stand. Sie haben gar keine Veranlassung, sich selbst anzuklagen. Der Pachthofer hat begonnen, und Sie sind ruhig und kaltblütig geblieben, bis er zum Messer griff. Er beschuldigte Sie, ihn bei mir verleumdet zu haben, während Sie mich doch grad im Gegenteil bewogen, ihn nicht fortzujagen, was ich nun aber unbedingt tun werde."

„Aber, Herr Major, ich bitte —"

„Keine Bitte mehr!" unterbrach ihn der Offizier. „Sie wissen nicht, wie ich geschäftlich mit ihm stehe. Er ist nicht nur ein säumiger Zahler, sondern ein Lump, ein Fälscher und Betrüger. Wenn ich ihn anzeigen wollte, so würde er bestraft werden, auch ohne daß er Sie gestochen zu haben braucht. Hören wir die Zeugen weiter!"

Er hatte das in einem Ton gesagt, der keinen weiteren Einspruch duldete. Darum war Felber für jetzt still, nahm sich aber vor, den mißlungenen Versuch doch nicht gänzlich aufzugeben.

Als alle Zeugen vernommen worden waren und sämtlich genau dasselbe ausgesagt, also vollständig entlastend für Felber gesprochen hatten, wurde der Pachthofer hereingerufen. Er kam. Sein Aussehen war das eines Menschen, der sich seiner Schuld zwar wohl bewußt ist, sie aber nicht bereut. Der Blick, den er auf Felber warf, sagte deutlich, daß der Verwundete sich auch ferner in acht zu nehmen hatte. Der Major bemerkte das, und darum fühlte er sich noch weniger zur Milde gestimmt als vorher.

„Gibt es hier bei der Ortspolizei Handschellen?" fragte er den Vorstand.

„Nein", antwortete dieser. „Hier im Dorf wurde noch nie so etwas gebraucht."

„Nun, so genügen wohl ein paar feste Stricke auch, einen Mörder und Betrüger nach dem Stadtgefängnis zu schaffen."

Bei dieser Drohung wurde es dem Pachthofer denn doch angst, zumal sie nur die Einleitung zu dem bildete, was erst noch folgen sollte. Aber der Mensch denkt, und — das ‚Majörle' lenkt. Die strenge Einleitung bekam eine ganz andere Fortsetzung, als selbst der Major erwartet hatte. Es erhob sich nämlich grad jetzt draußen in der Vorderstube eine so laute Lustigkeit, daß der Offizier von seinem Stuhl aufstand, um sie sich zu verbitten. Er öffnete die Tür und schaute zornig hinaus. Aber was er da zu sehen bekam, das verwandelte den Ernst seiner Miene sofort in ein heiteres Lächeln, gegen das er vergeblich kämpfte. Man sah sogar, wie er sich auf die Lippen biß, um nicht in das Gelächter einzufallen, das er hatte tadeln wollen.

Wer aber war es, der diesen Ernst so schnell in dies fröhliche Lächeln verwandelt hatte? Natürlich das ‚Majörle' mit seinem Sonnenscheinchen! Der Herr Major machte die Tür nun so weit auf, daß auch die andern sehen konnten, was seiner Gemütsstimmung diese plötzliche Wendung gegeben hatte.

Man denke sich: sie kamen beide sehr langsam und

sehr bedächtig durch den vorderen Raum auf das Herrenstüble zugeschritten, voran das Sonnenscheinchen als barmherzige Schwester, und hinter ihr das ‚Majörle' als der Gestochene, der von ihr verbunden worden war.

Die ‚Barmherzige' trug auf dem Kopf das Nähkörbchen ihrer Mutter, das mit Bindfaden unter dem Kinn festgebunden war. „Jede Pflegerin muß eine solche Haube haben", hatte das ‚Majörle' behauptet. Darüber hing ein weißer Schleier, der aber eigentlich das heutige, neugewaschene Sonntagshandtuch war. Der blaue Mantel, der von der Schulter der Kleinen wallte, war Paules Scheuerschürze. Und an den Füßen schlingerten des Vaters wollene Wintersocken, weil das ‚Majörle' gesagt hatte, daß die barmherzigen Schwestern nicht mit den Schuhen klappern dürften, weil die Kranken das nicht vertragen könnten. Um den Hals trug sie als Zeichen ihrer Berufstätigkeit eine Schnur, an der ein halbes Dutzend alte, leere Arzneiflaschen klirrten, die man auf dem Scherbenhaufen entdeckt hatte. Das liebe, rosige Gesichtchen strengte sich an, so würdevoll wie möglich dreinzuschauen, während die kleinen Händchen sich bemühten, Großmutters schweren, uralten Botenfrauregenschirm aufgespannt hoch über den Kopf zu halten.

Und das ‚Majörle' gar! Es war sehr schwer verwundet, das sah man ihm gleich auf den ersten Blick an. Und zwar nicht etwa nur am Hals, wie Fritz Felber! Es schien an einer höchst lebensgefährlichen Schlacht teilgenommen zu haben, denn seiner Wunden waren wenigstens vier an der Zahl und alle sehr bedenklich! Die Stirn war bis über das eine Ohr hinweg fest zugeklebt. Da das die Mütze störte, war sie verkehrt aufgesetzt worden, also mit dem Schirm nach hinten. Der Hals steckte in Watte, die noch rot von dem vergossenen Blut war. Der rechte Arm war sehr dick mit Werg umwickelt und hing in einer Leinwandbinde, die früher jedenfalls ein Rockbund gewesen war. Das linke Bein schien doppelt verletzt zu sein, denn es war bis ganz herauf geschient und unter den Schienen sehr stark mit rotem Flanell umwunden. Wenn man einen Arm in der Binde hat, so kann man selbstverständlich keinen Waffenrock tragen. Darum hatte das ‚Majörle' den seinen nur übergehängt. Das gab den Verwundungen eine Glaubwürdigkeit, die durch das leidende Gesicht des armen Invaliden noch unterstützt wurde.

So kamen die beiden hintereinander her, langsam traurig, matt und hinfällig zum Erbarmen. Das ‚Majörle' konnte kaum mehr fort, was wegen seines geschienten Beines ja auch begreiflich war. Es stöhnte! Das Sonnenscheinchen verzog keine Miene. Es war sich seiner traurigen und doch so menschenfreundlichen Pflicht wohl bewußt. Darum sagte es auch gleich, noch eh es in die Stube trat:

„Da bring ich ihn! Nun muß er nur noch ‚Lebenstropfen' trinken. Großmutter hat ein Pflaster; das fand ich aber nicht. Sonst wär er schon jetzt wieder gesund!"

Nun wollte sie herein, konnte aber wegen des großen Regenschirms nicht. Der Herr Major nahm ihn ihr ab. Ihre Eltern befanden sich in größter Verlegenheit; sie wollten zanken, aber die Frau Major verbot es ihnen. Die Dame lachte, was sie nur lachen konnte, und da hielt sich ihr Herr Gemahl auch nicht mehr zurück; er stimmte ein. Felbers nun ebenso!

„Aber Kinder, Kinder, wer hat euch denn auf diesen kostbaren Gedanken gebracht?" fragte die Gutsherrin. „Welch eine Maskerade! Wer hat dich denn so angezogen?"

„Ich und das ‚Majörle'", antwortete das Kind.

„Und Großmutter hat geholfen?"

„Nein, die schläft. Sie hatte den Schreck in allen Gliedern. Da bin ich auf den Stuhl gestiegen und hab den Schlüssel geholt. Der Regenschirm stand hinterm Kanapee."

„Und du?“ wandte sich die Frau Major an den Verwundeten. „Wo sind denn alle diese Wunden her?“

„Vom Pachthofer“, erklärte er.

„Dem soll es schlecht gehn! Wir lassen ihn ins Gefängnis stecken!“

„Ich hab es auch gesagt, aber Sonnenscheinchen will nicht.“

„Warum nicht?“

„Weil — weil — nun, weil das Sonnenscheinchen eben nicht will! Und da hab ich versprochen, daß ich den Pachthofer laufen lassen werde. Siehst du, daß er mich in den Hals gestochen hat?“

„Freilich wohl. Der Verband ist ja ganz blutig.“

„Das ist bloß Himbeersaft“, erklärte das Sonnenscheinchen. „Wir haben noch eine halbe Flasche voll. Die steht draußen im Gewölbe.“

„Und die Watte?“

„Die ist aus meiner Bettdecke. Sie hat ein Loch. Ich stopfe sie wieder hinein.“

Alles lachte.

„Aber die Verwundung am Kopf“, fuhr die Frau Major fort, „die ist bedenklich!“

„Ja, das ganze Ohr ist weg!“ nickte das Sonnenscheinchen. „Wir haben es mit Papier, Wasser und Kartoffelmehl zugeklebt. Das ist übriggeblieben von den Klößen heut. Es war noch in der Futterschüssel für die Ziege.“

Wieder ertönte allgemeines Lachen.

„Und der rote Flanell hier am Bein?“ lautete die weitere Erkundigung.

„Das ist der alte Rock von meiner Mutter. Sie hat ihn zertrennt. Ich bekomme einen neuen daraus.“

Da richtete sich die Frau Major wieder auf und fragte Paule: „Sie müssen solch abgebrauchte Sachen umarbeiten? Reicht Ihr Einkommen nicht zu, neue zu kaufen?“

„Man will doch vorwärtskommen“, antwortete die Gefragte. „Man muß etwas zurücklegen für die alten

Tage. Da muß man sparsam sein. Und wenn man es richtig macht und zufrieden ist, wird auch das Alte wieder neu."

Da richtete die Frau Major einen langen, fragenden Blick auf ihren Mann. Er verstand sie und nickte. Hierauf reichte sie der Paule die Hand hin und sagte: „Sie denken brav, Frau Felber. Es wird wohl bald auch zu einem neuen Röckchen reichen für Ihr Sonnenscheinchen. Jetzt setzt euch nieder, Kinder, bis wir hier fertig sind!"

„Ich kann doch nicht", antwortete das ‚Majörle', auf sein Bein deutend.

„Da will ich helfen", erbot sich Felber.

Er kauerte sich bei dem Knaben nieder, um ihn von den Schienen, vom Flanell und Werg zu befreien. Als dies geschehen war, untersuchte er auch den Verband des Kopfes. Da stand es freilich schlimm.

„Das kann stundenlang dauern, wenn es nicht schmerzen soll", sagte er. „Das Kartoffelmehl hat sich mit dem Haar verkleistert und ist ganz hart geworden. Es muß langsam aufgeweicht werden."

Schon wollte der Herr Major eine ernste Miene machen, da aber wußte das Sonnenscheinchen guten Rat.

„Das ‚Majörle' bleibt bei uns", sagte es. „Wir halten die ganze Nacht den Kopf unter den Wassertrog, da ist das Mehl morgen früh wieder herunter."

Da mußte der Gutsherr wieder lachen.

„Angenehme Lage", sagte er. „Will doch selbst mal nachschauen, wie es mit dieser schweren Wunde steht."

Er untersuchte den Verband und sah sich dann gezwungen, einzugestehen: „Der Junge leidet allerdings an einer geradezu urweltlichen Verkleisterung. Ich bin überzeugt, wir müssen wenigstens drei bis vier Stunden warme Umschläge machen, um ihn von den Überresten der Klöße zu befreien. Wo ist der Wirt?"

Der war im Gastzimmer. Er kam auf diesen Ruf herbei.

„Sagen Sie dem Kutscher, daß er ausspannen soll!" wurde ihm befohlen. „Wir bleiben heut bei Ihnen. Im Gutshof zu wohnen, ist bei den gegenwärtigen Umständen unmöglich. Da muß erst ein neuer, ehrlicher Pächter her, der kein solcher Raufbold ist wie dieser hier."

Hierdurch wurde die Aufmerksamkeit wieder auf den Pachthofer gelenkt, der während der ganzen Kinderszene bewegungslos an der Wand gelehnt hatte. Die beiden Wörter ‚Handschellen' und ‚Gefängnis' hatten ihm angst gemacht. Er wußte recht wohl, daß es nur auf den Gutsherrn ankam, wenigstens das zweite dieser Wörter wahrzumachen, und war zu einem schnellen Entschluß gekommen. Jetzt, da die Verhandlung mit ihm wieder beginnen sollte, trat er von der Wand weg an den Tisch und sagte:

„Herr Major, lassen Sie mich los und geben Sie mir dreihundert Taler für alles, was mir gehört, so geh ich nach Amerika, hier von der Stelle weg, gleich so, wie ich dastehe! Ich kehre gar nicht erst nach dem Hof zurück."

Der Major schien über diesen unerwarteten Antrag gar nicht zu erstaunen.

„Ja, ja, Amerika!" sagte er. „Das kann ich mir wohl denken. Wenn einer abgewirtschaftet hat oder überhaupt nicht arbeiten will, trachtet er nach Amerika. Deutschland hat noch Platz genug für Abertausende von ehrlichen und arbeitsamen Leuten. Wenn mir jemand sagt, er wolle nach Amerika, so denk ich mir gleich, was mir beliebt. Unter hundert, die das tun, sind siebzig Taugenichtse, zwanzig überspannte Menschen und nur zehn Vernünftige, die auch wirklich hinüber müssen."

„Ich werde aber fortkommen; doch dreihundert Taler brauch ich dazu, weniger nicht. Überlegen Sie es sich, Herr Major! Was nützt es Ihnen und der Gemeinde, wenn Sie unbarmherzig sind?"

Da rutschte das Sonnenscheinchen vom Stuhl herunter, auf den es sich gesetzt hatte, ging hin zu ihm und sagte:

„Du brauchst Geld, Pachthofer?"

„Ja", antwortete er verlegen.

„Wirst du meinen Vater wieder stechen?"

„Nein!"

„Weißt du noch, daß du mir einmal einen Apfel gegeben hast und zwei Pflaumen, als deine Gartentür offenstand und ich dich darum bat?"

„Ja, das weiß ich noch."

„Da warst du gut. Und ich bin auch gut, und der Vater auch und der Herr Major auch und die Mutter und sogar auch das kleine ‚Majörle'. Wir geben dir fünftausend Taler. Die hab ich von dem Herrn Major bekommen. Und dazu auch noch dreizehn Pfennig, die ich schon erst hatte. Ich schüttle dir das ganze Geld heraus. Die Sparbüchse aber mußt du mir lassen, weil die von meiner Großmutter ist. Darum geb ich sie nicht her."

Das Kind griff in die Tasche, wo die Büchse noch immer steckte, und zog sie hervor.

Da eilte die Frau Major hin zum Sonnenscheinchen, drückte es an sich und sagte:

„Du liebes, liebes, gutes Kind! Wie hast du uns beschämt! Komm, gib mir deine Sparbüchse! Du sollst nichts herausnehmen, sondern ich tu dir noch etwas hinein. Da, setz dich wieder auf deinen Stuhl! Du bekommst alles, was ich bei mir hab."

Sie schüttete den Inhalt ihres kleinen, feinledernen Geldtäschchens vor das Kind hin auf den Tisch, und als dieses fragend aufschaute, erklärte sofort das ‚Majörle':

„Nimm es nur, und steck es in die Büchse, Sonnenscheinchen! Mama gibt es dir sehr gern, und ich hab auch nichts dagegen. Nur versteht es sich von selbst, daß du mir dafür drei Stunden lang warme Umschläge machst, denn du hast mich ja angekleistert."

Auch der Gutsherr schien gerührt zu sein. Er ging im Zimmer hin und her, um zu überlegen. Dann blieb er stehn und sagte zu seinem bisherigen Pächter:

„Wohlan, ich will noch einmal Nachsicht üben. Aber ich stelle meine Bedingungen. Es fällt mir nicht etwa ein, dich hier zu unterstützen, ohne die Gewißheit zu haben, daß wir dich wirklich los sind. Höre, was ich dir sage, kurz und bündig!"

In den Augen des Pachthofers flammte es auf, doch beherrschte er sich. Der Major sprach weiter:

„Du gehst hier von der Stelle weg und kommst niemals wieder in das Dorf. Heut geb ich dir zehn Taler als Reisegeld bis zur Hauptstadt. Ich werde morgen abend dort eintreffen und dir morgen vormittag hier und in der Stadt deine Ausweispapiere besorgen. Übermorgen kommst du zu mir! Mein Diener fährt mit dir nach Hamburg oder Bremen und bringt dich auf das Schiff. Fünf Minuten, bevor es abgeht, verläßt er es und gibt dir vorher die dreihundert Taler. Was du hier begangen hast, verjährt erst nach wenigstens zehn Jahren. Läßt du dich während dieser Zeit hier im Ort blicken, wirst du verhaftet und so gewiß bestraft, wie ich jetzt vor dir stehe. Und ebenso sicher geschieht dies, wenn es dir einfallen sollte, dich heut noch hier im Ort herumzutreiben. Das ist es, was ich will, und dabei bleibt es. Bist du einverstanden?"

Das hatte der Pachthofer nicht erwartet. Es sträubte sich in ihm alles, sich in dieser Weise behandeln zu lassen, aber er hatte seinen Zorn niederzudrängen und überlegte nur ganz kurze Zeit. Dann holte er tief Atem und sagte wie einer, der einem unwiderstehlichen Zwang folgt: „Gut, ich bin's zufrieden. Hier in diesem Nest bleibe ich doch nun einmal nicht, und je eher ich fortkomme, desto besser ist's; den neuen Pächter aber, den kenne ich schon. Ich werde an ihn denken."

Ohne auf diese Worte zu achten, zahlte ihm der Gutsherr die zehn Taler auf den Tisch. Der Pachthofer strich sie ein, ließ ein nur halb unterdrücktes, feindliches Lachen hören und wendete sich zum Gehen. Schon hatte er die Tür erreicht, da war es, als ob plötzlich etwas seine Schritte hemme. Er blieb stehn, drehte sich dann mit einem schnellen Ruck um und ging auf das Sonnenscheinchen zu, das soeben das letzte Geldstück von der Frau Major in die Sparbüchse gesteckt hatte.

„Sonnenscheinchen“, sagte er, „du hast dreizehn Pfennige?“

„Ja“, antwortete es.

„Das ist eine Unglückszahl. Ich will dich davon erlösen und sie mit mir nehmen, weil du vorhin so gut mit mir warst. Schenk mir den dreizehnten Pfennig!“

„Ja, aber welcher ist der dreizehnte?“

„Der, den du mir zuerst herausschüttelst; denn alles, was ich in die Hand nehme, läuft zum Unglück aus.“

Da begann das Kind die Büchse zu schütteln. Bald schaute einer der Pfennige durch die Spalte. Das Sonnenscheinchen zog ihn vollends hervor und hielt ihn dem Pachthofer fragend hin.

„Ist dieser das Unglück?“

„Ja!“

„Da schüttle ich noch einmal!“

Sie tat das, bis ein zweiter Pfennig erschien, und gab diesen dem Pächter mit den Worten: „Der ist das Glück, den sollst du haben; den andern aber nicht!“

„Das Glück!“ rief er aus. „Wär es doch wahr! Sonnenscheinchen, diesen Pfennig heb ich mir auf, bis ich sterbe. Wenn du einmal etwas recht Schweres von mir verlangen solltest, so erinnere mich an ihn. Dann tu ich es, mag es sein, was es will!“

Er steckte das kleine Geldstück sorgfältig in eine besondere Tasche, legte seine Hände auf des Kindes Haupt, ließ sie einige Augenblicke liegen und ging dann fort, ohne ein weiteres Wort zu sagen.

Im Herrenstüble war es für einige Zeit still. Der Erzgebirgler pflegt von solchen Augenblicken zu sagen: „Da ist ein guter Engel hier gewesen!“ Die Augen waren alle auf das herzige Kind gerichtet, das selbst bei so einem Menschen, wie der Pachthofer war, ein edles Gefühl hervorgerufen hatte.

Nun steckte das Sonnenscheinchen die Sparbüchse in die Tasche, schaute sich um, weil alles schwieg, und sagte dann: „Das ‚Majörle' ist jetzt schon überall wieder gesund, nur am Kopf nicht. Da braucht er mich nicht mehr zum Pflastermachen. Ich zieh mich aus."

Die Paule war sogleich bereit, zu helfen. Darum erforderte es nur einige Augenblicke, die ‚Barmherzige' in das zurückzuverwandeln, was sie vorher gewesen war. Auch der Knabe legte alles vollends ab, was ihn zum Verwundeten gemacht hatte, und nur der Kopf bestand noch weiter auf seiner Kriegsverletzung, die aber glücklicherweise mit Felbers Hilfe so weit vermindert wurde, daß man sie unter der Mütze verschwinden lassen konnte. Hierauf wurden die sämtlichen Erzeugnisse der kindlichen Verbandstoffabrik in die blaue Schürze gewickelt und einstweilen beiseitegelegt, denn der Major schlug vor, daß man nun hinaus zum Frühling gehen müsse, der das Sonnenscheinchen eigens hereingeschickt hatte, um dazu einzuladen. Auch die Kinder sollten davon nicht ausgeschlossen sein. Er bestand auf diesem Spaziergang in einer Weise, die erraten ließ, er habe wahrscheinlich ganz gewisse Gründe dazu.

Man ging durch den Garten des Wirtshauses gradwegs hinaus ins Freie, wo der Gutsherr seine Schritte der Gegend zuwendete, in der die Äcker und Wiesen des Pachthofs lagen. Er behielt dabei Felber stets an seiner Seite. Die Frau Majorin nahm die Paule in Beschlag, und so verstand es sich von selbst, daß die Kinder auch ein Paar bildeten, und zwar wohl dasjenige, bei dem keine Prüfung zu bestehen war.

Denn daß es sich um eine Art von Prüfung handle, das merkten Felbers schon nach kurzer Zeit. Aber es wurde ihnen dabei keineswegs bange. Sie beide waren bei der Landwirtschaft aufgewachsen und blieben keine Antwort schuldig. Felber drehte schließlich sogar den Spieß herum. Er hielt dem Major einen Vortrag über die Fehler, die bisher in der Bewirtschaftung des Guts gemacht worden seien, und entwickelte dann so gesunde Ansichten über deren Verbesserung, daß der Offizier seine helle Freude daran hatte.

Auch die Frau Major sah sich schon nach einiger Zeit gezwungen, die Prüfung einzustellen. Es ist eine recht gefährliche Sache, wenn eine Frühlingsdichterin so unvorsichtig ist, über Butterfässer, Käsedarren, Quarknäpfchen und Flachspressen zu verhandeln.

Bei dem dritten Paar stand es leider noch viel schlimmer. Das ‚Majörle' erlebte einen Reinfall nach dem andern. Er verwechselte die Erle mit der Linde, den Kies mit dem Sand, den Zaun mit der Hecke, das Beet mit der Zeile, die Brücke mit dem Steg, die Jacke mit dem Spenzer, die Klöße mit den Knödeln, und als er gar noch fragte, ob die Heidelbeeren rot und die Fliegenpilze blau seien, da konnte sich das Sonnenscheinchen nicht mehr halten; es schlug die Händchen erstaunt zusammen und rief ganz betroffen aus: „Aber ‚Majörle', bist du dumm! Wenn die Fliegenpilze so blau wären wie die Pflaumen, da hätten sie ja Kerne, und da könnte man sie auch essen."

„Das ist richtig", stimmte er bei. „Sonnenscheinchen, bei dir kann man etwas lernen. Ich wollte, dein Vater wäre unser Pachthofer. Da käme ich öfters ins Gebirge und ginge mit dir spazieren."

„So mag er es werden! Ich hab' nichts dagegen."

„Ja, aber ob mein Papa will?"

„Der muß! Wenn du nur willst!"

„Du, Sonnenscheinchen, das glaub ich noch nicht!"

„So glaub es nicht; ich aber weiß es besser! Der Herr Major und die Frau Major tun alles, was das ‚Majörle' will; das hab ich gesehn."

„Auch das ist richtig; ich hab es nur nicht gewußt. Nun aber will ich wollen. Komm!"

Er nahm sie bei der Hand und zog sie eiligst fort, denn sie waren während des letzten Gesprächs vor Eifer stehngeblieben und hatten die Eltern einzuholen, die schon weit voraus waren.

Der Weg, den man jetzt ging, führte wieder in das Dorf zurück und mündete an der Ecke des Pachthofgartens auf die Straße.

Nachdem man um diese Ecke gebogen war, näherte man sich dem Tor des Guts. Die Sonne wollte soeben hinter den Bergen verschwinden und warf ihre letzten Strahlen auf den Uhrenengel, den das Sonnenscheinchen heut am Mittag nach der Zeit des Essens gefragt hatte. Die Eltern waren dort stehngeblieben, um die Kinder herankommen zu lassen. Da deutete das Mädchen hinauf zur Uhr und sagte:

„Vater, ich bin müde und hab Hunger. Frag doch einmal den Engel, ob es bald Zeit zum Abendessen ist!"

An Felbers Stelle antwortete der Major:

„Auch ich hab Appetit, denn wir hatten zu Mittag nichts, weil bei euch die Klöße alle waren. Heut abend aber werde ich bei meinem neuen Pachthofer speisen. Sag, Sonnenscheinchen, wer wird das wohl sein?"

„Das weißt du noch nicht?" fragte das Kind, indem es fröhlich lachte. „Ich aber hab es schon vor einer halben Stunde gewußt!"

„Wirklich? Nun, wer ist's?"

„So mach die Augen zu! Da geb ich ihn dir heimlich in die Hand!"

Er schloß die Augen. Da griff das Sonnenscheinchen nach der Rechten des Vaters und auch nach derjenigen des Majors und legte beide ineinander. Hierauf trat es wieder zurück, schlug seine Händchen so laut zusammen, daß es schallte, und rief: „Nun mach die Augen wieder auf, denn der neue Pachthofer ist fertig!"

Der Gutsherr gehorchte diesem Befehl. Felber wollte seine Hand zurückziehen und öffnete schon den Mund, um sein Kind zurechtzuweisen; aber der Major hielt sie fest, winkte ihm, zu schweigen, und fragte das Kind: „Es ist richtig! Wie aber hast du denn das wissen können, Sonnenscheinchen?"

„Ich hab es mit dem ‚Majörle' ausgemacht", lautete die sehr bestimmte Antwort.

„Ah! Du und das ‚Majörle'? Und da muß ich wohl gehorchen?"

„Ja, du gehorchst ja immer, wenn das ‚Majörle' will, das weiß er und auch ich!"

Da wurde das Gesicht des Majors plötzlich ernst, sehr ernst. Er sah hinüber zu seiner Frau. Diese schlug die Augen nieder. Er ließ die Hand Felbers los und ergriff die ihrige.

„Welch ein Wort aus Kindermund!" sagte er langsam und schwer betont. „Hast du es verstanden?"

Sie nickte nur, schaute ihn aber an, als habe sie ihm etwas abzubitten und zu geloben. Da schüttelte er ihre Hand und fuhr fort:

„Ich sehe, du weißt, was ich nun nicht zu sagen brauche. Halten wir Wort, du und ich, wir beide! Kinderseelen sind das Köstlichste, was Gott den Menschen anvertraut. Möge die unseres Jungen sich in so guten Händen befinden wie der Pachthof, den ich Ihnen, Felber, jetzt übergebe! Ja, Sie sind der neue Pächter! Mit Ihnen kommt Ihr Sonnenscheinchen mit durch dieses Tor. Sie sind gewöhnt, ‚Im Sonnenschein' zu wohnen. Nennen wir das Gut also wieder so, wie es früher geheißen hat: ‚Zum Sonnenschein', meinetwegen auch ‚Der Sonnenscheinhof', ganz wie Sie wollen; Gott segne Ihren Eingang! Ich öffne Ihnen die Tür."

Er schob den Flügel auf und trat mit Felber ein, der vor freudiger Überraschung kein Wort zu sagen vermochte. Die Frauen wollten folgen. Er aber hinderte sie daran, indem er die Hand vorstreckte und, einen munteren Ton anschlagend, fortfuhr:

„Bitte, ihr nicht mit! Es gilt nur, die Leute hier zu benachrichtigen. Dazu reichen wir beide aus. Ihr aber geht mit den Kindern voran zur Großmutter, um nachzusehn, ob ihr der Schreck noch immer in den Gliedern liegt. Dann kommen wir nach. Sagt nur, das Sonnenscheinchen habe Hunger, dann wird sich alles machen!"

„Auch die warmen Umschläge?" fragte das ‚Majörle', indem es seine Mütze abnahm und seine Kopfwunde zeigte.

„Sei unbesorgt, mein Junge!" antwortete der Vater. „Du wirst sie sicher bekommen. Wir wissen nun, daß dir auch noch ganz andere Umschläge nötig sind. Das Sonnenscheinchen hat uns die Augen geöffnet. Bedanke dich bei ihm!"

DES KINDES RUF

Die Nachmittagsschule war aus, und die kleinen acht- bis neunjährigen Abc-Schützen rutschten fröhlich von ihren Bänken, um die unliebsame Gefangenschaft mit der goldenen Freiheit zu vertauschen.

Der Lehrer hatte sich an die Tür gestellt, um sich die schüchternen Händchen zum Abschied reichen zu lassen.

„Fährmanns Paul, deine Hand mag ich nicht!“ wies er einen strammen, schwarzäugigen Lockenkopf zurück, der ihm mit offenem Lächeln die Finger der ausgespreizten Rechten entgegenstreckte.

Der Kleine zog die Hand zurück und sah den Lehrer fragend an.

„Hast du dich heut gewaschen?“ fragte ihn dieser.

„Nein.“

„Gestern auch nicht?“

„Nein.“

„Wann denn?“

„Gar nicht.“

„Und gekämmt auch nicht?“

„Nein.“

Er schüttelte dabei langsam den Kopf und machte eine Miene, die deutlich besagte, daß er sich gar nicht erklären könne, warum irgend jemand gewaschen und gekämmt sein müsse.

„Sieh einmal deine Finger an, Paul; die kleben ja vor Schmutz; an deine Füße ist der Schlamm gebacken, und in den Haaren hängt Heu und Stroh. Schläfst du denn auch so?“

„Ja.“

„Im Bett?“

„Nein.“

„Wo denn?"

„Im Kuhstall und — und auf dem Heuboden."

„Was! Der Fährmanns Paul schläft im Kuhstall?"

Der gute Mann konnte nicht begreifen, warum der reichste Junge im Dorf kein anderes und besseres Lager habe. „Und schau, wie deine Hosen zerrissen sind, und die Jacke auch! So darfst du mir nicht wiederkommen; so bist du ja der echte Struwwelpeter! Sag's deiner Mutter! Sie soll dich reinlicher in die Schule schicken!"

Die roten Wangen des Getadelten färbten sich jetzt noch tiefer, und seine hellen Augen wurden feucht. Mit gesenktem Kopf schlich er auf die Straße, wo die anderen sich mit teilnehmender Miene um ihn scharten. Nur einer schien sich über den Verweis zu freuen.

„Der Fährmanns Paul ist der Struwwelpeter", rief er; „er darf nimmer so in die Schule!"

Im nächsten Augenblick hatte der Beleidigte seine Schiefertafel auf die Erde gelegt, packte den Spötter, warf ihn zu Boden und gab ihm ein paar Ohrfeigen, daß es schallte.

„Da hast du deinen Lohn, du Galgendieb!" meinte er dann ruhig, indem er seine Habseligkeiten wieder an sich nahm. „Du bist ein Schimpfmaul und darfst nimmer mit uns spielen!"

Der kleine Goliath erhielt weder Abwehr noch Gegenrede, und das hatte seine Gründe. Der Fährmanns Paul war gar hoch angesehen bei seinesgleichen; er fürchtete sich vor keiner Gans und vor keinem Hund; er riß sogar vor keinem Pferd aus, und was das beste war, er konnte so unbeschreiblich schön spielen und ersann immer neue Dinge, an die selbst der Herr Lehrer gar nie gedacht hätte. Darum war er der Hauptmann von der Löffelgarde, und es gab kein größeres Unglück, als wenn er einem das Mittun verbot.

Heut ging es gar nicht so lustig wie sonst auf dem Nachhauseweg her. Der Paul war ganz tiefsinnig und gab fast gar keine Antwort auf die Reden seiner Kameraden. Erst am Tor seiner elterlichen Wohnung schien er sich auf das Versäumte zu besinnen.

„Geht heim, und holt euch euer Vesperbrot", befahl er. „Nachher kommt ihr nach dem Sandloch und bringt die Gewehre mit; wir spielen Räubers!"

Langsam, als sei der Weg ein schwerer für ihn, ging er nach der Stube. Das Gesinde saß beim Nachmittagskaffee; am Fenster arbeitete eine Näherin emsig an einem buntseidenen Rock, und inmitten des Zimmers standen zwei riesige Backtröge auf vier Stühlen. Die Bäuerin hatte übermorgen Hochzeit; darum gab es jetzt zu backen und so viel zu schanzen und zu schaffen, daß man den Schweiß, der ihr auf der Stirn stand, recht wohl begreiflich finden mußte.

Sie war ein schönes Weib. Die dichten, pechschwarzen Flechten hatten sich gelockert und hingen ihr lang über den Nacken herab; das Gesicht war voll und frisch, wie das eines jungen Mädchens; die dunklen Augen blitzten mit lebhaftem Feuer unter den beredten Wimpern hervor; die kirschroten Lippen ließen beim Sprechen zwei Reihen kleiner, glänzend weißer Zähne erblicken, und wie sie hoch aufgeschürzt und mit emporgestreiften Ärmeln so vor dem Teig stand und gewandt und kräftig mit den schweren Gefäßen spielte, hätte selbst der schmuckste Jungbursche nicht so leicht das Auge von ihr wenden können.

„Mutter, ich hab Hunger", bat schüchtern der Kleine.

„Hab keine Zeit für dich, du Strolch!" antwortete sie in einem Ton, als habe ein fremdes Bettelkind sie angesprochen. „Wart bis zum Abend, und geh jetzt hinaus!"

Der Knabe warf einen langen Blick auf die großen Schüsseln voll Rosinen, Butter und sonstigen Backerfordernisse, die so appetitlich vor ihm standen, und sah dann sehnsüchtig nach dem Tisch hinüber.

„Komm her, Paul", meinte leise eine der Mägde; „hier hast du ein Stückle Brot!"

Er nahm die trockene Schnitte mit dankbarem Lächeln in Empfang und schickte sich an, die Stube zu verlassen, kehrte aber noch einmal zögernd um.

„Mutter, der Herr Lehrer sagt, ich muß gewaschen und gekämmt werden. Auch das Kleid ist zerrissen. Ich darf so nicht wiederkommen."

„Was sagte der Lehrer?" fragte sie, zornig aufblickend. „Willst du gleich hinaus und dich von ihm selber balsamieren lassen! Mit fehlt es grad noch, daß ich mich mit dem Schmutzvolk abzugeben hab!"

„Ich bin auf der Gasse als Struwwelpeter geschimpft worden!" wagte er hinzuzufügen.

„Das bist du auch richtig, du widerwärtiger Fink! Geh fort; ich schäme mich, wenn ich dich nur seh!"

Er blickte verlegen vor sich nieder und schlich sich dann zum Ofen, hinter dem der Kamm zu finden war.

„Was suchst du da hinten? Willst wohl auch noch den Kamm verschmutzen und zerbrechen? Mach dich nur schnell hinweg, sonst sorg ich für flinke Beine!"

Mit drohend erhobener Hand trat sie auf ihn zu. Er floh bis an die Tür, wo er im Gefühl des Unrechts, das ihm geschah, die mutige Bemerkung machte:

„So geh ich zur Großmutter. Die Lindenbäuerin wird mich waschen!"

Er kam nicht zur Tür hinaus. Sie war rasch auf ihn zugetreten und schlug ihm die vom Teig beklebte Hand in das Gesicht, daß er kopfüber zu Boden stürzte.

„Was willst du tun? Zum Lindenhof willst du gehn, zur alten Fährmannshexe, und dich von der schönen Minna streicheln lassen? Hier hast du eins; das ist genug für dich; nun leck den Teig ab; weiter bekommst du doch nichts zur Hochzeit! Und wenn ich höre, daß du wirklich dort gewesen bist, so nehm ich dich noch anders vor!"

Sie öffnete die Tür und stieß ihn hinaus, daß er an die gegenüberliegende Wand taumelte und auf die harte Steinplatte niederstürzte. Er raffte sich lautlos wieder empor und hinkte nach dem Stall, in dessen hinterster Ecke sich ein Lager von Strohgewirr befand, unter dem er seine Schulsachen verbarg. Nachdem er sein Stückchen Brot mit sichtlichem Hunger verzehrt hatte, zog er aus dem Stroh einen hölzernen Säbel, den er umgürtete, und eine Flinte hervor, schwang sie mit selbstbewußter, trotziger Miene auf die Schulter und marschierte dem Ort zu, nach dem er die Spielkameraden bestellt hatte.

Sie waren schon in voller Tätigkeit und hatten sich in Räuber und Soldaten geteilt. Die Verbrecher waren bisher im Nachteil gewesen, so daß sich die Mehrzahl von ihnen schon in Gefangenschaft befand. Als sie den Kommenden erblickten, jubelten sie ihm freudig entgegen.

„Jetzt ist der Hauptmann da", rief einer; „der bringt die große Flinte und wird uns frei machen! Schieß, Paul! Dann reißen wir aus!"

„Bleibt nur immer ruhig stehn, bis ich sie alle zu Tod getroffen hab", antwortete er. „Ausgerissen aber wird nicht vor dem Soldatenvolk. Das wäre die größte Schande für uns. Wer ist der oberste Korporal?"

„Ich!" antwortete der Betreffende wichtig.

„So kommst du grad zuerst dran. Paß auf, wenn ich losdrücke, so mußt du hinfallen und liegenbleiben, bis wir gewonnen haben!"

Hier gab es keine Widerrede. Das war schon hundertmal so gewesen, und der Fährmanns Paul litt keinen Ungehorsam. Er schoß die Soldaten alle tot und ließ sie erst wieder lebendig werden, wenn ein neues Spiel begann.

„Ich tu auch mit", meinte ein neu Herbeigetretener. Es war derjenige, der nach der Schule eine so schnelle Bestrafung gefunden hatte.

„Nein, du bleibst davon!" wies ihn Paul zurück. „Mit

dir ist's aus für immer. Wer schimpft, der taugt zu keinem Soldaten, und zu einem Räuber vollends gar nicht. Ich mag dich auch gar nicht frei machen, wenn sie dich eingesteckt haben!"

„Du wärst auch der Richtige", klang die geringschätzige Antwort! „Du kannst ja nicht einmal deinen Vater frei machen! Er hat die Truhe ausgeleert und sitzt nun im Zuchthaus. Schieß ihn doch heraus, wenn du kannst, Fährmanns Paul!"

Er hatte kaum ausgesprochen, so fuhr ihm die Flinte des kleinen Anführers an den Kopf.

„Da hast du noch eins, du böser Bub! Mein Vater ist der Beste im ganzen Dorf; er ist viel besser noch als deiner. Er hat das Geld nicht genommen; er ist unschuldig eingesteckt; die Großmutter sagt's, und die Minna auch. Und wenn ich will, da bring ich ihn schon frei. Ich will dir's gleich einmal zeigen!"

Er rief die Knaben alle herbei.

„Hört, wir spielen jetzt das Zuchthaus! Das ist noch nicht dagewesen und wird euch sehr gefallen. Ich bin einmal mit der Großmutter dort gewesen und hab alles gesehn. Dort ist das Haus; hier kommt die Mauer, und da geht es hinein in den Graben, wo das Kraut und der Salat wachsen. Da haben wir den Vater drin gesehn, als wir vorübergegangen sind. Sie schnitten Pflanzen heraus, und die Soldaten haben mit dem Gewehr dabeigestanden, damit keiner davonspringen konnte. Nun sollt ihr sehn, wie es geht! Macht euch auseinander! So! Ihr seid die Soldaten, und ihr müßt die Gefangenen machen; du bist der Vater. Ich werde gleich laden und alles niederschießen. Und wenn ich keine Kugel mehr hab, so schlag ich mit dem Kolben drein, wie's der Vater gemacht hat, als er im Krieg gewesen ist. Der wartet auch gar nicht, bis ich gesiegt hab; er ist stärker als alle Soldaten und macht sich los, sobald er mich sieht. So mußt du's auch tun! Nun geht; es kann beginnen!"

Mit offenem Mund hatten sie der Erklärung des schönen neuen Spiels gelauscht, und jeder eilte jetzt auf seinen Posten. Die Flinte, die Paul von seinem Vater zum Geburtstag erhalten hatte, stand bei allen in großer Achtung. Man konnte wirklich mit ihr schießen, und so war ihr bei allen Spielen die erste Rolle zugeteilt. Die Befreiung des armen Gefangenen gefiel den Knaben so gut, daß sie immer von neuem wiederholt wurde, bis die Zeit der Heimkehr herangekommen war. Da stellten sie sich in Reih und Glied und marschierten nach dem Dorf zurück.

Vor einem Gut stand eine alte, mächtige Linde. Unter ihr saßen zwei Frauen und schauten lächelnd auf den Zug.

„Ob der Paul nicht immer der Oberst ist!" meinte die jüngere, ihr gutes, blaues Auge auf die ältere richtend, die einen grünen Schirm über den oberen Teil des Gesichts trug und sich vorsichtig von den Strahlen der untergehenden Sonne gewendet hatte.

„Ich kann ihn auf so weit nicht gut erkennen. Ruf ihn doch herbei, Minna", sagte sie.

„Nicht nötig; er kommt schon ganz von selbst."

Wirklich verabschiedete der Knabe die Spielgefährten und stolzierte dann mit wichtiger Miene herbei.

„Großmutter, da bin ich! Ich habe den Vater frei gemacht."

„Wenn du das könntest", seufzte die Angeredete, „so wärst du größer als der Rechtsanwalt, der uns nichts genützt hat, und als die Männer, die ihn festhalten!"

„Ich kann's, Großmutter. Ich hab's im Sandloch versucht und gehe bald nach der Stadt, um ihn heimzubringen. Deshalb bekomme ich auch ein Butterbrot, nicht wahr, Lindenbäuerin?"

„Hast wohl Hunger?" fragte die Genannte.

„Großen, so groß wie noch nimmer!"

„Was hast du denn heute gegessen?"

„Heut früh nichts, zu Mittag nichts, und nach der Schule ein Stückle Brot von der Magd. Die Mutter gibt mir nichts als Schelte und Prügel. Sie kann mich nicht ansehen, hat sie zum Reiterkurt gesagt, weil ich grad ausschau wie der Vater. Ich stand dabei und hab's gehört. Nun mag ich sie auch nicht mehr leiden und geh doch zu dir, Minna, obgleich ich Strafe dafür bekomme; du bist mir lieber als sie!"

Sie zog ihn liebkosend an sich.

„Du armer, armer Schelm! Du bist im reichen Fährmannshof das Aschenbrödel, das sich verkriechen muß und doch nicht fortgegeben wird. Aber ich tu doch noch, was ich mir vorgenommen hab; ich geh zum Richter, damit er dich von der Rabenmutter wegnimmt und zu mir gibt. Übermorgen bekommst du gar den Stiefvater; wer weiß, wie dir's von ihm ergeht!"

„Ich mag keinen Stiefvater! Ich leide es nicht; ich werd ihn mit der Flinte fortjagen!"

„Das mußt du schon leiden, Paul; dagegen gibt's nun keine Hilfe. Aber ich laß dich nicht daheim; ich hole dich her zu mir. Willst du?"

„Ja. Ich mag die Mutter nicht, und auch den Reiterkurt nicht, der sie beim Kopf faßt, wie wenn er der Vater wär. Er schaut mich so zornig an und schickt mich aus der Stube fort vom Tisch. Drum bin ich auch ausgezogen und in den Stall gewichen. Gib mir Brot, Minna, sonst muß ich weinen!"

„Komm herein, Kind; du sollst vollauf haben, was du begehrst!"

„Und waschen und kämmen mußt du mich auch, sonst darf ich morgen nicht in die Schule! Die Mutter wirft mich zur Tür hinaus, wenn ich sie darum bitte."

Die Großmutter erhob sich und trat in das Haus. Sie wollte die Tränen verbergen, die ihr in den schmerzenden Augen standen. Die beiden anderen folgten ihr nach.

Als der Knabe nach einiger Zeit wieder auf die Straße

trat, hatte sich sein Äußeres vorteilhaft verändert. Die Liebe, der er im Lindenhof begegnete, glänzte im Sonnenschein wider, der auf seinem frohen, jetzt so sauberen Antlitz lag, und erwartungsvoll blickte er in die Fenster des Schulhauses, ob vielleicht an einem der Lehrer stehe und die Besserung bemerke, die mit dem Struwwelpeter vorgegangen war.

Zu Haus angekommen, trug er die Flinte in den Stall und nahm die Schiefertafel zur Hand. Draußen im Garten gab es hinter dem Holunderbaum ein schönes Plätzchen, wo ihn beim Schreiben und Malen, was er so gern tat, niemand störte, und es war noch hell genug, um das Zuchthaus zu zeichnen mit den Soldaten und dem Vater, den er frei machen wollte. Dann konnte er auch wieder in der Kammer schlafen und mit den anderen am Tisch essen, brauchte keinen Hunger zu leiden, der so weh tat, und bekam auch ganz gewiß keine Schläge mehr.

Er ging hinaus, kroch in sein Versteck, wo er oft schon halbe Tage lang gesessen hatte, ohne daß es bemerkt worden war, und arbeitete emsig an dem Bild, das es geben mußte, wenn er in den Graben stieg, um zum Vater zu kommen. Er war so vertieft in seinen kindlichen Plan, daß er die zwei, die nach ihm in den Garten getreten waren, nicht eher bemerkte, als bis er ihre Schritte hörte.

Es war die Mutter mit ihrem Bräutigam. Sie hatte sich Zeit genommen, um einige Augenblicke mit ihm allein zu sein.

„Ich hab von früh bis jetzt nach dir ausgeschaut, ob du kommen werdest", meinte sie mit Vorwurf. „Wo bist du denn nur herumgelaufen?"

„Ich war beim Bruder, der im Zuchthaus auf Kommando steht. Ich muß ihn doch zur Hochzeit laden. Er hatte frei am Vormittag und ließ mich gar nicht fort. Wir sind spazieren gewesen und auch um das Gefängnis herumgegangen. Weißt du, wen ich da gesehen hab?"

„Kann mir's schon denken!" antwortete sie kalt und wegwerfend.

„Er darf noch immer im Freien arbeiten und hat gar jämmerlich ausgeschaut. Wer gut gehorsam ist oder krank wird, der bekommt oft vom Direktor die Erlaubnis, mit an die frische Luft zu gehn. Er hat lange in der Arzneistube gelegen, sagt mein Bruder, und ist so herabgekommen, daß er das Dorf wohl nicht wieder zu sehn bekommt."

„Das wäre das beste für ihn und uns. Ich müßte mich ja zu Tode schämen, wenn er wiederkäm. Es ist ihm ganz recht; er mag nur immer sterben!"

Bei diesen harten Worten ließ sich ein unterdrücktes Schluchzen hinter dem Holunder vernehmen. Es tat dem Knaben weh, daß der Vater sterben sollte; er konnte seinen Schmerz nicht zurückhalten. Die Bäuerin blickte durch die Zweige, faßte ihn bei den Haaren und zog ihn hervor.

„Was hast du hier zu lauschen, du heimtückischer Bub? Willst wohl gradso ein Wicht werden wie dein schöner Vater, der auch nichts lieber getan hat, als mir nachzuschleichen und auf Schritt und Tritt mich auszuhorchen? Komm heraus und zeig, was du tust?"

Sie riß ihm die Schiefertafel aus der Hand und betrachtete die seltsamen Hieroglyphen.

„Was soll denn das vorstellen? Solch dummes Zeug bekommt ihr wohl in der Schule gelehrt?"

„Das ist das Bild von dem Vater, wie ich ihn holen werde!" antwortete der Knabe.

„Ach so", lachte sie, „du willst ihn herausbringen. Wie soll denn das geschehn, du Dummhut?"

„Das ist nicht dumm!" verteidigte er sich mutig. „Er darf nicht sterben! Er muß heraus, und ich geh und helfe ihm mit meiner Flinte! Ich hab's vorhin im Sandloch schon versucht; es geht ganz gut!"

„Im Sandloch hast du dich herumgewälzt, so wirst du

wohl wieder aussehn wie —" Sie unterbrach sich, denn erst jetzt merkte sie, wie sauber er vor ihr stand. „Du bist gewaschen und sauber gemacht. Wer hat das getan?"

„Die Großmutter hat's getan und die Lindenbäuerin. Ich hab sie darum gebeten, weil es der Herr Lehrer will. Ich hab auch mit dort gegessen."

„So, also bist du doch noch bei der schönen Minna gewesen! Hab ich dir's nicht verboten, du widerwilliger Schlingel, du? Kurt, nimm ihn einmal vor; du wirst der Vater und kannst gleich heut beginnen!"

Der Bräutigam nickte zustimmend und langte nach dem Knaben. Seine Husarenuniform gab ihm ein gar stattliches Aussehen, und wer ihn nur nach seinem Äußeren beurteilte, brauchte sich nicht zu wundern, daß er der schönen Fährmannsbäuerin lieber war als ihr erster Mann, von dem sie sich hatte scheiden lassen, weil das Gericht eine mehrjährige Freiheitsentziehung über ihn verhängt hatte.

Paul wich um einige Schritte zurück.

„Mutter, schlag du mich lieber! Der Kurt ist nicht mein Vater; ich mag ihn nicht leiden!" rief er.

„Ach so, mein Junge, du bist mir nicht gut?" meinte der Verschmähte. „Mir geht es mit dir auch nicht anders; das hast du wohl schon bemerkt, und ich will es dir noch obendrein beweisen."

Er faßte ihn, legte ihn über das Knie und machte von der ihm zugesprochenen väterlichen Gewalt einen so kräftigen Gebrauch, daß ihm die Bäuerin Einhalt tat.

„Kurt, hör auf; es ist genug für jetzt! Nun geh, du Schlingel, und laß dich heut nicht wieder sehn, sonst nehm ich dich noch selber vor!"

Der Knabe hatte keinen Laut von sich gegeben.

So weh ihm die Schläge taten, er wollte dem Verhaßten keine Träne zeigen und ging schweigend in seinen Zufluchtsort im Stall.

Als die Leute beim Abendbrot saßen und er ungesehen

fortkommen konnte, nahm er seine Flinte und schlich sich über den Hof hinaus auf die Gasse.

Es war mittlerweile dunkel geworden; er konnte unbeobachtet seinen Weg verfolgen, trabte das Dorf hinab und schlug den wohlbekannten Weg nach der Stadt ein, wo er früher öfter mit dem Vater gewesen war. Daheim war die Liebe für ihn erstorben; er wollte den holen, in dessen Herzen sie sicher mit ungeschwächter Stärke fortlebte, und seine kindliche Phantasie wußte nichts von einer Unmöglichkeit, seinen Plan auch auszuführen.

So wanderte er vorwärts, ruhte zuweilen aus und dachte mit seliger Freude an den Augenblick, der ihm den Vater wiedergeben werde. Sein Mut blieb trotz des weiten Wegs sich immer gleich, bis er die Stadt erreichte.

Es war sehr spät, und nur hier und da schimmerte ihm ein einsames Licht entgegen. Er kannte die Gegend, in der das Schloß lag, das jetzt als Landesstrafanstalt eingerichtet war; die Großmutter hatte es ihm gezeigt und war mit ihm um den Graben herumgegangen, der einst zur Befestigung des Platzes angelegt, jetzt aber mit allerlei Küchenpflanzen bebaut worden war. Hier hatte er den Vater gesehen; hier mußte er ihn auch wieder finden, so glaubte er und bog, sobald er die dunkle Masse des Schlosses sich seitwärts erheben sah, von der Straße ab. Als er den Graben erreicht hatte, blieb er horchend stehen. Das unheimliche Gebäude da drüben machte doch einen beengenden Eindruck auf ihn.

Langsame, abgemessene Schritte ließen sich hören; sie rührten von den Außenposten her, die zur Nachtzeit rings um das Schloß gelegt waren, um alle Verständigungen zwischen hüben und drüben zu verhüten und dem etwaigen Ausbruch eines der Gefangenen mit der scharfgeladenen Waffe zu begegnen.

Wer lief da unten? War es der Vater oder ein anderer? Er durfte nicht rufen, sondern mußte den Mann erst sehen. Leise schlich er sich an dem Rand des Grabens vorwärts, bis er an eine Stelle kam, wo die Mauer, die senkrecht hinunterging, sich zu einer Böschung verflachte, die den Graben für die zuweilen notwendigen Fuhrwerke zugänglich machte.

Hier schlich er sich hinab.

Das Gefühl, das jetzt über ihn kam, machte seine Schritte vollständig unhörbar, und er kam eine ziemliche Strecke in dem Graben weiter, ehe er bemerkt wurde. Da stieß er an einen Stein.

„Wer da?“ rief eine laute, barsche Stimme.

Er fürchtete sich und suchte auszuweichen.

Jetzt sah der Posten trotz der Dunkelheit die Gestalt, die sich in einiger Entfernung von ihm bewegte.

„Halt, steh!“ gebot er.

Der Junge begann nun vor Angst erst recht zu laufen.

„Halt, steh, oder ich schieße!“ ertönte es.

Das Gewehr klirrte. Der Knabe suchte, von Furcht getrieben, den Ort, an dem er herabgekommen war; da krachte der Schuß.

„Vater!“ ertönte es laut durch die Nacht, dann brach das getroffene Kind zusammen.

*

Es war am Sonnabend früh. Die Anstaltsglocke gab das Zeichen, daß die Gefangenen sich vom Lager zu erheben hatten. Die Aufseher waren aus ihren in der Stadt gelegenen Privatwohnungen eingetroffen.

„Ist etwas vorgefallen?“ fragte einer von ihnen den Soldaten, der ihn an der Tür zur Ablösung erwartete.

„Es war große Unruhe unter den Leuten, weil in der Nacht ein Schuß gefallen ist“, lautete die Antwort. „Nummer hundertneunzig steht im Meldebuch; er ist in seiner Zelle auf und ab gegangen, obgleich ihm wiederholt geboten worden ist, sich niederzulegen!“

„War er krank?“

„Nein, sonst hätte er sich auf die Krankenstelle gemeldet. Wer macht die Anzeige? Sie, Herr Aufseher?"

„Nein, sie ist Sache Ihres diensthabenden Unteroffiziers, der sie weitergibt, bis sie um acht Uhr an die Direktion kommt. Ich hab den Betreffenden nur zurückzuhalten, damit er zur Verfügung steht, wenn er zum Verhör verlangt wird. Er ist Außenarbeiter."

Der Sprecher verabschiedete den Posten und ging dann die Zellenreihe hinab, bis er an eine Tür gelangte, über der ein Blechschild mit der Nummer hundertneunzig hing. Er zog den Schlüssel hervor und öffnete.

Als der Gefangene seinen Vorgesetzten erblickte, erhob er sich von seinem Schemel. Die häßliche Anstaltskleidung hatte nicht vermocht, seine vorteilhafte Gestalt zu verbergen; aber seine Wangen waren bleich und eingefallen, und die Augen blickten trübe und verschleiert aus ihren Höhlen hervor.

„Hundertneunzig, du bist angezeigt!"

„Ich? Warum, Herr Aufseher?" fragte der Mann.

„Weil du während der Nacht nicht Ruhe gehalten hast! Was machst du denn für Dummheiten? Du hast dich doch bisher immer gut geführt!"

„Herr Aufseher, es wurde draußen im Graben geschossen, grad unter meinem Fenster, und —"

„Das geht doch dich nichts an! Du hast dich abends niederzulegen und ruhig bis früh liegenzubleiben, außer wenn du dich krank fühlst. Du darfst heute nicht mit zur Arbeit, denn Punkt neun mußt du zum Herrn Direktor, um deine Strafe zu bekommen!"

„Aber ich hab ja keinen Lärm verursacht! Es war mir unmöglich, zu schlafen, denn gleich nach dem Schuß hörte ich eine —"

„Schon gut; ich hab jetzt keine Zeit, auch geht mich die Sache gar nichts an! Wer nicht hört, der muß fühlen; das ist eine alte Regel und hier in der Anstalt noch mehr Gesetz als draußen."

Er verschloß die Tür und entfernte sich.

Der Sträfling sank auf seinen Schemel zurück, bog sich auf die Knie hernieder und verbarg das Gesicht in beide Hände. Am Himmel stand die helle, goldene Morgensonne, er konnte sie nicht sehen; ihr Licht fiel nur matt durch das hoch angebrachte, schmale und vergitterte Fenster in den engen, traurigen Raum. Wer hat das Recht, dem Menschen ihren Strahl, ohne den er nicht leben kann, zu entziehen? Wer hat die fürchterliche Strafe erfunden, die ihn den Seinen entreißt einer Tat wegen, an der sie keinen Anteil haben? Wer wagt es, zu behaupten, daß der richterliche Schiedsspruch, der in die tiefsten Tiefen eines menschlichen Seins hinunterlangt, untrüglich sei?

Wie oft hatten diese Gedanken in seinem Hirn gewühlt, seinen Kerker zur unausstehlichen Hölle gemacht und jeder einzelnen der jammervoll hinschleichenden Stunden die Länge einer Ewigkeit gegeben! Er nahm die magere Morgensuppe in Empfang, ohne sie anzurühren, hörte nicht das entsetzliche Klirren der Riegel und Schlösser, diese fürchterliche Musik der ‚dunklen Häuser', und saß vollständig bewegungslos, bis ihn die Stimme des öffnenden Aufsehers aus seinem dumpfen Brüten weckte.

„Hundertneunzig, hier ist die Bürste! Schmier die Schuhe und putz deine Jacke; es geht zum Herrn Direktor!"

Nachdem diese einfachen Vorbereitungen vollendet waren, wurde er in das Vorzimmer des Hochgebietenden geführt, wo eine Menge Schicksalsgenossen versammelt waren, ein jeder, um für irgendeine größere oder geringere Sünde gegen die Hausordnung die Strafe diktiert zu erhalten. Sie wurden nach der Nummernfolge in Reih und Glied gestellt und in derselben Ordnung vorgelassen. Als er aufgerufen und eingetreten war, fand er den Anstaltsvorsteher in unheilverkündender

Stimmung. Das Verhalten seines Vordermannes trug die Schuld daran.

„Du hast Nummer hundertneunzig?“ fragte der Direktor.

„Leider, Herr Direktor.“

„Leider! Was soll das heißen?“

„Das soll die Klage bedeuten, daß ich mich in diesem Hause befinde und meinen ehrlichen Namen verloren hab, daß ich nur noch eine Ziffer bin!“

„Daran ist niemand schuld als du allein! Wer seine Freiheit mißbraucht und seine Menschenwürde mit Füßen tritt, der wird eingesperrt und gilt als ein Strafvollzugsobjekt, das man zur besseren Übersicht mit einer Zahl bezeichnet. Hast du das verstanden?“

„Ich bin nicht gelehrt genug, das zu begreifen, Herr Direktor. Mein Kopf reicht nur so weit aus, zu wissen, daß ich unschuldig bin an dem, was man mir tut. Ich hab —“

„Nichts hast du, gar nichts, als zu schweigen! Ich möchte nur einmal wissen, wieviel Unschuldige ich hier im Haus habe! Hältst du denn deine Vorgesetzten wirklich für so albern, einer solchen Versicherung Glauben zu schenken? Wer sein Vergehen bekennt und bereut, erweckt Vertrauen und kann noch einmal ein ehrlicher Mensch werden. Wer aber fortgesetzt leugnet, bleibt verloren und verdient die strengste Behandlung; sie soll dir werden! Du bist angezeigt, dem Posten ungehorsam gewesen zu sein. Warum hast du nicht geschlafen?“

„Es fiel ein Schuß —“

„Der dich aufgeweckt hat, und weil es euch immer zu wohl ist, bist du trotz des mehrmaligen Verbots die ganze Nacht spazierengegangen. Ich werde dir acht Tage Kostentziehung notieren.“

„Ich werde die Strafe ruhig tragen, wie ich auch das andere auf mich genommen habe. Aber verdient ist sie nicht!“

„Was?“ brauste der Direktor auf. „Willst du etwa behaupten, daß ich dich ungerecht behandle? Dann werde ich aus der acht eine vierzehn machen!“

„So hab ich's nicht gemeint! Ich denk nur, wenn der Herr Direktor wüßte, warum ich nicht hab ruhen können, so hätte ich die Kostentziehung nicht bekommen, eben grad, weil ich ihn für gerecht und billig halte! Als der Schuß gefallen ist, hat eine Kinderstimme gejammert und laut ‚Vater‘ gerufen. Das ist grad der Ton von meinem Paul gewesen; es hat mich aufgeschreckt und in der Zelle herumgetrieben, als ob er totgeschossen wäre. Ich weiß, er ist's nicht gewesen, denn wie sollte er von daheim her in den Graben kommen? Aber ich hab mir nicht helfen können und die Stimme vor dem Ohr gehabt bis jetzt zu diesem Augenblick.“

„Paul heißt dein Sohn?“ Er nahm erst jetzt das vorliegende Aktenheft zur Hand, um nach dem Namen der Nummer hundertneunzig zu sehn. „Du heißest Fährmann und bist aus Oberdorf? So! Bestraft bist du wohl noch nicht wegen eines Vergehens gegen die Hausordnung?“

„Nein, Herr Direktor. Ich will mir meine Lage nicht selber schwerer machen!“

„Daran tust du klug.“ Seine Stimme hatte einen milderen, fast teilnehmenden Klang angenommen. „Und ebenso klug würde es sein, dich nicht von einer Täuschung übermannen zu lassen. Ich will die Kostentziehung für diesmal streichen; sieh aber zu, daß du nicht wieder angezeigt wirst, und geh jetzt an deine Arbeit!“

Er wurde abgeführt und durch eine Nebenpforte in den Garten gebracht, wo mehrere Genossen mit Arbeit an den Küchenpflanzen beschäftigt waren. Sie wurden von einem Soldaten bewacht, da die Zahl der Aufseher nicht zur Beaufsichtigung so kleiner Abteilungen ausreichte.

Er trat mit ein und nahm die Hacke zur Hand. Aber

bei allem Fleiß vermochte er nicht, den Ruf loszuwerden, der ihm in die Ohren gellte, als sei der Schuß jetzt eben erst gefallen. Er befand sich wie im Fieber und hätte am liebsten fliehen und nach Haus laufen mögen, um sich zu überzeugen, daß seinem Kind nichts geschehen sei.

Da wurde das Haupttor geöffnet, und ein leichter Federwagen fuhr heraus. Oben am Graben gingen Leute vorüber, die beim Anblick des Wagens stehenblieben. Man konnte deutlich jedes Wort vernehmen, das gesprochen wurde.

„Jetzt bringen sie das arme Kind“, meinte einer. „Es muß den Vater drinnen in der Anstalt haben!“

„Konnte denn der Posten nicht merken, daß es nur ein Knabe war?“

„Es ist finster gewesen; da kann man nicht genau unterscheiden. Er hat natürlich keinen geringen Schreck gehabt, kann aber nichts dafür, da er schießen mußte. Die Kunde von dem Unglück war schon am frühen Morgen in der ganzen Stadt herum.“

Fährmann horchte auf. Also hatte er sich doch nicht getäuscht, ein Knabe war's gewesen! Doch wem gehörte er?

Der Wagen schlug die Richtung nach der Straße ein, die nach Oberdorf führte. Es war niemand zu sehen als der Kutscher und der Aufseher, der auf dem Hintersitz Platz genommen hatte. Vor ihm lag ein Bett, und an der Seitenwand ragte der Lauf eines Gewehrs empor. War es Wirklichkeit, oder täuschte ihn bloß seine aufgeregte Phantasie? Er glaubte keine militärische Waffe, sondern die Flinte zu erkennen, die er seinem Knaben geschenkt hatte. Es wirbelte ihm vor den Augen, und er mußte den Posten bitten, sich einen Augenblick niedersetzen zu dürfen.

Wie gern hätte er eine Frage ausgesprochen, doch es war bei Strafe verboten, über andere als Dienst- und Arbeitsangelegenheiten mit dem Soldaten zu reden. Diesem war der Gefangene nur ein Verbrecher, der die Strenge des Gesetzes zu empfinden hat; er fühlte sich daher nicht zur Teilnahme aufgelegt und forderte ihn baldigst auf, wieder an seine Arbeit zu gehen.

Als die Glocke das Zeichen zur Mittagsmahlzeit gab, wurde die Pforte geöffnet, und der Posten lieferte die ihm Anvertrauten in das Innere der Anstalt ab.

„Was hast du für Strafe erhalten?" begrüßte der Aufseher seinen Gefangenen. Er erhielt die dienstliche Benachrichtigung gewöhnlich erst am Nachmittag zugeschickt.

„Keine", antwortete der Sträfling.

„Wirklich keine? Da kannst du von großem Glück reden!"

„Ich sollte Kostentziehung bekommen, aber der Herr Direktor hat sie wieder gestrichen, weil ich bisher noch keine Strafe erhalten hab und weil — Herr Aufseher, auf wen ist heute nacht geschossen worden?"

„Da fragst du mich zu viel; ich kann dir keine Antwort geben."

„Nicht? Aber wenn ich Sie nun recht inständig bitte?"

„Auch dann nicht!"

„Dürfen Sie bloß mir nicht antworten?"

„Weder dir noch sonst einem Gefangenen. Der Sicherheitsdienst ist ein verschwiegener; das mußt du auch wissen, und darum wundere ich mich, daß du überhaupt fragst."

„So sagen Sie mir wenigstens, ob mich der Schuß wohl auch betroffen hat?"

„Dich? Wie kann er das? Er ist doch nicht auf dich gerichtet worden. Geh jetzt in deine Zelle und iß; das wird dir nötig sein; du siehst ganz armselig aus!"

„Essen? Ich kann nicht; ich hab an eine andere Sache zu denken."

Als sich die Tür hinter ihm geschlossen hatte, zog er

den Strohsack herbei und warf sich auf das Lager, ohne den Napf, in dem sich das Mahl befand, nur anzusehen. Er war müde, so müde und zerschlagen, wie er sich in seinem ganzen Leben noch nicht gefühlt hatte, und doch zuckten seine Glieder unter einer Aufregung, die ihn wieder emporriß und in dem engen Raum umhertrieb.

„Herrgott im Himmel, laß mich's doch erfahren, wer's gewesen ist! Tot ist er geschossen, denn wenn er verwundet wäre, so könnten sie ihn nicht forttransportieren. Es war seine Stimme und auch ganz genau die Kinderflinte, die ich ihm damals gegeben hab. Wer weiß, wie's ihm daheim ergeht, und da ist er weggelaufen, um mich aufzusuchen; er hat mich ja im Graben gesehen, als er an jenem Tag mit der Mutter vorüberging. Wenn er's gewesen ist, so weiß ich wahrhaftig nicht, was ich tu! Hier halte ich's dann nimmer aus; ich muß ihn sehen, eh sie ihn begraben, und nehme die Flucht, wo mich keine Mauer hält, kein Gitter, kein Graben und kein Posten."

Als er dann in den Hof kam, wo sich die Genossen versammelten, um wieder an den Ort ihrer Beschäftigung geführt zu werden, erkundigte er sich bei ihnen, ob sie vielleicht etwas Genaues über das nächtliche Vorkommnis erfahren hätten. Die Frage mußte heimlich ausgesprochen werden; er erhielt keine befriedigende Antwort, denn die Direktion hatte sich befleißigt, die Kunde von dem Sachverhalt nicht unter die Sträflinge dringen zu lassen.

Der Posten, dem die Beaufsichtigung der Arbeiter für den Nachmittag anvertraut war, nahm sie von dem Aufseher in Empfang, ließ sie zu Paaren antreten, öffnete die Pforte und kommandierte: „Marsch, vorwärts!"

Er selbst ging mit geladenem Gewehr hinter ihnen her und rief, als sie zur Stelle waren, ein gebieterisches „Halt!"

Er selbst hatte sie vorgezählt erhalten, mußte sie zu gleicher Zahl wieder abliefern und beobachtete darum die Bewegung eines jeden einzelnen mit aufmerksamen Blicken. Am häufigsten ruhte sein Auge auf hundertneunzig, wobei seine Miene einen Ausdruck deutlicher Verachtung und Gehässigkeit zeigte. Dem gewöhnlichen Mann mangelt die Bildung, die sich zu der menschlichen Anschauung erhebt, daß das Vergehen die äußere Folge einer inneren, moralischen Krankheit ist, an der der Verbrecher selbst zuweilen die geringere Schuld trägt, die ihn aber auch im schlimmsten Fall nicht aus der Reihe der menschlichen Wesen scheidet und eher Mitleid als Verachtung erwecken sollte.

Der Gefangene hatte, als er ihn vorhin erblickte, das Auge bestürzt zu Boden geschlagen, und seine bleichen Wangen waren unter dem Gefühl der Scham bis an die Schläfe rot geworden. Er vermied es geflissentlich, ihn anzusehen, und hielt den Kopf so tief wie möglich zur Erde gebeugt. Sein geschwächter Zustand erlaubte ihm nicht, mit den anderen gleichen Schritt zu halten. Der Soldat mußte ihm den guten Willen, das gleiche zu leisten, anmerken, freute sich aber der Gelegenheit, sein Machtbewußtsein geltend machen zu können.

„Ist das Faulheit bei dem Fährmann!“ schimpfte er. „Mach vorwärts und bleib nicht so weit zurück, sonst schreib ich dich ins Anzeigebuch!“

Der Getadelte antwortete nicht, gab sich aber Mühe, einem zweiten Verweis zu entgehen. Es gelang ihm nicht.

„Nun, soll ich dich eintragen, oder willst du nun arbeiten?“ fragte der Soldat in drohendem Ton.

Jetzt hob der Angeredete den Kopf und sah den Sprecher mit einem Blick an, in dem Vorwurf und Bitte zugleich lagen.

„Ich bin krank gewesen, Hilbertfranz, und hab noch nicht die Kräfte wieder“, sagte er.

„Was, du nennst mich beim Namen? Ist dir's nicht gesagt worden, daß du mich nur ‚Posten‘ zu rufen hast? Das muß bestraft werden.“

Bei dieser Drohung wurde die Gestalt Fährmanns um einige Zoll höher, und sein mattes Auge begann zu leuchten.

„Ich mach's geradeso wie du! Du hast mich beim Namen gerufen und darfst nur die Nummer sagen. Zeig mich doch an, wenn du denkst, daß du recht behältst, aber zum Fürchten bringst du mich wohl nicht sogleich!"

„Das wird immer besser! Wer so unverschämt ist, den Posten ‚du' zu nennen, der wird festgenommen. Ich werde das Zeichen geben, daß du abgeholt wirst und in die Straflöcher kommst!"

„Mach dich nicht groß, Hilbertfranz! Wenn du den Rock wegtust, so bleibt nichts übrig als ein Schustergeselle, der als der größte Liederjahn von Oberdorf bekannt ist. Und den soll ich ‚Sie' nennen, wie's in der Hausordnung steht? Da mag der Herr Direktor uns doch einen Mann herstellen, den man ehren kann!"

„Gut. Du willst's nicht anders haben!"

Ohne den zu Beaufsichtigenden den Rücken zuzukehren, näherte er sich der Pforte, hinter der einer seiner Kameraden postiert war.

„Posten an der Pforte!" rief er von außen.

„Hier!" antwortete es drin.

„Zwei Mann mit Unteroffizier zur Festnahme heraus!"

Während das Verlangen von Posten zu Posten weitergegeben wurde, um auf diese Weise in die Wachtstube zu gelangen, trat der Soldat wieder näher.

„Nun arbeite fort, bis sie kommen, sonst wird die Strafe doppelt!" befahl er dem Züchtling.

„Fällt mir gar nicht ein!" antwortete dieser. „Ich bin Korporal gewesen und kenne den Dienst deshalb wohl besser als so ein Schusterbub, der noch in die Schule gegangen ist, als ich längst die goldene Litze am Kragen trug. Wirst wohl ganz nach deinem Bruder, dem schönen Reiterkurt, geraten!"

Das lange und widerstandslose Dulden hatte einen Grimm in ihm aufgehäuft, der jetzt zum vollen Ausbruch kam. Er sollte festgenommen werden, und nun war es ihm gleich, ob die Strafe um einiges größer wurde oder nicht.

Die anderen freuten sich über seinen Mut, wagten aber nicht, die Teilnahme zu erkennen zu geben, sondern arbeiteten emsig weiter. Auch der Soldat hatte seinen Gleichmut verloren.

„Schimpfe immer auf ihn, du Kassenfälscher, du!" höhnte er. „Er hat dir doch die Frau hinweggenommen. Morgen ist die Hochzeit, und ich bin auch geladen! Willst du nicht mit hinaus?"

Fährmann trat einen Schritt zurück. Er hatte die Frau, die ihm schon nach kurzer Ehe untreu wurde, längst aufgegeben; er mußte sie hassen und war ihrem Verlangen nach Scheidung mit keinem Wort entgegengetreten. Und doch machte die Nachricht, die darauf berechnet war, ihn tief zu kränken, einen nicht geringen Eindruck auf ihn. Er dachte an sein Kind, das von solch einem zweiten Vater sicherlich nichts Gutes zu erwarten hatte.

„Den Reiterkurt nimmt sie?" fragte er. „Da greift sie selber nach der besten Strafe, die sie verdient! Doch aber mein Paul, mein armer, lieber Junge, wie wird's dem nun ergehen?"

„Brauchst um ihn keine Angst zu haben, denn ihm kann keiner mehr was tun. Er ist heute nacht im Graben hier erschossen worden!"

Es war eine niederträchtige Lüge, die der Mann hier aussprach. Er hatte Pflicht und Unterweisung vollständig vergessen und nur dem Privathaß Raum gegeben. Seine Absicht, den Gefangenen aufs tiefste zu verletzten, brachte eine Wirkung hervor, die ihm selbst zum größten Schaden gereichte.

„Erschossen! Also doch?" rang es sich stockend zwischen den bebenden Lippen des Gefangenen hervor. „Oh, du mein lieber Gott, was hab ich denn verbrochen, daß du mich immer härter schlägst?"

Da ertönten aus dem Innern des Gefängnishofes laute, taktmäßige Schritte über die Mauer herüber; der zur Verhaftung gerufene Unteroffizier nahte mit seinen Leuten.

Da wich der Schreck aus Fährmanns Gesicht; das Geräusch des klirrenden Schlüssels schien ihn elektrisch zu durchzucken; er war mit einem Schlag ein vollständig anderer.

„Grüß mir das Strafloch, Schusterbursch, wenn du an meiner Stelle hineinkommst!" klang es mit plötzlicher Entschlossenheit. Ein rascher Griff, und er hatte dem Soldaten das Gewehr aus der Hand gerissen; im nächsten Augenblick war er schon weit entfernt und sprang mit großen Sätzen bereits die Böschung hinan, als die drei Leute durch die geöffnete Pforte traten.

„Ein Mann auf der Flucht!" rief ihnen der entwaffnete Posten entgegen und zeigte mit der Hand nach dem Fliehenden.

Der Unteroffizier überblickte schnell die Situation.

„Halt — Gewehr an — gebt Feuer!" kommandierte er.

Er zog die eigene Waffe in die Höhe.

Drei Schüsse krachten; keiner traf.

„Posten an der Pforte!"

„Hier!"

„Ein Gefangener entflohn — Mannschaft zur Verfolgung! Drei Mann zur Verhaftung des Postens!"

Schon hatten seine beiden Begleiter ihm die hinderlichen Gewehre übergeben, um der flüchtigen Nummer hundertneunzig nachzuspringen; wenige Augenblicke später quoll aus der Pforte die sämtliche Reservemannschaft, durcheilte auf einen gegebenen Wink den queren Graben, kletterte, ohne den Umweg nach der Böschung zu machen, an der Mauer empor und schlug im schnellsten Lauf die Richtung nach Oberdorf ein, in der, schon weit entfernt, Fährmanns Gestalt noch zu erkennen war.

Nun krachte auch der übliche Böllerschuß, um die Bewohner der Umgegend auf das Geschehene aufmerksam zu machen, und zu gleicher Zeit langten die drei Soldaten an. Einer von ihnen wurde zur Ablösung der Wache verwendet; die anderen beiden nahmen die letztere zwischen sich und verschwanden, von dem Unteroffizier gefolgt, hinter der Pforte.

Das Kind hatte den Vater befreien wollen und trotz des nächtlichen Schusses seinen Zweck erreicht; der Ersehnte hatte seine Bande gesprengt und war dem jammernden Ruf gefolgt.

*

Im Fährmannshof, der von morgen an das Hilbertgut genannt werden sollte, ging es schon während der Dämmerung gar lustig her. Es war ja heute Polterabend, an dem sich die Nachbarn und Bekannten das Vergnügen zu machen pflegen, all ihren Vorrat an unbrauchbarem Topfgeschirr an der Tür des Hochzeitshauses zu zerbrechen.

Die Knechte hielten sich zur lustigen Abwehr bereit und trieben dabei mit den Mädchen und dem sonstigen Besuch allerlei neckische Kurzweil. In der guten Stube aber saß das Brautpaar und hielt ein ernstes Zwiegespräch. Die Bäuerin hatte jetzt Zeit dazu; die meiste Arbeit war getan, und was noch übrigblieb, konnte sie dem Gesinde überlassen.

Sie befand sich in einer nicht sehr rosigen Laune, und das hatte seinen triftigen Grund! Die Abneigung, die sie gegen ihren ersten Mann empfand, war auch auf dessen Kind übergegangen, ein Fall, der, so unnatürlich er erscheint, leider nicht vereinzelt zu nennen ist, und das hatte eine Vernachlässigung des armen Knaben zur

Folge, die von jedem achtbaren Dorfbewohner mit dem größten Mißfallen bemerkt und auch besprochen wurde. Niemand aber hatte sich zur Einmischung berufen gefühlt, und selbst die brave Lindenbäuerin, die wegen einer heimlichen Zuneigung für Fährmann unverheiratet geblieben war, hatte sich nur heimlich des Knaben angenommen und die Ausführung ihres Entschlusses, ihn durch das Vormundschaftsgericht sich zusprechen zu lassen, aus weiblicher Verzagtheit von einer Zeit zur anderen hinausgeschoben.

Der heutige Tag aber hatte dieser Unentschlossenheit ein schnelles Ende bereitet.

Die Abwesenheit Pauls war, da er unter keiner besonderen Aufsicht stand und sich niemand groß um ihn zu kümmern pflegte, nicht eher bemerkt worden, als bis der Wagen, der ihn von seiner Befreiungsfahrt zurückbrachte, vor dem Tor hielt. Die Kugel hatte ihn nur leicht am Kopf gestreift, so daß für sein Leben glücklicherweise nichts zu befürchten war, aber der begleitende Aufseher hatte sich seines Auftrages, der nachlässigen Mutter streng zu begegnen, so gut entledigt, daß ihr die selige Hochzeitsstimmung vollständig verlorengegangen war.

Die Kunde von dem Abenteuer des unternehmenden Kindes hatte sich schnell im Dorf verbreitet, und vor noch nicht langer Zeit war die Lindenbäuerin in Begleitung des Ortsrichters gekommen, um den Knaben vorderhand zu sich zu nehmen, da zur eigentlichen Entscheidung erst noch weiter berichtet werden mußte.

Das war ein harter Schlag für die Frau vom Fährmannshof gewesen. Ihr Mutterherz allerdings fühlte sich nicht im geringsten verletzt, aber ihr Stolz war gedemütigt und ihre vermeintliche Ehre gekränkt — darum saß sie jetzt kalt und zornig an der Seite des liebeglühenden Bräutigams und wollte sich über den ihr widerfahrenen Schimpf nicht trösten lassen.

„Wer ist denn schuld, daß er fortgelaufen ist? Nicht ich, sondern du!“ warf sie ihm vor. „Du hast ihn geschlagen, daß mir himmelangst geworden ist! So ein Kind ist doch kein Pferd, mit dem ihr Reiter umspringen könnt, wie's euch beliebt.“

„Du hast mir ja befohlen, daß ich ihn hauen soll, und ich hab noch nie vernommen, daß die Schläge mit der Goldwaage abgemessen werden müssen!“ rechtfertigte er sich. „Und bin ich etwa nicht gleich fertig gewesen, als du mir Einhalt tatest? Laß doch den Buben sein! Es ist ganz schön, daß wir ihn losgeworden sind.“

„Das meine ich auch, wenn's nur auf eine andere Art geschehen wäre und nicht gerade zum Poltertag! Nun hab ich das Gerede im Dorf und möchte mich vor gar niemand blicken lassen.“

„Das macht mir keine Sorge. Wir bleiben dennoch, wer wir sind! Hast du dich nicht gescheut, vom Mann hinwegzukommen, so brauchst du dich auch nun jetzt bei seinem Buben nicht zu ärgern!“

Er hätte wohl seinen Versuch, sie zu besänftigen, weiter fortgesetzt, aber im Hof ertönte Pferdegetrappel, und gleich darauf kam die Magd und meldete bestürzt:

„Bäuerin, Ihr sollt schnell herunterkommen; es ist ein — Feldjäger da!“

„Ein Feldjäger?“ fragte sie erschrocken.

„Ja, und noch dazu ein reitender!“

„Was mag der wollen? Ist's auch richtig, daß er den Fährmannshof sucht?“

„Ja.“

„So sag, ich komme gleich! Gehst doch mit, Kurt?“

„Ich? Was soll ich denn dabei? Er hat doch nach dir und nicht nach mir gefragt!“ erwiderte er.

„Aber ich fürchte mich allein. Du wirst der Bauer und mußt mit!“

Nur mit Widerstreben folgte er ihr. Er trug, obgleich er um den Abschied eingekommen war und ihn alle

Stunden erwartete, die dralle Uniform zur Schau. Auch fehlte es ihm nicht an persönlichem Mut; das hatte er auf manchem Tanzsaal bewiesen. Jetzt aber sah er nichts weniger als nach großen Heldentaten aus und blieb beinahe verlegen an der Tür stehen, als sie unten eingetreten waren. Der Feldjäger erwartete sie mitten in der Stube. Die Anwesenden saßen kleinlaut auf ihren Plätzen und harrten ängstlich der Dinge, die da kommen würden.

„Sie sind die Frau vom Haus hier?" war die erste Frage des Feldjägers.

„Ja!" sagte sie.

„Ist Ihr Mann abwesend?"

„Mein Mann? Ich bin geschieden."

„Ach so! Wer ist der Herr in Uniform?"

„Das — das ist mein Bräutigam."

„Ich gratuliere!" Er sah sich in der Stube um und bemerkte die festlichen Vorbereitungen. „So haben Sie wohl gar morgen Hochzeit? Das dürfte allerdings die Sache ändern! Wann haben Sie Ihren ersten Mann zum letztenmal gesehen?"

„Als er — fortgeführt wurde."

„Seitdem nicht wieder?"

„Nein."

„Auch heute nicht?"

„Nein", antwortete sie erstaunt.

„Sie haben einen Knaben?"

„Ja."

„Wo befindet er sich?"

„Auf dem Lindenhof."

„Warum?"

„Weil ihn die Bäuerin als Kind annehmen will."

Er nickte leise, als erkenne er die Wahrheit eines Gedankens, der ihm gekommen war.

„Ihr Mann ist heute aus der Gefangenschaft entsprungen; es ist möglich, daß er Sie aufsuchen will, und ich werde daher Ihr Gut besetzen lassen. Wer sich gegenwärtig darin befindet, darf es nicht eher verlassen, als bis ich die ausdrückliche Erlaubnis dazu erteile. Sie haben wohl für mein Pferd einen Platz im Stall? Lassen Sie es vom Knecht besorgen!“

Ohne sich um den Eindruck, den seine Worte machten, zu bekümmern, schritt er nach der Tür. Sein Blick fiel schärfer in das Gesicht des Husaren; er blieb vor ihm stehen.

„Mir ist, als hätten wir uns schon einmal gesprochen?“

„Ja, Herr Oberwachtmeister, vor einem Jahr in der Stadt. Ich hab — die Anzeige — gegen den Fährmannbauer gemacht!“

Der Beamte schien sich zu besinnen.

„Richtig! Ich war damals noch Schutzmann. Wurden Sie nicht in derselben Angelegenheit auch als Zeuge vernommen? Es handelte sich, glaub ich, um Kassenscheine, deren Nummern eingetragen waren?“

„Ja“, antwortete er immer verlegener.

„Der Fall war interessant, ist mir aber nicht mehr so genau gegenwärtig. Wie waren Sie denn eigentlich in den Besitz des Geldes gekommen?“

Diese Frage, ganz unverfänglich ausgesprochen, trieb in das Gesicht des Husaren eine dunkle Blutwoge, um es dann desto blässer erscheinen zu lassen. Der Feldjäger mußte diesen Eindruck seiner Worte bemerken.

„Wie soll ich denn dazugekommen sein? Er hat mir's geborgt“, erklärte der Gefragte.

„Ja, ja, jetzt fällt es mir ein! Und jetzt sind Sie der Bräutigam seiner Frau? So, so; ich gratuliere nochmals!“

Er übergab draußen dem Knecht sein Pferd und verließ dann den Hof. Die ebenso ungewöhnliche, wie scheinbar unbegründete Verlegenheit des Soldaten war seinem geübten Blick aufgefallen; doch konnte er den Gedanken, die sich sofort zu einem Bild vereinigen wollten, nicht Raum geben; er war anderweit zu sehr in Anspruch genommen. Auf der Straße warteten mehrere Untergebene auf ihn; er gab ihnen seine Befehle und ließ sich dann von einem ihm begegnenden Dorfbewohner nach dem Lindenhof führen.

Er traf dort die Bäuerin nicht zu Haus. Sie war noch spät zum Nachbardorf gegangen, wo eine Bekannte von ihr eine heilsame Wundsalbe besaß, die gar trefflich war für alle Verletzungen und äußeren Schäden. Sie wollte davon holen, um Pauls Schmerzen zu lindern.

Obgleich sie sich gesputet hatte, brach doch bereits die Nacht herein, als sie den Rückweg antrat. Er führte zum großen Teil durch den Wald; doch fürchtete sie sich nicht, da sie ein gutes Mittel wußte, die Angst zu vertreiben; sie sang nach dem Takt ihrer Schritte halblaut vor sich hin; das fesselt die Phantasie und läßt sie auf nächtliche Täuschungen weniger achten. Ihre Stimme war als eine der besten im Ort bekannt, und sie hatte mit dem Vater Pauls in früherer Zeit gar manche schöne Kirchenarie vom Chor herab gesungen. Jetzt fiel ihr sein Lieblingslied ein; sie summte es und dachte dabei, wie schön es sein würde, wenn die alten Tage wiederkehren könnten, in denen er die Frau noch nicht liebhatte, die ihn nur wegen seiner blanken Knöpfe nahm und dann, als er den Militärrock auszog, nicht mehr leiden konnte.

Plötzlich blieb sie stehen: Es war ihr, als hätte jemand ihren Namen ausgesprochen, geradeso wie der, an den sie dachte, der sich oft hinter den Zaun oder in den Busch gesteckt und sie mit halber Stimme gerufen hatte, um sie zu überraschen.

„Minna!“

Jetzt hörte sie das Wort deutlich. Es befand sich also wirklich jemand hinter den Sträuchern, und es wurde ihr plötzlich so bange, daß sie fliehen wollte.

„Bleib stehen, Minna, und sag, bist du es, oder bist du es nicht!“ ertönte es weiter.

„Guter Heiland, das klingt ja gerade wie — ja, ich bin's! Wer ist denn da?“

„Erschrick nicht, Minna; der Eduard ist's!" antwortete der Sprecher und trat näher.

„Bleib stehen; ich glaub es nicht; es ist nicht möglich!" erwiderte sie.

„Und doch ist's möglich; hör mich nur an! Ich bin aus der Gefangenschaft entsprungen! Wißt ihr's noch nicht im Dorf?"

Er trat jetzt hinter dem Gesträuch hervor, so daß sie ihn erkannte. Sie faltete vor Schreck die Hände ineinander und rief mit vorsichtig gedämpfter Stimme:

„Kein Sterbenswort hab ich gewußt. Herrgott, Eduard, was hast du getan?"

„Ich hab nicht anders gekonnt. Sie haben mir den Paul erschossen; nun, da bin ich fort, um ihn noch einmal zu sehen."

„Erschossen? Das ist ja gar nicht wahr! Die Kugel hat ihm nur die Haut berührt und ein paar Haare mitgenommen."

„Ist's wahr, Minna? Ist's auch gewiß wahr, was du mir sagst?" fragte er jubelnd.

„Freilich ist's wahr; ich werde dir doch keine Lüge sagen! Schau hier; die Salbe, die würd ich doch nicht für ihn holen, wenn er zu Tod getroffen wäre!"

„Für ihn bist du fort gewesen, Minna, für mein Kind? Sag, wo ist er zu finden? Ich muß ihn sehen!"

„Bei mir im Lindenhof. Die Mutter sitzt bei ihm und sorgt für seine Pflege, bis ich zurückgekehrt bin."

„Was meinst du für eine Mutter? Du hast ja gar keine mehr!"

„Die deinige. Deine Frau hat sie aus dem Haus gejagt; darum wohnt sie nun bei mir."

Er ergriff ihre Hände und drückte sie an seine Brust.

„Du gute, liebe Seele, wie soll ich's dir danken! Und den Paul hast du auch zu dir genommen?"

„Seit heut erst; aber ich geb ihn nimmer wieder her, bis du selber ihn verlangst."

„So weiß ich ihn in guten Händen! Lindenbäuerin, ich hab dich gar zu gern gehabt, aber ich wollte mich nicht an dich getrauen, weil ich zu arm gewesen bin. Da ist die andere gekommen und hat sich mit Fleiß mir an den Hals geworfen; sie ist schön, und ich hab geglaubt, daß ich sie lieben kann. Oh, wärest du an ihrer Stelle gewesen!"

„So hast du sie nicht mehr lieb, Eduard?"

„Schon längst nicht mehr; sie ist auch schuld, daß ich im Zuchthaus bin; denn ohne ihr Zureden hätte ich dem Reiterkurt nicht das Geld geborgt, worauf man meine Schuld begründet. Minna, du bist so gut, so seelengut, tu mir nun auch die Liebe und glaube, daß ich unschuldig bin!"

„Ich glaub's", antwortete sie einfach. „Aber wie ist's nur zugegangen, daß du verurteilt bist?"

„Das weiß ich auch nicht! Ich hab dem Kurt fünfzig Taler von meinem eigenen Geld geliehen, und einige Tage darauf ist der Schutzmann gekommen mit dem Direktor der Gesellschaft, um die Kasse zu untersuchen. Da haben achthundert Taler gefehlt, die im Buch zuwenig eingetragen sind, und das Geld, das der Kurt bekommen hat, ist gerade von dem fehlenden gewesen. Wie das zugegangen ist, das kann ich nicht begreifen! Ich darf mich auch gar nicht hineindenken, sonst geht mir der Verstand verloren! Ach, Minna, ich wollte, ich wär tot!"

„Sprich nicht so, Eduard. Der liebe Gott wird's schon noch an den Tag ziehen! Aber sag, was jetzt nun werden soll."

„Jetzt will ich ins Dorf zum Paul, und dann kehr ich freiwillig ins Zuchthaus zurück."

Er nahm sie bei der Hand und zog sie vorwärts. Sie hatten sich so viel zu fragen und zu sagen, daß sie wenig oder gar nicht an die gegenwärtige Gefahr dachten und den Schritt erst anhielten, als sie den Rand des Waldes erreichten.

„Hier muß geschieden sein, Minna", sagte er. „Das Dorf ist ganz gewiß mit Soldaten und Polizei umstellt. Am besten ist der Fährmannshof besetzt und auch der deinige, weil sie meinen, daß mich der Paul hinziehen werde. Ich würde mich freiwillig gleich gefangengeben, wenn ich wüßte, daß sie mich ihn erst sehen lassen. Aber das tun sie nicht, und so werde ich mich in den Lindenhof schleichen."

„Eduard, tu's lieber nicht. Sie werden dich erschießen!"

„Mich treffen sie nicht! Und wenn auch, um den Zuchthausfährmann wird kein Auge mehr rot!"

„Glaub's nicht, glaub's nicht; du tust sonst eine Sünde!" rief sie aus. „Deine Mutter hat so um dich geweint, daß sie bald nichts mehr sehen kann, und ich — ich — ich könnte mich gar nie trösten!"

„Ist's wahr?"

„Ja. Trag deine Strafe, Eduard, wenn du auch unschuldig bist! Und nachher kommst du zu mir. Wenn alle dich verlassen, bei mir bist du stets willkommen!"

Er legte den Arm um sie und zog sie an sich. Es wurde kein Wort gesprochen; der Augenblick war zu selig und zu heilig für die gewöhnliche Rede. Endlich schob er langsam ihr Köpfchen von sich ab.

„Geh jetzt, Minna; ich komm bald nach", sagte er.

„Sie schießen!" erwiderte sie angstvoll.

„Nein, denn sie werden mich gar nicht sehen. Ich kenne den Hof und weiß die Schliche, die ich zu brauchen habe. Wo liegt der Paul?"

„In der Stube bei meiner Kammer. Du wirst's am Licht erkennen."

„So mach den Vorhang herab, sobald im Haus der Weg frei ist. Das übrige ist meine Sache! Nun geh!"

Sie ließ ihn mit schwerem Herzen allein, aber sie mußte ihm gehorchen. Er wartete, bis er ihre Schritte nicht mehr hörte, und näherte sich dann dem Dorf mit der angestrengtesten Vorsicht.

Die Wege waren besetzt, das merkte er schon nach kurzer Zeit; er wendete sich daher querfeldein und erreichte auch wirklich unbemerkt den zum Lindenhof gehörigen Garten. Jenseits des Zauns stand ein kleines Häuschen; die Eltern des Reiterkurts hatten es vor ungefähr Jahresfrist gekauft, ohne daß man so recht gewußt hätte, woher ihnen das Geld gekommen war. Sie befanden sich heute mit auf dem Fährmannshof, und darum war kein Licht zu bemerken, obgleich die nach hinten gehenden kleinen Fenster keine Läden hatten.

Der Flüchtling mußte diesseits des Zauns an ihm vorüber. Er legte sich zur Erde und kroch langsam vorwärts. Da vernahm er von der Straße her eilige, aber leise Schritte; ein Schlüssel wurde in die Haustür gesteckt, und nach kaum einer Minute war die enge Wohnstube von einer Lampe notdürftig erhellt, so daß man sie vom Garten aus genügend überblicken konnte.

Der Reiterkurt war eingetreten. Er hatte, um sich unkenntlich zu machen, die Uniform mit Zivilkleidern vertauscht und schien große Eile zu haben. Ohne das unverhüllte Fenster zu beobachten, trat er zu der alten Wanduhr, hob eines ihrer riesigen Gewichte aus und kehrte zum Tisch zurück. Es bestand aus einem hohlen Blechzylinder und war mit Blei- und Eisenstücken angefüllt. Er schüttelte es vor der Lampe aus; ein kleines Päckchen, das sich ganz unten befunden hatte, kam zum Vorschein; er wand den Faden ab und wickelte es auf.

Der Zaun war von dem Häuschen kaum vier Fuß entfernt; der Zwischenraum wurde nur zur Anhäufung des für den Winter eingesammelten Brennholzes benutzt. Fährmann wollte wissen, welche Heimlichkeit den Bräutigam seiner ehemaligen Frau so allein und eilig aus dem Hochzeitshaus fortgetrieben hatte, und stand schon im Begriff, sich über den Zaun hinüberzubeugen, obgleich er sich dadurch dem verräterischen Lichtschein preisgeben mußte, als er überrascht wieder zurückwich. Er hatte gesehen, daß sich hinter dem Reiterkurt die Tür bewegte. Sie wurde langsam aufgezogen, und in der Öffnung erschien eine glänzende Uniform.

Der Oberwachtmeister war's. Er hatte beobachtend in der Nähe gestanden und den Mann bemerkt, der so behend und vorsichtig hinter dem Dorf heraufgekommen war. Verdacht schöpfend, folgte er ihm, trat jetzt in das offene Haus und stand nun hart hinter ihm, mit neugierigem Blick jeder seiner Bewegungen folgend.

Das Paket war geöffnet; es enthielt eine Anzahl Kassenscheine und einen Schlüssel mit altertümlich geformtem Handteil. Bei diesem Anblick traten die Gedanken von vorhin wieder vor die Seele des Beamten, und mit einem raschen Griff hielt er die Gegenstände in seiner Hand. Dabei fragte er den so schnell Überraschten:

„Der Herr Bräutigam hat es ja mit recht sonderbaren Uhrgewichten zu tun! Wie kommen Sie in diese Kleidung und hierher, da ich doch befohlen habe, daß niemand Ihren Hof verlassen soll?"

Fährmann hörte diese Worte und hatte ebenso deutlich den Schlüssel erkannt. Seine gefahrvolle Lage war vergessen; er schwang sich über den Zaun, eilte um die Ecke des Hauses und trat ein. Er kam gerade zur rechten Zeit. Der Husar hatte sich auf den Oberwachtmeister geworfen und diesen, dem der Degen im Wege war und dessen Sporen sich in der alten Stubendecke verwickelten, zur Erde gerissen. Er kniete auf ihm, hielt ihn mit der Linken bei der Kehle gefaßt und langte mit der Rechten nach dem nahestehenden Ofen, an dem ein Beil lehnte. Das war so schnell gegangen, daß keiner von beiden einen Laut von sich gegeben hatte.

Auch der Flüchtling sprach kein Wort; er hätte in diesem Augenblick die Stärke eines Simsons entwickeln können, faßte den Verführer seines Weibes beim Nakken, riß ihn hintenüber und hielt ihn fest, bis der Beamte sich erhoben hatte. Als dieser die Anstaltskleidung erkannte, schien er einen Augenblick vollständig verblüfft, begriff die Sachlage dann aber desto schneller, zog einen Handriemen aus der Tasche und fesselte mit Hilfe seines Retters den übermannten Gegner. Dann schob er rasch den Riegel vor die Tür und fragte:

„Sie sind Nummer hundertneunzig oder vielmehr der Landwirt Fährmann von hier?"

„Ja", antwortete dieser.

„Sie sind mein Gefangener!"

„Ich hab nichts mehr dagegen, weil ich bald ganz frei sein werde, denn jetzt kann ich beweisen, daß ich unschuldig verurteilt bin!"

„Wieso?"

„Das ist mein Geldschrankschlüssel, der hier in der Stube liegt. Ich dachte, ich hätte ihn verloren, aber nun seh ich, daß der Reiterkurt ihn mir gestohlen hat, und das Papiergeld dazu. Darf ich die Nummern sehen?"

Der Beamte nahm die ihm während des Kampfes entfallenen Kassenscheine von der Diele auf, warf einen eigentümlich forschenden Blick auf ihn und las dann die Nummern vor.

„Sie sind's! Sie folgen nach der Reihe und sind mir bei der Verhandlung vorgelesen worden!" rief Fährmann mit unbeschreiblicher Freude. „Nun weiß ich genau, wie alles gegangen ist: der Kurt ist an meinen Schrank gegangen, hat im Buch meine Ziffern umgewandelt und die Summe, die ich ihm geliehen habe, in dem gestohlenen Geld vorgezeigt. So hat er mich ins Zuchthaus und um die Frau gebracht und wär beinahe noch der reichste Bauer im Dorf geworden! Sag's, Spitzbub, ist es so? Hier kann kein Leugnen retten!"

Der Gefragte antwortete nicht. Er war von dem plötzlichen Wechsel seines Schicksals völlig betäubt. Der Oberwachtmeister öffnete das Fenster und stieß einen lauten, schrillen Pfiff aus. Dann fragte er: „Sie sind entsprungen, um Ihr Kind zu sehen, Fährmann?"

„Nur allein deswegen", nickte dieser.

„Ich hab nicht über Sie zu entscheiden und muß Sie nach Ihrem Anzug behandeln. Aber Sie haben mir einen großen Dienst geleistet, den ich Ihnen nicht vergessen werde. Ich bringe Sie nach der Anstalt zurück, gebe Ihnen aber die Erlaubnis, bei Ihrem Knaben sein zu können, bis ich hier meine Pflicht getan habe. Ja, meine Herren", wandte er sich zu den durch den Pfiff herbeigerufenen Untergebenen, die soeben in die Stube traten, „zwei Fliegen mit einem Schlag. Die eine halten wir fest, die andere aber werden wir in kurzem vielleicht wieder freigeben müssen!"

Nachdem er ihnen eine flüsternde Erklärung gegeben hatte, wandte er sich wieder zu Fährmann:

„Gehen Sie jetzt mit diesem Herrn! Ich bin überzeugt, daß wir Sie nicht zu fesseln brauchen. Sie können mit den Bewohnern des Lindenhofes ungehindert verkehren, doch wird Ihr Begleiter nicht von Ihrer Seite weichen!"

Als die beiden bei der Lindenhofbäuerin eintraten, erschrak sie auf das heftigste; doch gaben ihr die Worte Fährmanns bald die volle Ruhe wieder:

„Minna, höre, der Reiterkurt ist's gewesen, der mein Geld gestohlen hat! Ich hab ihn jetzt mit gefangengenommen und werde in kurzer Zeit frei sein! Grüß Gott, Mutter!"

Er drückte sie beide an sein frohbewegtes Herz und eilte dann zu seinem Knaben. Dieser saß wach im Bett und hatte seine Kinderflinte vor sich liegen.

„Vater!" rief er jubelnd, als er ihn erblickte, und streckte ihm die beiden Ärmchen entgegen. „Vater, mein lieber Vater, bist du wieder da?"

„Ja, da bin ich und geh nur einmal noch ein klein wenig fort!" antwortete er, ihn an sich drückend.

„Hast's wohl gehört, daß ich dich gerufen hab?"

„Freilich hab ich's vernommen! Tut dir dein Kopf sehr weh?"

„Nein, jetzt nicht mehr. Die Minna hat mir Salbe aufgelegt. Sie ist so gut, besser als die Mutter. Sie soll meine Mutter sein; sie hat mich schon gefragt, ob ich sie will!"

Die glücklichen Leute hatten vollständig Zeit, sich auszusprechen, denn es vergingen mehrere Stunden, eh der Oberwachtmeister erschien. Er betrachtete die Gruppe mit teilnehmendem Blick.

„Fährmann", meinte er, „jetzt weiß ich, daß Sie unschuldig sind. Der Husar hat alles eingestanden. Er hat Sie ins Zuchthaus bringen wollen, damit Ihre Frau einen Scheidungsgrund habe. Er hat ohne Ihr Wissen auf dem Hof Zutritt gehabt, den Schlüssel weggenommen, später die achthundert Taler gestohlen und während Ihrer Abwesenheit im Buch aus einer drei eine fünf und aus einer eins eine sieben gemacht, so daß die acht herausgekommen ist. Ich war mit ihm im Fährmannshof und auch beim jetzigen Kassierer. Das Buch ist noch vorhanden; er hat die Radierung als sein Werk anerkannt und befindet sich schon auf dem Weg nach dem Gefängnis. Auch Sie werden jetzt aufbrechen, doch will ich dafür sorgen, daß es nicht für lange ist!"

*

Die Anstaltsglocke gab soeben das Zeichen, daß die Gefangenen sich zu erheben hatten, als in früher Morgenstunde der Flüchtling wieder eingeliefert wurde. Und wer heute nach Oberdorf kommt und den reichen Lindenbauer fragt, der kann erfahren, daß er schon am Abend wieder daheim gewesen ist bei seinem Knaben, der ihn auf so wunderbare Weise gerettet hatte.

DER GRENZMEISTER

Es war gegen Abend. Ein Wanderer, das volle Ränzchen auf dem Rücken und den Knotenstock in der Hand, schritt jugendlich-elastischen Schritts die Bergstraße dahin, die in zahlreichen Windungen den Rücken der Höhe zu erreichen suchte. Als ein schmaler Waldpfad in die Landstraße mündete, blieb er nachdenkend stehen.

„Das muß der Steg sein, der grad auf die Forstschenk führt. Ich werde ihn gehen, denn dann schneid ich eine gute Viertelstund von der Wanderung ab."

Er sprang über den Straßengraben und betrat den Wald, der hier frei vom Unterholz war, so daß man dem Weg, der in gerader Richtung emporstieg, gut zu folgen vermochte. So einsam es hier auf und zwischen den Bergen zu sein pflegte, nach einiger Zeit vernahm er entgegenkommende Schritte. Der biedere, treuherzige Gebirgsbewohner schreitet selbst an dem Fremden nicht gern schweigsam vorüber; er muß wenigstens einen teilnehmenden Gruß mit ihm wechseln. Der Kommende war ein alter Mann, der den steilen Abhang nur mühsam hinabzusteigen vermochte.

„Grüß Gott, Alter!"

„Grüß Gott! Wohin, junger Mann?"

„Nach Gründorf hinauf."

„Da hast noch anderthalb Stund zu gehen. Mach schnell, eh der Abend kommt, damit dir nix passiert!"

„Nix passiert? Ist denn Gefahr dabei?"

„Kann sein! Bist wohl fremd in der Gegend?"

„Ich war mehrere Jahr net hier."

„So weißt auch nix von dem Grenzmeister?"

„Nein. Was ist mit ihm? Vor zwanzig Jahren hat er mal sein Wesen hier gehabt."

„Und jetzt nun wieder. Die Schmuggler und Wildfänger sind ihm untertan; niemand weiß, wer er eigentlich ist; aber er macht seine Sach so schlimm und verwegen, daß der König sogar Militär hergeschickt hat, um ihn zu fangen. Beim Ulmenbauer in Gründorf liegt der Offizier."

„Habt Dank für die Warnung! Geht dieser Steig zur Forstschenk hinauf?"

„Ja. Wirst dort Gesellschaft finden. Der Offizier sitzt da, um von dem Umgang auszuruhen, und bei ihm der blinde Torbauer aus Gründorf. Er ist in der Stadt gewesen. Kannst vielleicht noch mit Platz finden auf seinem Rollwägele. Gut Nacht!"

„Gut Nacht!"

Der Jüngling stieg von neuem bergauf. Nachdem er mit dem Pfad mehrere Straßenkrümmungen durchschritten hatte, stand er auf der Höhe und sah die Forstschenke vor sich liegen. Er nahte ihr von der Waldseite und trat durch die Hintertür ein, um sich von der anwesenden Wirtin ein Glas Bier geben zu lassen.

Er nahm in der Nähe des offenstehenden Fensters Platz und bemerkte einen draußen haltenden Korbwagen, an dem der teilnahmslos vor sich hinblickende Knecht lehnte. An dem vor der Tür in die Erde eingemauerten Tisch saßen die beiden, von denen der Alte gesprochen hatte. Der Leutnant war einer jener Schüler des Mars, die ihre wohlgepflegte Erscheinung für ebenso unwiderstehlich halten wie die Klinge ihres Degens; das war ihm auf den ersten Blick anzusehen. Von seinem stutzerhaften Äußeren stach die hohe, sehr einfach gekleidete Gestalt des Torbauern, aus dessen Gesicht zwei ausdruckslose Augen starrten, gewaltig ab. Sie hatten das Erscheinen des jungen Mannes nicht bemerkt und fuhren in ihrer laut gepflogenen Unterhaltung ungezwungen fort.

„Ja", meinte der bei ihnen stehende Wirt, „Eure Red

in allen Ehren, aber es können noch dreimal soviel Soldaten kommen, wie Ihr habt, dem Grenzmeister kommt Ihr doch net bei. Ihm ist die ganze Grenze hier untertan, davon hat er doch auch den Namen; seine eigenen Leute wissen net, wer er ist, aber gehorsam sind sie ihm auf jedes Wort und jeden Wink, denn es soll gar schrecklich sein, mit ihm feind zu werden. Drum steht er auch sonst überall gewaltig in Respekt, so daß auch der beste Untertan net wagt, etwas gegen ihn zu tun. Wer's dennoch unternimmt, der ist verloren. Ihr habt ja selber die Leichen gefunden von denen, die ihm in den Weg gekommen sind. Es ist gerade wie vor zwanzig Jahren. Wer ihn in Gefahr bringt, der muß sterben oder wird geblendet. Der Schubert hier kann auch ein Wörtle davon reden!"

„Wieso?" fragte der Offizier.

„Weil gerade auch ihm der Grenzmeister das Augenlicht genommen hat."

„Euch, Torbauer? Ist das wahr?"

„Leider!" antwortete dieser, während halb Trauer und halb Grimm aus seiner Miene sprachen.

„Erzählt, erzählt! Das muß ich hören!"

„Ich muß Euch sagen, daß ich auch Soldat gewesen bin. Ich war Korporal und wurde nachher hier bei der Grenz in Gründorf angestellt. Der damalige Torbauer hatte das einzige Kind, die Anna, das schönste und liebste Madel weit und breit, und es dauerte net lang, war ich mit ihr eins."

„Und hast sie auch bekommen", fiel der Wirt ein, „obgleich der Ulmenbauer sie dir wegschnappen wollt und ihr nachgegangen ist auf Schritt und Tritt. Er war kurz vorher aus dem Zuchthaus entlassen und wär vielleicht noch heut nix wert, wenn er die Ulmenbäuerin net bekommen hätte. Sie war Witwe, hatte nur das einzige Kind, den Heiner, und bracht ihm das Anwesen mit, das er so viel vergrößert und verschönert hat."

„Wie! Der Ulmenbauer, bei dem ich wohne, hat im Zuchthaus gesessen?“ fragte der Offizier überrascht.

„Ja“, antwortete der Wirt mit zweideutigem Lächeln, „aber er wird's Euch nicht gesagt haben. Er war auch an der Grenz angestellt; aber es kam heraus, daß er's im stillen mit den Paschern hielt und viel Geld von ihnen bezog. Das hat ihn auf mehrere Jahr hinter Schloß und Riegel gebracht. Schad um die Ulmenbäuerin, die mit ihm ein grausam schlimmes Los gezogen hat, und um den Heiner, der so gut und brav ist wie nur irgendeiner und nur den Sklav und Leibeignen gemacht hat, bis er zum Militär gezogen wurd.“

„Des ist er froh gewesen und hat sich auch net ein einzig Mal auf Urlaub blicken lassen. Er muß nun bald los sein“, sagte der Torbauer.

„Morgen kommt er, wie mir der Ulmenbauer berichtete“, meinte der Offizier. „Aber, fahrt jetzt fort, Schubert!“

„Also“, erzählte dieser weiter, „die Anna war reich, deshalb wollt ich's gern vorwärtsbringen und gab mir alle Müh, meine Pflicht und noch mehr zu tun. Der Grenzmeister hatte gar angefangen, das Gebirg unsicher zu machen, und ich lag Tag und Nacht im Wald, um ihm das Handwerk zu legen. Das hat er auch gewußt, denn es ist mir gar manche Drohung von ihm zugegangen, aber es ist mir net eingefalln, darauf zu hören. Da geh ich mal am Abend beim alten Schacht vorüber, den sie vor Zeiten zugeschüttet haben, und ich seh darüber eine Helligkeit, als ob ein Feuer drunten angemacht sei. Leis schleich ich mich hinzu, kriech die Böschung hinauf und leg mich auf den Schutt, um in den Zusammenbruch hinabzuschauen. Drunten sitzen acht Männer um das Feuer; die Büchsen liegen bei ihnen und die Pakete auch, die Schmuggelgut enthalten haben. Ich will gern hören, was sie sprechen, und ich schieb mich deshalb noch etwas weiter vor. Da aber gibt das Geröll nach, rollt hinab, und ich schieß hinunter, mitten unter sie hinein. Im Nu sind sie über mich her, und ich bin gefesselt und geknebelt, eh ich mir's verseh. Gekannt hab ich net einen einzigen von ihnen, sie mich aber auf der Stell!

‚Holla, der Schubert!' hat's gerufen. ‚Wie gut, daß keiner aus Gründorf dabei ist! Er will net unsere Warnung hören, und nun müssen wir ihn dem Meister bringen.'

Ob ich gewollt hab oder net, das war ganz gleich; sie haben mir die Augen verbunden und mich mit sich fortgeschleppt. Es ist immer durch Busch und Wald gegangen, bis wir endlich an einem Ort gehalten haben, wo der Boden weich und moosig gewesen ist und es einen Geruch ringsum gegeben hat, den ich noch nie gefunden und mir nachher scharf eingeprägt hab.

‚Bück dich!' hat's geheißen, und als ich's tu, werd ich durch ein Loch geschoben, durch das sie mir folgten. Da sind wir in ein Gemach oder eine Höhl gelangt, wo ich hab aufrecht stehen können. Hier mußt ich mich niedersetzen auf den Sitz, der ein Klotz gewesen ist, und dann blieb es still um mich, bis der Meister gekommen ist. Er hat Beratung gehalten mit leiser Stimme, und ich konnt nix davon verstehen als nur zuletzt:

‚Er soll euch net wiedererkennen!'

Drauf wird mir die Bind abgenommen, und als ich nun die Augen auftu und um mich sehen will, da kracht ein Schuß mir gerade vor dem Gesicht los, und ich stürz zusammen, aber net tot, sondern bloß vor Schreck und Schmerz, denn das Pistol war nur mit Pulver geladen, das mir in die Augen gefahren ist. Ich hab gestöhnt und gewimmert vor Qual, sie aber haben darüber gelacht und mich zurückgeschafft ins Dorf bis vor meine Tür."

Er schwieg. Auch abgesehen von der Blindheit der Augen waren in seinem Gesicht die Spuren jenes fürchterlichen Schusses noch deutlich zu erkennen. Der Blick des Offiziers ruhte zwar mitleidig, aber doch nicht ohne Selbstbewußtsein auf ihm.

„Das war teuflich grausam von den Halunken", meinte er; „aber hättet Ihr eine bessere Taktik befolgt, so wäre es nicht geschehen. Ihr mußtet sofort Hilfe holen und sie festnehmen, ohne sie erst belauschen zu wollen."

„Das ist Eure Ansicht, aber nicht die meine. Mir lag grade ebensoviel an dem Meister wie an ihnen, und ich wollte sehen, ob er dabei sei, oder doch etwas über ihn vernehmen. Nachher hab ich lang daniedergelegen; die Ärzte sind gekommen, um an mir herumzuschneiden und zu quacksalbern, aber das Augenlicht ist doch weggewesen, das haben sie mir net wiederschaffen können. Was wär nun aus mir geworden mit der Pension, von der ich gar net reden mag! Aber die Anna ist mir gut geblieben; sie hätte manche andere Partien gehabt, und der Oppermann hat schier Himmel und Hölle in Bewegung gesetzt, um sie mir abspenstig zu machen. Sie ist meine Frau geworden, und ich hab nachher den Torhof geerbt, der mich ernährt, trotz meiner armen Augen, die mir noch jetzt oft solchen Schmerz bereiten, daß mir nix hilft als Sonnentau, den ich mir holen laß, um ihn aufzulegen."

„Und der Grenzmeister?"

„Der ist schadlos ausgegangen. Die Behörd hat alles getan, um seiner habhaft zu werden, es hat nix genutzt; denn ist auch mal ein Pascher oder Wilderer festgenommen worden, so hat er ihn doch net verraten, entweder weil er wirklich nix gewußt oder aus Angst vor ihm geschwiegen hat. Doch ist es ihm mit der Zeit zu schwül geworden, so daß er das Handwerk aufgegeben hat. Vielleicht ist's auch nur mit größerer Stille betrieben worden, bis jetzt der neue Zolltarif auch neue Lockung gibt. Ich selber hab mich nachher wohl tausendmal hinausführen lassen in den Wald und ihn Strich um Strich durchgenommen, um den Geruch wiederzufinden, der mir damals so aufgefallen ist, aber vergebens. Er ist so scharf und stechend gewesen, gar net wie von einer Pflanz, und doch dabei so fein wie von Holunderblüt. Wo der Geruch ist, da muß auch die Höhl sein, denn ich hab ihn sonst im ganzen Wald niemals woanders net getroffen."

„Habt Ihr denn auch keine Vermutung gehabt, wer der Grenzmeister sein könne?"

„Davon red ich net. Die Vermutung führt oft irr; der Beweis, das ist die Hauptsach!"

„Die Vermutung hat auch ihre Gründe, die, geschickt benutzt, zum Beweis führen können. Hätte ich nur den kleinsten Anhalt, so würde der Meister mein, darauf könnt Ihr Euch verlassen!"

„Ja, Ihr seid ein vornehmer Herr und viel klüger als unsereins. Eure Taktik wird's schon so weit bringen, daß Ihr ihn fangt — oder er Euch. Jetzt aber muß ich heim. Wollt Ihr mit aufsteigen, Herr?"

„Ich hab meine Erkundung beendet und nehme Euer Anerbieten an."

Der Knecht saß schon auf dem Wagen; sie nahmen nun auch Platz und fuhren davon. Als der Wirt in die Stube trat, bemerkte er den Jüngling und rief, halb verlegen:

„Heiner, du! Hast den Abschied erhalten?"

„Ja, Forstwirt. Ihr habt's ja vorhin gehört, daß ich morgen kommen soll."

„Das ist wahr. Wirst Freud anrichten bei der Mutter! Ich hab sie lange Zeit net gesehn, aber sie soll ganz abgemagert sein. Wirst schon merken, wo die Hilf herkommen muß."

Während die beiden noch ein Weilchen beieinander saßen, suchte der Wagen mit dem Leutnant und dem Torbauer in schneller Fahrt sein Ziel zu erreichen. Vor dem Dorf angekommen, stieg jener, sich bedankend, aus.

„Warum fahrt Ihr denn net weiter mit?"

„Hab meine Absicht, Schubert. Es braucht niemand zu wissen, daß wir heut miteinander gesprochen haben."

„Schön, jetzt geht die Taktik los. Gebraucht sie nur zu Haus auch gut!"

Der Leutnant schritt langsam dem voraneilenden Wagen nach. Es war ihm heut so mancherlei aufgefallen, und die letzten Worte des Torbauern, so absichtslos sie gesprochen sein mochten, waren ganz geeignet, seiner Ahnung festeren Halt zu geben. Zu Haus angekommen, ließ er den Ulmenbauer zu sich rufen.

„Oppermann, ich muß Euch, wie schon so oft, auch heute um einen guten Rat bitten. Allen Anzeichen nach haben nämlich die Pascher heute einen Streich vor, der über die Grenze hinüber nach Breitenbach gerichtet ist. Eure Ansicht hat sich schon so oft als praktisch erwiesen, daß ich nicht eher meine Anordnungen treffen möchte, als bis ich Euch gehört habe."

„Von wem habt Ihr die Kunde?" fragte der Bauer.

„Das ist natürlich Amtsgeheimnis. Der Grenzmeister hat eben auch nicht lauter zuverlässige Leute."

„Ist's kostbares Gut?"

„Es scheint so. Nur bin ich mir über den Weg unklar, den sie einschlagen werden."

„Wenn Sie wirklich nach Breitenbach wolln, so ist gar kein Zweifel darüber möglich. Unsereiner hat gar viel gehört und erfahren und kennt ihre Schlich. Über den Tannenschlag gehn sie net, da ist's heut zu licht, denn es war gestern Vollmond; folglich gehn sie durch die Steinbrüch und den Wassergrund hinab, einen dritten Weg gibt's net."

„So werde ich die Brüche und den Grund besetzen lassen. Ich vertrau Eurer Klugheit. Ihr seid früher Grenzer gewesen und habt also mehr Erfahrung als andere Leute."

Der Leutnant verließ den Hof wieder, um seine Anordnungen zu treffen. Der Bauer blickte ihm mit eigentümlichem Lächeln nach.

„So, also erfahren hat er heut, daß ich Grenzer gewesen bin; natürlich haben sie ihm dann auch gesagt, weshalb ich net dabei geblieben bin. Da ist's nun freilich nix mehr mit dem An-der-Nas-Herumführen. Aber dem Ulmenbauer kommt der Herr Offizier doch net gleich, und dem Grenzmeister also auch net. Er spricht von Vertraun und hat doch nun seit heut grad das Gegenteil; folglich tut er, als will er die Steinbrüch und den Grund besetzen, und wird doch nun grad zum Tannenschlag gehn, weil er glaubt, daß ich ihn in die Irr weisen will. Ich muß meine Vorkehrung danach treffen, noch eh die Depesch aus dem Baum geholt wird."

Nach einer Weile des Nachsinnens fuhr er fort:

„Also einen Verräter oder wenigstens einen unvorsichtigen Schwätzer haben wir unter uns! Ich werd auf morgen eine Versammlung ausschreiben und Gericht halten. Der Mensch wird entdeckt und — —"

Er machte eine drohende Bewegung und schritt dann den hinteren Gebäuden des Hauses zu. Im Stall, wo eine Laterne brannte und er sich unbeachtet sah, zog er die Brieftasche hervor und schrieb einige Zeilen auf ein Papier, das er zusammenfaltete und zu sich steckte. Dann begab er sich in einen Schuppen, in dessen hinterstem Winkel sich allerlei Geröll befand. Dieses räumte er weg und hob einen Stein empor; darunter war ein kleiner Raum, aus dem er einige Gegenstände hervorzog, mit denen er den Hof verließ. Im Wald, der beinahe bis an den Hof heranstieg, angekommen, machte er Gebrauch von ihnen. Zunächst legte er einen langen, buschigen Bart um das Gesicht und bog einen alten, zusammengedrückten Hut auseinander, den er aufsetzte. Die breite Krempe bedeckte den oberen Teil des Gesichts vollständig, so daß man nichts davon zu erkennen vermochte. Dann zog er über seinen bisherigen Anzug eine Weste, die er mit Tüchern und Flecken ausstopfte. Ein weiter Sackrock vervollständigte die Ausstattung, die seiner hageren Gestalt einen solchen Umfang verlieh, daß er unmöglich erkannt werden konnte.

Nun drang er durch dick und dünn in gerader Richtung vorwärts, und die dabei bekundete Geländekenntnis bewies deutlich, daß er diesen Weg schon oft gemacht haben mußte. Nach einiger Zeit gelangte er an einen Pfad, der sich vom Dorf herauf durch den Wald schlängelte. Er verfolgte ihn bis zu einer hohen, breitästigen Buche, durch deren Zweige der Mond seine ungewissen Strahlen warf. In diesem zweifelhaften Licht gewahrte er eine Gestalt, die sich am Stamm des Baumes zu schaffen machte. Er zog ein Messer aus der Tasche des Rockes, legte den Finger an den Mund und ließ einen leisen, eigentümlichen Pfiff erklingen. Die Gestalt richtete sich empor und antwortete in der gleichen Weise. Im nächsten Augenblick stand er bei ihr.

„Der Meister!" ertönte es mit gedämpfter Stimme, aber doch so laut, daß es einer vernahm, den beide nicht bemerkt hatten. Es war Heiner, der unweit der Forstschenke die Straße verlassen hatte, um die Heimat eher zu erreichen. Auf dem weichen Boden beinahe geräuschlos dahinschreitend, war ihm plötzlich ein Rascheln der Zweige aufgefallen, das sich von seitwärts her vernehmen ließ. Er blieb stehen und sah einen Mann aus dem Unterholz treten, der nach kurzem Lauschen denselben Weg einschlug. Er folgte ihm. Bei der Buche blieb er, sich niederbeugend, halten, und wenige Augenblicke später machte der Pfiff des Ulmenbauers Heiner auch auf diesen aufmerksam. Er hörte den Ausruf des anderen, der ihn veranlaßte, sich eiligst hinter einem nahen Stamm zu verbergen, und vernahm auch das meiste der nun folgenden kurzen Unterhaltung.

„Ja, der Meister! Hast die Depesch schon herausgenommen?"

„Ja."

„Gib sie wieder her! Es ist anders geworden. So, da

hast den neuen Zettel, und daß mir zur Versammlung keiner fehlt! Jetzt kannst gehn!"

Der Mann ging denselben Weg zurück, den er gekommen war.

„Halt, noch ein Wort!" meinte der Ulmenbauer, wobei er auf ihn zuschritt. Der Angerufene kehrte zurück, und beide trafen gerade an dem Baum zusammen, an dem Heiner lehnte; beide bemerkten ihn auch zu gleicher Zeit, und da sie sofort erkannten, daß er alles bemerkt haben müsse, warfen sie sich im Augenblick von zwei Seiten auf ihn. Eh er sich nur zur Wehr setzen konnte, lag er auf dem Boden, und das Messer Oppermanns blitzte über ihm. Da fiel ein Mondesstrahl in das Gesicht des sich unter der doppelten Last vergeblich Aufbäumenden, und die erhobene Faust sank mit dem Messer wieder nieder. Der Grenzmeister mußte eine gewaltige Selbstbeherrschung besitzen, denn ohne den geringsten Laut der Überraschung erhob er sich und gebot dem Fremden:

„Laß ihn los und geh! Es ist ein sicherer Mann!"

Auch Heiner sprang auf.

„Komm!" gebot der Alte und schritt voran.

Unter Gefühlen, wie er sie noch nie gekannt hatte, gehorchte der junge Mann dieser Weisung. In der Nähe des Ulmenhofes angekommen, blieb der Voranschreitende stehen.

„Vater, um Gottes willen, du bist der Grenzmeister!"

„Schweig, neugieriger Bub, und danke Gott, daß ich's selber und kein anderer war, sonst hättest die Kling geschmeckt! Ich geh von hinten in den Hof, du aber wendest dich zur Straß und kommst nach zehn Minuten durch das vordre Tor. Aber sagst nur ein Wort von dem, was jetzt vorgefallen ist, zu jemand, eh ich mit dir weiter gesprochen hab, so hast's mit mir zu tun!"

Er ließ ihn stehen. Heiner blickte ihm mit angstvollem Herzen nach.

„Herrgott, was soll draus werden! Ich hab mich net auf die Heimat freuen können, und nun mein Fuß auf ihr steht, seh ich das Unglück vor mir, größer und mächtiger, als ich mir's jemals denken konnt!"

*

Der nächste Tag war ein Sonntag. Die Ulmenbäuerin war schon in der frühesten Morgenstunde wach und wunderte sich, daß sie den Bauern, der doch sonst sehr lang zu schlafen pflegte, schon munter in der Wohnstube fand. Er erwiderte mürrisch ihren freundlichen Gruß.

„Geh und weck den Heiner, ich muß ihn haben!"

Sie stieg die Treppe wieder empor und trat in die Kammer des noch fest schlafenden Sohnes, den die Aufregung des vergangenen Abends nur spät hatte zur Ruh kommen lassen. Ein Kuß weckte ihn. Er schlug die Augen auf.

„Mutter!"

Er schlang die Arme um sie und erwiderte ihren Kuß.

„Ich hab soeben von dir geträumt, von dir und — und der Paulin'!"

„Heiner, laß den Namen net vom Vater hörn! Du weißt, wie er mit Torbauers steht. Jetzt sollst gleich zu ihm herunterkommen!"

„Sogleich? Was will er denn?"

„Ich weiß es net. Er ist schon vollständig angezogen, als wollt er ausgehn. Tu's auch so!"

Als Heiner — so legt der Gebirgler sich den Namen Heinrich gern zurecht — die Treppe hinabstieg, kam der Stiefvater aus der Stube.

„Komm!"

„Wohin?"

„Wirst schon sehn! Den Kaffee kannst nach der Rückkehr trinken, denn du sollst net eher mit mir am Tisch sitzen, als bis wir klar und einig sind!"

Also darum hatte sich der Bauer gestern weder beim Abendbrot noch auch später sehen lassen! Heiner ging an seiner Seite. Sie verließen das Dorf und betraten in der Richtung nach dem Wassergrund zu den Wald. Der schmale Weg war rechts und links von jungen Tannen bestanden, zwischen denen sie rüstig dahinschritten, bis Oppermann horchend stehenblieb. Laute Schritte nahten.

„Schnell unter die Bäum!"

Heiner tat es und sah nicht, daß sein Vater, eh er ihm folgte, einen zusammengeknitterten Zettel fallen ließ. Kaum hatte er sich versteckt, so schritt eine Anzahl Soldaten, von einem Unteroffizier geführt, herbei. Schon waren die ersten vorüber, da bückte sich einer der folgenden und hob den Zettel auf, den er dem Unteroffizier überreichte, nachdem er selbst einen Blick darauf geworfen hatte.

„Ah", meinte dieser, „eine Entschädigung für den entgangenen Fang. Dieses Papier ist heute nacht einem der Schmuggler entfallen und enthält den Befehl, die nächste Nacht am alten Schacht auf neue Ladung zu warten. Die Kerls gönnen sich wirklich keine Ruh. Niemand wird sich über das Papier so freuen wie der Herr Leutnant!"

Sie setzten ihren Weg fort. Heiner hatte alles bemerkt und gehört und wunderte sich über das zufriedene Lächeln, das über die harten Züge des Vaters glitt.

„Komm!" gebot dieser, jetzt wieder aus dem Tannengewirr tretend und von neuem voranschreitend.

Eine halbe Stunde mochten sie so gegangen sein, als der Weg sich in eine Reihe von Steinbrüchen senkte, die völlig ausgebeutet und darum verlassen waren. Die nackten, kahlen Steinmauern stiegen senkrecht zum Himmel empor, und schon wollte Heiner sich fragen, was der Vater hier mit ihm zu suchen habe, als dieser noch vor dem Eingang in die Brüche sich seitwärts wandte und die steile Lehne des Berges zu erklimmen begann.

Dort oben lag ein stilles verrufenes Fleckchen, ‚Im Sonnentau‘ genannt, von dem man sich erzählte, es sei da nicht geheuer, weil hier des Nachts die Seelen der in den Steinbrüchen Verunglückten umgingen. Den arglosen und leichtgläubigen Bewohnern der Umgegend lag der Gedanke fern, daß diese Seelen recht gut mit Fleisch und Blut begabt sein könnten. Man mied also den Ort geflissentlich, und nur wer von den medizinischen Wirkungen des Sonnentaus Gebrauch machen wollte, wagte sich am hellen Tag einmal auf einige Minuten empor.

‚Im Sonnentau‘ bestand aus einer schmalen, tiefen und feuchten Schlucht, deren Boden von hohem Wassermoos besetzt war; zwischen diesem stand in zahllosen Mengen das winzige Pflänzchen, das ihr den Namen gegeben hatte. An den beiden Seiten liefen Brombeerranken und Farnkräuter zwischen allerlei Gebüsch empor, unter dem sich einige wilde Holunderbäume durch ihre Blütendolden auszeichneten. Ein scharfer, durchdringender Geruch erfüllte den ganzen Platz, so daß Oppermann stehenblieb und nach der Ursache suchte.

„Da sind ja dieselben Käfer wieder am Holunder wie vor zwanzig Jahren! Das sind gar seltene Tiere, und ich möcht nur wissen, wie sie heißen mögen!“

Heiner betrachtete die Hartflügler, die die Bäume bis in die kleinsten Zweigspitzen bedeckten.

„Das ist die spanische Flieg oder Kantharid, wie die Gelehrten sagen, aus der das schlimme Zugpflaster gemacht wird.“

„Da bist ja ein richtiger Naturgelehrter, wenn du solche Sachen kennst!“

Er führte ihn seitwärts, wo der Geruch weniger lästig wurde, und gebot ihm, sich an seiner Seite niederzulassen. Dann brannte er sich erneut eine seiner guten Zigarren an, derentwegen er bekannt war und die er nur beim Schlafengehen ausgehen ließ, und begann:

„Heiner, wir haben bisher kein gutes Land mit’nander

gepflügt; jetzt aber bist du groß gewachsen, hast Verstand bekommen, und es soll anders werden. Ich hab dich hier heraufgeführt, um dir zu zeigen, daß ich für dich gearbeitet hab all diese Zeit her, und wenn du mir Gehorsam leistest, so steht dir ein großes Glück bevor."

„Sprich, Vater!" antwortete der Jüngling, von den Verheißungen des Alten beklemmt und beängstigt.

„Ja, ich werd sprechen, und du sollst mir ohne Red und Wort zuhören, bis ich fertig bin. Schau, da drüben gegen Mittag liegt ein großes Land und gegen Mitternacht auch ein mächtiges Reich; beid tun schön und freundlich mit'nander, und doch ist immer Krieg zwischen ihnen, net mit Säbel und Kanon, sondern mit den Zahlen, die auf dem Zollgebot stehn. Unser König verbietet mir den Wein zu trinken, der da drüben wächst, und wenn ich's dennoch möcht, so muß ich außer dem Preis noch ein Extrageld aus meiner Tasch an ihn zahln. Und ihr König verbietet ihnen, unser Salz zu essen, nur deswegen, weil's bei uns bereitet ist, und wer trotzdem welches will, muß auch in die Extratasch greifen. Aus Berlin, das so viele Meilen von hier liegt, darf ich mir ohne Straf Stiefeln kaufen, soviel ich will, und in Breitenbach, das keine Stund entfernt ist, darf ich's net, wenn ich net so viel extra zahl, daß ich sie beinah noch mal besohln lassen kann. Wenn ich meinem Knecht sag: Kauf deinen Tabak vom Krämer und net im Kaufmannsladen, so lacht er mich aus und tut dennoch, was er will. Und er hat das Recht dazu. Hab ich net dasselbe Recht, gegen den König, der mir das aufzwingt, was ich net mag, und das verwehrt, was ich mir grad wünsch und billig kaufen könnt?"

„Vater, du siehst die Sach ganz von der falschen Seit. Ich denk —"

„Nix sollst denken, gar nix, sondern nur zuhörn! Der Zoll ist eine Ungerechtigkeit, die uns den Beutel lichtet, und darum muß sich jedermann dagegen wehrn, soviel er kann, mit List oder Gewalt, je nachdem er's vermag. Das hab ich getan. Ich war ein armer Kerl und bin dadurch emporgekommen. Pascherei und Schmuggel nennt man dies Geschäft, aber es ist nix als Notwehr, zu der mich mein Vorteil und mein Gewissen treibt. Ja, ich bin der Grenzmeister; das weißt seit gestern abend; ich bin stolz darauf, und auch du sollst dir eine Ehr draus ziehn, daß du mein Gehilf und Nachfolger wirst. Darum —"

Der Sohn ließ ihn nicht weitersprechen; er erhob beide Hände abwehrend. „Bitt, Vater, sei still und hör, was ich dir zu sagen hab!"

„Nun?"

„Wenn Brot im Land gebraucht wird und du verkaufst das Getreid dennoch über die Grenz hinüber, so hat der König das Recht, den Zoll zu setzen, und wenn hier bei uns die Leut auf Arbeit harren und du läßt dennoch deine Sach im Ausland machen, so kannst auch mehr bezahln, damit doch wenigstens etwas im Land verbleibt. Und dann hat der König nicht den Zoll gemacht, sondern du selber, denn du hast den Mann mit gewählt, der im Landtag für uns spricht. Was er nun dort sagt, das mußt auch respektieren. Der Schmuggel ist net Notwehr, sondern ein Verbrechen, das große Straf verdient. Und wie hast ihn betrieben! Mit Mord und Schauderhaftigkeit; denk an den Torbauer! Hast mir net selber gesagt, daß ich gestern verlorn gewesen wär, wenn ein andrer mich getroffen hätte? Du bist mein Vater, und ich kann dich net anzeigen und verklagen; aber seit gestern ist mir das Herz verblutet, und ich will lieber sterben, als mit dir das gleiche tun. Vater, laß ab von dieser Sach! Und wenn dich kein Grenzer und kein Richter findet, der liebe Gott faßt dennoch zu, wenn seine Zeit gekommen ist, und dann ist in einem Tag alles vernichtet und zerstört, was dich viele Jahre gekostet hat. Der Grenzmeister hat große Macht, doch ist's die Macht der Furcht, und der geringste Zufall kann ihn verderben."

„So, das ist die Antwort, die ich bekomm! Bursch, glaubst etwa, du willst mich hofmeistern! Was bringst den Torbauer? Ihm ist sein Recht geschehn, denn wenn er mir die Anna nicht weggenommen hätte, so wär ich an seiner Stell. Er hat mich zu dem gemacht, was ich bin. Aber es ist gut, ich seh, was ich von dir zu erwarten hab. Ich wollt in Güt und Freundlichkeit mit dir verkehrn; du willst also net, nun, so geschieht's in andrer Weise. Merk also auf, was ich dir jetzt sag: Drüben über der Grenz wohnt der Kaufmann, mit dem ich das Geschäft mach. Er hat eine Tochter, und ich hab einen Sohn. Wir tun beid zusammen, damit auch der Gewinn beisammen bleibt. Heut kommt er mit ihr, und du nimmst sie mit auf den Tanz. Zum Herbst ist die Hochzeit", bestimmte der Vater und sah dem Sohn scharf ins Gesicht.

„Vater!" rief dieser entsetzt.

„Still! Was ich dir sag, das hat dir der Grenzmeister befohln, und was der will, das führt er durch. Ich wollt dich in das Geheimnis einweihn, nun aber kann's net geschehn. Komm!"

„Ja, komm; es ist mir fürchterlich an diesem Ort. Hier ist die Höhl, in der ihr euch versteckt; aber die Flieg und der Käfer da am Holunder kann euch verraten, wenn der liebe Gott es will!"

Der Ulmenbauer lachte höhnisch auf.

„Bist ja recht fromm geworden! Es geschieht kein Zeichen und kein Wunder mehr, und die Flieg hat keinen Mund, um zu sprechen. Also bereit dich vor auf den Besuch, der grad zu deiner Heimkehr eingerichtet ist. Am Abend gibt's Verlobung!"

„Es geht net, Vater! Wenn ich auch sonst nix dagegen einzuwenden hätte, so will ich mich doch von eurer Schuld frei halten."

„Was soll das heißen? Willst uns anzeigen?"

„Nein. Was ihr bisher getan habt, das liegt net auf meiner Seel, da darf ich schweigen. Doch bei allem, was der Grenzmeister von jetzt an tut, bin ich der Mitschuldige, und das darf ich net leiden!"

Der Ulmenbauer richtete sich hoch empor; die Adern seiner Stirn schwollen blaurot an, und sein Auge blitzte grimmig auf den Sprecher.

„So, also das hab ich von dir zu erwarten! Denk, daß du net mein Kind, sondern ein Fremder bist, und daß ich dich vernichten werd, wenn du mich nur den geringsten Verrat ahnen läßt!"

„Vater, ich hab dir schon gesagt, ein einziger Tag kann all dein Werk zerstörn. Laß dich bitten! Tu mir's und der Mutter zulieb, und —"

„Still! Ich mag keine Bitt vernehmen! Gestern hab ich dich gerettet; heut geschieht's net wieder. Hier bleibst stehn auf der Stell und schwörst, meinen Willen zu tun und auch fernerhin net das geringste zu sagen."

„Ich kann net, Vater. Mein Gewissen ist mir höher als die Furcht vor dir. Und weil ich dich net bitten darf, so laß uns weitergehn!"

„Nein, net einen Schritt kommst von hier fort, bis wir fertig sind, und fertig werden wir auf diese oder die andere Weise, dafür bin ich der Grenzmeister. Mein Werk steht fest, das zerstört mir kein Jahr, viel weniger ein Tag, darauf kannst du dich verlassen. Du weißt zu viel und darfst net zurückkehren. Also entscheid dich für mich oder wider mich. Das erste ist gut, beim zweiten bist verlorn! Willst schwören oder net?"

Sie hatten ‚Im Sonnentau' verlassen und standen jetzt näher am Rand des Steinbruchs.

„Ich kann und darf net, Vater. Laß den Schmuggel, und ich will dir stets ein guter und folgsamer Sohn sein, der —"

„Still! Schwörst oder net?"

„Nein!"

„So fahr hin, mißratner Bub!"

Mit aller ihm zu Gebot stehenden Kraft holte er aus, um den Sohn in den Bruch hinabzustoßen; Heiner aber hatte das Fürchterliche geahnt; er sprang auf die Seite und ergriff den Vater, der sonst unter seiner eigenen Wucht hinabgestürzt wäre. Ihre Arme schlangen sich ineinander, und es entstand ein Ringen, das um so entsetzlicher war, als es zwischen zwei Männern geschah, die sich durch die innigsten Bande hätten vereint fühlen sollen. Heiner hatte für sein Leben zu kämpfen und mußte doch bedacht sein, den Vater zu schonen. Dieser war stark und glaubte, seines Gegners ebenso schnell Meister zu werden wie tags zuvor. Aber er vergaß, daß da zwei gegen einen gewesen waren. Er fühlte sich nach und nach ermatten, und endlich gelang es dem jungen Mann, sich loszureißen. Schnell sprang er empor und war in der nächsten Sekunde zwischen den Büschen verschwunden. Wie von der Hölle gehetzt, eilte er durch Busch und Dorn immer vorwärts und stand nicht eher still, als bis er das Dorf vor sich liegen sah. Da warf er sich zur Erde nieder und gab der inneren Erschütterung in einem lauten Schluchzen Raum.

So lag er lange, lange Zeit; die Klagelaute erstarben, und er wurde ruhiger. Was sollte er tun? Er wußte sich weder Rat noch Hilfe und bedeckte das Gesicht mit beiden Händen, als wolle er von der Welt und dem Leben nichts mehr sehen. Da rauschte es leise neben ihm, und eine freundliche Stimme grüßte:

„Guten Morgen! Wer ist denn das? Ich glaub gar, das ist der Heiner, der hier im Gras liegt und — lieber Herrgott, hast ja geweint, Heiner!"

Er richtete sich empor und blickte die liebliche Erscheinung an, als wär's im Traum.

„Grüß Gott, Paulin! Ja, geweint hab ich. Komm, reich mir die Hand und laß dich bei mir nieder!"

„Das wird net auf lange sein. Ich wollt vor der Kirch mich erst ein wenig auf der Flur umschaun, und nun wird's gleich läuten. Doch sag, warum weinst an so einem schönen Sonntagsmorgen? Ist dir was Trauriges begegnet, bei dem ich dir ein wenig helfen kann?"

„Du kannst mir net helfen, Paulin, und ich kann dir's auch net sagen, jetzt net, heut net; aber später wirst es vielleicht erfahren."

„So sei jetzt auch fröhlich und guter Ding! Wann bist nach Haus gekommen?"

„Gestern abend."

„Drum hab ich dich noch gar net zu sehn bekommen. Und wann bist heut fort?"

„Schon in der Früh."

„So weißt wohl auch noch gar net, was für vornehmer Besuch bei euch zugegen ist?"

„Ist er schon da?"

„Ja. Ein Wagen ist's, prächtig, daß kein Graf sich damit zu schämen braucht. Und wer saß drin? Ein fremder Herr mit einem Mädchen, das gar stattlich aufgeputzt war. Aber gut hat's net ausgesehn; die Augen sind so spitz und schief gefahren, und der Herr hat dazu geblickt, als hätt er die Kirch mitsamt dem Turm verschluckt."

„Es ist die Braut, die ich bekommen soll."

„Die Braut?" fragte das Mädchen, indem die Röte von ihren Wangen wich. „So bist wohl gar versprochen?"

„Nein. Ich mag sie doch gar net, jetzt net und niemals net!"

„Ist's auch wahr, Heiner?"

„Gewiß und wahrhaftig wahr!"

Die erbleichten Wangen röteten sich wieder, und ihre Hand ergriff die seine.

„Wärst auch net glücklich geworden mit ihr, Heiner! Sie sah aus wie die Sibyll, die zwanzig net fürchtet."

„Du schaust wohl anders aus als sie, Paulin?"

„Ich? Wie kommst auf mich?“

„Weil ich grad keine andre hier zugegen hab.“

„Geh, du Böser!“

Alles Herzeleid war für den Augenblick vergessen. Er erfaßte auch ihre andre Hand und blickte ihr innig in das verlegene Angesicht.

„Weißt, warum ich die Braut net mag? Weil ich schon eine andre kenn, die mir's angetan hat, an die ich allzeit gedacht hab in der Fremde, als ich net zu Haus gewesen bin.“

„Das muß eine gar Vortreffliche sein! Sag doch, wer es ist?“

„Du net!“

„Das weiß ich schon ganz von selber, denn die Paulin hat dem stolzen Heiner niemals was gegolten.“

„So komm her, ins Ohr will ich dir's sagen!“

Sie beugte sich zu ihm; er umfaßte sie, näherte den Mund ihrem Ohr und gab ihr statt der verheißenen Auskunft einen schnellen Kuß.

„Geh Heiner, das ist net wahr!“

„Glaubst's net?“

„Soll ich denn?“

„Ja, Paulin, du sollst! Schau, ich hab nie und nirgends eine Freud gehabt als bei der Mutter und bei dir, und darum ist meine ganze Lieb auch nur für euch beid bestimmt. Ich hab gestern und heut einen Schlag erhalten, den ich nie verwinden werd, wenn du ihn mir net tragen hilfst. Der liebe Gott hat dich jetzt herausgesandt in mein Herzeleid, um mir den Weg zu zeigen, wie ich etwas sühnen kann, das ich mir gar schwer auf mein Herz genommen hab. Und was der liebe Gott schickt und fügt, das kann allzeit nur Glück und Segen bringen. Glaubst das, Paulin?“

„Ja, Heiner.“

„Und willst mich liebhaben, so ein ganz klein wenig?“

„Net ein wenig, Heiner, sondern viel, recht viel!“

„Das wird dir auch der liebe Gott vergelten! Da hast meine Hand, daß du dies Wort niemals bereun sollst!"

„Aber dein Vater?"

„Mit dem hab ich abgerechnet und wir sind quitt. Und der deine?"

„Oh, der ist gut! Er mag von dem Ulmenbauer nix wissen, aber auf dich hält er gar große Stücke und beklagt dich nur immer, dich und die Mutter, daß ihr so viel Heimsuchung zu erdulden habt."

„So darf ich zu dir kommen?"

„Ja. Heut auf den Abend. Wirst kommen?"

„Ich komm, Paulin, aber net vor die Tür, sondern gleich in die Stube."

„So schickt sich's auch, Heiner. Aber jetzt läutet's in die Kirch. Leb wohl!"

„Leb wohl und bet auch für mich; ich hab's gar sehr nötig!"

*

Am Nachmittag saß der Torbauer an dem geöffneten Fenster, wo die wärmenden Strahlen der Sonne auf sein Gesicht fielen. Es war ewige Nacht um ihn, und wenn er das Gestirn des Tages nicht zu erblicken vermochte, so wollte er doch wenigstens ihre belebende Wirkung mit dem Gefühl empfinden. Der zeitweise wiederkehrende Schmerz seiner Augen hatte sich seit gestern von neuem eingestellt, und als er jetzt die Bäuerin eintreten hörte, fragte er:

„Hast noch Sonnentau?"

„Nein; er ist letzthin all geworden. Tun dir die Augen wieder weh, Vater?"

„Ja."

„Armer Vater! Wie bekommen wir nun den Tau herab?"

„Der Knecht mag gehn."

„Der hat heut frei und ist schon fort."

„Ist die Pauline daheim?"

„Ja. Sie soll gehn? Willst ihr das wirklich zumuten?"

„Von wegen den Gespenstern? Geh, Mutter, das ist unverständiges Gered! Wie ist das Wetter draußen?"

„Gut, die Sonn scheint mild und warm, und es blüht und duftet alles, so daß es einen gern hinauslockt ins Feld."

„So geh ich mit! Ich bin gar lang net nach dem Wald gekommen und sehn mich zu ihm hin. Ruf sie und bring mir den Rock und die Mütze!"

Die Tochter stellte sich ein, und bald schritten sie langsam auf demselben Weg hin, dem am Morgen der Ulmenbauer mit seinem Sohn gefolgt war. Den Stock in der einen Hand, hielt er mit der anderen die ihrige erfaßt, und es war rührend anzuschaun, mit welcher Sorgfalt sie ihn leitete, damit sein unsicherer Fuß ja nicht strauchle. Dabei erklärte und beschrieb sie ihm alles, was seinem Auge verschlossen war, und wie der eine Sinn desto schärfer wird, je mehr die Tätigkeit des anderen ruht, so trank er den Duft des Waldes mit um so größerem Behagen, als er die Herrlichkeit der Natur nicht zu erblicken vermochte.

So gelangten sie zwischen die jungen Tannen, wo ihnen laute Stimmen entgegenschallten.

„Ich bin mit allem zufrieden, Oppermann; nur sagt, wo eigentlich der Heinrich bleibt!"

„Er wird zu Hause sein, wenn wir heimkommen."

„Galant und aufmerksam scheint er nicht zu sein", bemerkte eine weibliche Stimme.

„Wer kommt?" fragte Schubert das Mädchen. „Der Ulmenbauer ist dabei?"

„Ja, mit dem Besuch, der heut gekommen ist."

„So führ mich auf die Seite."

„Der Pfad ist schmal; es wird kaum gehn."

Sie stellte sich mit ihm an die Tannen, um die drei Personen vorüber zu lassen.

„Holla, der Torbauer!“ rief jetzt Oppermann. „Mach dich noch weiter hinüber, sonst schaff ich Raum!“

Der Angeredete drängte sich hart an die Zweige; eine Antwort gab er nicht.

„Noch net genug. Mach weiter!“

Er gab ihm einen Stoß, daß er wankte und zwischen die stechenden Zweige zu Boden fiel. Pauline ergriff ihn und half ihm empor.

„Schämt Euch, Ulmenbauer!“ rief das Mädchen, die, obgleich sonst zaghaft, hier ihre Entrüstung nicht bemeistern konnte: „Solch Heldenstück bringt keine Ehr!“

„Laß ihn gehn, Paulin; ich streit mich net mit ihm, denn ich weiß, daß ich in ihm den ‚Meister‘ find!“

Er gab dem letzten Wort einen eigentümlich bezeichnenden Nachdruck und ergriff ihre Hand. Sie setzten ihren Weg jetzt schweigsam fort, das Zusammentreffen mit den drei Personen hatte in beiden Gefühle erweckt, denen sie innerlich Rechnung tragen mußten.

„Ist der Steinbruch bald da?“ fragte endlich Schubert.

„So geht es links empor!“

Es verursachte ihm große Mühe, die steile Lehne zu überwinden; er glitt öfters aus und atmete hoch auf, als sie endlich oben angelangt waren.

„Jetzt rechts hinüber, Paulin, bis die Schlucht beginnt.“

Sie war noch nie an diesem Ort gewesen und mußte sich auf seine Weisung verlassen. Bald standen sie am Ziel.

„Hier ist die Schlucht mit dem Wassermoos am Boden, Vater, und hier steht auch —“

Sie hielt mitten in der Rede verwundert inne. Der Torbauer stand da, als sei eine unerwartete Erscheinung vor seine lichtlosen Augen getreten. Er hielt die Arme halb ausgestreckt, und seine Nasenflügel zitterten unter der Hast, mit der er den Geruch der Kanthariden einsog.

„Paulin!“ rief er dann beinahe laut jubelnd. „Weißt, wo wir sind?“

„Im Sonnentau!“

„Ja, aber noch wo anders. Hier ist die Höhl, in der ich geblendet worden bin.“

„Ist's wahr, Vater?“ fragte das Mädchen erschrocken.

„Ja. Riechst net den Geruch, so fein wie Holunder und so scharf dabei, daß es dem Kopf weh tut? Was mag das sein!“

„Das sind die Käfer, Vater, die hier am Holunder sitzen; tausend und aber tausend sind's, die haben den Geruch.“

„Käfer? Also darum hab ich den Geruch net wieder gefunden, obgleich ich später hier gewesen bin! Die müssen selten sein und kommen wohl net alle Jahr herbei. Aber das ist die gerechte Vorsehung, die ihnen und mir geboten hat, nach dem ‚Sonnentau‘ zu gehen.“

„Soll ich welchen pflücken? Er steht in hellen Haufen hier.“

„Nein, nein! Ich fühl net den geringsten Schmerz mehr in den Augen; die Höhl will ich haben, die Höhl muß ich finden, und du mußt suchen, bis sie entdeckt ist.“

„Aber wo, Vater?“

„Hier in der Schlucht. Sie ist net groß und bald abgesucht. Es muß ein Loch geben, eine Öffnung, die gerade so groß ist, daß ich hindurchkriechen kann. Such nur Schritt für Schritt, Zoll für Zoll, hüben und drüben, doch net weit hinauf; es muß am Boden sein!“

Das Mädchen hielt die Nachforschung mit der größten Genauigkeit, während der fieberhaft erregte Vater das Ergebnis kaum erwarten konnte. Es war kein befriedigendes.

„Es ist nix zu sehn, nix als Stein und Moos und Strauch und Farnkraut.“

„Dann ist der Eingang so versteckt, daß man ihn net bemerken kann; aber die Höhl ist ganz sicher da.

Sie führt in die Seite hinein, und wenn man auf ihr steht, muß man den hohlen Ton bemerken. Jetzt führst mich zum Rand; ich selber werd ringsum untersuchen!"

Sie leitete ihn bis zur Kante der Schlucht empor; er schritt hart daran hin und stampfte von Schritt zu Schritt mit dem Fuß. Seine Vermutung erfüllte sich schon nach kurzer Zeit; es erklang unter seinen Tritten, als stehe er über einem leeren Raum.

„Hörst, Paulin, hier ist sie!"

Er stampfte stärker.

Zur Herstellung der Höhle war eine kleine Seitenschlucht benutzt worden. Man hatte diese mit jungen Stämmen überlegt und auf diesen von moosigem Rasen eine Decke hergestellt, die stark genug gewesen war, jeden Darüberschreitenden zu tragen. Das war jedenfalls zu einer Zeit geschehen, zu der ‚Im Sonnentau' nur den Eingeweihten bekannt war. Während dieser langen Frist nun war das Holzwerk von der Fäulnis ergriffen und die Decke schadhaft geworden. Der Torbauer brach hindurch.

Der Fall konnte ihn nicht verletzt haben, denn im nächsten Augenblick fragte er herauf: „Paulin, wo bist?"

„Hier auf dem Dach. Hast dich verletzt, Vater?"

„Nein; es ist net tief."

Die Sorge um ihn hatte sie an den Rand des entstandenen Loches getrieben; da wich der Boden auch unter ihr; sie fiel zu ihm hinab. Beide waren im ersten Augenblick sehr erschrocken darüber, fühlten sich aber bald beruhigt, da auch das Mädchen keinen Schaden gelitten hatte.

„Nun, auf diese Weise ist's gut, daß du mit herunter bist", meinte der Torbauer. „Schau, hier stoß ich an den Klotz, auf dem ich damals gesessen hab. Nun such einmal, wie es hier ausschaut!"

Die Decköffnung sandte genug Licht, um den ganzen Raum mit seinem Inhalt zu erkennen. Der hintere Teil war bis oben mit den verschiedensten Arten von Schmuggelgut angefüllt; an den Wänden hingen mehrere Schießgewehre; auch eine Lampe wurde entdeckt, und an der Erde stand ein kleines Fäßchen, dessen Spund- und Zapfenloch zugesteckt waren.

„Ist was drin?"

„Ja, es ist schwer."

Sie zog den Zapfen heraus; das Fäßchen fiel dabei um, und ein Teil seines Inhalts rieselte auf den Boden. Es war Pulver.

Nachdem sie alles ganz genau durchforscht hatten, ohne den Eingang zu entdecken, war ihre nunmehrige Sorge darauf gerichtet, auf welche Weise es ihnen möglich sei, den Ort wieder zu verlassen. Nach einigem Nachdenken entschied der Blinde:

„Zum Loch können wir net hinaus, es ist net mit den Händen zu erlangen, und der Rand wird wohl auch nachgeben. Wir klettern auf die Kisten und Pakete und graben uns durch die Decke. Erst schaffst das herabgefallene Land beiseit, daß es net entdeckt wird, und hernach, wenn wir draußen sind, machen wir die Löcher wieder zu. Die Pascher dürfen net bemerken, daß jemand hier gewesen ist. Ich mach sofort die Anzeige, und wenn es glückt, so werden sie all hier abgefangen."

Dieser Plan wurde ausgeführt. Zwar kostete es dem hilflosen Blinden und dem schwachen Mädchen viel Zeit und Anstrengung, ins Freie zu gelangen und alle Spuren ihrer Anwesenheit zu verwischen; endlich aber kamen sie doch damit zustande und verließen nun den verhängnisvollen Ort. Ihre Absicht, sich Sonnentau zu holen, hatten sie vergessen.

Der Rückweg vollzog sich mit möglichster Schnelligkeit, und im Dorf angekommen, gebot der Alte:

„Führst mich net nach Haus, sondern zum Grenzer, aber so, daß der Ulmenbauer es net bemerkt."

„Warum dieser net?"

„Weil ich meine Ursach hab! Wirst es schon auch noch erfahren!"

*

Unterdessen saß der Genannte bei seinem Besuch und mußte sich alle Mühe geben, seine zornige Aufregung zu bemeistern. Er hatte mit Sicherheit angenommen, daß die dem Sohn gegebene Lehre ihre Wirkung nicht verfehlen und dieser im Laufe des Tages nach Hause kommen werde. Aber er kam nicht. Stunde um Stunde verging; die Gäste wurden immer unruhiger, und endlich erhob sich der Geschäftsfreund und verließ das Zimmer.

„Herr Oppermann", sprach das Mädchen, „denkt Ihr Sohn etwa, es gibt bei uns keine jungen Herren? Mehr als genug, besonders, wenn man nicht arm an Vermögen und Bildung ist. Höflicher und aufmerksamer aber sind sie jedenfalls!"

„Sobald er kommt, soll er den Lohn empfangen, der Trotzbub, der!"

„Aber er wird nicht kommen!"

„Er muß. Ich hab's ihm geboten, und wenn er sich net besinnt und nachgibt, so soll er sehen, was ich mit ihm tu!"

„Ach so! Er ist mit unserem Plan also gar nicht einverstanden? Das hätten Sie uns früher sagen sollen!" Sie stand auf und rauschte mit einer Miene, die ihre ganze Entrüstung darlegen sollte, aus der Stube. Oppermann folgte ihr eilig und bemerkte zu seinem Schrecken, daß ihr Vater hatte anspannen lassen.

„Was! Du willst fort?"

„Ja. Ich dränge mein Mädchen niemand auf. Über das Geschäft sprechen wir später, wenn du mal hinüber kommst!"

Alle Bitten und Vorstellungen des Ulmenbauern halfen nichts. Der Wagen rollte fort, und Oppermann ließ seine Wut an Frau und Gesinde aus.

Währenddessen war es dunkel geworden, und der Grenzer kam, um nach dem Leutnant zu fragen.

„Er ist fort, schon seit einer ganzen Weile. Kann ich's vielleicht ausrichten?"

„Es ist nichts von Bedeutung", meinte der Beamte vorsichtig. „Nur eine Privatsache!" Dann entfernte er sich wieder.

Nach dem Abendbrot, das Oppermann schweigend einnahm, verließ auch er den Hof. Nachdem er dieselben Vorbereitungen wie gestern getroffen hatte, schritt er auf Umwegen dem alten Schacht zu. In dessen Nähe angekommen, stieß er einen Signalpfiff aus und sah nach wenigen Augenblicken eine Anzahl Schmuggler um sich versammelt.

„Ihr wißt, wem's heut gilt?"

„Dem Offizier."

„Gut. Er ist mit seinen Leuten beim Schacht. Ich will nur ihn; die andern können laufen. Er wird sie verteilt haben. Spürt jetzt mal vor, wo er sich befindet!"

Nach einiger Zeit kehrten die ausgesandten Lauscher zurück und brachten die Nachricht, daß der Leutnant ganz allein auf einem Stein sitze, während er seine Leute längs des Weges aufgestellt habe.

„So holt ihn; aber net einen einzigen Laut darf er ausstoßen!"

Der Unteroffizier, der heute den Zettel erhalten hatte, lehnte unweit des Schachtes an einem Baum. Er konnte im Mondschein den Ort erkennen, an dem sein Vorgesetzter sich niedergelassen hatte. Da war es ihm, als finde dort eine ungewöhnliche Bewegung statt. Er duckte sich auf die Erde nieder und kroch hinzu. Der Leutnant war fort, aber sein Tschako lag neben dem Stein. Mit einigen raschen Sprüngen war der Unteroffizier zurück, eilte bis in die Mitte der Aufstellung und rief die Leute zusammen.

„Sie haben den Leutnant gefangen! Wir müssen —"

Da kam es den Weg heraufgekeucht, als stehe etwas Hochwichtiges auf dem Spiel.

„Wer da?" unterbach sich der bestürzte Sprecher.

„Der Grenzer! Ist der Herr Leutnant hier? Ich habe soeben erst erfahren, daß er sich am Schacht befindet, und muß ihm eine außerordentliche Mitteilung machen!"

„Sie sehen uns gerade seinetwegen in der größten Bestürzung. Er hatte sich abseits von uns aufgestellt und ist von den Paschern aufgehoben worden. Wir müssen augenblicklich zur Verfolgung schreiten."

„Aber wissen Sie, nach welcher Richtung? Nein? Ja, das kann ich mir wohl denken! Doch seien Sie ohne Sorge; wir werden ihnen den Streich sofort vergelten, es soll ihr letzter sein!"

Er berichtete nun von der Anzeige des Torbauern, die auch hier eine außerordentliche Wirkung hervorbrachte. Es wurde schnell Beratung gehalten, und in kurzem war der Platz verlassen.

*

Die Gefangennahme des Leutnants war, wie die Pascher vermeinten, vollständig unbemerkt gelungen. Er wurde in lautloser Stille, gebunden und geknebelt, nach ‚Im Sonnentau' geführt, wo heute große Versammlung sein sollte.

Der Grenzmeister schritt voran. Trotz der Vorsicht, die zu beobachten war, hatte er ein Zündholz hervorgezogen und sich eine seiner Zigarren angebrannt. Es war sein Stolz, nie mit einer Pfeife gesehen zu werden. Sie nahmen nicht den gewöhnlichen Weg, sondern schritten durch den lichten Wald in gerader Richtung auf ihr Ziel los. Sie hatten hier noch nie etwas Verdächtiges bemerkt und stiegen daher ohne vorherige Erkundung in die Schlucht hinab.

Oppermann bückte sich und faßte einen sorgfältig mit Moos bekleideten Stein, der auf einer unsichtbaren Rolle lief, aber sich fest in die Schluchtwand einlegte. Er zog ihn zurück und schickte sich an, durch das so entstandene Loch zu kriechen. Schon befand er sich halb im Innern der Höhle, als er einen fürchterlichen Schrei ausstieß und zurückfuhr. Er hatte mit dem brennenden Zigarrenende den Boden gestreift und war damit in das Pulver geraten, das Pauline gerade vor dem Stein verschüttet hatte. Es war explodiert und ihm in das Gesicht und die Augen geflogen. Alle Vorsicht vergessend, schnellte er sich empor und rief: „Ich bin geblendet, die Augen sind mir verbrannt! Es hat Pulver vor dem Loch gelegen und ist mir an die Zigarr gekommen!“

In der nun entstehenden Aufregung bemerkten die Pascher nicht, daß sie umzingelt wurden. Da erscholl es über ihnen: „Halt! Ergebt euch!“

Im Schein des Mondes sahen sie die blanken Läufe zahlreicher Gewehre auf sich gerichtet; im Nu hatten sie auch die ihrigen erfaßt. Die Schüsse krachten von oben und unten, dann erfolgte ein Zusammenprall, der sich nach und nach in einen erbitterten Einzelkampf auflöste.

Oppermann war bei dem Ruf des Unteroffiziers zusammengeschreckt. Er konnte nichts sehen und wußte sich rettungslos verloren. Aber wie, wenn er dennoch zu entkommen vermochte! Durch listiges Entschleichen war dies nicht möglich, da ihm das Augenlicht geraubt war. Er vergaß seine Schmerzen, zog das Messer und stürzte sich vorwärts. Der Zufall wollte, daß er auf eine Lücke stieß, durch die er gelangte; unbehindert zwar, aber doch nicht unbemerkt. Der Grenzer sah ihn und eilte ihm nach. Der Fliehende vernahm die Schritte. In weiten Sprüngen stolperte er nach rechts hinüber, um das junge Tannicht zu erreichen, aber er hatte die Richtung verfehlt; noch ein Sprung, der Boden verschwand unter seinen Füßen, und mit einem gräßlichen Schrei stürzte er in die Tiefe des Steinbruches.

*

Nach dem Abendessen hatte Pauline ihren Eltern gesagt, wer heute kommen werde. Der Torbauer hatte aufgehorcht und dann gemeint:

„Der Bursch ist mir willkommen; er soll net entgelten, was der Vater tut. Aber Paulin, sag ihm nix von heut!“

Heiner war dann auch gekommen und von den Eltern seines Mädchens freundlich empfangen worden. Er hatte erzählt, daß er sich mit dem Vater verfeindet habe und bis zum Austrag der Sache in Dienst gehen werde. Noch saßen sie beisammen, da klopfte es und der Grenzer trat ein.

„Torbauer, ich muß Euch berichten, daß wir sie haben.“

„So? Wirklich? Gott sei Dank! Den Meister auch?“

Heiner horchte auf.

„Ja. Und wißt Ihr, wer er ist? Der Ulmenbauer!“

Er kannte den Sohn des Genannten nicht und begann den Vorgang zu erzählen. Dann entfernte er sich mit der Versicherung, daß das Verdienst Schuberts die rechte Anerkennung finden solle.

„Also den Offizier hatten sie erwischt? Ja, das war die gute Taktik! Und der Grenzmeister also doch — Heiner!“

Der Angeredete hatte starr und totenbleich dagesessen, und kein Laut war über seine Lippen gekommen. Jetzt erhob er sich. „Gut Nacht!“

„Was willst, Heiner? Bleib!“ gebot Schubert.

„Der Sohn des Grenzmeisters darf nimmer bleiben. Er muß fortgehen in die weite Welt, wo ihn niemand kennt!“

„Du bleibst! Geh her und setz dich wieder!“

Dem Zureden der braven Leute gelang es, ihn zu beruhigen. Er begann zu erzählen von all dem Leid, das er mit der Mutter zu ertragen gehabt hatte, und verschwieg auch die letztvergangenen Ereignisse nicht. Als er geendet, reichte ihm der Torbauer die Hand hinüber.

„Siehst, Heiner, es gibt einen Gott, der geradeso straft, wie man sündigt! Er hat mich geblendet und ist durch mich wieder geblendet worden, wie der Leutnant mit angesehen hat; er hat dich in den Bruch stürzen wollen und liegt nun selber tot darin. Sein Bau ist an einem einzigen Tag zusammengebrochen, wie du ihm geweissagt hast. Nun geh und tröst die Mutter; Paulin mag dich begleiten. Dann schickst die Knecht hinaus zum Bruch und lässest ihn holen. Du hast schwer zu tragen; doch komm zu uns, wir werden dir gern helfen, es zu überstehen!“

Heiner ging, um die Mutter auf das Geschehene, von dem sie vielleicht noch nichts wußte, vorzubereiten.
Pauline schloß sich ihm an.

„Weißt nun, Paulin, warum ich heut geweint hab?“ fragte er sie unterwegs.

„Nun weiß ich's, Heiner.“

„Und willst mich dennoch liebbehalten?“

„So lieb wie erst. Nun brauchst auch net in den Dienst zu gehen. Die Flieg am Holunder hat ihre Schuldigkeit getan, und du bist Ulmenbauer geworden. Der Gram und die Sorg hat ein End, und wenn das jetzige Leid erst überstanden ist, so wird das Glück einkehren bei uns und bei der Mutter!“

DER TEUFELSBAUER

Der Tannenhof

„Reißt aus, reißt aus, der Teufelsbauer kommt!“ rief es unter einem Trupp von Schuljungen, die sich mit ihren Spielen auf der Dorfstraße breitgemacht hatten, und kaum war der ängstliche Ruf erschollen, so stob die Schar nach allen Richtungen auseinander.

„Macht rasch die Türen zu, und schlagt drei Kreuze; der Einsiedel geht durchs Dorf!“ klang es in den Häusern.

Die Fenster und Türeingänge wurden verschlossen, und nur verstohlen lugten die Köpfe der Neugierigen nach dem Mann, dessen bloßes Erscheinen die abergläubischen Dorfbewohner in Furcht zu setzen vermochte.

Es war eine große, breitschultrige Gestalt, die langsam dahergeschritten kam, den Blick finster zur Erde gesenkt und scheinbar gleichgültig gegen das verletzende Benehmen.

Aus dem Fenster eines Hauses, neben dessen Tür auf blechernem Schild das Wort ‚Ortsrichter‘ zu lesen war, schaute ein kleines, hageres und spitzes Gesicht hervor.

„Tannenbauer“, tönte es schnarrend zwischen den schmalen, breitgezogenen Lippen hervor, „geh doch nicht durchs Dorf, sondern lauf lieber dahinter weg. Du weißt schon, warum!“

Der Angeredete tat, als habe er die Beleidigung nicht vernommen, und setzte ohne Zögern seinen Weg fort.

Unter dem Torweg eines der größeren Güter lehnte ein hagerer, aber sehnig gebauter Mann, dessen kleine, grünlich schimmernde Augen unter den haarlosen und eigentümlich zwinkernden Lidern hervor neugierig die

Straße beobachteten. Als er den Kommenden erblickte, veränderten sich seine Züge zu einem gehässigen Grinsen, und mißmutig murmelte er vor sich hin:

„Der Teufelsbauer vom Tannenhof! Was muß denn den heute zum Sonntag aus seiner Satansklause hervorgetrieben haben? Wenn der sich sehen läßt, so gibt's sicher ein Unglück im Dorf. Wart, ich fürcht mich nicht vor ihm und werd ihm gleich zeigen, daß ich noch immer der alte bin!"

„Lebst du denn wirklich noch, Haubold Frieder?" fragte er mit absichtlich erhobener Stimme, damit man ihn in der Nachbarschaft hören könne. „Hab gedacht, du seist längst mit dem Leibhaftigen fortgeflogen! Aber sag doch mal, wie war denn eigentlich damals die Geschichte mit meinem Bruder? Bist wohl nicht mit dabei gewesen?"

Haubold zog die Brauen enger zusammen, senkte den Kopf noch tiefer und würdigte auch diesen Zuruf keiner Antwort. Als er das scharfe, höhnische Lachen vernahm, das hinter ihm erscholl, wurden seine trotz des Alters noch immer schönen Gesichtszüge um einen Schatten bleicher; die Lippen legten sich mit herbem Ausdruck aufeinander, und aus den großen, dunklen Augen fiel ein Blitz zur Erde, in dem Verachtung und Bitterkeit mit gleicher Stärke leuchteten. Da klang es halblaut und freundlich aus einer Ecke des zu demselben Gut gehörigen Gartens: „Guten Tag, Herr Haubold!"

Verwundert blieb er stehen und hob den gesenkten Kopf empor. Am Zaun stand mit verlegenem Gesichtchen ein junges, kaum zwanzigjähriges Mädchen, das unter dem forschenden Blick des ernsten Mannes die Augen niederschlug, als habe es eine Sünde begangen.

„Grüß Gott, mein Kind!" antwortete er freundlich. „Sag, wer bist du denn, daß du dem Teufelsbauer nicht auch den Gruß versagst?"

„Ich bin die Kathrin, und mein Vater — mein Vater,

das ist — das ist der Wiesenbauer, der jetzt zu Euch geredet hat", lautete die zögernde Antwort.

„Der Wiesenbauer? Du bist seine Tochter und magst mich doch grüßen?"

„Ich grüß Euch gern!" Ihr Auge hob sich und suchte wie bittend das seine. „Ich habe gehört, was der Vater sagte, und — und —"

„Und wolltest wieder gutmachen, was er Böses gesprochen hat?"

„Ja; aber bitte, nehmt mir's nicht übel!"

„Wie könnte ich dir darüber zornig sein, Kathrin? Ich habe dich noch gar nicht gekannt, und vielleicht bist du besser als dein Vater. Du bist ein unschuldig Blut und kannst ja nichts dafür, daß er so große Feindschaft hegt. Hab Dank für deine gute Rede, und bleib immer so brav, wie du jetzt bist!"

Er reichte ihr die Rechte über den Zaun und wendete sich zum Gehen. Sie blickte ihm nach, solange sie es vermochte, und atmete dann, während ein zufriedenes Lächeln um den kleinen Mund spielte, tief und erleichtert auf.

„Endlich hab ich's mal gewagt! Sie sind alle so schlimm mit ihm, und er ist doch so still und gelassen dabei. Vielleicht ist gar nichts wahr von dem, was die Leute von ihm sagen, und der Gustav — der Gustav ist ganz gewiß auch lieb und gut, obgleich er geradeso finster dreinschaut wie sein Oheim und kein anderer Bursche was von ihm wissen mag."

Sie zerpflückte sinnend die Blume, die sie von der Frühmesse her noch an der Brust stecken hatte.

„Wenn man nur mal mit ihm sprechen könnte! Aber ich hab noch niemals gesehen, daß er mit irgendwem geredet hätte, und auf dem Tanz, da ist er erst recht nimmer zu erblicken. Es ist nur gut, daß der Vater gleich in die Stube gegangen ist und nicht hat sehen können, daß ich mit dem Tannenbauer Zwiesprache gehalten hab.

Wo der nur hingehen wird? Er kommt kaum alle Jahr mal in das Dorf, und dann wird irgendwas hervorgesucht, an dem er schuld sein soll!“

Auch der, über den sie nachdachte, konnte seine Gedanken nicht von der unerwarteten Begegnung wenden. Was hatte die Tochter seines Todfeindes veranlaßt, ihn zu grüßen? War das wirklich bloß die Absicht, die Härte ihres Vaters zu mildern? Er hatte sie noch niemals gesehen oder wenigstens ihr bei einer etwaigen Begegnung keine Beachtung geschenkt, und jetzt stellte sie sich ihm auf einmal so freundlich und versöhnend gegenüber. Das mußte wohl einen besonderen Grund haben. Die milde Erscheinung mit dem flehenden Auge hatte ihm, dem Verfemten, wohlgetan; er sann und sann im Vorwärtsschreiten und fuhr fast erschrocken auf, als er hinter sich eine rufende Stimme vernahm:

„Was ist's denn, Haubold, daß du vorübergehst? Ich denk, du willst zu mir?“

Er wendete sich zurück und trat auf den Sprecher zu. Dieser hatte schon längst wartend am geöffneten Tor gestanden, dessen altersschwarze Flügel mit drei weißen, riesigen Kreuzen bemalt waren, und hielt ihm jetzt mit sichtbarem Widerstreben die Hand entgegen.

„Ach so, ja; ich war in Gedanken und hab da nicht bemerkt, daß ich schon bei dir bin. Aber behalte deine Hand; du gibst sie mir doch nicht gern!“

Sein Blick fiel auf die zur Abwehr bestimmten frommen Zeichen am Tor.

„Was sollen denn die Kreuze bedeuten?“ fragte er.

„Denk ja nicht etwa, daß es deinetwegen ist“, lautete schnell die vorbeugende Antwort. „Es ist mir was Heimliches über meinen Stall geraten, und da habe ich die Kreide genommen und die heilige Dreifaltigkeit ans Tor geschrieben. Der Knecht wird dir's erzählt haben.“

„Schon gut! Ich weiß genau, woran ich mit euch bin. Ihr seid einer so dumm und ungut wie der andere, sinnt euch allerlei Fixfaxerei aus über mich und macht euch einander den Unsinn solange weis, bis ihr endlich selbst an eure eigenen Lügen glaubt. Und wenn ihr dann den Karren mal tief hineingeschoben habt, so bin ich gut genug, ihn wieder rauszuziehen. Ihr seid alle miteinander keinen Kreuzer wert. Was ist's denn, daß du so dringend nach mir geschickt hast?"

„Ja, denk dir nur, heut früh komm ich in den Stall, da liegt die Schecke am Boden und daneben auch die Kalbe, alle beide tot. Ich schicke sogleich zum Tierarzt, und als der gekommen ist, hat er da gestanden, das Sacktuch vor die Nase gehalten und weder Rat noch Tat gewußt. Und der ist doch ein Studierter; er hat zwar keine gelehrte Schule besucht wie du, als du Student warst, aber er hat heidenmäßig viel Bücher und alte, gute Schriften, und in denen hat er heute nachgeschlagen und gefunden, daß mein Stall verhext ist. Er selber kann dagegen nichts tun, hat er mir sagen lassen, und da ist der Knecht zu dir gelaufen, weil du dich auf die schwarze und weiße Magie verstehst, wie kein anderer nicht. Schau dir nur mal die drei Kühe an, die noch drin stehen; vielleicht kannst du sie mir retten!"

„Der Knecht sagte, du habest das Vieh gestern auf der Weide gehabt?"

„Ja, sie sind gestern am ganzen Tag drunten auf der Moorwiese gewesen."

„Du bist wohl nicht recht klug, das arme Tierzeug auf das Moor zu treiben! Die große Sonnenhitze dazu; da versteht sich's doch von selber, was draus werden muß! Was hast du denn mit den zwei toten Stücken getan?"

„Sie liegen noch drüben im Schauer. Ich werde ihnen wenigstens die Häute abziehen lassen."

„Nach dem, was ich mir denke, hättest du sie schon längst vergraben sollen. Ich werde jetzt in den Stall gehen. Oder hast du vielleicht Angst vor mir?"

„Geh nur immer hinein, es bleibt ja doch nichts anderes übrig, und wirst mir als Schulkamerad wohl nicht noch größeren Schaden machen, als ich schon hab!“

Haubold zuckte mitleidig die Achsel, öffnete die Tür zum Stall und trat hinein. Eine dumpfe, üble Luft schlug ihm entgegen, so daß er sich fast wieder umgewendet hätte. Die drei Kühe standen an ihren Plätzen, drehten heftig die Köpfe und stießen von Zeit zu Zeit einen kurzen, stöhnenden Husten aus. Ihre Augen schwammen in Wasser; der Atem ging schnell und ängstlich, und die eingefallenen Flanken bewegten sich zitternd auf und nieder.

„Komm mal her“, gebot Haubold dem Bauern und strich der ihm nächststehenden Kuh mit der Hand die Seite entlang. „Hörst du, wie es knistert? Das ist der Milzbrand und keine Hexerei. Nimm dich in acht; die Krankheit steckt auch Menschen an! Und paß auf, was ich dir sage!“

Er griff in die Tasche des Rocks und zog zwei Tüten hervor.

„Jetzt schickst du sofort zum Richter und meldest, daß der Milzbrand bei dir ist; das mußt du, denn es steht so im Gesetz geschrieben. Die Scheck und die Kalbe gräbst du mit Haut und Haaren im Garten ein, so tief wie möglich und tust Kalk darauf. Und die drei Rinder hier schaffst du hinaus an die frische Luft, wenn du sie dir erhalten willst. Ich hab mir's wohl gedacht, daß es der Milzbrand ist, und dir darum gleich die richtige Arznei mitgebracht. Hier kann niemand helfen, als nur wieder mal der Teufelsbauer allein, und deinem gelehrten Tierarzt magst du sagen, daß er ein Pfuscher ist! Schau her, hier sind zwei Tüten. Von der ersten gibst du alle drei Stunden einen Eßlöffel voll in Wasser, und von der anderen gleich darauf halb soviel in Honig eingerührt. Aber komm nicht mit Feuer zu nah; es ist Schießpulver dabei!“

„Ich werde es so tun, Haubold; aber das von dem Milzbrand, das machst du mir doch nicht weis! Schießpulver hilft bloß gegen Teufelsspuk, und du hast dich also ganz von selber verraten. Aber hab Dank dafür —“

„Schon gut, schon gut! Deinen Dank, den brauch ich nicht, und deine Gescheitheit, die heile ich nicht. Was du sonst noch zu tun hast, das kannst du auch ohne mich verrichten. Leb wohl!“

Ohne auf die weiteren Reden des anderen zu achten, entfernte er sich mit raschen Schritten und schlug jetzt einen Weg ein, der ihn hinter dem Dorf die Gärten entlang nach Haus führen mußte. Seine Gemütsruhe war von dem seltenen und nur aus reiner Teilnahme unternommenen Ausflug bedeutend erschüttert worden; er sehnte sich nach Einsamkeit und fand sie hier auf dem stillen Pfad eher als auf der belebten Dorfstraße, wo jede Erscheinung darauf angelegt zu sein schien, die in ihm wohnende Bitterkeit zu steigern.

Die Kirchenglocken riefen zum Nachmittagsgottesdienst. Der Eindruck ihres erhebenden Klanges wollte auch hinab in sein Herz dringen. Er blieb stehen und lauschte. Wie viele Jahre waren wohl verflossen, seit er zum letztenmal das Gotteshaus betreten hatte? Und wer trug die Schuld, daß er die Menschen mied, sogar an dem Ort, wo die Feindschaft und der Haß des Erdenlebens niemals Zutritt finden sollten? Er strich mit der Hand über die umwölkte Stirn und schritt weiter. Die Glocken waren verstummt; jetzt erhob wohl die Orgel ihr majestätisches Brausen, und die Gemeinde stimmte eines jener Lieder an, in denen jede Strophe, jeder Vers von Liebe und vom Frieden predigt. Wer doch dieser Liebe begegnen und diesen Frieden finden könnte!

„Bist du auch wieder hier, Haubold Frieder?“ klang da eine mißtönende Stimme mitten in seine Gedanken hinein. „Hab gedacht, du schlägst dich mit dem Teufel im Kuhstall herum! Aber sag doch mal, wie war denn eigentlich damals die Geschichte mit meinem Bruder? Bist wohl gar nicht dabei gewesen?"

Haubold fuhr herum und maß den Wiesenbauer, der jetzt mit der Ausbesserung des hinteren Gartenzauns beschäftigt war, mit zornsprühenden Blicken.

„Was bist du doch für ein schlechter Kerl, Heinemann! Wäre ich wirklich der, für den ihr mich haltet, so spräche ich jetzt den Spruch, und du solltest sehn, was darauf folgen möchte", sagte er.

„So sprich ihn doch! Der Leibhaftige ist doch dein Gevatter und wird dir gern zu Diensten sein! Aber ich fürchte mich trotzdem nicht vor dir, und du kannst nur immer Sorge tragen, daß du mir nicht einmal in die Hände läufst. Mich wirfst du nicht vom Felsenbruch herunter, wie damals meinen Bruder, darauf darfst du dich verlassen!"

Die Adern an der Stirn des Beschuldigten traten dunkel hervor; er legte die Hand auf den Zaun und hob den Fuß, wie um hinüberzuspringen.

Da fuhr der Wiesenbauer höhnisch fort:

„Hast recht, Haubold Frieder; wir können die Sache gleich hier ausmachen! Die Hacke hab ich schon bei der Hand, und wer ohne Erlaubnis in meinen Garten kommt, den darf ich niederschlagen. Wer des Nachts gemordet hat, gegen den muß man sich auch bei Tag wehren!"

„Nein, Wiesenbauer", erwiderte Haubold, indem er sich mit Gewalt zur Ruhe zwang und die Hand vom Zaun nahm, „du bist mir nicht gewachsen, trotz deiner Hacke; dies weißt du ebenso gut wie ich, aber ich will mich nicht selbst an dir rächen, sondern dich dem lieben Gott überlassen. Der hat deinen Bruder getroffen und wird auch dich zu finden wissen!"

Er ging.

„Der Teufelsbauer fürchtet sich!" rief es unter höhnischem Lachen hinter ihm. „Lauf nur zu! Vor deinem

Advokaten, dem Herrgott, hab ich keine Angst, und du, du kommst mir schon noch hin, wo ich dich haben will!"

Trotz der sommerlichen Hitze, die auf der Gegend lag, fühlte der Tannenbauer bei dieser Lästerung einen kalten Schauer über seinen Körper gehen. Er dachte nicht mehr an Glockenklang und Orgelton; in seinem Herzen hatte die weiche Stimmung der alten Bitterkeit wieder Raum gegeben; er verdoppelte seine Schritte, um so schnell wie möglich von der Stelle zu kommen, die den unversöhnlichsten seiner Feinde trug, und atmete leichter und freier auf, als er endlich das Dorf hinter sich hatte und in den Fahrweg einbog, der nach dem ‚Teufelshof' führte.

Dieser lag seitwärts im freien Feld. Zu beiden Seiten des Eingangs erhoben sich zwei mächtige Tannen, die weit über die Firste des Daches ragten und der Besitzung ihren ursprünglichen Namen gegeben hatten, wie auch die Inschrift bezeugte, die einer der früheren Bauern in den Schlußstein des hochgewölbten Torweges hatte graben lassen:

Dies Haus, das steht in Gottes Hand
Und wird zum ‚Tannenhof' genannt!

Auf einer der Moosbänke, die sich um die Füße der Bäume zogen, saß ein junger Mann, der so eifrig mit Lesen beschäftigt war, daß er Haubold erst bemerkte, als dieser schon vor ihm stand. Er schloß das Buch und erhob sich.

„Was hast du hier zu lesen, Gustav?" fragte der Angekommene.

„Es ist das Gesangbuch, Oheim."

„Warum gehst du denn nicht lieber in die Kirche?"

„Ich mag nicht! Der liebe Gott ist allweil hier beim Tannenhof auch, und vielleicht noch lieber als in dem Haus, wo sie singen und beten und doch nichts vom rechten Frommtun wissen."

Der Bauer legte ihm die Hand auf die Schulter und sah ihm tief in die Augen.

„Armer Bub! Hast du auch schon von dem Gift trinken müssen, das schlimmer ist als Schlangensaft? Hör, Gustav, wollen hier bei uns recht lieb und gut miteinander sein, dann brauchen uns die anderen nicht zu kümmern!"

Der Blick des Jünglings drang durch die rasch aufsteigende Feuchtigkeit mit dem Ausdruck der herzlichsten Liebe zu ihm herüber.

„Oheim, du weißt, wie hoch dich alle hier im Hause halten, darum sollst du dich nicht immer so einsam stellen, sondern mehr bei uns sein als in deinem alten Turm, an den der Heinemann das Teufelsbild gezeichnet hat!"

„Der Wiesenbauer ist's gewesen? Ich hab mir's wohl gedacht! Woher hast du es erfahren?"

„Von der Magd, die hat es heut daheim gehört. Soll ich das Bild vielleicht mit Lehm überstreichen?"

„Nein, laß es stehn! Ich hab vorhin den Streit dem besten Anwalt übergeben, und der wird sicher dafür sorgen, daß grad derjenige, der mir den Schimpf hingemalt hat, ihn selber wegtut."

Er trat in das Haus. Im Flur drehte er sich noch einmal zurück.

„Es wird wohl heut noch ein Gewitter geben. Hast du vielleicht noch Garben auf dem Feld?"

„Ja. Aber die Wagen sind schon vorgezogen, und sobald die Kirche aus ist, hol ich, was noch draußen liegt."

„Gut, ich konnte mir's denken, daß ich dir so was nicht erst zu sagen brauche."

Ohne in eine der Stuben zu treten, schritt er durch den Flur und Hof hinaus nach dem Garten. Dieser wurde von einer hohen, massiven Steinmauer eingefaßt und stieß mit seinem hinteren Ende an eine alte, halbverwitterte Turmruine. Sie war jedenfalls das letzte

Überbleibsel eines längst zerfallenen, mittelalterlichen Bauwerkes und hatte, soweit man nur zurückzudenken vermochte, stets den sich zur Ruhe setzenden Tannenbauern als Auszüglerwohnung gedient. Es ging von ihr die Sage, daß hier ein Ritter gehaust habe, der seine Seele dem Teufel verschrieben hatte und von diesem auch geholt worden sei. Seit dieser Zeit litt es niemand in dem zusammengebröckelten Gemäuer, und der Ort wurde von jedermann gemieden, bis der erste Haubold kam, den Hof erbaute und die Ruine mit in den Bereich des Gartens zog. Da er sich vor dem Spuk nicht fürchtete, schrieb man ihm geheime Künste zu, die sich auch auf seine Nachkommen vererbten. Diese hatten es stets verstanden, sich bei den Bewohnern der Umgegend in Achtung zu setzen; sie waren immer kluge Leute gewesen und hatten gar manches zustande gebracht, wozu andern der Mut oder die Kenntnisse und das Geschick gefehlt hatten. Wenn niemand Obst erntete, — auf dem Tannenhof mußten die Bäume gestützt werden. Wenn rund umher die Saatfelder versagten oder die Kartoffeln nicht geraten wollten, die Tannenbauern hatten in ihren umfangreichen Räumen kaum Platz genug für die Fülle des Erntesegens. In ihren Ställen standen die glattesten Pferde und die drallsten Rinder. Kam ein Fruchthändler oder Fleischer in das Dorf, er ging immer zuerst nach dem Tannenhof; dort floß das Geld freiwillig ein, während selbst die Wohlhabenden im Dorf leicht über Mangel klagten. Wenn irgendwer aus Not ein Stück Land verkaufen mußte, stets waren die Tannenbauern da, um es zu erwerben; ihr Besitztum wuchs und verbesserte sich von Jahr zu Jahr; und da man sich nicht entschließen konnte, durch die Anerkennung fremder Vorzüge die eigenen Fehler in das Licht zu stellen, so griff man zu der alten Sage zurück und schrieb den Wohlstand auf dem Tannenhof jenen Künsten zu, von denen der Aberglaube erzählt, daß sie unter Aufopferung des Seelenheils zum großen Reichtum führen.

Die Haubolde hatten immer darüber gelächelt; ja, es waren einige unter ihnen gewesen, die sich das Vergnügen gemacht hatten, die Befangenen durch allerhand Sonderlichkeiten in ihrer Ansicht zu bestärken. Sie ließen dabei unbedacht, daß sie dadurch sich selbst und den Ihrigen schadeten, eine Unvorsichtigkeit, unter der ganz besonders der jetzige Bauer zu leiden hatte.

Er mochte daran denken, als er jetzt in den Garten ging und dann vor der Ruine stehen blieb, um den Blick langsam darübergleiten zu lassen. In ihrem Innern sollten seine Vorfahren den Pakt mit dem Teufel geschlossen haben; durch die Esse, die das Mauerwerk um einige Fuß überragte, fuhr in finsteren Nächten der Drache hernieder; dunkle oder feurige Erscheinungen zuckten des Mitternachts durch die Luft, und wenn der Sturm über die unheimliche Stätte strich, so fuhren unter herzbrechendem Ächzen und Stöhnen die gebannten Geister auf und konnten nicht loskommen, weil unten im tiefsten Keller das sechste und siebente Buch Moses an einer Kette festgeschlossen lag.

Er lachte unwillkürlich auf und warf, halb trotzig, halb verächtlich, den Kopf zurück.

Und so sind die Tannenbauern zu Teufelsbauern geworden, vor denen die Buben auf der Gasse davonlaufen, und die sogar der Richter aus dem Ort hinausweist. Man höhnt und spottet ihrer, bis man mal ihre Hilfe braucht, und malt ihnen am Ende gar noch den Satan an die Mauer.

Er mußte sich bücken, um durch die niedrige, enge Pforte zu gelangen, und stieg dann die wenigen Stufen einer schmalen Treppe empor, die zu einer in diesem Augenblick nur angelehnten Tür führte. Er wußte genau, daß er sie bei seinem Gehen geschlossen hatte; niemand, selbst Gustav nicht, wagte hier Zutritt zu nehmen, und doch befand sich jemand in der Klause des einsamen Einsiedlers, denn es war eine Stimme zu vernehmen, die in halblauten, abgerissenen Sätzen mit irgendwem zu sprechen schien.

Er erweiterte leise und vorsichtig die Spalte und blickte hinein. Außer dem einen Kreisabschnitt bildenden Treppenraum befanden sich zwei dreieckige Gemächer in dem Turm, deren rechtem Winkel die von einigen Fensteröffnungen durchbrochene runde Umfassungsmauer gegenüberlag. Die vordere Stube war für einen ‚Einsiedel' sehr eigentümlich ausgestattet. Die eine Wandseite wurde von hohen, wohlgefüllten Bücherständen vollständig eingenommen; die andere war mit den Insignien des Studententums, Pfeifen, Schlägern, Zerevis und hundert Kleinigkeiten behangen. An einem Fenster stand ein augenscheinlich viel benutzter Schreibtisch, und in dessen Nähe enthielt ein mit grünem Vorhang versehenes Fachwerk allerlei ärztliche Instrumente, chemische Werkzeuge und Apparate.

Hier war niemand zu sehen; die Stimme kam aus dem nebenan liegenden Raum, dessen Tür weit geöffnet war. Haubolds Züge verfinsterten sich. Wer konnte es wohl unternehmen, das größte Heiligtum, das der Tannenhof für ihn barg, zu entweihen? Zornig eilte er hinzu und stand im nächsten Augenblick hinter einer weiblichen Person, die am Boden kniete und mit Inbrunst ein Bild betrachtete, das sie in beiden Händen hielt.

„Nein, du bist's nicht gewesen", sprach sie, „das weiß ich sicher und gewiß; aber es darf niemand wissen, wie's gekommen ist, und darum mußt du für mich leiden, ohne daß ich dich davon erlösen kann!"

„Was gibt's hier zu erlösen, und wer hat dir geheißen, in meine Stube zu gehen?" fragte es hinter ihr.

Sie erhob sich erschrocken und wandte ihm ihr blatternarbiges und jetzt vor Verlegenheit hoch errötendes Gesicht zu.

„Nun, kannst du nicht Antwort geben? Was tut das Bild in deiner Hand? Gleich hängst du es wieder hin an seine Stelle und machst, daß du hinauskommst. Aber komm mir ja niemals wieder herein, sonst magst du sehn, wo du bleibst!"

Die freundliche Ausstattung des Zimmers ließ wohl kaum die Vermutung zu, daß es dem Teufelsbauer zur Wohnung diente. An den Fenstern hingen weiße Gardinen, die allerdings schon seit geraumer Zeit der Wäsche zu entbehren schienen, deren Feinheit aber darauf deutete, daß sie nur von einer ganz besonderen Rücksicht in die Ruine gebracht worden seien. Das Sofa und die weichen Polsterstühle waren mit mühsamen Filetarbeiten belegt; das hinter einem Vorhang sich verbergende Bett trug einen Überzug von gutem, weißem Leinen; der offene Waschtisch zeigte eine sorgfältige Auswahl von für einen Bauernhof ungewöhnlichen Damentoilettengegenständen; auf dem Nähtisch stand ein niedliches Nähzeug, und unter dem Spiegel waren allerlei Kleinigkeiten gruppiert, unter denen jedenfalls eine zarte Frauenhand gewaltet hatte. War es vielleicht die Hand des jungen, schönen Mädchens gewesen, dessen blondlockiges Bildnis inmitten eines der zwei verwelkten Vergißmeinnichtkränze hing, die zu beiden Seiten des Spiegels befestigt waren?

Vor Bestürzung noch immer wortlos, trat die Gescholtene hinzu und hängte das Bild, das sie gehalten hatte, in den zweiten Kranz hinein. Es stellte einen Jüngling in Studententracht vor, und ein Vergleich mit Haubold ließ erkennen, daß er selbst dazu gesessen hatte.

„So, nun geh!" sprach er. „Ich kann hier niemand gebrauchen."

Sie sah ihn bittend an. Ihre Augen, in denen ein heller Tropfen schimmerte, glichen jetzt fast denjenigen, womit das Mädchenbild so voll und offen aus dem Rahmen schaute.

„Ich sah Euch gehn", entschuldigte sie sich endlich mit leise zitternder Stimme, „und dachte, ich könnte inzwischen hier mal nach der Ordnung sehen."

„Das tu ich selbst", antwortete er in milderem Ton. „Nicht wahr, das hast du gewußt und bist nur aus Neugierde hereingekommen?"

Sie schlug beschämt die Augen nieder und bat:

„Seid nur nicht bös, Herr Haubold! Es tut mir so leid, wenn Ihr zornig seid!"

„Das habe ich schon gesehen, Marie! Bist stets ein gutes Herz gewesen, und hätte ich dich nicht gehabt damals in den Jahren voll Trübsal und Traurigkeit, so wär ich schier ohne Liebe und Trost zugrunde gegangen. Aber laß nur meine Klause allein! Du hast im Haus genug zu tun und solltest dich nicht auch noch mit mir besorgen."

„Ich tät's so gern!" antwortete sie, und bei diesen Worten ging es so hell und warm über ihr Gesicht, daß die Zerstörung, die die Pocken darin angerichtet hatten, sich vollständig vergessen ließ. Dann legte sie die Hand leise in seine dargebotene Rechte und entfernte sich.

Er stand unbeweglich, bis ihre Schritte verhallt waren.

„Was hatte sie mit meinem Bild zu tun? Und diese Augen! Ich habe diese Ähnlichkeit noch niemals bemerkt. Und hier an derselben Stelle hat die Martha gestanden, als sie plötzlich Abschied nahm, und mit derselben Stimme dieselben Worte gesagt: ‚Seid mir nicht bös, Herr Haubold!' Oh, Martha, warum bist du damals fortgegangen und hast es auch geglaubt, daß ich der Mörder bin!"

Er nahm das Bild des Mädchens von der Wand und betrachtete es mit einem Blick unaussprechlicher Liebe.

„Nur noch ein einziges Mal möcht ich dich sehn und wissen, wie dir's geht! Ein einziges Mal nur möchtest du zu mir kommen, um zu erfahren, wie treue Liebe ich gehegt hab und alles hier in deiner Stube gelassen, grad wie es war, als du gegangen bist! Aber du kommst nimmer wieder, und ich — ich habe vergebens an deine Liebe geglaubt!“

Sie war eine Schauspielerin gewesen und hatte zu einer jener armen Truppen gehört, die es nicht verschmähen, auch in kleineren Städten oder größeren Dörfern ihre Bühnen aufzuschlagen. Sein Vater hatte, als wohlhabendster Mann des Orts, sich solcher ‚Künstler‘ immer wohlwollend angenommen. Da sie ziemlich regelmäßig kamen, so war im alten Turm dies Zimmerchen hergerichtet worden, um der Frau ‚Direktorin‘ als stets für sie bereite Wohnung zu dienen. Einst aber war eine bisher noch unbekannte Gruppe eingezogen, und da es bei dieser noch keine ‚Direktorin‘ gab, war das Zimmer der ‚ersten Sängerin‘ eingeräumt worden, die man in der vertraulichen Weise der Gebirgsdörfler bei ihrem Vornamen Martha nannte.

Zu der gleichen Zeit war der damalige Student auf Ferien daheim gewesen, und es hatte sich zwischen ihm und der Sängerin eine jugendlich reine, selbstlose Zuneigung entwickelt, der aber, wenn auch aus ganz verschiedenen Gründen, sein Vater und der Bruder des jetzigen Wiesenbauern hindernd entgegengetreten waren. Die Schauspielerin hatte das Haus verlassen müssen, nachdem ein unglückliches Ereignis eingetreten war, über dem noch heutigentags das Dunkel des Geheimnisses schwebte.

Wie tief der jetzige ‚Teufelsbauer‘ von jenen Vorkommnissen berührt worden war, bewies der Umstand, daß er damals sein Studium aufgegeben hatte und das Stübchen der einstigen Freundin noch heut als ein Heiligtum betrachtete, das kein fremder Fuß betreten durfte. Er war nie wieder auf den Gedanken gekommen, dem Hof eine Bäuerin zu geben. Martha war eine jener reinen, fleckenlosen Seelen gewesen, die bei umherziehenden Künstlertruppen nur höchst selten anzutreffen sind.

Die letzten Halme waren zusammengeharkt, und Kathrin steckte den Rechen in die Garben, mit denen der Leiterwagen hoch beladen war.

„Nun, was soll's, daß du dir's so bequem machen willst?“ fragte der Wiesenbauer, während er nach den Zügeln griff.

„Darf ich nicht noch ein wenig bleiben, Vater? Es ist Sonntag, und du brauchst mich jetzt doch nicht weiter.“

„Hab nichts dagegen; ihr Weibsleut wißt immer am besten, wann der Sonntag ist, an dem ihr die Hände in den Schoß legen müßt. Aber sei zur rechten Zeit zu Haus, damit das Vieh nicht versäumt wird!“

Das Fuhrwerk setzte sich in Bewegung, zu beiden Seiten von Knecht und Magd geleitet, die bereit waren, mit den langen Heugabeln die schwanke Ladung im Gleichgewicht zu erhalten. Sie hatten schon eine ziemliche Strecke zurückgelegt, als sie beim Durchfahren eines Hohlweges lauten Peitschenknall vor sich vernahmen. Heinemann antwortete in derselben Weise. Der Nahende mußte vor der Senkung warten, da innerhalb dieser ein Ausweichen nicht möglich war. Als der Fahrweg wieder offenes Gelände erreichte, sahen sie Gustav, der mit seinem Geschirr und einigem Gesinde an der Seite hielt.

„Ah, du bist's?“ fragte Heinemann höhnisch. „Erst sieht man den großen und nachher den kleinen Beelzebub; das hat nichts Gutes zu bedeuten! Aber zu verwundern ist es nicht, daß euch das Gewissen aus dem Hof treibt, denn euer Wappen ist dort an die Wand geschrieben!“

Er zeigte bei diesen Worten nach der Ruine, auf deren von hier sichtbaren Rückseite eine große, schwarze, mit Schwanz, Hörnern und Pferdehufen ausgestattete Teufelsgestalt zu bemerken war. Gustav beugte sich mit zornigglühendem Gesicht über den Leiterbaum herüber.

„Höre, Wiesenbauer, was ich dir sage: die Erntezeit ist eine heilige Zeit, und wer sie durch Bosheit entweiht, der wird die Strafe finden. Was man in den Acker tut, das gibt er sorgfältig wieder; du hast Wind und Asche gesät, und wirst Sturm und Feuer ernten!"

„Oho!" lachte Heinemann. „Wie kommst denn du zu dieser frommen Predigt? Also Feuer werde ich ernten! Was ihr auf dem Teufelshof seid, das weiß hier jedermann, wollt ihr mir etwa auch noch den Brand ins Haus legen? Fahr zu, Teufelsbub! Ich kann dich nicht in meiner Nähe leiden!"

Er hieb mit der Peitsche auf Gustavs Pferde ein; diese bäumten sich erschreckt empor und sprangen zur Seite auf seine eigenen Tiere ein, die, dadurch scheu gemacht, sich schnaubend in die Stränge legten und mit dem Wagen davonrannten. Sie kamen nicht weit; die hohe Ladung geriet ins Wanken, verlor das Gleichgewicht und stürzte krachend auf die Seite.

„Das ist ein schneller Lohn!" meinte der Tannenhofer, indem er sein Gespann beruhigte und dann die unterbrochene Fahrt fortsetzte. „Es mag ihm nur nicht schlimmer kommen!"

Es waren die letzten Getreidegarben, die er zu holen hatte; die Arbeit des Aufladens war bald getan, und er übergab das Fuhrwerk dem Knecht mit dem Auftrag:

„Fahr du das Fuder heim! Es ist nicht hoch und wird dir keine Mühe machen. Ich geh derweil ein bißchen hier den Bach entlang und komm schon noch zur rechten Zeit nach Hause. Es ist ja heut Sonntag!"

Wie sein Oheim heut am Vormittag, so fühlte auch er jetzt infolge der inneren Aufregung das Bedürfnis nach Einsamkeit, und einsamer gab es in der ganzen Gegend keinen Ort als den, wohin er seine Schritte lenkte.

In den Höhenzug, der das Tal, auf dessen Sohle das Dorf sich erstreckte, abschloß, schnitt eine enge Schlucht ein, deren hinterer Teil sich erweiterte und einen felsigen

Kessel bildete, dem durch den Abbau von Bruchsteinen das ursprüngliche, grüne Pflanzenkleid verlorengegangen war. Fast senkrecht stiegen die hohen, nackten Felswände empor, hier und da eine scharfe Spitze hervorschiebend; kein Strauch, kein Bäumchen ließ sich blicken, nur selten spitzte ein dünnes Grasbüschel aus einer schmalen Ritze hervor, und nur da, wo ungefähr in der halben Höhe der Wand vorzeiten eine höhlenartige Vertiefung in das Gestein gesprengt worden war, hatte sich am unteren Rand allerlei Dorngestrüpp und herbeigewehtes Laubwerk angesammelt. Hoch oben an der äußersten Kante des Kessels trat eine balkonartige Hervorschiebung aus dem Felsen heraus, die mit einer hölzernen Schranke versehen war. Diese Stelle wurde sonntags und an anderen arbeitsfreien Tagen von den Dörflern gern besucht, da sie durch die Schluchtöffnung hindurch einen weiten Ausblick in das Land hinaus eröffnete.

Der einsame Kessel führte in der Umgegend den Namen ‚Felsenbruch' und war für nächtliche Verirrte eine gefährliche Stelle, da er, ringsum von Hochwald umgeben, ganz unvorbereitet plötzlich und beinah lotrecht hinunter in das Tal fiel und jedem, der im Finsteren den Schritt über seinen Rand hinausleitete, Tod und Verderben bringen mußte.

So gern man den dunklen Forstweg betrat, der zu der ‚Kanzel' führte, wie der Balkon genannt wurde, der Grund des Felsenbruchs wurde nur wenig betreten; es knüpfte sich an ihn die Erinnerung an ein grausiges Verbrechen, das vor Jahren hier verübt worden war und von dem man noch heut öfter im Dorf erzählte, als es bei der seitdem verflossenen Zeit zu vermuten war.

Aus einer kleinen Öffnung des sonst festgeschlossenen Gesteins floß ein klarer Quell hervor, dessen leise murmelnde Wellen sich erst durch allerlei Bruchgeröll einen vielgekrümmten Weg suchten, dann die Schlucht entlang den Ausweg in das von ihnen befeuchtete Tal fanden.

Seinem Ufer entlang schritt jetzt Gustav langsam dahin. Er hatte keine dringende Arbeit vor und konnte sich die Kühlung gönnen, die ein Gang an dem von Büschen bestandenen Bach nach dem heißen Tag gewährte. Nur mit seinen Gedanken beschäftigt, achtete er weder auf Zeit noch Ort und war darum beinahe verwundert, als er, unwillkürlich aufblickend, die Bemerkung machte, daß er die Schlucht schon durchschritten hatte und bereits am Eingang zum Felsenbruch stand. Es gab für ihn allen Grund, diesen Ort zu meiden, und er hatte ihn darum auch seit Jahren nicht betreten; heut aber trieb es ihn vorwärts nach der Stelle, auf die der Ursprung so mancher bitteren Erfahrung zurückzuführen war.

Grad unter der Kanzel, und nur wenige Schritte von der Felsenwand entfernt, stand ein hölzernes Kreuz mit einer Inschrift auf dem Querbalken, deren Leserlichkeit unter dem Einfluß von Regen und Wetter sehr gelitten hatte. Sie lautete: „Hier starb am 10. September 1845 der wohlachtbare David Friedrich Heinemann eines gewaltsamen Todes. Er war 26 Jahre alt und wurde meuchlings von der Kanzel herabgestoßen von —“ Über den boshaften Gedankenstrich hatte eine übelwollende Hand mit Bleistift die zwei Worte: „dem Teufelsbauer“ gesetzt, und hinter ihnen folgte die Bemerkung: „Zur Erinnerung an den Mörder, errichtet von Andreas Heinemann.“

An dem Kreuz lehnte eine Mädchengestalt, die von Gustav erst bemerkt wurde, als er um ein herabgestürztes Felsstück trat, dessen zerborstene Masse sich gerade vor das Erinnerungszeichen gelegt hatte. Er wäre gern zurückgewichen, aber es war zu spät dazu; sie hatte ihn schon bemerkt: „Grüß Gott, Mamsell Heinemann!“ klang es kurz und fremd. „Ich habe nicht gewußt, daß jemand hier ist, den ich störe. Aber brauchst dich nicht zu fürchten; ich geh schon wieder!“

„Gustav!“ hörte er die zögernde Stimme, als er sich bereits gewendet hatte. Er kehrte sich ihr wieder zu.

„Was ist's? Willst du etwas sagen?“ fragte er.

„Ja“, antwortete sie schüchtern. „Ich möchte dich gern um etwas bitten.“

„Hab nichts dawider. Sprich!“

„Ach nein; wenn du so feindselig redest, so getraue ich es mir nicht!“

Er überflog sie mit fragendem Blick. Er war ihr oft begegnet, aber noch nie hatte er bemerkt, was ihm jetzt so deutlich in die Augen fiel; sie war schön, schöner vielleicht als alle Mädchen, die er kannte. Und wie mild und freundlich lag es auf ihrem offenen, rosigen Gesichtchen! Es ging eine eigentümliche und ihm bisher fremde Bewegung durch sein Inneres, und in sanfterem Ton sprach er: „Ich bin dir nicht feind. Sag nur immer, was du begehrst!“

„Ich möcht, daß du nicht wieder so zu mir sagst, wie vorhin!“

„Wie denn anders?“

„Hast du denn noch nicht gehört, wie mein Name lautet?“

„Oh ja, Kathrin; aber hast du auch gehört, wie der unsere klingt? Dein Vater hat mich vorhin Beelzebub geheißen; willst du etwa mit dem Teufel vertraulich tun?“

„Der Vater? Bist du ihm auch begegnet?“

„Ja.“

Sie trat einen Schritt näher, hielt ihm die Hand entgegen und fuhr fort:

„Ich habe nichts gemein mit dem, was der Vater treibt, ich nicht und die Mutter auch nicht. Komm, vergib mir das, was er euch tut, und nenne mich nicht anders, als wie ich's gewöhnt bin! Willst du?“

„Ja, ich will, Kathrin! Ein gutes Wort findet seine gute Statt, und dir könnt ich erst recht nimmer was abschlagen!“

Sie entzog ihm die Hand nicht, die er ergriffen hatte und festhielt. Sie fragte:

„Ist's wahr? Aber es ist nur so schwer, dir eine Bitte zu sagen. Dich sieht man nur höchstens einmal auf dem Feld, doch sonst bist du gar nirgends zu finden!"

„Möchtest du mich denn auch woanders sehen?" fragte er. Er kam sich wie ein Fremder vor, und es war ihm, als sei alles Leid und alles Bittere plötzlich in ihm heil geworden.

„Wenn du's gern tust und es dir nicht Schaden bringt!" lautete ihre Antwort.

„Schaden? Mir nicht, aber dir! Schau, hier steht das Kreuz. Mein Oheim hat den deinigen von der Kanzel herabgestürzt, sagen die Leute, und die Haubolde sind alle miteinander dem Satan verfallen. Magst du mich dennoch sehn, Kathrin?"

„Ja, Gustav!"

„Und nicht bloß sehen, sondern noch was anderes?" bat er, indem er sich zu ihr niederbog und den Arm um sie zu legen versuchte.

„Was denn?" fragte sie, sich gegen die Umarmung sträubend.

„Auch liebhaben!" sagte er, sie an sich ziehend.

„Nein, das ist gleich zu viel!" antwortete sie, sich von ihm befreiend, und als er sie noch immer festzuhalten strebte, war sie mit einem: „Leb wohl, Gustav!" hinter dem Felsen verschwunden.

Er folgte ihr nicht, sondern blieb zurück.

Lange Zeit stand er bewegungslos da, den Blick auf die Stelle geheftet, die ihren Fuß getragen hatte; er wurde sich seines Gedankengangs kaum bewußt, bis er endlich wie aus einem Traum erwachend, die Bleistiftworte bemerkte, deren Sinn ihm schneidend durch die so glücklich bewegte Seele fuhr:

„Nein, solche Tücke läßt sich fast gar nicht denken! Aber darum soll es jetzt auch aus sein mit dem Kreuz!"

Er faßte es an dem Querbalken, ein kurzes Rütteln, dem ein kraftvoller Stoß folgte, und das morsche Holz war hart am Boden abgebrochen. Dann hob er es auf und schlug es an den Felsen, daß die abgeschmetterten Stücke weit umherflogen.

„So! Gegen die Inschrift konnten wir nichts tun; aber wenn man nun gar noch unseren Namen daraufkritzelt, so dürfen wir uns wehren. Und wie das Kreuz zunichte ist, so soll auch der böse Leumund weichen müssen, ob im Guten oder durch Gewalt, das mag die Zukunft lehren. Ich hab dies armselige Leben satt und werd den Leuten zeigen, daß ich mich nicht zu schämen brauch und gar wohl auch ein Recht besitze zu dem, was andere tun und treiben!"

Er ging. Der Bach murmelte seine melancholische Weise; aus den Zweigen der Tannen und Fichten klang ein eintöniges Rauschen; die Dämmerung begann sich niederzusenken, und über den Himmelsstreifen, den die Schlucht erkennen ließ, zogen vom Abendrot vergoldete Wolkenschichten.

„Es ist doch gut gemeint und wunderbar eingerichtet vom lieben Gott, daß die Farbe, die für uns das Abendrot bedeutet, für fernere Orte zur Morgenröte wird!" flüsterte er vor sich hin. „Ob es wohl wahr ist, daß das Unglück eines Menschen sich in jedem Fall für den anderen in Glück umwandelt? Dann könnte man sich wenigstens trösten. Aber ich habe noch nicht gesehen, daß der Haß, der uns verfolgt, irgendwem Heil und Segen gebracht hätte. Es bleibt dabei; ich stemme mich dagegen und zahl von jetzt an alles mit gleicher Münze zurück. Die Kathrin soll sehen, daß ich mich nimmer fürchte!"

Man hatte mit dem Abendessen auf ihn gewartet.

Trotz seiner Jugend vertrat er in allem die Stelle des Hauswirts, da dieser nur in höchst dringlichen Fällen einmal die Ruine verließ, um die Wohn- und Wirtschaftsräume zu betreten. Marie, die seit einer langen

Reihe von Jahren die Wirtschaft führte, genoß die Achtung, die man sonst nur der Hausfrau zu zollen gewohnt ist. So schwer es einem Dienstboten ankam, als Ingesinde auf den Teufelshof zu ziehen, war er einmal da und hatte das allgemeine Vorurteil überwunden, so sehnte er sich gewiß nicht wieder zu einer anderen Herrschaft, und so hatte sich denn, obgleich von einem eigentlichen Familienleben nicht die Rede sein konnte, zwischen den Bewohnern des Tannenhofes ein Verhältnis herausgebildet, dessen gegenseitige Anhänglichkeit und Liebe nichts zu wünschen übrigließ. Besonders war es Marie, deren stilles, geräuschloses und aufmerksames Walten wohltuend auf den Kreis der Hausgenossen wirkte. Eine Mutter hätte nicht besser für die Ihren sorgen können als sie. Gustav galt ihr fast mehr als Sohn, und wenn sich gar die Rede auf Haubold lenkte, so glänzten ihre Augen in hellem Feuer, und über ihre zerrissenen Züge breitete sich eine Verklärung, die nur dem tiefsten Innern entstammen konnte. Als nach Tisch der junge Tannenbauer aus seiner Stube, in die er sich begeben hatte, wieder herabkam, blickte sie ihn erstaunt an. Er hatte sich zum Ausgehen angezogen.

„Willst du fort, Gustav?" fragte sie. „Das ist doch geradeso ein Wunder, als wenn der Oheim jetzt noch zu uns kommen wollte!"

„Hast recht, Marie! Aber es muß auch mal ein Wunder geben, damit die Welt zum Glauben kommt."

Sie schien eine Erklärung der sonderbaren Worte zu erwarten; er aber enthielt sich jeder Beifügung und verließ schweigend den Hof. Sein Weg führte ihn durch das Dorf nach dem Gasthaus, aus dessen oberen Räumen lustige Tanzmusik durch die geöffneten Fenster herab auf die Straße schallte. Während das junge Volk sich munter im Saal herumschwenkte, saßen die älteren Männer in einem Nebenzimmer und unterhielten sich über die größte Neuigkeit des Tages.

„Ein gescheiter Kerl ist er", klang es am unteren Ende des Tisches, wo die weniger wohlhabenden Bauern saßen, während oben die reichen Vierspänner ihren Platz behaupteten. „Ich hab ganz genau achtgegeben; er strich den Kühen nur so über den Leib und hat sich seinen Spruch dabei gedacht, und davon sind sie schon bis zum Abend so viel besser geworden, daß ich glaube, ich werde sie noch erhalten. Das mit den Tüten ist ja nur zum Schein gewesen, denn bei dem Streichen hat es geknistert, wie bei einer Elektrisiermaschine; das war Teufelswerk und kommt von dem Zauber, dem er überlegen gewesen ist."

„Ja, den Teufel hat er; das ist gewiß!" versicherte mit schnarrender Stimme der Ortsrichter. „Ich hab ihm auch die Leviten tüchtig gelesen und ihm gesagt, daß er vom Dorf lassen soll."

„Besser hast's ihm nicht gesagt als ich!" behauptete Heinemann. „Aber das mit dem Teufel nehme ich bloß, um ihn zu ärgern, denn ich glaube nicht daran, obgleich ich nicht weiß, wie ich es erklären soll, daß stets ein Unglück geschieht, wenn er aus seiner Klause hervorkommt. Heute ist er ausgewesen, und paßt auf, wir werden schon morgen wissen, was wir davon haben. Es sollte geboten werden, daß ihn keiner zu sich kommen läßt!"

„Zu wem sollen wir denn in der Krankheit gehen, wenn kein Arzt und niemand helfen kann? Wir können doch nicht an dem leiden, was du von ihm denkst!"

„Und ist das etwa nicht wahr? Wer soll es denn sonst gewesen sein als er? Als die Schauspieler in das Dorf gekommen sind, hat die Martha bei seinem Vater, der noch lebte, in der Ruine gewohnt, und mein Bruder, der David, hat sie gern gehabt. Der Haubold ist damals als Student auf der Universität gewesen und in den Ferien nach Haus gekommen. Da hat sich die Martha in ihn verliebt, und mein Bruder hat das Nachsehn gehabt. Die beiden sind nachher hier auf dem Saal, wo die Bühne aufgerichtet war, zusammengeraten. Haubold ist nach der Vorstellung, wie allemal, mit der Sängerin hinaus auf die Kanzel spazierengegangen, mein Bruder ihnen nach, und am anderen Morgen hat der arme Tropf zerschmettert im Felsenbruch gelegen. Die Martha ist verschwunden, und der Teufelsstudent hat nichts von der Sache wissen wollen. Aber warum ist es denn sogleich mit seinem Studium zu Ende gewesen? Das böse Gewissen hat ihm zum Weiterlernen nicht Ruhe gelassen; er ist auf dem Hof geblieben und so trübsinnig geworden, daß er sich endlich gefürchtet hat, vor die Leute zu treten!"

„Wißt ihr auch schon, wer da ist?" fragte in diesem Augenblick der Wirt, der herbeigetreten war, um die leeren Gläser fortzunehmen.

„Wer denn?"

„Der Gustav vom Teufelshof."

Diese Nachricht erregte allgemeines Aufsehen. Es konnte sich keiner erinnern, den Mann jemals im Wirtshaus oder gar beim Tanz auf dem Saal gesehen zu haben. Jeder vermutete einen besonderen Grund, den sein Erscheinen haben mußte, und die Neugier aller war so groß, daß der Tisch bald leer stand, da sich die Gäste hinaus auf den Tanzboden begeben hatten, um den Ankömmling mit eigenen Augen zu sehen.

Dieser war erst vor kurzem eingetreten und hatte an einem der Seitentische Platz genommen. Die bereits daran Sitzenden hatten sich sofort erhoben und waren davongegangen. Nun saß er allein; niemand sprach mit ihm, selbst der Wirt fragte nicht, ob er etwas trinken wolle.

Er schien sich aus diesem Verhalten wenig zu machen, vielmehr lag eine gewisse Befriedigung auf seinen wohlgeformten, regelmäßigen Zügen. Er hatte Katharina gesehen, die, von einer Schar junger Burschen umschwärmt, dem Eingang gegenübersaß und bei jeder Runde zum Tanz aufgefordert wurde. Ein Vergleich mit den anderen

Mädchen brachte ihn zu dem Ergebnis, daß keine sich mit ihr zu messen vermöge, und es überkam ihn eine wunderbare glückliche Regung, wenn er an die Art und Weise dachte, in der sie mit ihm gesprochen hatte.

So wenig er sich um andere Personen kümmerte, er selbst war doch der Gegenstand der allgemeinen Aufmerksamkeit. Die Alten hatten ihre Neugier nun befriedigt und waren, da sie an seinem Verhalten nichts Besonderes bemerkten, zu ihren Gläsern zurückgekehrt; die Jungen beobachteten ihn verstohlen und flüsterten sich hier und da ihre Bemerkungen zu. Und die Mädchen? Es gab keinen Burschen, der so hübsch und sauber aussah wie er; das sagten sich alle, und mancher heimliche Blick flog aus verlangendem Auge zu ihm hin. Wenn er nur nicht gerade der Teufelshaubold gewesen wäre!

Auch Katharina blickte öfter nach ihm herüber, aber nicht verstohlen, sondern offen und freundlich, so, wie sie ihm am Nachmittag in das zum erstenmal beseligte Gesicht gesehen hatte. Der Wunsch, der dabei über ihre Lippen gekommen war, hatte schneller und schöner noch, als sie geglaubt, seine Erfüllung gefunden. Sie hatte Gustav gesprochen, ja, er war nun auf dem Saal erschienen, und aus welchem Grund, das ahnte sie. Darum tat es ihr um so mehr weh, daß ihm das Vorurteil so schroff gegenübertrat und er so verlassen an seinem Tisch sitzen mußte. Wie gern wäre sie aufgesprungen und zu ihm hingegangen! Aber das durfte sie nicht, und dabei mußte sie all den vielen Drängern Rede und Antwort stehen und sich gar noch über den Sohn des Richters ärgern, der sie in der auffälligsten Weise in Beschlag genommen hatte und gar nicht von ihrer Seite weichen wollte. Er war ein kleines, unansehnliches Kerlchen.

Sie hatte ihm den nächsten Rheinländer versprechen müssen, und er nahm daraus die Veranlassung, bei ihr zu bleiben, um den Tanz nicht zu versäumen.

Was mußte Gustav denken, wenn er sah, daß sie immer inmitten von Burschen saß, von denen doch nicht loszukommen war!

Die Zeit verging, und niemand bemerkte bei der allgemeinen Fröhlichkeit, daß das Gewitter, das der Tannenbauer schon für den Nachmittag erwartet hatte, seine drohenden Wolkenmassen zusammenballte und schon einzelne schwere Tropfen herniederfallen ließ. Da erklangen die ersten Takte einer neuen Runde, und jeder eilte, sich eine Tänzerin zu suchen.

Der Halbkreis, der Katharina umschlossen hatte, fuhr auseinander, als drohe ein Unheil. Gustav war herbeigetreten und bot dem überraschten Mädchen die Hand.

„Bitte, Kathrin, mach diesen Tanz mit mir!“ sagte er.

Sie erhob sich und legte den Arm in den seinen.

„Nein, das geht nicht!“ rief widersprechend des Richters Sohn. „Das ist der Rheinländer, den du mir versprochen hast. Geh weg, Teufelsbauer, und rühr mir mein Mädchen nicht an!“

Gustavs Auge überflog den Sprecher von oben bis unten; dann bog er sich leicht zu Katharina nieder.

„Hast's ihm versprochen?“ fragte er. „Mit wem tanzest du lieber? Sag's gerade und aufrichtig, Kathrin!“

Sie hörte es aus dem Ton seiner Stimme und sah es dem tiefen, forschenden Blick seiner Augen an, daß sich diese Frage auf mehr als nur den Tanz bezog. Ihr Arm zitterte leise in dem seinigen, aber sie wagte trotz der kritischen Lage die Antwort: „Mit dir!“

„So bist du von jetzt an meine Tänzerin, und kein Bursche hat mehr etwas mit dir zu schaffen. Geh fort, Kleiner, und schaff Raum! Du hast gehört, wie nun die Aktien stehen!“

„Das wollen wir sehen! Die Kathrin hat mir zugesagt, und ich trete nicht zurück, am allerwenigsten vor dir!“

„Sie hat dir wieder abgesagt. Hier ist ein jedes sein eigener Herr und kann tun und lassen, was ihm beliebt. Geh zur Seite; ich könnte dir sonst auf die Füße treten!“

„Nein, wir leiden's nicht, daß einer vom Teufelshof hier tanzen darf. Gib das Mädchen her, sonst kommst du durch die Tür!"

Er faßte Gustav bei der Schulter, während noch mehrere herzutraten, um sich an dem Streit zu beteiligen.

„Was, du greifst mich an? Glaubst du denn, daß ich mich fürchte, und wenn alle Burschen nach mir langen! Laß los, sonst spielst du Luftballon!"

Als der Gewarnte der Mahnung nicht Folge leistete, drückte ihm Gustav mit einem raschen Griff die Arme an den Leib, hob ihn hoch empor, schleuderte ihn über den Knäuel der Umstehenden weg, hinter denen er zu Boden stürzte. Dann nahm er wieder Katharinas Arm und drängte mit drohender Miene vorwärts.

„Nun wird getanzt! Schafft Platz, wenn ihr nicht auch das Fliegen lernen wollt!" rief er den ihm im Wege Stehenden zu.

Es lag in seinem sicheren Auftreten eine solche Macht, daß die Kampfeslustigen furchtsam zurückwichen. Er schritt zur tanzenden Reihe und wollte eben beginnen, als plötzlich die Musik verstummte. Der Ortsrichter stand in der Mitte des Saales und hatte mit erhobener Hand zum Schweigen gewinkt.

„Was ist denn hier für ein Teufel los?" fragte er, die kleine Gestalt möglichst emporreckend, mit wichtiger Amtsmiene. Sein Sohn stand neben ihm und rieb sich die geschundenen Glieder. „Komm mal her, Haubold, gerade hierher vor mich! Ich habe dich was zu fragen!"

Er zeigte bei diesen Worten mit dem Finger auf den Punkt, bis zu dem Gustav sich ihm nähern sollte. Dieser antwortete: „Zu fragen? Willst du etwa ein Mittel wissen, noch drei Ellen höher zu werden? Stell dich auf den Tisch, dann bist du gerade groß genug zum Richter!"

„Her kommst du!" rief das Ortsoberhaupt, ergrimmt über diese Beleidigung. „Sonst laß ich dich durch den Büttel holen!"

„Dann bist du auch ein rechter Kerl, wenn du den Spitz auf mich hetzen kannst! Komm her, wenn du mit mir zu reden hast!"

Da fühlte er eine Hand an seinem Arm. Es war der Wiesenbauer, der sich herbeigedrängt und mit Erstaunen seine Tochter an der Seite des Verhaßten gesehen hatte. Er fragte überlaut: „Was ist denn das? Hat dich etwa der Drache um den Verstand gebracht, daß du es wagst, das Mädel anzurühren? Gleich laß los! Man muß ja ganz gewärtig sein, du machst mir die Kathrin zur Hexe!"

„Das werde ich jetzt auch tun. Paß auf, Wiesenbauer, wie ich es mache!"

Er legte beide Arme um das Mädchen, dem unter dieser kräftigen Berührung ein Widerstreben gar nicht möglich war, zog die vor Schreck und Scham Erglühende zu sich empor und küßte sie auf den Mund.

„So, nun ist die Hexe fertig und dem Beelzebub verfallen! Und wenn —"

Er konnte nicht weiter sprechen; Heinemann hatte seine Tochter von ihm weggerissen, packte ihn wütend bei der Brust und schrie: „Das werde ich dir bezahlen, du Teufelsbub, aber mit anderem Geld, als du gegeben hast!"

„Bilde dir nichts ein, Heinemann; du bringst dein Geld bei mir nicht an den Mann!"

Er schob ihn von sich ab, umspannte dann seine Hände mit solcher Festigkeit, daß dem zornigen Mann fast der Atem versagte, und fügte hinzu: „Du hast uns den Teufel an die Wand gemalt, und nun ist er zu dir gekommen. Er hat deine Tochter geküßt und gibt sie nicht wieder her, du magst nun machen, was du willst. Geh hin in Frieden, und trag dein Schicksal still und mit Geduld; das ist das Beste, was ich dir raten kann!"

Er gab ihn frei. Da brüllte Heinemann:

„Nicht um die Seligkeit möchte ich diese Schande erleben, und du darfst nur dann an sie denken, wenn — wenn", setzte er mit grinsendem Lächeln hinzu, „wenn auch ich im Felsenbruch liege! Willst du mich etwa hinunterwerfen? Dann tu es nur nicht eher, als bis ich das Feuer gesehen habe, das du mir heut versprachst!"

Die Antwort hierauf wurde Gustav abgeschnitten, denn in diesem Augenblick zuckte ein grelles, blendendes Licht an den Fenstern des Saales vorüber; ihm folgte ein krachender Donnerschlag, unter dem das Haus zu beben schien, und bei der augenblicklich eingetretenen Stille war das Brausen des Windes zu vernehmen, der draußen heulend die Wipfel schüttelte. Das Gewitter war da, und gleich sein erster Schlag war so furchtbar, daß der Schreck darüber alle Gesichter erbleichen machte.

„Da hast du das Feuer, Wiesenbauer!" tönte die Stimme Gustavs durch das Schweigen.

Es leitete ihn bei diesen Worten keine bestimmte Absicht, und er sprach sie nur unter dem Eindruck der Ereignisse, aber es lag in Ton und Haltung etwas unwiderstehlich Überzeugendes, daß sofort der Ruf erscholl: „Es hat eingeschlagen. Der Wiesenhof brennt!"

Der Streit war vergessen, und eine angstvolle Beweglichkeit kam über die Versammlung. Die Tür war zu eng, um die Andrängenden schnell genug hindurchzulassen, unter deren vordersten Heinemann sich befand. Er dachte nicht an den Gegner, dachte nicht an seine Tochter; er stürzte die Treppe hinab und hinaus in die vom Sturm durchfegte Nacht. In wenigen Minuten war der Saal geleert; nur zwei Personen befanden sich noch darin.

Gustav stand noch an derselben Stelle, an der er den verhängnisvollen Ruf ausgestoßen hatte. Er hätte nicht vermocht, sich Rechenschaft darüber zu geben, aber er glaubte selbst so fest an die Wahrheit seiner Worte, als läge der Wiesenhof schon in Schutt und Asche vor ihm.

Ein klagender Laut ließ ihn zur Seite blicken. Dort saß mit tränenden Augen und gefalteten Händen Katharina zusammengesunken auf der Bank.

Er trat zu ihr hin.

„Bist wohl matt vom Schreck, Kathrin?" fragte er sie.

„Ist es wahr, das mit dem Feuer?" stieß sie hervor.

„Ich habe nicht gesehen, ob es brennt und wo."

„Aber du sagtest doch, daß es bei uns sei!"

„Nicht ich hab's gesagt; die Ahnung hat aus mir gesprochen. Komm, geh, ich will dich führen."

„Ich weiß nicht, ob ich kann. Ach Gott, was hast du heut getan!"

„Ist's bös gewesen, Kathrin? Dann will ich die ärgste Strafe erleiden, die es gibt; du sollst mich nimmer wieder anschauen, und ich geh!"

„Nein, bleib, Gustav! Der Vater hat mich verlassen, und kein andres hat an mich gedacht. Ich kann ohne deine Hilfe nicht von hier weg. Komm, ich will mich auf dich stützen!"

Er nahm sie in den Arm, um sie fortzugeleiten. Als sie auf die Straße traten, war diese fast tageshell erleuchtet. Kein Regentropfen fiel zur Erde; nur den einen Blitzstrahl hatte das Wetter herabgeschleudert und war dann vom Sturm hinweggetrieben worden.

Aber oberhalb des Gasthofes stieg eine rotglühende Lohe flackernd empor, in der brennende Garbenbüschel wirbelten. Das Feuer mußte die kaum eingeheimste Ernte ergriffen haben.

„Die Erntezeit ist eine heilige Zeit, und wer sie durch Bosheit entweiht, der wird die Strafe finden!" hatte Gustav heut zu Heinemann gesagt. Er hatte noch dessen Worte: „Dann tu's nicht eher, als bis ich das Feuer gesehen hab, das du mir heut versprachst!" in seinem Ohr klingen, und als er jetzt forschend aufblickte, um zu bestimmen, wo es brenne, ergriff ihn ein heiliges Grauen vor der Sicherheit seiner eigenen unwillkürlichen Prophezeiung.

Es war kein Zweifel möglich: der Wiesenhof stand in Flammen.

Als Heinemann in die Nähe seiner Wohnung kam, drohten ihm die Knie zusammenzubrechen. Er war nächst dem Tannenbauer als der reichste Mann im Dorf bekannt und hatte auf den Mammon gepocht, ohne für Unglücksfälle die gewöhnlichen Vorkehrungsmaßregeln zur Sicherung seiner Habe zu treffen. Der Bauer befreundet sich nur langsam mit Einrichtungen, deren Nützlichkeit ihm nicht sofort und schwerwichtig in die Augen fällt, und betrachtet selbst das Versicherungswesen mit einer Vorsicht, deren Folgen er nicht selten zu beklagen hat.

Der Wiesenhof war nicht versichert, und sein Besitzer dachte in diesem Augenblick nicht an die Gefahr, in der sich Weib und Kind befanden, sondern nur an den schweren Verlust, den das gefräßige Element ihm bereiten mußte.

Sowohl die mit Getreide gefüllte Scheune als auch die Stallung, in deren oberen Räumen ein bedeutender Vorrat duftenden Gebirgsheus untergebracht war, brannte lichterloh; der funkensprühende Schwalch leckte bereits an dem Hauptgebäude, und doch war kein Mensch in dem taghell erleuchteten Hof zu sehen. Die Bewohner schienen nur mit ihren nächsten Habseligkeiten beschäftigt und an das arme Vieh nicht zu denken, das ängstlich nach Rettung brüllte.

Heinemann schwankte nach dem Stall und öffnete die Tür. Mit Hilfe der jetzt auch herbeieilenden Nachbarn gelang es ihm, die Tiere in das Freie zu bringen; damit war es aber auch mit seiner Kraft zu Ende, und zusammenbrechend sank er auf einen der Sessel nieder, die man aus der Wohnstube mit anderen Möbeln herbeigetragen brachte.

„Steh auf, Wiesenbauer", mahnte ihn eine schnarrende Stimme. „Es ist von deinem Gesinde gar niemand zu sehen, und es muß doch auch wer da sein, der in dem Gedränge auf Ordnung sieht!"

„Laß mich!" antwortete er. „Ich mag gar nichts mehr wissen von der Welt! Du bist doch der Richter und kannst die Ordnung führen!"

„Ich hab nicht Zeit dazu. Jetzt kommt die Spritze, und bei der muß ich sein, damit sie die richtige Stelle im Auge behalten!"

„So geh! Mit mir ist es aus; mir ist nun alles gleich!"

Es stürmte vom Turm. Das waren dieselben Glocken, deren frommes Mahnen er heut von sich gewiesen hatte. Wie ganz anders klang jetzt ihre Stimme! Er hörte sie nicht; er hatte kein Auge mehr für die Außenwelt; es war ihm, als läge er selbst in Asche. — Asche? Wie hatte die Drohung des jungen Teufelsbauern gelautet? „Du hast Wind und Asche gesät und wirst Sturm und Feuer ernten!" Sie hatte sich erfüllt; die Flamme stieg breit und groß vor ihm zum blutrotgefärbten Himmel auf, und der Sturm drehte sie zusammen, riß sie wieder auseinander und warf einen zündenden Funkenhagel auf das teilweise noch mit Stroh gedeckte Wohnhaus nieder, dessen Rückwand nach dem unvorsichtigen Gebrauch der Gebirgler bis hoch hinauf mit kurzem Reisig und kleingehacktem Brennholz belegt worden war.

Die Erinnerung an seine Begegnung mit Gustav gab ihm neue Kraft; er sprang empor und blickte mit verstörtem Gesicht um sich. In einem wirren, fürchterlichen Durcheinander eilten, sich mehr hindernd als helfend, die mit Löschen und Retten beschäftigten Leute hin und her; es fehlte gänzlich an der notwendigen Leitung. Jeder tat, was ihm beliebte, und der kleine Ortsrichter ließ dem Wasserstrahl der Spritze eine solche Richtung geben, daß er kaum irgendeinen Nutzen schaffen konnte.

„Was ist denn das für ein unseliges Getue, ihr Leute?" donnerte da eine Stimme durch den wüsten Lärm. „Macht eine Reihe mit euern Wassereimern von hier bis an den Teich, und schafft die Spritze rasch in den Garten, sonst brennt das Reisig an, und alles ist verloren!"

Der Richter fuhr herum, erzürnt über das Verbessern seiner Anordnungen.

„Hast etwa du hier was zu befehlen, Teufelsbauer?" fragte er. „Mach dich schnell aus dem Dorf fort, sonst wirst du hinausgebracht; du weißt wohl schon, warum!"

„Bist du wieder da, Haubold Frieder?" erscholl es plötzlich auf der anderen Seite, von der Heinemann mit vor Grimm verzerrtem Gesicht herbeigesprungen kam. „Willst wohl sehen, ob ich mich schon vor deinem Advokaten, dem Herrgott, fürchte? Ich bin noch immer der Wiesenbauer, und du — weißt noch immer nicht, wie es damals war mit meinem Bruder? Kommt her, ihr Leute, und werft ihn in das Feuer! Er hat es angezündet!"

„Um Gottes willen, was tust du, Vater?" warnte ihn Katharina, indem sie sich zwischen die beiden Männer stellte. Auch ihr hatten die Kräfte versagt, so daß sie erst jetzt herbeigekommen war. „Hast du die Mutter gesehen?"

„Die Mutter? Nein, ich habe noch niemand gesehen. Geh in das Haus; dort wirst du sie treffen!"

Mit einem kurzen Aufschrei eilte sie fort. An der Tür kam ihr ein Trupp Flüchtiger entgegengestürzt, denen ein dunkler, brenzliger Rauch nachwirbelte. Unter ihnen befand sich auch die Magd, beladen mit einem Pack von Kleidungsstücken. Diese rief: „Kannst nicht mehr hinein, Kathrin! Das Feuer hat das Reisig ergriffen, und in der Stube steht alles in Brand."

„Wo ist die Mutter?" schrie das Mädchen.

„Die Mutter? Ich hab sie jetzt gar nicht gesehen. Als das Wetter kam, da ist sie mit der Laterne nach dem Boden gegangen, um die Laden zu schließen. Darauf kam sogleich der Blitz, und seitdem weiß ich nichts mehr von ihr."

„Mein Gott, die Mutter verbrennt!“ kreischte die Tochter auf. „Ich muß sie holen!“

Sie konnte diesen Vorsatz nicht ausführen. Schon beim ersten Schritt wurde sie von dem dicken Rauch, der ihr entgegendrang, zurückgeworfen, und wehklagend eilte sie zum Vater zurück. Dieser erschrak aufs höchste und machte den gleichen Versuch wie sie, aber mit demselben Erfolg.

„Die Wiesenbäurin steckt im Feuer! Wer will hinein zu ihr?“ ging es von Mund zu Mund, aber niemand fühlte sich berufen, diese Frage durch die Tat zu beantworten. Die Flammen schlugen schon aus den unteren Räumen, und die Treppe war unmöglich mehr zu erreichen.

Da brachen sich zwei mit einer Leiter Bahn, die sie zur Giebelseite des Hauses trugen und dort an eines der oberen Fenster lehnten.

„Halt fest, Gustav; ich steige hinauf!“ sagte der eine.

„Nein, Oheim; hinauf geh ich, und du hilfst mir nachher von außen!“ erwiderte der andere.

Er drängte den Tannenbauer auf die Seite, klomm die Sprossen empor, zertrümmerte mit einigen Schlägen der Faust das Fensterkreuz und stieg dann hinein.

„Die Teufelsbauern tun's!“ rief einer verwundert.

„Die können's auch“, lautete die Antwort. „Der Haubold kann den Feuersegen sprechen, der im siebenten Buch Mosis steht. Er setzt sich auf seinen Rappen, reitet dreimal im Galopp rund um das Haus, und das Feuer ist erloschen. Er mag's dem Heinemann nur nicht zum Gefallen tun. Zwar hab ich's von ihm noch nicht gesehn, aber von seinem Vater, als damals der Pfarrhof brannte.“

„Ja, und von ihm haben's die beiden gelernt, so daß ihnen nun das Feuer nichts anhaben kann. Kein anderer hätt's gewagt, in diese Glut zu steigen; aber paß auf, der Gustav bringt die Bäurin ganz heil heraus!“

„Nein, das ist nun nicht mehr möglich! Schau, die Flamme ist schon ganz nah am Fenster!"

„Und doch! Da kommt er schon; er ist mitten durch das Feuer hindurch!"

Es war so. Gustav erschien an der Öffnung, einen dunklen, schweren Gegenstand tragend, und rief schwer atmend herab:

„Komm herauf, Oheim; ich muß sie dir hinausgeben; aber mach schnell, sonst faßt mich der Brand!"

Der Teufelsbauer stieg empor und nahm die besinnungslose Bäuerin in Empfang.

Während er sie nach unten brachte, schwang sich der Jüngling heraus. Noch im letzten Augenblick hatten die Flammen seine versengte Kleidung ergriffen; er stürzte sich mehr von der Leiter, als er sie herabklomm, und eilte dann der Richtung zu, nach der die Spritze ihren Wasserstrahl sandte.

„Löscht mir das Feuer!" rief er dem Richter zu.

Dieser, der jetzt die Mündung des Schlauchs selbst leitete, zögerte, dem Ruf Folge zu leisten. Da legte Haubold die Gerettete zur Erde, sprang herbei, stieß ihn hinweg und ließ einen dichten Tropfenregen auf den Neffen fallen. Der war zu Boden gesunken; die Anstrengung und der Schmerz hatten ihm das Bewußtsein geraubt.

Katharina kniete mit ihrem Vater bei der Mutter, um die sich, ebenso wie um Gustav, ein Kreis Neugieriger bildete.

„Er ist verbrannt!" bemerkte der vorige Sprecher. „Sie haben den Segen gar nicht gesprochen oder einen Fehler dabei gemacht."

„So kommt die Strafe für solches Satanswerk, und wenn er stirbt, fährt seine Seele zur Hölle!" meinte ein anderer.

„Nehmt euch in acht, daß ihr nicht selbst hinfahrt statt seiner!" zürnte Haubold, der, jetzt mit der Untersuchung des Neffen beschäftigt, die lieblosen Worte vernommen hatte. Er blickte suchend im Kreis herum und gewahrte einen seiner Knechte. „Spring rasch nach dem Tannenhof, und hol die Trage samt noch dem andern Mann. Ihr müßt den Gustav nach Haus schaffen!“ gebot er ihm.

„Ist's bös, Herr Haubold?“ fragte der Angeredete.

„Nein, lange nicht so schlimm, wie ich vorerst gedacht hab. Aber lauf, damit ich nicht zu lange zu warten brauche!“

„Können wir nicht hier jemand finden und eine Trage dazu?“

„Geh nur! Die Leute sollen mit dem Teufelshof gar nichts zu schaffen haben; ich will sie nicht um ihre Seligkeit betrügen!“

„Ihr dürft nicht gar so bitter sein, Tannenbauer!“ klang da eine milde Stimme. „Die Leute haben doch vielleicht nicht ganz allein die Schuld an dem, was euch kränkt.“ Es war der Pfarrer, der sich noch nicht gar lange Zeit im Amt befand und hier die ihm willkommene Gelegenheit ergriff, gegen das Vorurteil und den Haß, wovon er so viel gehört hatte, nach besten Kräften anzukämpfen. „Ihr habt mehr als eure Schuldigkeit getan und es verdient, daß euch Hilfe geleistet wird. Ist die Trage wirklich notwendig?“

„Ja, weil es so weit nach Haus ist, Herr Pfarrer, sonst könnte man sich auch ohne sie behelfen. Er wird wohl arge Schmerzen leiden, wenn er aufwacht.“

„So dürft ihr ihn gar nicht so weit tragen. Schafft ihn nach meiner Wohnung; die ist ganz in der Nähe, und wenn sich niemand findet, der mit zugreifen will, so faß ich selbst mit an!“

„Ich dank Ihnen schön, Herr Pfarrer“, meinte Haubold, innig erfreut über den ersten Beweis einer freundlichen Gesinnung, der ihm seit langer Zeit entgegengebracht wurde. „Ihr Anerbieten nehme ich um des Neffen willen gern und dankbar an. Aber dann sind wir schon selbst genug, der Knecht und ich. Ich verlangte nur den anderen noch, weil ich gleich nach der Felsenkanzel wollt um da etwas Notwendiges zu holen."

„Nach der Felsenkanzel? Und jetzt, mitten in der Nacht? Was habt ihr von dort so sehr nötig?"

„Es steht dort ein Kraut, das gegen die Brandwunden hilft und sonst nirgends mehr zu finden ist. Ich hab's auch nicht daheim, weil es nur frisch angewendet werden darf."

„So geht! Den jungen Mann könnt Ihr mir bis dahin anvertrauen, ich werde für ihn die beste Sorge tragen. Kommt her, ihr Männer; greift mit an, aber fein säuberlich, damit ihr ihm nicht weh tut!"

Das Beispiel des Pfarrers war von dem besten Erfolg begleitet. Die Verständigeren unter den Umstehenden fühlten die Rücksichtslosigkeit ihres bisherigen Verhaltens und waren jetzt zu der geforderten Hilfeleistung gern bereit.

Als man im Begriff stand, den Verletzten davonzutragen, trat Katharina herbei. Sie hatte das hochherzige Beginnen der beiden Tannenbauern mit angstvoller Spannung verfolgt und war seit dessen Gelingen mit ihrer nun wieder erwachten Mutter beschäftigt gewesen.

„Was ist's mit ihm?" fragte sie besorgt. „Ist er tot?"

„Nein, meine Tochter", antwortete der Pfarrer; „er ist nur von Hitze, Rauch und Schmerz ohnmächtig geworden."

„Darf ich ihn sehen, Herr Pfarrer? Komm her, Mutter! Er hat dich vom Tod gerettet!"

„Bleibt nur zurück!" gebot Heinemann. „Er ist ein Haubold, und ihr habt mit ihm nichts zu tun. Oder willst du etwa gar die Pflaster für ihn streichen?"

„Ja, Vater, das werd ich auch, wenn's welche für ihn zu streichen gibt! Keiner hat's gewagt, in das Feuer zu gehen, kein einziger, auch du nicht, aber er ist hineingestiegen, obgleich man ihn auf alle Weise verfolgt und böse Dinge von ihm ersinnt. Die Mutter wäre elendiglich verbrannt, wenn er nicht mutiger gewesen wär als ihr, und nun muß er auch sehen, daß wir ihm den Dank nicht schuldig bleiben!"

Sie hatte noch niemals in diesem Ton zu ihm gesprochen; sie wußte selbst nicht, woher ihr die Kühnheit dazu kam, zumal es nicht unter vier Augen, sondern vor so vielen Leuten geschah. Liebe, Dankbarkeit und Entrüstung hatten ihr die Worte eingegeben, und sie war der Stimme ihres guten Herzens gehorsam gewesen, ohne nach den Folgen zu fragen.

Heinemann fand im ersten Augenblick vor Erstaunen gar keine Worte; dann aber nahm er sie beim Arm, schleuderte sie weit von den Trägern weg und schrie sie an: „Was willst du? Mir die Moral lesen? Ich werd dir zeigen, wem du zu danken hast! Schafft mir den Kerl vom Hof, sonst werf ich euch samt ihm hinaus! Und du, Haubold Frieder, troll dich auch rasch von dannen; ihr habt mir jetzt die Frau erhalten, aber wir sind noch nimmer quitt; ein Mord wiegt schwerer als die paar Blasen, die der hier auf die Hand bekommen hat!"

„Ich geh schon, Wiesenbauer", antwortete Haubold mit finsterer Ruhe; „aber denke an den Advokaten, den ich mir angenommen hab; er hat dich schon gepackt und wird dich nicht so bald wieder losgeben! Und was den Mord betrifft, so merk's: ich geh grad jetzt zur Felsenkanzel; du kannst mir auch nachschleichen, wie mir damals dein Bruder nachgeschlichen ist!"

Er wendete sich ab und schritt durch das zertrümmerte Tor davon.

Heinemann blickte ihm mit funkelnden Augen nach. Seit dem Begebnis im Felsenbruch hatte er das Verlangen gehegt, mit dem vermeintlichen Mörder Abrechnung halten zu können, und es war ihm selbstverständlich gewesen, daß dies auf der Kanzel geschehen müsse.

Er war mit diesem Gedanken schlafen gegangen und mit ihm erwacht und hatte ihn dermaßen in sich eingesogen, daß er ein Teil seines Selbst geworden war. Er hatte sich Mühe gegeben, ihn zu verwirklichen, hatte an jedem arbeitsfreien Tag draußen über dem Kessel auf der Lauer gelegen, aber niemals war es ihm gelungen, dem Todfeind einmal an dieser Stelle zu begegnen. Der Haß ließ ihn niemals bemerken, wie gottlos und verbrecherisch sein Beginnen sei, und daß ein Fluch davon ausging, der seine Wirkung auch auf die äußeren Verhältnisse des Verblendeten erstreckte. Jetzt war der Wiesenhof zu einem rauchenden Schutt- und Trümmerhaufen geworden; Heinemann sah die Zerstörung vor sich liegen; die hin- und hereilenden Gestalten bewegten sich wie in einem Nebel vor seinem Auge; das Stimmengewirr drang wie aus weiter Ferne an sein Ohr; er sah nur wie im Traum; er hörte nichts, als nur das eine Wort: „Ich geh grad jetzt zur Felsenkanzel; kannst mir nachschleichen!" Er wischte sich den perlenden Angstschweiß von der Stirn, schritt um die Brandstätte herum nach dem Garten und starrte hinaus in das nächtliche Dunkel, nach der Richtung, in der die Schlucht sich öffnete. Sollte er gehen, sollte er bleiben? Der Hof war nicht mehr zu retten; ein einzelner Mensch vermochte auch keine Wunder zu verrichten, und der Teufelsbauer war sicherlich niemals wieder auf der Kanzel zu treffen. Das Gute kämpfte in ihm mit Mächten, die so dunkel waren, wie die vor ihm liegende Finsternis.

*

Der Pfarrer begleitete seinen Patienten nach dem Pfarrhof, wo ihm in einer der hinteren, ruhigen Stuben ein weiches Lager bereitet wurde.

Gustav war schon während des Transports wieder zum Bewußtsein gekommen; man kühlte seine Wunden einstweilen mit schmerzlindernden Mitteln, wie sie jeder Haushalt bietet, und ließ ihn dann allein. Nach Entfernung der Kleider hatten sich die Verletzungen als nicht sehr bedeutend gezeigt; er war eine starke Natur und achtete der Schmerzen, die er empfand, nur wenig; die meiste Schuld an seiner Ohnmacht trugen der erstickende Qualm und die fürchterliche Hitze, durch die er hatte dringen müssen, und so schienen ihm nur einige Stunden der Ruhe nötig, um neu erholt das Lager verlassen zu können.

Was war das heute doch für ein ereignisvoller Tag gewesen! Er verfolgte seinen Lauf von Stunde zu Stunde und verweilte dabei am längsten bei der Begegnung mit Katharina im Felsenbruch. Was würde wohl der Wiesenbauer sagen, wenn er sein Kreuz nicht mehr fand?

Er horchte erschrocken auf. Gerade aus der Gegend her, an die er soeben gedacht hatte, war ein lautes, dröhnendes Krachen erschollen, das noch mehrere Sekunden lang rollend in der Luft nachzitterte. Was konnte das gewesen sein? Er hatte erfahren, daß der Oheim nach der Felsenkanzel gegangen war, um eine heilende Pflanze für ihn zu holen, und fast wollte es ihn wie Besorgnis überkommen, wenn er an die Gefahr dachte, die ein nächtliches Besteigen des Altans bot. Er wußte auch, daß die Kanzel nicht mehr zuverlässig sei; Wind und Wetter hatten auf sie eingewirkt, und es war mit der Zeit ein Riß entstanden, der früher oder später ihren Einsturz herbeiführen mußte. Aber seine Befürchtungen waren nicht so groß wie die Müdigkeit, die er fühlte; er schloß die Augen und war in kurzer Zeit eingeschlafen.

*

Als er erwachte, war es schon spät am Morgen; der Pfarrer saß an seinem Bett und fragte ihn nach seinen Schmerzen. Gustav antwortete lächelnd: „Verbranntes tut nicht gut; aber daraus braucht man sich nicht viel zu machen. War der Oheim schon hier?"

„Nein; aber die Wirtschafterin war hier und hat auch nach ihm gefragt."

„Die Marie? Dann ist er nicht zu Haus? Ich steh auf; es muß etwas vorgefallen sein!"

„Was denn?"

„Ich weiß selbst noch nicht; aber ich hab heute nacht gehört, daß im Felsenbruch etwas eingestürzt ist, und der Oheim war draußen. Wär ihm nichts geschehen, so hätte er mich schon längst aufgesucht. Ich muß auf!"

„Das wird wohl schwerlich gehen!"

„Es geht ganz leicht; die Haut ist nur ein wenig eng geworden, und bei dem Liegen kommt auch nicht viel heraus. Bitte, darf ich gehn?"

„Mir soll es lieb sein, wenn die Wunden nicht gefährlich sind; aber Schmerz bereiten sie genug; das kann ich mir denken. Hier ist ein anderer Anzug, den die Wirtschafterin mitgebracht hat."

Er entfernte sich, und Gustav begann, sich umzukleiden. Es ging doch nicht so leicht, wie er gemeint hatte; aber die Sorge um den Oheim ließ ihn die Schmerzen überwinden, und bald hatte er dankend Abschied genommen und verließ das Haus.

Als er an der noch rauchenden Ruine des Wiesenhofs vorüberkam, erblickte er Katharina, die suchend unter den Gegenständen umherging, die zerstreut und vielfach beschädigt im Garten lagen.

„Kathrin!" rief er sie.

Sie blickte auf und kam auf ihn zugeeilt.

„Gustav; bist du schon wieder gesund?" fragte sie, indem es freudig über ihre kummervollen Züge glitt. „Ich denke, du bist fast ganz verbrannt!"

„Ich nicht, sondern bloß die Hose und die Jacke. Die paar Male, die ich dabei bekommen hab, werden bald vergehen. Was tut dein Vater?"

„Ach Gott, der ist fort, und wir wissen nicht, wohin. Wir haben ihn schon im ganzen Dorf gesucht; aber er ist nirgends zu finden."

Ihre Tränen flossen wieder. Er ergriff ihre Hand.

„Laß gut sein, Kathrin; er wird schon wiederkommen, und das Unglück hier läßt sich wohl auch noch überstehen. Hat es der Mutter etwas getan?"

„Sie ist unverletzt, aber schwach und ganz trübselig. Ach, Gustav, wie ist's doch so anders geworden, seit wir uns gestern im Bruch gesehen haben!"

Die Erwähnung des Felsenkessels erinnerte ihn an den Oheim; er zog trotz der Leute, die vereinzelt umherstanden, das Mädchen an sich und fragte:

„Kathrin, darf ich dich liebhaben? Gestern wolltest du mir's nicht sagen; erlaube mir's heut!"

Sie nickte weinend.

„Dann mach dir keine Sorge; du wirst noch weiter von mir hören! Jetzt aber muß ich fort. Leb wohl, und grüß mir auch die Mutter!"

„Leb wohl!" Trotz dieses Wortes hielt sie seine Hand fest und sah schluchzend zu ihm empor. „Gustav, tu mir heut was zulieb!"

„Sag es; ich will es gern tun!"

„Bitte deinen Oheim, daß er dem Vater verzeiht! Der liebe Gott wird uns sonst noch mehr heimsuchen!"

„Ich werd's ihm sagen, und er wird deine Bitte erfüllen. Darauf darfst du dich verlassen!"

Als er den Tannenhof erreichte, waren dessen Bewohner ebenso erfreut über sein unerwartetes Erscheinen wie besorgt über das unerklärliche Wegbleiben Haubolds. Er hatte sich seit gestern abend nicht wieder sehen lassen, und niemand konnte sagen, wo er zu suchen sei. Marie befand sich in einem hohen Grad von Aufregung, die sie vergeblich zu verbergen suchte. Gustav kannte ihre außerordentliche Anhänglichkeit für den Oheim und verschwieg ihr darum schonend seine Vermutung. Unter dem Vorwand einer Feldarbeit nahm er die beiden Knechte zu sich und ging mit ihnen zum Felsenbruch.

Dort angekommen, erblickte er einen mächtigen Trümmerhaufen, der die Stelle bedeckte, wo das Kreuz gestanden hatte; die Kanzel war herabgestürzt und hatte ein breites Stück des Kesselrandes mit sich herniedergerissen. Sprachlos vor Entsetzen blieb er an der Mündung der Schlucht stehen, dann ermannte er sich und trieb vorwärts, indem er rief:

„Der Oheim ist zerschmettert und verschüttet. Vorwärts, wir müssen ihn finden, ihn oder seine Leiche!"

Im Nu stand er bei den Trümmern; mit einem raschen, angstvollen Blick hatte er die zerborstene Masse überflogen und dabei gefunden, daß auf der Oberfläche keine Spur des Gesuchten zu sehen war; er mußte unter ihr vergraben sein.

„Helft mir wegräumen! Ich muß ihn sehen, muß ihn haben, und wenn ich den ganzen Bruch umstürzen soll!"

Mit fast unmenschlicher Anstrengung wühlte er sich in das Gestein; der Schweiß rann ihm aus allen Poren, und von Schritt zu Schritt vorwärts rief er mit lauter Stimme den Namen des Vermißten.

„Horch, Gustav!" rief einer der Knechte. „Ich hab was sprechen hören."

Die drei Männer lauschten gespannt auf jedes, auch das geringste Geräusch. Endlich, nach längerem Horchen vernahmen sie eine schwache menschliche Stimme; aber sie kam nicht aus der Tiefe, sondern von der Höhe.

„Da oben ist jemand an der Felsenwand. Dem Schall nach muß es in der Höhle sein. Aber dort kann doch kein Mensch hineinkommen!"

Wieder ließ sich der gedämpfte Ruf vernehmen. Es klang, als befinde sich jemand in höchster Not und habe doch nicht die Kraft, laut nach Hilfe zu schreien.

„Kommt an der Seite hinauf! Dort können wir von oben hinabblicken und am Ende sehen, wer es ist!"

Sie eilten durch die Schlucht und stiegen mit möglichster Geschwindigkeit am Rande des Bruches empor. Oben, an der Stelle, die der Höhlung gegenüberlag, sahen sie zwei menschliche Gestalten darin liegen, deren eine den Oberkörper so weit wie möglich hervorgeschoben hatte, um eine Gelegenheit zur Rettung zu erforschen.

„Wer ist da drüben?“ fragte Gustav mit lauter Stimme.

„Ich bin's!“ antwortete es matt und kaum vernehmbar.

„Wer denn?“

„Der Heinemann!“

„Und wer ist der andere?“

„Der Teuf— der Tannenbauer!“

„Der Oheim ist mit dabei!“ jubelte Gustav; schnell aber dämpfte er seine Freude und fragte hinüber: „Warum spricht der Tannenbauer nicht?“

„Er ist tot!“

„Tot?“ zitterte es von den Lippen des Jünglings. Dann aber ballte er die Faust und warf sie drohend hinüber. „Oh, jetzt weiß ich alles! Der Oheim ist nach der Kanzel gegangen, um das Kraut zu suchen, und der Wiesenbauer hat ihn verfolgt und sich über ihn hergemacht. Da oben haben sie miteinander gekämpft, und von der Last und dem Gestampf ist die Kanzel vollends losgebrochen. Dabei hatten sie sich fest gepackt und sind nicht mit hinabgestürzt, sondern seitwärts hinüber nach der Höhle geschleudert worden. Das ist das größte Wunder, das es geben kann! Aber was soll es helfen? Den Oheim hat es zerdrückt, und der Mordtäter ist dafür noch am Leben. Aber heraus müssen sie beide! Lauft nach dem Dorf, und macht Lärm, man soll soviel Stricke und Leitern mitbringen, als man fassen kann; auch eine Schnur ist vielleicht zu gebrauchen, so lang wie möglich. Lauft; ich bleib einstweilen hier, bis ihr wiederkommt, und werd mich umschaun, wie die Hilfe am besten geht!“

Die Nachricht, welche die Knechte in das Dorf brachten, erregte ein ungeheueres Aufsehen. Wer sich von zu Haus losmachen konnte, der eilte nach dem Felsenbruch, und in kurzer Zeit hatte sich eine zahlreiche Menschenmenge in dem Kessel und an dessen Seiten versammelt. Jeder hatte irgendein Werkzeug mitgebracht, von dem er glaubte, es hier gebrauchen zu können, und es wurden die verschiedensten und abenteuerlichsten Ansichten darüber laut, in welcher Weise die Verunglückten aus ihrer jetzigen Lage befreit werden könnten.

„Ich hab mir die Sache gehörig angeschaut und gefunden, daß damit doch nicht viel auszurichten ist", meinte Gustav, auf einige Männer zeigend, die beschäftigt waren, einige Leitern zusammenzubinden. „Man müßte sie mit dem Seil emporziehen, und dann treffen sie noch immer nicht richtig an."

„Was hast du hier zu gebieten!" wies ihn der kleine Richter zurück. „Hier sind noch ganz andere Leute als du, und die werden schon noch sagen, was zu tun ist!"

„Ja, das ist wahr! Und du verstehst es gewiß am allerbesten. Du wartest, bis du groß geworden bist, langst dann hinauf in die Höhle und nimmst den Oheim samt dem Heinemann herunter. Ein andermal aber wartest du, bis ich mit dir gesprochen hab; das merk dir!"

Hierauf wandte er sich von ihm ab.

Den Oheim mußte er haben, ob tot oder lebendig; jede verlorene Minute wurde ihm zur Ewigkeit; aber er sah ein, daß hier nichts half als warten. Seine Ansicht erwies sich als die richtige; Leitern waren bei der beträchtlichen Höhe, in der die Höhle lag, nicht anwendbar; auch ein von oben herabgelassenes Seil reichte nicht nah genug an sie heran, da die Felsenwand gerade unter ihr um mehrere Fuß zurücktrat. Diese beiden Umstände versetzten die Versammlung in allgemeine Ratlosigkeit, und mit dem Zeichen des Beileids betrachtete man zwei Frauen, die den bisherigen Bemühungen mit gespannter Teilnahme gefolgt waren.

Katharina und ihre Mutter hatten sich eingefunden, und als jetzt keine Hilfe möglich schien, irrten die Augen der ersteren angstvoll unter den Anwesenden umher, bis sie einige Gestalten entdeckte, die abseits von den anderen an dem Felsen lehnten.

„Komm, Mutter, dort ist der Gustav! Der weiß vielleicht noch Rat und Tat!" meinte die Tochter.

Sie zog die Angeredete zu der kleinen Gruppe und reichte dem Genannten die Hand.

„Ist's wirklich wahr, Gustav, daß es kein Mittel gibt, den Vater herabzuholen?"

„Ich weiß noch etwas, Kathrin! Der Knecht hat schon die Schnur und auch die Seile, und hier kommt gerade der Bote, den ich nach Hammer und Spitzeisen geschickt hab. Paß auf, jetzt wird's versucht!"

Nachdem er das Nötige zu sich gesteckt hatte, begann er das waghalsige Unternehmen. Sich nach Art der Schlotfeger mit Knie und Ellbogen emporschiebend, gelangte er langsam höher und höher. Hundert Augen verfolgten seine Bewegungen, und je weiter er aufrückte, desto stiller wurde es unter den atemlos Harrenden.

„So etwas kann nur ein Haubold wagen, der den Teufel hat!" bemerkte der Richter. Er vermochte dem Jüngling doch seine Anerkennung nicht zu versagen.

„Schweigt mit dem Teufel, Richter!" mahnte der in der Nähe stehende Pfarrer. „Das ist nicht Satanswerk, sondern ein Mut und eine Hochherzigkeit gegen den Wiesenbauer, die eure harten Herzen erweichen und euren Aberglauben besiegen sollten!"

Der Zurechtgewiesene gab keine Antwort; er fühlte die Wahrheit dieser Worte, obgleich es seinem Vorurteil widerstrebte.

Ein lauter Jubelruf ließ ihn wieder zur Höhe blicken. Gustav hatte die Höhle erreicht, schwang sich hinein und blieb eine geraume Zeit für die Umstehenden verschwunden.

Sein erster Blick fiel auf den Oheim, der wie tot am Boden lag. Ohne an die eigene Ermüdung zu denken, kniete er bei ihm nieder, um ihn zu untersuchen. Das Klopfen des Pulses war leise und langsam, aber deutlich zu vernehmen.

„Es ist noch Leben in ihm!" rief er freudig. „Der Fall hat ihn betäubt, und wenn im Inneren nichts zerrissen ist, so kommt er wohl wieder auf. Wie steht's denn nun aber mit dir, Heinemann? Ist es noch immer wie gestern, als du sagtest: ‚Fahr zu, Teufelsbub; ich mag dich nicht in meiner Nähe leiden!' Oder ist dir jetzt vielleicht mein Kommen recht?"

Der Gefragte gab keine Antwort; er sah schrecklich angegriffen aus und barg stöhnend das Gesicht in beide Hände.

„Ich werde dich mit dem Seil hinunterlassen. Steh auf, und zieh es mit herauf!"

„Ich kann nicht", wimmerte der Bauer. „Mir ist das eine Bein entzwei."

„Da wirst du viel auszustehen haben, eh du hinabgelangst. Aber nimm die Plage zu Herzen, Wiesenbauer, und frag dich, wer's auf dem Gewissen hat, wenn der Oheim stirbt!"

Er zog Hammer und Spitzeisen aus der Tasche und trieb letzteres so weit in das Gestein, daß der hervorstehende Teil einen festen und sicheren Anhalt bot, dann langte er eine aufgerollte Leine hervor und warf sie, während er das eine Ende festhielt, über den Rand der Höhle hinab. Nun bog er sich weit vor und rief dem untenstehenden Knecht zu:

„Paß auf; jetzt kommt die Schnur! Mach das Seil daran, und schick auch Tücher und Decken herauf!"

Dem Gebot wurde Folge geleistet, und bald sah man den an das Seil befestigten Wiesenbauer in der Höhe erscheinen und sich an der steilen Wand herabgreifen. Als er den Boden erreichte, schloß er die Augen, und einige stöhnende Laute waren alles, was die Herbeieilenden aus ihm herausbrachten. Katharina und ihre Mutter sanken weinend bei ihm nieder.

Einige Zeit darauf schwebte ein umfangreicher Pack herab. Es war der in die Decken geschnürte Tannenbauer.

„Er ist tot", berichtete man sich, als er aus der Umhüllung gewickelt war. „Der Böse hat ihn zerschellt; er ist ganz blau im Gesicht, und die Zunge hängt ihm gar weit heraus. Jetzt kommt auch sein Neffe; schaut zu, ob der nicht stürzt!"

Gustav hatte die Schlinge des Seils um das Spitzeisen befestigt und turnte sich mit langsamen Griffen zur Erde nieder. Er hatte das fast Unmögliche geleistet, und je näher er kam, desto deutlicher war zu bemerken, daß ihn die übermäßig angestrengten Kräfte verließen. Noch hatte er den Boden nicht erreicht, da ließen die Hände vom Seil, und er stürzte herab.

Katharina hatte der gefährlichen Seilfahrt mit angsterfülltem Herzen zugeschaut, sie warf sich mit einem Schrei des Entsetzens über ihn und küßte, ohne auf die Umstehenden zu achten, seine erbleichenden Lippen.

„Gustav, ich bitte dich um Gottes willen, stirb mir nicht!" rief sie. „Schlag doch die Augen auf, und schau mich an! Was soll sonst aus uns werden?"

Eine leise, zuckende Bewegung ging über sein totenblasses Gesicht. Dann flüsterte er:

„Kathrin, laß uns alle nach dem Tannenhof tragen, und bleib auch du da mit der Mutter!"

Der Klang ihrer Stimme hatte die fliehende Besinnung für einen Augenblick noch festgehalten, nun aber senkten sich die wieder geöffneten Lider von neuem. Drei Männer lagen bewußtlos nebeneinander, und es schwieg die Feindschaft, die eine so tiefe Kluft zwischen ihnen gerissen hatte.

*

Es war Nacht, und der trübe Schein eines kleinen Lämpchens erhellte das vordere Zimmer der Ruine nur notdürftig. Heinemann erwachte aus dem ersten ruhigen und tiefen Schlaf, den die Schmerzen seines gebrochenen Beines ihm gegönnt hatten. Nur wenige Tage waren vergangen, seit er dem Feind zum Hohn und Ärger den Teufel an das alte Gemäuer gemalt hatte, und nun war ihm die Klause des verhaßten ‚Einsiedels' zum wohltätigen Obdach geworden. Seit dem Augenblick, an dem er unter seinem Torweg zu sich die Worte gesprochen: „Wenn sich der Teufelsbauer sehen läßt, so gibt es sicher ein Unglück im Dorf; wart, ich will ihm zeigen, daß ich noch immer der alte bin!", hatte ihm der ‚Advokat' seines Feindes tief hinab in das haßerfüllte Herz gegriffen und vernichtend Schlag auf Schlag gegen ihn geführt. Die Vergangenheit war mit ihren finsteren Gestalten an sein qualvolles Krankenlager getreten, und jede Stunde, an die sie ihn erinnerte, hatte eine neue Anklage enthalten, war eine neue Drohung für ihn gewesen.

Sollte es keine Sühne, keine Verzeihung geben? Ist im Himmel nicht mehr Freude über einen Sünder, der Buße tut, denn über neunundneunzig Gerechte, die der Buße nicht bedürfen?

Da vernahm er durch die nur angelehnte Tür des Nebengemachs die leisen Worte des Tannenbauern.

„Marie, ich kann nicht schlafen und will mir Bücher suchen. Fahr mich hinein in die Stube, aber recht leis, damit wir den Wiesenbauer nicht aufwecken!"

Die Tür wurde geräuschlos geöffnet, und unter ihr erschien Haubold, der blaß und leidend in einem Rollstuhl lag.

Er war bei dem Fall von der Felsenkanzel äußerlich unverletzt geblieben, und sein starker Körperbau hatte die dabei erfolgte innere Erschütterung beinahe überstanden.

„Du wachst, Heinemann?“ fragte er, als er dessen offene Augen auf sich gerichtet sah. „Hast mehr geschlafen, als den ganzen Tag. Wie geht's nun alleweil?“

„Im Bein mag's leidlich sein, aber wo anders ist's nicht so gut. Laß deine Bücher, und komm her zu mir; ich hab mit dir zu reden, oder hast nicht Zeit dazu?“

„Die Zeit ist da. Ich kann den Schlaf nicht finden und mag schon bei dir sein, wenn du's verlangst. Schieb mich hinzu, Marie, und bleib dabei, für den Fall, daß mich die Schwäche überkommt!“

Die Wirtschafterin brachte den Stuhl in die unmittelbare Nähe des Betts. Sie hatte mit Katharina die wechselweisen Nachtwachen übernommen und widmete dabei den Kranken und besonders ihrem Herrn eine Aufmerksamkeit, die selbst den kleinsten seiner Wünsche liebevoll zu erraten suchte.

„Weißt du noch, als wir miteinander in der Schule gewesen sind?“ fragte der Wiesenbauer. „Wir waren gute Freunde; ich sagte ‚Friedemann‘ zu dir, oder kurzweg ‚Frieder‘, und du hast mich Andres genannt. Denk mal, wir sitzen noch beisammen auf der Bank, und reich mir deine Hand!“

„Die sollst du haben, Andres“, antwortete Haubold bereitwillig. „Es war die schönste Zeit in meinem ganzen Leben; das übrige ist lauter Leid und Zorn gewesen!“

„Aber daran trägst nicht du die Schuld, sondern ich allein. Seit der Bruder tot ist, hab ich dich beleidigt auf alle Weise, hab das Dorf gegen dich aufgehetzt und dir Schaden getan, wo ich nur immer konnte! Du weißt am besten, wie ich dich verfolgt hab und gekränkt zu jeder Zeit und bei jeder Gelegenheit; aber dies weißt du nicht, daß ich viele Jahre hindurch auf dich gelauert hab, um meine Rache zu stillen. Und in der Nacht, wo bei mir Feuer war, bin ich dir nachgefolgt und hab mich auf dich geworfen, um dir das zu tun, was du dem Bruder getan hast. Aber du warst stärker als ich und hast dich gewehrt, so daß unter uns der Stein zerbrochen ist.“

Er machte eine Pause. Auch Haubold schwieg. Er dachte an die fürchterlichen Augenblicke, in denen er unter dem grimmen Feind gelegen und all seine Kräfte aufgeboten hatte, um dem Tod zu entgehen. Noch vernahm er den donnernden Krach, der dem Kampf ein Ende gemacht hatte; an das weitere konnte er sich nicht erinnern; er war erst in der Ruine wieder erwacht.

„Dann kam die Nacht in der Höhle“, fuhr Heinemann fort. „Oh, diese Nacht werd ich nimmer vergessen! Da hat dein ‚Advokat‘ die Akten hergenommen und mir die ganze Sündenschuld verlesen, und da drin im Gewissen hat der Richter gesessen und mir mein Urteil gesagt. Daß mir der Hof verbrannt ist, das ist noch gelinde Strafe; die größte sitzt hier innen; da nagt der Wurm, der nie stirbt, und da frißt das Feuer, das nimmer verlischt. Friedemann, gibt's keine Hilfe gegen diesen Brand? Du hast mir die Frau mit aus der Flamme gerettet; du könntest auch hier der Helfer sein, wenn du nur wolltest!“

Haubolds Stimme zitterte, als er fragte: „Wie soll ich helfen, Andres?“

„Verzeih mir all die Missetat, die mir die Seele zermalmt wie ein Gebirge, das auf ihr liegt. Ich weiß, es ist schier unmöglich, was ich verlange, aber du bist bei all meiner Schlechtigkeit mir nimmer feindselig gewesen, und du hast vielleicht auch jetzt Erbarmen!“

„Denkst du wirklich, daß ich zu all der früheren Überwindung auch das noch fertigbringe? Sollst dich nicht täuschen, Andres! Hier ist die Hand und auch die andere noch. Ich hab unsre Sache Gott überlassen, und der hat dir das Herz gelenkt. Es soll alles vergeben und vergessen sein!“

„Hab Dank, Friedemann! Ich weiß noch genau, was ich beim Feuer zu dir gesagt hab: ‚Wir sind noch nimmer quitt; ein Mord wiegt schwerer als die paar Blasen, die der Gustav auf die Haut bekommen hat!' Jetzt aber ist es anders. Er hat nicht bloß der Frau, sondern auch mir das Leben erhalten und liegt nun selber auf den Tod darnieder, weil er beim Eindringen in die Spalte die Brandwunden aufgeschunden hat. Das hebt den Tod des Bruders auf. Wir sind jetzt quitt!"

Haubold schob die gefaßten Hände des Sprechers mit einer hastigen Bewegung zurück.

„So glaubst du auch jetzt noch, daß ich es war, der ihn hinabgestürzt hat?" fragte er.

„Es kann doch gar nicht anders sein, Friedemann! Aber laß dich's nicht verdrießen; ich werd nimmer wieder davon sprechen."

„Aber ich weiß ja wirklich nichts davon. Ich bin so unschuldig daran, wie die liebe Sonne am Himmel! Die Martha hat mich liebgehabt und ihn nicht leiden mögen; er ist mir nachgefolgt auf Schritt und Tritt, um mir etwas anzutun; ich aber hab ihn gemieden und bin an jenem Abend gar nicht mit zur Kanzel hinaufgestiegen. Der Vater hat es nicht gewollt, daß ich die Martha nehmen sollte, und mich damals mit ihr getroffen. Ich mußte mit ihm nach Haus, und sie ist dann allein geblieben. Da drin in der Stube hat sie am andern Morgen gestanden und zu mir gesagt, daß sie gehn und niemals wiederkommen werde. Ich hab gebeten und gefleht, aber es hat nichts geholfen. Sie ist so verstört gewesen; ich hab gedacht, von wegen dem Vater; aber als ich nachher hörte, was mit deinem Bruder geschehn ist, so hab ich gleich gewußt, daß zwischen ihnen irgend etwas vorgefallen sein muß."

„Und das soll wahr sein, Friedemann?"

„Ja, es ist so, Wort für Wort!" Diese Beteuerung kam nicht aus dem Mund Haubolds. Die beiden Männer blickten erstaunt nach der Ecke, in die sich Marie zurückgezogen hatte. Sie war die Sprecherin gewesen.

„Wie kommst du zu dieser Rede?“ fragte der Tannenbauer. „An dich war damals noch nicht zu denken!“

„Und doch war ich dabei und weiß ganz genau, wie's hergegangen ist. Ich hab's bisher nicht über mich vermocht, aber weil ihr in dieser Weise zusammen seid, so will ich sprechen!“

„Was kannst du zu sagen haben?“ klang es gespannt aus dem Mund Haubolds.

Da fuhr die Wirtschafterin fort:

„Die Martha hat dich lieber gehabt noch als ihr Leben und konnte nichts dafür, daß sie bloß Schauspielerin und nicht eine reiche Bauerntochter war. Darum ist ihr so weh geworden, als dein Vater die harten Worte sprach und dich von ihrer Seite riß. Sie ist allein hinauf zur Kanzel gestiegen, hat sich an die Brüstung gelehnt und dabei gedacht, ob es nicht besser sei, hinabzuspringen in die schwarze Tiefe. Da plötzlich ist der rote David, der Heinemann, bei ihr gestanden und hat den Arm um sie gelegt. Er ist gar schlimm gewesen, hat erst viel gute Worte gegeben, und als das nichts geholfen hat, so ist er wild geworden und hat gedroht, sie in den Bruch zu stoßen, wenn sie von dir nicht lassen wolle. Dann haben sie miteinander gerungen, und dabei ist er ausgeglitten und hinabgefallen. Sie hat nichts dafür gekonnt, aber es ist grad gewesen, als ob sie die Mörderin sei, und das hat ihr nicht Ruhe gelassen und sie aus dem Dorf und von dir fortgetrieben.“

Haubold atmete in schnellen, tiefen Zügen. Sie nannte ihn ‚du‘, was noch niemals vorgekommen war; sie wußte den Hergang so genau; er dachte an die Ähnlichkeit der Augen, an die ungewöhnliche Aufmerksamkeit, die sie stets für ihn gezeigt, an die selbstlose und aufopfernde Tätigkeit, die sie seinem Hauswesen so unausgesetzt gewidmet hatte, und stieß die hastige Frage hervor:

„Du warst mit dabei? Sprich, wie ist's möglich?“

Sie zögerte mit der Antwort.

„So sag, was aus der Martha dann geworden ist! Du kannst es nicht mehr verschweigen. Ich fleh dich an, sprich jetzt die Wahrheit!“

„Nun wohl, du sollst sie hören, doch mußt du mir versprechen, nicht bös und zornig zu werden! Es wär niemals ein Wort davon über meine Lippen gekommen, aber heut war es notwendig, dem Wiesenbauer zu beweisen, daß du nicht der Mörder bist!“

„Ich zürn dir nicht. Erzähl und säum nicht lange!“

„Sie ist weit fortgegangen zu einer Theatertruppe, die nicht in diese Gegend kommen konnte. Die Sehnsucht nach dir hat sie nimmer verlassen wollen, aber dein Vater hat sie nicht leiden mögen, und auch wenn er nichts gegen sie gehabt hätte, als Mörderin konnte sie doch niemals Tannenbäuerin werden. Sie hat sich viel nach dir erkundigt und auch gehört, daß du nicht Arzt geworden, sondern zu Haus geblieben bist, weil dir nun alles gleichgegolten hat. Da ist ihre Gesellschaft in eine Gegend gekommen, wo die Pocken ausbrachen; sie hat die Krankheit auch bekommen und danach so ausgesehen, daß sie gar nicht mehr zu erkennen war. Das hat sie aber nicht geschmerzt, sondern ist ihr lieb gewesen; denn nun ist es möglich geworden, dich wiederzusehn. Zuerst hat sie sich als Magd verdingt, um die Wirtschaft zu lernen, und dann —“

„Dann“, rief der Tannenbauer, trotz seines leidenden Zustands in lautem Jubel, „dann bist du zu mir gezogen, hast mich gepflegt und auf den Händen getragen, hast mich vom Tiefsinn geheilt und mir den Mut zum Leben zurückgebracht. Und ich hab dich nicht erkannt, hab niemals daran gedacht, in dem Papier, das jetzt noch wohl beim Richter liegt, nach deinem vollen Namen zu schaun. Martha, komm, geh her! Das Herz möchte mir vor großer Freude zerspringen; ich hab ja nicht vergebens an deine Liebe geglaubt, wie ich noch dachte, als ich dich dort in meiner Stube überraschte, und der

Teufelsbauer — dem ist nun alles gleich, was die Leute von ihm sagen; er hat die Martha wieder und auch das Glück, das du mit von ihm nahmst!"

Der starke Mann schluchzte vor tiefer Seligkeit. Sie lag in seinen Armen und das tränennasse, blatternarbige Gesicht an seiner Brust, die keinen Schmerz mehr fühlte; und auch der Wiesenbauer fuhr sich mit der Hand über die Augen. Es war seit langer Zeit das erstemal, daß sein vorher so hartes Herz gerührt wurde; seine zusammengezogenen Züge verschönten sich unter dem Ausdruck der freudigen Teilnahme, die auf ihnen lag, und mild und dringlich klang seine Bitte:

„Friedemann, ich bitt dich noch einmal um Verzeihung! Erst jetzt erkenne ich, wie bös ich war und wie gut du gewesen bist; was ich sühnen kann, werd ich sühnen, und das übrige streich aus deinem Gedächtnis. Die Leute sollen alle erfahren, ob bei dir der Drache zu finden ist und das siebente Buch Mosis. Und den Teufel, den ich dir an die Wand gemalt habe, werd ich selbst fortwischen, sobald ich wieder auf die Beine kann!"

*

Als nach einiger Zeit die Wirtschafterin die Ruine verließ und das Wohngebäude betrat, stieg sie die Treppe empor und öffnete leise eine Tür. Auch hier gab es ein Krankenzimmer. Gustav ruhte auf dem Lager, und Katharina war eben beschäftigt, ihm die Medizin zu reichen. Er sagte zu ihr: „Wie bist du doch so gut, Kathrin! Gestern hast du in der Klause gewacht, und heut willst du nicht schlafen und bleibst bei mir. Geh doch nun zur Ruhe; ich kann dir gar nicht vergelten, was du an mir und dem Oheim tust!"

„Spricht nimmer vom Vergelten!" bat sie. „Wir sind so sehr in eurer Schuld, daß ich fast Angst davor bekomme. Wenn das doch auch der Vater einsehen möchte!"

Da bog sich das freundliche Gesicht der einstigen Schauspielerin über die beiden, und ihre beruhigende Stimme sprach: „Er hat es eingesehen und Frieden geschlossen mit dem Oheim!“

„Ist's wahr, Marie?“ fragte Katharina.

„Ja. Ich war mit dabei. Sie haben sich versöhnt, und ihr dürft euch nun ohne Sorge liebbehalten.“

„Hat es der Vater so gesagt?“

„Ja. Der Oheim war lange Zeit in seiner Stube, und als er sich in die seinige zurückbegeben hatte, rief der Wiesenbauer mich zu sich und sagte: ‚Wenn du den Gustav und die Kathrin beisammen siehst und sie dich etwa nach meiner Meinung fragen, so erinnere sie an die Worte, die ich im Saal gesprochen hab: ‚Du darfst nur dann an sie denken, wenn auch ich im Felsenbruch liege!‘ Der Haß hat mich hineingeschleudert, und die Liebe hat mich daraus erlöst. Das Wort ist eingetroffen, und wenn sie sich gern haben, so ist ein Teil von meiner Schuld bezahlt!‘“

DER BONAPARTENSCHUSTER

Am Eingang des Dorfes lag ein kleines einstöckiges Häuschen, dessen rot angestrichenes Fachwerk munter aus dem frischen Weiß der Wände hervortrat. An einem Fenster des Wohnstübchens saß Meister Walter Matthies, der ‚Bonapartenschuster' genannt, und betrachtete nachdenklich das gegenüberliegende Vordergebäude des stattlichen ‚Kaiserhofs'.

„Komm her, Vater; bitte geh auch herbei, Mutter! Das Essen ist fertig!" weckte ihn eine freundliche Stimme aus seinem Sinnen.

Die Eltern folgten der Einladung, stellten sich an ihre gewohnten Plätze, und nachdem der Hausvater der schmucken Tochter zugenickt, faltete diese die Hände und betete:

„Komm, Herr Jesus, sei unser Gast, und segne, was du bescheret hast! Amen, in Gottes Namen!"

„Heut mag es bei Kaisers hoch hergehn!" bemerkte die Mutter, als das Klappern der Löffel und Messer etwas nachzulassen begann. „Wenn der Beutel so groß und voll ist, wie bei denen, so kann man sich bei der Brautschau schon sehn lassen; aber Berta, du willst heut wohl gar nichts essen?"

Das Mädchen senkte das Köpfchen tiefer über den fast noch unberührten Teller und schwieg. Der Vater enthob sie einer Antwort:

„Die richtige vornehme Frau bekommt der Albert, das muß man sagen. Und fest scheint die Sache auch schon zu sein, denn sie ist ja schon gleich in der Kirche gewesen und hat mit ihrem Seidenstaat dagesessen wie die Prinzeß von ‚Schaumichan'."

Man sah es dem offenen Gesicht des Sprechers an,

daß nicht der Neid ihm diese Worte in den Mund gelegt hatte. Der tiefe Mißmut, der ihn überkam, sooft von seinem Nachbar, dem Kaiserbauer, die Rede war, hatte einen ganz anderen Grund, einen Grund, der weit, weit in die Vergangenheit zurückgriff und auf Ereignissen beruhte, über denen der Schleier der Verborgenheit ausgebreitet lag.

*

Indessen saß drüben in dem Kaiserhof das Gesinde in der Knechtstube bereits beim Essen, im Staatszimmer war nun auch angerichtet, und der Hausherr erhob seine schwere Gestalt aus dem Polster des schwellenden Sofas, auf dem er mit der zukünftigen Schwiegertochter gesessen hatte.

„Na, da kommt, setzt euch her und laßt's euch schmecken! Steinmüller, du hast mich brav ausgefüttert, als ich bei dir zum Anspruch war; nun sieh, ob der Kaiserhof auch was leisten kann! Aber wo bleibt denn der Albert?"

Der Genannte, sein einziger Sohn und Erbe, erschien erst nach längerem Rufen und Suchen und machte Miene, sich neben der Mutter niederzulassen.

„Halt, Bursch", gebot Kaiser, „heut ist dein Platz ein anderer. Geh her zum Fräulein Gretchen und tu nicht, als könntest du kein Mädel anschaun!"

Erst auf den besorgten Blick, den ihm die Bäurin zuwarf, gehorchte er, aber obgleich seine Nachbarin sich alle mögliche Mühe gab, liebenswürdig zu erscheinen, widmete er ihr nur die allernotwendigste Aufmerksamkeit, sah ernst und wortkarg vor sich nieder, und wie ein Teller da drüben im kleinen Häuschen, so wollte auch der seinige nicht leer werden. Trotz der zornigen Winke, die der Vater ihm verstohlen gab, war er der erste, der sich erhob und das Zimmer verließ.

„Hör, Kaiser“, gab der Müller seinem Unmut Ausdruck, „der Junge will mir nicht gefallen. Er ist doch ein Bursch, der sich sehen lassen kann; also warum tut er denn so zimperlich mit meiner Gret? Die Steinmühle wird nicht viel geringer sein als der Kaiserhof, und meine Tochter darf nur die Hände hinausstrecken, so hängt gleich an jedem Finger einer. Das sollte der Albert doch wissen!“

„Brauchst dich nicht so in Eifer hineinzureden, Steinmüller. Er ist sonst immer lustig und hat das Herz auf der rechten Stelle, aber mit der Gret scheint er eben noch ein wenig zaghaft zu sein. Trink nur immer weiter, ich bin gleich wieder da!“

Er stand auf und ging hinaus, um den Sohn zu suchen. Dieser stand hinter der Gartenhecke und beobachtete über die Straße hinweg Berta, die jetzt drüben mit dem Strickstrumpf am geöffneten Fenster saß. Ihr Gesicht schaute wie ein liebliches Gemälde aus dem Rahmen hervor; es hatte, nur in weicheren Linien, denselben fremdartigen Schnitt, der die südliche Abstammung ihres Vaters verriet. —

*

Als 1813 die Franzosen unter Vandamme bei Kulm und Nollendorf von den Verbündeten geschlagen waren, hatten viele der Fliehenden ihren Weg über das Gebirge genommen und bei den freundlichen Dörflern wohlwollende Aufnahme und Pflege gefunden. Eines Abends war der Vater des jetzigen Kaiserbauern von einem französischen Sergeanten herausgeklopft und zu einem kleinen Wagen geführt worden, in dem eine kranke Frau mit einem kleinen Knaben gelegen hatte. Auf das Zureden seiner Frau war er bereit gewesen, die Obdachlose aufzunehmen; dann hatte sich der Soldat entfernt und vorher in einem kaum verständlichen Deutsch zu verstehen gegeben, daß er gehen wolle, um seinen Herrn, einen hohen Offizier, zu suchen. Er war jedoch niemals zurückgekehrt. Die Kranke hatte nur noch wenige Tage gelebt, und ihr Söhnchen war nach einiger Zeit von Gemeinde wegen an einen armen kinderlosen Flickschuster als den Mindestfordernden versteigert worden. Dieser hatte sich des Verwaisten in väterlicher Liebe angenommen, ihn in seinem Handwerk unterrichtet und ihm dann auch nach seinem Tod das alte Häuschen hinterlassen, an dessen Stelle der herangewachsene Findling, den der Volksmund in Beziehung auf seine Abstammung und die politischen Ereignisse, unter denen er in das Dorf gekommen war, nur den ‚Bonapartenschuster' nannte, später das jetzige erbaute.

Während er sich im Lauf der Zeit ein zwar kleines, aber freundliches und musterhaft bewirtetes Besitztum zusammengerundet hatte, war es mit Kaisers schneller vorwärtsgegangen. Die früher nur mäßige Wohlhabenheit der Familie hatte sich in Kürze zu einem offen zur Schau getragenen Reichtum gestaltet, so daß sich die Nachbarn diese Veränderung nicht mit gewöhnlichen Gründen zu erklären vermochten. Hier mußte ein ganz besonderer Umstand obgewaltet haben, und da man keinen anderen kannte, so sprach man erst heimlich und sodann offener davon, daß die Habe jener verstorbenen Französin wohl bedeutender gewesen sei, als Kaiser angegeben hatte. Auf diese Vermutung hindeutend, nannten die Dorfbewohner, wenn der alte Kaiser es nicht hörte, seine Besitzung auch wohl den ‚Franzosenhof'.

Albert, der junge Kaiserbauer, kannte dieses Gerücht. Es war zu alt und tief eingewurzelt, als daß es ihm hätte entgehen können, aber niemals hatte er mit solchem Ernst daran gedacht wie jetzt, wo er aus Rücksicht auf das leidige Vermögen zu einem Schritt gezwungen werden sollte, von dem er fühlte, daß er ihm nie Heil und Segen bringen werde. Hatten die Leute die Wahrheit erraten, so war ja der Reichtum des Vaters ein unrechtmäßig erworbener, und wer war der rechtliche Besitzer? Niemand anders als der ‚Bonapartenschuster', der Vater der hübschen Berta, die neben ihm aufgewachsen und seine Schulkameradin gewesen war. Er mußte jetzt immer und immer wieder hinüberblicken zu ihr, und je länger er sie betrachtete, desto fester wurde sein Entschluß, die geplante Verbindung abzuweisen, es koste, was es wolle.

„Warum stehst du hier und bleibst nicht drin in der Stube, wo du hingehörst?" fragte die Stimme des Vaters neben ihm.

„Was hab ich in der Stube zu suchen?"

„So, du weißt wohl plötzlich gar nicht mehr, weshalb ich die Gäste eigentlich geladen hab?"

„Das weiß ich schon; aber warum gerade auch ich mit dabei sein soll, das will mir nicht einleuchten. Die Margret braucht mir zu viel Platz; ich bleib hier im Garten."

„Das klingt ja ganz wunderschön! Der Kaiserbauer ist gar nicht mehr Herr im Haus; sein Bub macht, was er will, und führt den Trotz spazieren."

„Nein, Vater, das hab ich niemals versucht und möcht's auch nimmer tun. Nun aber hat dich der Pfiffikus, der Steinmüller, mit schönen Reden betört, weil ihm das Wasser an der Kehle steht und er sich nicht mehr anders zu helfen weiß. Er hat schlecht gewirtschaftet, und du gehst ins Garn, weil er den Vornehmen spielt und das Fräulein Gretchen dich hübsch am Bart zupft. Du kommst nicht aus dem Haus und hörst nichts von dem, was sich die Leut von ihm erzählen, er macht dir ein X für ein U; ich laß mich aber nicht als Flicklappen auf des Steinmüllers Mehlsäcke setzen, die er noch nicht bezahlt hat, obgleich sie schon längst zerrissen sind!"

„Mach mir nur keine Faxen vor! Wie's mit dem Müller steht, darüber braucht mich gar niemand zu belehren; ich hab mir die Äcker besehn, die Wiesen und Gärten, das Hausgrundstück und auch die Bücher, die er führt; er ist ein reicher Mann, fast reicher noch als ich, und du nimmst die Margret. Am Nachmittag geht's zum Tanz und heut über die Woche ist die Verlobung. Mach's anders, wenn du kannst! Jetzt aber geh hinein und schick ihn zu mir in die Oberstub!"

Er war gewohnt, daß jedes seiner Worte Geltung fand, darum überzeugte er sich auch gar nicht erst, ob seinem Befehl Gehorsam geleistet wurde, sondern kehrte gleich in das Haus zurück. Dort begab er sich in das bezeichnete Zimmer und trat zu einer alten, mit zierlichem Schnitzwerk versehenen Wanduhr, die er öffnete. Sie war jedenfalls ein Erb- und Familienstück und hatte wohl schon oft zu geheimen Zwecken gedient, wie ihr Inneres bewies, worin sich das eigentliche Uhrwerk und neben diesem ein geheimes Fach befand, das der Kaiserbauer öffnete, um einige Kästchen und sorgfältig umwundene Pakete herauszunehmen. Kaum hatte er die Vorrichtung wieder geschlossen und die Uhr in ihre vorige Stellung zurückgebracht, so trat der Steinmüller ein.

„Schieb den Riegel vor, Müller, und komm dann her, damit du dir die Steine und das Geschmeide anschaust!"

Er öffnete die Kästen und löste die Umhüllungen. Mit gierigen Augen und unter bewundernden Ausrufen betrachtete der Müller den kostbaren, in allen Farben funkelnden Inhalt.

„Du bist ja nicht gescheit, daß du einen solchen Reichtum bei dir unnütz im Kasten liegen läßt! Gib her, das muß ich greifen!"

Während er jeden einzelnen Schmuckgegenstand wie abschätzend in den Händen wog, verzerrte die Habgier seine Züge, und ein anderer Mann als der Kaiserbauer hätte aus seinem unbeherrschten Lächeln leicht auf Gedanken schließen können, die keiner lauteren Quelle entsprangen.

„Der Vater hat nicht gewußt, wie er die Sachen loswerden sollte, und ich auch nicht. Jetzt ist aber dein Schwager Juwelenhändler, und ich hab Vertrauen zu dir gefaßt und dir die Geschichte erzählt. Wenn mein Bub deine Tochter nimmt, so kannst du mich nicht verraten, und dein Schaden soll's nimmer sein, wenn dir die Sache gelingt. Wird dein Schwager die Steine kaufen?"

„Ich denk! Er sagt, ich soll sie ihm nur bringen, damit er sie sehen und abwerten kann. Aber bald, noch diese Woche, weil's ihm grad mit der Zahlung paßt."

„Nein, das geht nicht. Erst muß die Heirat fertig sein, eh ich's wage. Ich hab dir die Gegenstände nur gezeigt, um dich zu überzeugen, daß ich die Wahrheit gesprochen hab."

„Warum nicht früher? Du wirst doch nicht glauben, daß ich dich um das deinige betrüge und dann mein Wort zurücknehme von wegen unseren Kindern!"

„Nein, das glaub ich schon nicht, denn so was bringst du bei mir nicht zustande. Ich geb die Steine gar nimmer aus der Hand, bis ich das Geld einstecken kann, und du sollst bloß die Unterhandlung führen. Ich setz zu viel auf diese Karte, als daß ich mir nicht alles reiflich überlegen sollte."

„Ach, so ist das gemeint?" fragte der Müller, dem es kaum gelang, seine Enttäuschung notdürftig zu verbergen. „So heb sie auf, aber schau auch zu, daß der Albert dir die Rechnung nicht verdirbt!"

„Dafür laß mich nur sorgen! Ich bin der Kaiserbauer, und wenn der was will, so setzt er es auch durch!"

*

Berta saß noch immer mit ihrer Arbeit am Fenster, als sie plötzlich ausrief:

„Vater, der Kaiserbauer geht über die Straße. Ich glaub gar, er kommt zu uns!"

„Denk nur so was nicht, da müßte ja eher der Himmel einfallen."

„Aber er kommt doch, und der Steinmüller ist auch dabei!"

Es war so, wie sie sagte. Die Tür wurde geöffnet, doch blieben die beiden Männer auf der Schwelle stehen. Kaiser warf einen forschenden Blick hinein und fragte dann: „Ich hab mit dir zu sprechen. Soll ich hinzutreten, oder kommst du vielleicht heraus?"

„Wer mit mir zu reden hat, der kommt herein zu mir; so ist's hier Sitt und Gebrauch. Was ist euer Begehr?"

„Sollst gleich hören!" Dann fügte Kaiser, zu seinem Begleiter gewandt, hinzu: „Tritt näher, Müller, und setz dich; hier muß man sich selber helfen, wie's scheint!"

„Wer's nicht anders begehrt, ja", meinte ruhig der Schuster, der sich nicht von seinem Sitz erhoben hatte. „Wer grüßt, bekommt den Stuhl, wer's unterläßt, bleibt stehn. Nun aber sagt, was ihr wollt!"

„Es ist ein Handel, den ich mit dir machen will: deine Hütte nämlich paßt mir schon seit langem nicht in die Aussicht; sie stört und ärgert mich, sooft ich bei mir herausschau, doch ließ ich's bisher gehn, weil ich gerad nicht die rechte Ursach hatte, eine Änderung zu treffen. Jetzt aber wird der Albert heiraten, und da soll das Häuschen weg und an seine Stelle ein Blumengarten für die junge Frau. Was willst haben für die Hütte und für das Grundstück, auf dem sie liegt?"

Der Gefragte gab nicht gleich Antwort. Es war ein schwer zu beschreibender Ausdruck, der sich über seine Züge breitete. Endlich meinte er lächelnd: „Du glaubst gar nicht, Kaiserbauer, wie recht und willkommen mir dein Anliegen ist! Es geht mir grad wie dir: sooft ich aus dem Fenster seh, ist mir dein Hof im Weg; er stört und ärgert mich, du weist wohl, warum. Ein schneller Tausch ist hier die beste Hilfe. Dann schau ich aus dem Hof und du aus der Hütte heraus, und es gibt nichts mehr, was uns die Aussicht verdirbt."

„Willst du mich etwa foppen, Bonaparte?"

„Hör, Kaiser, laß dies Wort beiseit! Dein Vater war mein Vormund, und du kannst also wissen, wie der Name ist, den ich von meinem Pflegevater hab. Man nennt mich Walter Matthies hier bei mir; woanders magst du sagen, was dir beliebt. Und was das Foppen anbelangt, so irrst du dich gar sehr. Ich mein's im Ernst und will dich auch nicht übervorteilen. Der Tausch bringt dir Profit; die Hütte ist mehr wert als der Hof; in ihr hat Treu und Ehrlichkeit gewohnt, solang sie steht, und was das wert ist, kannst du mir nicht bieten!"

„Was soll das bedeuten, he, du Bonapartenschuster?" rief Kaiser.

„Das kannst dir selber sagen, du Franzosenkaiser!" lautete die Antwort. „Glaubst du, daß du wie ein wirklicher Kaiser hier im Dorf gebieten kannst, welches Haus fort muß und was für eins du dulden willst? Denkst du etwa, daß ich dir für all dein Geld und Gut den kleinsten Nagel geb von meinem Haus oder das geringste Kraut aus meinem Garten? Meinst etwa, der Walter Matthies sei nicht so schwer wie der Inhaber vom Franzosenhof? Geh hinaus auf den Gottesacker, wenn dir noch nichts bekannt ist, und laß dir von der Toten, die dort in der Ecke liegt, die Geschichte erzählen, die dir vonnöten ist, damit du Demut lernst. Dann wirst du ohne Ärger zu deinem Fenster hinausblicken können und nicht das ‚Grüß Gott!' vergessen, wenn du zum Nachbar kommst!"

Kaiser hatte nicht vermocht, den Sprecher zu unterbrechen. Der Ingrimm färbte sein Gesicht mit dunklem Rot; seine Fäuste ballten sich, und mit drohender Miene trat er hart zu Matthies heran.

„Willst du schweigen, oder soll ich dir den Mund verstopfen! Du Herr von Habenichts wärst mir der rechte, mich hier mit der Moral zu füttern! Ich will dir nun weiter nichts mehr sagen, als daß deine Hütte doch noch weg muß; was ich will, das will ich, da macht kein Mensch etwas dagegen, und du erst recht nicht!"

Matthies hatte sich erhoben und stand dem Bauer furchtlos gegenüber.

„Komm nicht von Sinnen, Kaiser, und achte auf deine Rede, damit du dich nicht versprichst! Dies Häuschen bleibt mein, da macht kein König und auch kein — ‚Kaiser' was dagegen; halt nur den Hof da drüben fest, er steht mir sehr im Weg!"

Der Steinmüller hatte sich schon längst bis an die Tür zurückgezogen; jetzt trat er herbei und ergriff den Arm des Bauern, indem er ihn, der abermals in Schmähungen ausbrechen wollte, mit sich aus der Stube fortzog.

*

Berta hatte gleich nach dem Eintritt der beiden Männer die Stube verlassen; sie ahnte, daß die Unterredung keine freundliche sein werde und vermied es daher, ihr beizuwohnen. Sie öffnete die Pforte des kleinen Gärtchens und trat hinaus auf das Feld. Dort stand ein wilder Apfelbaum; er hatte schon oft mit seinen Zweigen und Blättern zu ihren Träumen und Wünschen gerauscht, denn unter seinem schattigen Wipfel war ihr gewohntes Sonntagsplätzchen. Als sie zwischen den wogenden Ähren hervortrat, zog sie fast erschrocken den Fuß zurück. In dem weichen Gras lag einer, den sie hier noch niemals getroffen und auch heute nicht erwartet hatte, obgleich ihre Gedanken soeben bei ihm gewesen waren.

„Albert, du hier?" flüsterte sie errötend.

Der Angeredete erhob sich sogleich und fragte:

„Das magst du wohl nicht gern leiden? Oder ist's so ganz absonderlich, daß du's nicht allein hier hübsch und kühl findest?"

„Gar nichts von beidem. Ich dacht mir nur, daß du nicht hier sein könntest, weil du zu Haus gebraucht wirst."

„Gebraucht? Von wem?"

„Von dem Besuch, der bei euch ist."

„Um den bekümmere ich mich nicht. Der Müller ist beim Vater, und seine Prinzeß sieht sich mit der Mutter das Linnen an. Da bedarf man meiner nicht!"

„Ich hab gemeint, du bist grad der, dessentwegen sie bei euch sind?"

„Das mag wohl sein. Ich soll die Gret nehmen, aber ich mag sie nicht!"

Er blickte finster vor sich nieder, während ihr Auge forschend auf ihm ruhte. Sie konnte kaum glauben, was er sagte: er war von Kindheit an seinem Vater in allem fügsam gewesen, das wußte sie, und hatte nie mit einem Mädchen nähere Bekanntschaft geschlossen; daher hatte sie auch nicht im geringsten gezögert, seine Verbindung mit der Müllerstochter als Tatsache hinzunehmen.

„Du magst sie nicht? Warum denn? Sie ist ja jung und hübsch und — vornehm genug!"

„Das gilt mir gleich! Ich werd überhaupt gar nimmer heiraten."

„Du und nicht heiraten? Den Grund, den möcht ich doch erfahren!"

„Den kannst schon hören! Ich habe eine lieb und die ist mir nicht gut; darum bleib ich ledig!"

„Du hast schon eine lieb?" erwiderte sie mit sinkender Stimme. „Hier im Dorf?"

„Ja, hier im Dorf!"

„Aber ich hab dich doch noch mit keiner gesehn, weder auf dem Tanz noch sonstwo!"

„Ja, eben weil sie mich nicht leiden mag. Ich hab ihr ja noch gar nichts merken lassen."

„Warum denn nicht? Du bist doch sonst kein Hasenfuß und schaffst grad das am liebsten, was andern schwierig fällt. Der Albert vom Kaiserhof ist überall willkommen."

„Auch bei dir?"

Sie blickte schnell und erglühend zu ihm empor. Er nahm jetzt ihre beiden Hände in die seinen.

„Albert, treib nicht Spott mit mir! Du bist der Reichste, und ich bin die Ärmste im Ort!"

„Liebe Berta, es ist kein Spott. Glaub mir, ich soll später Kaiserbauer werden, aber wenn ich mir die Bäurin dazu nicht aus diesem Häuschen holen darf, so laß ich lieber den Hof fahren und tu was, woran der Vater nimmer denkt. Ich bin ihm gern gehorsam alle Zeit und überall, aber mein Herz gehört nur mir allein und mein Leben auch; ich laß mir das Herz nicht totschlagen und das Leben nicht vergiften. Das sind die Punkte, wo der Vater keine Gewalt anlegen darf, und wenn er's dennoch tut, so geh ich fort!"

Sie schwieg. Ihre Brust hob und senkte sich unter den auf sie einstürmenden Gefühlen, und ihre Hände bebten leise in den seinigen.

„Hast du mir denn gar nichts zu sagen, Berta?"

„Was soll ich dir denn sagen?" fragte sie.

„Sag: ‚Albert, ich hab dich lieb!'"

Er zog sie an sich, hob das rosige Gesichtchen zu sich empor und blickte sie bittend an.

„Ist's wirklich dein Ernst?" meinte sie erglühend.

„Ja, Berta. Bitte, sag die Worte; ich will dir's lohnen all mein Leben lang!"

„Albert", flüsterte sie, den Kopf an seine Brust legend, „ich hab dich lieb, sehr lieb!"

„Und wirst mir gut sein, auch wenn ich arm bin und in Knechtsdienst geh?"

„Auch dann und noch mehr!" antwortete sie. „Aber tu's nicht um meinetwillen, denn du weißt, ‚des Vaters Segen baut den Kindern Häuser', und ich könnte dir doch nichts von alledem wiedererstatten, was du um mich dahingibst. Albert, folg dem Vater, oder prüf dich doch zuvor, eh du den Schritt tust, der gar schwere Folgen hat!“

„Das hab ich schon getan, schon Wochen lang, Berta, denn die Geschichte mit der Gret ist nichts Neues. Der Müller ist ein ruinierter Mann und denkt sich durch die Verheiratung seiner Tochter mit mir wieder aufzuhelfen — ich möcht nur wissen, womit er's dem Vater angetan hat! Der ist ganz in ihn und in seine Putzmamsell vernarrt und läßt sich nimmer raten. Ich hab gewiß nichts unterlassen von dem, was ein guter und folgsamer Sohn in meiner Lage tun soll, und auch die Mutter ist ihm fast zu Füßen gefallen; er aber läßt nicht von seinem Sinn. Aber wenn man die Saite gar zu hoch spannt, so muß sie endlich reißen, und ich hab auch meinen Kopf, wenn's gilt, ihn aufzusetzen für das Recht, das ich mir trotz meiner Kindespflicht nicht rauben lassen darf. Er mag wohl zusehn, daß er über der Schwiegertochter nicht den Sohn verliert!“

„Da wär auch viel verlorn, du ungeratner Bub!“ erklang es zornig hinter ihm. Kaiser war mit dem Müller nicht geradewegs nach Haus zurückgekehrt, sondern hatte ihn zur Besichtigung von Matthies' Grundstück denselben Weg geführt, den Berta vorher gegangen war. „Nimm gleich den Arm fort von der Dirne, sonst werd ich dich lehren, mir Trotz zu bieten!“

Das Mädchen war erschrocken zusammengefahren und wollte sich aus Alberts Armen winden; er aber hielt sie fest.

„Ich hab nicht gemeint, Vater, daß es gar so schnell kommen werde“, antwortete er, sich ruhig zu ihm wendend; „aber es ist mir eben recht, daß du so früh schon siehst, wie es mit uns steht!“

„Was? Soll ich am End noch glauben, daß es kein Spaß ist, sondern Ernst da mit der Schusterpuppe?“

„Es ist Ernst, Vater. Aber die ‚Puppe‘ laß weg; die

Berta hat mehr Sorg und Arbeit in der kleinen Fingerspitze, als in der ganzen Gret zu finden ist!“

„Jetzt laß aber sofort los, sonst helf ich nach!“ drohte der ergrimmte Bauer, und als dem Befehl nicht sogleich Folge geleistet wurde, griff er zu und versuchte, die beiden auseinander zu reißen. Berta schrie laut auf unter dem Druck seiner rücksichtslosen Hand.

„Vater, ich bitte dich, geh nicht zu weit! Schlag auf mich, soviel du Lust hast, ich werd mich nicht dagegen wehren, denn ich bin dein Sohn; aber das Mädchen laß in Ruh!“

„Wie —? Du willst mir gar noch drohn, mir, dem Vater?! Gib die Bettelbonapartin los, sag ich, oder ich schlag euch beide zu Boden!“

„Nein, das soll nicht geschehn; vor dem kann ich dich noch behüten, Vater!“ Er gab die zitternde Geliebte frei. „Geh nach Haus, Berta, und grüß mir die Eltern; ich werd noch heut mit ihnen sprechen!“

„Das sollst du mir nur wagen!“ herrschte Kaiser ihn an. „Da hab ich auch ein Wort dareinzureden und du sollst sehn, was ich dann tu!“

„Ich werd's zu tragen wissen; aber die Gret zwingst du mir nicht auf! Leb wohl, Müller; wir sind miteinander fertig!“

Er ging; auch Berta war schon längst hinter den hohen Getreidehalmen verschwunden.

„Hast sowas für möglich gehalten, Steinmüller? Ich hab den Burschen noch niemals so gesehn; aber es wird sich schon zeigen, wessen Kopf der härtere ist!“

„Beide sind gleich hart, Kaiserbauer, dies hab ich zur Genüge bemerkt“, entgegnete der Müller kalt. „Du wirst nicht weichen; und er wird nicht weichen; so fahrt ihr erst noch mal recht zusammen und dann für immer auseinander. Aber das kann weder dir noch mir was nützen. Ich brauch mein Kind gar niemand an den Hals zu werfen. Komm fort! Ich fahr nach Haus, um mir das wegen der Steine noch zu überlegen. Die Sache hat ihre zwei Seiten, und wenn sie vors Gericht käm, so wär's um mich geschehn. Am besten ist es immer, man zeigt so was gleich selber an, eh man sich in Gefahr begibt!"

„Steinmüller!" rief der Kaiserbauer voll Schreck und Besorgnis.

„Ja, so ist's", antwortete dieser mit nachdenklichem Kopfnicken.

Der Bauer blickte verlegen vor sich nieder und schritt schweigend an seiner Seite hin. Beim Hof angekommen, blieb er stehen.

„Hör, Müller, wenn du dich auf die schlechte Seite legen willst, so kannst du doch nichts ausrichten; mir kann ja nichts bewiesen werden, da du keine Zeugen hast. Aber soweit soll's auch gar nicht kommen! Ich nehm den Albert jetzt gleich noch mal vor, und du wirst sehn, daß er sich fügen muß. Ich bin schon noch der Mann, den Trotzkopf gefügig zu machen!"

*

Albert kehrte von seinem Gang zu Bertas Eltern soeben in den Kaiserhof zurück, wo seine Mutter schon in lebhafter Besorgnis auf ihn wartete.

„Ja, Mutter, ich war drüben", erwiderte er auf ihren fragenden Blick. „Aber weine nicht, vielleicht gibt der Vater noch nach! Mag's kommen, wie es will, ich bin dir doch nicht verloren."

„Und was hat Matthies gesagt?"

„Ich wär ein braver Bursch und ihm schon recht und lieb als Schwiegersohn, wenn ich arm wär und nicht der Sohn vom Kaiserbauer."

„Und was wirst du nun tun, wenn du jetzt hinaufkommst zum Vater?"

„Das wird sich nach dem richten, was er von mir

fordert. Ich will nicht dringlich sein mit der Berta; die Zeit wird schon das ihrige tun; aber er soll mich auch mit der Gret nicht treiben!"

„So geh! Er wartet schon lang auf dich!"

Als Albert beim Bauern eintrat, befand dieser sich sichtlich in gereizter Stimmung.

„Warum kommst du nicht, sobald ich dich rufen laß? Oder soll ich etwa gar den Herrn Sohn um Audienz bitten, wenn ich mit ihm zu reden hab?"

„Ich war nicht zu Haus und hab erst jetzt erfahren, daß ich zu dir kommen soll."

„Wo bist du gewesen?"

„Beim alten Matthies."

„Da bist du gewesen? Also doch", rief er, während die Adern an seiner Stirn dunkler hervortraten. „Was hattest du denn dort zu schaffen?"

„Nicht viel. Ich hab gesagt, daß ich die Berta will."

„Und was hat der Bonapartenschuster dazu gemeint?"

„Er sagte, die Sache hätte noch viel Zeit."

„Da ist er klüger, als ich dachte! Die Sache hat nicht allein noch viel Zeit, sondern sie ist überhaupt ganz unmöglich. Du heiratest die Gret; ich hab's gesagt und dabei bleibt's!"

Albert war gewohnt, in dieser Angelegenheit die Meinung des Vaters in möglichster Entschiedenheit und Kürze mitgeteilt zu erhalten, jetzt aber lag in dessen Blick und Ton eine Herzlosigkeit, die ihn empörte und jede Nachgiebigkeit von seiner Seite unmöglich machte.

„Ist dies dein letztes Wort, Vater?"

„Mein letztes Wort!"

„So will ich doch noch einmal bitten, Vater! Dein Herz kann doch nicht ganz zu Stein geworden sein, und wenn —"

„Laß das Geschwätz! Du hast gehört, was ich will, also wähl: die Gret und den Hof, oder den Weg aus dem Haus!"

„Du willst's, Vater, und des Menschen Wille ist sein Himmelreich, aber oft auch seine Hölle. Mag bei dir das letztere niemals zutreffen! Ich laß den Hof samt eurer Gret und geh in die Fremde. Leb wohl, Vater!"

Er sprach es mit bebender Stimme und unter hervorbrechenden Tränen, indem er langsam herzutrat und die Hand zum Abschied bot. Eine solche Festigkeit hatte Kaiser nicht erwartet: aber statt ihn zur Erkenntnis zu bringen, steigerte sie vielmehr seinen Zorn bis zur Wut.

„So fahr denn hin, aber bleib mir ja mit deiner Hand vom Leib! Und wenn du mir jemals wieder den Hof betrittst, so wirst du hinausgejagt, das merke!" Er riß einen Schrank auf, wühlte in alten Wäsche- und Kleidungsstücken herum, die dessen Boden bedeckten, und brachte eine zusammengebundene Rolle hervor. „Damit du aber nicht ganz und gar leer von dannen schleichst, so will ich dir das Erbe vom Bonapartenschuster mitgeben. Die Fetzen sind zurückgeblieben, als er versteigert worden ist! Nun aber marsch!"

„So leb denn wohl, Vater, und laß dich nie gereuen, was du an mir tatst!" sagte Albert tief bewegt, indem er das Paket an sich nahm und damit hinwegschritt.

Als die Tür sich hinter dem Fortgehenden geschlossen hatte, ließ sich der Kaiserbauer langsam auf den Stuhl nieder. Es war ganz anders gekommen, als er sich gedacht hatte. Die Habsucht allein hatte ihn mit dem Müller zusammengeführt; dann hatte die Sorge um die Sicherheit ihm den Gedanken an eine Verbindung zwischen dessen Tochter und seinem Sohn eingegeben, und diese Sorge war es auch gewesen, die ihn so schroff und starr gegen Albert auftreten ließ. Der letzte Trumpf, auf den er sich verlassen hatte, war nun erfolglos ausgegeben, und es klangen ihm des Steinmüllers Worte „am besten ist's immer, man zeigt so was gleich selber an" ernst und drohend an das Ohr. Lange Zeit saß er so sinnend da, schlimme Befürchtungen stiegen in ihm auf, und er fand kein Mittel, sie von sich abzuweisen. Gewiß war schon eine Stunde seit dem Weggehen Alberts verflossen — der Kaiserbauer überhörte das Öffnen der Tür und fuhr erst bei dem Klang einer bekannten Stimme aus seinem Brüten auf.

„Wach auf, Kaiser! Du hörst's wohl gar nicht, daß man klopft und grüßt?"

„Was willst du, Bonapartenschuster, — was hast du in meinem Haus zu suchen?"

„Dich such ich. Aber laß das Schimpfen; ich warne dich nicht zum drittenmal! Der Albert ist bei mir; er hat mir von dir das Gewand gebracht, worin ich gekleidet war, als die Mutter mit mir ins Dorf gekommen ist. Warum hast du es nicht behalten?"

„Was soll ich mit den Lumpen tun? Dir sind sie wohl nötiger als mir!"

„Da hast du recht, Kaiserbauer. Diese Lumpen sind mir nötig gewesen schon lange Zeit, und ich gäb viel darum, wenn ich sie früher gehabt hätte, denn ich hab in ihnen das gefunden, wonach mein Trachten ging, solang ich leb. Schau her!"

„Pack dich mit deinem Kram hinweg!"

„Ganz wie du willst. Ich wollte das Paket auf das Amt tragen, um mein Eigentum von dir zu fordern; aber der Albert hat auch die Schrift gelesen, die zwischen dem Futter eingenäht war, und er hat mich um Gnade für dich gebeten. Ich hab mich überwunden und ihm den Wunsch erfüllt, doch wenn du selbst es anders willst, so kann ich auch wieder gehn. Behüt dich Gott, Kaiserbauer!"

„Halt, Matthies! Was meinst du für ein Schreiben? Zeig es her!"

„Das bekommst du jetzt nicht in die Hand, aber sagen kann ich dir, was drin steht. Meine Mutter hat damals gefühlt, daß sie auf den Tod krank war, und übergab deshalb all ihr Hab und Gut deinem Vater, um es für mich aufzuheben. Ihr Vertraun ist aber bald wieder geschwunden, und da er ihr die Rückgabe verweigert und sie auch mit niemand zusammengelassen hat, so ist sie auf ein Mittel verfallen, mir dennoch das Meinige zu erhalten. So hat sie denn die ganze Sache niedergeschrieben und mit ihrer letzten Kraft das Papier mir ins Gewand genäht, damit es später gefunden werden solle, und darauf ist sie gestorben. Nun hat dein Vater mir mein Erbe gestohlen und nicht einmal das bißchen Brot für mich gehabt, so daß ich ausgeboten worden bin wie ein Stück nichtsnutziges Gerümpel. Aber der liebe Gott hat's besser mit mir gemeint und mich zu Leuten gebracht, die das Herz an der Stelle gehabt haben, wo bei dem Kaiserbauern nur das böse Gewissen lebendig geworden ist. Er hat's gefügt, daß die Schrift von dem Dieb selber verwahrt worden ist, ohne daß er es gemerkt hat, und daß ich heut grad dahin fassen mußte, wo sie verborgen war. Jetzt wird nun auch seine Drohung wahr: ‚Er sucht die Sünden der Väter heim an den Kindern bis in das dritte und vierte Glied.' Dein Vater war der Stehler, du bist der Hehler geworden, und nun schau zu, was weiter folgt!"

Kaisers Züge waren bei dem Beginn dieser Rede schreckensbleich geworden; bald jedoch hatte er sich wieder gefaßt und entgegnete jetzt mit scheinbarer Ruhe: „Das ist ja der schönste Roman, Bonaparte, den ich jemals vernommen hab, und nicht wahr, den hast du dir bloß deshalb erdacht, weil ich dir heut in die Quere gekommen bin? Solch eine Schrift kann jeder machen, der anderen eine Grube bereiten will; die gilt nichts bei mir und nichts vor Gericht. Du machst mir gar nicht bange!"

„Irr dich nicht, Kaiser! Dein eigener Sohn und noch mehrere andere Zeugen sind dabei gewesen, wie ich sie gefunden habe, und somit wird mir das Gericht schon glauben. Das Gewand ist nur in deiner Hand gewesen, und du wirst den Beweis gegen dich selber doch wohl nicht hineingetan haben!"

„Zeig her die Schrift!"

„Die bekommst du nicht! Bleib aber dort stehen, dann will ich dir beweisen, wo sie gesteckt hat."

Er öffnete das wieder mitgebrachte Kinderkleidchen, zog an einer Stelle das Futter von dem Zeug und brachte aus dem Versteck ein feines, engbeschriebenes und zusammengefaltetes Blatt hervor.

„Da schau! Und auch das Verzeichnis ist dabei von dem, was sie deinem Vater übergeben hat. Von dem Geld habt ihr wohl den Hof gebaut, und der Schmuck, wer weiß, wohin der geraten ist. Oder hast du ihn vielleicht noch, Franzosen-Kaiser?"

„Für den Schimpf gibst du mir den Wisch!" klang es hastig. Mit einem raschen Schritt stand Kaiser vor Matthies und faßte nach dem Papier. Dieser zog es zurück, wurde aber von den Armen des Bauern so fest umschlungen, daß er sich nicht zu bewegen vermochte.

„Her mit dem Zettel, sag ich; du kommst mir nicht los, bis er vernichtet ist!"

„Und du bekommst ihn nicht, und sollt es mein Leben kosten!" stieß Matthies keuchend aus der zusammengepreßten Brust hervor. Sie rangen mit Anstrengung aller ihrer Kräfte; Kaiser war stärker als sein Gegner, und dieser merkte, daß er ins Wanken komme. Er konnte nicht mehr schreien, faßte aber unwillkürlich nach einem Halt und — fühlte sich im nächsten Augenblick aus der gefährlichen Umschlingung befreit. Er hatte die Gewichtsschnüre der neben ihm hängenden Uhr ergriffen und diese letztere von der Wand gerissen; Kaiser war von ihr an die Schläfe getroffen worden und besinnungslos zu Boden gesunken. Das alte Erbstück lag zerbrochen neben ihm; der Kasten war aus den Fugen gegangen und ließ das verborgene Fach samt dem nun bloßgelegten Inhalt sehen.

Matthies gewahrte diesen seltenen Inhalt und hob, von einer plötzlichen Ahnung getrieben und den regungslos auf dem Fußboden liegenden Kaiserbauer darüber vergessend, einen der zierlichen Behälter auf. Als er ihn öffnete, entdeckte er eine kostbare Uhr an einer ebenso wertvollen Kette. „Ist's denn möglich? Das ist ja die Kette und Uhr, die auf dem Papier verzeichnet steht! Laß schnell weiter sehn!"

Er kniete nieder und öffnete mit zitternden Händen die Hüllen. Sie enthielten die sämtlichen Schmuckgegenstände, die die Verstorbene ihrem verlassenen Kind hatte retten wollen; kein einziger fehlte, denn die Angst vor einer Entdeckung hatte die beiden Kaiserbauern von einem Verkauf abgehalten.

Da ging die Tür auf und der Steinmüller trat ein. Mit einem raschen Blick hatte er die Lage erfaßt.

Er hatte Albert fortgehn sehen und erkannt, daß die geplante Heirat nun nicht zustande komme; hier lagen jetzt die verhängnisvollen Schmucksachen zerstreut auf dem Fußboden; kam das Gesinde dazu, so war öffentlich bewiesen, daß der Bauer ein Dieb und Hehler sei, und das bot ihm für die erlittene Enttäuschung wenigstens eine Rache, die er sich nicht versagen konnte. Seine Stimme drang schallend hinunter in den Wohnraum, aus dem, die Bäurin voran, alle darin Befindlichen herbeieilten.

Seine Absicht wurde jedoch von Matthies durchkreuzt. Dieser schlug die Tür zu und trat den Leuten entgegen.

„Geht nur zurück! Den Bauer hat eine Schwäche überfallen, und nur die Frau darf herein."

Die ruhige Mahnung genügte, denn der Schuster war allen als ein unbescholtener und braver Mann bekannt, dem man vertrauen konnte. Sie zogen sich schweigend zurück, und der Müller folgte ihnen; es fehlte ihm die nötige Entschlossenheit, die eingeleitete Rache auch auszuführen. —

Drüben im kleinen Häuschen saßen drei Personen und warteten mit ängstlicher Sorge auf die Rückkehr des Bonapartenschusters. Schon brach die Dämmerung herein, und noch immer kam er nicht. Das breite Tor des Kaiserhofs öffnete sich und ließ den Wagen des Müllers hindurch. Die Brautschau war vorüber, und niemand rief den zwei Scheidenden ein freundliches Abschiedswort nach. Da kam einer der Knechte langsam über die Straße und blickte durch das offene Fenster in die Stube.

„Bist du noch hier, Albert?"

„Ja. Was soll's?"

„Sollst gleich zum Vater kommen und die Berta mit der Mutter zur Bäuerin. Es muß ganz was Absonderliches geben. Der Müller wollte mit seiner Puppe nicht fort; er schwatzte viel unverständiges Zeug vom Gericht und von Rubin und Diamant, es konnte kein Mensch daraus klug werden, und da hat ihn der Bauer endlich gar hinausgejagt. Mach schnell! Ich glaub, der Vater hat geweint, der Matthies auch, und die Mutter sitzt noch jetzt am Herd und wischt sich die Augen."

Das waren gute Zeichen. Mit klopfendem Herzen eilte Albert den beiden anderen voran und trat nach wenigen Augenblicken in dieselbe Stube, in der ihn der Vater vor so kurzer Zeit vom Hof verwiesen hatte.

Dieser saß an der Seite des Schusters auf dem Sofa und hielt die Kreide in der Hand. Die Tischplatte vor ihm war mit Zahlen beschrieben.

„Komm her, Albert, ich hab dir was zu sagen!" sprach er mit mattem Lächeln. „Du bist heut widerständig gewesen gegen meinen Willen; ich will dennoch versuchen, ob dir wirklich mein Befehl nichts gilt. Du hast geglaubt, daß wir reich sind; es ist aber nicht wahr. Mein Vater hatte ein großes Kapital vom Matthies geborgt und den Hof davon gebaut. Wie das zugegangen ist, das wirst du später schon noch erfahren. Jetzt ist die Summe mit den Zinsen so hoch angewachsen, daß mir kein Stein vom Hofe bliebe, wenn ich sie zurückzahlen sollte. Der Matthies ist nicht so arm wie du denkst; er braucht das Geld jetzt nimmer und will's der Berta zur Beigabe schenken, wenn sie heiratet. Ich mag aber die Schande nicht erleben, daß ich vom Kaiserhof weg muß, und darum befehl ich dir jetzt, daß du die Berta zur Frau nimmst. Mit der Gret hast du recht gehabt, Albert, mit der ‚Schusterpuppe' aber will mal ich recht behalten!"

„Vater — — —!"

„Mach's kurz. Willst du oder willst du nicht?"

„Ob ich will! Mit tausend Freuden! Sie ist unten bei der Mutter. Darf ich sie herbeiholen?"

„Ja, geh und bring sie!"

Schnell wie der Wind war er zur Tür hinaus.

„Hier hast du meine Hand, Kaiserbauer", meinte Matthies; „du hast die Probe bestanden und sollst nun auch mit mir zufrieden sein!"

„Was wirst du denn jetzt beginnen? Dein Vater muß ein gewaltig großer Herr gewesen sein; denk nur an das Wappen auf dem Ring und an der Uhrkette! Willst du nicht nachforschen nach der Familie, zu der du gehörst?"

„Nein! Die Mutter hat auf ihrem Totenbett den Zettel nicht ganz bis zu Ende fertiggebracht und den Namen nicht mehr hinzufügen können; gewiß fühlte sie, daß es zu Ende ging, und hat nur noch mit letzter Kraft das Papier in mein Gewand genäht, und auf dem Wappen ist auch nichts zu lesen. Ich bin und bleib der Schuster Walter Matthies und passe nicht unter vornehme Leute! Zufriedenheit ist mehr wert als äußerer Schein, und ein Schuster, der seine Pflicht erfüllt, ist auch nichts Schlechteres als ein Graf, der das Seinige versteht. Ich bleib in meinem Häuschen."

„Und ich? Darf ich auf meinem Hof bleiben?" fragte

Kaiser in trübem Scherz. „Walter, du hast mir die Hölle so heiß gemacht, wie's kein Pfarrer zustande gebracht hätte, doch ich hab jetzt eingesehen, daß ich gar viel an dir gutzumachen hab, und ich werd's nach Kräften tun!"

Als die anderen herbeikamen, fanden sie die beiden Männer Hand in Hand nebeneinander sitzen. Ein einziger Nachmittag hatte die Entzweiung eines ganzen Menschenalters ausgeglichen. Der Abend war hereingebrochen, und als nun traulicher Lampenschimmer die Stube erhellte, beleuchtete er einen Kreis glücklicher Menschen, unter denen es einen gab, der erst jetzt erkannte, worin der wahre Reichtum besteht — den alten Kaiserbauer.

DER GIFTHEINER

Der Vogelsteller

Es war ein wunderschöner Frühlingsmorgen, so warm und so sonnig, wie nur selten einer im Gebirge. Der freundliche Sonnenstrahl trank die glänzenden Tautropfen von den jungen Pflanzenspitzen und ließ die Nebelballen in wunderlichen Gestalten von Tal zu Berg steigen. Die schon längst aus dem Süden zurückgekehrten befiederten Sänger des Waldes hatten ihr Frühkonzert begonnen und ließen sich in ihrem fröhlichen Gezwitscher durch den Mann, der am Rand der Waldwiese an einem Baum lehnte, nicht stören. Er achtete ihrer ja auch gar nicht, sondern schaute so ernst und gedankenvoll in die blaue Ferne, als ob die Nähe mit ihrem blühenden, duftenden und jauchzenden Leben für ihn nicht vorhanden sei.

Doch ja, sie schwiegen plötzlich; er hatte seine Stimme erhoben und ließ ihren herrlichen Tenor mit einer Fülle ertönen, die die Vögel verstummen ließ und wie heller Glockenklang über die Wipfel des zur Tiefe sich senkenden Waldes hinflutete.

„So schwer wie der Fichtelberg
Ist mir das Herz,
Und so hoch wie der Fichtelberg
Wächst mir der Schmerz.
Es fließt von dem Fichtler
Manch Wasser ins Meer
Und kommt dann im Regen
Und Tau wieder her."

Die Vögel fielen am Schluß der Verse beifällig und mit verdoppeltem Eifer in ihre Weisen; er schien es nicht zu hören. Er sah auch nicht, daß ein anderer sich ihm näherte und lauschend hinter ihm stehenblieb.

„Ich stand auf dem Fichtelberg,
Gab ihr die Hand;
Sie ging von dem Fichtelberg
Fort in das Land.
Nun fällt von dem Fichtler
Manch sehnender Blick
Und bringt aus der Fern doch
Nur Tränen zurück."

„Bravo, bravissimo!" ließ sich der unbemerkte Horcher jetzt hören. „So eine Stimme wie dem Giftheiner seine gibt's net wieder, so weit der Fichtler schaut, und so schöne Reim bringt erst recht gar niemand net fertig. Die Liebste ist ihm ausgerissen und hat ihm die Treu gebrochen; darum singt er nun den Fichtelberg an und weint Honig dazu. Warum weinst net Schwefelsäure oder Salpeterwasser? Das wär doch besser zu brauchen!"

Der Sänger hatte sich ihm zugewandt und, ohne eine Miene zu verändern, ihn aussprechen lassen. Dann aber faßte er ihn mit einem unerwarteten Griff bei der Brust, drückte ihn an den Stamm des nächststehenden Baumes und bearbeitete seine Wangen so kräftig mit der flachen Rechten, daß der Schall der Streiche weithin vernehmbar war.

„So, da hast's Geld für deine schöne Red, Kartenbalzer! Ist's genug, oder willst noch mehr?"

Die Ohrfeigen waren so überraschend schnell und ohne alle vorhergehende Einleitung über den Getroffenen hereingebrochen, daß er gar keine Zeit gefunden hatte, sich auf die Gegenwehr zu besinnen. Er schien diese auch nicht für ratsam zu halten, denn kaum fühlte er sich von der starken Faust, die ihn gehalten hatte, befreit, so wich er, die Hände an das erglühte Gesicht legend, behutsam um einige Schritte zurück.

„Was tust mit mir, Giftheiner?" sprudelte er hervor. „Vergreifen tust dich an mir? Das soll dir vergolten werden; merk dir die Schläg!"

„Da gibt's net viel zu merken. Kannst sie ungezählt bekommen, so oft du's nur begehrst. Wenn du Appetit darauf hast, so darfst nur den Namen sagen, mit dem du mich vorhin gerufen hast."

„Ist das etwa net der richtige für dich, he? Wer hat denn dem Kantor das böse Zeug ins Gesicht gegossen, so daß es ihm fast ganz weggefressen worden ist? Vom Himmel ist's doch wohl net herabgeregnet, und es hat sich ja herausgestellt, daß du am Tag vorher in der Apothek gewesen bist!"

„Kartenbalzer", entgegnete der andere ruhig, aber mit funkelnden Augen, „ich will's net so machen wie du und deine Spießgesellen, daß ich die Schuld auf jemand werf, dem ich doch nix beweisen kann; aber ich sag dir, die Sonn' bringt's schon noch an den Tag, wer's getan hat, und dann wird auch der Zahlaus net auf sich warten lassen. Es sagen viele Leut, du seist der schlechteste Kerl weit und breit im Land herum, ich aber weiß dies besser: net die Bosheit, sondern der Leichtsinn hat dich verführt und ins Unglück gebracht. Doch merk, der Leichtsinn ist gefährlicher als die Bosheit und kann net wie sie gebessert werden, denn ihm fehlt der feste Halt dazu. Dir geht das Wasser schon bis an den Mund und wird noch vollends über dir zusammenschlagen, wenn der liebe Gott nicht auf ganz besondere Weis Erbarmen mit dir zeigt. Das Aug, von dem die Bibel spricht und das dich ärgert, muß heraus und unschädlich gemacht werden, sonst gibt's keine Rettung mehr für dich. Geh fort, Balzer; du hast mir nix als Übles zugefügt, aber wenn ich dran denk, was du warst, und dich jetzt grad wie den armen Sünder vor mir seh, so kannst mich fast dauern!"

Es war so, wie die letzten Worte sagten. Der Angeredete stand mit niedergeschlagenen Augen vor dem Sprecher, und die Röte, die sich von den Wangen bis über seine Stirn verbreitete, hatte wohl außer der empfangenen Züchtigung auch noch eine andere, eine innere Ursache. Aber wie ihm vorher der Mut zur Gegenwehr entgangen war, so fehlte er ihm auch jetzt zur ehrlichen Selbsterkenntnis, und bei der Erinnerung an die Vergangenheit bäumte sich der falsche Stolz in ihm empor.

„Was ich gewesen bin, das brauchst mir net zu sagen! Der Teichbauer war ich, wenn du nix dagegen hast, und den Teichhof hab ich vertrunken und verspielt, net aus Leichtsinn, wie du meinst, sondern weil ich's grad so und net anders gewollt hab. Und daran ist weiter niemand schuld als du! Du hast mir die Alwin' abspenstig gemacht, und mir ist nachher alles gleich gewesen. Aber bekommen hast sie doch net, obgleich du schier durch Himmel und Höll gedrungen bist, und durch das Giftwasser ist's denn gar aus geworden. Das Aug reiß ich mir deinetwegen noch lang net heraus, Heiner, und zu erbarmen braucht sich auch niemand über mich; ich werd schon allein mit mir fertig!"

„Das seh ich, und drum bin auch ich nun mit dir fertig! Behüt dich Gott, Balzer!"

„Aber ich noch net mit dir! Meine Rechnung streich ich net eher, als bis ich dich net mehr zu sehn vermag. Du hast aus dem Balthasar vom Teichhof den Kartenbalzer gemacht, nun sollst auch merken, daß ich ihn spiel bis auf den letzten Trumpf!"

„Spiel fort, Balzer. Wirst net viel Trümpf mehr haben!"

Er nahm den in ein Tuch eingeschlagenen Vogelbauer, der neben ihm gestanden hatte, von der Erde auf und entfernte sich. Der ehemalige Teichbauer blickte ihm finster nach und ballte hinter ihm die Faust.

Heiner schritt über die Wiese und durch den angrenzenden Wald nach einem freien, mit dürrem, vorjährigem Distelzeug bestandenen Platz.

„Pst", klang es hinter einem dichten Dorngestrüpp hervor; „bleib stehn und rühr dich net!"

Der Angerufene folgte der Weisung und blickte forschend umher. Inmitten der kleinen Lichtung stand ein einzelner Strauch, dessen Zweigspitzen mit Leimruten besteckt waren; der Lockvogel saß am Boden in seinem Käfig, der den Blicken der mißtrauischen Beute durch allerlei grünes Blattwerk entzogen war. Eben hatte sich ein Flug von Hänflingen auf dem Buschrand niedergelassen, und der hinter dem Dorngewirr verborgene Vogelsteller lauschte mit gespannter Aufmerksamkeit den Stimmen der einzelnen Männchen unter ihnen.

„Hörst, Heiner, den da drüben auf der jungen Birk, was der für aan ‚Di—ee—bli—ee' hat? Der singt wie aan zweijähriger Alter und ist doch nur aan roter Frühjährling. Den muß ich haben!"

Nach einer kurzen Pause flüsterte er weiter:

„Schau, den dort auf dem Fichtenast, wie weich und zart dem sein klaanes Stimmchen klingt. Der ist vom letzten Herbst, und der Kenner zahlt wohl an die zwanzig Groschen für ihn. Ich muß ihn haben!"

Nach einem längeren Schweigen zeigte er nach der Spitze einer Tanne.

„Alle Wetter, Heiner, ist das aan Schlag, den der da oben hat! Das wird a Stellvogel, der die Flüge aus den Wolken runterzieht. Er ist unter Brüdern seine drei Taler wert; ich muß ihn haben!"

Wieder lauschte er.

„Hörst du was von dem unsrigen? Kaan Laut, net aan einziger Mux ist zu vernehmen. Doch jetzt, jetzt fängt er an. Horch! ‚Cha cha cha di eee, di di diibli—eee, cha cha cha!' So ist's recht. Jetzt müssen sie alle auf die Ruten fallen! ‚Cha cha cha cha di—eee, cha cha — —' Was ist denn das? Ist denn der Racker net recht bei Trost? ‚Papp zapp zapp' brüllt er, und nun sind sie dort über alle Berge! Anstatt sie fein hübsch anzulocken, warnt er sie. Das ist doch grad zum Närrischwerden!"

Er fuhr aus dem Gedorn heraus und auf seinen Vogel

zu, nahm den Käfig von der Erde und schüttelte ihn mit grimmiger Gebärde hin und her.

Heinrich oder vielmehr Heiner, wie der Gebirgler diesen Namen gern sich mundgerecht zu machen pflegt, folgte ihm lächelnd bis zu dem Rutenstrauch.

„Laß es gut sein, Vater! Der Vogel hat nix verbrochen; er ist nur gegen seinesgleichen ehrlich gewesen!"

„Aber gegen mich net, der Nixnutz der! Mit wem hat er's denn zu halten, he, mit mir oder mit dem Vogelzeug? Bei wem steht er denn in Kost und Brot, und von wem bekommt er denn seine Wartung und Pfleg, wie sich's schickt und gehört, he? Doch von mir! Ich lieg nun seit vier Uhr hier auf der Lauer und hab noch nix gefangen, nix, gar nix, auch net einen einzigen Schwanz! Und warum? Entweder, wenn was kommt, so sitzt er drin, putzt sich und hält den Schnabel, oder er schreit ‚zapp, zapp' und jagt mir damit den besten Fang vom Busch. Er bekommt alle Tag dreimal frisches Wasser und seinen Rübensamen, Lein und Hanf dazu, das grüne Knusperzeug gar net gerechnet; aber den kann ich mit Zervelatwurst, Eierpunsch und Schinkenknochen füttern, er bleibt doch bei seinem ‚Zapp!' Das muß anders werden, und er soll a Kur haben, die ihm den Kopf schon zurechtsetzen wird!"

Man sah es dem guten Alten an, daß es mit seinem Drohen nicht gar so schlimm gemeint war, als er tat. Der Ärger stand ihm so drollig zu Gesicht, daß sich über die ernsten Züge Heiners ein helles Lächeln breitete.

„Bei solcher Kost tät ich selber mit. Meinst net, Vater?"

„Sei still, Bub! Pfeifst auch immer anders, als ich will, und denkst allweil nimmer an das, was für uns gut und nötig ist. Fast erst um zwei Uhr war's, als ich von zu Haus fort bin. Früher, als die Mutter noch lebte, da stand der Kaffee auf dem Tisch, die Frühstücksbemm war eingewickelt, und es gab aan freundlich Wort mit auf den Weg; da stieg sich's gar lustig den Berg hinan, die Hantierung flog aus der Hand, und wenn ich heim kam, so wußt ich, was ich gefangen hatte. Wie aber ist's jetzt heut und alle Tag? Von Kaffee kaane Red, von Frühstück kaane Red, von nix net kaane Red. Verdrossen schieb ich mich den Berg hinan, und kehr ich heim, so hab ich nix gefangen und setz mich hin, stopf Strümpf oder setz Flicklappen auf die zerrißne Wäsch. Wo kaane Frau im Haus ist, da gibt's nur eitel Unordnung und Ärgernis, und kommt dann gar noch so aan verwünschtes ‚Zapp' dazu, so ist's gleich rein aus mit mir. Das muß anders werden! Hast's gehört?"

„Ja. Aber warum nimmst dir denn kaane Frau, wenn dir's allein net mehr gefällt?"

„Ich? Wieder heiraten? Bei dir rappelt's wohl im Kopf! Das müßt wohl auch a schönes Weibsen sein, dem solch aan alter Fink noch gut genug wär, und das Herzeleid will ich meiner braven Alten net im Grab antun, daß ich mich mit meinem grauen Kopf noch gar verschamerier! Du weißt recht gut, wer an der Reih ist schon seit langer Zeit, aber du tust net dergleichen!"

„Ich find kaane, die mir paßt, Vater!"

„Sei nur gleich still mit deinem Find und Paßt, denn es steckt doch nix dahinter als die leere Ausred! Wer net sucht, der kann auch nix finden, und wer nit findet, dem kann auch nix passen. Die Weiber fliegen aanem net wie die gebratnen Tauben in den Mund; möchten's zwar gern, aber es schickt sich net für sie, und darum muß man doch wenigstens die Hand ausstrecken, wenn man aane haben will."

Der Alte war auf sein Lieblingsthema gekommen, bei dessen Besprechung er kein Ende fand.

„Ich hab den Stieglitz mitgebracht", meinte Heiner; „soll ich das Tuch fortnehmen?"

„Ja, ja, komm mir nur schnell mit dem Stieglitz dazwischen, wenn ich von der Frau anfang! Ich will nur lieber gleich den Mund halten und nach Haus gehn; fangen tu ich doch nix, und daheim gibt's viel zu tun. zu kehren und zu wischen, die Betten zu machen, einzufeuern und Kartoffeln zu schälen; man weiß vor lauter Arbeit net, wo man anfangen soll, und kommt auch nimmermehr zu End damit. Wo kaane Frau im Haus ist, da gibt's nur eitel Unordnung und Ärgernis. Ich geh!"

Er nahm den Hänflingsbauer vom Strauch, schlug ein Tuch darüber und schritt brummend davon. Heiner hing den Stieglitz an die Stelle seines pflichtvergeßnen Kameraden und nahm dann in dem Versteck seines Vaters Platz. Er hatte weniger auf seine äußere Umgebung als vielmehr auf die Regungen seines Innern acht. Gerade an einem so wundervollen Frühlingsmorgen wie heute und unter demselben Baum, an dem der Kartenbalzer ihn vorhin überrascht, war das Scheidewort zwischen ihm und der schönen, trügerischen Kantorstochter erklungen. Sein tiefes, treues Gemüt hatte den Verlust nicht zu überwinden vermocht und darum einer zweiten Liebe niemals Raum gegeben. Darüber waren die Jahre vergangen, aber Heilung für das Weh seines Herzens hatten sie ihm nicht gebracht.

Die Stimme des Lockvogels weckte ihn aus seinen Träumen. Ein kleiner Gefangener flatterte ängstlich kreischend mit der anklebenden Leimrute von dem Busch zur Erde nieder. Er sprang auf und eilte hinzu. Die Freude über den Fang ließ ihn das Rauschen eines weiblichen Gewands überhören.

„Du mußt doch aan recht böser Mann sein, daß du dem Tierchen net die Freiheit gönnst!" klang eine sanfte, vorwurfsvolle Stimme neben ihm.

Er drehte sich um und fuhr beim Anblick eines jungen Mädchens wie vor einer Geistererscheinung mit abwehrenden Händen und weit geöffneten Augen zurück.

„Alwin'! Was tust du hier auf dem Fichtler?!"

Sie blickte ihn erstaunt an. „Mein Name ist net Alwin', sondern Alma! Aber sag, warum erschrickst vor mir?"

„Weil — weil — weil ich dich net kenn und auch net gewußt hab, daß außer mir noch wer zugegen ist."

„Das sind doch kaane Gründ, sich vor mir so zu entsetzen", meinte sie, ihn mit großen, braunen Augen prüfend überblickend. „Entweder du bist trotz deiner Körperstärk aan furchtsamer Bursch, oder es ist bei dir mit dem Gewissen net ganz richtig. Gib her den Vogel; ich werd ihn wieder fliegen lassen!"

Er hatte sich von der bei ihrem ersten Anblick gezeigten Bestürzung erholt und lächelte jetzt über ihre entschiedene Art und Weise, mit ihm fertig zu werden.

„Das geht net so rasch wie du denkst, du klaaner General, du! Wer bist du denn eigentlich, daß du das Befehlen so gut verstehst?"

„Ich bin die Tochter von der neuen Teichbäurin, die gestern eingezogen ist."

„Und wie ist denn dein ganzer Name?"

„Alma Jergoff."

„Das ist doch aan eigenartig's Wort! Aus welcher Sprache mag's wohl herkommen?"

„Mein Vater war ein Ruß, und wir haben bisher in Warschau gewohnt."

„In Warschau? Das ist gar weit von hier. Woher hast du denn da die deutsche Sprach gelernt, und noch dazu so, wie wir sie hier im Erzgebirge sprechen?"

„Ich hab — ich bin — es war jemand in unsrer Familie, der mit mir fast gar net anders geredet hat als eure Mundart. Und wer bist du denn?"

„Ich heiß Heinrich Silbermann; mein Vater ist der Vogelhändler unten im Dorf."

Sie trat schnell einen Schritt zurück und sah ihn mit einem Blick an, aus dem es wie mühsam zurückgehaltene Teilnahme und Freude strahlte.

„Der Silberheiner bist, der so schöne Lieder dichten und so prächtig dazu singen kann?“

„Woher hast dieses schon gewußt?“

„Die — es ist — davon bei uns gesprochen worden“, antwortete sie verlegen. „Vorhin stand ich da unten im Grund; weit oben sang aaner zwaa Vers, so schön, so prächtig, daß ich den Atem net hab gehn lassen. Warst das auch?“

„Werd's wohl gewesen sein.“

„Da dank ich dir gar sehr für den Gesang, Silberheiner! Es hat aan Herz und aan Gemüt darin gelegen, daß ich gezwungen bin, dir Abbitt zu tun von wegen dem ‚bösen Mann‘, wie ich dich genannt hab.“ Sie streckte ihm die kleine, feine, weiße Hand entgegen und fuhr dann lebhafter fort: „Aber den Vogel, den mußt mir doch zeigen! Oder net?“

„Da schau her! Es ist aan Stieglitz; der Vater will ihn brauchen für die Kanarienheck, und ich werd Freud anrichten, wenn ich ihn bring.“

„Welch aan lieb's und schön's Vögele! Aber sieh den garstigen Leim! Geht er auch wieder ab?“

„Freilich muß er wieder herunter! Ich hab schon mitgebracht, was ich aufstreichen werd; paß auf! So, da ist er geheilt und kann die Flügel wieder gebrauchen.“

„Und was tust nun mit ihm? Soll er wirklich in den Käfig kommen?“

„Ja.“

„Aber wenn ich dich nun recht schön bitt, ihn freizulassen!“

„So kann ich doch net ja sagen. Der Vater ernährt sich von dem Vogelhandel, und wenn er nix fängt, so kann er auch nix verdienen. Er hat die ganze Nacht bis jetzt im Wald gelegen und leer nach Haus gemußt, drum wird er sich freuen, wenn ich was bring, und wenn's auch aan einzig Stück nur ist.“

„Dann will ich dir den Stieglitz abkaufen!“

„Grad den darf ich net verkaufen, weil er zu den Kanarien kommt."

„Und doch wirst ihn mir ablassen, Silberheiner! Ich geb dir dafür, was du verlangst. Bitte, tu es doch!"

Er konnte kein Auge von ihr wenden. War denn ein Traum aus alten, seligen Zeiten über ihn gekommen, der seine Sinne und all sein Denken und Empfinden in süße, zaubrische Fesseln schlug? Diese helle, wohlklingende Stimme, diese tiefen, kristallklaren Augen, dieses warme, unter der Bitte zuckende Händchen, hatte er nicht oft in glücklicher Vergessenheit ihrem Klang gelauscht, hatte er nicht oft minutenlang den liebenden Blick in ihr flutendes Licht getaucht, hatte er sie nicht einst wieder und immer wieder an seine vor Wonne schweigsamen Lippen gedrückt? Wieviel tausendmal hatte seine Hand wie segnend auf diesen vollen, seidenweichen Locken geruht, und doch — doch hatte das alles ein schnelles, jähes Ende genommen! Stand jetzt nach zwanzig Jahren vielleicht die Vergangenheit in verklärter Gestalt vor ihm, um die untergegangene Sonne wieder emporzurufen?

„Wenn ich der Silberheiner bin", antwortete er endlich, „so bist du wohl die Goldfee, der man nix verweigern darf? Gibst wirklich dafür, was ich verlang?"

„Ja."

„Aber ich werd von dir kaan Geld fordern, Alma! Die Freiheit ist auch für so aan Geschöpfle mehr wert als kalte, herzlose Münz."

„Was willst denn?"

„Aan Kuß ist's, für den ich dir ihn geb."

Eine glühende Röte ergoß sich über ihr Gesicht.

„Silberheiner, das war net gut von dir, das hätt'st net tun solln?"

„Warum net?"

„Weil — weil du dir selbst weh tust hier in meinem Herzen."

Er verstand ihre Worte nicht; er hielt ihre Hand gefaßt und strich ihr mit der Rechten leise und unbewußt liebkosend über die Fülle des seidenweichen Haares.

„Sag schnell, Alma, willst ihn oder net? Ich frag net wieder?"

Sie zögerte mit der Antwort; dann hob sie den feucht schimmernden Blick zu ihm empor und entschied: „Es hat mich noch nie aan Mann geküßt, Heiner — auch der Vater net, denn der ist gestorben, noch eh ich auf der Welt gewesen bin, und ich möcht lieber auch sterben, als daß ich solch aan — aan — leiden möcht; du aber sollst den Kuß haben, du allein. Hier, nimm ihn!"

Mit tief gesenkten Wimpern reichte sie ihm die leis zuckenden Lippen dar.

„Alma!"

„Was ist's? Warum zauderst jetzt?"

Er sah ihr mit einem unbeschreiblichen Blick in das fragende Auge. „Hier hast das Tierle umsonst; ich hab zuviel dafür verlangt!"

„Ist's denn dein Ernst? — So beug dich mal herab zu mir!"

Sie langte an ihm empor, zog seinen Kopf zu sich hernieder und küßte ihn zwei, dreimal auf den Mund.

„Nun sollst ihn grad erst recht haben, und noch mehr obendrein, weil du wieder brav bist! Und weißt, Silberheiner, ich zahl damit noch lange net die Schuld, die du zu fordern hast. — Jetzt ist der Vogel mein, und nun soll er auch die Freiheit wieder haben. Da schau, wie lustig er die Schwingen schlägt! Nun flieg ich auch davon. Leb wohl, Heiner, und vergiß die Alma net!"

Sie warf das leichte Tuch um die Schultern; es wehte beim Gehen wie Flügelschlag um ihre über die Lichtung dahineilende Gestalt, und noch lange, nachdem sie verschwunden war, stand er unbeweglich und blickte wie verzückt auf die knospenden Zweige, die sich hinter ihr geschlossen hatten.

Das alte Lied

Der Frühling war vergangen, und auch der Sommer rüstete zum Abschied, denn der Herbst nahte bereits mit seinem eigentümlichen Geruch, seiner früchtelösenden Reife und dem wehmütigen Flüstern und Rascheln seiner fallenden Blätter. Auf den Wiesen sammelten sich die Scharen der wanderlustigen Vögel, und in Busch und Wald erklang hier und da das klagende Ade eines einsam scheidenden Sängers, der zwischen den Strophen seines letzten Liedes probend die kleinen, befiederten Schwingen schlug.

An Stelle der Forteilenden zogen andere Sänger in das Dorf.

Im Lenz, da ziehn wir froh hinaus
Mit lautem Sing und Sang,
Ade, ade, lieb's Vaterhaus,
Sei nimmer um uns bang!
Denn ist des Sommers Zeit dahin,
So kehr'n wir all zurück
Und grüßen mit vergnügtem Sinn
Der Heimat stilles Glück!

erscholl es in vollem, kräftigem Chor vom Berg herab. Eine Schar von Burschen und Mädchen, an ihrer Spitze der Silberheiner, nahte dem Dorf. Die sorgfältig eingehüllten Instrumente, die die meisten von ihnen trugen, ließen erkennen, daß sie von einem musikalischen Wanderzug zurückkehrten.

Da droben in den Bergen sprudelte der Quell heller und frischer als in den Breiten der Ebene, und heller und frischer klingt auch das Lied aus der freier atmenden Brust. Wenn das Veilchen verstohlen zwischen dem jungen Grün der Ränder und Raine hervorlugt, verlassen Hunderte von Sängern und Sängerinnen die hochgelegene Heimat und ziehen hinaus in die Fremde, um mit dem Ertrag ihrer meist gut zusammengeübten Stimmen die Armut der Ihrigen zu unterstützen. Die Mehrzahl von ihnen kehrt beim Herannahen der härteren Jahreszeit nach Haus zurück. Viele aber unternehmen auch weite, jahrelange Fahrten und tragen den Ruhm des deutschen Liedes über Berg und Tal, ja über den Ozean hinüber nach fremden Erdteilen, wo der hagere Yankee, der sonnverbrannte Maure oder der schlanke Malaie den gemütvollen Klängen lauscht, ohne ein Wort des Textes zu verstehen. Gar manche Preßnitzer oder Sonneberger Harfnerin hat das Weltmeer durchfurcht und vermag von fernen Ländern zu erzählen, besser als manch ein ‚wohlgepflügter' Seemann.

An einem Fenster der Kantorwohnung stand ein Mann und lauschte dem nahenden Gesang. Sein Gesicht war furchtbar entstellt; es sah aus, als sei es mit Zangen zerrissen und mit einem glühenden Plätteisen wieder geglättet worden.

Die Nahenden hatten jetzt das Dorf erreicht und ließen die letzte Strophe des Marsches erklingen:

Im Lenz, da ziehn wir froh hinaus
Mit lautem Sing und Sang,
Jetzt ist's nun mit dem Kosen aus,
Doch Liebchen wein net lang!
Noch ist die Heide net verblüht,
So klingt zur Sternenzeit
Am Fenster dir aan traulich Lied:
Grüß Gott, du süße Maid!

„Der Giftheiner ist doch nicht nur der beste Sänger, sondern auch der bravste Dirigent, den ich kenne", murmelte der Mann. „Schade nur, daß er auch der schlechteste Mensch ist, den es nur geben kann! Seiner Truppe kommt keine gleich in Beziehung auf Stimmenharmonie und Genauigkeit des Ausdrucks. Man könnte, obgleich er mir die besten Kräfte gestohlen hat, seine helle Freude an ihm haben, wenn man nicht gezwungen wäre, nur mit Abscheu an ihn zu denken. Und nicht nur um meine Sänger, auch um mein Kind, um mein einziges Kind hat er mich gebracht. Oh, Alwine, warum hast du mir das getan! Warum hast du mich gezwungen, dich zu verachten und der Sünde zu überlassen, in die du dich besinnungslos stürztest, weil du die Schmerzen nicht zu würdigen wußtest, die der Arzt seinem Kranken verursachen muß, um ihm die Heilung zu ermöglichen? Nun ist der Gram meine Speise und die Träne mein Trank; der Kummer hat meinen Lebenslauf verkürzt, und ich fahr in die Grube ohne den Frieden, den ein liebendes Auge über die letzten Augenblicke eines hinüberfliehenden Daseins strahlt. Mein Gott, mein Gott, warum muß ich das erleiden!"

Er senkte das ergraute Haupt tief und schwer hernieder und schlug die abgemagerten Hände faltend ineinander. Seine trüben Augen sahen nicht die jetzt vorüberschreitenden Sänger; er hörte nichts von dem Jubel, der sich draußen über ihre Ankunft erhob; er bemerkte auch nicht, daß nach vergeblichem Klopfen jemand eingetreten war und zwei warme, teilnahmsvolle Augen auf ihm ruhen ließ.

„Aber nein, ich will mich nicht mehr grämen!" rief er, sich aufraffend. „Hab ich die Entstellung meines Angesichts zu ertragen vermocht, so soll mich auch der Schimpf, den meine Ehre erlitten hat, nicht überwältigen. Ich hab die ungeratene Tochter aus dem Haus gewiesen, als sie wiederkam und unter Lügen um Gnade winselte; ich hab ihre Briefe verbrannt und vernichtet, ohne sie zu öffnen; ich werde auch noch den Gedanken an sie aus meinem Herzen reißen, und wenn sie mich nochmals aufsuchte, ich würde sie nicht sehen und nicht kennen. Sie hat mich, ihren Vater, von sich gestoßen, und so will ich auch mit keinem Laut und keinem Hauch mehr ihr Vater sein!"

Die Eingetretene zog sich zurück und klopfte jetzt von neuem. Er vernahm das Geräusch und wandte sich nach der Tür.

„Ist wer da?"

„Ja. Darf ich Sie stören, Herr Kantor?“ fragte eine leise Stimme.

„Treten Sie näher; ich vermag nicht weit zu sehen. Wer sind Sie?“

„Ich bin die Tochter der Teichbäurin und komme, um Ihnen eine Bitte vorzutragen.“

„So sprechen Sie!“

„Ich hab mich in der Heimat viel und gern mit dem Klavier beschäftigt. Mutter wünscht, daß ich meine Übungen hier fortsetze und dabei Ihre Unterstützung finden möge. Sie würde selbst zu Ihnen gekommen sein, aber sie ist krank und darf das Zimmer nicht verlassen.“

Sie sprach langsam und verzagt. Er neigte sich zu ihr, als töne ihm ein bekannter Klang entgegen.

„Auch ich bin krank, mein Kind, und erteile schon seit längerer Zeit keinen Unterricht mehr. Ich fühle mich nicht mehr stark genug zu der Anstrengung, die dabei unvermeidlich ist.“

„Ich möchte Ihnen versichern, daß ich mich bemühen würde, diesen Umstand soviel wie möglich zu berücksichtigen. Ich glaube, die Schwierigkeiten, mit denen die Anfängerin zu kämpfen hat, überwunden zu haben.“

Sein Ohr näherte sich ihr mehr. Welche Stimme war es doch, an der er ganz die ähnliche Klangfarbe bemerkt hatte, und wie kam die Tochter einer Bäuerin zu so gewählten Ausdrücken? Ihre letzten Worte waren mit einer gewissen Zuversicht gesprochen; er konnte die Bittstellerin nicht so schroff und kurz abweisen, wie es erst vielleicht in seiner Absicht gelegen hatte.

„Dort steht das Klavier. Öffnen Sie es, und tragen Sie mir etwas aus dem Gedächtnis vor!“

Sie trat zum Instrument. Schon bei den ersten Akkorden fuhr sein gesenkter Kopf in die Höhe; nach wenigen Augenblicken stand er hinter ihr und verfolgte, die Hände auf die Lehne ihres Sessels gestützt, mit ungewöhnlicher Spannung ihr Spiel. Als sie geendet hatte, griff er unter die daliegenden Notenhefte, um ihr eins davon vorzulegen.

„Ist Ihnen dieses Stück bekannt?"

„Nein."

„Versuchen Sie einmal, es vom Blatt zu spielen!"

Sie folgte der Aufforderung, und zwar mit einer Gewandtheit, die ihn in Erstaunen setzte.

„Mein Kind", entschied er, „ich kann nicht Ihr Lehrer sein; Sie spielen fast besser noch als ich. Aber wenn es Ihnen recht ist, so können wir wöchentlich einige Male zusammen musizieren. Es wird mir das ein Vergnügen, eine liebe Erholung sein!"

„Ich danke Ihnen, Herr Kantor!" antwortete sie freudig. „Darf ich Ihnen nicht auch etwas vorsingen?"

Sie suchte unter den Noten. Da fiel ihr ein Titel in das Auge, bei dessen Anblick es wie bei dem Wiedersehen eines lieben Freundes warm und licht über ihr Angesicht ging. Er konnte nicht erkennen, welche Blätter sie vor sich auseinanderschlug, aber beim Beginn der Einleitung fuhr er mit der Hand nach der Brust und machte eine Bewegung, als wolle er sie am Weiterspielen hindern. Doch da erklangen auch schon die ersten Worte des Liedes, das er haßte, obgleich er es selbst in Musik gesetzt hatte, das er nicht hören mochte und doch seit Jahren Tag für Tag infolge eines inneren Gebots hatte spielen müssen:

O gräme nie ein Menschenherz,
Das dein in treuer Liebe denkt.
Du hebst wohl nimmermehr den Schmerz,
Der sich in seine Tiefen senkt!

Es entging ihm, daß der Vortrag nicht vom Blatt, sondern aus dem Gedächtnis geschah; er verfolgte nicht das weiche, eindringliche Motiv der Melodie in seinen kunstgerechten und doch so einfachen Wiederholungen und Umkehrungen, er vernahm nur die Worte des Textes, deren Ernst ihn noch nie so gepackt hatte, wie jetzt unter dem Eindruck einer Stimme, die wie ein ungelöstes Rätsel an sein Ohr schlug.

Schon längst war der letzte Ton verklungen, und noch immer harrte das Mädchen vergebens auf ein Wort aus dem Mund des tief ergriffenen Mannes. Und als er endlich sprach, geschah es leis und wie abwesend, als sei er der Gegenwart entrückt und befinde sich mitten unter den Gestalten einer längst vergangenen Zeit.

„Wo der Silberheiner nur die Gedanken hernimmt zu all den Liedern, die er dichtet! Sie klingen einem bis hinein in die innerste Seele; man kann ihnen nicht widerstehen, und sooft er ein neues fertig hat, muß ich es komponieren, ich kann nicht anders. ‚O gräme nie ein Menschenherz!' War das etwa eine Prophezeiung, eine Warnung für mich? Er hat mich so liebgehabt, fast wie ein Sohn, und als die Alwine das Lied zum erstenmal gesungen hat, da — die Alwine? Halt", rief er, sich rasch vom Stuhl erhebend und, plötzlich in die Gegenwart zurückgekehrt, sich an die Sängerin wendend; „jetzt weiß ich auf einmal, warum mich Ihre Stimme so ergriffen hat! Es ist die Stimme eines Wesens, das mir unendlich lieb und teuer war und doch sich von mir trennte wie — wie die Scholle von der Küste: um von der Brandung fortgerissen und verschlungen zu werden. Ihre Laute klingen etwas zarter, weicher, nachgiebiger, nicht so sicher, entschieden sonor wie diejenigen, die ich meine; aber wenn sie denselben Umfang besitzen, den Alwines Stimme beherrschte, so könnte ich endlich, endlich wieder einmal — und vielleicht wäre es das letztemal — meine Weihnachtskantate zur Aufführung bringen. Bitte, lassen Sie es uns einmal versuchen!"

Er griff in die Tasten, um die angegebene Prüfung vorzunehmen. Sie fiel ganz nach seinem Wunsch aus, und nun war aus dem finsteren, traurigen Mann auf einmal ein ganz anderer geworden. Mit jugendlicher

Ungeduld trat er an ein Büchergestell, schlug den Vorhang zurück und brachte ein umfangreiches Notenpaket hervor, das er von seiner Umhüllung befreite.

„Das ist die Kantate, deren Verse der Silberheiner gemacht hat. Das Gedicht ist ein wahres Meisterstück von ihm; kein Doktor und Professor könnte den Stoff besser behandeln, und die Aufführungen haben uns große Ehre eingetragen. Ich hatte die Soli im Tenor für ihn und die Soprane für Alwine gesetzt, und da mir diese beiden später nicht mehr verfügbar waren, so hat das Stück bisher unbenutzt gelegen, obgleich ich bei jedem Weihnachtsfest dringend aufgefordert worden bin, es zur Aufführung zu bringen. Jetzt können Sie den Diskant übernehmen, und die Tenorpartie — ja, der Heiner bekommt sie nun und nimmermehr; er würde auch gar nicht bereit sein, sie zu singen; aber es gibt noch einen im Dorf, der eine leidliche Stimme dazu hätte, und das ist der Teichhofbalzer. Ich werde mir die Sache überlegen. Jetzt aber wollen wir einmal die Partitur hernehmen und sehen, ob Ihnen Ihre Aufgabe gefällt!"

Es war schwer, mit dem alten menschenfeindlichen Dirigenten in Beziehung zu treten. Sie hatte das gewußt und bemerkte daher mit freudiger Genugtuung den unerwarteten Erfolg ihres fast mit Zagen unternommenen Besuches. Sie gab sich daher der beginnenden Übung mit fröhlichem Eifer hin, und ihre Stimme drang, getragen von den vollen, rauschenden Akkorden des Pianos, durch das geöffnete Fenster hinaus auf die Straße und hinüber in die Wohnung Silbermanns, wo der Vater die glückliche Rückkehr des Sohnes mit einem Thema feierte, das den Angelpunkt einer jeden häuslichen Unterhaltung zu bilden pflegte.

„Ja, da bist nun wieder mal von der Reis nach Haus gekommen, und nun beginnt die alte Sorg von neuem. Da hast das schöne Geld, das auf dein Anteil kommt, her auf den Tisch gezählt, und was wirst damit machen? In die Truh wirst's stecken, wo das andre auch schon ist, und da mag's liegen bis zum Jüngsten Tag oder bis mal aaner kommt, der's mit den heilgen Zehn Geboten net genau nimmt. Jetzt machst im Winter neue Lieder und Gesäng; im Frühjahr geht's wieder hinaus in die Fremd; das ist so die alte Leier, und ich armes Wurm sitz daheim, einsam und verlassen, und kann sehn, wie mir die Zeit vergeht! Zu tun hab ich immerfort genug, das ist schon wahr, und bei dem Vogelzeug gibt's auch zuweilen aan wenig Zeitvertreib. Aber Mensch ist doch immer Mensch, und wenn du geheiratet hättst, so wär doch jemand bei mir, wenn du net daheim bist, und ich braucht mich auch net so um nix und alles zu kümmern. Wo kaane Frau im Haus ist, da gibt's nur Unordnung und Ärgernis, und ich sag dir, das muß anders werden, sonst lauf ich noch davon!"

„Tu's net, Vater", lachte Heiner; „du wärst sonst imstand und kämst nachher wieder!"

„Ich? Wiederkommen? Fällt mir gar net ein! Wenn ich fort bin, so bin ich fort, und du magst nachher schaun, wer dir die Strümpf ausbessert und die abgerißnen Knöpf wieder festmacht! Ja, wenn die Alwin' wiederkäm, das liederliche Ding, da wärst recht gleich bei der Hand, net wahr? Die sitzt dir noch heut im Kopf und will auch nimmer heraus. Wie schön könntst dich einrichten mit dem Geld. und wie fein und lieblich wär's, wenn hier im Haus aan hübsches Fraule schalten und walten tät! Ich glaub, mir wär's alle Tag, als hätt der heilge Christ beschert!"

„Ja, das wär ganz dieselbe Herrlichkeit, wie zum Frühjahr mit dem Hänfling, der auch der best war weit und breit und doch dann auf den ‚Zapp' gefallen ist, so daß du ihn nicht länger brauchen konntest! Aber horch, was ist das für aan Gesang da drüben beim Kantor?"

„Weiß net! Was geht mich dem sein Geklimper an?"
„Das ist — das ist ja mein Lied! Hörst, Vater:

Drum sorge, daß kein Herzeleid
Du jemals hier verschulden magst.
Es kommt die Stund, es kommt die Zeit,
Wo du die schwere Schuld beklagst!

Der Kantor, der mich net ersehn mag, läßt mein Lied singen! Und welch aane Stimme ist das! Ich — ich kenn sie — das ist niemand andres als — als die Alwin'! Hörst, Vater? Horch!"

„Geh mir aus dem Weg mit der Stimm samt der Alwin'! Wo soll denn das Mädel herkommen? Ich mag von ihr und all dem Kantorvolk net das geringst mehr hören. Oder weißt vielleicht net, warum? Ich will gar nimmer davon reden, sonst könnt mir am End die Gall überlaufen, und die ganze Sipp ist doch nicht wert, daß man sich über sie ärgert."

Heinrich hatte das Fenster geöffnet. Er hatte die Worte des Vaters wohl kaum vernommen; er horchte hinüber nach der Schulwohnung, wo sich jetzt neue Klänge vernehmen ließen, denen er mit höchster Spannung lauschte.

„Das ist die Kantate, die Weihnachtskantate, die er spielt. Und jetzt beginnt auch der Gesang!"

Es war ein tiefer, ein wunderbarer Eindruck, den die Töne auf ihn machten. Er schloß das Fenster und eilte zur Tür.

„Wo willst hin, Heiner?" rief der Vater.

„Ich weiß net, aber meine Kantate, die muß ich hören, die ist tot gewesen seit — seit damals, und wenn sie wieder lebendig wird, so kann ich net davon bleiben, sondern muß mit dabei sein!"

Der Vater machte Miene, ihn zurückzuhalten, aber vergebens; Heiner war fort, über die Straße hinweg und nach dem Schulhaus. Der Zutritt zu diesem war ihm verboten, wenigstens zu der Wohnung des emeritierten Kantors, aber dieses Verbot war ihm jetzt gleichgültig.

Er hörte seine beste Dichtung spielen und von einer Stimme singen, deren Klang alle Saiten seines Innern mittönen ließ; er mußte die Sängerin sehen, das war der Gedanke, der seine Schritte lenkte; alles andere war für den Augenblick vergessen.

„Es kann nur die Alwin' sein, denn diese Stimm gibt's nur aan einzigmal in der Welt", murmelte er, während er mit leichten Schritten die Treppe emporstieg. „Vielleicht ist sie endlich aus der Fremd zurückgekehrt und hat Verzeihung erhalten von dem Vater. Auch ich hab ihr schon längst alles vergeben, wenn ich's auch nimmermehr vergessen und überwinden kann, und drum will ich sie sehn, gleich heut, gleich jetzt, wo sie mir durch den Gesang zeigen will, daß sie da ist!"

Er ergriff den Türdrücker und öffnete leis. Der Kantor, der am Instrument saß, vermochte ihn infolge seiner schwachen Augen nicht zu sehen, und die Sängerin stand so von ihm abgewandt, daß er beide unbemerkt beobachten konnte.

„Wer ist denn das? Die Alwin' ist's net, sondern die Alma von damals auf dem Fichtler droben. Wer vermag das zu erklären: sie ist das leibhaftige Ebenbild von der Alwin' und hat auch ganz ihren Ton, nur zarter, weicher und so innig, wie er bei der andern niemals ganz gewesen ist! Ich geh net hinein, aber hören muß ich sie bis zum letzten Laut, den sie singt. Ich weiß, wohin ich geh!"

Er stieg die Treppe wieder hinab und gelangte ungesehen in den Garten, der von einer dichten Tannenhecke umgeben war. Im hintersten Winkel befand sich eine lange, schmal und niedrig gehaltene Laube, ganz der Wohnung des australischen Laubenvogels nachgebildet. Seit langen, langen Jahren hatte kein Mensch eine pflegende Hand daran gelegt; sie zeigte sich daher sehr verwildert, und der Eingang schien so verwachsen, daß außer Heinrich es niemand unternommen hätte, das Innere zu betreten. Dieser aber bog die widerstrebenden Zweige zur Seite und kroch hinein. Hier war es vollständig dunkel, obwohl draußen die Dämmerung erst hereinzubrechen begann. Doch Heiner fand sich so schnell zurecht, als weile er täglich in diesem mitten im Dorf und trotz alledem so verlassen gelegenen Ort. Er streckte sich auf die schmale, mit dichtem Moos überzogene Bank und lauschte den Klängen, die aus dem geöffneten Fenster in den Garten herniederfluteten.

Es war ihm so wundersam, so traumverloren, so märchenartig zumut, als hätte die Hand einer gütigen Fee ihn in längst vergangene, selige Zeiten zurückversetzt; nur erschien ihm die Gestalt, die ihn gegenwärtig in Ton und Bild umschwebte, unendlich milder, süßer und reiner als das Wesen, das sein ganzes Denken, Fühlen und Wollen damals ausschließlich für sich in Anspruch genommen hatte. Es war dieselbe Laube, in der er den Zauber ihrer Stimme eingeatmet, es waren dieselben Strophen, die er einst mit hingebendem Entzücken von ihren Lippen getrunken hatte; aber an diese Laube hatte sich das Gedächtnis einer schweren Tat geheftet, und diese Strophen, es ruhte der Fluch des Tonsetzers auf ihnen, den er einst dem Dichter in das Angesicht geschleudert hatte. Konnte diese Tat nie aufgeklärt, dieser Fluch nie hinweggenommen werden?

Die Dämmerung verdichtete sich zum dunklen Abend, die Töne verklangen, und das Fenster wurde zugeschlagen. Heiner lag noch immer regungslos und mit geschlossenen Augen; er hätte unter den verhauchten Klängen hier liegen und sterben mögen. — Da richtete er sich plötzlich empor. Das Geräusch sich leis nahender Schritte hatte sein Ohr erreicht. Er zog sich unhörbar in den Hintergrund der Laube zurück. Ein Arm drängte vorsichtig tastend das den Eingang verhüllende Geäst zurück, um Platz für eine leichte, schlanke Gestalt zu machen, die nähertrat.

„Alma", dachte Heiner. „Woher kennt sie die Laube, und was will sie hier, jetzt, in dieser dunklen und bänglichen Stunde?"

Sie nahm vorsichtig auf der Bank Platz. Sollte er seine Anwesenheit zu erkennen geben, oder war es nicht möglich, daß sie wieder fortging, ohne ihn bemerkt zu haben? Eine ganze Zeit verging, ehe sie sich regte. Da erhob sie den Arm, um sich von der Tiefe der Höhlung zu überzeugen, und streifte mit der Hand seine Schulter. Ein kurzer Schreckensruf entfuhr ihren Lippen.

„Ist jemand da?"

„Ja. Ich hab nur geschwiegen, weil ich dich net erschrecken wollt."

„Dadurch hast du mich aber grad erst recht erschreckt. Sag, wer bist denn, und was willst hier in der Laub?"

„Fast möcht zuerst ich fragen, was denn du hier willst. Du kannst mich net erkennen und hast mich auch erst aan einzig Mal gesehn."

„Wo?"

„Weißt's net mehr? Droben auf dem Fichtler, wo du mir den Stieglitz abgefordert hast."

Sie schwieg einige Augenblicke, vielleicht in verschämter Erinnerung an den freiwilligen Preis, den sie für die Befreiung des kleinen Sängers gegeben hatte.

„So bist du wohl gar der Silberheiner?"

„Ja."

„Ich denk, du bist draußen im Land mit deiner Musikgesellschaft!"

„Wir sind vorhin zurück. Hast net den Marsch gehört, den wir gesungen haben?"

„Ah, ihr seid das gewesen? Der Teichhof liegt so abseits vom Dorf, daß man das Neue immer am spätesten hört. Aber warum bist du hier und net zu Haus? Ich mein, da gibt's gar viel zu reden und zu erzählen, wenn man den Vater so lange net gesehn und gesprochen hat!"

„Du hast ganz recht, aber ich hab dich halt singen hören, und da ist's net anders gewesen, als ich muß herüber in die Laub, damit ich kaane Note verlier von dem Gesang."

„Es war deine Kantate, die wir vorgehabt haben. Sag, wo nimmst du nur all die guten Wort und schönen Reim hervor? Ich könnt so was schon gar niemals fertigbringen."

„Das ist kaan Verdienst, auf das man stolz sein darf, Alma, sondern aan Geschenk vom lieben Gott. Der Reim kommt ganz von sich selber, und die Sätz und Wörter, die sind auch gleich da, sobald das Herz voll ist. Grad hier in dieser Laub ist gar manch Gedicht fertig worden, was noch niemand gesehn und gelesen hat."

„So bist du wohl öfters hier gewesen?"

„Öfters? Was das Herz der Liebe, das war sie mir, und was das Grab der Leiche, das ist sie mir geworden. Da draußen hab ich zu sorgen und zu schaffen, aber sooft ich hier sitze, bin ich tot. Weißt's net, was hier geschehen ist?"

„Sag, was?" fragte sie ausweichend.

„Bitt, laß dir's von andern erzählen. Wie bist denn du herbeigekommen? Hast die Laub vielleicht schon vorher gekannt?"

„Nein; ich war heut zum erstenmal beim Kantor. Ich wollt — ich dacht — ich sag dir's schon ein andermal. Gut Nacht, Heiner!"

„Halt, nein! Ich will wissen, warum du —"

„Gut Nacht!" klang es nochmals, dann war sie entschlüpft.

Er lehnte sich zurück. Trotz der Dunkelheit war es ihm, als sei ein Licht-, ein Lebensstrahl in sein Grab gedrungen, unter dessen Wärme der erstarrte Puls von neuem zu klopfen begann.

Der Teichbauer

Es war vor einer langen Reihe von Jahren, da läuteten mitten in der Woche die Glocken, und ein Zug schwarzgekleideter Männer und Frauen, voran der Kantor mit seinen Kurrendeschülern, bewegte sich langsam durch das Dorf dem Kirchhof zu.

Die Teichbäuerin wurde begraben.

Sie war eine Witwe, eine gute Wirtin und brave Mutter gewesen und nicht mit leichtem, fröhlichem Herzen aus der Welt geschieden. Sie ließ eine große, schwere Sorge zurück, die noch ihre letzten Stunden mit peinigender Angst erfüllt hatten. Ihr Sohn war das einzige Wesen, das ihr nahestand; nur für ihn hatte sie gearbeitet, und als sie nun von ihm Abschied nahm, mußte es mit Bangigkeit geschehen.

„Tritt her, Balzer, und reich mir die Hand“, sagte sie; „es geht zu End mit mir!“

Draußen stand das Gesinde, leise schluchzend; sie alle bedauerten, daß die Sterbende von ihnen scheiden sollte. Balzer trat zu ihr hin und legte die Rechte langsam in ihre schwache, zitternde Hand.

„Gräm dich net, Mutter, wir müssen alle sterben!“

„Das weiß ich, Balzer, und möcht auch ganz gern fort; aber es wird mir sauer zu gehn, von wegen dir.“

„Meinetwegen laß dich's net bedrücken, Mutter. Ich bin alt genug, um zu wissen, wie man das Leben zu nehmen hat.“

„Ja, alt genug wärst wohl, aber wissen tust's doch noch net. Was hast bis jetzt getan? Getrunken, getanzt, gespielt, gerauft, weiter nix, und was die Flint zu sagen hat, die du droben in deiner Stub verborgen hältst und mit der du dich des Nachts hinaus in den Forst schleichst, das brauch ich dir net erst zu sagen.“

„Das hat alles net viel zu bedeuten! Aan Bier ist kaane Sünd, der Tanz auch net, und wenn sich wer an mir vergreift, so hab ich auch das Recht, die Faust zu zeigen. Und was die Flint betrifft, so hab ich noch nimmer gesehn, daß dem Wild der Heimatschein am Hals hängt."

„Es ist Diebstahl, Balzer, der richtige Diebstahl; denn wem der Wald gehört, dem ist auch alles zu eigen, was im Forst lebt. Und warum erwähnst net auch das Spiel?"

„Weil's gar net nötig ist. Das Kartenspiel ist kaan Teufelsbrauch, wie du immer sagst; es gehört dem Mann zur Erholung und zum Zeitvertreib. Und was man heut verspielt, das läßt sich übersehn, man gewinnt's ja morgen wieder."

„Das ist net wahr. Das Spiel ist eine Seuch, die eure besten Kräfte verzehrt. Balzer, ich bitt dich inständig, versprich mir, daß du's lassen willst!"

„Meinetwegen, wenn dir's Ruhe bringt!"

„Aber fest, Balzer, fest mußt es versprechen, net so leicht drüber weg!"

„Fest und sicher!"

„Und denk allzeit daran, welch große Straf es bringt, wenn man das bricht, was man am Sterbebett gelobt! Und nun noch was, Balzer, was mir schon seit — —"

„Noch immer was?" unterbrach er sie. „Ist's net genug?"

„Ich weiß, du gehst hinter der Kantorsalwin' her. Ist's net so?"

„Ja. Woher hast's gewußt?"

„Du selber sorgst dafür, daß es die Leut erfahren. Was soll der Silberheiner denken?"

„Der Silberheiner? Was geht der mich an? Er hat mit dem Madel nix zu schaffen, und wenn sie mitnander schon einig wären, ich kehrt mich net dran, und der Kantor erst recht net. Ich weiß ganz genau, wie der Wind bläst. Der Kantor ist net umsonst als aan guter Rechner bekannt; der Silberheiner hat nix, und ich bin der Teichbauer, sobald du weggestorben bist. Die Alwin bekommt kaan andrer als ich."

„Aber sie paßt net zu dir; sie paßt net auf den Hof; sie paßt nur auf den Tanz und ans Klavier. Nimm sie net, Balzer, nimm sie net; es wird nix als nur Unseligkeit daraus!"

„Das verstehst net, Mutter! Der Teichhof ist das beste Gut rundum, und die Alwin' ist das schmuckste Madel weit und breit; kommt beides zusammen, so gibt's aan gut Gesteck."

„Auf kurze Zeit. Aber es wird net lang dauern, dann ist's aus mit der Pracht und Herrlichkeit. Du sollst mich dauern und mein schöner Teichhof dazu, wenn er solch aane Sonntagspupp zur Herrin bekommt. Du wirst sehn, du gehst mit ihr zugrund —!"

„Darum laß dir net angst sein, Mutter! Ich bin schon noch der Mann, der seine Sache beisammen hält. Und es ist ja auch noch gar net in dem Topf, in dem es kocht."

„Am besten ist's, es kommt gar niemals hinein. Balzer, wenn dir die Mutter lieb ist, so versprich, daß du die Alwin' net nimmst. Sie hat kaan Herz; sie versteht nix von der Wirtschaft, und es sind doch noch viel bessere hier, wenn sie auch kaan so fein Gesicht aufweisen können. Versprich mir's Balzer!"

„Gut, ich versprech's."

„Aber net bloß zum Schein!"

„Nein."

„So hab Dank! Jetzt werd ich müd. Geh, ruf die andern und schick hernach den Pfarrer herein!"

Er ging.

Als er später zu ihr zurückkehrte, war sie tot.

Jetzt gaben ihr die Nachbarn das letzte Geleit. Balzer schritt in herkömmlich gebeugter Stellung hinter dem Sarg her, aber in seinem Auge war keine Träne zu erkennen. Warum sollte er weinen? Das Trauerfest war zu geräuschvoll dazu, und als am Abend die Gäste beim Mahl saßen und die Männer das gebräuchliche Spiel vorschlugen, holte er die Karten herbei und dachte nicht im geringsten daran, sich auszuschließen.

*

Am anderen Tag ging er im Vollgefühl seines Reichtums, über den er nun endlich frei und selbständig zu verfügen vermochte, hinaus auf die Felder, um sich in dem Anblick seiner ausgedehnten Liegenschaften zu sonnen. Da begegnete ihm der Kantor, der seinen Nachmittagsspaziergang machte.

Nach Wiederholung der bereits gestern ausgesprochenen Beileidsbezeugungen meinte dieser vorsichtig prüfend: „Nun mußt du dich nach frischen Kräften umsehn, Balthasar, denn ohne eine tüchtige weibliche Hilfe hältst du das Gut nicht zusammen. Aber das ‚Du' will sich nun auch nicht mehr recht schicken; der reiche Teichhofer muß mit ‚Ihr' oder gar mit dem vornehmen ‚Sie' angeredet werden."

„Laßt's nur immer beim alten Du, Herr Kantor; Ihr seid ja mein Lehrer gewesen. Und auch der Balthasar will mir gar net recht klingen; ich bin der Balzer und will auch nix andres hören. Mit den frischen Kräften, da habt Ihr freilich recht, und ich würd auch gern dafür sorgen, wenn ich nur net gar so weit danach zu gehn braucht."

„Ist es denn gar so weit?"

„Hinein ins Dorf und dann hinauf bis zur Schul."

„Bis zum Schulhaus? Wie meinst du das?"

„Weil da die Alwin' wohnt."

„Ah, was der Tausend! Gestern die Leich im Haus und heut schon so aufgelegt zum Spaß?"

Der Kantor war ein tüchtiger Schulmann und besonders in Beziehung seines trefflichen Musikunterrichts weithin berühmt; ebenso bekannt aber war er als ein Freund des greifbaren Besitztums, der nicht so leicht eine Gelegenheit, die ihm irgendwelchen äußerlichen Vorteil bot, ungenützt vorübergehen ließ. Der Balzer war einer seiner aufgewecktesten Schüler gewesen und besaß eine Tenorstimme, die ihm der Kantor nicht niedrig anrechnete; ebensogut aber wußte dieser auch, daß der nunmehrige Teichbauer eine Reihe von Eigenschaften besaß, die nichts weniger als lobenswert waren. Dennoch war dieser in seinen Augen als der Reichste im Ort ein sehr begehrenswerter Schwiegersohn, nur mußte man es verstehen, ihn unter gehörige Aufsicht zu nehmen. Zudem war Alwine nach Ansicht ihres Vaters ein Mädchen, dessen Vorzüge selbst mit dem Wert des Teichhofs nicht zu teuer bezahlt waren, und daher beschloß er, nur vorsichtig und zögernd zu verfahren.

„Und wenn's nun net mein Spaß, sondern der richtige Ernst wär, Herr Kantor?"

„Dann könnt man sich die Sache einmal überlegen."

„Überlegen? Warum? Ist Euch mein Hof zu gering, oder bin ich etwa net gut genug für die Alwin'?"

„Der Hof mag gehn; er wenigstens bleibt hübsch da, wo er ist, und kann nicht im Wirtshaus liegen oder sich im Wald herumtreiben. Mein Schwiegersohn soll ein Mann sein, vor dem die Leute Achtung haben."

„Sagt mir einmal jemand, der kaane vor mir hat!"

„Das ist die rechte Art von Achtung nicht, Balzer, die du bekommst. Die Sorte, die ich meine, bekommt nur der, der Gesetz, Sitte und Anstand heilig hält."

„Ach so! Und Ihr denkt, das bring ich nimmer fertig?"

„O doch, wenn du nur willst; aber ich denke mir, du hast bis jetzt noch nicht gewollt."

„Nun gut, so werd ich's von jetzt an wollen!"

„Dann schlag ein! Jugend hat keine Tugend, das weiß ich ja am besten, und ein tüchtig Weib kann auch einen etwas scheuen Mann in Ordnung halten. Die Alwine ist von dieser Art, nur muß ich dabei etwas mithelfen dürfen."

„Auf welche Weis, Herr Kantor?"

„Ich müßte zum Beispiel eure Wirtschaft durch eine genaue Buchführung unterstützen."

„Wenn's weiter nix ist! Geschrieben muß gar mancherlei werden, und wenn Ihr diese Arbeit an meiner Stell verrichten wollt, so ist mir's recht. Ihr dürft ja nur mal kommen und Euch die Sach beschauen."

„Das werde ich schon nächstens tun, obgleich die Angelegenheit nicht eben drängt, denn ihr seid beide noch jung; die Alwine könnte recht gut noch ein Jährchen oder zwei warten, und ehe das Trauerjahr vorüber ist, darfst du nicht an die Hochzeit denken."

„Warum net dran denken? Man könnt doch immerhin darauf zurüsten, und die Verlobung wenigstens, die darf doch gehalten werden."

„Denkst du vielleicht, es kommt dir jemand zuvor?"

„Das wär am End net unmöglich. Man sieht ja, was man sieht."

„Was meinst du, he?"

„Ich mein net was, sondern wen, den Silberheiner nämlich."

„Pah, daran ist nicht zu denken. Sein Vater und ich sind immer gut nachbarlich gewesen, und der Heiner war der beste von all meinen Schülern, solang ich im Amt bin. Darum hab ich mir allzeit Mühe mit ihm gegeben, so daß er in vielen Dingen grad so viel gelernt hat wie ich. Seine Stimme ist noch besser als die deinige, und im Dichten muß ich mich gar vor ihm verkriechen. Ich hab all unsre Sängersleut zu unterrichten und zu prüfen, eh sie die Reise antreten, und er geht mir dabei recht eifrig an die Hand. Er ist zu gebrauchen, und ich glaub gar, wenn er wollte, so könnte er sich einen eigenen Chor zusammensetzen und mir Konkurrenz machen. Das Zeug dazu hat er vollkommen."

„Das ist ja alles recht schön; aber warum darf er mit der Alwin' so oft beisammen sein?"

„Sie haben als Nachbarskinder von Jugend auf nur miteinander verkehrt; warum sollten sie sich jetzt auf einmal meiden? Zudem hat er ja stets die Solostücke im Tenor und sie im Sopran; da müssen sie sehr oft zusammen üben."

„Auch draußen im Wald oder auf dem Tanzboden? Oder wißt Ihr etwa net, daß sie hinausläuft, wenn er draußen sitzt beim Vogelfang? Und beim Tanz hat sie es fast nur mit ihm zu tun, so daß aan andrer fast gar nimmer an sie kommen kann. Meinetwegen mag's bisher nur bloß Bekanntschaft sein; aber daraus kann jede Minute was anders werden. Ich an Eurer Stell wollt besser Augenmerk auf solche Dinge haben."

„Hm, ich kann dir nicht ganz unrecht geben. Der Heiner ist mir nötig, doch als Schwiegersohn darf er mir deshalb nicht kommen, denn die Alwine ist ein Mädchen, bei der noch ganz andre Burschen anklopfen, und in dem Silbermann seiner Taubenhütte mag ich sie nicht sehn. Wenn es so kommen soll, dann ist allerdings die Freundschaft aus. Hast du schon mit ihr gesprochen?"

„Noch net, Herr Kantor."

„So tu es so bald wie möglich, und dann schickst du mir den Freiersmann. Es ist wahr, wir müssen vorbeugen, und wenn die Hochzeit noch vor dem Trauerjahr wird, so kann man es entschuldigen; es sieht ja jeder ein, daß du für dein großes Anwesen eine Frau gar nicht entbehren kannst."

Sie schieden.

*

Am nächsten Sonntag war Kirchweih, und im Saal ging es des Abends lustig her. Die Dorfbewohner hatten ihre Gäste mitgebracht und benutzten die Gelegenheit, ihre sonst so wohlgehegten Silberfüchse einmal springen zu lassen. Auch der Kantor war mit seiner Tochter anwesend. Unter allen die schönste, war sie auch heut schon aus dem Grunde viel umworben, weil sie nie einen gewöhnlichen Tanz besuchte und hier also zu den seltnen Erscheinungen gehörte.

Ihr Vater saß mit einigen der Gemeindeältesten an einem Ecktisch, schenkte aber dem angeknüpften Gespräch wenig Aufmerksamkeit, sondern hatte sein Augenmerk verstohlen auf Alwine gerichtet. Sie tanzte jeden Tanz, und zwar meist mit dem Silberheiner. Es ließ sich nicht leugnen, beide gaben ein prächtiges Paar ab, dem die Augen der Zuschauer teils mit Neid, teils mit Bewunderung folgten. Die beiden Augen aber, die am finstersten auf ihnen ruhten, gehörten dem Teichhofbalzer. Das Mädchen war ihm lieb, vielleicht mehr als Karte und Spiel, und wenn er sah, wie herzlich sie mit dem Heiner verkehrte, so wollten sich seine Fäuste ballen, und ein grimmiger Haß gegen den Nebenbuhler loderte wild in ihm empor. Da trat der Wirt zu ihm.

„Was stehst denn da wie verschneit und angefroren, Balzer? Ist dir was über den Weg gelaufen? Bist doch sonst immer lustig und fidel!"

„Soll man da nicht zornig werden, wenn andre lustig umherschwenken und unseraaner muß zusehn, daß die hübschesten Madels von der Seit' abfallen!"

„Aha! Ja, der Silberheiner ist der schönste Bursch drei Meilen in der Rund und immer wohlauf! Wie lang darfst net tanzen?"

„Weißt's ja selber, zwölf Monate, volle zwölf Monate, das hąlt der Teufel aus!"

„Ja, das ist auch so aan Herkommen, das man fein belachen sollt. Wer stirbt, der ist gut aufgehoben, im Himmel, sagt der Pfarrer, wo die Englein singen und springen ‚io io ewig in dulci jubilo', wie's in dem Lied steht ‚Wachet auf, ruft uns die Stimme!' Und während die da oben selig und guter Dinge sind, soll man hier unten über sie heulen und klagen und sich kaan Vergnügen und nix gönnen, was gut und fröhlich ist. Ich sag so viel: wenn mir wer stirbt, so tanz ich doch!"

„Und die Leut?"

„Was gehn die mich an? Die schrein und jammern net mit mir, drum bin ich lustig mit ihnen. Bei unnützem Gebrauch muß man nur den rechten Mut haben, dennoch zu tun, was man will, dann hört es ganz von selber auf. Aber wenn du wirklich trauern und net tanzen willst, so hätt ich wohl was andres für dich. Weißt, es geht heut grausam über meine Küch, und der Braten fängt an, rar zu werden. Magst net hinausgehn und aan Reh oder so was holen? Du weißt, ich zahl dir's gut, und der Förster sitzt mit dem Gehilfen unten, so daß du sie heut net zu fürchten brauchst."

„Sollst was bekommen, Wirt, doch ist's noch Zeit bis später; erst will ich sehn, ob mir net die Lust zum Tanzen doch noch kommt. Wegen der Leich laß ich mir net den besten Bissen vor dem Mund wegschnappen. Bring noch aan Bier und den rechten Schnaps dazu."

„Recht so, Balzer; wozu bist du denn Teichbauer, wenn du es net zeigen darfst!"

Der Stachel, den ihm der selbstsüchtige Mann eingedrückt hatte, saß fest. Balzer sah die beobachtenden Blicke des Kantors, sah die Augen der beiden Liebenden ineinander leuchten; er trank sich immer tiefer in den Ärger und die Aufregung hinein, und als er endlich gar bemerkte, daß der Heiner seinen Arm vertraulich um das Mädchen legte und leis in sie hineinflüsterte, da war sein Entschluß gefaßt.

Sobald die Töne des neuen Tanzes erklangen, schritt er über den Saal und auf Alwine zu.

„Komm mit, Alwin'!"

„Wohin?"

„Zum Galopp."

„Zum Tanz? Bist wohl net recht klug, Balzer?"

„Ich bin so klug wie jeder andre auch. Die Musik ist grad ebenso für mich wie für euch. Komm!“

„Nein, ich tanz net mit dir. Geh fort, nach Haus, und denk an deine Mutter!“

„Ich kann auch hier an sie denken. Die ist gut versorgt und hat nix davon, wenn ich fortjammere. Also komm!“

„Ich hab gesagt, daß ich net mit dir komm, und dabei bleibt's!“

Da trat der Silberheiner herbei.

„Alwin', bist du schon versagt?“

„Nein.“

„So gib mir die Hand, sonst ist der schöne Galopp zu End!“

Balzer schob sich dazwischen.

„Halt, so geht's net, als wie ihr denkt. Sie hat mir den Tanz versagt und darf ihn also dir auch net geben. So ist's hier Sitt und Regel, und wer dagegen tut, der wird hinausgeschafft!“

„Es gibt Streit; der Balzer will tanzen!“ ging es von Mund zu Mund, und die nicht Tanzenden drängten sich neugierig herbei. Heiner sah dem Gegner mit blitzendem Auge in das erregte Gesicht.

„Schäm dich, Teichhofbalzer, daß du deine brave Mutter so im Grab verschimpfierst! Aber davon will ich net weiter reden, denn das hast mit dem eignen Gewissen abzutun; doch merk dir jetzt eins: es hat hier jede das Recht, zu tanzen, mit wem es ihr beliebt; die Alwin' mag dich net, sondern mich, folglich tanz ich mit ihr. Hast was dagegen, so geh zum Saalordner; hinausgeschafft aber wird nur der, der Unruh stiftet.“

Er nahm das Mädchen bei der Hand, um es hinwegzuführen. Da faßte ihn Balzer am Arm, und es wäre sicher zu einem ernsten Zusammenstoß gekommen, wenn nicht eben jetzt der Kantor herbeigetreten wäre.

„Was geht hier vor, Alwine?“

„Der Balzer hat mich gefordert und will es nicht leiden, daß ich mit dem Heiner tanze."

Da der alte, erfahrene Menschenkenner recht wohl wußte, welcher Grund den Teichbauer getrieben hatte, so sehr gegen den löblichen Gebrauch zu handeln, so sah er ihn nur strafend an und entschied dann:

„Wer Händel treibt, verdient Strafe. Du tanzest mit keinem von beiden mehr!"

„Aber Vater!" bat das Mädchen.

„Herr Kantor —", wollte der Heiner sich verteidigen; der Angeredete aber schnitt ihm das Wort ab:

„Gut, gut, ich weiß schon, was ich tue. Sobald ich dich mit einem von ihnen sehe, Alwine, gehst du nach Hause!"

Das war ein Spruch, gegen den es trotz seiner Ungerechtigkeit keine Widerrede gab. Diese Ungerechtigkeit fühlte Heiner am meisten, und sie erregte ihn um so mehr, je unerklärlicher sie war. Alwine wurde zwar auch von ihr getroffen, aber das Mädchen schien sich bald beruhigt zu haben. Sie hatte zwar ihren liebsten und besten Tänzer verloren, an seiner Stelle aber zehn andere gefunden, und so gab sie sich selbst dann noch dem Vergnügen hin, als der Vater nach Hause gegangen war.

Als dieser in die Nähe seiner Wohnung kam, trat ihm eine Gestalt entgegen, die auf ihn gewartet zu haben schien. Es war Heiner, der schon längst den Saal verlassen hatte, weil von einem Vergnügen für ihn keine Rede mehr sein konnte.

„Herr Kantor, darf ich Sie so spät und unterwegs ansprechen?"

„Wenn's etwas Wichtiges ist, ja."

„Für mich ist's wichtig genug. Womit hab ich die Straf verdient, die Sie mir heut gegeben haben? Ich möcht das gern erfahren, damit ich's wiedergutmachen kann, was ich gefehlt hab."

„Gefehlt hast du bisher nichts, und ich hoffe, daß es auch weiterhin nicht geschehn wird. Es war daher auch keine Strafe für dich, sondern eine Sicherheitsmaßregel, die zu treffen ich meine Gründe hatte."

„Und doch war's Straf für mich; denn so und net anders hat es mich getroffen. Und grad der Sicherheit hätt's schaden können, wenn ich's net mit Überwindung ertragen hätt. Ich hab nie jemand etwas zuleid getan, Ihnen net und der Alwin' erst recht net, und da ich sie mit dem wüsten Balzer verhandeln seh und sie gegen ihn in Schutz nehmen will, muß ich mit ihm gleiche Streich erleiden!"

„Wer hat dir aufgetragen, sie in Schutz zu nehmen, Heiner? War ich nicht zugegen? Übrigens muß ich dir sagen, daß sie außer dem meinigen bald auch noch einen andern Schutz haben wird, einen Schutz, der einen Unterschied zu machen weiß zwischen einem reichen Vierspänner und einem — einem — und dem Erben eines Vogelstellers. Gute Nacht!"

Er schritt weiter.

Wie vom Blitz getroffen blieb Heiner stehen. Was hatten diese dunklen, harten Worte zu bedeuten? Seine Stirn schmerzte ihn auf einmal, und seine Schläfen klopften mit fühlbarer Stärke. So stand er lange Zeit, das Herz wie tot und leer. Dann auf einmal stieg es heiß und gewaltig daraus empor, mit unwiderstehlicher, wunderbarer Macht, und es durchflutete ihn eine Klarheit, die ihn den kleinsten Gedanken ebenso wie den größten Wunsch seines Lebens auf einmal mit untrüglicher Deutlichkeit erkennen ließ. Dann trieb diese Macht ihn fort, hinaus aus dem Dorf, hinaus in Feld und Hag, wo er mit sich und seinem Sinnen allein herumwanderte, bis er die Mitternacht vom Turm schlagen hörte. Da kehrte er zurück.

Am Gasthof, aus dessen geöffneten Saalfenstern noch immer Musik und jubelndes Stimmengewirr erschallte, ging er vorüber und stand erst still, als er am Zaun des Schulgartens stand. Kein einziges Fenster des Hauses war erleuchtet.

„Sie ist noch net daheim; ich wart, bis sie kommt, und red dann mit ihr."

Er trat durch die stets offene Gartenpforte und schritt der Tannenhecke zu, in der sich der Kantor, der ein Liebhaber von gärtnerischen Sonderbarkeiten war, vor einiger Zeit jene niedrige australische Laube gebaut hatte. Er kroch hinein und streckte sich auf die Moosbank aus. Seinen auf ihn einstürmenden Gedanken nachhängend, achtete er nicht auf den Stundenschlag, und es mochte eine ziemliche Zeit vergangen sein, als er endlich leise Schritte nahen hörte, die auf die Tannen zukamen und unter ihnen haltenblieben.

Wer war es? Alwine nicht; denn ein halb unterdrücktes Räuspern ließ eine männliche Stimme erkennen.

Wieder verging eine kurze Zeit; da erklangen Mädchenstimmen von jenseits des Zauns herüber.

„Gute Nacht!"

„Gute Nacht, Alwin'; sei froh, du bist in Sicherheit!"

Es war die Kantorstochter, die mit einigen ihrer Freundinnen, um der Aufdringlichkeit der Jungburschen zu entgehen, wie gewöhnlich den Weg hinter dem Dorf eingeschlagen hatte. Sie trat in den Garten und mußte, um zur Haustür zu kommen, an den Tannen vorüber. Als sie bei diesen anlangte, rief es ihren Namen.

„Herrgott, ist denn wer da?"

„Ja, ich bin's."

Es trat jemand aus dem Dunkel der Bäume hervor und auf sie zu.

„Teichhofbalzer! Was willst hier in unserm Garten?"

„Auf dich warten, um mit dir zu reden."

„Jetzt? Nach Mitternacht? Das tut kaan braver Bursch. Geh heim und komm am Tag zum Vater, wenn du mit uns zu sprechen hast!"

„Mit dir hab ich zu sprechen, nur mit dir, und Zeit und Ort ist hier grad recht dazu."

„So mach's kurz; ich muß hinein! Was hast vorzubringen?"

„Daß ich's net wieder so ruhig leid wie heut, wenn du mit dem Heiner schamerierst und mich mit einem Korb ablaufen läßt."

„Wirst's wohl noch leiden müssen, sooft als du mich aufforderst. Ich tanz net mit dir."

„Aber mit dem Heiner?"

„Ja."

„Warum mit ihm, he?"

„Weil er mir besser gefällt als du. Er ist net rüd und wüst wie du und zehnmal hüb . . ."

Sie hielt erschrocken inne, über sich selbst errötend, obgleich sie nicht fühlte, daß sie mit dem halb ausgesprochenen Wort die ganze Oberfläche ihres Innern verraten hatte.

„Hübscher, sag's nur aus, zehnmal hübscher ist seine feine Larv als mein häßliches Gesicht. Aber nur schad, daß ich net ganz und gar abscheulich ausseh und kaane Larv aan Bauerngut aufwiegt. Wirst also doch noch mit mir tanzen."

„Fällt mir net ein, net um die Welt!"

„Net um die Welt, aber ganz gewiß um den Teichhof. Die künftige Bäurin wird dem Bauer net den Galopp versagen."

„Bist du toll? Such dir die Bäurin, woher du willst, mich aber bekommst nun und nimmermehr dazu! Wer mich haben will, muß ordentlicher sein und feiner als du. Merk's und pack dich nun von dannen!"

„Er muß sein feiner — — so wie der Heiner — siehst, daß ich auch Vers machen kann, fast grad wie er? Aber zier dich net umsonst! Ich hab bereits mit dem Kantor gesprochen, und der hat gesagt, ich soll ihm nur den Freier schicken. Von dem Heiner ist dabei auch die Red gewesen; er mag sich ja nix einbilden, sonst gibt's aane falsche Rechnung!“

Das Mädchen stand wortlos da und wußte nicht, ob es seinen Ohren trauen solle; dann aber trat es auf ihn zu und rief ihm zornig ins Gesicht:

„Du lügst, du Schelm! An so was denkt der Vater all sein Lebtag net.“

„Er braucht auch net mehr dran zu denken und zu grübeln; es ist schon fix und fertig. Er war schon am Freitag auf dem Teichhof, um sich die Angelegenheit zu betrachten. Er wird als Schwäher meine Bücher leiten, so daß ich freie Zeit behalt für die Lieb und für die Frau.“

Dem Mädchen entfuhr ein Laut der Bestürzung. Der Vater war wirklich auf dem Teichhof gewesen, das wußte sie, und nun wurden ihr auch die verschiedenen Andeutungen von ihm klar, die ihr seit vorgestern unverständlich gewesen waren.

„Nun, stimmt die Sach? Morgen zum Kirmesmontag schick ich den Freier, Alwin', und auf das, was dann geschieht, will ich mir jetzt den Abschlag nehmen!“

Er umfaßte sie und versuchte sie zu küssen. Da brannte ihm eine schallende Ohrfeige im Gesicht.

„Hier hast den Abschlag, der auch Zuschlag ist, du zuwiderer Mensch! Glaubst etwa gar, du bist der Goliath und ich hab Furcht vor dir? Ich flieh auch net, sondern hier steh ich und geh net von der Stell, bis du von hinnen bist. Geh fort!“

„Alwin', ich will —“

„Geh fort, sonst ruf ich um Hilf!“

„Es fällt mir gar net ein, daß —“

„Zum letztenmal, geh fort!“

Er wollte nach ihr langen; da raschelte es hinter ihm, er wurde ergriffen, in die Höhe gehoben und lag, ehe er nur an Verteidigung denken konnte, draußen vor dem Zaun an der Erde. Dort raffte er sich empor und überlegte. Sollte er gehen oder zurückkehren? Wer hatte ihn über den Zaun hinübergeworfen? Drüben war alles still, und kein Geräusch ließ sich vernehmen. Er horchte noch einige Minuten, dann wandte er sich und schritt langsam das Dorf hinab.

Alwine war bei dem so unerwarteten Erscheinen eines dritten überrascht, ja beinah erschrocken gewesen. Dann aber hatte sie ihn erkannt.

„Heiner!" flüsterte sie freudig, als er zu ihr zurückkehrte. „Wie kommst hierher?"

„Ich war schon eher da als du und steckte hier in der Laub. Seit dem Galopp bin ich im Dorf, im Hain und auf dem Feld gewesen. Ich mußte warten, bis du kommst, damit ich mit dir reden könnt."

„So hast auch die Red des Balzer vernommen?"

„Von Anfang bis zu End."

„Was sagst dazu, Heiner?"

„Daß der Balzer net gelogen hat."

„Woher ist dir dies bekannt?"

„Vom Vater; ich hab mit ihm gesprochen, als er nach Haus ging. Hör, was er sagt!"

Er erzählte ihr wortgetreu seine Unterhaltung mit dem Kantor. Sie hörte an dem Beben seiner Stimme, wie aufgeregt er war, und legte begütigend die kleine Hand auf seinen Arm.

„Laß dich's net anfechten, Heiner; es ist noch lange net so schlimm, als wie du meinst. Dem Vater sticht der Teichhof in die Augen und dem Balzer mein Gesicht. Willst wissen, warum?"

„Sag's, Alwin'!"

„Weil's vielleicht jemand gibt, dem's auch gefällt."

Er schwieg. Er wußte nicht warum, aber die Worte des Mädchens fielen nicht warm und wohltuend, sondern schmerzhaft brennend in sein Herz.

„Aber wenn morgen der Freiersmann kommt?" fragte er endlich.

„So bin ich net daheim.“

„Wenn er nun net das Dorf und die Straß herauf, sondern die Straß grad herüberkäm?“

„Von wem?“ fragte sie, als ob sie ihn nicht versteh.

„Von — von — vom Vogelsteller.“

„So blieb ich vielleicht zu Haus!“

„Soll er kommen, Alwin'?“

„Wie kann ich das sagen, Heiner? Dazu fehlt noch grad viel.“

„Was denn?“ fragte er, sie an sich ziehend und sich mit überquellender Zärtlichkeit zu ihr niederbeugend.

„Geh, frag doch net! Ich bin bös auf dich, weil du so schön zu dichten verstehst, und im Tun bist doch gar anders.“

„Willst net aan Beispiel sagen?“

„Hast mir net mal aan Liebesgedicht machen müssen?“

„Ja. Hast es gemerkt?“

„Nein. Doch sag den Anfang!“

Ohne sich zu besinnen, sprach er:

„Mein ganzes Leben soll dir zeigen,
Wie innig ich mich dir geweiht.
Mich selber geb ich dir zu eigen
Mit Leib und Seel für alle Zeit.“

„Schau, du hast es net so vergessen wie ich. Es war so schön, so lieb und warm, und da hab ich gedacht, daß —“

Sie stockte. Er aber küßte ihre schmollenden Lippen zum erstenmal und ergänzte dann lächelnd:

„Du hast dir gedacht, wie schön es sein müßt, wenn ich dich mal ans Herz nehmen und zu dir sprechen werd, grad wie im Gedicht. Ist's net so?“

„Ja“, gestand sie.

„Dann hast gewartet immer vergebens, denn ich bin so viel anders gewesen. Und nun ich dich im Arm halt, ist's auch net, wie du dir's ausgemalt hast. Hab ich recht?“

„Ja, Heiner."

„Alwin', das ist net meine Schuld. Die Wirklichkeit ist kaan Gedicht; sie ist hart und macht, daß oft ein einzig Wort, aan einziger Blick dem Laut, der aus der Tief heraufquillt, den seligen Klang nimmt, der ihm eigentlich gehört. Doch komm, leg dein Köpfle so recht fest an mich und sag: hast mich lieb, Alwin'?"

„Ja, und du?"

„Ich dich noch viel, viel mehr!" klang es langsam aus tiefster Brust empor. „Ich kann dir gar net sagen, was du mir bist; aber ich bitt dich gar inständig, sei immer brav und treu zu mir, sonst müßt ich schier vergehn vor Gram und Herzleid!"

Sie antwortete nicht; aber ihre Lippen ruhten auf seinem Mund und gaben ihm Kuß um Kuß in süßem Wechsel zurück. Es war ihm, als besitze er ein Königreich, dessen Wert und Herrlichkeit er erst jetzt erkenne, bis sie ihn endlich ermahnte:

„Nimm dich in acht, Heiner, du zerknitterst mir ja mein Band, grad das, was mir am besten steht!"

„O laß das Band, Alwin'; das kann man wieder glätten!"

„Nein, das Bügeleisen nimmt ihm den Glanz und auch die Farb. Gut Nacht, Heiner!"

„Gut Nacht, Alwin'!"

Nach einem raschen Händedruck war sie verschwunden. Heiner blieb stehen, bis das leichte Geräusch ihrer Schritte im Flur verklungen war, dann schritt er seinem Häuschen zu.

„Was so aan Madel doch gar eigen ist, mitten in solcher Wonn und solchem Glück noch an das Band zu denken! Aber so ist's recht und so muß es sein, denn das ist aan Zeichen, daß sie mal brav zu wirtschaften verstehen und das Unsrige zusammenhalten wird. Gut Nacht, Alwin', schlaf wohl", flüsterte er noch und suchte dann die Ruhe, die heut viel langsamer kam als sonst.

Als Vater Silbermann am anderen Morgen aufstand und in die Stube trat, blieb er erstaunt stehen. Heiner saß am Fenster und blickte hellen Auges hinüber nach dem Schulhaus, wo sich die Kantorstochter sehr eifrig an den Fenstern zu schaffen machte.

„Wa — wa — was ist mir denn das? Warum bist net draußen auf dem Fichtler? Weißt net, daß aan Zeisig bestellt ist und zwaa Meisen dazu?"

„Laß gut sein, Vater, aber ich hab heut andre Sachen vor!"

„Andre Sachen? Möcht doch bald wissen, was das für wichtige Dinge sind! Es ist gestern ausgemacht, daß du heut morgen gehst, weil ich gestern in der Früh fortgewesen bin, und nun ich aus der Kammer komm, sitzt der Bursch am Fenster, guckt den Himmel an und läßt Fink Fink und Meis' Meise sein. Hätt ich gewußt, daß dir der Tanz so in den Gliedern liegt, so hätt ich mich selber aufgekrabbelt und wär hinaufgestiegen, denn haben muß ich die Vögel, das geht nun mal net anders."

„Es muß schon anders gehn, und weißt warum, Vater?"

„Warum? Darum, weil nun der Morgen beinah vorüber ist und — aber was ist mir denn das? Die guten Hosen hat er an, die Sonntagswest dazu, und die Uhr mit der goldnen Kett baumelt auch schon aus der Tasch! Was ist das für Unfug am Montag früh? Und dabei ist der Ofen noch kalt, kaan Feuer brennt und kaan Kaffeewasser ist angesetzt. Hätt'st doch wenigstens das getan! Ja, seit die Mutter tot ist, Gott hab sie selig, geht alles drunter und drüber, und wenn ich mich nicht selber um die Sach bekümmre, so hört's am End ganz und gar noch auf. Nein, was mich der Fink und die Meisen dauern! Bekommen hätten wir sie sicher, denn grad heuer ist das Zeug ganz närrisch, sich fangen zu lassen; nun aber sind die zwanzig Groschen, die mir geboten wurden, rein zum Kuckuck!"

„Das hat ja alles noch Zeit bis morgen, Vater, da geh ich gewiß hinaus; heut jedoch kann ich net, denn da hab ich aan ganz andern Fang vor."

„Aan andern? Was denn und wo denn, wenn man fragen darf?"

„Mach Feuer; ich will derweil die Vögel füttern, und dann beim Kaffee sollst den Handel hören!"

Schweigend verfolgte jetzt jeder sein Geschäft, aber sobald die Tassen gefüllt waren, fragte der Vater:

„Nun? Was willst fangen heut?"

„Für dich was Lieb's und Gut's."

„Nur heraus damit!"

„Aane Schwiegertochter."

„Aane Schwie — schwie — sch — Kerl, bist wohl gar verrückt geworden?" Er nahm ganz erschrocken die Tasse vom Mund und schüttete sich dabei vor Überraschung die Hälfte ihres Inhalts auf die Beine. „Was soll denn die Schwiegertochter hier im Haus? Wozu brauchst denn schon die Frau, du zwanzigjähriger Grünschnabel du? Bist ja selbst noch gar net flügge!"

„Hast net selber vorhin erst gesagt, daß alles drunter und drüber geht, seit die Mutter tot ist? Was gibt's denn da für bessere Hilf, als daß ich heirat?"

„Ja, sag nur vorerst, was willst mit der Frau? Sie soll wohl gar kochen, waschen, scheuern, auskehren, die Wäsch ausbessern und so weiter, he?"

„Natürlich!"

„Natürlich? Na, schau mal an! Das ist ja alles meine Sach und meine Arbeit, die von Rechts wegen nur ganz allein mir zukommt! Was tu denn ich nachher, wenn die Frau da ist?"

„Du hast dann immer noch genug zu schaffen. Ich geb mein Sparnis her und du deine; wir bau'n das Häusle aus und vergrößern das Geschäft; nachher geht nix mehr drunter und drüber, und wir haben Ordnung in allem, wo es not und bequemlich ist."

„Hm, das klingt ganz gut und wär recht schön; aber das Vertragen mit dem Weibsvolk, ob das auch da sein wird! Ich pfeif so, sie trillert anders, und du schlägst auch zuwider hinein, das könnt mir net behagen."

„Das hast net zu befürchten, Vater, denn die ich mein, mit der bist immer gut auskommen."

„So kenn ich sie? Wer ist's?"

„Die Alwin' drüben in der Schul."

„Die Al — al — wi — win'? — Himmeltausenddoria, Mensch, wie kommst auf die?"

„Das fragst mich, Vater? Auf welch andre soll ich denn etwa kommen?"

„Auf welch andre? Auf alle andern, nur net auf die! Der steht die Nas' gar hoch und dem Alten noch neunmal mehr; die mag dich net."

„Sie mag mich, Vater."

„So? I, schau doch an! Wer hat dir denn das weisgemacht?"

„Sie selber hat mir's gesagt."

„Sie selber? Hör, Heiner, Spaß beiseit, da hat sie dich zum Narren gehabt. Daß du der Alwin' gut bist, ist gar net zu verwundern, denn sie ist die Schönst im Dorf, das einzige Kind, und ihr seid miteinander aufgewachsen von Tag zu Tag, von Stund zu Stund. Daß sie dich leiden mag, ist auch ganz in der Ordnung, denn du bist aan hübscher Bursch, wie das ja so im Blut liegt, ordentlich, fleißig, verträglich und hast so manches gelernt, wovon aan andrer net mal den Namen kennt. Soweit wär alles in guter Ordnung. Aber weil du zu jung bist und die Welt und die Menschheit noch net kennst, siehst du das weitere net."

Er nahm einen tüchtigen Schluck, stand auf, griff zur Pfeife und steckte den Tabak bedächtig in Brand.

„Da ist zunächst das Madel; das scheint dir wie lauter

Gold und Karfunkel, meine Augen aber sind älter als die deinigen, und darum kenn ich die Kantormamsell besser als du. Sie ist ganz versessen auf ihr zart Gesicht und also eitel und eingebildet. Was hilft aber das Gesicht und die schöne Stimm, sie beid können bald weg sein wie der Wind. Und was das Schlimmst noch ist, sie hat kaan Herz, kaan Gemüt und ist deshalb voll Laune und Unverträglichkeit. Oder hast net schon als Kind beim Spiel immer nachgeben müssen und gibst heut noch nach bei jedem Ding? Wer kaane Mutter kennt und sich net an Geschwistern bilden kann, bleibt Eigensinn all sein Lebtag."

Heiner schwieg; es lag in den Worten des Vaters eine Wahrheit und Lebenserfahrung, der er augenblicklich nichts zu entgegnen vermochte.

„Unter all den Burschen, die sie kennt, mag sie dich am liebsten; aber laß sie erst was Fremdes schaun. So was mit Flitterkram und Tändelwerk, dann fällt sie ab, und du bist nachher trotz aller Lieb und Treu, trotz aller Klugheit und Vorsicht der Betrogne und der Narr."

„Da laß mich nur sorgen, Vater! Die Lieb ist stark und kann alles."

„Ja, die Lieb ist stark und kann alles, sogar betrügen, fortlaufen und abspenstig werden, und dagegen vermagst du net zu sorgen und gar niemand net. Lug und Trug kommt über Nacht, ganz eh wir's uns versehn, und dann ist's geschehn, noch eh wir daran denken und es verhüten können. Wieg nur aan einzigmal ihre Red, wenn sie mit dir spricht, und du wirst sehn, sie ist zu leicht. Das Mädel ist ja von leichtem Sinn und ohne innre Stütz; sie fällt und bricht um, sobald der widre Wind geflogen kommt."

Heiner mußte an ihre gestrige Äußerung denken, daß dem Balzer ihr Gesicht in die Augen gestochen hätte, ebenso an das zerknitterte Band. Sie hatte zum Balzer gesagt, daß ihr der Silberheiner lieber sei als er, weil sie ihn hübscher finde. Und warum hatte sie nicht einmal den Anfang jenes Gedichts gemerkt, das er auf ihre eigne Aufforderung hin hatte fertigen müssen? Eine andere hätte es auswendig gelernt und es sich tausendmal im stillen hergesagt. Und nun erst fiel ihm auf, daß sie sich in den ungerechten Befehl des Vaters so leicht gefunden und den Verlust so schnell durch andere ersetzt hatte, während ihm nicht einmal der Gedanke gekommen war, den Tanz mit einer anderen fortzusetzen. Er schwieg auch jetzt, obgleich er eifrig nach Gründen suchte, die zur Widerlegung geeignet sein könnten.

„Ich könnt noch viel mehr sagen, aber es ist mehr als genug", fuhr der Vater fort; „jetzt kommt nun auch der Kantor. Es ist wahr, wir sind gute Freunde gewesen, solang als ich ihn kenn, und er hat gar großen Dank mit dir erworben. Doch was er tat, ist auch net stets umsonst geschehn. Du bist ihm beigesprungen zu aller Zeit; gar mancher Dienst ist ihm von uns geschehn, und in seiner Vogelstub und in seinem Taubenschlag steckt viel, was ich ihm geschenkt oder um den halben Preis abgetreten hab. Er ist trotz seiner Freundlichkeit zu dir der rechte Eigennutz und tut nur Gutes, um seine Ausbeut dran zu haben. Freundschaft ohne Nutzsinn hab nur ich gehalten, und wenn ich mit ihm rechnen wollt, so könntest du sehn, daß ich die Quittung hab. Sobald er merkt, wie's mit euch steht, ist's aus mit der Nachbarschaft, drauf kannst dich nur verlassen. Dem steht die Nas weiter als bis nur zu uns herüber; sein Sinn geht nur nach Ruhm in der Musik und dann nach Geld und Gut. Hättest von diesem genug, dann könntest anfragen, so aber net. Wenn aan reicher Bauerssohn, der mit dem Wagen im Land umherkutschiert, den Freier schickt, der ist willkommen, den armen Vogelhändler aber schickt er fort. Ich glaub beinah, daß sogar so aan Lüdrian wie der Teichhofbalzer den Vorzug bekäm nur deshalb, weil er Vermögen hat. Wenigstens hab ich am

Freitag den Kantor nach dem Teichhof gehn sehn, was gewiß net ohne Grund geschehn ist."

„Der Balzer soll die Alwin' heiraten und der Kantor will ihnen die Bücher führen", stieß Heiner erbittert hervor.

„Siehst, daß ich recht behalt? Teichhofbäurin soll sie also werden, und der Alte will die Bücher schreiben, damit sie dem Balzer die Stange halten! Laß sie fahren; wirst sehn, du verlierst nix dabei, net das mindest, net so viel als man vom Nagel herunterschabt!"

„Aber sie will den Balzer net."

„Mag sein. Doch gib sie ihm nur immer hin, dann hast jetzt weder Zank noch Ärger und später weder Gram noch Täuschung!"

„Ich kann net, Vater; ich hab sie zu innig lieb und sie mich auch. Ich lauf lieber in die weite Welt und komm nimmer wieder, als daß ich hier zuseh, daß aan andrer sie bekommt."

„So lauf, du Tausendsapperlot, wenn dir der alte Vater nix mehr gilt! Bekommen wirst sie doch auf keinen Fall, soviel ist gewiß."

„Das mit dem Laufen war nur so die Red, Vater, aber eh ich was verloren geb, muß ich doch erst wissen, daß es wirklich verloren ist!"

„Ich sag dir's ja deutlich genug!"

„Du sagst mir deine Meinung, doch zwischen Meinung und Sicherheit ist aan gewaltiger Unterschied. Wenn er sie mir net gibt und sie mich net mag, dann tret ich zurück, denn dann erst ist's erwiesen, daß du recht hast."

„So versuch's und schick den Freiersmann hinüber!"

„Willst gehn, Vater?"

„Ich? Bist wohl net recht bei Trost! Mich bringst net mit zehn Pferden hinüber!"

„Wirst aber dennoch gehn!" lächelte Heiner. „Du bist der Vater, und wenn aan andrer kommt, so lacht dich der Kantor aus und sagt, du hast Angst vor ihm."

„Angst — ich — vor ihm? Fällt mir gar net ein! Wenn er das denkt, so geh ich gleich jetzt auf der Stelle hinüber und nehm's mit ihm auf. Ich bin aan ehrlicher Mann, hab niemand nix getan und brauch mich also auch vor niemand net zu fürchten, und wenn's der König oder gar der gestreng Herr Amtmann wär."

„Also gehst?"

„Ja; ich will ihm zeigen, daß ich das Herz grad da hab, wo's hingewachsen ist. Es ist aan verlorner Gang, dies weiß ich, aber ich werd ihn tun um deinetwillen. Gift und Operment wird's geben, so wie die Sach einmal gestellt ist, und je eher man's schluckt, desto eher ist's verdruckt. Dann wirst auch wieder den Verstand bekommen."

„Und wann willst gehn? Der Balzer schickt den Freiersmann auf den Nachmittag."

„So geh ich gleich nach Tisch, damit ich eher komm. Gleich jetzt werd ich mir den Sonntagsstaat ausputzen und — und — aber wie steht's mit dem Strauß und dem Geschenk? Brauch ist Brauch; der muß gehalten werden."

„Für den Strauß werd ich schon sorgen, und das Geschenk? Der Kantor hat sich schon längst aan Paar Schmalkaldener gewünscht, mit schwarzem Schwanz und Brust, den Leib aber und die Halskraus weiß. Was sagst dazu?"

„Hm, der alte Taubenfried braucht sich auch net gleich das Best und Teuerste zu wünschen! Mich selber kostet das Paar neun blanke Taler. Ich werd ihm lieber aan Paar Rotflügel geben; die sind vollplattig, mit rotem Fuß und Sporn und fast so selten wie die andern auch."

„Sie kosten auch acht Taler, Vater, und wenn er sich die Schmalkaldener gewünscht hat, so wird's wohl auf den Taler net ankommen."

„Meinetwegen denn! Aber putz sie schön und gib ihnen frisches Wasser, damit sie zuvor baden können."

Somit war der schwere Entschluß gefaßt, und nach dem Mittagessen schritt Silbermann, sonntäglich gekleidet, einen gewaltigen Strauß im Knopfloch und die Tauben in der Hand, über die Straße hinüber und trat in das Schulhaus.

Droben vor der Tür kam ihm Alwine tief erglühend entgegen. Sie hatte ihn kommen sehen und das Zimmer verlassen, um nicht Zeugin der gefürchteten Unterredung zu sein. Die liebliche Erscheinung des Mädchens verfehlte nicht, ihren mildernden Eindruck auf den alten Vogelhändler zu machen. Er nahm den Strauß von der Brust und gab ihn ihr.

„Hier hast die Blumen, Alwin'; der Heiner hat sie gepflückt! Er schickt mich herbei, weshalb, das wirst wohl wissen. Gott geb sein Glück dazu!"

Dann trat er nach vorherigem Klopfen ein. Der Kantor empfing ihn mit verwundertem Gesicht.

„Was ist denn los bei Euch, Silbermann, daß Ihr des Mittags schon im Staat steckt?"

„Das sollt Ihr gleich erfahren, Herr Kantor, nur nehmt mir erst die Tauben ab. Der Heiner sagt, Ihr hättet Euch die Schmalkaldener gewünscht."

„Zeigt her!" Er war ein leidenschaftlicher Taubenliebhaber und griff mit sichtlicher Begierde zu. „Wahrhaftig, ein Paar Schmalkaldener! Verkauft Ihr sie? Wie ist der Preis?"

„Nehmt sie geschenkt, wenn's Euch recht ist!"

„Geschenkt — wie käm ich dazu? Ein Paar billige, wie es schon oft geschehn ist, ja; aber so eine teure Ware verschenkt man nicht, ohne daß man eine Absicht hat. Soll ich Euch vielleicht einen Gefallen tun, Nachbar?"

„Gefallen — hm, wie man's nimmt! Ich komm nämlich von wegen Eurer Alwin' und dem Heiner —"

„Ach so — so — so —!" fiel schnell der Kantor ein. „Da, nehmt einmal die Tauben wieder in die Hand. Wir wollen nachher sehn, ob ein solches Geschenk nicht über Eure Kräfte geht. Ich hab Gott sei Dank so viel, daß ich mir ein Paar kaufen kann, und Euch könnte das Geld ja später fehlen, Nachbar. In dieser Beziehung sind wir leider sehr ungleich gestellt."

„Ja, das ist wahr, Herr Kantor; aber das Geld zählt net allein. Es gibt aan Vermögen, das net nach dem Taler gemessen werden kann, und daran sind wir beide, der Heiner und ich, net arm. Der aane hat's auf diese Weis, und der andre auf jene, und wenn sie nachher gut zusammengreifen, so fehlt's auch nimmermehr am rechten Segen. Der Heiner zum Beispiel und die Alwin', die sind immer beisammen gewesen und —"

„Und werden nicht immer beisammen bleiben", fiel ihm der Kantor in die Rede. „Ich errate jetzt, weshalb Ihr kommt, Silbermann; aber macht Euch keine vergebliche Mühe. Meine Tochter ist schon so gut wie versprochen, und ich erwarte noch heut den Freiersmann."

„Ich hab's gehört; der Balzer wird ihn schicken. Aber die Alwin' mag nix von ihm wissen, und, nehmt mir's net übel, Herr Kantor, ich mein, der Balzer ist kaan Mann für Eure Tochter!"

„Ob das Mädchen will oder nicht, das zählt in dieser Angelegenheit wenig oder nichts. Ich bin Vater und werde für das Glück meines Kindes in der Weise sorgen, wie es mir mein Gewissen vorschreibt, auch dann, wenn sie sich dagegen sträubt. Und den Mann für sie werde ich wählen, ohne Euch oder andre um ihre Meinung zu befragen, wie das sich ja von selbst versteht."

„Ich bin auch gar net gekommen, Herr Kantor, um Euch guten Rat zu erteilen; aber die Gewalt des Vaters hat auch einmal ihr End, und was könnt Ihr tun, wenn das Madel durchaus net will und sich Euch widersetzt?"

„Das wird sie nicht. Und wenn sie es tät, aus ihr und dem Heiner wird nie ein Paar; er mag nach seinesgleichen greifen. Ich hab es gewußt, daß Undank der Welt Lohn ist. Meine Barmherzigkeit hat ihn hochmütig gemacht; aber ich werde dafür zu sorgen wissen, daß er mir nicht meinen häuslichen Frieden bricht."

„Undank? Der Heiner? Herr Kantor, wenn mein Junge undankbar ist, so gibt's weder Lieb noch Dankbarkeit mehr in der Welt. Tut, was Ihr wollt, aber den Heiner greift mir net an! Er ist mir grad soviel und auch noch mehr wert als Euch die Alwin', die Euch net sehr ans Herz gewachsen sein kann, da Ihr sie zum Balzer zwingen wollt; und wenn er Euch was schuldet, so bitt ich um die Rechnung; wir werden zahlen, damit kaan Vorwurf weiter folgen kann!"

„Oho, Ihr sprecht ja heut in einem recht vornehmen Ton! Habt Ihr ihn etwa von Euren Gimpeln gelernt? Aber ich hab wirklich keine Lust, mich Eures Burschen wegen zu zanken. Nehmt Eure Tauben wieder mit und sagt ihm, die Alwine ist zu gut für einen Vogelsteller; das konntet Ihr Euch denken!"

„Nein, das konnt ich mir net denken, vielmehr hab ich grad das Gegenteil gedacht, nämlich, daß der Heiner zu gut für Euer Madel ist; darum hab ich ihm gute Wort gegeben und ihm abgeredet, und grad weil er mir werter ist, als Euch die Alwin', bin ich dennoch auf seine Bitt herbeigekommen, um ihm seinen Willen zu tun, obgleich mir jede Arbeit lieber ist und ich auch gewußt hab, daß Euch die Sach zuwider ist; denn der Hochmut ist net dem Heiner sein Fehler, sondern der Eure. Aber er kommt zum Fall, und dann wird der ‚Vogelsteller' net mehr niedriger sein als Ihr, zumal Ihr selber auch schon jetzt die ganze Stub voll Käfig hangen habt!"

Die Beleidigung seines Sohns hatte den guten Silbermann so in Harnisch gebracht, daß ihm die Strafrede mit ungewöhnlicher Geläufigkeit von den Lippen floß. Der Kantor hörte ihn, staunend ob solcher Kühnheit des sonst so nachgiebigen Mannes, bis zu Ende. Dann aber brach er los: „Fort, sag ich, fort, hinaus aus dem

Zimmer! Und kommt mir ja nicht wieder in das Haus, sonst seid Ihr wieder draußen, eh Ihr es Euch verseht. Und wenn ich Euren Buben noch einmal bei meiner Tochter seh, so laß ich ihn sofort verhaften. Euch Gimpelpack muß man zeigen, wohin es gehört!"

„Gut, Herr Kantor, ich geh; aber in das Haus muß ich doch wiederkommen, und das werdet Ihr Euch fein hübsch gefallen lassen. Ich bin beim Ortsvorstand und weiß recht gut, wem dies Haus gehört, Euch oder der Gemeind! Und wenn wir Sitzung haben, so bin ich auch mit hier in der Sammelstub, ohne daß Ihr dreinzureden habt. Eure Tochter aber, wenn ich die mal bei dem Heiner seh, die laß ich net verhaften, denn dazu hab ich net das mindest Recht, sondern ich werd denken, daß sie bei ihm besser aufgehoben ist als beim Vater, der sie verschachern will. Das ‚Gimpelpack' nehm ich mit Dank von Euch an, obgleich es net nach Bildung klingt; aber niemand kann was geben, was er net hat. Lebt wohl, Herr Kantor!"

Er ging. Der Schulmann machte eine Bewegung, als wolle er sich ihm nachstürzen, doch beherrschte er sich noch und suchte sich durch einen Gang durch das Zimmer abzukühlen. Dies aber schien ihm nicht zu gelingen, denn nach einiger Zeit erscholl mit hörbar aufgeregter Stimme der Ruf: „Alwine!"

Das Mädchen trat herein. Es war zum Ausgehn angekleidet.

„Wohin willst du?"

Sie nannte eine Freundin, zu der sie geladen sei.

„Du bleibst zu Haus und sorgst für gute Bewirtung. Wir bekommen Besuch."

„Wer ist's, Vater?"

„Wen er schicken wird, das weiß ich noch nicht, aber es ist ein Bote des Teichhofbauern."

„Und für den soll ich zurichten?"

„Ja, er kommt deinetwegen."

„Dann mag er immer bleiben. Ich weiß, was er will."

„Wer hat es dir gesagt?"

„Der Balzer selbst, der mich gestern abend noch im Garten angefallen hat."

„Nun, so brauch ich es nicht zu sagen. Ich werde ihm mein Jawort geben."

„Tu das nicht, Vater! Ich kann den Balzer nicht leiden."

„Dem Heiner wegen, nicht wahr? Dem hab ich sagen lassen, daß er verhaftet wird, wenn er sich noch einmal mit dir sehn läßt; richte dich danach! Was den Balzer betrifft, so hat er seine Fehler, aber er wird sie ablegen, wenn die Frau es klug anfängt. Du nimmst ihn, und die Liebe kommt dann schon von selbst."

„Vater, ich mag ihn nicht."

„Schweig! Ich bin nicht in der Stimmung, große Reden und Erklärungen zu halten. Geh in die Küche und bring dann eine Flasche Wein mit herein!"

„Laß dich bitten, Vater! Es ist ganz unmöglich, daß —"

„Gehst du oder nicht!"

Er trat mit einer so drohenden Miene auf sie zu, daß sie sofort den Ausgang suchte.

Als nach einiger Zeit der Freiersmann kam, fand er den Kantor äußerlich ruhig und heiter. Es war ein Pate des Teichhofbauern, er hatte sich festlich herausstaffiert und schien sich in einiger Verlegenheit zu befinden, dem Kantor eine Rede halten zu müssen. Dieser empfing ihn in der leutseligsten Weise, nötigte ihn zum Sitz und flößte ihm im Lauf der begonnenen Unterhaltung den nötigen Mut ein. Endlich begann die erwartete Ansprache, die dann auch mit sichtlicher Anstrengung zu Ende gebracht wurde. Mehr des Herkommens wegen zögerte der Kantor mit der beabsichtigten Zusage.

„Ich muß doch wohl erst das Mädchen selber fragen, Nachbar. Sie wird gleich kommen!"

Er öffnete die Tür und rief ihren Namen. Es erfolgte keine Antwort. Nach einem zweiten und dritten ebenso vergeblichen Rufen ging er selbst zur Küche; er fand sie leer. Schon wollte er dem mühsam niedergerungenen und nun sich doppelt stark aufbäumenden Zorn in heftigen Worten Ausdruck geben, da vernahm er noch zur rechten Zeit Schritte, die die Treppe heraufkamen. Es war der Pfarrer, der auf das ihm entgegengebrachte Willkommen mit ernstem Gruß nach dem Zimmer schritt. Als er den Gast bemerkte, nahm er das Wort.

„Dieser Mann ist im Auftrag des Teichhofbauern hier, Herr Kantor?"

„Ja."

„Lassen Sie ihn für jetzt nach Haus gehn! Ich hab in einer Angelegenheit mit Ihnen zu sprechen, die keinen Aufschub duldet."

Der Bauer erhob sich bei diesen Worten und verabschiedete sich, gar nicht zufrieden damit, daß sein Auftrag die erwartete Erledigung nicht finden sollte. Da der Teichhof eine Strecke außerhalb des Dorfs lag, so schlug er einen Weg ein, der unweit des Schulhauses in das Freie führte. Er mußte hier an einem Feldstück vorüber, das Silbermanns gehörte. Mitten darauf stand Heiner, auf die Hacke gestützt, und an seiner Seite Alwine. Der junge Mann lächelte, als er den Nahenden erblickte, und das Mädchen sah ihm mit trotziger Miene entgegen.

„Grüß Gott, Silberheiner! Was hast zur Kirmes auf dem Acker zu schaffen?"

„Grüß Gott! Net viel von Bedeutung; aber es gibt so dieses oder jenes, was selbst dem Stillsten mal in die Glieder fährt, und das wollt ich mir herausarbeiten".

„Das machst recht! Es entsteht sonst allerlei schwerfällig Zeug daraus, das nachher kaan Doktor wieder fortbringt. Grüß auch dich, Alwin'! Hab auch dich gesucht."

„Aber net gefunden!“

„Nein. Drum kannst mir gleich die Antwort geben auf das, was ich dem Vater zu sagen hatt.“

„Hat er net selber die Antwort erteilt?“

„Nein, der Pfarrer kam dazwischen.“

„So sollt Ihr sie von mir hören!“

„Weißt denn, worum sich’s handelt?“

„Doch um mich und den Balzer!“

„Allzeit um nix andres.“

„So sagt ihm, daß ich ihn net mag, und weil der Vater mich zwingen will, so bin ich zum Herrn Pfarrer gegangen und hab ihn gebeten, sich meiner anzunehmen. Das hat er mir zugesagt, und drum ist er zum Vater gegangen.“

„Was hör ich da! Also du magst ihn wirklich net?“

„Nein, jetzt net und niemals net. Wer’s mit der Kart und mit der Flint hält und dabei noch so ungeleckt und zudringlich ist, mit dem hab ich nix zu tun.“

„Soll ich ihm das wirklich sagen?“

„Wort für Wort, eher mehr noch als weniger!“

„Das wird die schönste Supp, die ich aufessen muß. Ich glaub, er fährt mir mit den Fäusten ins Gesicht.“

Der alte Mann sah ratlos zu Heiner hinüber, als wolle er diesen um Hilfe bitten.

„Ihr braucht Euch net zu fürchten“, lachte der junge Mann, „denn mit seinen Fäusten ist’s net weit her. Sagt ihm auch noch von mir, daß ich gern wissen möcht, wie ihm der Zaunschwung heut nacht bekommen ist.“

„Das versteh, wer will, aber ich net!“

„Und daß Ihr uns beide hier getroffen habt, das braucht Ihr ihm net grad zu verschweigen. Er wird sich drüber freun.“

„Hör mal, Heiner, jetzt fang ich beinah an zu wissen, woran ich bin. Na, Glück zu meinetwegen, und ausrichten werd ich jede Silb, die ihr mir aufgetragen habt. Lebt wohl!“

Er nahm seinen Weg wieder auf. Er traf den Balzer im Garten des Teichhofs, wo er bei der brennenden Pfeife an das sicherlich günstige Ergebnis der heutigen Werbung dachte. Als er den Boten erblickte, sprang er auf; fast wäre ihm dabei die Pfeife entfallen.

„Schon wieder da? Ihr seid ja kaum erst fort! Was hat das zu bedeuten?"

„Das hat zu bedeuten, daß nix aus der Sach werden wird."

Er stattete getreuen Bericht ab und verschwieg kein Wort von den Aufträgen Heiners und Alwines. Die Stirnadern Balzers schwollen von Satz zu Satz immer stärker an, und als der Berichterstatter geendet hatte, warf er die Pfeife mit einem wilden Fluch zu Boden.

„Also ohne Antwort kommt Ihr nach Haus, und Schimpferei bringt Ihr mit dazu? Aber so ist's, wenn man einen Nixnutz schickt; hätt ich den Ochs oder das Kalb gesandt, so hätt ich Antwort erhalten, so aber ist —"

„Gut, Balzer, schick den Ochs und das Kalb, mich aber bekommst niemals net wieder!" unterbrach ihn der Freiersmann, drehte sich um und verließ mit möglichst eiligen Schritten den Garten.

Der Wütende aber rannte darin umher wie ein losgerißner Stier und bemerkte dabei, über den Zaun blikkend, den Silberheiner mit dem Mädchen, die noch immer auf dem Feld standen. Beide Fäuste ballend, knirschte er:

„Dort stehn sie mitnander und lachen mich aus! Also er ist's gewesen, dem ich den Wurf zu verdanken hab; er hat auf sie geharrt und alles gehört. Aber ich werd's ihm vergelten, bald, so bald wie möglich. Wie hat sie gesagt? Er ist ihr lieber als ich, weil er hübscher ist. Nimm dein Gesicht in acht, Vogelheiner, sonst kommt's so weit, daß sie davor erschrickt. Der Balzer weiß sich zu helfen, und mit ihm hast's nun zu tun!"

Die schwere Zeit nach der Kirchweih war vergangen, Weihnachten war vorüber, und auch die Osterglocken hatten ausgeklungen. Der Pfarrer hatte es damals durch seine Vermittlung so weit gebracht, daß der Kantor den Plan verschoben hatte; aber nach sechs Monaten sollte die Verlobung und nach vollendetem Trauerjahr des Teichhofbauern die Hochzeit gefeiert werden.

Dieser war ein fast täglicher Gast des Schulhauses geworden, wobei ihm Alwine so sorgfältig aus dem Weg ging, daß von einer Annäherung nicht die Rede sein konnte. Auch von einem Einfluß des Kantors auf den Wandel seines zukünftigen Schwiegersohns war wenig oder nichts zu bemerken; der Teichbauer hieß der Kartenbalzer nach wie vor, und dieser Name paßte zu ihm. Der Förster und noch andre wußten von ihm zu erzählen, und es war wirklich zu verwundern, daß der Kantor so fest an dem einmal gefaßten Plan hielt. Nur seinem starren Kopf, der kein Weichen duldete, war dies zuzuschreiben.

Dabei aber kannte das ganze Dorf die Liebe zwischen Heiner und Alwine, und so sehr diese unter der strengsten Aufsicht ihres Vaters stand, erzählte man sich doch, daß die beiden sich täglich träfen und sprächen, obgleich kein Mensch sie bei einem solchen Stelldichein überrascht hatte. Zum Tanz durfte das Mädchen gar nicht mehr gehn; dafür mußte sie fleißig an ihrer Ausstattung arbeiten, obgleich sie dabei verblieb, den Balzer auf keinen Fall zu nehmen, und selbst am Altar noch nein zu sagen.

Heiner war schon längst nicht mehr Mitglied der Sängerschule, und man konnte nicht sagen, ob er vom Kantor ausgestoßen worden oder selbst ausgetreten sei. Seine Lieder hatten stets einen bedeutenden Teil der Vortragsfolge ausgemacht und waren auf den Sängerzügen in alle Welt hinausgetragen worden; jetzt hörte man keins davon mehr während der Unterrichtsstunden; doch ließ sich hier und da verlauten, daß der Kantor jedes neue zu kennen trachte und im stillen musikalisch bearbeite. Die Gedichte des Vogelstellers waren stärker als der Haß des Musikmeisters.

Das letzte Weihnachtsfest war auch das erste gewesen, an dem die Aufführung von Silberheiners Weihnachtskantate ausgefallen war, die stets nicht nur Ehre und Ruhm, sondern auch einen reichlichen Ertrag für die Sängerkasse gebracht hatte.

So war also Ostern schon vergangen, und da der noch auf den Fluren lastende Schnee die Feldarbeit verhinderte, so hatte man eine wandernde Schauspielertruppe, die eine Reihe von Vorstellungen im Dorf zu geben beabsichtigte, mit Freuden willkommen geheißen. Ihr Direktor wohnte mit seiner Familie beim Kantor, der mit seiner Tochter an jedem Abend im Theater zu sehen war. Alwine hatte noch niemals einer Vorstellung beigewohnt; sie fühlte sich von deren Eindruck bezaubert, und das Entzücken, das dieser Genuß ihr bereitete, dehnte seinen Einfluß nicht nur über ihr Wachen, sondern sogar über ihre Träume aus. Es erschloß sich ihr hier eine Welt voll Glanz und Flimmer, voll Schein und Täuschung, deren Gestalten aber die Bewunderung und den Beifall der biederen Dörfler ernteten. Sie fühlte sich von ihr angezogen, in sie hineingerissen wie in einen Strudel, der den unvorsichtigen Schwimmer schon von weitem packt, desto stärker und unwiderstehlicher wird, je näher man ihm kommt, und endlich mit seinen Wassern alles verschlingt und überbraust, was er einmal ergriffen hat.

Sie war bald mehr in der Stube der Direktorin als in ihrer eigenen Wohnung, half mit Eifer bei der Herstellung oder Zurichtung all der wertlosen Gegenstände, die nur auf Lampenlicht berechnet sind, und vertiefte sich mit einer wahren Leidenschaft in die Bücher und Handschriften, die meist von anderen Bühnen ausgemerzte Ritter-, Räuber-, Klosterstücke oder anderes untaugliches oder gar schädliches Zeug enthielten, voll von einem Leben, dem nichts so fremd ist wie die Wirklichkeit.

Als die männlichen Mitglieder der Truppe bemerkten, welcher Gast bei der Direktion verkehrte, stellten sie sich weit öfter ein, als es in geschäftlicher Beziehung geboten war, und bald bildete das schöne Mädchen den Mittelpunkt eines Kreises, der ihr in der auffälligen und volltönenden Weise dieser Art von Künstlern den Hof machte. Sie wurde förmlich berauscht und konnte auf einmal nicht begreifen, daß sie sich von ihren bisherigen Verhältnissen befriedigt gefühlt hatte.

Eines Abends ließ sich kurz vor Beginn der Vorstellung die erste Liebhaberin als plötzlich unwohl melden. Sie hatte zwei Lieder zu singen, die so eng mit dem Stück zusammenhingen, daß sie unmöglich gestrichen werden konnten. Der Direktor sah sich in eine Verlegenheit versetzt, für die ihm Alwine als Rettungsengel erschien. Sie war bei der Meldung zugegen, und als sie hörte, daß keine von den anderen Damen die nötige Stimme habe, meinte sie: „Geht es nicht, daß die Lieder hinter der Szene gesungen werden?"

„Das geht allerdings; die betreffende Darstellerin müßte dann den Gesang mimen, so daß die Zuhörer getäuscht werden. Aber auch für diesen Fall hab ich keine geeignete Kraft."

„Der Vater geht heut nicht in das Theater, und wenn niemand etwas davon erfährt, so will ich den Vortrag übernehmen."

„Sie? Sie wollen singen?" fragte der Direktor rasch.

„Ja", antwortete sie mit erkennbarem Selbstbewußtsein.

„Aber Sie kennen die Einlagen wohl kaum!"

„Das tut nichts; ich singe sie prima vista."

Das war ein Kunstausdruck, den der gute Mann kaum selbst einmal gehört hatte und der ihn mit Hochachtung erfüllte. Er kramte in allerlei Schriften herum und brachte endlich einige Notenblätter zum Vorschein.

„Hier sind die Stimmen. Wollen Sie einen Blick darauf werfen?"

Sie tat es und lächelte siegesgewiß:

„Hören Sie einmal!"

Sie begann zu singen. Der Direktor horchte überrascht auf, als er diese glockenreinen, sicheren und einschmeichelnden Töne vernahm. Seine Verwunderung wuchs von Vers zu Vers. Als das Mädchen endete, schlug er begeistert die Hände zusammen.

„Fräulein, Sie haben ein Fürstentum, ein Königreich in Ihrer Kehle, und es wäre wahrhaft jammerschade, wenn diese seltene Gabe hier in diesem Erdenwinkel verkümmern sollte. Widmen Sie sich der Kunst, und ich steh Ihnen dafür, daß Sie Gold und Kostbarkeiten die Hülle und Fülle haben und Grafen, Generale und Minister zu Ihren Füßen sehen werden! Wollen Sie den Vortrag übernehmen?"

„Ja", antwortete sie leise. Es schwindelte ihr.

„So werde ich dafür sorgen, daß niemand etwas merkt. Sie gehen zeitig in die Vorstellung, und zwar gleich hinter die Kulissen, die Sie erst wieder verlassen, wenn die Zuschauer sich entfernt haben."

So geschah es. Die Darstellerin spielte so gut, daß die guten Bauern wirklich meinten, der Gesang komme aus ihrer Kehle. Auch Heiner befand sich unter ihnen. Er war der einzige, der nicht in den stürmischen Beifall einfiel, seine Miene hatte sich vielmehr von Strophe zu Strophe verfinstert.

„Hast's gehört, Heiner?" fragte sein Vater, der neben ihm saß. „Die hat aane Stimm grad wie die Alwin', die sich schön wundern tät, wenn sie heut zugegen wär."

„Sie ist zugegen, aber wundern tut sie sich net."

„Zugegen? Ich seh doch nix von ihr!"

„Aber gehört hast sie. Sie steckt hinter der Szen und hat das Lied gesungen."

„Wa — wa — wa? Die Alwin'? Ich denk, die Spielerin ist's gewesen. Sie hat doch den Mund auf- und zugeklappt und grad so getan, als ob sie singt."

„Sie hat vielleicht kaane Stimm, und da ist die Alwin' für sie eingetreten."

„Wenn das wahr ist, so hört nun alles und verschiedenes auf! Läßt sich das Madel vom Kuckuck verblenden und singt gar schon im Theater. Die kann's noch weit bringen in der Welt. Heiner, Heiner! Und du vertrittst ihr immer noch die Brück!"

Heiner antwortete nicht. Er sprach überhaupt kein Wort mehr, ging nach der Vorstellung schweigsam nach Hause und stieg ebenso schweigsam in seine Kammer. Dort setzte er sich, statt zur Ruhe zu gehen, an den kleinen Tisch und starrte, in trübe Gedanken und Ahnungen versunken, vor sich hin. Dann tauchte er die Feder ein, und Zeile um Zeile floß auf das Papier:

O gräme nie ein Menschenherz,
Das dein in treuer Liebe denkt,
Du hebst wohl nimmermehr den Schmerz,
Der sich in seine Tiefen senkt!
O mach, daß keine Tränenflut
Um deinetwillen sich ergießt,
Die Träne ist des Herzens Blut,
Mit dem das Leben auch entfließt.
Drum sorge, daß kein Herzeleid
Du jemals hier verschulden magst,
Es kommt die Stund, es kommt die Zeit,
Wo du die schwere Schuld beklagst!

Er steckte die Verse zu sich, und als er vernahm, daß der Vater sich schlafen legte, blies er das Licht aus und stieg leise und vorsichtig die Treppe wieder hinab. Die Haustür unhörbar öffnend und wieder verschließend, blickte er sich um, ob er unbeobachtet sei; dann huschte er über die Straße hinüber in den Schulgarten, wo er sich in der Laube niedersetzte.

Gerade als er über die Straße schlüpfte, kam eine andere Gestalt längs des Zauns herbeigeschlichen und duckte sich bei seinem Anblick schnell in das Dunkel der Umfassung nieder. Es war Balzer.

„Das ist der Heiner", flüsterte er, „der in den Garten geht. Endlich bin ich seinem Schlich auf der Spur. Rasch ihm nach, damit ich den Ort entdecke, an dem er sich verbirgt."

Im Nu war er über den Zaun hinüber und kam gerade recht, Heiner in seinem Schlupfwinkel verschwinden zu sehen.

„Schau, in die Laub also geht er! Und da hat er auch gesteckt damals, als ich vom Kirmestanz herkam. Jetzt muß ich nun noch warten, ob die Alwin' kommt!"

Seine Geduld wurde auf keine zu lange Probe gestellt. Alwine kam bald und fragte am Eingang: „Bist du da, Heiner?"

„Ja. Komm nur herein!"

Sie folgte dem Wunsch, nahm neben ihm Platz und wurde von seinen Armen umschlungen.

„Warst im Theater heut, Heiner?"

„Ja. Und du?"

„Nein, sonst hättest mich ja gesehn."

„Warum warst net?"

„Der Vater hatte zu schreiben, und allein durft ich net gehn."

„Wie schade! Sonst hättest zwei Lieder gehört, die mir sehr gefallen haben. Also ins Theater darfst net ohne den Vater. Aber wohl hinter die Kulissen?"

„Heiner!"

„Wirst auch nein sagen?"

Sie schwieg, und erst nach einer Weile antwortete sie unsicher: „Hast mich wohl erkannt?"

„Gleich beim ersten Ton, Alwin'. Hast mich wirklich lieb, so lieb, wie du immer sagst?"

„Ja, Heiner!"

„Warum betrübst mich dann so? Die Leut erzählen, das Theater hätt es dir angetan; ich seh vom Fenster aus, wie die Spieler um dich scharwenzeln, und nun singst gar schon auf dem Podium! Hast net dran gedacht, ob es mich kränkt?"

„Nein. Es ist gar nix Unrecht's dabei!"

„Ja, aan Vergehn ist's net, das ist wahr; aber hat's dein Vater gewußt?"

„Ja."

„Wirklich? Dann wundert mich's von ihm. Aber daß du zu mir tust, als seist net im Theater gewesen, das ist aan Zeichen, daß dir das Gewissen dennoch geschlagen hat."

„Ich wollt dich net belügen, sondern nur erst sehn, ob du mich erkannt hast."

„So! Dann bitt ich inständig, tu's net wieder, Alwin'! Ich bin grad und ehrlich, mich hörst nie schmeicheln und schön tun; darum gefällt's dir bei den Spielern besser als bei mir, und ich hab schon zweimal hier gesessen und vergebens auf dich gewartet. Alwin', das Theater ist schön von außen und bei Licht; aber am Tag und innen, da wohnt eitel Unglück und Herzleid. Glaub mir das und laßt dich net vom Schein verführen. Aan Blendwerk hält nie lange vor, und die Reu ist sicher hinterher."

„Warum sagst das zu mir? Denkst etwa gar, ich tu was Ungut's?"

„Nein, das denk ich net, dazu bist mir zu wert und rein; aber von allem, was man sieht und hört, setzt sich was fest im Innern, und ich möcht net haben, daß auch der kleinste Hauch mir deine Seele trübt. Schau, ich bin net stolz und aufgeblasen; aber wenn ich wollt, so könnt ich wohl auch sagen, daß ich aan Künstler bin.

Ich arbeit Tag und Nacht, damit ich geistig wachs, und du sollst die Fee werden, durch deren Lieb und Güt ich zum Ziel gelang!"

„Hast wieder was geschrieben?"

„Nix als aan kurz Gedicht."

„Hast's mit?"

„Ja. Hier hast's. Und wenn du's liest, so denk daran, daß ich's geschrieben hab, gleich als ich aus dem Theater kam!"

„Wenn's gut ist, komponiert's der Vater. All die Gedicht, die du mir bringst, steck ich in seine Bücher; dann findet er bald dies, bald das und denkt, es stammt von früher her. Es wird die Zeit schon kommen, wo ihr wieder einig seid."

„Das gebe der liebe Gott!"

Er zog sie fester an sich, und nun begannen sie in süßer Vergessenheit der Gegenwart an den köstlichsten Luftschlössern zu bauen, bis die gewöhnliche Zeit des Scheidens gekommen war. Sie traten aus der Laube und reichten sich die Hände.

„Hast morgen wieder Zeit, Alwin'?"

„Ich weiß noch net; aber komm lieber erst übermorgen um dieselbe Zeit, sonst wagen wir zuviel."

„Hast recht. Schlaf wohl, meine Fee, und bleib immer gut und treu!"

„Gut Nacht!"

Ein leiser Kuß erklang, dann schieden sie.

Als sie sich entfernt hatten, erhob sich Balzer von der Erde. Er hatte dicht an der Laubenwand gelegen und beinahe jedes Wort vernommen.

„Jetzt hab ich ihn sicher! Also aan Künstler ist er, hahaha! Er soll bald erfahren, wie weit er kommt mit seiner Kunst und seiner hübschen Larv. Dem Kantor muß ich's sagen, gleich morgen früh, wo er den saubern Patron abfangen kann, und dann — doch nein, das könnt mich ja verraten. Ich darf von der Laub nix wissen, net das geringst, sonst geht mir's an den Kragen. Mit den Spielern mag sie immer scharmieren, das schadet nix; sie gehn wieder fort, und er ärgert sich darüber. Aber mit ihm soll's aus werden, und das bald, dazu bin ich schon der Mann!"

*

Am anderen Nachmittag saß der Kantor wie fest gebannt am Klavier, wo er an einem Manuskript arbeitete. Alwine lauschte und mußte heimlich lächeln, als er mit der Arbeit fertig war und nach den einleitenden Takten mit fester Baritonstimme begann: „O gräme nie ein Menschenherz, das dein in treuer Liebe denkt!"

Er hatte also den Zettel gefunden und war von den darauf befindlichen Worten an das Instrument getrieben worden. Das Lächeln auf ihrem Gesicht aber verlor sich nach und nach, denn die Töne, die sie hörte, waren dem Text angemessen und ganz geeignet, hinunter bis ins tiefste Herz zu dringen.

„Wie schön, wie schön; das schreib ich mir ab!" meinte sie. „Es ist wirklich jammerschade um den Heiner, daß er nichts Besseres ist. Was könnte er für ein Dichter und mit seinem Tenor für ein Sänger werden, wenn er nur an ein Theater gehen wollte! Aber so einen Vorschlag darf ich ihm gar nicht machen, denn, so lieb ich ihn hab, mit seinen Ansichten ist und bleibt er doch vom Dorf!"

Sie freute sich, daß sie ihn nicht für heut bestellt hatte; denn es war Ruhetag für die Schauspieler, und da kamen sie ganz sicher abends zum Direktor.

Dieser schien die ungewöhnlich fleißigen Besuche seiner männlichen Mitglieder nicht außer der Ordnung zu finden. Er war ein schlauer Spekulant und hatte trotz der kurzen Zeit die Kantorstochter so gut kennengelernt, daß er an dem Gelingen seiner Pläne nicht im mindesten zweifelte. Alwine wurde daher, ohne daß sie es ahnte, in eine fein berechnete Behandlung genommen und fand nachher, von farbenprächtigen Bildern umgaukelt, nur spät erst den Schlaf.

Obgleich der Schnee noch auf den Feldern lag — aus den Gärten war er gewichen —, begann der Kantor nun, sich mit der Herstellung seiner Blumenbeete zu beschäftigen. Dabei bemerkte er in der unmittelbaren Nähe der Laube fremde Fußspuren, die seine volle Aufmerksamkeit erregten. Er wußte, daß man sich von geheimen Zusammenkünften zwischen Heiner und Alwine erzählte, und es kam ihm der Gedanke, daß die Laube von ihnen dazu benutzt werde.

Er kroch hinein und untersuchte sorgfältig ihr Inneres. Seine Bemühungen waren von Erfolg, denn am Boden lag eine Zigarrenspitze, die er sofort als Heiners Eigentum erkannte. Er legte sie wieder hin und verließ die Laube.

„Also so geht es hinter meinem Rücken her! Dem Burschen werd ich die Lust für allzeit vertreiben!"

Er lachte ingrimmig in sich hinein und begab sich wieder an seine Arbeit.

Am Abend besuchte er mit Alwine die Vorstellung, dann tat er, als gehe er schlafen, schlich sich aber statt dessen hinab in den Garten. Zwar wußte er nicht, ob Heiner heut kommen werde, aber er hatte sich fest vorgenommen, alltäglich und so lange in der Laube Posto zu nehmen, bis er ihn abfassen werde. Jetzt konnte Heiner allerdings noch nicht da sein; er hatte ihn im Theater gesehn und bemerkt, daß er bei dessen Schluß erst noch in die Gaststube getreten war. Darum beschloß er, sich in den hintersten Winkel der Laubhöhle zurückzuziehen und ruhig abzuwarten, was da kommen werde.

Am Ziel angelangt, bog er sich nieder und trat ein. Da fühlte er sich ergriffen, ein fürchterlicher Schlag schmetterte auf sein emporgerichtetes Gesicht nieder, ein

Klirren wie von zerbrochnen Scherben folgte, und dann ergoß sich eine Flüssigkeit über ihn, von der jeder Tropfen wie mit Messerschärfe in das Fleisch einschnitt. Er konnte nicht anders, ein fürchterliches Brüllen entquoll seiner Brust; dabei wollte er nach dem Angreifer fassen, griff aber in die Luft; der Übeltäter war verschwunden.

Alwine hatte die Stimme ihres Vaters erkannt und kam erschrocken herbeigeeilt.

„Der Heiner, der Heiner! Halt ihn fest, er hat mich mit kochendem Wasser überschüttet. O meine Augen, meine Augen!"

Sie fiel in sein Rufen ein, so daß einige zufällig in der Nähe sich befindende Leute herbeieilten und den vor Schmerz wimmernden Kantor in seine Wohnung brachten. Der Dorfbader wurde schleunigst gerufen und ein Bote in die Stadt zum Arzt geschickt. Es stellte sich heraus, daß das Gesicht des Überfallenen mit einem Gefäß zerschlagen worden war, in dem sich eine scharfe, ätzende Säure befunden hatte, die von einer ebenso schnellen wie fürchterlichen Wirkung gewesen war. Der Kopf bot einen entsetzlichen Anblick, und auch die Hände, mit denen er das Gesicht unwillkürlich zu schützen versucht hatte, waren in ihren Fleischteilen zerrissen und zerfressen.

Der Arzt, der von dem Boten die Art und Weise der Verletzung erfahren hatte, brachte gleich die geeigneten Medikamente mit, die die Schmerzen wenigstens so weit stillten, daß der Kranke eine zusammenhängende Darstellung des Vorgangs zu geben vermochte. Auf seine Forderung hin wurde der im Ort wohnende Schutzmann gerufen, der nach kurzem Verhör des Kantors sich trotz der späten Stunde zu Silbermanns begab.

Das Haus war verschlossen, und erst nach langem Klopfen wurde geöffnet. Es war der alte Vogelhändler selbst, der verwundert über die außergewöhnliche Störung im Flur stand.

„Was soll's sein?"

„Das werdet Ihr gleich hören! Ist Euer Sohn zu Haus?"

„Himmelelement, der Gendarm! Was wollt Ihr von dem Jungen?"

„Zunächst will ich wissen, wo er ist."

„Nun woanders denn als droben im Bett!"

„So leuchtet mir einmal! Ich muß hinauf."

„So? Hinauf müßt Ihr? Warum denn?"

„Nur immer vorwärts! Ich hab keine Zeit."

„Na na na, da hinauf kommen wir heuer schon noch!"

Er leuchtete voran und öffnete die Kammertür.

„Heiner, steh auf; hast Besuch!"

Es wurde ihm keine Antwort. Er trat näher und blieb verwundert vor dem Bett stehn.

„Leer, wahrhaftig leer, und kaane Seel liegt drin!"

„Das hab ich mir gedacht", bemerkte der Sicherheitsbeamte.

„Er hat doch ‚Gut Nacht' gesagt und ist hinaufgegangen! Wo mag er stecken?"

„Das werd ich schon ausfindig machen!"

Er stieg die Treppe hinab und untersuchte jeden Winkel des kleinen Hauses.

„Aber warum sucht Ihr denn nach ihm?"

„Wegen ruchloser Körperverletzung."

„Körperverletzung? Was hat er sich verletzt?"

„Sich nichts, aber einem andern desto mehr."

„Sich nix? Gut, dann bin ich zufrieden. Der Heiner ist kaan Raufbold, der ruchlos hinschlägt, wo er net hinschlagen soll; freilich, wenn man ihm mit Absicht in die Quer kommt, so muß er sich wehren, das hab ich ihm selber gesagt, und nachher fackelt er auch net lang. Wen hat er denn vorgehabt?"

„Den Kantor."

„Den? Wohl bekomms; weiter sag ich nix."

„So! Da wißt Ihr wohl von der Sach?"

„Ich weiß nix, als daß für den Kantor geklopfter Senf aan heilsam Mittel ist. Aber was geht denn grad Euch die Geschicht an, he?“

„Weil Anzeige gemacht worden ist. Habt Ihr hier im Hause Salpeter- oder Schwefelsäure?“

„Ich wüßt doch net wozu?“

„War Euer Sohn kürzlich in der Stadt?“

„Ja, gestern in der Apothek.“

„Ach so! Was hat er da geholt?“

„Krimmitattri, was denn anders? Ich muß ihn trinken, weil mir sonst nix hilft gegen den Kopfschmerz, den ich zuweilen hab.“

„Ach so, Cremor tartari meint Ihr?“

„Auf aan tari mehr oder weniger kommt's bei uns net an.“

„Und weiter hat er nichts gebracht?“

„Nein.“

„Ist die Kammer, in der er schläft, nur für ihn?“

„Ja.“

„So muß ich noch einmal hinauf!“

Während er in der Kammer nach einer Spur der Säure suchte, fand vor der Laube eine heftige Unterredung statt.

Heiner hatte in seiner nach hinten gelegnen Kammer nichts von dem im Kantorgarten statthabenden Wirrwarr gehört und war dann auf die gewöhnliche Weise und zur gewöhnlichen Zeit zum Stelldichein gegangen. Er hatte sich über die Scherben, die er am Boden der Laube fühlte, und auch über das Ausbleiben der Geliebten gewundert und stand eben im Begriff, nach langem Warten sein Versteck zu verlassen, als die Kantorstochter erschien.

„Heiner, um Gottes willen, du bist noch hier!“

„Ja, aber ich wollt eben gehn. Warum erschrickst so darüber?“

„Weil die Polizei dich sucht.“

„Mich? Unmöglich! Sag, weshalb?"

„Wegen dem Vater, den du mit Gift verbrannt hast. O Heiner, warum ist —"

„Mit Gift verbrannt?" fiel er in die Rede. „Du redest wohl im Fieber, Alwin'!"

„So bist's net gewesen?"

„Ist er denn verbrannt?"

„Ach, fürchterlich!"

„Wo denn?"

„Hier in der Laub! Und nun ist der Schutzmann hinüber, um dich zu verhaften!"

„Mich? Gut Nacht, Alwin'!"

Mit einem raschen Sprung schwang er sich über den Zaun und stand nach wenigen Augenblicken in seiner Wohnung vor dem Beamten.

„Sie suchen mich?"

„Ja. Wo kommen Sie her?"

„Vom Kantorgarten."

„Was haben Sie dort gewollt?"

„Ich hab mit der Alwin' gesprochen."

„So! Wann sind Sie hinüber?"

„Dies waaß ich net genau. Ich hab in der Laub gesessen und auf sie gewartet. Denn erst jetzt hab ich von ihr erfahren, was geschehn ist."

„So, also erst jetzt —!"

„Und daß Sie mich suchen. Drum bin ich gleich herübergesprungen. Wer hat's getan, Herr Schutzmann?"

„Das wird sich finden. Jetzt aber kommen Sie mit mir."

„Wohin?"

„Nach der Stadt auf das Amt."

„Also verhaftet! Ich bin's aber doch net gewesen!"

„Das zu ermitteln ist die Sache des Untersuchungsrichters. Zunächst werde ich Sie einige Zeit beim Vorstand unterbringen, um den Tatort zu untersuchen. Ich hoffe, daß Sie mir keine Schwierigkeiten machen werden, die mich zu strengen Maßregeln veranlassen würden."

„Wie soll das gehn?" fragte der Alte erregt. „Zum Vorstand soll er geschleppt werden und nachher ins Amt? Und getan hat er nix? Das wollen wir mal sehn, da bin ich auch noch da, und wer mir den Heiner angreift, den —"

„Sei ruhig, Vater!" fiel Heiner ihm in die Rede. „Mit Zorn machst die Sach nur schlimm. Ich geh gutwillig mit, denn das ist das best, was ich tun kann. Ich bin unschuldig und werd gar bald wieder daheim sein bei dir."

„Ja, wenn du selber willst, so muß ich ruhig sein; aber wenn ich dich net schnell wiederhab, so komm ich selber nach und lauf Sturm im Gericht!"

Heiner wurde abgeführt. Im Vorüberschreiten sah er die Wohnstube des Kantors hell erleuchtet, wo der Verletzte auf dem Sofa lag, an seiner Seite eine fremde Wartefrau. Alwine durfte nicht zu ihm; er hatte sie mit harten, drohenden Worten von sich gewiesen und ihr ein für allemal verboten, sich vor ihm sehen zu lassen.

Sie saß in ihrer Kammer und weinte, und da es ihr hier zu traurig und einsam wurde, so ging sie zu Direktors, die durch das Ereignis wachgehalten worden waren und sie nach ihrer Weise zu trösten suchten.

Überhaupt zeigte das Haupt der Künstlertruppe samt seiner ganzen Familie während der folgenden, allerdings schweren Zeit eine außerordentliche Teilnahme für das Mädchen. Der Vater blieb unerbittlich gegen sie; er schob die ganze Schuld seines Unglücks auf ihren Ungehorsam und geriet fast in Raserei, wenn sie einen Versuch machte, sich ihm zu nähern. Auch vor Gericht wurde sie gefordert, um ihre Aussage zu tun, aber den Geliebten bekam sie dabei nicht zu sehen. Sie ahnte nicht, daß mit ihm ihr bester Schutz von ihr genommen war. Vom Vater verbannt und nun auf sich selbst angewiesen, dachte sie nicht daran, beim Pfarrer oder sonst im Ort Anschluß zu suchen, sondern schenkte ihr ungeteiltes Vertrauen dem Direktor, der durch die Einflüsterungen einen Entschluß in ihr zur Reife brachte, dessen Tragweite sie nicht abzusehen vermochte.

So vergingen einige Wochen. Die Schauspieler hatten den Ort verlassen und sich, man wußte nicht wohin, gewandt. Da erhielt sie einen Brief, den sie, nachdem sie ihn gelesen hatte, vernichtete. Er schien ihr eine schon erwartete frohe Botschaft gebracht zu haben, die sie veranlaßte, sich gar eifrig mit den fertigen Stücken ihrer Ausstattung zu schaffen zu machen. Sie verriegelte ihre Stube und begann einzupacken.

Während dieser Beschäftigung fiel ihr Blick durch das Fenster und auf eine bekannte Gestalt, die, den Vogelbauer unter dem Arm, drüben aus dem Häuschen trat, einen froh grüßenden Blick herüberwarf und dann in einen Querpfad einbog, der nach dem Wald führte.

„Der Heiner!" rief sie, halb froh, halb erschrocken. „Er ist frei, er ist wieder da; sie haben ihm nichts tun können! Soll ich noch einmal mit ihm sprechen? Ja, aber wissen darf er nicht, was ich vorhabe, sonst läßt er mich nicht fort von hier."

Vom Vater unbeaufsichtigt, war es ihr jetzt leicht, das Schulhaus beliebig zu verlassen. Sie ging. Sie war mit Heiner als Kind oft im Wald herumgestrichen und kannte den Ort, wo er zu finden war. Sie stieg den Berg empor bis zu einer Waldwiese, über die der Blick frei schweifen konnte. Ihr Auge strich die Lichtung entlang und entdeckte den Gesuchten unter einer breitästigen Tanne, wo er im Moos lag. Sie eilte zu ihm hin.

„Heiner!"

„Alwin'!"

Er war emporgesprungen, hatte sie umfaßt und drückte sie mit einer Innigkeit an sich, die Zeugnis gab von der Sehnsucht, mit der ihn nach ihr verlangt hatte.

„Bist wieder frei?“

„Ja, aus Mangel an Beweisen, wie sie sagten; aber ich werd so lange suchen, bis ich entdeck, wer's getan hat. Komm und setz dich zu mir nieder! Hast wohl auch nach mir verlangt, weil du mir nachkommst, so weit den Berg herauf?“

„Sehr, Heiner! Und ich konnt herauf, weil der Vater denkt, ich bin den ganzen Tag beim Pfarrer zu Besuch. Da kann ich bei dir bleiben, solang als es mir gefällt, und das will ich auch tun, denn es läßt sich net sagen, ob's gleich wieder so gut paßt.“

Sie ließen sich nebeneinander nieder und blieben da Stunde um Stunde, eine lange, lange Zeit. Er dachte nicht an seinen Vogel, sondern an nichts und niemand als nur an sie, die heut so gut und zärtlich war wie noch niemals. Und als sie endlich doch ging und ihm verbot, sie zu begleiten, da sah er ihr noch tief in die Augen und drückte Kuß um Kuß auf ihre willigen Lippen.

„Lebwohl, Heiner; das war der schönste Tag in meinem Leben!“

„Lebwohl, Alwin'; dich und diesen Tag vergeß ich nie, nie, nie!“

Sie winkte zurück, und er winkte ihr nach, bis sie hinter den Bäumen verschwunden war; dann legte er sich wieder zur Erde und träumte vom künftigen Glück und künftiger Seligkeit, bis der hereinbrechende Abend ihn zum Aufbruch mahnte. —

Am andern Morgen verbreitete sich die Kunde, daß die Kantorstochter während der Nacht den Ort verlassen habe. Ein Taglöhner hatte ihren Koffer bis zur nächsten Poststelle gefahren, und niemand erfuhr, wohin sie gegangen war, auch der Heiner nicht. An ihrem schönsten Tag war ihr Herz voll Verrat gegen ihn gewesen. Er konnte dies nie verwinden.

Es ist ein unerbittliches Gesetz, das Tage an Tage, Wochen an Wochen, Monde an Monde und Jahre an Jahre reiht. Keine Stunde, keine Sekunde darf stehn bleiben; sie geht, sie muß gehn, um der nächsten Raum zu geben, und mit ihnen geht der Mensch mit seinem Denken und Treiben, hinauf oder hinunter, bergan oder bergab, unaufhaltsam und ohne Stillstand, gezogen und getrieben von den guten oder schlimmen Gewalten, denen er die Herrschaft über sich einräumt. Und dieses Steigen oder Sinken des Menschen, es ist mit seinen inneren und äußeren Erfolgen nicht nach kurzen Zeitspannen bemerkbar; seine Wirkungen wachsen stetig und langsam aus sich heraus, und erst nach Jahren tritt die Veränderung zutage.

So war es mit dem Teichbauer zwar langsam, aber immerfort bergab gegangen. Es gehört eine schöne Zeit dazu, ein Anwesen wie den Teichhof durch die Gurgel zu jagen und durch die Karte zu zertrümmern, aber es war doch geschehen. Nun saß die fremde, vornehme und kranke Frau auf dem Hof; der Balzer hatte bei einem seiner Spießgesellen eine armselige Dachstube bezogen; niemand wußte, wovon er sein Leben fristete, wenn es nicht der Wilddiebstahl war, der ihm den erbärmlichen Unterhalt gewährte, und es kam endlich so weit, daß man ein scharfes Auge auf ihn richtete. Jetzt stand er vor dem Vorsteher, der ihn durch den Büttel zu sich beschieden hatte.

„Balzer, ich hab Ihn von Amts wegen rufen lassen. Steh Er mir Red und Antwort auf die Fragen, die ich an Ihn richten werd!"

„Warum net, wenn Ihr net unnütz fragt!"

„Von unnützem Gered kann hier an dieser Stell wohl net die Red sein. Also, was treibt Er für Arbeit, und wovon nimmt Er seine Nahrung her?"

„Ich treib, was mir beliebt, und leb von dem, was mir schmeckt."

„Gut! Das ist deutlich genug gesprochen, so daß ich genau merk, woran ich mit Ihm bin. Wer sich vor seinem Vorgesetzten so dreist benimmt wie Er, dem hält man kaane lange Red und macht kurz Federlesens mit ihm."

„Mein Vorgesetzter? Vorsteher, was fällt Euch ein! Ich weiß kaan Wort davon, daß ich Euch mir voraufgestellt hab. Ihr tut, was Euch gefällt, ich bekümmre mich net drum, und wovon ich leb, das ist meine Sach und geht Euch auch nix an."

„Daß es mich was angeht und daß ich Sein Vorgesetzter dennoch bin, das soll Er bald erfahren. Merk Er nur auf, was ich Ihm jetzt sag! Ich geb Ihm die volle Woch noch Frist, daß Er sich nach ordentlicher Arbeit umtut und mir dann persönlich meldet, wo Er im Dienst steht. Tut Er dies aber net, so kommt Er in das Gemeindehaus und unter die Aufsicht des Armenpflegers. So ist's in der letzten Sitzung beschlossen worden, und das hab ich Ihm amtlich zu eröffnen! Jetzt kann Er gehn!"

Balzer wollte mit einer Entgegnung losbrechen, der Vorsteher aber hatte bei dem letzten Wort die Tür zum Nebenraum ergriffen und ließ ihn stehen.

Es blieb ihm nichts übrig, als zu gehen. Draußen aber ballte er die Fäuste gegen das Haus und murmelte eine grimmige Verwünschung vor sich hin. Dann aber hielt er an wie von einem plötzlichen Gedanken befallen, dachte einige Augenblicke nach und schritt dann hastig vorwärts.

„Ja, das ist das best, was ich tun kann, und es ist verwunderlich, daß ich net schon längst drauf gekommen bin. Seit ich dies Madel gesehn hab, läßt mir's weder Ruh noch Rast. Ich bin der Lump, ja, der Lump bin ich, so sagen sie hier im Ort, und auch fast alt bin ich geworden; und sie ist reich und schön, so schön und vortrefflich und noch so jung; doch wenn ich den Teichhof wieder bekommen könnt, so wär ich gleich wieder der Mann, vor dem sie die Mütz abziehn, und dann wollt ich dem Vorsteher mal zeigen, wer mein Vorgesetzter ist. Ich geh, es bleibt dabei!"

Er schritt dem Teichhof zu. Es sah dort jetzt weit anders aus als zu seiner Zeit, und man merkte auf den ersten Blick, daß hier sich trotz der kranken Herrin alles im richtigen Zustand befand.

Unter der Tür stand Alma und fütterte aus einer Schüssel voll goldgelber Körner das um sie herumflatternde Geflügel. Als sie ihn bemerkte, glitt es halb wie Furcht, halb wie Unmut über ihr liebliches Gesicht.

„Grüß Gott, Jungfer! Ist die Bäurin zu Haus?"

„Ja. Was wollt Ihr?"

„Ich hab mit ihr zu sprechen."

„Sagt's mir, was Ihr begehrt! Es ist so gut, als hört's die Mutter."

„Ich muß mit ihr selber reden."

„Sie ist unwohl und läßt drum niemand zu sich, wenn's net nötig ist."

„So sagt, daß es eilt!"

„Wartet hier, bis ich wiederkehr!"

Er setzte sich auf die vor der Tür stehende Bank. Seine Augen blickten zornig im Hof umher.

„Das ist der Teichhof, der mein war, und nun darf ich net mal eintreten, sondern muß vor der Tür warten wie der Bettelbub, dem nix gehört als der Pfennig und aan finster Gesicht. Aber wart nur, mit dem Balzer ist's noch lange net Matthäi am Letzten."

Das Mädchen kehrte zurück. „Kommt herauf!"

Es führte ihn die Treppe empor und öffnete eine Tür. „Tretet hier ein!"

Die Fenster des Zimmers, in dem er sich jetzt befand, waren von reichen Gardinen verhüllt, und die blauen

Vorhänge, die tief herabgelassen waren, dämpften das Tageslicht so weit, daß Dämmerung in dem Raum herrschte. In einem dunkelsamtnen Sessel ruhte, in leichte, weite Falten gehüllt, eine Frauengestalt, deren feine, blasse Züge kaum zu erkennen waren. Eine leise Stimme fragte: „Wer seid Ihr?"

„Der Balzer."

„Ah, der frühere Besitzer meines Gutes! Ich sah Euch noch nicht, weil ich den Hof nicht unmittelbar aus Eurer Hand kaufte. Was wollt Ihr?"

„Ich wollt Euch meinen Dienst anbieten. Ihr seid krank und habt kaane Mannsperson bei Euch, die zum Rechten sieht; da geht gar vieles derquer, und der Schaden bleibt net aus. Ich kenn jeden Schrittbreit von dem Teichhof und dem, was zu ihm gehört, und weiß genau, was er verlangt. Die Leut sagen all, daß Euch der rechte Hausmeister fehlt, der für Euch sorgt und die Aufsicht führt."

„Sagen sie auch, daß Ihr der richtige Mann zu diesem Posten seid?"

Die Stimme klang lind und weich, aber es lag etwas in ihrem Ton, das den Balzer mit der Antwort zögern ließ. Sie fuhr fort: „Ich will nicht bestreiten, daß ich einer männlichen Kraft bedarf, die den fehlenden Herrn ersetzt, doch grad Euch kann ich nicht dazu wählen."

„Warum?"

„Es müßte Euer Ehrgefühl beleidigen, da Stellvertreter zu sein, wo Ihr früher Herr waret."

„So nehmt mich wenigstens zum Knecht; ich will einmal gern auf den Hof!"

Er bemerkte nicht, daß er mit diesen Worten einen doppelten Fehler beging.

„Das geht ja noch viel weniger, denn jeder Befehl, der Euch erteilt würde, müßte Euch bitter treffen, und das will ich Euch nicht antun."

„Auch net als Taglöhner?"

„Ebensowenig. Ich glaube doch, daß es Euch nicht schwer werden kann, im Dorf zu finden, was Ihr sucht. Ich bin hier fremd und kenne Eure Ansprüche und Leistungen nicht so wie Eure Bekannten."

Es war eigentümlich; diesem schwachen, kranken Wesen gegenüber fühlte Balzer nicht den Mut zur Gegenrede. Es war eine Art von Beklemmung plötzlich über ihn gekommen, die ihm das Geständnis entriß:

„Die mögen nix von mir wissen, und ich komm ins Armenhaus, wenn ich hier bei Euch net Hilf und Unterstützung find."

Es entstand eine Pause, während der die Augen der Frau mit eigentümlichem Ausdruck auf ihm ruhten, das war trotz der Dämmerung zu erkennen. Er aber blickte vor sich nieder und bemerkte es nicht.

„Könnt Ihr denn nichts andres beginnen?"

Er holte tief Atem.

„Dazu gehört Geld, und das hab ich net."

Seine Augen flogen wie Hilfe suchend im Zimmer umher und fielen auf einen offenstehenden Schrank. Darin stand eine eiserne Kassette, an der der Schlüssel steckte.

„So überlegt einmal, was Ihr anfangen könntet, und wenn ich gewiß sein kann, daß die Guttat nicht weggeworfen ist, so werd ich Euch vielleicht beispringen; denn ich hoffe, daß ich nur Gutes von Euch höre."

Bei diesen Worten mußte er daran denken, daß grad das Gegenteil stattfinden werde, und das brachte den alten Geist wieder über ihn.

„So ist's also nix mit dem Dienst?"

„Leider nein."

„Dann behaltet auch die Guttat für Euch! Der Balzer wird sich schon selber helfen!"

Er warf die Türe krachend in das Schloß und ging.

Drunten im Hof stand jetzt ein mit feinen Polstern ausgeschlagener und mit warmen Decken versehener Schlitten. Eine Magd trug die Wärmflasche herbei, und der Kutscher war beschäftigt, die Pferde anzuschirren. Sie blickten mißtrauisch auf die unordentlich gekleidete Gestalt des Vorübergehenden.

„So könnt man's auch haben", murmelte er, „wenn der Giftheiner net gewesen wäre, der mir das Leben zerstört und vernichtet hat. Alles auf's schönst und vornehmst ausgestattet, wie sich's nur so wünschen läßt. Aber die Kasse da droben ist noch besser als der Schlitten, und ich gebrauch sie notwendiger als die Madam, die so schön höflich grob sein kann. Sie mag nur immer nach mir fragen, mir ist der Leumund gleich!"

Als er aus dem Feldweg in die Straße einbog, begegnete ihm der, an den er soeben mit Grimm gedacht hatte.

„Der Heiner! Der Halunk trägt sich grad wie aan Baron, mit Marderpelz und Krimmermütz. Ich straf ihn mit Verachtung und tu, als ob ich ihn gar net bemerk."

Es war wirklich ein stattlicher Anblick, den Heinrich Silbermann bot, und man merkte es, daß seine Sängerfahrten selbst auf den Stoff und Schnitt seiner Kleidung Einfluß gehabt hatten. Im Gebirg tritt der Winter früher ein als im Niederland; es hatte seit einigen Tagen stark geschneit und eine tüchtige Schlittenbahn hingeworfen, die unter seinen Schritten stark knirschte. Wie er so dahinging mit seinen sicheren, lebhaften Bewegungen, sah er bedeutend jünger aus, als er war, und es war ein schneidender Gegensatz, den die herabgekommene Gestalt des lautlos an ihm vorübergleitenden Feindes mit ihm bot.

Schon lag das Dorf eine ziemliche Strecke hinter ihm, als er lautes Schellengeläut vernahm. Er drehte sich um; ein Schlitten nahte sich im raschen Lauf des mutigen Gespanns. Alma saß darin. Sie sah den Dahinschreitenden und glaubte, es sei ein Herr aus der Stadt. Als sie aber im Vorbeifahren einen Blick in sein Gesicht warf, ließ sie sofort halten.

„Grüß Gott, Heiner! Hätt dich beinah gar net erkannt, so stolz und vornehm schaust heut aus. Willst nach der Stadt?“

„Grüß Gott, Alma! Ja.“

„So steig mit ein! Oder halt, hast auch gelernt, zu fahren?“

„Warum net?“

„So kannst die Zügel nehmen. Der Knecht wird zu Haus gebraucht und hat net gut abkommen können. Jetzt kann er heimlaufen.“

Der Knecht stieg ab und übergab Heiner die Zügel mit der Peitsche. Dieser griff zu und wollte den verlassenen Sitz einnehmen.

„Nein, net da vorn, Silberheiner. Komm herein zu mir, da ist's warm, und wir können auch mit'nander sprechen!“

Er stieg ein, nahm die Pferde scharf zusammen, und fort ging's in raschem Lauf. Er hatte mit dem Mädchen nur zweimal gesprochen, sie überhaupt nur diese beiden Male getroffen, aber das ganze Dorf war von ihrer Schönheit und ihrer Herzensgüte des Lobes voll, und grad die Art und Weise dieser zwei Begegnungen war ganz geeignet gewesen, sie ihm unvergeßlich zu machen. Jetzt hatte sie selbst ihn aufgefordert, mitzufahren, ja, ihn selbst an ihre Seite genötigt, und nun saß er neben ihr und wagte kaum einen Blick auf den blauen Schleier zu werfen, unter dem sich ihre weichen, warm leuchtenden Züge verbargen wie die Frühlingssonne hinter leichtem Federgewölk.

„Fährst net gern Schlitten, Heiner?“ klang es schalkhaft aus den warmen Hüllen heraus.

„Sehr gern“, antwortete er treuherzig.

„Aber net mit mir?“

„Mit dir am allerliebsten, Alma. Warum denn net?“

„Weil du so aan absonderlich Gesicht machst.“

„Sag, was willst für aans?“

„So wie damals, als — als — als —“

Er wartete einige Augenblicke; als aber das sich besinnende Mädchen nicht fortfuhr, ergänzte er:

„Als damals auf dem Fichtler?“

„Ja, als du zum letztenmal mit der Alwin’ droben gewesen bist.“

„Mit der Alwin’?“ Sein offenes Gesicht nahm den Ausdruck tiefsten Erstaunens an. „Wie kommst dazu, davon zu wissen? Denn nur die Alwin’ und ich, wir haben’s gewußt.“

„Ich sag’s dir später, Heiner, wenn du mir auch mal so viele Gedichte geschenkt hast wie ihr.“

Seine Verwunderung wuchs.

„Auch dies hast vernommen? Aber du darfst ja doch kaan Gedicht von mir erhalten!“

„Weshalb?“

„Bei ihr durft’s geschehn, denn sie hat mich lieb — gehabt.“

Er legte den Nachdruck auf das letzte Wort, und dabei ging es über sein Gesicht wie eine tiefe Traurigkeit.

„Dann hat sie dich verlassen?“

Er antwortete nicht, sondern neigte nur leise den Kopf.

Da grub sich ihre kleine, behandschuhte Hand aus den Pelzen hervor und legte sich auf seinen Arm.

„Kannst sie wohl gar nie vergessen, Heiner?“

„Was hilft’s, wenn ich dran denk! Der Leichtsinn ist besser dran als ich; der lacht und nimmt den Wechsel.“

Er schwang die Peitsche und ließ die Tiere weiter ausgreifen, als wolle er durch den rascheren Galopp der Erinnerung entgehn. Sie aber ließ ihn nicht los.

„Hätt’st auch was andres finden sollen!“

„Ich hab’s net vermocht. Und wenn ich’s gewollt hätt, wohin sollt ich schaun?“

„Recht hast, Heiner, sie sind für dich zu schlecht.“

„Nein, zu schlecht net, Alma, sondern zu obenhin.

Wer tief baut, will auch tief wohnen und dann verstanden sein."

„So willst allein bleiben fürs Leben?"

„Es kann net anders sein!"

Sie zog die Hand zurück und ließ den Blick mit tiefer Teilnahme auf ihm ruhen. Das junge Mädchen war innerlich weit über ihre Jahre hinaus entwickelt; sie mußte von einer ausgezeichneten Mutterhand geleitet worden sein, und ihr bisheriges Leben war vielleicht nicht bloß ein Weg durchs Glück gewesen.

„Weißt, Heiner, daß ich dich gar oft schon gesehn hab?" unterbrach sie das Schweigen wieder.

„Wo?"

„An deinem Fenster, wenn ich beim Kantor bin. Er wollt die Kantate aufführen, aber es geht net, weil der Solotenor fehlt."

„Er mag den Balzer nehmen!"

„Das dacht er auch; aber der ist doch so heruntergekommen, daß niemand mit ihm singen möcht. Heut war er auf dem Teichhof bei der Mutter."

„Der Balzer? Was hat er dort zu schaffen?"

„Hausmeister wollt er werden, dann Knecht und nachher Taglöhner."

„Und was ist ihm für Antwort geschehn?"

„Die einzige, die es gibt. Er hat gehn müssen. Es mag ihn niemand mehr, und nur der Kantor spricht net ganz bös von ihm."

„Weil er ihn hat zum Schwiegersohn machen wollen. Der Balzer ist an mir und allem schuld."

„Der Balzer und das Theater, net wahr, Heiner?"

Fast hätte er mit einem Ruck die Pferde angehalten, so durchzuckten ihn diese Worte.

„Alma, bist etwa allwissend?"

„Nein", lächelte sie.

„So sag, woher du so alles erfahren hast!"

„Schreib mir erst ein Gedicht!"

Hatte er nicht gesagt, weshalb er das nicht dürfe? Und nun forderte sie ihn dennoch wieder auf!

„Sei doch net so schlimm zu mir, Alma!"

Verstand sie, was er sagen wollte und doch kaum selbst verstand? Sie schlug die Augen nieder, und der Schleier verhüllte seinem Blick ihr tiefes Erröten. Schon vor langer, langer Zeit, schon in der Ferne hatte sie von ihm gehört und seinen Namen gekannt. Obgleich noch Kind, war sie die einzige Vertraute einer reumütigen Seele gewesen, die täglich und stündlich an den einfachen erzgebirgischen Vogelsteller denken mußte, obgleich sie von allem Luxus eines reichen und hochgestellten Lebens umgeben wurde. Die kranken, bleichen Züge zuckten wehmütig, wenn sie den Silberheiner nannten, und Alma war es dabei, als müsse sie einen Teil der Schuld auf ihre junge Seele nehmen, um sie zu sühnen für das einzige Wesen, das ihr nahe stand. Nun war sie hier, hatte ihn gesehn, ihn gesprochen, er saß an ihrer Seite und — war es dieses Bedürfnis der Sühne oder war es etwas andres, sie hätte ihre Arme um ihn legen und ihm Frieden geben mögen, so gern, so unaussprechlich gern.

Sie hatten jetzt die Stadt erreicht. Heiner wandte sich ihr wieder zu.

„Wo steigst ab, Alma?"

„Im ‚Bären', Heiner. Fährst doch wieder zurück?"

„Ich muß wohl. Hast doch sonst kaan Kutscher!"

„Und wo hast du zu tun?"

„In der Buchhandlung."

„So gehst erst mit in die Stub und bestellst den Kaffee!"

Es war ihm wie im Traum. Woher war dieses Mädchen mit seiner geheimsten Vergangenheit so gut bekannt? Das Vertrauen, mit dem sie ihn zu ihrem Ritter machte und die Selbstverständlichkeit, die sie bei allem vorauszusetzen schien, begannen ihn verwirrt zu machen. Gar mancher viel Höherstehende als er hätte sich von ihrer Gunst beglückt gefühlt, sie vielleicht um hohen Preis zu erringen gesucht, und nun ward sie ihm, dem armen Vogelsteller, so ohne alle Anstrengung zuteil!

Er konnte nicht weiter denken. Der Gasthof war erreicht, der herbeieilende Hausknecht nahm das Geschirr in Empfang, und auch der Wirt kam, sobald er das Mädchen erkannt hatte, ehrerbietig und dienstbeflissen vor die Tür und rief, das Käppchen vom Kopf reißend:

„Willkommen, tausendmal willkommen, mein gnädig's Fräulein Komteß. Treten Sie herein ins gute Zimmer. Es ist kaan Mensch drin; Sie sind ganz allein und ungestört!"

Komtesse? Heiner wußte nicht, wie ihm geschah. Er schlug die Decken zurück, und eh er zur Seite treten konnte, war sie aus dem Schlitten heraus, hatte ihre Hand auf seinen Arm gelegt und rauschte an seiner Seite am Wirt vorüber in das Zimmer, dessen Tür der Kellner weit aufgerissen hatte.

„Kaffee!" befahl er. Er hatte sich schnell in seine Rolle gefunden; sie sollte sich nicht über ihn zu beklagen haben.

„So", meinte sie, als sie mit seiner Hilfe abgelegt hatte und auf dem Sofa saß, „jetzt kommst herbei und tust Bescheid! Oder trinkst lieber ein Bier?"

Er verneinte mit einer Handbewegung und nahm ihr gegenüber Platz.

Sie schenkte ein, gab ihm Milch und Zucker und hielt ihm dann das Gebäck vor.

„Willst?"

„Bitte, erst nach Ihnen, Komteß!"

Sie lachte glockenhell auf.

„Laß die Komteß, Heiner, und bleib wie zuvor! Hast erst net gewußt, was ich bin, und sollst es auch jetzt net wissen. Wir haben einige Tag hier gewohnt, eh wir auf den Teichhof zogen, und daher kennt der Wirt den Titel. Und die Sprach, bei der mußt erst recht bleiben;

der Dialekt ist herziger als das Hochdeutsch. Also nimm; ich bin die Hausfrau und komm darum erst nach dir!"

„Was bin dann ich, Alma?" fragte er zulangend.

„Du bist noch nix, und willst was werden, so mußt schön folgen."

„Wem?"

„Mir; wem sonst? Aber sag, was willst beim Buchhändler?"

„Es ist aan Bescheid, den ich mir holen will."

„Worüber? Darf ich's wissen?"

„Wegen der Gedichte."

„Ah? Erzähl mir's doch!"

„Es weiß kaan Mensch davon, net mal der Vater, aber dir will ich's net vorenthalten. Ich bin net stolz auf die Gedicht und bild mir auch sonst nix ein, doch ist in unserer Mundart noch nie was gedruckt worden, obgleich sie ihre Berechtigung hat gradso wie Plattdeutsch, Bayrisch, Schwäbisch oder Österreichisch. Darum hab ich gedacht, ich wollt mal eine Auswahl treffen und in Verlag geben. Hätt's geglückt, so wär's mir die größte Freud und Ehr gewesen."

„Und nun willst sie hier dem kleinen Bücherkrämer anbieten?"

„Ich hab sie versandt an große und berühmte Firmen und immer den Bescheid erhalten: ‚Ihre Gedichte zeugen von Talent, aber wir mögen net!' So ist's mehrere Jahre lang gewesen, bis ich's endlich müd geworden bin. Nun will ich sie in Selbstverlag nehmen und dem Buchhändler hier in Kommission geben."

„Hast denn Geld dazu?"

„Ich weiß net, ob's langt: daher will ich heut fragen."

„Wieviel hast?"

Er sah verlegen vor sich nieder.

„Sag's!" bat sie dringlich.

„Von dieser Ausgab darf der Vater nix wissen, obgleich ich meine Kass' für mich hab. Er hat auch sein wenig

Geld, aber das darf ich net rechnen. Darum hab ich meine Sparnis geteilt zwischen ihm, mir und dem Buch."

„Und was kommt auf jeden Teil?"

„Tausend Taler und einiges drüber."

„Was? Über dreitausend Taler hast? Da bist viel reicher als ich!" rief sie in aufrichtiger Verwunderung.

„Reicher als du? Was denkst! Hast net den großen Teichbauernhof?"

„Der gehört doch net mir, sondern der Mutter; du aber hast das Geld verdient mit saurer Arbeit, mit dem Handel, mit —"

„Mit dem Vogelhandel net; was er bringt, laß ich dem Vater. Was ich hab, stammt von der Sängerfahrt; die bringt was ein, wenn man zu sparen versteht."

„Und da willst so viel wagen, das ist nix, Heiner, da kommst um dein Geld!"

„Meinst, daß ich falsch spekulier?"

„Nein; dein Buch wird gehn und seine Leser finden, aber es muß in gute Hand gelegt werden, und die findest net hier am Ort."

„Ich hab sie anderswo auch net gefunden."

„Hast's falsch angefangen, Heiner! Schick die Gedichte, wohin du willst, sie werden gar net gelesen, denn wer kennt den Heinrich Silbermann von hier? Empfehlung mußt haben, und die Vorred muß aan berühmter Dichter oder Professor schreiben. Und wenn nachher aan bekannter Verleger das Buch kauft, so bekommst Geld und Ehr dazu."

Heiner war erstaunt über ihre Sachkenntnis.

„Das hab ich schon gewußt; aber woher den Dichter oder Professor nehmen und dann den Verleger? Doch sag, du sprichst ja so klug wie aan Buch!"

„Das ist net weit her. In Warschau, wo wir waren, gab's gar viel Künstler und Dichter, die bei uns verkehrten. Da hab ich viel von solchen Dingen sprechen hören. Hast die Handschrift fertig?"

„Natürlich. Hier in der Tasch ist sie, damit ich's dem Buchhändler zeigen kann."

„Darf ich's sehn, Heiner?"

„Ja."

Es war ihm anzusehen, wie schwer ihm diese Antwort wurde. Er brachte die Handschrift langsam vor und schien große Lust zu haben, sie wieder einzustecken. Schnell aber hatte sie diese gefaßt und ihm aus der Hand genommen.

„Zeig her!" Ohne einen Blick hineinzuwerfen, steckte sie es in die Innentasche ihres Pelzes.

„Warum steckst es ein?"

„Weil du dein Geld behalten sollst, Heiner. Ich geb's der Mutter, und dann wird's gedruckt, darauf kannst dich verlassen."

„Nein. Alma, das darf ich net zugeben; ich muß die Gedicht wiederhaben. Bitt, gib sie mir zurück!"

„Willst schon wieder unfolgsam sein! Hier in der Tasch sind sie, und da bekommst sie net wieder heraus! Oder willst vielleicht mit mir ringen?"

„Das kann mir net einfallen; wenn ich dich gar schön bitt, so gibst sie mir gutwillig wieder."

„Nein, das ist nun abgemacht. Statt zum Buchhändler, gehst nun mit mir. Ich hab viel Einkäuf zu besorgen, und da wirst mich führen!"

Seine inständigen Bitten blieben erfolglos; er mußte sich in den Willen des Mädchens fügen. Der Lohn blieb auch nicht aus; er durfte fast den ganzen Tag an ihrer Seite bleiben, und es war ihm, als sei alles hinter ihm versunken und eine neue Welt vor ihm aufgegangen, die sein zaudernder Fuß kaum zu betreten wagte.

Als sie den Schlitten wieder bestiegen, brach die Dämmerung bereits herein; aber der Schnee leuchtete und ließ die Straßen gut erkennen. Die Pferde merkten, daß es heimwärts ging, und es bedurfte weder der Zügel noch der Peitsche, um sie in schnellem Gang zu erhalten.

„Die Luft geht scharf, Alma; frierst net vielleicht?"
„Ein wenig im Gesicht, sonst net."
„So komm!"
Er schlang das Zügelende um den Arm, umfaßte sie und legte ihren Kopf an seine Schulter, wo sie der Zug nicht treffen konnte. Sie ließ es still geschehen und blieb regungslos in dieser Stellung. Die Straße ging heimwärts viel bergab, und da viele Schnittgerinne sie durchschnitten, so schlingerte der Schlitten oft in bedrohlicher Weise.
„Hast net Angst, daß wir umschütten?" fragte er sie.
„Bei dir bin ich sicher!" klang es leise, aber in einem Ton, der ihm bis ins tiefste Herz erklang.
Das Händchen war ihr aus dem Muff entglitten; er ergriff es und hielt es fest.
„Glaubst das wirklich?"
„Ja."
Sie hob bei diesen Worten das Köpfchen zu ihm empor; er schob den Schleier ein wenig auf die Seite und neigte sich zu ihr nieder. Die Schnee- und Sternenhelle ließ ihr Gesicht in einem traumhaften Glanz erscheinen, zwischen dem die großen, dunklen Augen wie aus unergründlichen Seelentiefen emporschauten. Dann ließ er den seidenen Flor wieder fallen und sprach kein Wort, bis der Schlitten vor dem Eingang des Teichhofes hielt. Der nach Haus geschickte Knecht ergriff die Pferde; die beiden Insassen stiegen aus.
„Hab Dank, Heiner, für den Schutz. Ich werd's der Mutter erzählen!" sprach Alma, ihm die Hand reichend.
„Ich hab zu danken, net du. Sag der Mutter den schönsten Empfehl', da ich net selber zu ihr darf!"
„Wirst schon noch dürfen, wenn sie wieder wohler ist!"
Das schwere Kleid, in dem sie heut ging, rauschte durch den hell erleuchteten Flur. Heiner trat in die dämmrige Nacht zurück und ging nach Haus. Wortkarg aß er sein Abendbrot, und ebenso wortkarg war er auch

im Gesangverein, der heut seinen Versammlungsabend hatte. Die Erlebnisse des Tages beschäftigten ihn so, daß die Erinnerung daran ihn vollständig in Anspruch nahm, und als die Sänger sich zerstreuten, spürte er noch nicht das geringste Bedürfnis nach Schlaf und Ruhe, und unwillkürlich wandten sich seine Schritte dem Teichhof zu.

Noch immer beschäftigte ihn die Frage, woher Alma Ereignisse aus seiner Vergangenheit kannte; er fand jedoch keine befriedigende Antwort darauf. Eine Komteß war sie, eine Gräfin; welch ein Unterschied zwischen ihr und ihm! Er mochte gar nicht daran denken, denn diese Vorstellung beeinträchtigte seine wunderbar selige Stimmung. Er gab sich dieser vollständig hin und fühlte nicht das mindeste von der Kälte, die hier draußen im Freien herrschte.

So war er an den mit dichtem Gebüsch bestandenen Rand des Teichs gekommen, der an der hinteren Seite des Hofs lag und ihm den Namen gegeben hatte. Er beschloß, die Gebäude zu umschreiten, war aber noch nicht weit ans Wasser gekommen, als es ihm war, als knirschte jenseits der vor ihm liegenden Ecke der Schnee unter vorsichtigen, gedämpften Schritten. Er fühlte keine Lust, sich hier bemerken zu lassen und trat daher so tief wie möglich zwischen die Sträucher hinein.

Ein Mann kam um die erwähnte Ecke und blieb unweit seines Verstecks stehen. Er hatte sich das Gesicht geschwärzt, dennoch aber und trotz der ihn schwer erkennbar machenden, sonderbaren Kleidung erkannte Heiner den Balzer. Dieser warf einen beobachtenden Blick um sich, stieg dann über den Gartenzaun und glitt über den freien Raum des Gartens nach der Scheune hin, die zugleich die Hinterseite des Hofs bildete. Was hatte der Mensch vor? Etwas Gutes sicherlich nicht, das zeigte die Schwärzung des Gesichts. Aber ihm sofort zu folgen war nicht ratsam, weil dies wegen der Mondhelle von Balzer bemerkt worden wäre.

Heiner wartete daher einige Minuten, eh er den Zaun übersprang und den im Schnee eingedrückten Fußspuren nachging. Sie führten auf eine Spalte, die sich mit der Zeit zwischen der ausgefaulten Diele und dem abgeschliffnen Tor gebildet hatte und hinlänglich war, einen nicht zu starken Mann durchkriechen zu lassen. Nachdem er sich durch angestrengtes Horchen überzeugt hatte, daß der Verfolgte die Scheune bereits verlassen haben müsse, drängte er sich hindurch und gelangte so auf die Tenne. Eine Untersuchung zeigte, daß eine ihrer vorderen Pforten geöffnet und unverschlossen war. Er trat von hier auf den inneren Hof. Wohin hatte Balzer seinen Weg genommen?

Nach langem Suchen gewahrte Heiner ein geöffnetes Fenster, das zur Erleuchtung des Treppenaufgangs bestimmt war. Es hatte eine zerbrochene Scheibe gehabt und war also leicht aufzustoßen gewesen. Er stieg hinein. Lärm zu machen hielt er nicht für gut, da Balzer dadurch zur vorzeitigen Flucht veranlaßt werden konnte; er beschloß vielmehr, sich so leise wie möglich zwei Treppen hoch zu begeben, wo, wie er wußte, die Knechte schliefen. Diese vorsichtig zu wecken, war jedenfalls das beste; dann konnte der Eindringling auf frischer Tat ertappt und festgenommen werden.

Mit der Örtlichkeit nicht bekannt, nahm er, auf dem Flur angekommen, zu einem Zündhölzchen seine Zuflucht, dessen Aufleuchten ihm zwei Reihen Türen und die obere Treppe zeigte. Schon hatte er den Fuß auf die untere Stufe gesetzt, als es ihm war, als seien in dem hinteren Zimmer Stimmen erklungen. Er glitt bis an die Tür; er hatte sich nicht getäuscht, aber sie war verschlossen.

„Heraus mit dem Schlüssel!“ hörte er jetzt vernehmlich die verstellte Stimme Balzers.

Hier war Gefahr im Verzug. Rasch glitt er noch zur Nebentür, um diese zu untersuchen. Sie ließ sich öffnen.

Heiner trat ein und übersah nach drei Schritten die ganze Szene.

Das Zimmer, in dem er sich befand, war dasjenige, in dem Balzer heute mit der Besitzerin gesprochen hatte. Daneben lag der Schlafraum, zu dem eine jetzt weit aufgerissene Verbindungstür führte. Eine Nachtlampe, von einem chinesischen Schirm bedeckt, erhellte ihn nur spärlich. Die Damen waren wohl im Begriff gewesen, zur Ruhe zu gehen, als Balzer bei ihnen eintrat. Er hatte den Schrank verschlossen gefunden, und da er sich infolge der Schwärze für sicher hielt und von den wehrlosen Frauen keinerlei Widerstand erwartete, so hatte er sich ganz einfach zu ihnen begeben und den Schrankschlüssel verlangt. In der Rechten ein scharfgeschliffenes Waidmesser, hielt er mit der Linken die Hofherrin gefaßt, deren Züge nicht zu erkennen waren. Alma hatte sich entsetzt an die Mutter geklammert; ihre Haare hingen aufgelöst wie ein reicher, kostbarer Schleier um ihre Gestalt. Sie bebte am ganzen Körper, und ihre erschrockenen Augen hingen an dem verbrecherischen Eindringling wie an einer gespenstigen Erscheinung.

„Still sollt ihr sein, net den Mux dürft ihr tun, sonst ist's um euch geschehen! Gebt den Schlüssel heraus zum Schrank, denn die Kassette muß ich haben!"

„Der Schlüssel bleibt mein", erwiderte die mutige Frau, „und wenn Ihr nicht sofort geht, so ruf ich meine Leute herbei!"

„Versucht's nur, wenn Ihr könnt! Das Messer wird net spaßen!"

Sie wollte sich von ihm losreißen.

„Hilfe —"

Sie konnte den Ruf nicht vollenden; ein rascher Griff um ihren Hals benahm ihr die Möglichkeit dazu. Er holte mit dem Messer aus, da aber schmetterte ein fürchterlicher Faustschlag auf seinen Schädel nieder, so daß er im Augenblick lautlos zusammenbrach.

„Da hast genug, Spitzbub! Grüß Gott, Alma! War's so zur rechten Zeit?"

„Heiner!"

Nur das eine Wort rief sie; aber es lag in ihm eine ganze Welt voll Entzücken, und dann sank sie mit einem herzerschütternden Schluchzen zu Boden.

„Alma!" rief er und „Mein Kind!" ihre Mutter.

Sie knieten vor dem Mädchen, das die Augen geschlossen hatte und unter krampfhaften Bewegungen erzitterte.

„Die Essenz, Heiner, schnell, schnell!"

„Wo ist sie?"

„Dort auf dem Waschtisch die Flasche!"

Er brachte sie herbei, und während er den Kopf des Mädchens in seinen Arm nahm, besprengte die Mutter das blutleere Gesichtchen mit den belebenden Tropfen.

Hinter ihnen regte es sich leise. Balzer erwachte aus seiner Betäubung und öffnete die Augen; die wiederkehrende Besinnung zeigte ihm, daß er unbeachtet sei; er erhob sich und verschwand geräuschlos im Dunkel des Nebenzimmers.

„Es hilft! Nun noch ein wenig Wasser, Heiner!"

Alma öffnete die müden Augen und sah die beiden fragend an.

„Was ist's — wo bin — wo ist der fürchterliche Mann?"

Erst jetzt dachten sie an den Verbrecher. Heiner schnellte empor und stieß einen Ruf der Überraschung aus. „Er ist fort!"

„Fort?" fragte die Mutter. „Das ist das best, was er tun konnt. Immer laß ihn, Heiner! Er wird den Weg schon finden."

„Aber ich muß ihn doch festhalten; es ist der Balzer!"

„Das hab ich schon gewußt; aber es hat ihm nix genutzt, und da wollen wir ihn ruhig laufen lassen."

„Laufen lassen — den Räuber, den Mörder?"

„Ja, Heiner. Ich mag wegen ihm net aufs Gericht, und er wird auch ohne uns noch seine Straf bekommen."

„Wie Ihr wollt, so ist mir's recht; aber es ist net gut, wenn so aan Mensch frei davongehen darf!"

Sie hatte eine Hülle um den Kopf gelegt und so weit vorgezogen, daß sie das Gesicht überragte. Dann trat sie zu ihm und ergriff seine Hand.

„Heiner, die Rettung jetzt, die werd ich nie vergessen. Ich sag großen Dank! Aber wie ist's denn so gut und glücklich gekommen?"

Er fand nur schwer die Worte, seine Anwesenheit beim Hof zu erklären, und berichtete dann das Weitere.

Alma ließ kein Wort der Anerkennung hören, aber das glückliche Lächeln in ihrem jetzt wieder erröteten Angesicht sprach deutlicher als Worte.

Jetzt endlich kam auch das Gesinde herbei, das durch die Unruhe in den Räumen der Herrschaft aufmerksam geworden war.

„Es ist nix von Bedeutung, ihr Leut!" meinte die Herrin. „Der Heiner hat jemand durch die Scheun kriechen sehn und es mir gemeldet. Schaut nach, ob ihr wen findet, und geht dann ruhig schlafen!"

Auch Heiner ging, nachdem er den freundlichsten Abschied erhalten hatte; aber er verließ die Umgebung des Hofs nicht eher, als bis die bald entdeckten Fußspuren ihm die Überzeugung gaben, daß auch Balzer heimgekehrt sei.

Die Frauen blieben in einer leicht erklärlichen Aufregung zurück. Das Schlafbedürfnis war ihnen vollständig vergangen, und so saßen sie beisammen und besprachen das Ereignis in allen seinen aufregenden Einzelheiten.

„Du hast dich bisher so von allem Verkehr zurückgezogen, Mama, damit man dich nicht erkennen soll, und nun ist er doch bei dir gewesen", meinte Alma schließlich.

„Aber er hat mich nicht erkannt."

„Nein, sonst hätten wir es sicher merken müssen. Nicht wahr, nun erfüllst du schon aus Dankbarkeit für seine heutige Hilfe meine Bitte?"

„In Beziehung seiner Gedichte? Ja. Ich hab die Handschrift noch gar nicht aufgeschlagen; ich wollte es mir bis zu einer Stunde völliger Muße aufheben, sie zu lesen; da wir aber nun doch noch nicht zur Ruhe gehn, so laß uns einmal hineinsehn!"

Sie nahm die Schrift aus ihrem Verwahrsam und schlug die Blätter auseinander. Ihre feinen, leidenden Züge bekamen Leben, ihre matten Augen begannen zu glänzen, und von Blatt zu Blatt röteten sich ihre Wangen mehr und mehr. Sie traf auf viel ihr Bekanntes, und allemal war es ein inniges, glückliches Lächeln, mit dem sie es begrüßte. Sie las selbst und laut; Alma hörte mit nicht geringerer Teilnahme zu; sie fühlte, daß jedes auf die unglückliche Liebe des Dichters bezügliche Wort das Herz der Leserin mit leisem Stachel traf, und als die letzte Zeile verklungen war, umarmte sie die Mutter innig und flüsterte tiefatmend:

„Er muß dich sehr, sehr liebgehabt haben!"

„Ja!" entglitt es langsam ihren Lippen. „Und diese Liebe hab ich mit schwarzem Undank belohnt!"

„Aber auch dafür gelitten, Mama! Der elende Glanz des Bühnenlebens, der böse Papa —"

„Er ist tot, Alma, und du hast ihn nie gekannt; er war Aristokrat und sehr reich und konnte es sich später nie verzeihn, daß er mir im Rausch der Jugend die Rechte der Frau eingeräumt hatte. Laß ihn ruhn! Es ist kein Wunder, daß das Andenken an Heiner nie erlöschen konnte."

„Er wird dir vergeben und dich wieder lieben, Mama!"

Es war ein stilles, ergebungsvolles, beinah trauriges Lächeln, mit dem die Mutter antwortete.

„Ich denk an kein Opfer, das er mir bringen müßte!"

Sie spielte mit einem Blatt, das zwischen der letzten Seite und dem Einband der Handschriften gelegen hatte. Es umwendend, bemerkte sie, daß es beschrieben war. Sie las und gab es dann mit einem unbeschreiblichen Blick der Tochter hin.

„Ein Opfer?" hatte diese gefragt.

„Ja, ein Opfer. Lies selbst!"

Das Mädchen sah die wenigen Zeilen, und tiefe Glut bedeckte ihr Gesicht bis zum Nacken herab. Sie las:

„Ich sah der Sonne letzten Strahl
Um dunkle Wolken sprühn
Und unter Küssen ohne Zahl
Die Tanne hell erglühn.
Ich sah den lieben Tannenbaum
Im goldnen Morgenlicht,
Sie kam zurück; es war kein Traum,
Und dennoch war sie's nicht.
Es war ihr Bild, nein, nicht ihr Bild,
Sie selbst war's, doch verklärt,
Und nun ist aller Schmerz gestillt,
Der, ach, so lang gewährt."

Sie sagte nichts; aber als die Mutter ihre Arme um sie legte, da drückte sie das Köpfchen fest an das treue, entsagungsfreudige Mutterherz, und in ihren Wimpern glänzte ein großer, heller Tränentropfen.

„Alma, er wird mir verzeihn und glücklich sein!"

„Und der Großvater?"

„Wir wollen zu Gott bitten, daß er ihm das Herz lenkt und ihn verzeihlich stimmt. Die Vorsehung ist eine liebevolle Mutter ihrer Menschenkinder; sie zählt die Tränen und läßt nicht eine davon verlorengehen. Auch die meinen werden getrocknet werden; diese Überzeugung und die Liebe zu meinem guten Kind, sie allein haben mir die Kraft gegeben, die mich in allem Leid aufrechterhält. Komm, laß uns nun zur Ruh gehn!"

Die Wochenfrist war vergangen, und Balzer kam zum Vorsteher, um seine Meldung zu machen. Es fiel ihm schwer, dem Befehl Gehorsam zu leisten, aber er sah ein, daß er sich fügen müsse, und einen Trost hatte er dabei, nämlich den, dem Gemeindehaus zu entgehen.

„Nun, was bringst für Botschaft?"

„Daß ich aan Dienst hab."

„Wo?"

„Beim Wirt."

„Beim Wirt? Wozu hat dieser dich denn nötig? Er ist ja hinreichend mit Dienstleuten versehn."

„Ich geh für ihn spaziern. Adjes, Vorsteher!"

Schnell war er zur Tür hinaus und ging nach dem Wirtshaus.

„Nun, was hat er gesagt?" fragte ihn sein neuer Dienstherr.

„Nix hat er gesagt, der Hoffartspinsel. Ich hab ihm die Meldung gemacht und ihn dann sitzenlassen."

„Recht so! Nun bist bei mir, Balzer, hast den Unterschlupf hier, und ich denk, daß wir mitnander zufrieden sein werden. Du kannst gehn und kommen, wie dir's paßt, aber alles, was du schießt, das ist mein, und die Preis hab ich dir gesagt."

„Schon gut; es ist alles in Ordnung, Wirt."

Er stieg empor in die Kammer, die ihm eingeräumt worden war und sah sich darin um. Sie sah ärmlich genug aus. Er warf sich auf einen Stuhl und knirschte mit den Zähnen.

„So also ist's gekommen, ganz anders, als ich's gemeint hab! Der Wirt ist aan Fuchs, der gar wohl weiß, weshalb er mich zu sich genommen hat. Er gibt mir dies Loch, und dafür schieß ich ihm das Wild für aan Lumpengeld. Und wer ist schuld daran? Wer anders als der Giftheiner, dem ich alles zu danken hab, die Armut, das Elend, Hunger und Kält und die Verachtung allorts, hier im Dorf und auch anderswo."

Er stand wieder auf und ging, um sich zu erwärmen, in dem kahlen Raum auf und ab.

„Was hatte er auf dem Teichhof zu suchen, daß er da stand und mich niederschlug und grad in dem Augenblick, wo mein Sach am besten stand? Geht er etwa der Alma nach, grad wie er's mit der Alwin' gemacht hat? Das mag er nur fein bleiben lassen, denn" — er öffnete einen alten Koffer und nahm zwischen zerfetztem Lumpenkram einen Gegenstand hervor, den er emporhielt — „denn hier ist noch die große Hälft der Flüssigkeit von damals drin. Ich habe mir's aufgehoben, und nun mag ich sein Gesicht nicht länger mehr sehn. Er soll noch heut den Zahlaus haben. Er muß auf den Abend in den Gesangverein, und wenn er nach Haus geht, so schlag ich ihm die Flasch grad auf den Kopf. Ja, so wird's gemacht, und —"

Er hielt inne. Ein neuer Gedanke war ihm gekommen.

„Aber dann bin ich doch immer der Lump, der nix hat! Geld muß ich bekommen, und weil er mich im Teichhof gestört hat, soll er dafür das seinige hergeben. Er hat genug; er hat gespart und zusammengescharrt, der Geizhammel, und es liegt in der Truh, die in der Niederstub steht, und dem Alten seins mit, das wissen die Leut all und ich auch. Ich geh von hinten in's Haus, nehm das Geld, und wart, bis er kommt; dann hau ich ihm die Flasch an den Kopf und spring weg. Hier aber geh ich beizeiten schlafen, damit ich net in Verdacht gerat."

Er begab sich in die Gaststube zurück, wo er einige verwandte Seelen fand, mit denen er sich zur Karte setzte. Als die Zeit gekommen war, schützte er große Müdigkeit vor, erhob sich und ging nach oben; heimlich aber schlich er sich dann fort.

Zunächst überzeugte er sich, daß Heiner wirklich bei

den Sängern war, dann schlug er den Weg nach dessen Wohnung ein. Er wußte, daß der alte Silbermann gewohnt war, zeitig schlafen zu gehen, und ihm also nicht im Weg stehen würde. Dieser aber war so munter wie noch nie. Er hatte ganz ungewöhnlichen Besuch bekommen, einen Besuch, der ihn schon nach wenigen Minuten so eingenommen hatte, daß er mit Fragen und Erzählen kaum fertig werden konnte.

Noch hatte nämlich Heiner sich nicht lange entfernt, so ging die Haustür draußen und es klopfte. Auf das ‚Herein!' des Vogelhändlers trat eine so wunderliebliche Mädchengestalt ein, daß er sie, als sie sich aus dem Pelz geschält hatte, mit großen, verwunderten Augen anblickte, als sei eine Fee in sein kleines Haus herabgestiegen.

„Guten Abend, Papa Silbermann!"

„Guten Abend. Hm, wer ist denn das?"

„Ich bin die Alma vom Teichhof."

„Die Alma? Ja, ja; ich hab dich noch gar net so recht gesehn, und darum kannt ich dich auch net. Willkommen! Sag, was bringst?"

„Der Mutter ihr Geburtstag ist gar bald, und da sie eine Freundin vom Vogelsang ist, so wollt ich gern um guten Rat fragen, ob ich ihr net aan Vögle kaufen könnt."

„Warum denn net? Was willst denn für aans? Ich werd dich gut bedienen!"

„Ja, grad was ich für aans will, dies weiß ich eben net; drum wollt ich fragen."

„So setz dich doch mal nieder! Weißt wohl auch net, was die Mutter gern hat? Vielleicht meinst aan Kanaris!"

„Der schnattert zu sehr, und die Mutter ist net wohl."

„Oder aan Rotkehlchen?"

„Das dauert mich. Es ist den Wald gewohnt, und da mag ich's net in die Stub sperren."

„Ja, du Schalk, da darfst ja gar kaan Vögle kaufen!"

„Dies hab ich auch gedacht; aber ich wollt doch mal sehn, was Ihr für welche habt.“

„Oh, alles kannst bei mir bekommen, alles; aber bei Tag mußt da sein, weil sie des Abends schlafen, und da darf man sie net stören.“

„So will ich jetzt gehn und später wiederkommen!“

„Warum gleich gehn? Kannst immer bleiben, solang es dir gefällt. Oder fürchtest dich vor mir?“

„Vor dem Silberpapa? O nein, der tut mir nix, der ist grad so lieb und gut wie der Heiner!“

„Ach so, da ist der Heiner lieb und gut? Davon hab ich noch nix gemerkt. Woher hast's denn erfahren?“

„Ich hab's gehört und auch gesehn, droben auf dem Fichtler und nachher, als wir in die Stadt gefahren sind.“

„Was! Auf dem Fichtler bist mit ihm gewesen? Und in der Stadt war er auch mit?“

„Ja. Er hat den Schlitten gefahren, und dann sind wir den ganzen Tag in der Stadt herumgelaufen.“

„Was ich da alles hör! Und davon hat er mir kaan Sterbenswort gesagt. Na wart nur, Bursch; bin ich der Unnütz zu Haus, der von nix zu wissen braucht, so sollst nun auch net erfahren, wer heut abend bei mir ist!“

„Vortrefflich! Wir wollen jetzt eine Verschwörung machen gegen ihn, daß er nix erfährt, wenn ich mal hier bin. Schlagt ein, Papa Silbermann!“

„Auf der Stell! Hier ist meine Hand. Aber willst denn wirklich wiederkommen?“

„Wenn ich darf!“

„Ob du darfst? Komm nur immer, du liebs Vögle du! Freilich, gefallen wird dir's net sehr bei mir in der Männerwirtschaft. Aber das ist nun mal net anders; denn wo kaane Frau im Haus ist, da gibt's nur eitel Unordnung und Ärgernis. Erst hab ich net gewollt, daß er mir die Schwiegertochter bringt, und nun will er net.“

„Warum denn net?“

„Nun, warum denn anders, als weil ihm die Alwin' noch im Kopf herumgeht!“

„Ist sie denn gar so aan absonderlich Madel gewesen?“

„Das will ich meinen! Aan Madel wie eine Bachstelz, tipp, tipp, zipp, zipp, so wippt und schwibbt sie auf und nieder, so glatt und schlank, aan Federle wie's andre, aan Schwänzle wie aane Schmerl, und aan Füßchen, aan Schnäbele, so fein und sauber, daß man nur das Netz gleich hinlegen möcht, um das Ding zu fangen. Aber, aber — ich will weiter gar nix sagen! Wie das von außen so zierlich, so niedlich wippt und schnippt, so ist's denn auch von innen, und der einfachst Hänfling ist mir lieber als so aan unstet Geschöpf, wenn er auch zuweilen mal auf den ‚Zapp‘ verfällt.“

Der gute Alte war auf sein Lieblingsthema gekommen und verbreitete sich so ausführlich darüber, daß Alma nur selten ein Wort oder eine Frage einflechten konnte. Endlich aber fand sie doch Gelegenheit, sich zu erheben und Abschied zu nehmen. Er begleitete sie vor die Tür.

„So komm ja recht bald wieder und fall mir net! Es ist glatt auf der Straß!“

„Will mich schon vorsehn! Also bei der Verschwörung, da bleibt's?“

„Versteht sich, versteht sich!“

Sie ging. Er trat nicht eher ins Haus zurück, als bis ihre Schritte vollständig verhallt waren.

„Sapperlot, ist das aan Madel. Dagegen ist selbst die Alwin' nur kalt Wasser. Fürchtet sich net vor der Nacht und kommt so weit herauf, um der Mutter aane Freud zu machen, und ist doch so zärtlich und so fein, daß man's einwickeln möcht wie Marzipan. Ja, wer mal die Art bekommen könnt! Aber daran darf einer vom Dorf gar net denken!“

Er verschloß die Haustür und ging schlafen.

Kaum war sein Kammerfenster erleuchtet, so erhob sich Balzer. Er hatte im Garten gesteckt und nur auf diesen Augenblick gewartet. Er kannte die Bauart des Häuschens nicht genau und hatte sich deshalb einen Lichtstumpf mitgebracht. Er brannte ihn an, sobald er in dem unverschließbaren Schuppen angekommen war. Dieser war bis unter das Schindeldach mit Stroh und Reisig angefüllt; von ihm aus ging die Hintertür bis an den Hausflur. Balzer untersuchte die Tür. Sie hatte kein Schloß und war von innen durch eine einfache Holzklinke zu öffnen, die in einen Haspen fiel. Er zog einen Drahthaken hervor, öffnete und trat in den Flur. Er merkte nicht, daß es hinter ihm leise zu knistern begann. Er hatte das Zündholz unachtsam von sich geworfen, so daß es in das dürre Reisig fiel.

Die Stubentür war mit einem jener alten Drehschlösser versehen, die keinen Schlüssel, sondern einen Drücker haben, dessen Innenteil aus einer Schraubenmutter besteht, die zum Öffnen an den Schraubenteil des Schlosses geleiert wird. Balzer zog seinen Drücker aus der Tasche und schloß auf.

Nachdem er die Tür leise wieder hinter sich zugezogen hatte, sah er sich in der Stube um. Die Truhe, die er suchte, stand in dem hinteren Winkel. Er fand sie verschlossen und nahm Meißel und Zange zur Hand. Da diese Arbeit so leise wie möglich geschehen mußte, so nahm sie ziemlich lange Zeit in Anspruch. Es wurde ihm heiß dabei; daß diese Hitze noch eine andere Ursache hatte, vermutete er nicht.

Endlich sprang der Deckel auf; sein gieriger Blick erfaßte mehrere Schachteln, jede mit einer bestimmten Geldsorte gefüllt. Daneben lagen zwei Sparkassenbücher, ein Hypothekenschein und eine Anzahl alter Kostbarkeiten nebst einer Uhr.

Noch musterte er seine Beute, da schrak er plötzlich zusammen. „Feuer, Feuer!" ertönte es draußen auf der Straße, und zu gleicher Zeit fielen krachende Schläge gegen die Haustür. Schnell ergriff er ein Tuch, raffte alles hinein, warf den Deckel zu, blies das Licht aus und eilte aus der Stube. Er wollte durch die Hintertür entfliehen, blieb aber geblendet stehen, denn der Schuppen stand in Flammen, so daß das Feuer ihm den Ausweg verwehrte. Es blieb ihm kein anderer Weg, als vorn durch die Tür oder eins der Fenster.

Er trat also in die Stube zurück und zog den Vorstecker aus dem einen Ladeneisen. Draußen hatte sich bereits eine Menge Menschen versammelt, die einzudringen versuchte. Da dies durch die Tür nicht gelang, so versuchte man es durch die Fenster. In demselben Augenblick, als Balzer den Vorstecker entfernte, wurde von außen an dem Laden gezogen. Dieser fuhr auf, eine kräftige Faust schlug an das Fensterkreuz, daß die Scheiben zersprangen; das Fenster wurde eingestoßen, und jemand stieg in die Stube, um die Haustür zu öffnen. Er bemerkte Balzer nicht und stürzte an ihm vorüber. Dieser erfaßte den Augenblick, und während die Draußenstehenden ihr Augenmerk auf den Eingang richteten, sprang er zum Fenster hinaus und über die Straße hinüber.

Heiner befand sich noch im Gesangvereinslokal, als der Feuerruf erschallte. Die Sänger flogen sofort auseinander und auf die Straße.

„Wo brennt's?"

„Bei Silbermanns!" ertönte die Antwort.

Da sprang er, wie von der Feder geschnellt, den übrigen voran die Straße hinab. Eben als er den Platz erreichte, sah er Balzer aus dem Fenster springen.

„Der Brandstifter! Haltet ihn!" rief er und schoß hinter ihm her.

Balzer wußte, daß ihm Heiner im Laufen überlegen war. Alles andere war verloren, aber das Geld und die Freiheit mußte gerettet werden. Er schoß am Zaun des Kantors hin, bog um die Ecke und schwang sich, seinen Vorsprung benutzend, in den Garten, wo er sich lautlos niederduckte, um den Verfolger an sich vorüberspringen zu lassen. Heiner aber war nicht der Mann, der sich täuschen ließ. Im nächsten Augenblick sprang auch er hinüber und hatte den sich wieder aufraffenden Flüchtling grad an der verhängnisvollen Laube erreicht. Die helle Lohe erleuchtete die beiden Feinde, so daß jeder den Haß aus den Augen des anderen sprühen sah.

„Steh fest, Feuermann; jetzt entkommst mir net, wie dort im Teichhof!"

„Denkst? Hab acht, Giftheiner, jetzt gilt's!"

In die Tasche langend, riß er die Flasche heraus, schwang sie hoch empor —

„Her mit der Waff!" rief Heiner, bäumte sich auf, riß ihm die Flasche aus der Faust und schlug sie ihm selbst auf den Schädel nieder. Lautlos brach der Balzer zusammen.

Dies alles war das Werk eines Augenblicks gewesen, so daß diejenigen, die seinen Ruf gehört hatten und gefolgt waren, erst jetzt an seiner Seite anlangten.

„Hier liegt er; es ist der Balzer. Nehmt ihn fest und verwahrt die Sach, die er gestohlen hat!" gebot er und eilte über den Zaun wieder hinüber in das brennende Haus. Dort hörte er den Ruf seines Vaters:

„Laßt alles verbrennen, alles, nur schafft mir die Vögel hinaus, daß die armen Dinger net elend umkommen! Wo ist der Heiner? Ist er noch net da?"

„Hier bin ich, Vater! Hast das Geld?"

„Nein; es ist fort; die Truh ist erbrochen."

„So ist's net verloren. Ich hab den Brandstifter festgenommen, und er hat's noch bei sich."

Der angestrengten Tätigkeit der Rettenden gelang es, den größten Teil von Silbermanns Eigentum zu bergen, das Häuschen selbst aber brannte vollständig nieder. Einer der Nachbarn trat zu Heiner.

„Hast 'n Augenblick Zeit?"

„Wozu?"

„Sollst hinauf zum Kantor kommen.“

„Zu dem? Was will er mit mir?“

„Wirst's schon sehn. Geh nur, er läßt dich ganz freundlich bitten.“

Heiner drängte sich durch die Menge und betrat das Schulhaus seit langen, langen Jahren zum erstenmal mit der Erlaubnis des Kantors wieder. Schon auf der Treppe vernahm er ein wüstes Geschrei, untermischt mit ganz entsetzlichen Klagelauten. Grad auf demselben Sofa, auf dem damals der verletzte Kantor gelegen hatte, wand sich jetzt Balzer unter den fürchterlichsten Schmerzen. Der Kantor trat mit seinen fast blinden Augen auf den Angekommenen zu.

„Bist's Heiner?“

„Ja.“

„Ich hab dich zu mir gebeten, um Abbitte zu tun.“

„Wofür?“

„Für alles Leid und Unrecht, das ich dir verursacht und angetan hab. Schau, dort liegt der Balzer vor Schmerzen fast wahnsinnig, und seine Qualen haben ihm das Geständnis ausgetrieben. Die Säure hat damals dir gegolten, aber mich getroffen; er hat es aus Eifersucht getan. Auf dem Teichhof ist er eingebrochen, wo du ihn vertrieben hast, und heut wollt er dich erst bestehlen und dir dann mit der Säure das Gesicht nehmen. Er hat sie sich zu diesem Zweck so lange aufgehoben; du aber hast die Waffe umgedreht, und nun liegt er da, ein Zeugnis des gerechten Strafgerichts des Höchsten, der jede Schuld grad in derselben Weise bestraft, in der sie begangen wurde. Kannst du mir vergeben?“

Heiner schlug tieferschüttert in die dargebotene Hand ein. „Ich kann und will, Herr Kantor! Ich bin zwar bös und zornig auf Euch gewesen, aber gehaßt hab ich Euch doch niemals net; dazu hab ich Euch zu viel zu verdanken.“

„So mag die alte gute Nachbarschaft von neuem zwischen uns bestehn! Eure Wohnung ist verloren. Kommt herüber zu mir, bis sich eine bessere Aushilfe gefunden hat."

„Ich nehm es an und werde auch den Vater herüberschicken!"

Die Kunde von dem Schicksal Balzers ging von Mund zu Mund, doch seine Höhe hatte es noch nicht erreicht. Der Schutzmann stellte sich ein, hörte die Aussage der betreffenden Zeugen, vernahm auch Balzers eigene Anklage, die er laut brüllend unter Flüchen und Verwünschungen ausstieß, und befahl, ihn zum Vorsteher zu bringen. Alles wich dem Verruchten aus, als er durch die Menge halb getragen, halb geschleppt wurde, und mit Schaudern vernahm man noch von weitem seine gellende Stimme, mit der er bald Heiner, bald sich und bald Gott selbst die Schuld an seinen Qualen beimaß.

Der Silberheiner stand in der Nähe des niedergebrannten Hauses und starrte düster in den noch immer glühenden und qualmenden Schutt. Da legte sich eine kleine Hand auf seinen Arm. „Heiner!"

Er drehte sich um.

„Alma!"

„Ja, ich bin's. Ich hab mich von dem Knecht herführen lassen, um dir eine Botschaft zu bringen von der Mutter."

„Welche?"

„Du sollst zu uns kommen mit dem Vater und bei uns wohnen, solang es euch gefällt."

„Alma, ist's wahr?"

„Ja. Die Mutter sagt, ich soll dich zu niemand anders lassen."

„Ich kann's net annehmen. Ich mach euch Last und Unruh."

„Nein. Der Hof ist groß und hat mehr Raum als nur für euch. Und wenn du meinst, daß du uns überflüssig bist, so kannst ja Hofmeister oder Verwalter sein, bis du wieder aufgebaut hast oder was Besseres findst!"

„Bleib stehn, Alma; ich muß den Vater fragen!"

Er suchte diesen auf und traf ihn, als er eben aus dem Schulhaus trat.

„Bist einig geworden mit ihm, Vater?"

„Net gern. Aber was will ich machen? Du hast A gesagt, so muß ich wohl B sagen. Er gibt uns die zwei Seitenstuben, und so lassen wir die Sachen gleich heraufschaffen."

„Oder auch net. Es ist uns noch was andres angeboten worden, nämlich von der Alma auf dem Teichhof."

„Von der Alma? Die kenn ich doch gar net! Wer ist's?"

„Die Tochter. Die Herrin läßt uns sagen, wir sollen bei ihr bleiben, solang es uns gefällt. Und wenn ich will, so kann ich Hofmeister oder Verwalter sein."

„Du? Greif zu, Heiner! So was kommt net alle Tag, und beim Kantor hätt ich mich in alle Ewigkeit net wohl gefühlt. Der Vogelsteller paßt net zu ihm. Geh hinauf und sag's ihm ab!"

Heiner tat dies und kehrte dann zu Alma zurück.

„Nun, hast gefragt?"

„Ja. Wir kommen auf den Hof."

„Das ist gut, Heiner! Ich geh gleich wieder nach Haus und schick die Leut herbei, um deine Sachen zu holen. Das ist bald gemacht; Hilf ist ja auch noch andre da, und so wird der Einzug schnell fertig werden."

Sie ging mit dem Knecht zurück, und bald langten vom Teichhof drei Wagen an der Brandstätte an, auf denen die geretteten Sachen recht gut Platz hatten. Als aufgeladen war, ging es das Dorf hinab — einer neuen, schöneren Zukunft entgegen, wie es Heiner dünkte. Am Haus des Vorstehers hielt ein Schlitten, in den soeben der Schutzmann seinen Gefangenen laden ließ. Die

Augen waren ihm zerstört, so daß er nichts mehr sehen konnte, und nur ein leises Wimmern gab Zeugnis, daß die Schmerzen noch nicht aufgehört hatten. Heiner mußte unwillkürlich an jene Worte denken, die Balzer ihm auf dem Fichtelberg zugeworfen hatte: „Ich streich die Rechnung net eher, als bis ich dich net mehr zu sehn brauch!“ Es war ihm nun ganz wörtlich sein Recht geschehen.

Im Teichhof kam ihnen Alma entgegen und entschuldigte die Mutter, daß sie nicht zugegen sein könne, da sie sich leidend fühle. Dann wies sie ihnen die Zimmer an und war ganz besonders für die Unterbringung der Vögel besorgt, was die Zuneigung des alten Mannes um das Doppelte erhöhte.

Nun kamen Tage des Schaffens und der Sorge. Das Häuschen war versichert gewesen und der Schaden, den das Feuer verursacht hatte, also nicht bedeutend. Aber es mußte gar viel überlegt, geordnet oder verändert werden, und wo es dabei einer weiblichen Hilfe bedurfte, war Alma stets bei der Hand.

„Heiner, ist sie wirklich Komteß gewesen, eh sie auf den Teichhof kam?“

„Ja, Vater. Sie ist's net nur gewesen, sie ist's auch noch.“

„So gibt's auf der ganzen Welt kaane schönere, liebere und bessere Komteß als sie. Aber ich wollt doch, sie wär aan Bauernmadel!“

„Warum?“

„Hm, darum! Ich werd mich hüten und werd's sagen, es nützt doch nix. Aber nun siehst ja selber, was die Frau in der Wirtschaft zu bedeuten hat, besonders, wenn dem Mann das Haus abbrennt. Ohne sie kann er sich aus dem Wirrwarr gar net herausfinden, und das ist sehr leicht zu erklären, denn wo kaane Frau im Haus ist, da gibt's nur eitel Unordnung und Ärgernis!“

„So heirat doch; ich hab dir's ja schon oft gesagt!“

„Hör, Bursch, komm mir net so, denn — aber was ist denn das? Ich glaub gar, da kommt der Kantor! Da mach ich mich aus dem Staub!"

Wirklich trat der Genannte ein. Die Angelegenheit, die ihn herbeiführte, mußte ihm am Herzen liegen, sonst hätte er mit seinen schwachen Augen nicht den ungewohnten Weg nach dem Teichhof gesucht. Er hatte nach der Wohnung Heiners gefragt, und eine der Mägde brachte ihn herbeigeführt.

„Grüß Gott, Heiner! Darf ich dich einmal besuchen?"

„Gern, Herr Kantor. Ich bin zu sehr in Geschäften gewesen, sonst wär ich schon längst mal zu Euch gekommen."

„Das konnte ich mir denken. Aber nun bist du wohl einigermaßen in Ordnung?"

„Leidlich, ja."

„Dann möchte ich eine Bitte aussprechen. Du weißt, wie hoch ich deine Kantate schätze. Sie ist meine beste Komposition. Alter und Schicksal haben es nicht gut mit mir gemeint, und eh ich sterbe, möchte ich sie gern noch einmal hören. Mach mir die Freude und übernimm wie früher den Solotenor!"

„Wenn es Euch wirklich Freud macht, so will ich es von Herzen gern tun!"

„Hab Dank, Heiner!" Er ergriff die Hand des jungen Mannes. „Und nun will ich dir eins sagen: Wenn heut Alwine lebte und du begehrtest sie zum Weib, ich gäb sie niemandem lieber als dir!"

Er wankte hinaus. Heiner führte ihn bis vor den Hof. Alma bemerkte es und kam herbei.

„Was hat der Kantor bei dir gewollt, Heiner?"

„Ich soll die Kantate mitsingen."

„Und hast zugesagt?"

„Ja."

„So mußt aber auch alle Tag mit mir zu ihm in die Übung gehn! Willst?"

„Nimmst mich denn gern mit?"

„Ungern net, aber gern!" lachte sie und schlüpfte fort.

So kam es auch. Wenn die Dämmerung hereinbrach, wanderten sie nun täglich zum Kantor und nach der Übung wieder zurück. Dabei legte sie vor dem Dorf immer ihren Arm in den seinen, damit sie im Schnee nicht strauchle. Das waren selige Gänge für Heiner, denn dann war er mit ihr allein und konnte immer tiefere Blicke tun in den Reichtum ihres reinen Gemüts.

Auf einem Nachhauseweg fragte sie, mitten im Gespräch abbrechend: „Wer singt den Sopran besser, Heiner, die Alwin' oder ich?"

„Du. Weil du im Herzen stets Weihnachten hast; das klingt dann echt und wahr. Nur aans ist der Alwin' besser gelungen, weil ihre Stimm größre Macht gehabt hat, nämlich die Arie. Das muß wie Engelsruf über alle Felder und Hirten hinwegbrausen, und dazu ist deine Stimme zu zart."

„Und nun sag auch, mit wem hast du lieber gesungen, mit ihr oder mit mir?"

„Frag den Kantor! Er sagt, daß ich mit dir besser sing als mit der Alwin'!"

„Aber auf die hast Vers gemacht!"

„Warum, das hab ich dir schon gesagt, als wir damals zur Stadt fuhren."

„So darfst bei mir net?"

Sie schlang die Hände über seinen Arm zusammen und hob ihr liebes Gesicht zu ihm empor.

„Nein!"

„Aber ich hab dich doch grad damals darum gebeten, Heiner!"

„Ich — ich darf net."

Sie schwieg nachdenklich, dann sagte sie halblaut:

„Es war ihr Bild, nein, nicht ihr Bild,
Sie selbst war's, doch verklärt.
Und nun ist aller Schmerz —"

„Alma!“ fiel er erschrocken ein; „wo hast dies Gedicht her?“

„Gefunden!“

„Wo, sag, wo! Ich hab's verloren oder versteckt und überall vergebens gesucht.“

„Willst es wieder haben oder darf ich es behalten?“

„Ich kann dir's net lassen, ich darf dir's net lassen. Gib's wieder zurück!“

„Bitt, Heiner, laß es mir!“

„Nein, nein, es gehört mir!“

„Dir! Und ich hab gedacht, es sei jemand damit gemeint. Geh, Heiner, du hast mit der Alwin' viel lieber gesungen als mit mir! Willst es gleich haben, das Gedicht?“

„Ja“, antwortete er zögernd und gepreßt.

„Da, nimm!“

Sie blieb stehn und zog an einer Schnur, die am Hals unter dem Kleid verlief. Es hing eine Kapsel daran, die sie öffnete; es lag nichts als ein zusammengefalteter Zettel darin.

„Ist es das, Alma?“

„Ja. So nimm doch!“

Er zögerte. „Und wirst dann bös auf mich sein?“

„Nein; das kann ich nie!“

Er hörte das leise Beben ihrer Stimme; er sah, daß die treuen, klaren Augen wie flehend zu ihm emporschauten, und neigte sich zu ihr nieder.

„Alma“, flüsterte er, „weißt du, was dein Nam bedeutet?“

„Ja, er heißt Seele.“

„Und kein andrer Nam hätt für dich gepaßt, so viel tausend es auch gibt.“ Er zog sie an sich, und beinah zitternd zwischen Hoffen und Fürchten erklang die leise, innige Frage: „Sag, Alma, willst meine Seele sein, mein Glück, mein Leben und meine Seligkeit, jetzt und immerdar?“

„Darf ich denn, Heiner?“

„Ob du darfst? Sag ja, Alma, sonst weiß ich net, was mit mir wird; hast mir den Tag wiedergegeben nach langer Nacht, laß es net wieder dunkel werden wie es zuvor war! Sag also, magst meine Seele sein?“

„Ja!“ hauchte sie unter unaussprechlicher Wonne.

Er umarmte und er küßte sie nicht, aber er legte ihren Kopf an sein Herz und strich ihr mit der Hand lind über das volle, seidenweiche Haar, das unter der zurückgefallenen Kapuze hervorquoll.

„So leg dein Köpfle hierher, du Engel du; da soll es ruhn und sicher sein vor allem Leid, solang mein Leben währt!“

Er hatte wie im Schwur die Hand erhoben, und der Sternenschein flimmerte in einer Träne, die an seiner Wimper hing. Dann hüllte er sie sorgfältig ein, zog ihren Arm in den seinen und nahm den unterbrochenen Weg wieder auf.

Kein Wort wurde weiter gesprochen; aber als er sie, im Hof angekommen, von sich ließ, fragte er: „Sagst es der Mutter?“

„Ja.“

„Darf ich nachher zu ihr kommen?“

„Nein, Heiner. Sie wird dich rufen lassen! Willst das Gedicht jetzt noch wieder haben?“

„Behalt's, Alma! Ich hab's auf dich gemeint gleich damals, als du mich auf dem Fichtler trafst!“

Es war eigentümlich. Er hatte die Herrin des Hofes erst einmal gesehen, damals, als er dem Balzer nachging. Er fühlte ihr Wohlwollen, ihr freundliches Sorgen und Wirken Tag für Tag immer deutlicher, aber nur aus der Ferne.

War sie wirklich so sehr krank, daß ihr ein kurzes Zusammensein mit anderen unmöglich wurde?

*

Das Weihnachtsfest kam heran, an dessen erstem Feiertag die Kantate öffentlich aufgeführt werden sollte. Die Kirche sollte ihren Raum dazu hergeben, und man wußte, daß aus der ganzen Umgegend eine zahlreiche Zuhörerschaft dazu herbeiströmen werde.

Am Heiligen Abend war Hauptprobe, sie war für den Nachmittag angesetzt und verlief zur vollen Zufriedenheit aller Beteiligten. Als sie beendet war, trat Alma zum Kantor.

„Herr Kantor, darf ich eine Bitte aussprechen?"

„Sprich, mein Kind!"

Er hatte ihr seine ganze Liebe geschenkt und, wenn sie auch nur zeitweilig bei ihm sein konnte, in ihrem Umgang Ersatz für die Verlorene gefunden.

„Mama hat so viel Schönes von der Kantate gehört und kann doch nicht zur Kirche kommen; da läßt sie fragen, ob Sie nicht die Güte haben und heut abend für ein Stündchen zu uns kommen wollten. Wir haben ein sehr gutes Instrument, und Heiner und ich könnten ihr einiges vortragen!"

„Ich würde sehr gern kommen; aber der Weg und meine Augen —"

„Wir schicken den Schlitten, Herr Kantor."

„Gut, so will ich zusagen!"

Er war einigermaßen neugierig, die Besitzerin des Teichhofes kennenzulernen, und fuhr, als der Schlitten anlangte, seiner Bestimmung mit reger Erwartung entgegen. Heiner empfing ihn und nahm ihn zunächst mit zu sich.

„Nehmt zunächst bei mir aan Glas Wein, Herr Kantor! Man ist drüben noch zu sehr mit Anordnung der Bescherung beschäftigt."

Es dauerte jedoch nicht lange, so kam Alma, um sie zu rufen. Sie wurden in das Musikzimmer geführt. Heiner hatte diese neu ausgestatteten Räume noch nicht betreten. Er und noch mehr sein Vater staunten über den Reichtum, den der Teichhof jetzt in sich schloß. Der Kantor bemerkte davon nichts; er suchte mit seinen kranken Augen nach der Herrin des Gutes.

Diese erhob sich aus einer Ottomane, die durch die farbigen Lichtschirme im Dunkeln gehalten wurde, und bewillkommnete die Gäste mit ihrer leisen und, wie es schien, etwas belegten Stimme. Dann nahm man Platz. Der Kantor setzte sich an das prachtvolle Instrument, und Alma und Heiner sangen zu seiner Begleitung abwechselnd oder im Duett. So waren sich die Vorträge schon eine ganze Weile gefolgt, da bat Alma auf einen Wink der Mutter:

„Nun noch die Engelsarie, Herr Kantor!"

„Warum diese, Kind?"

„Weil sie den Eingang zur Weihnacht bildet, und dann will Mama bescheren."

„So mag es sein. Aber schone deine Stimme, damit sie morgen nicht versagt!"

Er griff in die Tasten. Das rauschte und brauste, das wogte und schwirrte, als sei der Himmel geöffnet und sende die Menge seiner Heerscharen zur Erde nieder. Dann löste sich aus dem wallenden Tonmeer ein großgezeichnetes Thema, wiederholte sich und wechselte in den verschiedensten Gestaltungen, umwob sich mit glanzvollen Harmonien und begann dann nach einer ahnenden Pause den ersten Vers.

Ich verkünde große Freude,
Die euch widerfahren ist,
Denn geboren wurde heute
Euer Heiland Jesus Christ!

Während der Einleitung war Alma zu den Leuchtern getreten, um die Schirme etwas zu verstellen. Ihre Mutter hatte sich erhoben und ihre Stelle eingenommen. Sie sang. Erst wie unsicher und im Mezzoforte; nach und nach aber schwoll dieses zum festen, entschiedenen Forte an, so daß der Kantor erstaunt aufhorchte. Als er aber zu rascherem Tempo überging und hinter ihm der zweite Vers der Engelsarie:

Jubelnd klingt es durch die Sphären,
Sonnen künden's jedem Stern;
Weihrauch duftet auf Altären,
Glocken klingen nah und fern.

mit einer Energie und in einem Ton erscholl, der wie Orgel- und Glockenklang das Zimmer erfüllte und aus eherner, metallner Tiefe zu kommen schien, da riß es ihn vom Stuhl empor und zu der Sängerin herum.

„Alwine!!!"

„Vater!"

Seine Stirn zuckte unter den sie durchkämpfenden finsteren und hellen Gedanken; seine Augen wollten zornig aufblitzen, aber das Herz hatte den Armen schon den Weg gezeigt; sie lagen um die Wiedergefundene und zogen sie an die halb widerstrebende, halb freudig klopfende Brust.

„Kannst du mir vergeben?"

Seine Hände lösten sich wieder von ihrer Schulter. „Du hast mich und dich verlassen!"

„Dich, Vater, mich aber nie, nie!"

„Beweise es!"

„Hör meine Erlebnisse, aber nicht jetzt, sondern später! Ich war leichten Sinnes, meine Verblendung und die gefürchtete Verbindung mit dem Balzer trieb mich fort; nie aber hab ich mich und meine Ehre verschenkt. Dich hab ich verlassen und den Heiner verraten, aber tausendfaches Leid ist mir gefolgt. Vergebt mir! Ich bring euch wieder, was ich euch raubte, vielleicht noch mehr als das: ein herrliches, reines und schuldloses Gemüt, das nie ein Hauch der Sünde trüben durfte, Alma, die ihr ja schon liebt. Ich mißachtete eure Einfachheit und wurde eine gefeierte Sängerin, später sogar das rechtmäßige Weib eines Grafen. Die Gräfin kehrt zu euch zurück, wirft den Titel hinter sich und will von euch das von sich gestoßne Glück, den verlorenen Frieden erflehn. Werdet ihr unbarmherzig sein?"

Die Hülle war ihr entfallen, und sie stand vor ihnen in all der Schönheit, mit der sie ihr Talent emporgetragen und die sie trotz der langen Jahre nicht verloren hatte. Sie war nicht matt, nicht krank; sie hatte das Unwohlsein nur vorgeschützt, um bis heut verborgen bleiben zu können; der Eindruck, den sie machte, mußte jedes feindliche Gefühl verscheuchen.

„Heiner, bist du groß genug, mir zu verzeihn?"

Er lehnte an der Wand, bleich wie diese selbst; er wollte sprechen und konnte nicht, und erst als Alma seine Hand erfaßte, da löste sich der Bann von seiner Brust. „Alwin', ich verzeih dir!"

„Und du, Vater? Du kannst der Tochter nicht das Geschick bereiten, das ihre Briefe gefunden haben! Du wolltest mich als Teichhofbäurin sehn; jetzt bin ich's. Zürnst du noch?"

„Alwine, du hast meinen Groll besiegt!"

Und aus seiner Umarmung heraus bot sie auch Silbermann die Hand. „Wollen wir wieder Freunde sein?"

Dem alten Mann standen die Tränen in den Augen.

„In Gottes Namen, Alwin'. Ich hab wahrhaftig net geglaubt, daß so aan braves Weib aus dir werden könnt!"

„So kommt denn zur Bescherung!"

Die Flügeltür öffnete sich, und der helle Glanz eines reichbehangenen Tannenbaumes strahlte ihnen entgegen. Unter diesem war ein Berg von Geschenken angehäuft. Durch die entgegengesetzte Tür drängte sich das Gesinde herbei und empfing Gaben, die seine Erwartung übertrafen. Das stimmte zum Jubel. Die noch ernste Miene des Kantors heiterte sich auf, als die Knechte und Mägde voller Freude und Zufriedenheit mit ihren Gaben abzogen.

„Jetzt sind wir wieder allein", begann Alwine, „und

können nun auch an uns denken. Ich hab dich wieder, Vater, das ist mir das köstlichste Weihnachtsgeschenk; und du? Hier nimm; das ist dein!"

Sie schob ihm Heiner zu.

„Er wird dir ein besserer Sohn sein, als ich dir eine Tochter war." Dann nahm sie Alma bei der Hand. „Ihr, Vater Silbermann, sollt etwas erhalten, was Ihr schon längst vergeblich gewünscht habt. Wo keine Frau im Haus ist, da ist eitel Unordnung und Ärgernis; nehmt Alma hin und sorgt dafür, daß sie an Heiner gutmacht, was ich an ihm gesündigt hab. Seid Ihr zufrieden mit dieser Schwiegertochter?"

„Na und ob! Potz Blitz, wenn sie net dem Heiner seine Frau werden sollt, so nähm ich sie am liebsten gleich für mich selber!"

„Und du, Heiner, du bist mit den andern schon beschenkt genug; aber hier ist noch etwas ganz Besonderes für dich. Das Honorar liegt hier unter dem Baum."

Sie hielt ihm einen Prachtband entgegen, auf dessen Vorderseite die goldne Inschrift flimmerte: „Gebirgsklänge. Von Heinrich Silbermann." Sie hatte ihr Wort gehalten und die Herausgabe seiner Gedichte vermittelt.

Neben diesen Herzensgaben gab es noch eine ganze Menge andrer Überraschungen, die alle für die Bedürfnisse der Empfänger berechnet waren. Diese einzige Stunde ließ alles Vergangene versinken, und sogar der alte Silbermann gab nach, als er von Alma überrumpelt wurde:

„Silberpapa, hast dem Kantorgroßvater auch schon das ‚Gimpelpack' verziehn?"

„Noch net, Goldkind."

„So tu's gleich, nachher bekommst auch den ersten Kuß von mir!"

„Ist's wahr?" fragte er ungläubig und dennoch sich unwillkürlich den Mund wischend.

„Ja, aber sofort mußt's tun!"

„Na, um diesen Preis verzeih ich aller Augenblick noch ganz andre Ding. Hier ist die Hand, Nachbar; nun mag wirklich und von Herzen Friede sein!“

Er empfing schmunzelnd die verheißne Belohnung.

Keine noch so leise Erinnerung an längst vergangenes und nun vergebenes Unrecht trübte die Freude des Abends, und selbst Balzer wurde ohne besondere Härte erwähnt. Als man aufbrach und Heiner sich für einige Augenblicke mit der Geliebten allein sah, meinte er:

„Nun hast das Gedicht von mir, brauchst mir aber trotzdem net zu sagen, woher du alles so gut gewußt hast. Ich hätt nimmermehr gedacht, daß solch ein Leid noch solch aan gutes End nehmen könnt! Doch sag, muß ich den ersten Kuß bis zur Hochzeit aufheben?“

Sie lächelte ihm glücklich zu.

„Hast ihn net schon auf dem Fichtler dreifach erhalten?“

„Das galt net mir; das war aus Mitleid für den Stieglitz.“

„Soll ich denn auch mit dir solch Mitleid haben?“

„Ich bitt gar schön darum!“

Die Bitte wurde gewährt, und diese Mildtätigkeit schien die beiden Leute so in Anspruch zu nehmen, daß der Silberpapa, der den Kantor bis an den Schlitten begleitet hatte, eine Erinnerung für nötig hielt.

„Wo steckst denn, Heiner?“ fragte er von unten herauf. „Ja, wo aane Frau ins Haus kommt, da gibt's nur eitel Säumnis und Honigkuchen. Oder soll etwa der Nachbar auf die ‚Gut Nacht‘ von dir warten, bis die Pferd angefroren sind?“

DER GELDMARDER

„Horch, wie die Tannen rauschen und das Strauchwerk so lind und heimlich flüstert! Da unten im Grund hör ich den Bach vom Felsen springen; er kennt noch immer das alte Lied, das er mir so oft vorgesungen hat. Der Specht klopft an die hohen Stämme, um sich sein Frühstück zu suchen, und der Fink schlägt in den Wipfeln. Da drüben vom Schlag her ertönt die Axt der Abholzer, und in der Tiefe knarrt der Wagen, der Moos und Streu nach Haus bringt. Das sind Stimmen und Töne, die man nimmer vergißt im fremden Land und die alles Heimweh heilen, sobald man sie wieder vernimmt. Wie freundlich fließt und klettert das Licht um die Zweige, und wie wohlig dringt der Atem in die Brust! Daheim ist's doch am schönsten; ich geh nie wieder fort!"

Der Sprecher, der, mit glücklichem Ausdruck im Gesicht, diese Worte vor sich hin sagte, war ein junger Mann, dem der umfangreiche Ranzen auf dem Rücken und der derbe Knotenstock in der Hand nicht schwer zu fallen schienen. Er strich langsam den schmalen Waldweg dahin, der hinunter zu den Mühlen und von da weiter nach dem Dorf führte, und schien wenig Eile zu haben, denn er hemmte sehr oft den zögernden Schritt, um jeden neuen Ausblick, den eine Krümmung des Pfades ihm bot, bedachtsam zu genießen. Unten am Wasser angekommen, bog er sich nieder, schöpfte mit der Hand von dem klaren, kühlen Naß, und schlürfte es langsam.

„Ja, das ist ein Trunk, wie man ihn nur auf den Bergen haben kann; er gibt Gesundheit und Kraft und macht so froh und munter, wie der Quell ist, der ihn spendet. Ich bin fast träg geworden von dem schweren Wasser, das sich trübselig und langsam durch das Unterland schleicht. Hier hüpft und springt und schießt es vorwärts, als ob es gar nicht viel zu tun und zu schaffen hätt, und ich will nun auch besser ausschreiten, damit ich bald meine Heimstätte seh!“

Er folgte dem Lauf des Baches, bis dieser sich in einen Teich ergoß, der fast die ganze Breite des Tals einnahm. Am jenseitigen Ende wurde er von einem hohen Damm gehalten, der die wanderlustigen Wellen zu einem kurzen Aufenthalt zwang. Dichtes Gesträuch wuchs darauf, und wer zu der Teichmühle, die dahinter lag, gelangen wollte, der mußte eine steile Böschung überwinden, die so unzugänglich wie möglich gehalten war. Der eigentliche Weg begann erst von der Mühle talabwärts, und Klaus, der Teichmüller, duldete es nicht gern, daß Unberechtigte den zu seiner Besitzung gehörigen oberen Teil des Tales betraten.

Er saß eben jetzt vor dem Haus und beaufsichtigte den alten, schwerhörigen Knecht, der mit dem Mähen des hohen Grases beschäftigt war. Seine Beine waren dick mit Watte umwunden; der Unterleib, der vielleicht nur infolge des immerwährenden Sitzens einen bedeutenden Umfang angenommen hatte, wurde von einer Decke sorgfältig eingehüllt, und das Gesicht zeigte den Ausdruck stillduldender Ergebung, die das Ergebnis eines langwierigen und schmerzhaften Leidens zu sein pflegt. Die Gicht lähmte schon seit einer Reihe von Jahren seine Glieder, machte ihm fast jede Bewegung zur Unmöglichkeit und war auch der Grund, daß man ihn kaum anders als nur den ‚Gichtmüller‘ nannte. Er schien die unangenehme Lage in den harten Strohpolstern eines alten Räderstuhls übel zu empfinden und rief stöhnend:

„Hans, leg doch die Sense weg und komm einmal her. Ich kann es in den Füßen nicht länger aushalten.“

Hans mähte ruhig weiter.

„Hans!“ tönte es laut und voll Ungeduld. „Hörst du oder hörst du nicht?“ Der krankhafte Ausdruck des leidenden Gesichts war für einen Augenblick völlig verschwunden; aus dem scharfen Auge, das jetzt nichts Mattes mehr zeigte, zuckte ein rasches, zorniges Leuchten, kehrte aber schnell und vorsichtig wieder unter die schlaff sich senkenden Lider zurück. Der Knecht drehte sich langsam um.

„Habt Ihr gerufen, Müller?“ fragte er.

Der Gefragte nickte und warf den müden Blick seufzend auf seine eingehüllten Gliedmaßen.

„Ja, wenn Euch die armen Beine so aus der Lage fallen“, meinte Hans mitleidig, „da müssen sie natürlich weh tun. Kommt, ich will sie wieder zurechtheben!“

Er kniete vor dem kranken Mann nieder und verfuhr mit einer Sorgfalt und Behutsamkeit, als fühle er dessen Schmerzen in den eigenen Gliedern.

„So, jetzt wird's besser sein. Ich bin gleich fertig mit dem Grummet. Nachher laß ich das Rad gehn und schütte den neuen Weizen auf.“

Der Müller schüttelte langsam mit dem Kopf; er mußte selbst unter dieser unbedeutenden Bewegung leiden.

„Nicht?“ fragte der Knecht. „Gibt's denn etwas andres zu tun?“

Der Müller nickte und schloß dann die Augen. Es war dies das bekannte Zeichen, daß er zu angegriffen sei, um sprechen zu können. Hans griff schweigend wieder zur Sense, während Klaus regungslos in seiner jetzigen Stellung verharrte.

Da vernahm er rasche, leichte Schritte, die sich ihm näherten. Mit sichtbarer Mühe brachte er die zuckenden Wimpern empor, um einen matten, glanzlosen Blick auf den Kommenden zu richten. Sein Auge weitete sich. Er fuhr vom Stuhl auf, daß dieser um mehrere Schritte davonrollte und die schützende Decke zur Erde fiel.

„Ferdinand!“ rief er fast ebenso bestürzt wie überrascht. „Ich glaub gar, du bist's wirklich! Was hast du hier daheim jetzt zu schaffen?“ Dann aber sich seiner Krankheit erinnernd, stieß er einen lauten Weheruf aus und taumelte wimmernd in den Stuhl zurück.

„Freilich bin ich's. Grüß Gott, Vater! Ich mocht es in der Fremd gar nimmer aushalten und kehr darum zurück, um nun dauernd bei dir zu sein.“

„Aber ich hab dir doch befohlen, daß du fortbleiben sollst, bis ich selbst dich wieder heimbegehr! Ich brauch dich jetzt noch nicht; du kannst gleich wieder fort und wirst schon hören, wann ich deiner bedarf.“

Das Wiedersehen schien ihn ungewöhnlich zu erregen. Die gerade, kräftige Haltung, die er auf dem Sitz einnahm, mußte ihn sehr schmerzen, denn er kniff die zitternden Lippen zusammen und legte die kahle Stirn in tiefe, schwere Falten.

„Gleich wieder fort?“ entfuhr es Ferdinand. „Das kann dein Ernst nicht sein! Ich wollte gar nicht hinaus auf die Wanderschaft damals, denn ich hatte die Trude lieb, und du warst kurz vorher krank geworden; es lag dir in den Füßen, so daß du in der Mühle nicht gut vorwärts konntest. Du aber triebst mich fort, und wenn ich mich einmal nach Haus sehnte, so schriebst du mir, daß ich bleiben sollte. Jetzt seh ich, daß es schlimmer geworden ist mit dir, viel schlimmer; du kannst gar nicht mehr auf, und da sollte ich doch meinen, daß ich dir willkommen bin!“

„Das bist du auch, aber nur nicht jetzt, nur nicht gleich heut. Du wirst schon noch vernehmen, warum. Tu mir daher den Gefallen und bleib noch eine Woche, nur noch ein paar Tage weg von hier! Du wirst dann etwas erfahren, was dir große Freude bereiten wird. Geh“, rief er fast ängstlich, indem sein Auge forschend nach dem Dorfweg blickte, „geh gleich, geh auf der Stelle; du bist mir jetzt im Weg!“

Der Sohn war dem Blick des Vaters gefolgt. Ein Mann kam langsam und in gebeugter Haltung bergauf gestiegen. Das konnte doch unmöglich der Grundmüller sein?!

„Du jagst mich ja gradzu fort, Vater! Wenn du mich wirklich nicht daheim leiden magst, so will ich wieder gehn; aber etwas Ruh und Essen wirst du mir doch nicht versagen!"

„So geh schnell hinauf in deine Kammer, und komm nicht eher wieder herab, als bis ich dich ruf. Der Hans wird dir schon bringen, was du brauchst. Mach fort, sonst ist's zu spät!"

Ferdinand folgte dem Gebot und trat in das Haus. Er fühlte sich tief verletzt von dem so unerwarteten Empfang, der ihm ebenso wie das veränderte und merkwürdige Wesen des Vaters ein Rätsel war. Der Gichtmüller war wieder in sich zusammengesunken und lag so hinfällig auf dem Stuhl, als sei er nah daran, seinen Qualen zu erliegen. Der Knecht war jetzt mit der Arbeit fertig; er hatte weder das Kommen des jungen Mannes, noch dessen Unterredung mit dem Müller bemerkt. Nun trat er herbei und fragte besorgt:

„Ist's wieder schlimmer geworden? Da unten kommt der Grundmüller. Wollt Ihr hier vor dem Haus mit ihm reden, oder soll ich Euch hinein in die Stube fahren?"

„In die Stube!" antwortete der Gefragte mit Anstrengung. „Der Ferdinand ist da. Geh nachher hinauf zu ihm und laß ihn nicht herunter!"

Kaum befand sich Klaus in der Stube, die Hans gleich wieder verlassen hatte, so trat Horn, der Grundmüller, ein. Er grüßte freundschaftlich und reichte dem Kranken die Hand.

„Da bin ich schon wieder. Wie geht es mit der Gesundheit?"

„Wie immer; es will nicht besser werden."

„So gebrauch doch endlich einmal die Einhüllung in

nasse Birkenblätter, die ich dir schon tausendmal geraten hab. Sie treiben den Schweiß gewaltig, und mit ihm geht die Gicht aus dem Leib."

„Hilft auch nichts! Ich weiß schon, was ich tun werd. Ich hab geträumt, daß ich beim wundertätigen Marienbild ganz Besserung find, und übermorgen geht es fort."

„Weißt, was sie im Dorf von deiner Wallfahrt denken?"

„Das ist mir gleich! Sie sind mir alle zu dumm und auch zu klein."

Der Grundmüller warf einen raschen fragenden Blick auf den Sprecher.

„So bist du wohl gescheiter und größer als sie?" fragte er und ließ sein Auge unwillkürlich über die ärmliche Einrichtung der niedrigen und verräucherten Stube gleiten.

„Möglich! Wer es nicht glaubt, wird's vielleicht bald erfahren!" Unter den halbgeöffneten Lidern funkelte es so lebendig und schlau, und die leidenden Züge nahmen einen so selbstbewußten Ausdruck an, wie sie Horn noch nie an ihm beobachtet hatte.

„Dann ist es wohl nicht Zufall, sondern Klugheit gewesen, daß du in der fremden Lotterie gewonnen hast? Wenn du so reich bist, warum hast du mir nicht eher geholfen als heut, wo es die allerhöchste Zeit für mich ist?"

„Weil du auch einer von den Dummen bist, vielleicht der Dümmste von allen, und weil ich auf diese Zeit und auf dich gewartet hab wie das Kind auf den heil'gen Christ oder wie — wie der Teufel auf die Seel, die ihm verschrieben ist!"

„Wie meinst du das?"

„Wie ich es mein?" fragte der Gichtmüller. Sein Auge öffnete sich weit bei dem scharfen, haßsprühenden Blick, der auf den andern fiel; als breche eine lange Zeit gewaltsam niedergedrückte Leidenschaft plötzlich mit vervielfachter Wut hervor, so riß es ihn vom Stuhl auf. Er stand auf den geschwollenen Füßen, ohne mit der Wimper zu zucken, und seine geballte Faust stemmte sich mit dröhnendem Schlag auf die Platte des vor ihm stehenden Tisches. „Weißt du noch, wie du in das Tal gekommen bist, um die Grundmühle zu bauen? Was hab ich dir damals für gute Wort gegeben, mir nicht die Nahrung hinwegzunehmen? Und als das Bitten nichts gefruchtet hat, da hab ich dich verklagt und nachher gar noch die Kosten zahlen müssen. Du hast die dreifältige Mühl gebaut für Getreide, Öl und Sägewerk und mich um das armselige bißchen Brot gebracht, das ich mir bisher verdiente. Und nun du die gerechte Strafe bekommst für diese Schlechtigkeit, glaubst du, daß ich dir das Geld vorstreck, dich zu retten? Geh, Grundmüller, du bist wirklich der Albernste von den Albernen!“

Der Genannte fuhr zurück, wie von einer Natter gebissen.

„Klaus, was hast du mit mir vor? Wenn du im Ernst sprichst, so bist du noch schlechter und gottloser als der ‚Geldmarder‘, der mich zugrund gerichtet hat!“

„Wer weiß, was du auch ihm getan, daß er in deinen Säckel so verliebt gewesen ist!“ Und mit schadenfrohem Lachen fügte er hinzu: „Du wirst nun vor ihm Ruhe haben, denn in deiner großen Tasche ist kein Heller mehr zu finden!“

„Aber du hast mir doch die Summe versprochen, die ich brauch, um die Versteigerung loszuwerden! Ich hätt vielleicht auch andersweit noch Rettung gefunden, aber du hast mich von Tag zu Tag vertröstet und noch gestern gemeint, daß das Geld bis heut früh ganz sicher kommen werd!“

„Es ist nicht gekommen, sondern es liegt bereit schon lange, lange Zeit, aber nicht für dich, sondern für mich, und wozu es bestimmt ist, das wirst du wohl noch heut erfahren!“

„So willst du wohl gar die Grundmühl erstehn und hast mich nur solange hinausgehalten, damit ich keinen find, der sich mein erbarmt?!“

„Denk, wie du willst! Von dem Augenblick an, da ich den Prozeß verlor, hab ich mich gesehnt nach der jetzigen Stund und nach dem Tag, an dem du wieder aus dem Tal mußt, ärmer noch, als du gekommen bist. Dieser Tag ist vor der Tür, und deine Grundmühl bekomm ich ebenso gewiß, wie ich Heilung find in Mariahilf!“

„O du schlechter Mensch! So ist deine Freundschaft eitel Heuchelei gewesen! Du hast nach dem Prozeß getan, als ob du der liebe Frieden selber wärst, hast die Mahlgäst angenommen, die ich von mir wies, weil ich mich dein erbarmte, als du krank und vor Not und Plage hinfällig wurdest; ich bin nicht dagegen gewesen, daß dein Bub zu meinem Mädchen kam, und obgleich du dich deshalb schon meinen Schwager nanntest, hab ich nicht einen Pfennig von deinem Lotteriegeld zu leihn begehrt, als der ‚Marder‘ mich so nach und nach ins Elend brachte. Erst, als es mir an die Kehle ging, bin ich zu dir gekommen, und nun es Matthäi am letzten mit mir steht und mir kein andrer Ausweg mehr bleibt, als nur allein dein Versprechen, da nimmst du die Maske vom Gesicht und zeigst mir, wer du eigentlich bist. Denkst etwa, daß der Grundmüller jetzt vor dir niederkniet und dich um Gnad und Erbarmung bittet? Bei einem Menschen, der so teuflisch handelt, hilft kein Bitten und kein Flehn. Ich muß aus der Mühl und werd auch gehn, da hast du recht gerechnet, aber der liebe Gott wird dir heimzahlen, was du an mir sündigst. Er hat dich schon gestraft, aber es wird noch schwerer kommen. Du fühlst die Höll schon jetzt in deinem Leib; ersteh die Grundmühl, ersteh sie nur, aber glaub ja nicht, daß du beim wundertätigen Marienbild Erhörung findest. Du bist ein wahrer Teufel; die heilige Jungfrau hat nichts mit dir zu schaffen!“

„Schimpf so viel du willst, du machst mich doch nicht bange. Je größer dein Zetern ist, desto besser hab ich dich getroffen. Du hast nicht auf meine Bitt gehört, so ist's nur richtig und gerecht, daß nun auch die deinige nicht vernommen wird. Der Handel zwischen dem Ferdinand und deiner Zierpupp ist nun zu End; du wirst als Bettler aus dem Haus getrieben und kannst nun an dem Armutsbach die neue Elendsmühl baun. Geh fort und mach daheim, wo du am längsten Herr gewesen bist, das Tor so weit wie möglich auf, denn Klaus, der Teichmüller, wird bald kommen! Er ist zwar krank und hat jahrelang die Teichmühl nicht verlassen können, aber wenn auf der Grundmühl Versteigerung ist, so muß er dabei sein, und sollte ihn der Gichtschmerz gleich zu Tode reißen."

„Ja, ich geh fort; bei solch einem Verräter mag mich's nicht eine Minute länger leiden. Eins aber will ich dir vorher noch sagen; dies graue Haar hier hat der ‚Marder' auf seinem Gewissen; er wird gewißlich noch auf seinen Schlichen ergriffen werden, und sollt ich das nicht erleben, so trägst du die Schuld, daß ich zur Grube fahr."

Er ging. Klaus sah ihm mit höhnischem, giftigem Blick nach und nahm dann in seinem Räderstuhl mit einer Bewegung Platz, die für einen Gichtkranken mindestens unvorsichtig zu nennen war.

*

Es war am Spätnachmittag und fast dunkel, als Ferdinand erwachte. Er fühlte sich in Schweiß gebadet; ein fürchterlicher Traum hatte ihn auf dem Lager hin- und hergeworfen und die Angsttropfen aus allen seinen Poren gepreßt. Er konnte sich an dessen Einzelheiten nicht mehr erinnern; er wußte nur, daß er von einem Ungeheuer bedroht worden war, das in dem Augenblick, als er sich darauf stürzen wollte, die Gestalt und Gesichtszüge seines Vaters angenommen hatte.

Er war aus Sehnsucht nach der Heimat die ganze Nacht gegangen und hatte gleich nach dem Frühstück, das ihm von Hans aufgetragen worden war, für kurze Zeit ruhen wollen, war aber dabei einem Schlaf in die Arme gesunken, der ihn erst jetzt wieder freigab. Der böse Traum war jedenfalls eine ganz natürliche Folge von dem ebenso sonderbaren wie auffälligen Empfang, den der heimgekehrte Sohn bei dem Vater gefunden hatte; aber der Volksmund sagt, daß die Seele zuweilen im Traum Zeit und Raum zu überwinden vermöge, und Ferdinand stand diesem Glauben nicht so fern, daß er den Eindruck der wirren und wüsten Vorstellungen im Augenblick des Erwachens sofort hätte von sich werfen können.

Er trat an das Fenster und sah in die tiefe Dämmerung hinaus. Das Grummet lag noch in denselben Schwaden vor dem Haus wie am Vormittag; warum war es nicht gewendet worden? Unter der Einfahrt stand der mit Getreide beladene Wagen, den er gleich bei der Ankunft bemerkt hatte; warum war keiner der Säcke angerührt worden? Und warum ging die Mühle nicht? Er öffnete das Fenster und horchte einige Minuten lang hinab; dann schritt er zur Tür, um nach der Ursache der tiefen Stille, die im Haus herrschte, zu forschen. Die Tür war von außen verschlossen; ein Druck gegen sie bewies, daß man sogar die Vorsicht gebraucht hatte, das Öffnen durch angestemmte Stützen zu erschweren.

Er fuhr bestürzt zurück. Welchen Grund hatte diese unerwartete und seltsame Freiheitsberaubung? Stand sie vielleicht in Verbindung mit der heutigen Anwesenheit des Grundmüllers, bei dessen Kommen es so ängstlich geklungen hatte: „Geh fort, sonst ist's zu spät!"? Er kannte den Vater besser als andere und hatte sich wohl gedacht, daß dieser irgend etwas im Werke habe, bei dessen Ausführung er vom Sohn verhindert zu werden befürchte. Konnte dies etwas Gutes sein? Es ist ein großes, vielleicht das größte Unglück für ein Kind, andere Rechtsbegriffe als sein Erzeuger zu besitzen. Ferdinand fühlte dies mehr, als daß er es aus eigener Erfahrung erkannt hätte; der Teichmüller war stets ein schweigsamer und zurückhaltender Vater gewesen, hatte es aber auch nie verstanden oder gewollt, sich das kindliche Vertrauen, das sich so gern und willig in die Anschauungen der Eltern einlebt, zu erwerben. Er hatte sich trotz seines hilfsbedürftigen Zustandes die Rückkehr des Sohnes bisher streng verbeten und war heut darüber sichtlich erschrocken gewesen. Dieses unerklärliche Verhalten mußte eine geheimgehaltene Ursache haben. Der junge Mann gab sich nicht die Mühe, darüber nachzudenken; der Befehl, sofort oder wenigstens für einige Tage die Heimat wieder zu verlassen, ließ ihn ahnen, daß es für ihn leicht sei, sie zu erraten oder zu erfahren. Er brauchte nur diesem Verlangen nicht Folge zu leisten und zugleich sich jetzt der verwunderlichen Freiheitsberaubung entziehen. Er überlegte daher, auf welche Art und Weise er aus der Stube gelangen könne. Er wollte es möglichst heimlich tun, da man ihn auch heimlich eingeschlossen hatte.

Deshalb sah er von dem Hinausstoßen der Tür ab. Es wäre ihm trotz der Stützen wohl gelungen, denn sie war alt und morsch genug, um von einem kräftigen Fußtritt zertrümmert zu werden. Das Fenster war so klein, daß ein Mann von der Größe Ferdinands unmöglich hindurchsteigen konnte. Die Decke — ja, sie bot am besten und sichersten den Weg, den er suchte. Sie war nur geschalt und bildete zugleich den Fußboden des über dem Stübchen befindlichen Teils des Dachraums. Er stieg auf den Tisch, stemmte sich gegen die einfach auf die Balken genagelten Bretter; sie gaben nach — ein kurzes Knirschen und Prasseln, und die gewünschte Öffnung war vorhanden. Er schwang sich hindurch und brachte die losgesprengten Teile leicht wieder in ihre vorherige Lage. Wer jetzt in die Stube trat, mußte sich wohl verwundert fragen, wie der Gefangene verschwunden sei. Nun stieg Ferdinand durch den geöffneten Schieber auf das niedrige Schindeldach, dessen untere Kante sich nur wenige Fuß hoch über dem Teichdamm hinzog, da das Haus mit seiner hinteren Seite in diesen hineingebaut war. Ein leichter Sprung, und er stand zwischen den Sträuchern, die den Damm bedeckten. Überrascht blieb er stehen; es hatte geklungen, als springe er auf die Decke eines hohlen Raums, und ein kräftiges Stampfen mit dem Fuß überzeugte ihn, daß er sich nicht geirrt hatte.

Es war gerade noch hell genug, um den Boden untersuchen zu können. Er bestand aus kurzgeschorenem Rasen und zeigte dem tief gesenkten, aufmerksamen Auge ein sonst kaum merkbares, wie mit einem Messer eingeschnittenes Viereck, aus dessen Mitte verdorrte Wurzeln hervorstanden. Ferdinand erfaßte sie und zog an ihnen zu seinem Erstaunen ein hölzernes Viereck empor, das mit grastragender Erde bedeckt war. Dort, wo es so sorgfältig in den Boden eingefügt gewesen war, zeigte sich eine Öffnung, groß genug, einen Mann hindurchzulassen, und bei näherer Untersuchung fühlte er die oberen Sprossen einer Leiter, die senkrecht in die Tiefe führte.

Was hatte diese geheimnisvolle Einrichtung, deren Dasein ihm gänzlich unbekannt war, zu bedeuten? Er beschloß, unverzüglich nachzuforschen.

Er stieg zunächst so weit hinab, daß er über sich den Deckel bequem wieder in seine vorige Lage zu bringen vermochte, und folgte dann der Leiter, bis er festen Boden unter den Füßen fühlte. Er befand sich in einer engen, niedrigen Zelle und tastete an einen Tisch, auf dem Lampe und Zünderflasche standen. Als er Licht gemacht hatte, bemerkte er, daß der Raum vier Seiten hatte, von denen drei nur leicht verschalt waren, während die vierte aus einer Bretterwand gebildet wurde. Ganz unten am Boden war eine niedrige, aber breite Tür angebracht, deren Angeln einfach aus aufgenagelten Lederstücken bestanden. Man konnte sie nur in kriechender Stellung benutzen.

Nachdem er sich durch längeres Horchen überzeugt hatte, daß sich niemand auf der andern Seite befand, zog er sie auf. Vor ihm stand das Himmelbett, in dem sein Vater zu schlafen pflegte, ehe er von der Krankheit auch für die Nacht in den Stuhl gebannt wurde. Er schob sie wieder zurück und atmete tief und seufzend auf. Dieser verborgene Raum war früher nicht dagewesen, das wußte er bestimmt. Niemand anders konnte ihn angebracht haben als sein Vater; aber zu welchem Zweck? Und wie war es dem gelähmten Mann möglich geworden, diese beschwerliche Arbeit, bei der er sicherlich jeden Zeugen vermieden und jede Spur zu verwischen gehabt hatte, auszuführen? Es wurde ihm plötzlich so bang zumute, als ob ihn das Ungeheuer wieder bedrohte, das er im Traum gesehen hatte.

Er trat zum Tisch, dessen Kasten verschlossen war. Sich niederbeugend, versuchte er, die Finger zwischen seinem Rand und der Tischplatte hindurchzubringen. Es gelang; er fühlte eine Anzahl aufeinander liegender Hefte und mehrere kleine Päckchen, die sorgfältig in Papier eingeschlagen und versiegelt waren. Mit einiger Mühe gelang es ihm, alles aus dem engen Spalt hervorzuziehen. Der Siegellack war nicht mit dem Petschaft, sondern nur mit dem Finger angedrückt worden; es war also bei der nötigen Vorsicht möglich, eins der Pakete zu öffnen und wieder zu verschließen, ohne eine auffällige Spur davon zurückzulassen. Ferdinand tat es; eine beträchtliche Anzahl von Kassenscheinen blickte ihm entgegen.

Hatten die anderen Pakete den gleichen Inhalt, so mußte der Gewinn, den der Vater gemacht hatte, ein nicht unbedeutender sein.

Die Hefte waren Kalender, die nach der Folge der Jahreszahl aufeinandergelegen hatten. Er durchblätterte den ältesten. Auf den unbedruckten Rändern waren verschiedene wirtschaftliche Bemerkungen angebracht, zwischen denen sich zuweilen eine auf einen anderen Gegenstand bezog, der von Zeit zu Zeit wiederkehrte und die Aufmerksamkeit des jungen Mannes außerordentlich zu fesseln begann. Die kurzen Worte, die von der ungeübten Hand des Teichmüllers neben die rot angestrichnen Tage gesetzt waren, betrafen meist die Grundmühle und bildeten, der Zeit nach aneinandergereiht, den Abriß einer Geschichte von ihr, für den Ferdinand allerdings das klare Verständnis entgehen mußte. Er durchblätterte einen der Kalender nach dem anderen. Was hatten die vielen Zahlen und der sonderbare Name ‚Marder' zu bedeuten, der stets bei ihnen stand?

Er mußte unwillkürlich an die Zeit denken, in der Horn in die Gegend gekommen war, um die Grundmühle zu bauen. Damals hatte Klaus, als er den Prozeß verloren sah, öfters ingrimmig geäußert: „Den Menschen, den mach ich tot um jeden Preis, und sollt ich selber mit zugrundgehn!" Er brachte die Sachen sorgfältig wieder an ihren vorigen Platz und stand schon im Begriff, wieder emporzusteigen, als er einige Kleidungsstücke bemerkte, die hinter der Leiter an der Wand hingen. Er besah sie. Sie gehörten dem Vater; sie waren schon sehr alt, aber der an ihnen hängende Schmutz, mit dem besonders die Stiefel bedeckt waren, schien noch nicht vollständig vertrocknet zu sein. Sie waren erst vor kurzem, vielleicht am vorigen Abend, in Gebrauch gewesen.

Er blies die Lampe aus und verließ unter unbehaglichen Gefühlen den rätselhaften Ort. Er stieg von dem Damm hernieder und schritt zur Haustür. Sie war von außen verschlossen, und niemand schien daheim zu sein. Konnte der Vater das Haus verlassen? In tiefen Gedanken wendete er sich dem Dorfweg zu. Bei der Grundmühle angekommen, sah er deren Gebäude dunkel und lichtleer vor sich liegen. Der Graben war zugestellt; das reiche Wasser rauschte arbeitslos über das Wehr hinab; kein Rad ging, kein Stampfkolben ließ sich hören, und auch die Säge im Schneidehaus ruhte. Warum wurde heut, an einem Werktag, gefeiert?

Ein einziges, im Erdgeschoß gelegenes Fenster war erleuchtet. Er begab sich in den Flur und klopfte; auf den von innen erschallenden Ruf öffnete er und trat in das Zimmer.

Das junge Mädchen, das arbeitend am Tisch saß, sprang bei seinem Anblick vom Stuhl empor und eilte mit freudeglänzendem Gesicht auf ihn zu.

„Vater, Mutter, der Ferdinand ist's! Kennt ihr ihn denn nicht?"

„Halt!" ertönte es da; der Vater eilte aus dem Dunkel der Ecke herbei und stellte sich zwischen die beiden jungen Leute. „Du brauchst mir nicht zu sagen, wer es ist; ich seh es schon von ganz allein. Es ist der neue Grundmüller, der von der Wanderschaft zurückkehrt, um uns hinwegzujagen. Scher dich hinaus, Gichtmüllerssohn! Die Mühl ist euer, aber diese Stub gehört noch mir, und so lang ich noch drin zu wohnen hab, darf mir das Klausvolk mit keinem Schritt herein!"

„Ich bitt Euch, Grundmüller", meinte Ferdinand erschrocken, „was hab ich Euch denn zuleid getan, daß Ihr solche Red gegen mich führt? Was ist's mit der Mühl und mit dem neuen Müller? Ich versteh Euch nicht!"

„So hat dein Vater, der alte Judas Ischariot, es dir noch nicht gesagt und dir auch nichts davon geschrieben?

Da muß ich dir's schon mitteilen, damit du die Schadenfreud ein wenig eher hast! Er hat heut die Grundmühl erstanden und von seinem Lotteriegeld bar bezahlt. Du bist nun ein großer Mann und brauchst jetzt den Horn und seine Leut gar nimmer anzuschaun!"

„Die Grundmühl erstanden — und bar bezahlt — der Vater?" fragte der Jüngling bestürzt. „Das ist ja gar nicht möglich! Wie ist es denn gekommen, daß Ihr sie versteigert habt?"

„Weil ich von dem ‚Geldmarder' ruiniert worden bin. Doch geh hinaus! Dein Alter hat mich heut aus seiner Stub gejagt, so brauch ich nun auch dich nicht hier zu dulden!"

„Nein, ich geh nicht eher von dannen, als bis ich alles weiß. Ihr habt ja von früher immer viel auf mich gehalten; ich begreif von allem nichts und bitt Euch sehr, mir wenigstens nicht eher bös zu sein, bis Ihr seht, daß ich Euch übel will!"

„Das klingt gar schön und vernünftig, und es ist auch wahr, daß ich dir und dem gichtbrüchigen Verräter immer wohl gewogen war, aber desto schlechter ist ja das von ihm, was er an mir getan hat, viel schlechter und schlimmer, als wenn er mich lieber gleich erschlagen hätt!"

„Dann seid so gut und sagt mir's doch! Vielleicht vermag ich's wieder gutzumachen!"

„Nein, diese Scharte ist nimmer auszuwetzen! Du hast mich gekannt und weißt, was ich früher für ein starker und rüstiger Mann gewesen bin; ich war so gesund und kraftvoll, daß ich hätt mit Kirchtürmen hanteln können. Nun schau mich jetzt einmal an! Das Haar ist mir schneeweiß geworden; das Gesicht hat Falt an Falt und auch die Knochensicht bekommen; ich kann nicht mehr grad stehn, und was ich angreif, das möcht ich vor Schwäch und Unvermögen gleich wieder aus der Hand legen. Das hab ich dem ‚Marder' zu verdanken, der mich langsam abgekerkert hat, bis die Versteigerung über mich hereingebrochen ist."

„Dem ‚Marder'? Wer ist das?" fragte Ferdinand, das Wort jetzt zum zweitenmal hörend. Er dachte an die Kalender und an die Zahlen, bei denen es gestanden hatte.

„Auch das weißt du nicht? Es ist ein Spitzbub, der nun seit Jahren hier und in der Gegend einbricht, ohne daß man weiß, wie er hereingekommen ist. Er war auch einigemal in der Teichmühl droben, am meisten aber war er hier bei mir. Er nimmt nur Geld, nichts anderes als Geld; er weiß genau, wann man es bekommt und wo es liegt, selbst wenn man es im tiefsten Grund verbirgt. Wenn ich welches bekommen hab, so bin ich damit voll Angst im Haus herumgelaufen und hab es jeden Tag woanders hingesteckt; aber gefunden und geholt hat er's. So ist mir's viele, viele Mal gegangen; ich bin ärmer, immer ärmer geworden, und die Sorg und Unruh haben mich abgezehrt, wie der Schwamm dem Baum ins Leben frißt. Und als hernach endlich die Grundmühl aufgeschrieben wurde mit allem, was drin stand und hing, hat mir dein Vater Hilf versprochen und mich abgehalten, sie bei einem anderen zu suchen. Ich hab ihm auch vertraut und gewartet bis zum letzten Augenblick. Aber als ich dann heut gekommen bin, um mir das Geld zu holen, ist er voll Freud und Lachen gewesen, daß ich zuschanden bin, hat mich den Dümmsten von den Dummen geheißen und drauf am Nachmittag das höchste Gebot getan, so daß ihm meine liebe, schöne Mühl mußt zugeschlagen werden. Geh nach dem Dorf ins Wirtshaus, wenn du ihn finden willst. Er ist mit dem Hans dorthin gefahren und gibt den Freitanz und das Einstandsbier. Da werden sie nun jubeln und springen, und ich mag sehn, wo mir ein Aufenthalt bleibt!"

Es war Ferdinand unmöglich, ein Wort zu dem

Gehörten zu sagen. Er lehnte mit erbleichtem Gesicht an der Tür und starrte den Müller an, als habe er von ihm eine ungeheuerliche Schreckensbotschaft vernommen. Horn war auf einen Sitz gesunken und hatte das Gesicht in die Hände verborgen. Nach kurzem Schweigen aber sprang er empor und trat auf den jungen Mann zu.

„Jetzt weißt du, was du wissen wolltest. Ich hätt gar nicht so viel zu dir gesprochen, aber du warst früher gut und brav und wirst auch jetzt noch ein Gefühl im Herzen haben, obgleich der Apfel nicht gar weit vom Stamm zu fallen pflegt. Dein Vater sagte heut, ich würd als Bettler aus dem Haus getrieben und könnt am Armutsbach die neue Elendsmühl errichten. Er mag sich nur nicht verrechnen. Ich hab von dem Zahlgeld doch noch so viel herausbekommen, daß ich nicht von Tür zu Tür zu wandern brauch, und er ist doch auch nicht vor dem End glücklich zu preisen. Wer seinen besten Freund verrät und betrügt, der soll mit dem Hohn nicht billig sein. Der liebe Gott hat auch seine Mühlen, und die mahlen zwar oft langsam, aber trefflich klein! Jetzt will er nun nach Mariahilf wallfahrten, um dort Heilung zu finden und sich als Wunder anstaunen zu lassen. Das ist die Krone, die dem heiligen Klaus noch fehlt. Geh fort, geh fort! Er ist ein Judas, und du bist sein Sohn; wir sind geschiedne Leut. Spiel den reichen Grundmüller, solang du willst und solang es geht; ich kann auf meine Elendsmühl stolzer sein, als ihr auf euer Lotterieheimwesen!" Er öffnete die Tür und deutete hinaus. „Verlaß die Stub und kehr mir nimmer wieder!"

„Vater", klang die bittende Stimme des Mädchens, „tu ihm das nicht zuleid; er ist ja unschuldig an dem, was uns betroffen hat!"

Der Sohn des Gichtmüllers war bleich geworden. „Trude", sagte er, „ich dank dir schön für die Lieb und Güt, mit der du gesprochen hast; aber der Vater hat recht, wenn alles wahr ist, was er sagt. Ob wir uns wiedersehn, das weiß ich nicht; aber wenn ich die Fremde wieder aufsuchen muß, so vergiß den Ferdinand nicht, der an dich gedacht hat, solang er fort gewesen ist, und der ein Leid mitnimmt, für das es keine Heilung gibt!“

Seine Augen glänzten feucht und seine Stimme bebte. Er sah aus wie einer, der die tötende Kugel erwartet, und als er sich jetzt an den Grundmüller wandte, wollten ihm die Worte nur langsam von den Lippen gehn.

„Lebt wohl; ich will Euch gehorchen und Eure Stub verlassen! Kehr ich wieder, so bleibt Ihr der Grundmüller und sollt erkennen, daß ich besser bin, als Ihr wohl meint. Kehr ich aber nicht zurück, dann vergebt mir das Weh, das Euch ohne mein Wissen und ohne meine Schuld bereitet worden ist. Ich bin ärmer noch als Ihr, und der Armutsbach, an dem ich steh, ist tiefer noch und schlimmer als der, an dem Ihr Eure Elendsmühl errichten sollt. Gott geb, daß ich nicht darin versink!“

Er ging, es war mittlerweile dunkler Abend geworden. An dem zum Dorf führenden Weg rauschten die hohen dunklen Tannen; das Strauchwerk flüsterte so lind und heimlich, und der Bach murmelte auch jetzt sein altes Lied. Ferdinand vernahm von diesen ‚Stimmen und Tönen‘, denen er heut morgen so glücklich gelauscht hatte, nichts; er schritt unsicher und wankend auf dem so wohlbekannten Weg dahin; es war in ihm ebenso finster wie in der Natur um ihn her, und dieses innere Dunkel wurde durch die Lichter, die das bald erscheinende Dorf ihm entgegenwarf, nicht aufgehellt. Wie ganz anders sah es doch jetzt in ihm aus als vor wenigen Stunden, da er gemeint hatte: „Daheim ist’s doch am schönsten; ich geh nie wieder fort!“

*

„Der Gichtmüller hat die Grundmühl bei der Versteigerung erworben, und die Nachbarn sollen nach dem Gasthof kommen. Er gibt dort den Freitanz und das Einstandsbier!"

So lautete die Kunde, die der Dorfwächter von Haus zu Haus getragen hatte, und jeder, der nicht durch zwingende Gründe zurückgehalten wurde, war gern und willig gefolgt. Es gab so vielerlei Gründe, sich über das Ereignis des Tages auszusprechen, und bald sah man gar, daß der Teichmüller auf seinem Räderstuhl durch das Dorf gerollt und nach dem Gasthof geschoben wurde. Niemand wollte es versäumen, den Mann zu sehen, dessen Wohlhabenheit erst jetzt Eindruck zu machen begann, und dessen Person durch die Unnahbarkeit, in die er in den letzten Jahren gehüllt gewesen war, eine gewisse romantische Teilnahme erhalten hatte. Die seinem Sohn Ferdinand gezollte Achtung, der es bis zum Geschäftsführer einer weit entfernten amerikanischen Dampf- und Wassermühle gebracht hatte, floß unwillkürlich auch auf ihn mit über, und viele, die es mit ihren Rechtsansichten nicht so genau nahmen, erkannten gern die Schlauheit an, mit der von ihm der Lotteriegewinn zu demselben Zweck aufgehoben worden war, zu dem er Ferdinand in die Fremde geschickt hatte, um etwas Tüchtiges zu lernen.

Man hatte seinen Stuhl hinauf in den Saal getragen, damit er sich überzeugen könne, welch fleißigen Gebrauch man von seiner reichlichen Spendung mache. Hier hielt er schon mehrere Stunden lang inmitten der Tanzenden und von einem Kreis lustiger Trinker stets umschlossen. Die Beine steckten auch jetzt in einem dicken Watteüberzug, und der Kopf mit dem eingefallenen und leidenden Gesicht lag weit hintenüber in dem verbrauchten Polster der Lehne. Obgleich er so matt und angegriffen war, daß er es nur bei einem ganz besonderen Ausbruch der Laune zu einem kurzen, schmerzhaft verzogenen Lächeln brachte, mußte er doch hier und da Rede und Antwort stehen, es ging nicht anders; und als er sich nach vielem Zureden sogar herabließ, aus einem dargebotenen Glas zu nippen, schien er alles getan zu haben, was in seinen arg geschädigten Kräften stand. Es gab keinen, der ihm eine besonders große Freundschaft gezollt hatte, aber sein außergewöhnliches Leiden hatte einen versöhnenden Einfluß auf vieles, was sonst sicher zur Geltung gekommen wäre.

Keiner der Anwesenden bemerkte, daß in dem unerleuchteten Nebenzimmer, das durch ein Fenster des Schankraums mit dem Saal in Verbindung stand, einer weilte, der mit bleichem Angesicht das bunte Treiben beobachtete und den forschenden Blick ganz besonders auf den Müller geheftet hielt. Dieser konnte endlich den ihn umwogenden Lärm unmöglich mehr ertragen; er hatte seine Pflicht als Freibierspender getan und gab dem bereitstehenden Hans einen Wink, ihn fortzubringen. Er wurde unter Dankesbezeigungen in seinem Sessel hinunter auf die Straße getragen und von dem treuen Knecht dann trotz des beschwerlichen Weges glücklich nach Haus gebracht.

„Geh hinauf, Hans", gebot er dort, „und schau nach dem Ferdinand! Er darf nun herunterkommen!"

Der Abgesandte kehrte nach einiger Zeit wieder zurück und meldete, daß der junge Herr noch wie zuvor im tiefen Schlaf liege.

Der gute Alte konnte die Einsperrung gar nicht begreifen, hatte sie aber doch pflichtschuldigst ausgeführt. Er war gewohnt, jeden Befehl des Müllers ohne Widerrede zu vollziehen.

„Das ist gut; so hat er also gar nicht bemerkt, daß wir fort gewesen sind und ihn festgehalten haben. Erzähl ihm nichts davon und geh jetzt schlafen!"

Hans rollte den Stuhl hinaus in die Kammer, schob seinem Meister behutsam ein Kissen unter den Kopf, sah nach, ob alles sich in der gehörigen Ordnung befinde, und begab sich dann zur Ruhe.

Kaum hatte sich die Tür hinter ihm geschlossen, so erhob sich der Müller vom Stuhl, streifte die Watte von den Beinen und reckte und dehnte die Glieder, als fühle er sich um einen beträchtlichen Teil seiner Größe zusammengeschrumpft.

Er knöpfte die Kleidung auf und zog das Futter hervor, das ihm ein so geschwollenes Aussehen gegeben hatte.

„Jetzt will ich hinaus in meine Räuberhöhl; der Lebrecht wird bald kommen und mir die Botschaft bringen! Ich hab mich heut im Dorf gezeigt; sie alle haben gesehn, wie schlimm es mit mir steht, und sind voll Mitleid und Erbarmung gewesen. Wenn morgen früh dem Horn seine Herauszahlung fehlt, so weiß ich gewiß, daß auf mich der Verdacht unmöglich fallen kann. Er muß als Bettler fort. Ich hab's damals geschworen, als ich den Prozeß verlor, und darum werd ich heut noch einen Gang zu ihm machen. Es ist der letzte, den ich tu, und was so viele Mal gelungen ist, das wird auch dieses letztemal vonstatten gehn!"

Er verriegelte die Tür, die zur Wohnstube führte, trat dann an das Bett und schob es mit Leichtigkeit beiseite. Als er den Zugang zu dem Nebenraum aufstieß, drang durch diesen ein heller Lichtschein in die Kammer.

„Bist du schon da, Lebrecht?" fragte er leise, sich niederbeugend.

„Schon eine ziemliche Weil", lautete die Antwort. „Ich hab mir die Lamp angebrannt, weil mir die Zeit zu lang geworden ist."

„Schon recht! Ist das Loch oben zu?"

„Ja. Ich werd es doch nicht offen lassen, damit die Frösch und Kröten herunterschaun und dann unsere Sach in die Welt hineinquaken können!"

Der Sprecher war ein kleiner, verwachsener und rothaariger Bursche, der dem jetzt herbeikriechenden Müller die Hand zum Willkommen bot.

„Ihr habt heut gute Zeit gehabt, Teichmüller; ich aber bin mit Seufzern gespeist und mit Klagen getränkt worden, so daß es mir ganz elend und jämmerlich im Magen ist. Habt Ihr nicht einen guten Trank bei der Hand, der einen heilen kann? Bei uns in der Grundmühl ist's zu End damit!"

„Erst kommt das Geschäft und dann der Lohn. Wie steht's mit dem Geld?"

„Ich hab aufgepaßt wie ein Himmelslauscher, der wissen will, wohin die Sternschnupp fallen wird, und bin endlich auch richtig dahinter gekommen."

„Nun?"

„Ja, wie ist's denn jetzt mit dem Papier von wegen der Teichmühl? Wir haben doch so gehandelt, daß ich Euch den Aufpasser mach und dafür die Teichmühl erhalt, sobald die Grundmühl Euer geworden ist. Noch gestern bin ich hier gewesen, und Ihr habt gesagt, daß Ihr es mir geben wollt, sobald wir das letzte Geld des Grundmüllers haben."

„Das ist alles richtig, und ich werd auch Wort halten, denn du hast deine Sach sehr gut gemacht und mir so viel treffliche Nachricht gebracht, daß ich manchmal geglaubt hab, du seist allwissend. Aber jetzt ist das Geld doch noch nicht unser! Ich hab das Papier ganz fertig geschrieben und werd es nachher mitbringen. Sobald der Kasten beim Grundmüller leer ist, geb ich dir's in die Hand, aber keinen Augenblick eher, das kannst du nicht von mir verlangen. Und aus Vorsicht sagen wir einstweilen, daß du die Teichmühl bloß gepachtet hast. Also, wo ist das Geld zu finden?"

„In der kleinen Stub, wo der Müller jetzt schläft, da liegt es in dem kleinen Wandschrank, der nicht weit vom Fenster ist. Aber den Schlüssel dazu hat er in der Tasch und der Laden ist von innen fest verschlossen."

„Da ist die Sach nicht leicht für mich! Schläft das Weibsvolk mit in der Stub?"

„Nein, die sind vorn heraus. Die Müllerin liegt krank auf dem Kanapee, und die Trude will nicht weg von ihr."

„So wird sich's doch vielleicht noch machen lassen. Hör, was ich dir sag! Du gehst jetzt nach Haus. Ich komm in kurzer Zeit nach und bring den Dietrich und die Strickleiter mit, auf der ich allemal in deine Giebelkammer gelangt bin. Wir müssen den Müller aus seiner Stub herauslocken. Sobald ich oben bei dir bin, gehst du hinunter und sagst, du hättest jemand um das Haus schleichen sehn. Er wird herausgehn, und dann eil ich schnell hinab, um das Geld zu nehmen. Ich bin bestimmt fertig, eh er wiederkehrt, und dann treffen wir uns wieder in deiner Kammer, wo du das Papier erhältst. Er schaut sicher nicht gleich in den Schrank hinein, und wenn er es auch tut, so wird er zuerst im Haus nach mir suchen und dann kann ich ja ganz ungestört auf der Leiter davon. Hast du alles verstanden?"

„Ja. Es ist der einzige Weg, den es gibt. Aber nehmt Euch nur hübsch in acht, daß wir zu guter Letzt nicht gar noch ein Unglück erleben! Ihr dürft nicht eher an die Mühl kommen, als bis ich das Licht ganz nah an das Fenster setz. Dann ist die Luft rein, und ich laß die Schnur herab, um die Leiter hinaufzuziehn. Jetzt will ich gehn; laßt mich nicht lang warten!"

Als er fort war, kehrte Klaus in die Schlafstube zurück und nahm das Leinen- und Federzeug aus der Bettstelle. Unter dem Strohsack befand sich ein Doppelboden, der alle notwendigen Diebswerkzeuge enthielt.

„Heut brauch ich nur die Strickleiter, die Latern und den Dietrich. Aber halt, den Totschläger nehm ich noch mit; ich werd ihn vielleicht auch gebrauchen."

Er brachte die angegebenen Gegenstände in die ‚Räuberhöhle', wie er den verborgenen Raum genannt hatte, wechselte die Kleidung und stieg nach dem Damm empor. Noch war er damit beschäftigt, den Deckel auf die Öffnung zu bringen, als er eine Hand an seiner Schulter fühlte. Im Nu hatte er sich umgedreht und erhob den Schläger; aber ebenso schnell war auch seine Hand gepackt und festgehalten.

„Vater, willst du deinen Sohn erschlagen?!"

„Wer — wer ist's? — Du? Wie kommst du hierher und was willst du da?"

„Den ‚Marder' will ich zurückhalten, damit er nicht größres Unheil anrichtet, als er bisher gestiftet hat!"

„Den — den ‚Marder'? Du weißt, daß — daß —"

Er konnte vor Bestürzung nicht weiter reden. Daß der eigene Sohn sein Geheimnis entdeckt hatte, war schlimmer, als wenn ein anderer ihn ergriffen hätte.

„Ich weiß alles! Ich bin aus meiner Stub fort gewesen und hier hinabgestiegen, wo ich das Geld gesehen und die Kalender gefunden hab. Ich kenn nun die Lotterie, in der du gewonnen hast; es ist eine schreckliche, eine fürchterliche, und ich — ich hab alles, alles in ihr verloren. Komm mit hinab in deinen Fuchsbau, ich hab mit dir zu reden!"

„Ich hab nicht Zeit dazu. Sag's gleich hier!"

„So willst du wohl eben wieder einen Gichtweg tun? Ich hab mir's gleich gedacht! Es schlich jemand so heimlich um die Eck; ich hab gemeint, du wärst's selber und bin dann gleich herbeigekommen, um nachzuschaun, ob das Nest leer ist. Also deshalb sollt ich heut gleich wieder fort und weil du wußtest, daß ich nie zugegeben hätt, daß du den braven Grundmüller aus dem Seinigen treibst. Steig wieder hinab; ich laß dich nimmer fort!"

„Meinst du?" fragte Klaus. „Du bist der Sohn und hast mir nichts zu befehlen!"

„Grad weil ich der Sohn bin, muß ich darauf achten, daß ich's auch bleiben kann. Vater, ich bitt dich gar sehr, bleib hier und vernimm, was ich dir sagen muß!"

„Dazu ist morgen Zeit! Da sollst du alles hören. Jetzt aber geh und schlaf. Ich bin auf gutem Weg und auch bereit, mit dir zu sprechen, vielleicht schon, wenn ich wiederkehr!"

„Nein! Ich kann's nicht auf mein Gewissen nehmen, dir zu gehorchen. Der Weg, den du gehst, ist kein guter, er führt in ein Elend, das nicht so leicht zu heilen ist wie die Gicht, die du nach Mariahilf tragen willst!"

„Auch das weißt du? Dich hat der Geier aus der Fremd herbeigetrieben! Wenn du gewartet hättest, bis ich dir schrieb, wär alles gut gewesen. Geh weg, ich kann dich nicht gebrauchen!"

„Bleib, Vater, bleib! Noch ist es Zeit, das Vergangene wieder gutzumachen; noch weiß niemand, wer der ‚Marder' ist, und wenn du im stillen zurückerstattest, was nicht dir gehört, so gibt's noch Heil und Segen auf der Teichmühl!"

„Zurückerstatten? Schau doch, was du sagst! Ist's denn wirklich so gewiß, daß ich der ‚Marder' bin? Wart's ruhig ab, und red nicht eher, als bis du es verstehst!"

Er machte sich von der Hand Ferdinands los und versuchte, an ihm vorüberzukommen.

„Vater, ich darf dich nicht fortlassen, ich muß dich halten. Hör auf mich, sonst muß ich Gewalt gebrauchen, und das will ich doch nicht gegen dich tun. Laß mich doch zu dir reden, und du sollst sehn, daß ich nicht zu viel von dir verlang!"

„Was willst du? Vergreifen willst du dich an mir? Tritt aus dem Weg, sonst mach ich mir Bahn!"

„Ich kann nicht! Ich darf nicht! Ich bitt dich von ganzem Herzen, bleib!"

„So fahr hinweg, wenn du's nicht anders willst!" Mit einem raschen, kräftigen Stoß warf er sich auf den Sohn.

Dieser hatte den Angriff nicht vermutet, verlor das

Gleichgewicht und stürzte kopfüber in das tiefe Wasser des Teiches.

Klaus bog sich weit vor und blickte hinab in die dunkle Flut, auf der Ring an Ring hineintrieb in die stille, schweigsame Nacht. Hatte er es so gewollt? Er fuhr sich mit den Händen nach dem Kopf, stieß einen wilden, heiseren Laut hervor und sprang dann zwischen die Sträucher hinein, die sich auf der Böschung des Damms hinunterzogen.

Wäre Klaus nur noch einige Augenblicke geblieben, so hätte er gesehen, daß Ferdinand wieder emportauchte und einen in das Wasser niederhängenden Zweig erfaßte. Er horchte nach dem Damm empor. Als er nichts vernahm, schwang er sich aufs Trockene und schüttelte die triefende Nässe aus der Kleidung.

„Er ist fort; er hat nicht daran gedacht, daß ich schwimmen kann. O du heiliger, großer Gott, was hab ich denn verbrochen, daß mir's so grausam hart ergeht! Wo ist er hin, und wer war der, den ich vorher gesehn hab? Ob's nicht der Lebrecht, der alte Knapp von der Grundmühl war, der erst bei uns gewesen ist? Ich muß fort, ich muß dem Vater nach!"

Er eilte davon. Als er die Grundmühle erreichte, umging er diese und war bemüht, mit Aug und Ohr die Finsternis und nächtliche Stille zu durchforschen. Als er an der einen Giebelseite des Wohngebäudes gegenüber anlangte, glaubte er, in der Höhe ein Geräusch zu vernehmen. Vorsichtig schlich er bis an die Mauer heran und blickte an ihr hinauf. Im Dachstock klirrte ein Fenster leise, und ein langer, strickähnlicher Gegenstand wurde emporgezogen.

„Was war das? Es ist jemand an dem Seil hinaufgeklettert! Ist's der Vater gewesen? Soll ich den Müller wecken, oder soll ich warten, bis der Einbrecher wieder herunterkommt, und ihn dann wegfangen?"

Er war noch nicht mit sich im reinen, als er schleichende Schritte vernahm, die sich ihm näherten. Es war der Müller. Ferdinand wußte das nicht, hielt sich verborgen, bis er vorüber war, und folgte ihm dann geräuschlos nach, um zu sehen, wen er vor sich habe und was der Mann im Schild führe.

Dieser umschlich erst das Wohnhaus und dann auch die Nebengebäude. Bei der etwas abgelegenen Schneidemühle angekommen, blieb er stehen und horchte; es war, als sei ein durch die Entfernung gedämpfter Schrei erklungen, dem nach einigen Sekunden ein harter Fall folgte. So eilig, wie es die Vorsicht gestattete, huschte er zurück und an Ferdinand, der erst jetzt den mit der Büchse bewaffneten Horn erkannte, vorbei. Den jungen Mann ergriff eine schlimme Ahnung. Kaum war der Grundmüller an der einen Seite des Hofes verschwunden, so stürzte er nach der anderen. An der Stelle, wo er vorhin emporgeblickt hatte, sprang ein Mann von der Erde auf und floh davon; ein anderer lag am Boden und gab kein Lebenszeichen von sich. Ferdinand bückte sich nieder und erkannte ihn. Es war sein Vater. Der Grundmüller konnte jeden Augenblick hier sein; er durfte ihn nicht finden. Der vor Schreck zitternde Sohn hob den Leblosen auf und suchte mit ihm den Weg nach der Teichmühle zu gewinnen.

Als er so weit fortgekommen war, daß er es wagen konnte, einmal haltzumachen, legte er seine Last auf die Erde. Ein leises Stöhnen und Röcheln war die Folge der dabei verursachten Schmerzen.

„Vater“, fragte er mit angstvollem Herzen, „lebst du noch? Hörst du mich?“

Er bekam jetzt und auf alle seine ferneren Bemühungen keine andere Antwort als das gleiche Röcheln und Stöhnen. Er nahm ihn wieder auf die Arme und trug ihn, selbst halb bewußtlos, der Gichtmühle zu.

Dort fand er die Tür verschlossen. Auch wenn der schwerhörige Hans zu wecken gewesen wäre, er durfte nichts von dem Geschehen erfahren. Ferdinand entledigte sich deshalb seiner Bürde und stieg den Damm hinan, um durch den verborgenen Eingang ins Haus zu gelangen und dann zu öffnen. Er war nur wenige Schritte noch von ihm entfernt, als eine Gestalt aus der Erde emportauchte und nach dem Deckel griff, um ihn auf den Einstieg zu legen. Sofort hatte er sie ergriffen.

„Halt, Mann! Wer bist du?"

„Wer bin ich?" stotterte der Erschrockene. „Wer — wer — wer bist du?"

„Ich bin der Müllersohn hier aus dem Haus und will wissen, was du hier zu schaffen hast!"

„Der Müllersohn? Der Ferdinand?" klang es mit etwas beruhigter Stimme. „Ja, wirklich, du bist's! Ich hab geglaubt, du bist gar nicht daheim."

„Und daher hast du gemeint, du darfst jetzt ebenso in das Loch steigen, wie vorher, als der Vater unten war! Sag mir, Lebrecht, was hast du drin getan?"

„Was ich getan hab, willst du wissen? Deinen Vater, den ‚Geldmarder', hab ich ausgezahlt. Geh nur zur Grundmühl, da liegt er tot unter meinem Fenster! Er hat mir meinen Lohn verweigert und mich gar noch auf den Kopf geschlagen. Aber der ist dick und hart und verträgt schon einen Puff. Als der alte Heimtücker aus dem Fenster war, hab ich ihn ergriffen und von der Leiter gestürzt. Dann bin ich ihm nachgestiegen, hab ihm das Herausgeld abgenommen und nachher — nachher hab ich mir auch noch das geholt, was da unten im Tischkasten war. Verwundere dich nur, immer verwundere dich! Vor dir brauch ich mich nicht zu fürchten, denn wenn du mir was tust, so erfährt das ganze Dorf, wer der ‚Marder' gewesen ist!"

Er machte sich mit raschem Ruck von den Griffen Ferdinands los und eilte den Weg zurück, den er gekommen war. Es kam ihm alles darauf an, daß seine Abwesenheit nicht bemerkt wurde; deshalb strengte er seinen verwachsenen Körper zum schnellsten Lauf an und fühlte sich nun sicher, als er bei seiner Ankunft bemerkte, daß die Leiter noch hing. Aber noch hatte er ihre halbe Länge nicht erklommen, so rief es unter ihm:

„Halt an, Spitzbub, und komm herab, damit ich dir guten Abend sagen kann!“

Der Schreck fuhr ihm durch alle Glieder. Was sollte er beginnen? Hinauf durfte er nun auf keinen Fall, da wäre er gefangen gewesen, denn der Müller hätte ganz sicher die Leiter herabgerissen, wäre nach oben gekommen und hätte das Geld bei ihm gefunden. Zurück konnte er aber auch nicht. Es gab nur einen einzigen Weg für ihn. Das Fenster, bei dem er eben hielt, führte auf den Treppenboden; wenn er es einschlug und hindurchsprang, so war er gerettet. Er zögerte nicht, diesen Gedanken sofort auszuführen. Die Scheiben klirrten; da ertönte es wieder:

„Halt, Bursch, nicht weiter oder ich schieß!“

Das Klingen des aufgestoßenen Fensterflügels bewies, daß er nicht gewillt sei, auf diese Warnung zu hören. Der Schuß krachte; der herabstürzende Körper des Getroffenen schlug auf die Erde; er lag an derselben Stelle, wo Ferdinand seinen Vater gefunden hatte.

✳

Der Morgen war noch nicht weit vorgerückt, aber die Kunde, daß Horn heut nacht den ‚Geldmarder‘ erschossen habe, hatte trotz der frühen Stunde schon viele Neugierige aus dem Dorf herbeigezogen. Sie wollten den Toten, der in seinem Leben so gefährlich war, sehen. Er war noch nicht vom Gericht aufgehoben worden und lag noch an der Giebelseite, wo er getroffen worden war. Der Dorfwächter stand bei ihm und sah streng darauf, daß nichts an dem status quo, wie er sich gelehrt und wichtig ausdrückte, verändert werde.

Da kam Ferdinand langsam und gesenkten Hauptes den Mühlenweg herab. Man hatte ihn noch nicht gesehen und eilte ihm entgegen.

„Weißt du auch, was hier geschehen ist?" wurde er gefragt, als die Begrüßungen vorüber waren. „Der Grundmüller hat den ‚Marder' erschossen, und denk dir nur, sein eigener Knapp, der Lebrecht, ist's gewesen!"

Er horchte auf und ließ sich zu der Leiche führen. Es war ein häßlicher Anblick, der sich ihm bot; trotzdem nahm sein Gesicht einen helleren Ausdruck an, begann sich aber bald wieder zu verfinstern, als einer der Umstehenden zu ihm sagte:

„Wie gut, daß er unschädlich gemacht ist! Er hätt dir ebensolchen Schaden gemacht, wie dem Herrn Horn und noch anderen, denn dein Vater ist jetzt Grundmüller und würd ihn sicherlich behalten haben!"

„Mein Vater ist heut nacht an seiner Gicht gestorben, und wer Grundmüller ist, das wird sich erst noch finden!"

Er wartete die Antwort der Verwunderten nicht ab, sondern trat in das Haus und klopfte wie gestern an die Tür. Der Müller öffnete selbst.

„Du bist's schon wieder? Was willst du heut?"

„Ich möchte Euch an das Wort erinnern, das ich Euch gestern beim Abschied gesagt hab."

„An welches?"

„Ich sagte: ‚Wenn ich wiederkehr, so bleibt Ihr Grundmüller!' Ich bin gekommen, um dieses Versprechen zu halten."

„Das ist nicht möglich. Sag's deutlicher, was du meinst!"

„Der Vater ist tot. Wenn die Gicht erst einmal in den Leib tritt, so ist's oft schnell zu End! Ich mag die Grundmühl nicht haben und will sie Euch verkaufen!"

„Die Grundmühl verkaufen? Verkaufen? Willst du mich etwa verhöhnen?"

„Das kommt mir gar nicht in den Sinn! Wenn Ihr sie gern behalten wollt, so sollt Ihr mich bereit und billig finden. Ich hab Euch schon gesagt, daß ich gern gutmachen will, was Euch Böses geschehen ist, nur sollt Ihr nicht auch mich für schlimm und ungut halten!"

„Wenn es dein Ernst ist, so will ich gern vergessen, was ich dir vorgeworfen hab. Schau, der ‚Marder' hat seinen Lohn bekommen. Es war mein eigener Knecht. Ich traf ihn grad, als er herab wollt, um mein Herausgeld fortzutragen. Nun weiß ich auch, warum er stets gewußt hat, wenn ich welches bekam und wo ich es liegen hatte. Auch das von den letzten Einbrüchen trug er bei sich; er muß irgendwo ein Nest haben, wo es versteckt liegt, und es ist möglich, daß wir es einmal entdecken. Was ich bei ihm gefunden hab, reicht vielleicht zur Anzahlung hin, wenn du mit deiner Forderung nicht gar zu hoch hinauswillst. Für welchen Preis gibst du die Mühl zurück?"

„Für denselben, den der Vater gestern gezahlt hat. Ein Angeld braucht Ihr nicht zu geben. Ich laß alles darauf stehen, und vor der Hand sollt Ihr auch keine Zinsen zahlen."

Horn sah ihn erstaunt an.

„Du bist nicht klug! Mir kann's schon recht sein, wenn ich so wohlfeil bleiben darf; aber du mußt auch auf dich sehn und in deinem guten Willen nicht zu weit gehen. Warum willst du nicht selber Grundmüller werden?"

„Weil ich dann eine Müllerin brauch und das könnt nur die Trude sein. Ihr aber habt gesagt, wir sind geschiedene Leut, und das Klausvolk darf Euch gar nimmer in die Stub!"

Horn reichte ihm mit einem versöhnlichen Lächeln die Hand entgegen.

„Ich bin hart gegen dich gewesen, Ferdinand, weil auch ich hart getroffen war. Der Hans ist gut und treu; setz ihn auf die Teichmühl und komm zu uns herab!

Die Müllerin ist vor Herzleid krank geworden; du machst sie mit deiner Güte wieder gesund. Und die Trude hat dich lieb, sonst hätt sie gestern nicht für dich gebeten. Laß uns freundlich zueinander sein, dann will ich nicht mehr daran denken, daß mein Haar weiß ist und daß ich gestern die Versteigerung hab erdulden müssen!“

In den Zügen des Jünglings sprach sich eine tiefe Bewegung aus. Er ergriff mit der einen Hand die dargebotene Rechte und hielt die andere dem errötenden Mädchen hin.

„Habt Dank, Grundmüller! Ich sagt Euch gestern wohl, Ihr würdet einsehen, daß ich nicht so schlimm bin, als Ihr meintet. Aber wenn der Vater auf der Bahre liegt, so ziemt es sich schlecht für den Sohn, an Freud und Fröhlichkeit zu denken. Ich hab seit meiner Heimkehr viel Trauriges erlebt, mehr als Ihr glaubt und wißt. Laßt mich jetzt meine Leich begraben; vielleicht wird mir das Herz dann wieder leicht, und nachher soll die Trude die erste sein, die mich lachen hört. Ihr seid jetzt gut zu mir; vergebt auch dem Vater! Die Elendsmühl bleibt Euch erspart, und er ist ja dahin gegangen, wo man Vergebung braucht!“

DIE ROSE VON ERNSTTHAL

Zwischen den Ausläufern des sächsischen Erzgebirges, da, wo die Zwickauer und Würschnitzer Kohlenbecken sich bis in die Nähe von Chemnitz ziehen, liegen an deren nördlichem Rand die beiden Schwesterstädte Hohenstein und Ernstthal, die ihres Gewerbefleißes wegen weithin bekannt sind. Besonders ist es Ernstthal, dessen Weberei schon vor langen Zeiten sich eines weitreichenden Rufs erfreute und für seine Waren nicht bloß in Deutschland und den angrenzenden Ländern, sondern auch über die See hinüber ein bedeutendes Absatzgebiet fand.

Aber der Webstuhl vermag auch der Hand des fleißigsten Arbeiters keine Reichtümer zu bieten, und so schmiegt sich das arme Städtchen klein und bescheiden an die Talsenkung, die das Auge des Wanderers nicht durch landschaftliche Schönheiten zu fesseln vermag und keinen anderen Ruhm beansprucht als den, der friedliche Tummelplatz eines rührigen und genügsamen Völkchens zu sein.

Bei diesem angestrengten Ringen mit den nackten Sorgen des Alltagsdaseins mag wohl dessen Nüchternheit mehr hervortreten; doch weht uns nicht, wie man behauptet hat, der Hauch der Poesie nur aus Romanen und solchen Ereignissen entgegen, die sich im Salon oder auf von der Natur bevorzugtem Boden entwickeln, gerade in den Pausen des großen Kampfes, den wir Arbeit nennen, wenn der Mensch sich den Schweiß von der erhitzten Stirne streicht und Hammer und Spaten beiseite legt, läßt sich jener beseligende Odem kühler und würziger empfinden, und der dichtende Gott kehrt ein selbst in die ärmlichste Hütte.

Mag also der Leser getrost die Gassen Ernstthals betreten, oder an der Hand unserer Erzählung den Fuß nach einer halbverschütteten Höhle oder einem einsamen und schlichten Waldhäuschen lenken; sind auch keine welterschütternden Begebenheiten zu berichten, so wird ihn doch die wohltuende Erfahrung anmuten, daß der Hauch des Himmels die Blütenblätter der Poesie auch in die entlegenen Winkel trägt, wo die gewaltige Flut der Geschichte nur fern vorüberrauscht.

1

Es war ein goldener, sonniger Julimorgen. Längst schon hatte die Feuchtigkeit des nächtlichen Taus den Weg zum Äther gefunden; die Wärme des Tages wallte um die braunen Stengel der noch blütenlosen Erika, und erquickender Duft flutete durch die Zweige des stillen, geheimnisvollen Waldes.

Die Vögel, ermüdet durch den ersten Teil ihres täglichen Konzertprogramms, saßen sinnend unter dem grünen Blätterdach, durch dessen unzählige Öffnungen sich das Licht in zauberischen Tönen brach. Der Bach murmelte sein ewiges, einschläferndes Schlummerlied, und Meister Specht, der Zimmermann, saß ruhig im Astloch und verdaute die Larven, die er sich zum Gabelfrühstück mit listigem Pochen aus den Rindenritzen hervorgelockt hatte. Drüben zwischen den Wurzeln eines Pulverholzstrauches reckten vier junge flaumige Rotkehlchen die gelben Schnäbel in die Höhe und hielten mit der geschäftigen Frau Mama lebhaftes Zwiegespräch über Speise- und Wirtschaftsangelegenheiten; der Papa saß auf dem obersten Zweig und gab sein Vaterglück durch kurze, melodische Weisen kund.

Zu diesen gefühlvollen ‚Sangesperlen' paßten nun freilich die zweifelhaften Töne nicht, die diesseits des Baches aus einer Vertiefung hervordrangen, die in der Umgegend von Ernstthal unter dem Namen ‚Eisenhöhle' bekannt ist.

„Ah... ah! Das nenne ich schlafen; es muß schon wieder Nacht sein. Ah ... ah! doch nein; dort fällt ja das Tageslicht auf die Moostapeten meiner Behausung; es ist also heller Tag. Aber wie komme ich denn eigentlich in diese gastfreundliche Einsiedelei? Ah... ah! Ach so, jetzt besinne ich mich: großes Gewitter gestern; verirrte mich; lief bei stockfinsterer Nacht und strömendem Regen im Wald umher und fand endlich diesen Winkel, in dem ich mich sofort häuslich niedergelassen und bis jetzt geschlafen habe."

Er erhob sich von dem harten, steinigen Boden, ergriff das Felleisen, das ihm als Kopfkissen gedient hatte, und trat vor den Eingang der Höhle.

„Guten Morgen, du lieber, schöner, grüner Wald! Schüttelst zwar dein immer junges, hundertköpfiges Haupt mißbilligend über den faulen, schlaftrunkenen Kumpan, der ich heute bin, bietest mir aber Waschgeschirr und Morgentrunk in altgewohnter, fürsorglicher Weise. Hab Dank für diese Aufmerksamkeit, du alter, treuer Freund!"

Er nahm Handtuch und Seife aus einer Seitentasche des Felleisens und trat an das Wasser, um sich zu waschen. Der Mann war noch jung und trug die Kleidung eines gewöhnlichen Handwerksburschen, die durch den Gewitterregen, die Irrfahrt im Wald und das Nachtlager auf den Steinen bedeutend gelitten hatte. Er schien Eisenarbeiter, vielleicht auch Schlosser oder Schmied zu sein, aber die kleine, feine, weiße Hand, mit der er jetzt das schadhaft gewordene Gewand in Ordnung zu bringen suchte, konnte sich unmöglich viel mit Hammer und Zange beschäftigt haben.

In seiner Haltung lag etwas soldatisch Strammes, und jede seiner Bewegungen zeigte eine Gewandtheit, die man im allgemeinen nur bei Leuten findet, die den sogenannten besseren Ständen angehören. Der Kopf war nicht eigentlich schön zu nennen, aber die hohe, breite, gedankenreiche Stirn, die von kühn geschwungenen Brauen begrenzten geistvollen Augen von jener Unbestimmtheit der Färbung, die meist auf eine ungewöhnliche geistige Begabung schließen läßt, die fein und leicht gebogene Nase, der etwas spöttische Zug um den schönen und von einem sorgfältig gepflegten Bärtchen beschatteten Mund, die Selbstsicherheit und Schärfe des ganzen Mienenspiels machten einen Eindruck, den der

Menschenkenner mit dem Wort ‚bedeutend' bezeichnet hätte.

Nach Beendigung seiner Morgenwäsche nahm er das Felleisen auf den Rücken, wies der Mütze ihre kecke Stellung auf dem gegen die damalige Sitte kurzgeschnittenen Haar an, warf noch einen letzten befriedigten Blick auf sein Spiegelbild im klaren Bach und wandte sich zum Gehen. „So, das paßt ja alles prächtig. Etwas Liederlichkeit gehört mit zum rußigen Handwerk. Die Stiefel sind offenherzig; die Hose hat einen Riß; das Hemd dämmert zwischen Weiß und Schwarz, und der Ellbogen guckt in die Welt. Aber in der Hauptsache bin ich ein ganzer Kerl, und ich habe als halbwüchsiger Junge oft genug zum Vergnügen auf den Amboß unseres Schloßschmieds gepocht, um mir genug Fertigkeit zutrauen zu dürfen; so werde ich es auch jetzt tun, wo es mir mit der Hämmerei wenigstens auf eine Weile ernst sein muß."

Noch nicht lange war er am Bach aufwärts gegangen, als er seitwärts eine halblaute Stimme vernahm. In der Absicht, sich nach dem Weg zu erkundigen, schlug er die angegebene Richtung ein und trat um eine von Haselbüschen gebildete Ecke. Kaum aber hatte er die Biegung hinter sich, so blieb er überrascht stehen.

Vor ihm öffnete sich eine kleine, von duftigem Ruchgras und Waldblumen bedeckte Lichtung. In ihrer Mitte stand ein Körbchen, gefüllt mit Erdbeeren, und daneben kniete eine weibliche Gestalt, die, wie der erste Blick zeigte, in lautem, inbrünstigem Gebet lag.

Erst wollte er sich scheu zurückziehen; aber die Betende stand unter einer solchen Fülle von Anmut und Schönheit, daß er wie eingewurzelt stehenblieb und den Körper weit vorbeugte, um sich keins ihrer Worte entgehen zu lassen.

Es war ein Mädchen. Langes, schwarzes, lockiges Haar hing entfesselt über den bloßen Nacken herab und umrahmte eine reine, weiße Stirn von edler Rundung. Das kleine, feingezeichnete Näschen mit seinen rosig angehauchten Flügeln vollendete würdig das klassische und doch so weiche Profil. Die Lieblichkeit des Mundes, zwischen dessen leicht aufgeworfenen Lippen sich wie eine Perlenreihe kleine, elfenbeinweiße Zähne zeigten, mußte jedem seiner Worte Bedeutung geben, zumal die Stimme jenen tiefen, vollen Klang hatte, den man am häufigsten bei den an Gemüt und Empfindung besonders reich ausgestatteten Naturen beobachtet. Das edelgeformte Kinn beschloß das schöne Oval eines Gesichtchens, dessen Züge so ergreifend waren, daß man sich bei ihrem Anblick unwiderstehlich gefesselt fühlte, und auf der zarten Wange lag jene Röte der Erregung, die stets wahrheitsgetreu die Empfindung bestätigt und hier besonders noch das seltene Weiß der Haut so vorteilhaft abhob.

Das Herrlichste aber waren die Augen; Augen von einer so reinen und dabei doch gesättigten Bläue, daß ihr Spiegel im schärfsten Gegensatz zu dem dunklen Haar stand und dadurch die Eindrucksfähigkeit des Gesichts aufs höchste gesteigert wurde. Obgleich sich bei dem emporgerichteten Blick die langen seidenen Wimpern erhoben hatten, lag doch auf diesen wunderbaren Sternen ein Schleier, der seinen Schatten auch über die schönen Züge warf und ihnen einen leidenden, ja, fast tragischen Anflug gab: dem erblindeten Auge war der Zutritt des freundlichen warmen Sonnenlichts versagt. Und das war's, was sie hier in der Einsamkeit des Waldes auf die Knie niedergezogen und ihre Lippen zum Gebet geöffnet hatte. Ihre gefalteten Hände lagen schwer auf der Brust, und diese Brust hob und senkte sich unter dem Drang der Gefühle, die aus einem gequälten Herzen ihren Weg empor zum Himmel nahmen.

Dem unberufenen Lauscher entging keins ihrer Worte. Er wagte kaum zu atmen, und erst als sie mit lautem Schluchzen geendet hatte und unter strömenden Tränen das ermattete Köpfchen sinken ließ, befreite sich seine Brust in einem tiefen, vollen Zug, und seine Hand fuhr trocknend über das feucht gewordene Auge.

„Mein Gott, wer ist dieser Engel? Sind jene Märchen von Feen und übernatürlichen Wesen wahr, die zuweilen einem Sterblichen erscheinen, um ihn durch ein für das Menschenherz unfaßbares Glück dem Erdenleben zu entfremden? Oder hat die Natur dies Meisterstück vollendet, um uns von der Armseligkeit unsrer pinselhaften oder töpferischen Künstlerwerke zu überzeugen? Und wer so wie diese Heilige beten kann, der hat die Sünde noch nicht kennengelernt und ist wert, an ein starkes und treues Mannesherz gelegt und dort gehalten zu werden bis zum letzten Atemzug."

Da raschelte es in den Zweigen, und hart neben ihm drangen, ohne ihn zu bemerken, zwei Männer vorsichtig durch das Gebüsch. Der eine ging in der Kleidung eines gewöhnlichen Forstläufers; der andere aber gehörte jedenfalls einer besseren Stellung an und schien die Aufmerksamkeit des Handwerksburschen in ganz besonderem Maße zu fesseln, denn dieser war bei seinem Erscheinen in höchster Überraschung einen Schritt zurückgetreten und betrachtete ihn aus seinem Versteck hervor mit scharfem, durchbohrendem Auge.

Er trug eng anliegende weißlederne Hosen, die in hohen blankgewichsten Stiefeln steckten. Der blausamtene Rock mit Schoß- und Ärmelaufschlägen aus rotem Tuch war mit talergroßen Silberknöpfen verziert. Auf der hochaufgetürmten Lockenperücke saß ein kleines, mit goldenen Borden besetztes Hütchen. An der linken Seite hing nach der Mode jener Zeit der schmale Stoßdegen, und die Rechte umfaßte ein langes, starkes, mit Elfenbeinknopf gekröntes Schilfrohr.

Es war eine hohe, muskulöse und starkgliedrige Goliathgestalt, der man gleich auf den ersten Blick eine außergewöhnliche Körperstärke zusprechen mußte; doch konnte der Ausdruck der groben, zugehackten Gesichtszüge kein vertrauenerweckender sein, zumal die kleinen tiefliegenden Augen nur mit verstecktem Blick unter den fleischigen, dickfaltigen Lidern hervorzudringen vermochten.

„Beim heiligen Hubertus, dem Beschützer aller Vieh- und Mädchenjäger“, sprach er mit leiser Stimme, die wie ein unterdrücktes Grunzen zwischen den breiten, aufgetriebenen Lippen hervordrang, „da ist sie endlich wieder einmal, die ‚Rose von Ernstthal‘. Und der Kukkuck soll mich holen, wenn dieser Name nicht ein passender ist, obgleich die Dornen zu fehlen scheinen; denn gestochen hat mich, so oft ich ihr auch nachgepirscht bin, das kleine Geschöpf noch nie, sondern ist mir stets und immer durch die Schlingen gegangen. Heut aber steht sie mir schußgerecht, und ich werde diesmal so gewiß aufs Blatt treffen, wie man mich den ‚Blauweißen‘ nennt!“

Mit rohem Lachen stieß er diese Worte hervor und schickte sich an, die letzte Hecke des Gebüschs zu durchbrechen. Da faßte ihn sein Begleiter bittend am Arm.

„Laßt das sein, Herr Junker; das ist nichts für Euch, kein Edelwild, sondern nur einer armen Witwe einziges Kind und dazu fast blind. Das Mädchen geht in den Wald, um im frischen Grün seine Augen zu stärken und Linderung seiner Not zu finden. Häuft nicht noch mehr Unglück auf die armen, braven Leute!“

„Papperlapapp! Als wenn es ein Unglück wäre, wenn ein Kavalier ein Mädchen, das nichts als ein hübsches Lärvchen besitzt, mit seiner Zuneigung beehrt! Und nur um des Mitleids willen eine Jagd aufgeben, die bei so wenig Gefahr so viel Vergnügen verspricht, das würde doch wahrhaftig die unglaublichste Eselei sein.“

„Ganz gefahrlos will ich das Vergnügen nicht nennen. Das arme Kind kommt zwar nie in Gesellschaft oder gar auf den Tanz, aber doch ist sie der Liebling der ganzen Ernstthaler Burschenschaft, und ich meinerseits möchte nicht wagen, ihr ein Leid zu tun!“

„Pah, was schere ich mich um die Ernstthaler Burschen! Habe ihnen schon manches Täubchen weggefangen, ohne es zu bezahlen, und manchem fürwitzigen Gesellen, ohne daß er gemuckst hätte, den Stock hier angemessen. Daß mich die Sippe im Magen hat, weiß ich, aber ich will doch einmal den sehn, der es wagt, mir die Zähne zu zeigen, wenn ich einmal einer alten Holzdiebin den Korb zertrete oder eine junge Herzensspitzbübin in die Backen kneife. Man hat eben als Edelmann so seine Leidenschaften, und gibt es dabei kleine Händel, so nimmt man sie zur Unterhaltung mit in den Kauf. Und heut, da es sich um die Schönste unter euren Schönen handelt, würde ich keine Störung dulden, und wenn das ganze Gesindel eures Kaffernnestes sich gegen mich auf die Beine machte! Wie heißt sie denn eigentlich und wo wohnt sie?“

„Weiß nicht“, war die kurze abweisende Antwort.

„Du! Glaubst du wirklich in diesem Ton mit mir fertig werden zu können? Sei gegen den Gast deines Herrn etwas manierlicher, und beurteile meine Handlungsweise nicht nach plebejischen Ansichten. Du bist zu meinen Diensten befohlen und hast dich nach mir zu richten!“

„Es ist mir bei meiner Anweisung kein bestimmter Ton für den Umgang mit Euch vorgeblasen worden, und als Wegweiser bei Euren Wanderungen durch unser Gebiet habe ich keineswegs die Verpflichtung übernommen, Euren Lüsten als Helfershelfer zu dienen. Überhaupt scheinen mir unsere plebejischen Ansichten nobler und ehrenwerter zu sein als Eure vornehmen Liebhabereien. Lebt wohl!“

„Kerl!“

Er hob drohend den Stock, aber der alte Holzaufseher war schon hinter den Gebüschen verschwunden, und fluchend und wetternd wandte sich der Junker nun dem Mädchen zu. In der Rechten das Rohr, die Linke an den Gehängen der schweren Uhrkette, betrat er mit selbstgefälliger, siegesgewisser Miene die Lichtung. Ihre Hand ergreifend, rief er: „Was wälzt sich denn das Jüngferchen hier im Gras herum, als hätte sie dies wunderhübsche und verschwiegne Plätzchen von der hohen Forstverwaltung zu ihrem Privatgebrauch gepachtet?"

Sie war gleich bei den ersten Worten erschrocken aufgesprungen und suchte ihm ihre Hand zu entziehen.

„Ah, Beeren gesucht, mein Herzchen? Na, das ist zwar eigentlich nicht erlaubt; denn alles, was im Walde wächst, gehört dem Landesfürsten, und gerade unter dem Vorwand des Beerensuchens wird der meiste Unfug und Frevel getrieben; aber einem so hübschen Kind gegenüber weiß unsereiner recht wohl höflich und nachsichtig zu sein. Nur hoffe ich, daß du das auch anerkennst."

Er versuchte seiner Stimme einen zarten Klang zu geben, aber der Erfolg dieser Anstrengung war ein durchaus mißlungener. Zitternd und mit niedergeschlagenen Augen stand sie vor ihm, die Glut der Scham bedeckte ihr Gesicht von der Stirn bis zum Nacken, und die bebenden Lippen vermochten vor Angst keinen Laut auszusprechen. Sie fühlte die Gier, mit der sein leidenschaftlicher Blick sie verschlang, und wußte sich doch zu schwach zum Widerstand gegen den riesenstarken Mann.

„Also komm, mein Täubchen, und fürchte dich nicht! Heut darfst du mir nicht entfliehn, wie du es bisher immer getan hast!"

Er zog die Widerstrebende an sich und suchte ihren Mund zu finden. Sie sträubte sich mit allen Kräften gegen die Umarmung des Verhaßten und ließ, vor Schreck noch immer wortlos, das verschleierte Auge hilfesuchend im Kreis umhergehen.

Da ertönte ein scharfer, gellender Pfiff. Überrascht ließ der Zudringliche seine schöne Beute fahren und drehte sich um.

Dort am Haselstrauch stand, die Hände leicht auf den Griff des damals bei fahrenden Schülern und wandernden Handwerkern üblichen Ziegenhainers gelegt, der Handwerksbursche und verfolgte mit sichtlicher Befriedigung die Bewegungen des Mädchens, das das Körbchen ergriffen hatte und beflügelten Fußes davoneilte.

„Alle Wetter, welch ein freches, unverschämtes Subjekt. Diesen Menschen muß man Mores lehren!"

Mit zurückgeworfenem Kopf, steifgespreizten Beinen und strenger Amtsmiene schritt er auf den Genannten zu und maß dessen leichte, zierliche Gestalt mit einem Blick unverhohlenster Verachtung.

„Wer ist man denn, he, daß man es wagt, einen Forstherrn auf seinem eignen Revier anzupfeifen wie einen Windhund?"

Der stille männliche Ernst auf dem Gesicht des Angeredeten machte einem Lächeln der Belustigung Platz; aber einer Antwort wurde der Frager nicht gewürdigt.

„Wie es scheint, kann der Patron besser pfeifen als sprechen; aber vielleicht löst ihm dieses Werkzeug da seine Zunge. Also, wer bist du, wo kommst du her und was hast du hier zu suchen?"

Ein leichtes verächtliches Zucken des Schnurrbärtchens war die einzige Antwort. Da erhob der ‚Blauweiße' das Rohr höher.

„Na, wie wird's? Man wird wohl einen armseligen Klopffechter nach dem Woher und Wohin fragen dürfen, wenn er sich da herumtreibt, wo es weder Weg noch Steg gibt! Also Antwort; ich spaße nicht!"

Wieder erfolgte keine Entgegnung, aber ein kleines, ungeduldiges Fältchen am Augenwinkel ließ vermuten, daß nicht Beklommenheit die Ursache dieses Schweigens war.

„Also nicht? Auch gut. Da, paß auf, ich zähle bis drei, und das übrige wird sich finden. Wer bist du? Eins! – Zwei! —"

Jetzt endlich richtete der Bedrohte den Blick voll und fest auf den Junker, und während dieser Blick den Gegner langsam vom Hütchen bis herunter zur Stiefelspitze übermaß, ward er immer schärfer und stechender. Das Auge haftete schließlich so flammend und durchbohrend auf dem zornesroten Angesicht des Blauröckigen, daß dieser der Gewalt des siegesgewissen Blicks nicht zu widerstehn vermochte und Arm und Stock sinken ließ, ohne die ‚drei' ausgesprochen zu haben.

„Ah — !"

Es war der erste Laut, den der fremde Wandersmann hören ließ; in ihm lag eine ganze Welt von Verachtung, Spott und Geringschätzung. Seine Gestalt schien zu wachsen, die Schultern traten in die Breite; die Brust ging frei und hoch; der Kopf, dessen Ausdruck in diesem Augenblick der Erregung das verkörperte Ideal männlichen Stolzes und Selbstbewußtseins darstellte, warf sich leicht in den Nacken, die Linke streckte sich gebieterisch fortweisend aus; die Rechte zog in geschicktem Wirbel den Knotenstock um das Haupt, und sein Gegenüber mit dessen eigner Taktik schlagend, erklang es kurz und bestimmt:

„Kehrt! — Marsch! — Eins! — Zwei! —"

Auge in Auge standen sich die Männer einige Augenblicke lang gegenüber, und es schien fast unentschieden bleiben zu wollen, welcher von beiden den ersten Schritt nach rückwärts tun werde. Wie aber immer der Geist den Körper beherrscht und kein physisch noch so verschwenderisch ausgestatteter Aufschneider dem echten Mut auf die Dauer zu widerstehen vermag, so siegte auch hier die geistige Überlegenheit des einen über die körperlichen Kräfte des andern.

Von der niegeahnten Macht eines leuchtenden Menschenauges und der jeden Widerspruch ausschließenden Haltung des Handwerksburschen vollständig verwirrt, trat der Junker erst zögernd zurück, machte dann rechtsum kehrt und verschwand unter grimmigen Drohungen erst zaudernden und dann raschen Schritts zwischen den Sträuchern.

Bis dahin war ihm der drohende Blick des Siegers gefolgt, und als sich die Zweige hinter den blanken Stiefeln, dem blauen Samtrock und der wallenden Perücke schlossen, ertönte ein kurzes helles Lachen zwischen den Lippen, die vorhin so beharrlich geschwiegen und dann mit vier Silben den Enakssohn in die Flucht geschlagen hatten.

„Das war er, einst Offizier und jetzt Lump im Kavalierskleid; ich werde ihn fassen, und sein König wird ihn richten."

Dann schritt er der Stelle zu, auf der die Betende gekniet hatte, bückte sich nieder und löste ein kleines, weißblühendes Blümchen vom Rasen ab. Lange und sinnend betrachtete er die zarte unscheinbare Pflanze; weich und weicher wurden die Züge, die vorher so ernst und streng gewesen waren, mild und milder blickte das Auge, und warm und innig klang die eben erst so gebieterische Stimme:

„Augentrost! Sollte das ein Zeichen des Himmels sein für mich und für sie, die des Trostes für ihr schönes krankes Auge so sehr bedarf? Ist es möglich, daß ich hier im wilden Tann das finde, was ich als Erfüllung meines höchsten Erdenwunsches bisher in den breiten Straßen der Großstadt vergebens suchte, ein Herz, an das ich mein ermüdetes Haupt vertrauensvoll betten darf am Abend eines jeden Tages und am Abend auch meines Lebens? Ich fühle, daß diese Stunde über mich entschieden hat, und werde ihrem Rufe folgen, sobald und sooft es mir die Schwierigkeit meiner Aufgabe gestattet. Aber wer ist sie?"

„Wenn Ihr das Mädchen meint, das hier gesessen hat, so kann ich es Euch schon sagen, weil ich sehe, daß Ihr ein tüchtiger Kerl seid, dem man Auskunft geben kann", ertönte da eine zwar rauhe, aber nicht unangenehme Stimme neben ihm.

Es war der Waldhüter, der nicht fortgegangen war, sondern den Verlauf des Vorgangs beobachtet hatte.

„Wer seid Ihr?" fragte der junge Mann kurz.

„Ich heiße der Jägerfranz und bin Forstwart hier."

„Wer ist der Mann, der vorhin bei Euch war?"

„Das kann ich nicht sagen. Wir nennen ihn den Junker oder auch den ‚Blauweißen', seiner Kleidung wegen. Er ist vom Hof den umliegenden Förstern empfohlen und gebärdet sich, als sei er in unsern Waldungen auf seinem eignen Gebiet. Er ist bald hier, bald dort, am meisten aber in Ernstthal, wo er nach hübschen Dirnen äugt. Am liebsten spielt er den Forstherrn, behandelt die untern Beamten schlecht und tritt den armen Frauen, die Leseholz suchen, die Körbe entzwei. Deshalb mag ihn auch niemand leiden, zumal er in dem Verdacht steht, für die Seelenverkäufer zu arbeiten, die die jungen Leute wegfangen und gegen die Preußen schicken."

„Und ihr laßt euch geduldig von ihm quälen?"

„Was will man machen gegen einen Menschen, der unter hohem Schutz steht und dessen Körperstärke es ihm gestattet, mit einem Dutzend Leute gewöhnlichen Schlages anzubinden. Er drückt sich, obwohl er ein Edelmann zu sein scheint, in allen Ecken und Winkeln herum, und wo ein Pärchen steht oder eine Fiedel gestrichen wird, da ist er zu sehn und fährt mit dem Stock dazwischen, wenn's nicht nach seinem Willen geht."

„Gut, und wer ist das Mädchen von vorhin?"

„Sie ist die Tochter einer Näherin und wohnt in Ernstthal beim Schmiedemeister Weißpflog auf der Obergasse."

„Das genügt; hier habt Ihr eine kleine Vergütung für Eure Mitteilung. Nicht wahr, Ernstthal liegt hinter jener Anhöhe?"

„Ja, Ihr geht noch ein paar Schritte gradaus durch den Busch, dann führt die Straße rechts fort in die Stadt."

„Gehabt Euch wohl!"

„Lebt wohl! Und schönen Dank für das Geschenk!"

Der Forstgehilfe blieb stehen und betrachtete erstaunt das Geldstück, das er erhalten hatte.

„Blitz noch einmal, das ist ja Gold, schönes, blankes klingendes Gold, wie ich es mein Lebtag noch nicht im Beutel gehabt hab! Wer ist denn eigentlich dieser Mann, der trotz seiner zerrißnen Stiefel vor mir gestanden hat wie ein Graf, dem man nur antworten muß, wenn er fragt? Das muß ich in Obacht nehmen, denn heutzutage, wo sie sich da draußen an allen Ecken und Enden auf Tod und Leben herumschlagen, ereignen sich Dinge, die in ruhigen Zeiten nicht gang und gäbe sind. Aber er mag sein wer er will, ein Hauptkerl ist er, und gefallen hat er mir, wahrhaftig sehr gefallen, wie er den Blauweißen, an den sich unsrer Zehn nicht getrauen, so köstlich abgeblitzt hat!"

*

Es war für Sachsen eine böse Zeit. Minister von Brühl, der Lenker der damaligen sächsischen Politik, hatte Kurfürst August III. bewogen, trotz des Breslauer Friedens mit seiner früheren Feindin Maria Theresia ein Bündnis gegen den Preußenkönig Friedrich II. einzugehen, in dem er versprach, die Waffen nicht eher niederzulegen, als bis der König Schlesien herausgegeben habe und auf seine märkische ‚Streusandbüchse' beschränkt sei. Aber wie schon früher, so hatte man sich auch jetzt in dem jungen tatenlustigen Herrscher geirrt, der bei der Nachricht von diesem Bündnis mit seinem schlagfertigen Heer sofort in Österreich eingefallen war und die Verbündeten zu Paaren trieb. Die Siege bei Hohenfriedberg und Soor lichteten besonders die Reihen der Sachsen auf die jämmerlichste Weise, denn die Preußen waren erbittert über die Untreue ihrer früheren Verbündeten und warfen schonungslos nieder, was ihnen in den Weg trat.

Die so entstandenen Lücken mußten ausgefüllt werden, und so bildeten sich nach der Weise jener Zeit im Lande zahlreiche Werbestellen, die nicht bloß den freiwilligen Eintritt in das Heer vermittelten, sondern häufig auch Zwang übten, so daß die jungen tauglichen Leute von den Tanzsälen, ja sogar bei Nacht und Nebel aus den Betten weggeholt wurden. Gewalt ließ sich gegen Soldaten, die den kurfürstlichen Rock trugen, nicht anwenden, und so gab es vor ihnen keine andere Rettung als die Flucht. Aber auch diese war schwer, denn solche Menschenjagden wurden stets unvermutet und meist in der Stille der Nacht ausgeführt. Zudem zog ein weit ausgebreitetes Spionagesystem seine Netze über das ganze Land, so daß der Bedrohte sicher durch die andere Masche in das Garn zurückschlüpfte, wenn er vorher durch die eine daraus entkommen war.

Heute hatten die ‚Seelenverkäufer', wie die Werber im Volksmund hießen, einigen Schwadronen sächsischer Reiterei, die in Hohenstein und Ernstthal lagen, neue Mannschaften zugeführt, und die Offiziere saßen nach der Besichtigung im Gasthof. Auch der ‚Blauweiße' war bei ihnen, doch schien in diesem Kreis die Aufmerksamkeit für seine Person eine zweifelhafte zu sein, und wenn er sich am Gespräch beteiligte, so überflogen ihn die Augen der andern mit zweideutigen Blicken.

Soeben hatte er wieder eine seiner prahlerischen Reden beendet und ließ seine schwere Gestalt in den krachenden Stuhl zurückfallen; auf seinem Gesicht stand deutlich die Erwartung einer bewundernden Anerkennung.

„Ja, das ist wahr“, nahm nach einer längeren Pause der Major das Wort. „Ich kann nicht begreifen, in welcher Weise es Euch gelingen mag, uns immer die ruhmbegierigen Muttersöhnchen in so bedeutender Anzahl zuzuführen. Es setzt das jedenfalls eine höchst innige Bekanntschaft mit den Verhältnissen des Pöbels voraus, bei dem allerdings eine kräftige Faust und ein kerniger Soldatenfluch Wunder zu bewirken vermag. Von diesem Gesichtspunkt aus tut allerdings das sächsische Kabinett klug, Eure vom König so oft verlangte Auslieferung zu verweigern, und selbst wenn Eure jetzige Tätigkeit weniger erfolgreich wäre, so schickte man doch nicht gern einen Mann über die Grenze, der sich durch den Verkauf unfreiwillig mitgegangner Pläne und Urkunden so unendlich verdient gemacht hat. Man ist in Sachsen eben einsichtsvoll und dankbar genug, zu bedenken, daß ein jeder Mensch, sogar ein ehemaliger preußischer Infanteriehauptmann nicht ausgenommen, am Halse seine kitzlichste Stelle hat.“

„Herr Major!“

„Schon gut, wir kennen uns und sind beide gewiß recht brauchbare Leute, nur jeder in seiner Art, und es tut mir wirklich leid, daß unsre Ansicht über den endlichen Verlauf der jetzigen Ereignisse eine so sehr verschiedne ist. Ihr scheint anzunehmen, daß der königliche Flötenspieler mit seinen kriegerischen und diplomatischen Unternehmungen bald vorm Zusammenbruch stehn wird, und Ihr mögt das in Euren Verhältnissen auch recht wünschenswert finden. Doch wird diese Ansicht nicht von mir allein als unbegründet zurückgewiesen. Wie ist’s, Krieben?“

„Sehr wahr“, antwortete der angesprochene Rittmeister. „Die Politik Sachsens hat wieder einmal einen unverzeihlichen Fehler begangen. Sachsen ist, seine natürlichen Verhältnisse zu den Nachbarstaaten nicht einmal in Rücksicht gezogen, durch unzählige Beziehungen in Abhängigkeit zu Preußen gestellt, während die Neigung zwischen dem Kaiserstaat und uns keine tiefergehende zu sein scheint. Solange der sächsische Januskopf sein Friedensgesicht nach Süden wendet und dem nördlichen Nachbar feindselige Grimassen schneidet, wird es sowohl an militärischen als auch zivilen Ohrfeigen nicht mangeln, und die Glanzleistung der märkischen Eroberungspolitik muß schließlich immer mit kurfürstlichen Abfindungen und Verzichten bezahlt werden."

„Halt", entgegnete eifrig der Junker, „mir scheint das Verhalten Friedrichs nicht anders und nicht besser, als eine ebenso offenbare wie strafwürdige Empörung gegen die Majestät des deutschen Reichsoberhaupts zu sein, und ich hoffe nicht, daß du als mein Verwandter mit deinen Worten einen Tadel aussprechen willst gegen das, was ich tat, weil es mir sowohl die Rücksicht auf mein persönliches Wohl, als auch meine Anschauung der Dinge überhaupt gebot."

„Gewiß nicht. Ich sprach über allgemeine Verhältnisse, ohne persönliche Ansichten behofmeistern zu wollen, und deiner Berufung auf unsre familiäre Zusammengehörigkeit werde ich Rechnung zu tragen wissen. Aber du gibst doch zu, daß wir arg in die Klemme geraten sind; mit welcher Begeisterung sprach man von der Unübertrefflichkeit der ungarischen Reiterei, und wie ist diese Truppe von den strammen Kavalleristen Friedrichs zusammengeritten. Mir wird der Kopf noch jahrelang brummen von den Hieben jenes verdammten Husarenrittmeisters, den wir fast zwei Stunden jagten, um am Ende doch nur das Pferd zu bekommen, während der Kerl selbst mit seinen Depeschen entwischte."

„Das Pferd im Stich zu lassen, ist doch wahrhaftig keine Ehre für einen Offizier, der noch dazu Husarenrittmeister ist", tönte die Stimme eines jungen Fähnrichs.

„Um das zu verstehn, fehlt es Ihm noch an Erfahrung. Der Betreffende ist nicht in offner Feldschlacht vom Gaul weggelaufen, sondern vom König mit geheimen Schriften an den Markgrafen von Schwedt geschickt worden. Es war das kurze Zeit vor dem famosen Ritt des Zietenschen Regiments durch unsre ganze Aufstellung, auch ein preußisches Reiterstück, das uns schamrot machen sollte. Wir hatten Kunde von der Sache bekommen und lauerten das Männlein ab, aber prosit Mahlzeit! Den Säbel zwischen den Zähnen und die Pistolen in den Fäusten stürmte er in den dichtesten Haufen hinein, ritt, schoß und hieb nieder, was im Weg stand, und war uns um einige hundert Pferdelängen voraus, ehe wir nur daran dachten, ihm zu folgen. Nun aber gab's ein Rennen, wie ich es nicht für möglich gehalten hätte. In vollem Trab lud er wieder, aber nicht etwa für uns, denn um uns kümmerte sich der Halunke unhöflicherweise gar nicht mehr, sondern für die dummen Burschen, denen es gefiel, ihm den Weg zu verlegen. So ging's durch ein halbes Dutzend Ortschaften, die albernerweise dort alle so frei und offen daliegen, daß man hinten nur hineinzugucken braucht, um im nächsten Augenblick vorn wieder draußen zu sein; über Felder und Wiesen, durch dick und dünn, kein Gepäckwagen, kein Pulverkarren hielt ihn auf, drüber weg ging's. Der Kerl war wahrhaftig seine tausend Dukaten wert, und der Rappe, den er ritt, das dreifache. Da endlich schlängelte sich eine Marschkolonne quer über die Richtung, und er mußte deshalb in scharfem Winkel abbiegen, wir aber schnitten eine Diagonale und kamen ihm auf diese Weise an die Fersen. Zum Unglück geriet er auf sumpfiges Gelände, und das Pferd blieb bis an den Sattel im Schlamm stecken. Schon jubelten wir und glaubten ihn fest zu haben, der Bursche aber mußte von seiner moorreichen Heimat her mit solch sumpfiger Gegend vertraut sein; er schnellte sich vom Pferd und gewann mit einigen Sprüngen, wie ich sie einem Menschenkind gar nicht zugetraut hätte, festen Boden. Ich ritt an der Spitze der Verfolgenden und drang, den Säbel in der Faust, in das Gebüsch ein, das ihn aufgenommen hatte. Da packte mich jemand bei der Gurgel, und zu gleicher Zeit hörte ich eine Stimme dicht an meinem Ohr: ‚Meiner Treu, Herr Kamerad, Ihr müßt mir Euren Fuchs auf einige Zeit überlassen, vier Beine leisten das Doppelte von zweien, und mein Rappe steckt in der Buttermilch!' — Der Mensch war nämlich klugerweise gar nicht in das Gebüsch eingedrungen, sondern hatte sich gleich hinter die vorderste Hecke gesteckt und dann mit dem bekannten Artilleristensprung hinter mir Platz genommen. Eben wollte ich mich wenden, um dem kühnen Gast eine bleierne Antwort zu bieten, da stürzte mein Pferd über eine hervorstehende Wurzel, und wir beiden Reiter schlugen Arm in Arm einen Purzelbaum zur Erde nieder. Im Nu war ich auf, aber ebenso schnell stand auch er vor mir. Degen und Pistolen waren uns entfallen, und wir gerieten deshalb mit den Fäusten aneinander. Von weiteren Einzelheiten kann ich nicht sprechen, ich weiß nur noch, daß ich an der Erde lag und mit der einen Hand mich aufzurichten suchte, während ich ihn mit der andern bei dem langen prächtigen Vollbart gepackt hielt. Freilich gelang es mir nicht, emporzukommen, denn der Mann drückte mich mit einer wahren Elefantenstärke nieder und raubte mir durch einige Faustschläge, die wie Axthiebe auf meine arme Hirnschale niederschmetterten, die Besinnung."

„Und das erzählst du?"

„Warum nicht? Von einem solchen Gegner besiegt zu werden, ist keine Schande, und wenn ich ihm heut auf neutralem Boden begegnete, so würde ich ihm in dankbarer Anerkennung die Hand drücken. Bei seiner riesigen Stärke würde es ihm jedenfalls leicht gewesen sein, mich ins Jenseits zu befördern, und ich hab seine letzten

Worte wohl behalten: ‚Lebt wohl, Herr Kamerad! Ich wünsche nicht Euern Tod, Ihr sollt nur ein wenig schlafen, mehr nicht. Meinen Hengst lasse ich Euch zurück; haltet ihn gut, ich werde ihn seinerzeit gegen Euren Goldfuchs wieder umtauschen!'"

„Und dann?"

„Was dann! Als ich wieder zu mir kam, standen die andern bei mir, und der Flüchtling war fort. Er hatte sogar noch Zeit gehabt, seine und meine Waffen zusammenzulesen, und der Fuchs ist mir bis heut untreu geblieben. Hol's der Teufel!"

„Was für eine Gestalt hatte der Mann?"

„Es schien gar nicht etwa ein Riesenkind zu sein. Einzelheiten hab ich mir freilich bei der Geschwindigkeit, mit der das alles vonstatten ging, nicht merken können, und ich weiß deshalb nur, daß er kürzer war als ich und einen Vollbart trug. Wiedererkennen werde ich ihn wohl schwerlich, aber dem Wappen nach, das ich an der Schabracke des zurückgelaßnen Pferdes bemerkte, muß es einer aus der Familie von Göbern sein."

„Ach, richtig, dem traue ich's zu!" rief da der Blauweiße. „Der Rittmeister von Göbern ist der Pate und Liebling des Alten Dessauer, hat bei ihm die Achselstücke erhalten, ging dann zum Markgrafen von Schwedt und steht jetzt bei Zieten. Er ist der beste Reiter und Fechter der Armee, ein feiner Stratege und besitzt, nebenbei bemerkt, ein wahrhaft fürstliches Vermögen. Persönlich kenne ich ihn nicht, aber erzählen hörte ich viel von ihm. Es gab eine Zeit, in der er der Liebling der Damenwelt Berlins und Potsdams war, bis man entdeckte, daß er zum Verlieben zu ernst und zum Verheiraten zu vorsichtig sei. Seiner geistigen Gewandtheit und körperlichen Stärke und Unverwüstlichkeit wegen ist er öfters zu den schwierigsten und anstrengendsten Aufträgen herangezogen worden, und es sollte mich wundern, wenn man in bezug auf meine Person, da alle

Versuche gescheitert sind, — doch das gehört nicht hierher. Übrigens ist sein Marstall stets reich besetzt und läßt nichts zu wünschen übrig. Hast du das Pferd bekommen?“

„Freilich, und ich könnte mit dem Tausch sehr wohl zufrieden sein, wenn der Hengst nicht einen unverzeihlichen Fehler hätte.“

„Welchen?“

„Er läßt niemand im Sattel.“

„Das wäre!“

„Gewiß! Du weißt, daß ich kein ganz ungeschickter Reiter bin, und nach mir haben ihn zehn andre bestiegen, die vielleicht noch fester sitzen als ich; aber abgeworfen wurden wir alle. Eine Schande ist's, das gestehn zu müssen, aber was will man machen? Kein Mittel hab ich unversucht gelassen, aber immer ohne Erfolg; er gehorcht weder im Guten noch im Bösen und wirft mir die zähesten Bereiter vor die Füße. Ich schlüge ihn deshalb gern los, wenn ich ihn in gute Hände bringen könnte.“

„Hast du ihn mit?“

„Ja, er steht mit dem Braunen beim Schmied. Ich bin überhaupt jetzt verteufelt schlecht beritten. Den Hengst darf ich nicht besteigen und lasse ihn mir also nur als teures Andenken an jene heftigen Kopfnüsse nachführen, und der Braune geht lahm, weil er sich nicht beschlagen läßt. Man hat ihm einmal einen Nagel ins Leben getrieben, und seit jener Zeit steht er keinem Schmied mehr. Mein Fahnenschmied war der einzige, dem er sich anvertraute, und der ist leider im Spital gestorben. Da hab ich denn sämtliche Schmiede, bei denen mich unser Marsch vorbeiführte, aufgetrommelt, aber ein Eisen hat mir keiner auflegen können. Nun hinkt das Tier auf allen vieren, und ich muß die ganze Zeit über auf geborgten Pferden hängen.“

„Zu wem hast du geschickt?“

„Weißpflog heißt der Mann. Er soll der beste Beschläger weit und breit sein."

„Das ist er auch; zwar war ich noch nicht bei ihm, aber wenn irgendeiner, so vermag er es."

„Ich glaube kaum, daß ein alter spießbürgerlicher Hufschnitzer mit dem Braunen fertig wird, und bin deshalb gar nicht mitgegangen. Auf deine Überzeugung hin aber wollen wir uns den Mann einmal näher ansehn. Gehn die Herren mit?"

Sämtliche Offiziere erhoben sich und folgten der Aufforderung des Rittmeisters. Doch trat bei dem Gang durch die Gassen des Städtchens ihre Zurückhaltung gegenüber dem Junker noch mehr hervor als innerhalb der vier Wände des Schenkzimmers. Zuerst an der Spitze der kleinen Gesellschaft, kam er bei jedem Schritt weiter zurück und zog endlich allein und unbeachtet hinter den andern her.

Da plötzlich tönte ihnen lautes Schreien und Hilferufen entgegen. Im Laufschritt bogen sie um die Ecke, konnten aber vor der Menge der zusammengelaufenen Soldaten und Bürgersleute die Ursache des Tumults nicht eher erkennen, als bis sie sich durchgedrängt hatten. Da lag der Reitknecht, vom Pferd jämmerlich zerschlagen und zertreten am Boden; der Schmied, den das Tier an die Mauer geschleudert hatte, lehnte leise wimmernd am Türpfosten, und eine ganze Schar Kavalleristen hing an dem Braunen, der schäumend mit ihnen auf und nieder ging.

Die anderen hatten sich vorsichtig zurückgezogen und bildeten einen dichten Kreis um die Szene. Abseits stand einer, der den Vorgang mit noch lebhafterer Spannung verfolgte als die Näherstehenden; es war der Handwerksbursche, der soeben in Ernstthal eingetroffen war. Dem wütenden Pferd und den Bemühungen seiner Bändiger schien er weniger Aufmerksamkeit zu schenken; sein Auge haftete vielmehr auf dem Rapphengst, der, von einem Soldaten gehalten, ruhig beiseite stand, und zuweilen flog sein Blick empor zu den oberen Fenstern der Schmiede, wo zwei Frauenköpfe ängstlich durch die Scheiben lugten.

Den Bemühungen der Offiziere gelang es endlich, das Tier zu beruhigen; der Reitknecht wurde aufgehoben und fortgetragen, und der Rittmeister wandte sich zum Schmied.

„Nun, Meister, wie steht's? Habt auch Ihr Schaden genommen?“

„Ich glaube nicht, nur eine Quetschung; es sah schlimmer aus, als es ist. Aber einen solchen Teufel von Pferd hab ich auch noch nicht unter den Händen gehabt, und der Bursche hat mich nicht vorher aufmerksam gemacht.“

„Na, laßt's gut sein und ärgert Euch nicht, es ist andern auch schon so gegangen. Hier habt Ihr Trink- und Schmerzensgeld.“

Weißpflog griff nach der unerwarteten Gabe, zog aber auf halbem Weg die Hand wieder zurück, weil er sich von der anderen Seite her angeredet hörte. Er drehte sich um.

Vor ihm stand, die Mütze ehrerbietig in der Hand, der Handwerksbursche.

„Gott zum Gruß und Glück und Segen in's Geschäft, Herr Meister!“

„Danke! Was ist dein Begehr?“

„Ich bin ein wandernder Gesell der löblichen Zeug-, Huf- und Waffenschmiede und komme, das Handwerk zu begrüßen. Ich bin weit und viel gereist, um etwas zu lernen und einst ein tüchtiger Meister zu werden, und da ich gestern erfahren hab, daß Ihr der erste und geschickteste Beschläger in der weiten Umgebung seid, so bin ich gekommen, mich in dieser Fertigkeit zu üben und von Euch Unterweisung zu erbitten.“

Trotz des wohlgefälligen Lächelns, das diese höfliche Anrede auf die geschwärzten Züge des Schmiedes gelockt hatte, warf dieser doch einen mißtrauischen Blick auf die schadhafte Kleidung des Gesellen.

„Würdest nicht viel lernen können bei mir, hast ja wohl selbst gesehn, wie mich der Braune da mißhandelt hat. Und deinem Anzug und deiner Schneidergestalt nach scheinst du mir eher ein Luftspringer als ein rechtschaffner Hufschmied zu sein."

„Möglich!"

Das Wort wurde zwar in ehrerbietigem Ton gesprochen, aber von einer Handbewegung begleitet, in der sich abweisendes Selbstgefühl aussprach. Der Sprecher kehrte dem Meister den Rücken und wandte sich zu den Offizieren.

„Will der Herr Rittmeister mir den Braunen anvertrauen?"

„Bursche, wo denkst du hin? Der macht dich tot!"

„Möglich!"

Jetzt klang das Wort halb spottend, halb wegwerfend. Im selben Augenblick lagen Felleisen, Rock, Weste und Mütze am Boden; die Hemdärmel wurden nach innen aufgestreift und ein Schurzfell hervorgezogen.

„Der Herr Meister hat wohl Feuer auf dem Herd?"

„Es wird wohl noch brennen."

„Gut. Ich will erst ein Wort mit dem Pferd sprechen, dann gehn wir ans Werk."

„Halt!" rief der Rittmeister. „Lege das Schurzleder ab, wenn es dich als Schmied erkennt, darfst du gar nicht hinan!"

„Pah, am Ende gar den Bratenrock anziehn und Perücke und seidne Handschuh dazu! Der Braune ist auf die Dauer nur dadurch zu bemeistern, daß man ihm Achtung vor dem Schurzfell einflößt und ihn an dessen Anblick gewöhnt, sonst wird er heut beschlagen, und morgen ist die Wildheit wieder da. Platz gemacht, ihr Leute, bindet ihm die Zügel lang an den Sattelknopf und laßt ihn dann frei!"

Es geschah, und erwartungsvoll zogen sich alle zurück. Im ersten Augenblick schien das Pferd nicht zu wissen, was es mit der überlassenen Freiheit beginnen solle, als der Geselle sich ihm aber näherte, stieg es wiehernd kerzengerade in die Höhe und warf sich herum, das Weite zu suchen. Doch da stand der junge Mann vor ihm, schlug ihm die Linke in die Mähne, den Zeige- und Mittelfinger der Rechten in die dampfenden Nüstern und warf es mit einem Ruck auf die Hinterbeine nieder. Allerdings war es im nächsten Augenblick wieder auf, aber ebenso schnell lag es auch wieder am Boden; kein Schäumen und Knirschen, kein Schlagen und Beißen, kein Wiehern und Stöhnen half gegen den unerbittlichen und gedankenschnellen Fremden, auf dessen Angesicht sich kaum eine Spur von Anstrengung und Aufregung zeigte, während das keuchende Pferd in Schweiß gebadet war und die Schaumflocken weit umher warf. Es ermattete mehr und mehr und konnte nicht verhindern, daß der Geselle Platz im Sattel nahm. Da stand es eine Weile bewegungslos wie um sich zu besinnen; dann aber ging's mit allen vieren in die Luft und versuchte, durch eine Reihe von Seitensprüngen den kühnen Reiter abzuwerfen. Dieser aber saß mit lächelndem Mund und leuchtenden Augen oben und schien desto größeres Vergnügen zu empfinden, je toller es die Bestie unter ihm trieb.

Da endlich rief er laut: „Aufgepaßt, ihr Herren, jetzt könnt ihr was lernen!"

Mit kräftigem Stoß grub er den Daumen der geballten Hand zwischen Hals und Rückenwirbel des Pferdes ein; dieses stieß einen Schmerzensschrei aus, der mit dem gewöhnlichen Klang des Wieherns nicht die entfernteste Ähnlichkeit hatte, und versuchte wieder in die Höhe zu steigen. Aber wie eingemauert steckte sein Leib zwischen den Schenkeln des Reiters, deren gewaltiger Druck ihm den Atem und jede Bewegung raubte. Es war ein

Anblick zum Angstwerden. Hier kämpfte Körperkraft gegen Körperkraft, und die geistige Überlegenheit des Menschen war für den Augenblick aufgehoben. Die Adern an der Stirn und den Armen des Gesellen traten blau und angeschwollen unter der weißen Haut hervor, auf seinem Gesicht lag die Anstrengung blutrot, und groß und schwer fielen die Schweißtropfen ihm über die Wangen herab. Bewegungslos waren die Züge, starr hing das Auge an dem Kopf des Pferdes, und dem Zerreißen nahe spannten sich die Riemen des Zügels. Der Atem des Tieres stieg pfeifend aus den Nüstern, die Beißkette knirschte unter den vor Angst zusammengepreßten Zähnen, die Hufe hoben sich unter den krampfhaft zuckenden Beinen und suchten doch sofort wieder den festen Boden. So hielten Roß und Reiter längere Zeit an derselben Stelle, bis das Tier endlich lautlos zusammenbrach.

„Kerl!" rief der herbeieilende Rittmeister, „wo hast du das gelernt, und woher nimmst du diese riesige Muskelkraft? Du bist ja ein wahrer Satan!"

„Möglich!"

Der Geselle trocknete sich den Schweiß ab, winkte dem Meister und verschwand in der Werkstatt, aus der bald kräftige Hammerschläge ertönten. Als er wieder aus der Tür trat, hatte sich das Pferd emporgerichtet, ließ ihn, bei seinem Anblick zitternd, ruhig und willenlos gewähren und war in kurzer Zeit beschlagen.

„Hier ist dein Lohn, Gesell, und das Vierfache bekommst du als Handgeld, wenn du die Stelle eines Fahnenschmieds bei mir annimmst."

„Danke; meine Frau Mutter hat mir verboten, Soldat zu werden. Das Geld aber gehört mir nicht, sondern dem Meister."

„Deine Mutter hat mit unserm Handel gar nichts zu tun. Mir liegt viel daran, einen Kerl von deinem Schrot und Korn in meine Schwadron zu bekommen, und wenn unsereiner etwas wünscht, so gibt's keinen Gegenwillen. Des Kurfürsten Rock wird dir prächtig stehn und ist übrigens eine Ehre für einen Handwerksburschen, der auf deutschem Boden statt auf Sohlen läuft."

„Ah!" —

Es war derselbe Laut, den er im Pfarrgrund ausgesprochen hatte, voll Verachtung, Spott und Geringschätzung. Sein Auge flog blitzschnell hinüber nach dem Rapphengst, der noch immer ruhig an derselben Stelle stand, und haftete dann mit einem herausfordernden Blick an dem drohenden Offizier.

„Und was willst du machen, wenn ich dich jetzt greifen lasse und mit mir nehme?"

„Eure Schwadron, meinetwegen auch Euer ganzes Regiment vernageln, wenn Ihr mich zwingt. Aber dazu wird es nicht kommen, dafür stehe ich!"

„Wieso?"

„Wer mich anrührt, dem geht's wie dem Braunen da!"

Da trat der Junker, der den Gesellen fortgesetzt mit neidischem Auge beobachtet hatte, an den Rittmeister heran und flüsterte ihm einige Worte zu. Dieser winkte lächelnd und schritt auf den Rappen zu.

„Willst du nicht wenigstens versuchen, den da einmal zu besteigen? Er wirft jeden, und wenn du ihn zum Gehorchen bringst, soll es dein Schaden nicht sein."

„Danke, meine Frau Mutter hat mir verboten, Hengste zu besteigen."

Der Offizier lachte ärgerlich, ließ ihn aber doch in Ruhe.

„Weißt du was, Bredenow, ich mag den Preußen nicht länger zwecklos mit mir herumführen, besteigen kann ich ihn nicht, und der Braune wird ja wohl nun seine Schuldigkeit tun. Behalte ihn da und sieh, ob du etwas aus ihm bringst, über den Preis können wir uns später verständigen."

„Meinetwegen; ich bin etwas aus dem Bügel gekommen und hab bei der Sache die beste Gelegenheit, mich wieder zurechtzusetzen. Topp?"

„Topp, nimm ihn!"

Die Pferde wurden abgeführt, die Menge verlief sich, und die Offiziere folgten langsam nach. Als sie an den beiden Schmieden vorübergingen, wandte sich der Rittmeister mit einem bezeichnenden Seitenblick an den Junker.

Der Geselle schien das nicht zu bemerken und drehte sich nur mit einem Achselzucken auf die Seite, wo Weißpflog stand.

„Wie ist's, wollt Ihr mich haben oder nicht, Meister?"

„Na, wenn du denkst", schmunzelte der Angeredete.

„Gut, ich mach nicht viel Worte und hab meine eigne Weise; aber ich denke, wir werden zufrieden sein miteinander."

✳

Noch spät am Abend, als alles zur Ruhe gegangen war, setzte sich Weißpflog an den Tisch, zog den Lampendocht putzend aus der Dille, richtete die große rundglasige Klemmbrille auf die Nase, schob erwartungsvoll das Pechkäppchen auf den Hinterkopf und öffnete das Wanderbuch des neuen Gesellen, in das er noch gar nicht gesehen hatte, weil seine ganze Zeit von der Arbeit und der Sorge für die Einquartierung in Anspruch genommen war.

„De e de, e em em, dem; I en In, ha a ha, Inha; be e be, e er er, ber; Inhaber; dem Inhaber; de i di, i e ie, die; es e se, e es es, ses; dieses; dem Inhaber dieses; Be u Bu, u ze ha uch; Buch; e es es, ches, Buches: dem Inhaber dieses Buches —"

Als die mühsame Lektüre beendet war, schob er den qualmenden Docht wieder zurück, langte die Brille von der Nase herunter ins Futteral und brachte auch das

Hausmützchen wieder auf den Pfiff, den es kraft des Gewohnheitsrechts stets beanspruchen durfte, wenn ihr Herr und Gebieter nach seiner eigenen Ausdrucksweise ‚über etwas nachzusimpelieren' hatte.

„Also Goldschmidt heißt er, Richard Goldschmidt, und aus Hannover kommt er, und dreißig Jahr alt ist er. Hm, warum er nur bei diesen Jahren noch nicht geheiratet und eine eigne Wirtschaft gegründet hat? Statt dessen läuft er in der Welt herum und lumpt die Kleider ab. Hm, ist vielleicht ein Trinker oder hat sonst eine liederliche Angewohnheit, sonst müßte er ja bei seiner Geschicklichkeit und Körperstärke ganz anders dastehn. Na, will mal sehn, er kann sich von meiner Alten die Löcher flicken lassen, dann geht's in der Woche und über der Arbeit. Für den Sonntag, da kann er meine alten gelben Langenghosen anziehn, die rotsamtne Schößelweste und den langen blauen Schoßrock mit Puffen und Patten, den der selige Schwiegervater sich bei seiner Hochzeit hat machen lassen. Die Sachen werden ihm so ziemlich passen, und ein gutes Wort will ich ihm auch geben und guten Lohn dazu, daß er dableibt und zu etwas kommt. Er hat so etwas an sich, daß man ihm sofort gut sein muß, und wenn man ihm so recht genau in die Augen guckt, so hält man es gar nicht für möglich, daß er leicht und liederlich sein kann. Ich glaube, ich werde nicht gleich über ihn klar werden, zumal er gar nicht redet und einen mit seinen großen Augen so vornehm anblitzt, daß man immer vergißt, was man hat sagen wollen. Ich hab mich ja fast gar nicht getraut, ihn zu fragen, wie er heißt und woher er ist. Aber ein tüchtiger Kerl ist er, und ich hab mein Lebtag noch keinen solchen Gesellen gehabt. Aber das Hemd das schmutzige, und die Löcher in den Stiefeln, in den Hosen und in dem Rock, die Löcher, die machen mir Bedenken!"

*

Es war dunkel und still in der Stube, und nur der einförmige Pendelschlag ließ sich hören. Heute ruhte die Arbeit, denn es war Sonntag, und die sparsame Mutter hatte noch nicht nach der Lampe gegriffen. Draußen ging die Abendluft leise rauschend durch die Baumkronen, und die Sterne warfen ihre ersten milden Strahlen durch die geöffneten Fenster. Da klangen aus dem kleinen Gärtchen einzelne abgerissene Saitentöne herauf und mischten sich in das kosende Flüstern der Zweige. Es war Dämmerstunde, jene liebe Zeit, in der wir den Schlag unseres Herzens vernehmlicher hören und darum so gern die Einsamkeit, die Stille und das Dunkel suchen. In dieser Stunde saß der neue Geselle täglich nach Feierabend unten auf der Bank, und in den Nachbargärten standen die Leute hinter den Zäunen und lauschten seiner schönen, volltönenden Stimme. Aber nicht mehr als ein Lied sang er: dann ging er zurück ins Haus und war für den Abend nicht mehr zu sehen. Und wenn dann Auguste hinab kam, so lag auf der Bank immer eine Rose, von zartblühendem Augentrost eingefaßt.

Die einzelnen Töne vereinten sich nach und nach zu Akkorden, und nicht zagend und erst versuchend, sondern gleich laut und voll erklang das Lied:

„In deiner Liebe ruht mein Leiden,
Ruht all das Weh vergangner Zeit —“

Es war, als müsse der Hauch des Windes dieser kräftigen männlichen Stimme Ehrerbietung zollen; die flüsternden Blätter schwiegen und hingen bewegungslos hernieder, und selbst der Falter unterbrach seinen Flug und setzte sich mit ausgebreiteten, wiegenden Flügeln an den Fensterrahmen.

„In deiner Liebe ruht mein Hoffen,
In deiner Liebe ruht mein Herz —“

klang der zweite Vers. Die Mutter beugte sich hinaus, um sich dem süßen Genuß ganz hingeben zu können.

Das Mädchen aber legte das Köpfchen zurück und drückte die Hand gegen die Brust, als wolle sie eine aufsteigende Regung bekämpfen. Da begann der dritte Vers:

„In deiner Liebe ruht mein Leben,
Ruht meine ganze Seligkeit;
O, laß nach deinem Glück mich streben
Und sei mein eigen allezeit —“

„Gustel, ich höre, du weinst wieder, und das darf doch deiner kranken Augen wegen nicht sein!“

Da schlangen sich zwei Arme um den Nacken der Mutter, und die Stimme des Kindes flüsterte: „Mir ist so weh, so sehr wehe.“

„Sag mir, warum.“

„Ach nein, dann würdest auch du weinen, und ich werde noch trauriger.“

„Ich werde nicht weinen, Kind, ich bin im Unglück stark geworden und werde deinen Kummer durch meine Klagen nicht verdoppeln.“

„Aber du wirst das Leid doch fühlen, und je mehr du es verbirgst, desto größer wächst es an.“

„Willst du ein Geheimnis vor mir haben, Kind?“

„O nein, nein; aber das Geständnis wird mir so schwer.“

„Komm, lege deinen Kopf recht innig und fest hierher und denk daran, daß ich als Mutter ein heiliges Anrecht auf die Gedanken deines Herzens hab.“

Sie umschlang die Mutter fester und fester, und langsam, zögernd, kam es von ihren Lippen:

„Ich kann — kann — kann nichts mehr sehn — nichts, gar nichts mehr!“

„Mein Kind, mein armes, armes, teures Kind!“

Es war ein Schrei, wie ihn nur eine Mutter ausstoßen kann, ein Schrei aus der tiefsten Tiefe einer angsterfüllten, entsetzten Seele, und dann war's ruhig. Die beiden Frauen hielten sich umschlungen; keine sprach ein Wort; jede suchte ihre Gefühle zu bemeistern, und doch hielt die Erregung in beiden noch lange an, bis endlich die Mutter das Wort ergriff.

„Seit heut wohl erst?"

„Ja, als ich früh aufstand, war es dunkel, und doch warst du schon bei der Arbeit."

„Und ist's wirklich so, kannst du nichts, gar nichts mehr sehn? Hast du nicht wenigstens noch einen Schein?"

„Nein; von dem Tag an, wo mich der Junker so sehr erschreckte, ist's so sehr schlimm geworden. Die Hitze hat immer zugenommen, und jetzt, wo mir das Auge wieder kühl ist, wird mir der letzte Rest von Hoffnung geraubt, den ich noch gehegt hab."

„Und das ist der Grund, weshalb dir so weh ist?"

„Ja; aber noch etwas."

„Sag auch das, mein Kind!"

„Ich kann nicht."

„Warum?"

„Weil ich es selbst nicht weiß."

Wieder erfolgte eine Pause; die erfahrene Mutter wußte, daß es in einem reinen, unberührten Mädchenherzen Regungen gibt, die erst von außen her in Schwingung versetzt werden müssen, ehe sie bewußt erfaßt werden.

„Aber du fühlst diesen Grund?" fragte sie endlich.

„Ja."

Schon wollte die Mutter weiter forschen, da kam ihr die Tochter entgegen.

„Hast du ihn vorhin singen hören?"

Fast erschrocken fuhr die Gefragte zurück; daran hatte sie wohl nicht gedacht. Nun aber wußte sie auch, daß die Erblindung ihres Kindes ein doppeltes Unglück sei. Liebkosend drückte sie das Mädchen an sich, und tiefste Bewegung klang aus jedem ihrer Worte, als sie das einzige Mittel ergriff, das Mädchen vor einem Leiden zu bewahren, über das sie doch nicht sprechen konnte, ohne ihr ahnungsloses Gemüt zu verletzen.

„Du weißt vielleicht noch nicht, daß man das eigne Leid über fremdem Weh vergessen kann. Deshalb wollen wir zurückblicken in meine Vergangenheit, damit dein geistiger Blick geschärft werde für das, was das leibliche Auge nicht zu erreichen vermag. Bis jetzt sind dir nur einige Züge aus dem Bild meines Jugendlebens bekannt; ich will diese Umrisse vervollständigen und dir deine Aufrichtigkeit mit der meinigen vergelten. — Meine Eltern hast du nicht gekannt; sie sind mir früh entrissen worden, und ich hab außer dir und deinem Vater nie ein Wesen gekannt, dem ich mich mit außergewöhnlicher Zuneigung angeschlossen hätte. Mein Vater war Beamter in Leipzig, und ich kam nach seinem Tod zu entfernten Verwandten von ihm, die mich aber nur aufnahmen, um am Lohn für Dienstboten sparen zu können. Sie hatten immer einige Studenten in Pension, deren Aufwartung mir übertragen wurde. Aus diesem Grund kam ich oft mit ihnen in Berührung, die aber trotz der Zudringlichkeit der meisten dieser Leute eine rein dienstliche blieb, bis ich deinen Vater kennenlernte. Er hieß Emil Wallner, war der Sohn armer, auch schon verstorbener Eltern und besaß in ihrer kleinen, unbedeutenden Hinterlassenschaft die, wenn auch unzureichenden Mittel, Medizin zu studieren und sich so ein zufriedenstellendes Dasein zu gründen. Er war ein stiller, bescheidener, fleißiger und kenntnisreicher junger Mann, zu dem ich mich bald mit innigstem Vertrauen hingezogen fühlte, das sich bald in herzlichste Liebe verwandelte. Und diese Liebe erwiderte er ebenso warm und innig. Wir wußten beide, daß wir das Glück unsrer Zukunft nur von dem Erfolg unsrer eignen Arbeit und Tüchtigkeit zu erwarten hatten, und so strebten wir vereint auf unserm Lebensweg vorwärts und versagten uns jeden Genuß, der unsre geringen Mittel bedrohen oder gar schmälern konnte. Aber grad wegen dieses rastlosen Schaffens war diese Zeit so schön, daß die

Erinnerung an sie sich wie ein goldnes, verklärendes Abendrot noch heut über all mein Denken, Fühlen und Wollen breitet. Leider kam der Augenblick nur zu bald, der uns eine bittre Trennung brachte, die mir allerdings durch die Hoffnung des Wiedersehens erleichtert wurde. Daß diese Hoffnung eine vergebliche gewesen ist, weißt du; aber ich halte sie fest, wie ich meine Liebe allzeit treu erhalten hab, und beide, Hoffnung und Liebe, sie werden nicht eher sterben, als bis ich selbst mit ihnen begraben werde. Emil ging, durch die besten Zeugnisse empfohlen, mit einem reichen und vornehmen Engländer, von dessen Einfluß er sich die günstigsten Wirkungen für eine spätere Lebensstellung versprach, auf Reisen. Wir gelobten einander, uns so oft wie möglich zu schreiben; aber außer einem Brief aus Wien mit der dort unter dem Spiegel hängenden Bleistiftskizze hab ich bis heut keine Nachricht von ihm erhalten.

Ach, es waren traurige Tage, jene Tage, an denen er von mir ging, obgleich mir seine Gegenwart und Hilfe bald so notwendig werden sollte. Ich hab sie überwunden, aber nur, weil ich aufrechterhalten wurde durch den Gedanken an die Verpflichtung, mein Leben nur dir, deiner Erziehung und deinem Glück widmen zu müssen. Leipzig, wo jedes Haus mich nun an meine Verlassenheit erinnerte, war mir verleidet, und ich ging in Begleitung eines hiesigen Geschäftsmanns, der während der Messe stets seinen Aufenthalt bei uns nahm, nach Ernstthal, wo es mir bei vereinfachten Bedürfnissen leichter werden mußte, durch die Arbeit meiner Hände das Brot für dich und mich zu erwerben. Ich hab hier viel Liebe und Freundlichkeit gefunden, und der erste aufregende und aufreibende Schmerz ist einer stillen Trauer gewichen, die mir durch deine Liebe so sehr erleichtert worden ist. Auch im menschlichen Herzen folgt den Tagen des Sturms eine Zeit des Friedens."

Sie holte tief Atem und legte die Hand wie beruhigend über das Auge, in das feucht die Träne der Erinnerung getreten war.

„Meine Mutter, meine liebe, liebe Mutter!"

„Ja, mein Kind, du bist das einzige Gut, das mir geblieben ist, und ohne dich könnte ich nicht leben!"

Wieder erfolgte eine jener Pausen, die einen so beruhigenden und wohltätigen Einfluß auf jede geistige Aufregung üben, und diesmal brach die Tochter das Schweigen.

„Ob er wohl gestorben ist?"

„Es ist mir unmöglich, an ihn als an einen Toten zu denken, und noch heut sehe ich ihn in voller, frischer Jugendkraft im Geist vor mir stehn, wie ich ihn beim ersten Begegnen erblickte. Oh, ich wollte all die vielen Jahre des Kummers vergessen, wenn ich ihn nur noch ein einziges Mal sehn könnte, um ihm zu sagen, wie unendlich lieb er mir gewesen ist. Und wenn er noch so arm und elend vor mich hinträte, ich wollte ihn willkommen heißen, für ihn sorgen und arbeiten Tag und Nacht und nie ein Wort des Vorwurfs über meine Lippen kommen lassen!"

„Und ich, ich könnte ihn nun nicht sehn!"

Wirklich hatte die Mutter über ihrem eignen Unglück das ihres Kindes vergessen. Der letzte Ausspruch Augustens erinnerte sie jetzt daran.

„Sei ruhig, mein Herz! Die Krankheit deiner Augen hat mir schwere und bittre Sorge verursacht, und diese Sorge ist heut größer als je zuvor; aber ich hab tausendmal unter heißen Tränen im Gebet vor Gott gelegen, und er wird dich Unschuldige nicht heimsuchen eines Fehltritts wegen, an dem du keinen Anteil hast. Wir haben bisher wohl noch nicht den rechten Arzt gefunden und müssen einmal nach Chemnitz gehn, wo sich jetzt ein sehr geschickter Augenarzt niedergelassen haben soll. Jetzt aber wird der Meister mit dem Abendsegen auf uns warten; komm, laß es für heut genug sein!"

Sie fanden den Hausherrn schon hinter der alten, umfangreichen Nürnberger Bilderbibel.

„Macht, daß ihr kommt! Meine Alte lauert schon längst auf das heutige Evangelium; wir waren nicht in der Kirche. Auf den Richard brauchen wir leider nicht zu warten; der betet nie, sondern streift lieber mit seinem Jägerfranz im Wald umher oder treibt oben in seiner Kammer Allotria. Aus dem wird nichts, und deshalb behalte ich auch meine Langenghosen und so weiter für mich selbst; er braucht sie auch gar nicht, denn heut ist er gleich früh in einem funkelnagelneuen Anzug heruntergekommen."

Er rückte die Brille zurecht und verlas das Evangelium. Dann schlug er ein vielgebrauchtes, in Schweinsleder gebundenes Gebetbuch auf, aus dem er ein ‚Abendgebet für den Sonntag' buchstabierte, und eben wollte er nach dem ‚Amen' das Buch wieder schließen, als die Tür geräuschlos geöffnet wurde und der Geselle eintrat. Nach einem kurzen „Guten Abend!" setzte er sich an den Tisch, nahm dem Meister das Buch aus der Hand, blätterte einige Zeit suchend darin herum und begann dann mit fesselndem Ausdruck:

„Horch! klopfte es nicht an die Pforte?
Wer naht, vom Himmelsduft umrauscht?
Woher des Trostes süße Worte,
Auf die mein Herz voll Andacht lauscht?
Wer neigt, wenn alle Sterne sanken,
Mit mildem Licht und stiller Huld
Sich zu dem Staub- und Erdenkranken?
Es ist der Engel der Geduld!

Oh, laß den Gram nicht mächtig werden,
Du tiefbetrübtes Menschenkind!
Wiß, daß die Leiden dieser Erden
Des Himmels beste Gaben sind,
Und daß, wenn Sorgen dich umwogen
Und dich umhüllt des Zweifels Nacht,
Dort an dem glanzumfloßnen Bogen
Ein treues Vaterauge wacht!

Oh, laß dir nicht zu Herzen steigen
Die lang verhaltne Tränenflut!
Wiß, daß grad in den schmerzensreichen
Geschicken tiefe Weisheit ruht,
Und daß, wenn sonst dir nichts verbliebe,
Die Hoffnung doch dir immer lacht,
Da über dich in ew'ger Liebe
Ein treues Vaterauge wacht.

Oh, wollest nie dich einsam fühlen!
Obgleich kein Aug sie wandeln sah,
Die sorgenvolle Stirn zu kühlen,
Sind Himmelsboten immer da.
Wer stets dem eignen Herzen glaubte,
Der kennt des Pulses heil'ge Macht!
Drum wiß, daß über deinem Haupte
Ein treues Vaterauge wacht!

Und öffnet sich dein Auge wieder
Dem hellen, goldnen Sonnenstrahl,
Steigt dir des Tages Seraph nieder,
Den du ersehnt viel tausendmal,
Oh, wollest stets den Glauben hegen,
Der deiner Seele Trost gebracht,
Daß über allen deinen Wegen
Ein treues Vaterauge wacht!“

Als er geendet hatte, schlug er das Buch wieder zu und verließ mit einem wie vorhin kurzen „Gute Nacht!“ die Stube.

Es war, als sei das Gedicht gerade für die Seelenstimmung der Anwesenden ausgesucht, und niemand konnte den Eindruck, den die unerwartete Vorlesung gemacht hatte, verbergen. Der Meister war der erste, der sprach: „Nein, aber kann der Goldschmidt lesen! Wer hätte ihm auch das noch zugetraut? Es ist wirklich schade um den Menschen, daß er sich nächtelang draußen herumtreibt. Aber ich kenne doch dieses Buch auswendig und hab das Gedicht noch nie gefunden. Ich muß nur einmal das Blatt aufschlagen, auf dem es steht, es war grad bei dem roten Einzeichen, das ich vor acht Tagen hineingelegt hab.“

Er blätterte und suchte, aber vergebens.

„Ich glaub gar, er hat das Gedicht gleich so aus dem Kopf gemacht, denn ich finde das Ding im ganzen Buch nicht. Es ist wirklich schade, jammerschade um den Kerl!"

Er stand auf, und das war bei ihm das Zeichen, daß er zur Ruhe zu gehn wünsche. Deshalb erhoben sich auch die anderen. Draußen vor der Treppe blieb Auguste stehen.

„Darf ich noch einen Augenblick in den Garten, Mutter?"

„Es ist kühl, Kind, und du wirst vielleicht auch den Weg nicht sicher finden."

„O doch, und erkälten werde ich mich auch nicht. Es ist ja nur für einen Augenblick, und ich komm gleich nach."

Die Mutter ging nach oben; sie gönnte ihr gern die Gelegenheit, draußen in der Stille des Abends innerlich ruhig zu werden.

Das Mädchen kannte jeden Zollbreit des Weges und fand trotz der Nacht ihrer Augen die Bank. Tastend fuhr sie mit der Hand darüber hin, aber der erwartete Strauß lag heut nicht da. Sie war nur seinetwegen herausgegangen und wollte nun enttäuscht zurückgehn; da hörte sie die Hoftür knarren und den Schritt eines Nahenden. Es war Goldschmidt; sie kannte ja diesen leichten, elastischen und doch so sicheren Schritt. Unwillkürlich wandte sie sich zur Seite; da aber fühlte sie sich auch schon bei der Hand erfaßt.

„Bitte, bitte, Auguste, habt keine Angst!"

Er führte sie zur Bank und nahm, ihre Hand freigebend, neben ihr Platz.

„Ich möchte gern zwei Fragen aussprechen, darf ich?"

„Ja", antwortete sie zaghaft.

„Wen stellt das skizzierte Bildnis vor, das droben unter dem Spiegel hängt?"

„Meinen Vater."

„Es ist wohl nicht gestattet, etwas Näheres über ihn zu wissen!"

„Wir wissen selbst seit langer Zeit nichts mehr von ihm. Er hieß Emil Wallner, war Student der Medizin und ging vor achtzehn Jahren mit einem Engländer nach Wien, von wo aus er zum letztenmal geschrieben hat."

„Das ist das eine, und nun das andre. Ihre Mutter hat von einem Herrn von Bredenow die Anfertigung feiner Wäsche in Auftrag bekommen, und dieser Herr kommt nun fast täglich, um zu sehn, wie weit die Arbeit vorgeschritten ist."

„Ja, aber seine Gegenwart ist uns außerordentlich unwillkommen. Mutter hat den Auftrag nur angenommen, weil es jetzt an Beschäftigung mangelt und sie nicht wissen konnte, daß daraus ein Grund zu wiederholten Besuchen entstehen könnte."

„Ich danke."

Er stand auf und ergriff ihre beiden Hände. „Zürnt Ihr mir nun wegen meiner Zudringlichkeit?"

„Nein."

„So ist es recht! Gute Nacht, meine liebe Auguste!"

„Gute Nacht!"

Sie fühlte seine Lippen auf ihrer Hand und hörte dann seinen sich entfernenden Schritt. Ihr Herz klopfte stürmisch, und ungeahnte Empfindungen durchwogten ihr Inneres. Einen Fremden, ja wohl jeden anderen hätte sie mit diesen Fragen zurückgewiesen; zu diesem Mann aber fühlte sie sich mit unwiderstehlichem Vertrauen hingezogen, und es war ihr, als könne er durch seine Fragen den Brunnen ihrer Seele bis auf den Grund ausschöpfen. Er war es gewesen, der sie aus der Umarmung des verhaßten Junkers gerettet hatte; das war ihr aus dessen Reden klar geworden, und noch dachte sie mit Angst und Entsetzen jenes Augenblicks, an dem ihr erblindendes Auge ihn mit dem wütenden Pferd gesehen hatte. Dieser konnte unmöglich so sein, wie ihn der Meister bezeichnete, und wenn sie auch nicht den Scharfblick und die Erfahrung eines reifen Menschen besaß, so konnte sie doch auch nicht der überzeugenden Sprache ihres Gefühls widerstehen.

Sinnend saß sie noch lange auf ihrem Platz. Dann erhob sie sich und streifte einen Gegenstand, der neben ihr lag. Sie nahm ihn auf; es war der gesuchte Strauß. Hatte er schon vorhin hier gelegen und war von ihr unbemerkt geblieben, oder war er erst später hergelegt worden? Sie wußte es nicht, aber als sie sich zur Ruhe gelegt, konnte sie den Schlaf lange nicht finden, und als sie endlich die Augen schloß, klangen ihr noch immer die Worte im Ohr, die sie zuvor nur aus dem Mund der Mutter gehört hatte: „Gute Nacht, meine liebe Auguste!“

2

Der Herbst war ins Land gekommen und hatte Feld und Flur in jene wehmütigen Farben gekleidet, die uns verkünden, daß die schaffende Natur zur Rüste geht und die Zeit des Blumenduftes und Vogelsangs sich zum Abschied neigt. In diesen Tagen zittern die Saiten des Menschenherzens in einer Stimmung, die uns so gern zum Nachdenken und zur Einkehr in unser Inneres führt, und deshalb ist der Herbst ebenso die Zeit der Ernte für die Früchte, die uns im Busen reifen, wie er die Garben sammelt, die uns die Sichel des Schnitters von der Erde löste. Und ruht irgendein Weh in unserer Brust begraben, so steht es zur Zeit des Blätterfalles auf von den Toten und richtet unser Sinnen niederwärts zur Scholle, aus der wir emporgestiegen, um durch die Mühe und Arbeit des Erdenlebens den Geist für eine höhere Welt zu zeitigen und dann wieder in den Staub zurückzusinken.

Solche Gedanken waren es, die heut schon beim Morgengrauen die Mutter begrüßt und in den Garten begleitet hatten. Es war heut ihr Geburtstag, der Tag, an dem sie vor zwanzig Jahren den Geliebten zum erstenmal gesehen hatte. Dieser Tag hatte ihr das Dasein gegeben, hatte dann über ihre Lebensrichtung entschieden und sollte ihr nun auch Klarheit bringen über die Zukunft ihres Kindes. In einer späteren Morgenstunde erwartete sie der Botenfuhrmann, mit dessen Geschirr sie in Begleitung Augustens nach Chemnitz zum Augenarzt zu fahren gedachte. Ihre Mittel reichten zwar für eine länger andauernde Kur bei weitem nicht aus, denn der allgemeine Notstand hatte sich auch schon seit geraumer Zeit für sie fühlbar gemacht und ihre Kasse erschöpft. Aber der Junker hatte für heut früh die Ablieferung der Wäsche bedingt, da er verreisen müsse, und von der Bezahlung dieser Arbeit konnte sie wenigstens die Kosten für die Reise und eine ärztliche Beratung bestreiten. — Da wurde sie in ihrem Nachdenken unterbrochen.

„Mutter, bist du unten?"

„Ja, hier bin ich."

„Komm doch einmal recht schnell herauf!"

Sie folgte dem Ruf, hatte aber oben die Stubentür kaum geöffnet, so stieß sie einen lauten Schrei der Überraschung aus. Grad der Tür gegenüber hing das in Öl gemalte Brustbild des Mannes, an den sie heut schon so viel gedacht hatte. Die Röte der Jugend und Gesundheit auf den Wangen, die gold- und silberbetreßte Burschenmütze auf den Locken, schien er lebendig hinter den reichverzierten und von Girlanden umwundenen Rahmen getreten zu sein, um den Wunsch zu erfüllen, den sie vor nicht langer Zeit mit heißem Verlangen gegen die Tochter ausgesprochen hatte. Mit ausgebreiteten Armen und laut schluchzend stürzte sie auf das Bild zu und drückte die krampfhaft zuckenden Lippen wieder und immer wieder auf dessen Glas.

„Emil, Emil, mein Emil! Ist's wahr, daß diese Leinwand deine lieben, unvergeßlichen Züge so treu und wahr festzuhalten vermag, wie sie meinem Herzen eingegraben sind? Auguste, komm, eile her und sieh deinen Vater!"

„Mutter, ich kann nicht!"

„Mein Gott, es ist ja wahr! Doch du sollst ihn sehn, du mußt ihn sehn; ich fühle in diesem Augenblick, daß Gott nicht Gott sein müßte, wenn unsre Gebete unerhört blieben. Aber wer hat uns diese Überraschung bereitet, wo kommt das Bild her und wer hat es gemalt? Du weißt es!"

„Nein; als ich aufgestanden war und die Stube betrat, fühlte ich den Kranz dort auf dem Tisch und dachte mir gleich, daß es ein Geburtstagsgeschenk für dich sein sollte. Deshalb rief ich dich."

„Auch dort noch, was ist es?"

Über den Tisch war eine weiße Decke gebreitet, auf der, von Blumen, Früchten und Konfekt umgeben, eine kunstreich gearbeitete Silberplatte mit einem Brief lag. Hastig ergriff sie diesen, warf einen Blick auf die Anschrift und fiel dann wie besinnungslos in den Sessel.

„Mutter, meine gute Mutter, was ist dir?"

„Nichts, o nichts! Laß mich und gönne mir nur einen Augenblick der Erholung!"

Geschlossenen Auges saß sie da und drückte mit gefalteten Händen den Brief an die hochatmende Brust. Nur durch das Lächeln des Glücks, das auf dem sonst so blassen Angesicht lag, verriet sie die Seligkeit, von der sie überwältigt worden war. Aber die Ungewißheit über den Inhalt ließ ihr nicht lange Ruhe, und mit vor Erregung zitternden Händen öffnete sie den Brief.

„Es ist ein Brief von deinem Vater; ich erkannte sofort die Handschrift, obwohl sie sich im Lauf der Jahre verändert hat, hier steht seine Unterschrift, und da ist auch die alte trauliche Anrede, die er stets gebrauchte."

Gott grüße Dich, mein Herz!

Ich habe viel und schwer an Dir gesündigt und darf deshalb wohl kaum erwarten, daß Du mir ein freundliches Andenken bewahrtest. Aber das Verlangen nach Sühne und Vergebung treibt mich zu Dir und diktiert mir den Gruß, den ich Dir heut an Deinem Geburtstag als den Vorboten meiner baldigen Ankunft übersende.

Emil Wallner.

„Hörst du", rief sie jauchzend, „er kommt, er hat mich nicht vergessen, und wenn er auch nichts von Liebe schreibt, so verbietet ihm doch nur die Ungewißheit über meine Gesinnung dieses Wort. Oh, nun ist alles, alles gut, und ich darf die Vergangenheit hinter mir lassen wie einen schweren Traum, von dem man erwacht, um sich der schönen Wirklichkeit doppelt zu erfreuen. Doch laß uns fragen, wem wir diese Freude zu danken haben!"

Aber trotz aller Dringlichkeit war nichts zu erfahren. Die beiden Schmiede waren im Hausflur beschäftigt gewesen und konnten mit Gewißheit behaupten, daß niemand ein- und ausgegangen sei.

Während man sich deshalb in verschiedenen Vermutungen erging, befand Auguste sich oben allein im Zimmer und wartete auf das Ergebnis der Erkundigung. Zwar gab es eine Ahnung in ihr, aber sie mochte dieser nicht Raum geben, da sie ihr zu unberechtigt erschien. Da ging unten die Haustür, und die Treppe knarrte unter schweren, gewichtigen Schritten. Sie hatte diesen Schritt in den letzten Wochen öfter hören müssen als ihr lieb war, und zog sich in die Ecke des Zimmers zurück, als die Tür geöffnet wurde. „Guten Morgen."

„Guten Morgen, Herr Junker."

„Ich komme, nach meiner Wäsche zu sehn, und finde dich allein in der Stube. Ist deine Mutter ausgegangen?"

„Nein, sie befindet sich in der Niederstube, und ich werde sie gleich rufen. Eure Wäsche ist fertig."

„Laß das Rufen einstweilen, die Zeit wird mir bei dir nicht allzu lang werden."

„Aber uns ist sie heut karg zugemessen, wir verreisen."

„Ach so! Wohin?"

„Nach Chemnitz zum Augenarzt."

„Das ist klug und notwendig; aber gehn könnt ihr den weiten Weg doch nicht?"

„Nein, wir fahren mit dem Boten."

Sie hatte nicht sehn können, wie sein kleines, stechendes Auge schadenfroh unter den buschigen Brauen hervorgeblitzt hatte, als sie ihm arglos Mitteilung von der beabsichtigten Reise machte. Jetzt war er ihr näher getreten und ergriff ihre Hand.

„Ich wünsche dir natürlich den besten Erfolg; aber solange euch das Geld zu einer eingehenden ärztlichen Behandlung fehlt, glaube ich nicht daran. Wenn du nur ein klein bißchen zutraulicher sein wolltest, würde ich alle diese Ausgaben auf mich nehmen."

„Laßt mich, Herr, ich muß die Mutter rufen!"

„Nachher, Schatz, wenn wir uns verständigt haben."

Er zog sie gewaltsam an sich und merkte im Eifer nicht, daß die Mutter eingetreten war.

„Herr von Bredenow, gelten Eure Besuche Eurer Wäsche oder einem andern Gegenstand?"

„Beiden, meine liebe Dame", antwortete er und hielt dabei die Hand des Mädchens immer noch fest.

„Die Wäsche ist fertig."

„Gut, ich werde sie abholen lassen."

„Wir können uns also verabschieden?"

„Ihr werdet mir in dieser Angelegenheit wohl den Vortritt lassen müssen; ich hab vom Fräulein hier gehört, daß ihr nach Chemnitz wollt, und stehe eben im Begriff, die Augen einer näheren Besichtigung zu unterwerfen, um auch mein wohlgemeintes Urteil abgeben zu können."

„Dann bitte ich, diese Besichtigung auf eine gelegnere Zeit zu verschieben; der Fuhrmann hält schon unten, und wir dürfen uns nicht mit unnützen Dingen beschäftigen."

„Ach so, man weist mir also die Tür?"

„Sie ist zu groß, um nicht auch ungewiesen bemerkt zu werden."

„Gut, ich gehe, vorher aber erlaube ich mir einen kleinen Abschied."

Er legte den Arm um Auguste, wurde aber von der erzürnten Mutter sofort gefaßt.

„Laßt das Kind gehn, oder ich rufe Hilfe herbei!"

„Ah, jetzt wird's interessant, die Katze schützt das Kätzchen!"

Er stieß die Störende von sich und verfolgte das Mädchen, das sich wieder in die Ecke geflüchtet und den Tisch als Schutzwehr vorgezogen hatte.

„Meister, Richard, zu Hilfe!" rief die Mutter.

Der Geselle stand allein am Herd und sprang sofort mit zwei Sätzen die Treppe hinauf.

„Was gibt's? Ach so, ich hörte den Patron vorhin nach oben steigen. Ist seine Wäsche fertig?"

„Dort liegt sie."

„Hat er bezahlt?"

„Noch nicht."

„Werd es verlegen und später mit ihm abrechnen."

Die Fragen waren rasch ausgesprochen und ebenso schnell beantwortet, und noch war der ‚Blauweiße' nicht bereit zu gehen, so flog er gegen die Tür und von da die Treppe hinunter.

„Aufgefangen, Meister, und weiterbefördert!"

„Bin schon drüber!"

Weißpflog war schon beim ersten Ruf aus der Stube getreten und stand bei der Behendigkeit Goldschmidts erst auf der untersten Treppenstufe, als der seltene Vogel geflogen kam. Klugerweise ließ er ihn gar nicht wieder auf die Beine kommen, sondern warf ihn sofort auf die Straße. Wäschepack, Hut, Perücke und Stock, die unterdes auch am Fuß der Treppe angekommen waren, folgten, und hinter ihnen wurde die Tür ins Schloß geworfen und der Riegel vorgeschoben.

Draußen erhob sich ein gewaltiger Lärm; die Tür erbebte unter den Schlägen des aufgeregten Edelmannes, und schon ließen einzelne Neugierige einen Zusammenlauf vermuten, als der Junker sich eines Besseren besann und sich mit dem unbezahlten Paket entfernte, nachdem er sein Äußeres möglichst in Ordnung gebracht hatte. Kurze Zeit später bestiegen die beiden Frauen den Leiterwagen und fuhren der bang erwarteten Entscheidung entgegen.

*

Der Tag verging, schon dunkelte der Abend herein, und noch waren sie nicht wieder eingetroffen. Weißpflog wurde unruhig und löschte früher als gewöhnlich das Feuer aus. Die beiden Hausgenossen waren ihm so lieb geworden, als gehörten sie zu seiner eigenen Familie, und ihr Wegbleiben verursachte ihm ernste Bedenken. Goldschmidt dagegen ließ nicht die geringste Spur von Sorge an sich bemerken; wortkarg wie immer, erwähnte er auch heute die Abwesenden mit keiner Silbe, setzte sich nach beendigter Arbeit ruhig zum Essen nieder und verließ dann langsamen Schrittes die Stube. Aber kaum eine Minute später hörten ihn die Meistersleute das Haus verlassen, und als die wißbegierige Hausfrau ihm durch die halbgeöffnete Tür nachblickte, sah sie ihn querfeldein über die Stoppeln den Weg nach der Straße einschlagen, die nach Chemnitz führt.

Je weiter er sich von Ernstthal entfernte, desto eiliger wurde sein Lauf. Kurz vor dem Dorf Wüstenbrand begegnete ihm eine verschlossene Kutsche, auf deren Bock er trotz der Dunkelheit zwei Männer gewahrte, von denen der eine den anderen fast um Kopfeslänge überragte.

„Das war der Junker! Hier ist irgendeine Teufelei los, die jedenfalls in Verbindung mit dem langen Ausbleiben unsrer Frauen steht — ich fahre mit!"

Gedacht, getan. Er nahm Platz auf dem leeren Kofferbrett und beschloß, nicht eher abzusteigen, als bis der Wagen hielt.

*

Die Frauen waren erst am Nachmittag bei dem Arzt angekommen. Dieser hatte die kranken Augen einer sorgfältigen Untersuchung unterworfen und dann den Kopf geschüttelt. Er verordnete eine kühle Einreibung nebst einer Auflösung von Galitzenstein, dann wurden die beiden Frauen mit einigen Trostworten entlassen.

Im Gasthof fanden sie den Fuhrmann in großer Verlegenheit. Die heutige Rückfracht war so bedeutend, daß der Wagen hochauf voll geladen war und an ein bequemes Sitzen nicht gedacht werden konnte. Nur mit Mühe wurden zwei Sitze oben auf den Kisten bereitet, wo das Verweilen für die Blinde aber nicht ungefährlich sein konnte. Glücklicherweise überholte sie bald ein leerer Kutschwagen, dessen Führer sie mit einem mitleidigen Blick betrachtete und dann nach dem Ziel ihrer Reise fragte.

„Wir fahren nach Ernstthal."

„Wenn ihr wollt, könnt ihr bequemer und schneller nach Haus kommen, steigt zu mir herüber, ich fahre nach Hohenstein."

Das freundliche Anerbieten wurde angenommen, kaum saß Auguste in den weichen Kissen, als plötzlich die

Pferde scheuten und mit dem Fuhrwerk im schnellsten Lauf davongingen. Es dauerte eine geraume Zeit, eh das Gespann zu einem langsameren Schritt gebracht werden konnte, und als das Mädchen den Kutscher bat, auf die Mutter zu warten, klang seine Antwort abweisend.

„Wir sind ihr nun zu weit voraus, und ich darf nicht halten, weil die Pferde zu feurig sind und ich auch zur bestimmten Zeit eintreffen muß. Willst du warten, so kannst du aussteigen."

Freilich schien der Sprecher das Gegenteil anzunehmen, denn er machte keine Miene, den Wagen anzuhalten, und das Mädchen hatte auch keine Ursache, dem Mann zu mißtrauen. Es saß sich hier so warm und weich, und für die Mutter war das Fahren auf den Kisten jedenfalls nun auch etwas weniger beschwerlich geworden. Sie lehnte sich in die Ecke zurück und war bald in einen Schlummer gefallen, aus dem sie erst erwachte, als der Wagen hielt.

„Na, da sind wir; du kannst aussteigen."

Noch halb schlaftrunken, dachte sie nicht daran, daß der ihr völlig fremde Kutscher sie ja doch gar nicht nach ihrer Wohnung gefragt habe. Sie folgte der leitenden Hand und wurde erst aufmerksam, als sie unbekannte Gegenstände unter den tastenden Fingern fühlte und ein eigentümlicher Modergeruch sie umwehte.

„Mein Gott, ich bin ja gar nicht zu Haus!"

„Aber doch unter Dach und Fach, und es wird dir schon in diesem kleinen Waldhaus gefallen, wenn ich nur erst das Reisig dort auf dem Herd in Brand gesetzt hab. Dann wird's warm und traulich, und wir können unsre unterbrochne Unterhaltung von heut morgen in aller Gemütlichkeit fortsetzen."

Sie schrak bei dem rauhen Klang dieser Stimme heftig zusammen und wandte sich zurück, den Ausgang zu suchen. Da aber wurde sie bei der Hand gepackt und hörte zugleich den Riegel in das Schloß fallen.

„Halt, so rasch geht das nicht, Liebchen! Wir sind heut nicht bei der Eisenhöhle, wenn auch nicht gar zu weit entfernt von ihr, und diesmal hilft dir kein Gott und kein Teufel los!"

„Der Teufel wohl nicht, aber glaubt Ihr wirklich, daß es nicht einen höheren Schutz gibt für ein armes, wehrloses Mädchen, und daß ich nun verloren sein soll, weil ich mich nicht verteidigen kann?"

Das sonst so furchtsame Mädchen, das damals auf der Waldwiese vor Schreck keines Wortes fähig gewesen, war in diesem Augenblick kaum mehr zu erkennen. Der Gedanke, daß sie in ihrer gegenwärtigen Lage Hilfe nicht von außen, sondern nur in sich selbst zu suchen habe, vereinigte ihre ganze Willenskraft auf den Entschluß, sich bis zum letzten Rest ihrer schwachen Kraft zu verteidigen. Stolz und aufrecht, die Röte der Entrüstung auf den Wangen, das starre Auge gespenstisch auf den Gegner gerichtet, stand sie da, vom Schein der knisternden Flammen beleuchtet, und streckte die Arme aus, um nach einem Halt zu suchen. Bei dieser Bewegung kam ihr der Griff des Stoßdegens in die Hand, den der Junker der Bequemlichkeit wegen abgelegt und in die Ecke gelehnt hatte. Im Augenblick war die Waffe entblößt und zum Stoß gezückt, und ihr entschlossenes Wesen verfehlte seinen Eindruck selbst auf den harten, rücksichtslosen Mädchenräuber nicht.

Er war unwillkürlich einen Schritt zurückgetreten; doch schnell wich diese Bestürzung einem schadenfrohen, höhnischen Lachen, mit dem er wieder auf sie zutrat.

„Alle Wetter, jetzt fange ich an, mich zu fürchten! Monatelang bin ich um dich herumgelaufen und hab die Gelegenheit erspäht, einmal so recht schön allein und ungestört mit dir zu sein, und nun es mir endlich so prächtig geglückt ist, soll ich dich wieder laufen lassen, weil ich mich entweder vor Gespenstern oder gar vor der eignen Klinge fürchte. Mein wirst du heut und wenn sich zehn Götter und hundert Schmiedejungens dagegen stellen!“

Rasch hatte er ihren Arm unterlaufen und drückte mit seiner gewaltigen Faust ihre Hand, daß sie mit einem lauten Wehruf die Waffe fallen ließ. Noch aber war es ihm nicht gelungen, sie aus der Ecke, in der sie Deckung hatte, zu entfernen, als die Tür unter einem mächtigen Stoß erkrachte und sich draußen eine tiefe, volltönende Stimme hören ließ.

„Aufgemacht, oder ich trete die Bude zusammen!“

„Das ist Richard“, rief vor Freude zitternd das bedrängte Mädchen. „Herein, herein, zu Hilfe!“

Wirklich schien das Häuschen aus allen Fugen gehen zu wollen, als auf diesen Ruf die von einem Fußtritt aufgesprengte und zersplitterte Tür in den engen Raum hereinstürzte.

„Ah, die Herren Junker laichen im Oktober!“

Es lag eine wahrhaft niederschmetternde Verachtung in dem Ton, mit dem diese Worte ausgesprochen wurden. Die schlanke Gestalt des ‚Schmiedejungen‘ lehnte leicht und geschmeidig an dem halb aus der Mauer gerissenen Türpfosten; die kleine von der Arbeit jetzt etwas gehärtete Hand drehte in zierlichen Windungen die Spitzen des schwarzen Bärtchens, und mit spöttischem Aufleuchten schweifte der Blick seines festen, furchtlosen Auges über die hochaufgerichtete muskulöse Gestalt des Ertappten hin zu dem Mädchen, das sich wie dankend mit gefalteten Händen der Richtung zugewandt hatte, in der er stand.

Da entfuhr den Lippen des vor Wut schäumenden Feindes ein Fluch, so gräßlich und lästerlich, daß das Mädchen erbleichte; im nächsten Augenblick hörte sie die Männer zusammenprallen. Sie vernahm ein beängstigendes Ächzen, Stöhnen und Schnaufen, und dann erfolgte ein Krach, unter dem der Fußboden erzitterte.

„Hund, das soll dir nicht wieder gelingen!“ hörte sie

die keuchende Stimme des sich wieder vom Boden aufraffenden Junkers. Das Ringen und Schnauben begann von neuem und war von unzusammenhängenden Lauten begleitet, die aus einer wie eingeschraubten Brust hervordrangen; dann flog es wieder an ihr vorbei, erst an die gegenüberliegende Wand und hierauf zur Erde nieder; von der Tür her aber klang es ruhig und bedächtig: „Bitte, Auguste, nur immer in der Ecke bleiben."

Der Kampf erneuerte sich: Säbelhiebe klirrten, die Waffe flog gegen das Fenster; ein schwerer, dumpfer Fall ließ sich hören, ihm folgte ein tiefes ängstliches Röcheln und endlich ein Schlag wie mit einer Keule gegen einen hohlen, aber festen Gegenstand. Ein letzter fürchterlicher Schrei — dann war es still.

„Richard", rief sie, die Hände in unendlicher Angst vorstreckend, „Richard!"

„Hier bin ich!" klang es neben ihr, und nicht das leiseste Zittern seiner Stimme, nicht das geringste Beben seiner Hand verriet die furchtbare Aufregung und Anstrengung, die die letzten Augenblicke mit sich gebracht hatten.

„Wo ist er?"

„Er liegt, von meinem Faustschlag betäubt, hier am Boden."

„Mir ist so angst, wir wollen gehn!"

Er nahm ihren Arm, und ohne den besiegten Gegner eines Blicks zu würdigen, schritt er mit ihr hinaus. Rechts und links streckten die Bäume ihre dunklen Äste über den schmalen Weg und ließen nur selten einen silbernen Sternenstrahl zwischen sich hindurchschlüpfen; der Wald rauschte seine geheimnisvolle Weise, und mißtönender Unkenruf klang vom Teich herüber. Das Mädchen schmiegte sich inniger an ihren Begleiter und stützte sich fest auf seinen Arm. Er fühlte das Zittern ihrer Hände, er hörte den beklommenen Hauch ihres Atems, aber er sprach kein Wort.

Da plötzlich blieb sie stehn, schlang die Arme um seinen Hals und zog seinen Kopf nieder zu dem ihrigen.

„Richard!“

Sie wollte weiter sprechen, aber die Tränen erstickten ihre Stimme, und weinend barg sie das Gesicht an seiner Brust.

„Auguste, du liebes, süßes Wesen, magst du bei mir sein, jetzt und immerdar?“

„Wie gern, ach, wie so gern! Aber es darf nicht sein.“

„Warum nicht?“

„Ich bin blind.“

„Hast du nicht den Trost verstanden, den ich dir am Abend eines jeden Tages mit der Rose geben wollte?“

„O ja!“

„Dann hege Hoffnung und vertraue Gott und mir! Willst du?“

„Ja.“

„So komm, wir müssen eilen, um die Mutter zu beruhigen. Ich kann mir denken, wie alles gekommen ist, und du sollst erst dann erzählen, wenn wir zu Haus sind!“

*

„Und ich wiederhole es, der Richard ist ein Erzstrick; und je länger er da ist, desto ärger treibt er's. In der ersten Zeit lief er doch wenigstens nur des Nachts draußen umher; jetzt aber geht er mir oft schon am frühen Morgen von der notwendigsten Arbeit fort. Zwar holt er das Versäumte rasch und gut wieder ein, aber ich mag eine solche Unordnung nicht leiden, und ich werde ihn, obgleich es mich herzlich sauer ankommen wird, schließlich fortschicken müssen.“

„Nein, das wirst du nicht, Alter. Er ist in allem andern so brav und so — so — so, ich weiß nicht, wie ich sagen soll; aber es ist mir immer, als sollten wir uns dafür bedanken, daß er mit uns fürlieb nimmt. Er ist dir ja selbst ans Herz gewachsen, und nur deine strenge Ordnungsliebe stößt sich an Dinge, die er gewiß unterlassen würde, wenn er dürfte."

„Na, ich will nicht mit dir zanken und gebe auch gern zu, daß ich im übrigen einen ganz gewaltigen Respekt vor ihm hab, aber er könnte doch wenigstens sagen, was ihn so oft von der Arbeit abhält. Gestern ist er wieder den ganzen Tag fortgewesen, und heut steht er nun sogar während der Mittagsstunde draußen und hämmert drauflos, als wolle er den Amboß in den Boden hineintreiben. Aber wer kommt da? Ein Schlitten mit einem Fremden. Da wird's wohl etwas auszubessern geben."

Der Ankömmling stieg aus, sprach einige kurze Worte zu dem Gesellen und trat dann in die Stube.

„Grüß Gott! Kann ich einige Augenblicke hier verweilen? Meine Deichsel ist abgebrochen, und ich muß mir ein Band darumlegen lassen."

„Willkommen; macht's Euch bequem, Herr! Ich werde gleich mit zugreifen, damit Ihr nicht lange aufgehalten werdet."

Weißpflog ging hinaus, und die gesprächige Meisterin befand sich bald in lebhafter Unterhaltung mit dem Fremden, der den Reisepelz abgeworfen hatte und beobachtend am Fenster saß. Den männlich schönen Kopf leicht zurückgeworfen, strich er sich den blonden, welligen Vollbart und ließ die freundlichen, blauen Augen forschend durch die Stube schweifen. In kurzer Zeit hatte die Wirtin durch Fragen erfahren, daß er ein Augenarzt sei, der nach Dresden reise, um einen dortigen vornehmen Blinden zu besuchen. Erfreut von dieser Entdeckung, erzählte sie ihm von Auguste und bat, das Mädchen einmal holen zu dürfen. Lächelnd nickte er mit dem Kopf, und einige Minuten später trat die Genannte ein.

Er hatte sich bei ihrem Eintritt erhoben und schien

ihr entgegentreten zu wollen. Bei ihrem Anblick aber blieb er wie gebannt stehen und achtete nicht auf die vorstellenden Worte der Wirtin.

„Anna!“ klang es hell und jubelnd.

„Ich heiße Auguste!“

Er ließ die erhobenen Arme langsam sinken und wandte sich an die Hausfrau.

„Nanntet Ihr sie nicht Anna, als Ihr mir vorhin von ihr erzähltet?“

„Nein; sie heißt Auguste.“

„Ach so, dann hab ich mich verhört.“ Aber trotz des Bestrebens, die Aufregung zu verbergen, zuckte es über sein Gesicht wie freundliches Wetterleuchten, und voll und innig strahlte sein Blick auf das Angesicht des schönen Kindes herab.

„Tritt einmal näher und laß mich dein Auge sehn!“

Er zog aus der Tasche seines Pelzes ein durch eine kostbare Hülle verwahrtes Glas, ließ die durch dieses gesammelten Lichtstrahlen auf die erkrankten Gesichtsorgane fallen und besichtigte sie dabei sorgfältig durch ein vorgehaltenes Instrument. Als er es absetzte, ließ er die eine Hand auf ihrem Köpfchen ruhen und zog es zu sich heran.

„Du wohnst in der Oberstube?“

„Ja.“

„Hast du einige dichte Tücher, um die Fenster zu verhüllen?“

„Ja.“

„Komm, laß uns hinaufgehn.“

Es war eine so liebe, trauliche Stimme, mit der er zu ihr sprach, und ihre Seele atmete diesen Klang ein, wie der Genesende mit Entzücken den lindernden und belebenden Duft des Maien trinkt. Noch lag ihr Haupt an seiner Brust; sie fühlte den stürmischen Schlag seines Herzens und hätte daran mit innigem Vertrauen liegen mögen immer und allezeit. Es war ihr, als müsse sie diesem fremden Mann angehört haben, solange sie denken konnte, und als müsse sie sein eigen bleiben auch bis zur letzten Stunde ihres Lebens. Ohne Widerstreben duldete sie das liebkosende Streicheln seiner Hand, und ohne Zaudern folgte sie ihm nach oben.

Als sie aus der Stube traten, richtete Goldschmidt einen fragenden Blick auf den Arzt, den dieser mit leisem, unbemerkbarem Nicken erwiderte, und folgte darauf seinem Meister, der, das rauchende Eisen in der Zange, nach dem Schlitten ging.

Der Schaden war in kurzer Zeit beseitigt, und eben, als die Pferde vorgespannt wurden, kam auch der Herr des Fuhrwerks wieder die Treppe herabgestiegen und trat zum Meister.

„Ich wünsche, daß Euer Werk so gelungen ist wie anscheinend mir das meinige, wenn nicht störende Umstände meine Erwartungen zunichte machen. Ich hab das Mädchen operiert und die notwendigen Weisungen hinterlassen. Die Binde bleibt liegen, bis ich wiederkomme, um sie selbst abzunehmen. Hier Eure Bezahlung, Meister, und hier auch ein Trinkgeld für dich!"

Ohne nach dem Lohn der Arbeit zu fragen, reichte er dem Schmied ein Geldstück und drückte mit bedeutungsvollem Blick auch dem Gesellen etwas in die Hand. Dieser blieb dankend stehen und verfolgte das sich wieder entfernende Geschirr einige Zeit mit nachdenklichem Blick. Als der Meister in die Werkstatt zurückgetreten war, öffnete er seine Hand und blickte auf einige fast unleserlich und fehlerhaft geschriebene Zeilen:

An dem Schmiedegesehlen Goldschmid.

Wir komen, und wen der Deibel nicht vorher holt, den hohlen Wir. Schafe Er Uns den Kerhl und der Alte wird das Seiniche tuhn. Die Läute werden in der bewußten Zeit das sein und der Doktor miet.

Sein ahlter Leopold.

Einige Tage waren vergangen. Draußen pfiff der Wind und häufte den Schnee zu mannshohen Wehen empor. Desto wohler und gemütlicher saß es sich in der warmen Stube, wo die Bewohner der Schmiede um den Tisch saßen und sich mit der Neuigkeit beschäftigten, die trotz des Unwetters schon am frühen Morgen von Dresden her ihren Weg nach Ernstthal gefunden hatte. Bei Kesselsdorf war es zu einer Schlacht gekommen, bei der auf seiten der Preußen der Fürst von Anhalt-Dessau kommandiert hatte. Trotz der kurzen Zeit war das sonderbare Gebet des alten Haudegens schon in den schwatzhaften Mund der Fama gekommen; aber man befand sich noch in vollständiger Ungewißheit über dessen Erfüllung. Da ließen sich stampfende Fußtritte vernehmen, und gleich darauf trat der alte Forstgehilfe Franz ein.

„Guten Tag! Ist der Goldschmidt zu Haus?"

„Schön Dank. Der ist droben in seiner Kammer; er wird seine Sachen packen."

„Seine Sachen packen? Weshalb?"

„Weil er fort will."

„Fort? Wieso?"

„Weiß ich's? Mit Euch hat er bessere Kameradschaft gehalten als mit mir, Ihr müßt's also besser wissen."

„Ich weiß von nichts, und von großer Kameradschaft kann gar keine Rede sein. Er hat das Treiben des Junkers beobachtet, und ich bin ihm dabei behilflich gewesen; das ist alles."

„Des Junkers? Weshalb denn?"

„Hat mir nichts darüber gesagt, aber ich glaub, wegen der Auguste, auf die der Blauweiße ja immer ein Auge gehabt hat."

„Wißt Ihr nicht, wie sich der Mensch damals benommen hat, als er da draußen im Waldhaus so jämmerlich zugerichtet worden ist?"

„Nein! Es hieß am Tag darauf, er sei verreist, und das ist auch wahr gewesen, denn ich hab ihn seit der

Zeit nicht wieder gesehn als eben heut morgen. Es war so still und ruhig jetzt, da er nicht da war, und nun kommt er heut früh von Dresden hergeritten, daß das Pferd dampft, und bringt gleich einen Sack voll Bosheit und Schlechtigkeit mit."

„Was gibt's denn?"

„Ruft mir nur den Goldschmidt; das ist der einzige, der vielleicht helfen kann."

„Na, da bin ich neugierig. Richard, kommt doch mal herunter!"

„Daß der auch grad jetzt fort will! Im Winter läuft man doch nicht auf der Wanderschaft draußen umher, und hier bei Euch hat er es doch auch nicht schlecht gehabt."

„Das denk ich eben auch. Aber er hat immer seinen Kopf für sich gehabt und läßt sich nichts einreden."

Der Gerufene trat ein und erwiderte den Gruß des Forstwarts.

„Ihr wollt fort?" fragte dieser.

„Ja."

„Aber der Blauweiße ist wieder da."

„Ich weiß es."

„Und führt Böses im Schilde."

„Ich weiß es."

„Auch gegen Euch."

„Ich weiß es."

Verdutzt sah ihn der Alte an.

„Das ist nicht möglich! Er ist ja heut erst gekommen, und ich hab ihn drüben in Pleiße auf der Försterei getroffen. Hier ist er noch gar nicht gewesen, und Ihr könnt also unmöglich etwas wissen."

„Doch vielleicht; ich will dir's beweisen. Der Alte Dessauer hat gestern die mit Schnee und Eis bedeckten Höhen von Kesselsdorf mit seinen Grenadieren erstürmt und den Feind vollständig besiegt. Heut wird der König auf dem Schlachtfeld eintreffen und dann

Dresden in Besitz nehmen. Noch weiß man nicht, welche Folgen dies haben wird; aber es steht der Fall zu erwarten, daß Sachsen viel Soldaten braucht, und deshalb wird man sich so schleunigst wie möglich nach brauchbaren Leuten umsehn. Der Rittmeister von Krieben, der im Juli hier gestanden hat, wird die hiesige Gegend absuchen und heut bei Ernstthal anfangen, und der Junker, der mich besonders auf dem Korn hat und die Verhältnisse der Umgegend kennt, ist ihm dabei behilflich. Ich werde also wohl Fahnenschmied werden müssen und packe deshalb meine Sachen, damit ich den Herren keinen Aufenthalt verursache. Nach beendigtem Geschäft wird der Herr Junker, dem es in der Nähe der Preußen ein wenig zu schwül ist, nach Österreich gehn und als ehrlicher Mann vorher die Arbeit bezahlen, die er unsern beiden Hausgenossen noch schuldig ist."

„Wahrhaftig, so ist es. Ich hab die Unterredung belauscht, die er mit dem Rittmeister hatte, und bin gleich hergekommen, um Euch zu warnen. Man kann nicht wissen, wann sie kommen, und es ist besser, wenn sich die militärfähigen Burschen verstecken. Aber woher wißt Ihr das alles?"

„Laß das gut sein! Kannst du reiten?"

„Ja, ich war Kavallerist."

„Wieviel Gehalt hast du?"

„Zum Leben zu wenig, zum Sterben zu viel."

„Ich kenne einen vornehmen Herrn, der einen Jäger braucht, auf den er sich verlassen kann. Willst du die Stelle einnehmen? Du wirst es sehr gut haben."

„Mit tausend Freuden!"

„So pack deine Sachen! Heut abend mußt du zur Abreise fertig sein."

„Das Packen hat bei mir keine Schwierigkeit. Ich bin ein alter Junggeselle, habe niemand, der sich um mich kümmert, und bring meine Siebensachen recht gut in ein Felleisen."

„Gut, da kannst du dir jetzt das Meinige mitnehmen."

„Aber das braucht Ihr doch selbst."

„Schwerlich. Komm mit herauf; du bekommst noch besondre Anweisungen." An der Tür wendete er sich noch einmal zurück und mahnte mit gebieterischem Ton:

„Von unserer Unterredung darf kein Wort aus dem Haus gehn."

Der Nachmittag kam und mit ihm die Kunde von der verlorenen Schlacht. Das Schneegestöber hatte aufgehört. Die Dezembersonne milderte die winterliche Kälte, und die aufgeregten Bewohner Ernstthals standen vor ihren Türen und auf den Straßen, um sich die Neuigkeiten mitzuteilen. Weißpflog saß mit den beiden älteren Frauen in der Unterstube; der Geselle war in seiner Kammer, und Auguste befand sich allein in ihrer Wohnung.

Sie war voll Angst und Sorgen. Die letzten Tage hatten ihr viel Nachdenken über ihren eigenen Zustand gebracht und auch die Mutter in Aufregung versetzt. Wer war der fremde Arzt, und wo war er hingefahren? Die Mutter war bei einer befreundeten Familie mit Näherei beschäftigt gewesen und hatte bei ihrer Heimkehr am Abend mit Überraschung die Nachricht von dem Geschehenen gehört. Am meisten war ihr das Verhalten des Arztes beim Eintritt Augustens, und zwar ganz besonders die Namensverwechslung aufgefallen; aber sie wagte ihre Vermutungen nicht auszusprechen. Die zurückgelassenen Anordnungen wurden gewissenhaft befolgt, und mit Ungeduld erwartete man den Tag, der ihnen Gewißheit und Aufklärung bringen sollte.

Aber nicht das, sondern etwas anderes beschäftigte die Gedanken Augustes jetzt. Seit jenem Heimweg aus dem Waldhaus hatte sie noch nicht wieder mit Goldschmidt gesprochen. Sie hatte gefühlt, daß sie ihm zu eigen sei für die ganze Lebenszeit; aber sie war ein zu verständiges Mädchen, um nicht einzusehen, daß eine blinde Frau den Ansprüchen nicht genügen könne, die Handwerk und Geschäft nach jeder Richtung hin an die ‚Meisterin' stellen. Deshalb war sie fest entschlossen gewesen, ihre Liebe im treuen, warmen Herzen zu hegen, aber keine Folgerungen daraus zu ziehen. Dieser Entschluß war freilich dann durch die Hoffnung erschüttert worden, die der Arzt in ihr erweckt hatte, und je mehr sie sich dieser hingab, desto weher tat ihr die scheinbare Teilnahmslosigkeit Goldschmidts, der nie das Zimmer betrat, das sie hüten mußte. Seit gestern wußte sie sogar, daß er fortgehe, und heute hatte sie die Nachricht erschreckt, daß ihm von seiten der Werber Gefahr drohe.

So quälte sie sich mit Befürchtungen und Zweifeln und konnte zu keiner Ruhe kommen.

Da klopfte es leis an die Tür, und eine Stimme, bei deren Klang ihr das Blut in die Wangen stieg, fragte: „Darf man eintreten?"

„Richard!"

„Ja, ich bin es. Ich kannte die trüben Gedanken deiner Seele. Da bin ich gekommen, um dir noch einmal zu sagen: Vertraue Gott und mir!"

„Mir ist nicht angst um mich."

„Sondern nur um mich. Ich weiß es; aber ebenso weiß ich auch, daß diese Angst noch heut von dir genommen wird. Und da möcht ich gern eine Bitte aussprechen."

„Sprich!"

„Wenn deine Gefühle heut von einem recht glücklichen Ereignis in Anspruch genommen werden, so sei stark, recht stark, damit die Aufregung nicht dir und uns allen den Erfolg der ärztlichen Behandlung vereitelt. Komm, schließ deine Augen."

Er nahm ihren Kopf, schob die Binde zurück und berührte leise küssend die geschlossnen Lider. Dann zog er die Binde wieder herab.

„So, und nun sei der Allgütige mit seinem Segen bei

dir in dem Augenblick, der dir das Licht des Tages bringen soll. Und eins noch wisse: An meinem Herzen ist deine Heimat jetzt und immerdar, mag dir der heutige Tag Erfüllung oder Versagung des heißesten unsrer Wünsche bringen."

„Es kommen Reiter die Straße daher!" rief in diesem Augenblick der Meister herauf.

„Richard, flieh!"

„Nein, mein Kind, diese Leute sind mir ungefährlich. Leb wohl für jetzt!"

Er nahm ihre Arme von seiner Schulter herab und entfernte sich. Sie hörte ihn in seine Kammer gehen und dann raschen, klirrenden Schritts die Treppe hinabsteigen und das Haus verlassen.

Es war eine Schwadron sächsischer Reiter, die von Chemnitz her im Galopp in Ernstthal einritt. Im Nu wurden die Häuser besetzt und die Bewohner keinen Augenblick lang über den Zweck dieses eiligen Besuches in Ungewißheit gelassen. In der Zeit von einer halben Stunde waren die kräftigsten und tauglichsten unter den vorgefundenen jungen Leuten auf dem Marktplatz zusammengetrieben, und wehklagend folgten ihnen ihre Angehörigen nach.

„Wort gehalten, Krieben! Hier bin ich und bring dir, wie ich heut morgen versprach, auch den Rapphengst mit, der allerdings unverbesserlich ist. Nimm ihn wieder hin; er ist nicht zu gebrauchen."

Es war der Junker, der auf einem jungen, feurigen Trakehner saß und statt des blauweißen Kavalieranzugs Offiziersuniform trug.

„Willkommen, Bredenow. Wie steht's mit deinem Schätzchen und mit unserem Fahnenschmied? Wir haben alles beisammen, und doch seh ich ihn nicht dabei."

„Werde ihn schon bringen! Mußte mich doch vor allen Dingen erst dir zeigen. Sind die Wagen besorgt?"

„Jawohl, eine Droschke für die beiden Frauen und

ein Gepäckwagen für das übrige. Der Kutscher hat Weisung, auf der Obergasse nahe bei dem Haus zu halten."

„Schön, ich werde den Burschen jedenfalls bei den Weibern finden, da er auf die Rolle eines Schutzgeistes so außerordentlich versessen ist. Gib mir eine kleine Abteilung deiner Leute mit."

„Dort halten sie, lauter auserlesne Riesen. Mit ihnen wird er es wohl nicht aufnehmen."

Weißpflog war mit dem Ruf, daß Reiter kämen, in die Stube zurückgeeilt und hatte den sich entfernenden Gesellen gar nicht bemerkt. Nur wenige Minuten nach dem Einrücken der Schwadron drangen einige Reiter auch in sein Haus und fragten nach jungen Leuten. Er führte ihnen die anwesenden Bewohner vor, und da der Gesuchte hier nicht zu finden war, rückten die Menschenjäger wieder ab. Als er ihnen nachblickte, bemerkte er rechts von seiner Wohnung hinter den zur damaligen Hintergasse gehörigen Gärten zwei Wagen, die mit militärischer Begleitung da hielten. Die Sache konnte ihm nicht auffällig sein, und so trat er wieder in das Wohnzimmer zurück. Da ertönte nahender Hufschlag, und eine zweite Abteilung Reiter hielt vor der Tür. Die Leute saßen ab und traten ein. Mit Schrecken erkannte er in dem Offizier an ihrer Spitze den Junker.

„Guten Tag, Meister Weißpflog. Ich bin Hauptmann von Bredenow und komme, mich nach dem Befinden Eures Gesellen zu erkundigen. Ist er wohlauf oder liegt er unter dem Bett?"

„Wenn der zu Haus wär, versteckte er sich aus Angst vor Euch gewiß nicht unter das Bett, darauf verlaßt Euch!"

„Ach so, also nicht zu Haus. Ausgerissen ist der Kerl? Ich werde nach ihm suchen lassen. Macht Ihr mir Flausen, so ist's Euer eigener Schaden; ist er aber wirklich entwischt, so steht Ihr mir für ihn ein. Vorwärts, ihr Leute!"

„Ich wüßte nicht, daß mir mein Gesell als Euer Gefangner zur Bewachung übergeben worden wäre.“

„Maul halten; bei uns regiert der Stock!“

Der Schmied fügte sich in das Unvermeidliche und nahm auf dem Sofa Platz, während der Hauptmann in der Stube auf und ab spazierte. Nach einer Weile traten die Soldaten mit der Meldung ein, daß jeder Winkel des Hauses durchsucht und der Geselle nicht zu finden sei.

„Verflucht! Da entgeht mit ein Spaß, auf den ich mich seit langer Zeit gefreut hab. Heda, alter Sünder, merk dir mal den Auftrag, den ich dir an ihn gebe, denn wiederkommen wird der Hase ganz gewiß. Du sagst ihm eine Empfehlung von mir, und die Damen aus der Oberstube hätten mich begleitet, doch würde ich beiden die Erlaubnis zur Rückkehr nicht versagen, wenn er den Mut hätte, sich beim Rittmeister Krieben als Fahnenschmied zu melden!“

„Herr Hauptmann!“

„Maul halten, sag ich; hier wird nicht gemuckst und nur mein Wort gilt! Holt die Frauenzimmer herunter!“

„Aber Auguste wird vor Schreck —“

„Wenn du nur noch einen Mucks tust, laß ich dich durchfuchteln!“

Der Meister schwieg; die Soldaten gingen wieder nach oben und brachten die angsterfüllten Frauen herab, denen Bredenow die Mitteilung machte, daß sie die Ehre hätten, ihn auf einer kleinen Urlaubsreise zu begleiten. Auguste schwieg; die Mutter aber brach in ein lautes Wehklagen aus, das ihr allerdings nichts half. Wie sie standen und gingen, mußten sie den herbeigeholten Wagen besteigen, und nachdem einer der Leute sich als Wache ihnen gegenübergesetzt hatte, fuhren sie dem Markt, als dem allgemeinen Sammelplatz, zu.

Der Hauptmann gab noch die Weisung, das Notwendige an Wäsche und Kleidern auszusuchen und auf den

Bagagewagen zu packen. Dann ritt er den Vorangeschickten nach.

Krieben zeigte sich erzürnt, als ihm das Verschwinden des Gesellen mitgeteilt wurde. Da er sich aber vor den etwa nachfolgenden Preußen nicht ganz sicher wußte, so wollte er mit weiteren Nachforschungen keine Zeit verlieren und ließ zum Sammeln blasen. In kurzer Zeit hielt die Schwadron in Reih und Glied vor ihm, die ausgehobenen Burschen hatten Platz auf den Reservepferden gefunden, und die Wagen bildeten den Schluß der Aufstellung. Noch standen die Offiziere, während ihre Pferde von den Burschen gehalten wurden, beisammen, um vom Rittmeister die Verhaltungsmaßregeln zu erhalten, da sauste ein Reiter die Hintergasse herein. Mit fliegender Mähne und wehender Jacke setzte er über den letzten Wagen hinweg, bog scharf um die Front herum und hielt vor den überraschten Herren.

„Ein Zieten, ein Zieten!" rief's von Mann zu Mann die Front herunter.

„Verzeihung, Herr Rittmeister, ich hab mich hier eines Auftrags meines Königs und Feldherrn zu entledigen." Und sich zu dem Junker wendend, setzte er mit lautschallender Stimme hinzu: „Hauptmann von Bredenow, ich verhafte Euch im Namen Eures Monarchen als Hochverräter und Spion!"

Augenblicklich hatten die Offiziere, um sich des verwegenen Mannes zu bemächtigen, einen Kreis um ihn gebildet.

Lächelnd blickte er auf sie herab und fuhr mit ebenso lauter Stimme fort:

„Ich erkläre diese Stadt in Kriegszustand und alle hier befindlichen Militärs als meine Gefangenen!"

Er riß die Pistole aus der Halftertasche und feuerte sie ab, in demselben Augenblick erschallte Pferdegetrappel von allen auf den Markt mündenden Gassen her, und eh die halb verblüfften, halb erstaunten Sachsen einen Entschluß fassen konnten, waren sie von einer dreifach überlegenen Anzahl Preußen umstellt.

Da ertönte aus der Mitte der umstellten Offiziere ein Fluch. Der Trakehner stieg unter kräftigem Sporendruck in die Luft, flog durch die Glieder der noch nicht ganz schlußfesten Preußen hindurch und trug seinen Reiter die Hintergasse hinaus.

Keiner der strenggeschulten Husaren machte Miene, den Fliehenden ohne besonderen Befehl zu verfolgen; nur der zuerst angekommene Offizier gab den herbeieilenden Kameraden einen kurzen Wink, drängte seinen Fuchs an die Reservepferde der Sachsen und saß mit kühnem Sprung auf dem ungesattelten Rapphengst, den der entflohene Junker seinem zweiten Besitzer wieder übergeben hatte. Mit lautem, freudigem Wiehern erhob sich das Tier auf die Hinterbeine, drehte sich einmal im Kreis und schoß dann mit seinem Reiter davon.

„Herr Kamerad, Euern Degen! Ich übernehme an Stelle des eben abgerittnen Herrn Oberstleutnants das Kommando dieser Stadt. Ihr seht, daß jeder Widerstand unnütz sein würde."

„Sehr wohl, Herr Major. Das Glück des Tages ist gegen uns, und ich ergebe mich in der Erwartung, daß Ihr in dieser Handlungsweise nichts findet, was meiner Offiziersehre Abbruch tun könnte."

„Bewahre! Laßt Eure Leute absitzen und die Waffen ablegen. Leutnant Rhaden, Ihr reitet mit einem Dutzend Eurer Leute dem Herrn Oberstleutnant schleunigst nach. Wen haben wir da in der Kutsche? Ah, sind das vielleicht die beiden Damen, Franz, von denen uns so viel Gutes erzählt ist?"

„Zu Befehl, Herr Major; ich fand sie soeben erst hier und hörte von ihnen, daß der Junker sie angeblich als Geiseln für den Herrn Oberst — wollte sagen für den Goldschmidt mitgenommen hat."

„Ach so, eine neue Gemeinheit; der Mensch hat nicht

nur einen Stein, sondern einen ganzen Steinbruch bei uns im Brett. Meine Damen, ihr befindet euch natürlich wie die andern Gefangenen auch jetzt wieder im vollen Besitz der Freiheit! Du, Franz, setzt dich auf und führst sie in ihre Wohnung zurück."

Mit einem höflichen Gruß nahm er Abschied von den geängstigten Frauen, und nachdem Kutscher und Wache zu den übrigen Kriegsgefangenen gesellt worden waren, fuhren die Wagen davon. Mit lautem Jubel wurden die Frauen von den Meistersleuten begrüßt.

„Na, steigt nur hinauf in Eure Stube, es erwartet Euch Besuch oben!"

„Wer denn?"

„Ein Offizier oder so etwas."

Sie gingen hinauf, die Mutter öffnete die Tür und richtete den Blick auf den Mann, der am geöffneten Fenster stand. Die hohe, stolze Gestalt wurde vorteilhaft durch die Uniform und die glänzende Auszeichnung eines Stabsarztes hervorgehoben, die Wellen des langen, blonden Vollbarts schmiegten sich weich an die goldenen Tressen des Waffenrocks, und die Augen, tiefblau und freundlich, begrüßten mit erwartungsvollem Leuchten die Eingetretenen.

„Emil!"

„Anna!"

Beide stießen den Ruf zugleich aus. Beide hatten sich trotz der langen Zeit der Trennung sofort erkannt und flogen einander in die Arme. Mit aller Kraft hielten sie sich umschlungen, hingen Lippe an Lippe und vergaßen im Entzücken des Wiedersehens die Tochter, die von ihren Gefühlen übermannt, an der Tür lehnte. Lange wartete sie, bis man sich auch ihrer erinnern werde, aber vergebens. Da klang es leis: „Vater!"

„Kind, mein liebes, liebes Mädchen! Laß mich, meine Anna!"

Er stürzte auf Auguste zu und nahm sie in die Arme.

Die Mutter folgte und legte die Hände auf das Haupt des Kindes.

„Nimm sie hin, Emil! Sie ist das einzige, was ich besitze und dir bieten kann, aber es ist das Kostbarste, was dir mein Mutterherz aufbewahrt hat.“

Er entgegnete kein Wort; aber Kuß auf Kuß nahm er von dem schönen, unentweihten Munde. Der Vater vermochte vor Seligkeit nicht zu sprechen, aber der Arzt machte sich endlich doch geltend.

„Bitte, Anna, schließ das Fenster!“ Als das geschehen war, forschte er: „Du hast heut viel Erschrecken gehabt, Auguste?“

„Nein, Goldschmidt bat mich, stark zu sein, und was er bittet, das muß ich gewähren.“

„Du hast ihn lieb?“

„Ja, unendlich lieb, Vater.“

„Ich danke dir, diese Liebe ist einer meiner höchsten Wünsche. Fühlst du etwas Fremdes, Störendes, Krankhaftes in deinen Augen?“

„Nein; ich hab das Gefühl des Wohlbefindens darin.“

„Dann wollen wir mit Gott die Binde entfernen.“

Er nahm sie ab. Noch hielt das Mädchen die Lider geschlossen; dann hob sie sie langsam und zagend und richtete den ersten Blick auf die Mutter.

„Mutter, ich seh dich!“, und freudig setzte sie unter heißer Umarmung hinzu: „Noch viel besser und deutlicher als früher.“ Dann wandte sie sich zum Vater. „Vater, mein lieber, herrlicher Vater!“

Und wieder hielten sich die drei umschlungen, und hätte nicht die Stimme des Arztes vor Tränen warnen müssen, so hätte die überwältigende Freude Vater, Mutter und Tochter wortlos gemacht.

Da ertönte unten in dem Hausflur eine volle, kräftige Stimme. Auguste fuhr in die Höhe.

„Das ist Richard!“

„Den sollst du allein empfangen; komm, Anna.“

Die Eltern traten in die Schlafstube, und das Mädchen befand sich allein mit ihrem Glück. Ja, glücklich war sie jetzt; denn nun, da sie sehen konnte, gab's keine Kluft mehr zwischen ihr und dem Geliebten, und mit erhobenen Armen eilte sie nach der Tür, als sie seinen elastischen Schritt näherkommen hörte. Aber erschrokken ließ sie, als er unter der geöffneten Tür stand, die Arme wieder sinken. Vor ihr stand ein hoher Offizier in der kleidsamen Tracht der Zietenhusaren, dessen großes, blitzendes Auge wie ein Himmel voll Sonnen ihr entgegenleuchtete. Verwirrt senkte sie den Blick, aber auch nur einen einzigen Augenblick lang.

„Gustel, meine süße, herzige Gustel, du kannst wieder sehn."

Mit einem Sprung stand er bei ihr, faßte sie um den schlanken Leib, hob sie hoch in die Höhe, zog sie zurück an die mit Sternen und Ordensbändern bedeckte Brust, hob sie wieder in die Höhe, drückte sie wieder an sich und ließ ihr keine Zeit, die nach ihm suchenden Arme um seinen Hals zu legen. Nur Worte waren ihr möglich, und diese Worte klangen jubilierend aus einem Wonne atmenden Herzen, das fast zu eng und klein war für das Entzücken dieses Augenblicks. Endlich legte sich der Sturm der ersten Freude, und ruhig standen sie beieinander, Brust an Brust und Mund an Mund.

„Richard, du lieber, böser Mann, wie bist du so geheimnisvoll und verschwiegen gegen mich gewesen!"

„Und willst du auch jetzt noch deiner Liebe entsagen und mich fortgehen lassen ohne Glück und ohne Stern?"

„O nein, nein, nein! Aber wie kannst du diese Gedanken wissen?"

„Deine reine Seele wurde noch nie von dem Hauch der Sünde getrübt, und da war es mir leicht, jede Regung deines Herzens zu erkennen, noch eh du selbst ihrer bewußt warst. Also du wirst den Oberstleutnant oder Oberstwachtmeister ebenso liebhaben, wie es dir der arme Gesell gewesen ist, dem die Strümpfe durch die Stiefel blickten?"

„Willst du mich wirklich noch fragen?"

„Nein; aber wo ist der Vater, und wo ist die Mutter?"

„Hier sind wir!" riefen die beiden jetzt Eintretenden.

„Herr Doktor und Kamerad; ich hab die herzliche Freude, Euch hier die Rose von Ernstthal vorzustellen, die ich unter duftenden Erdbeeren fand und jetzt zur Winterszeit in meinen Garten versetzen möchte, damit sie da geschützt vor rauhen Stürmen sei und blühen könne, mir zum Glück und den Eltern zur Freude. Darf ich einen kleinen Strahl des von Euch geöffneten Auges auch für mich in Anspruch nehmen?"

„Nimm sie hin, mein Sohn, und verzeih dem Vater, der seiner Liebe untreu wurde, nur weil er beim Scheiden von der Geliebten nicht ahnte, daß es bald ein Wesen mehr geben werde, das zu Ansprüchen an ihn berechtigt sei!"

„Und Ihr, meine Mutter?"

„Ich gebe Euch mein Kind; mehr kann Euch niemand geben!"

„Holla!" rief's unter der Tür, „wir drei, nämlich ich, meine Frau und der Franz wollen wissen, ob die Sachen da unten — — alle Wetter, das ist ja der Goldschmidt!"

„Freilich, Meister ist er's, der Erzstrick, der Tag und Nacht draußen herumlaufen mußte, weil er noch andere Dinge zu tun hatte, als zu hämmern und zu feilen."

Mit offenem Mund standen Weißpflogs da und staunten den ehemaligen Zeug-, Huf- und Waffenschmied an.

„Aber was ist denn da das Richtige? Ein General kann doch nicht Fensterbänder machen, und ein Schmied kann doch kein Regiment kommandieren."

„Zuweilen doch, und bis zum General hat's noch gute Weile."

„Na, ich muß es lassen wie es ist; aber von wegen dem Erzstrick, da bitte ich um Verzeihung."

„Wird gern vergeben. Dieser Herr ist der Vater Augustes.“

„Ist's möglich? Da hat ja mein Haus bis unter die Hahnebänder voller Geheimnisse gesteckt.“

„Und dieses Bild da hat Richard gemalt!“ wandte sich Wallner an die Mutter. „Die Bleistiftskizze hat ihn auf die richtige Spur geführt, da wir uns früher beim Militär gesehen hatten. Daß wir uns gefunden haben, danken wir ihm allein.“

Die Erklärungen flogen hin und her, und des Fragens und Antwortens war kein Ende zu finden, bis sich endlich der frühere Geselle erhob.

„Jetzt muß ich mich beurlauben; mich ruft der Dienst. Vater wird euch bis zu meiner Rückkehr unsere Bestimmungen mitteilen. Wir verlassen heut noch Ernstthal. Ihr geht zu Wagen unter Begleitung Franzens und unter Schutz einer militärischen Abteilung nach Dresden, wo auch ich morgen einzutreffen hab. Von da führt euch Franz, der von heut an als Jäger in meinem Dienst steht, auf mein Stammgut, und wenn die Besetzung Dresdens den erwarteten Frieden herbeiführt, werden wir dort bald vereinigt sein. Für jetzt aber lebt wohl!“

*

Als er auf dem Markt ankam, standen die Truppen schon zum Abmarsch bereit. Sein suchendes Auge fand bald unter den Gefangenen den schwer gefesselten Junker und ebenso den Rittmeister von Krieben. Auf letzteren schritt er nun zu.

„Eh wir uns in Bewegung setzen, wollen wir erst unser Privatgeschäft in Ordnung bringen, Herr Rittmeister.“

„Privatgeschäft, wieso?“

„Ich meine unseren Tauschhandel.“

„Ihr seht mich in Verlegenheit, Herr Oberstwachtmeister.“

„Gut, ich muß Eurem Gedächtnis zu Hilfe kommen. Mein Name ist Göbern."

„Ah, dann seid Ihr ein Verwandter des Rittmeisters von Göbern, der —"

„Nicht ein Verwandter, sondern er selbst. Der militärische Grad darf Euch nicht irremachen; ich rückte infolge unseres Pferdetausches zum Major und einiger anderer Kleinigkeiten wegen in meine jetzige Stellung empor. Aber Ihr besinnt Euch wohl des Versprechens, mit dem ich mich damals verabschiedete?"

„Gewiß", antwortete errötend der Rittmeister.

„Nun, den Rappen, der alle abwirft, hab ich schon wieder an mich genommen, und der Fuchs steht dort zu Euren Diensten. Er ist stets beim Regiment geblieben und also nicht aus der Schule gekommen."

„Ich danke. Darf ich mir noch eine Frage erlauben? Wie seid Ihr vorhin so schnell und allein Meister des — des — des Junkers von Bredenow geworden?"

„Pah, ich hab ihn einfach über den Haufen geritten und dann den nachfolgenden Leuten übergeben. — Herr Major!"

„Herr Oberstleutnant!"

„Befehlt den Aufbruch. Ich werde jetzt in meine Wohnung zurückkehren und erst in einiger Zeit nachfolgen. Ihrer Umsicht hab ich keine weitere Anweisung zu geben! Lebt wohl!"

„Weißt du, Richard", begrüßte ihn die Braut, „daß ich mein Auge bereits im Lesen versucht hab?"

„Geht es?"

„Ja; ich bin dir in deine geheime Korrespondenz geraten. Von wem hast du diese so außerordentlich schön und richtig geschriebenen Zeilen? Wir haben sie beim Einpacken in deiner Kammer gefunden."

„Errätst du es nicht? Dieser ‚ahlte Leopold' ist mein Pate und Gönner, der Alte Dessauer, der sich gestern so brav geschlagen hat. Du wirst ihn auch sehn."

„Wann und wo?"

„Morgen oder übermorgen. Ich werde dich, meine liebe Rose von Ernstthal, vorstellen müssen."

„Da wird mir aber schrecklich bange sein."

„I bewahre! Der alte Degenknopf ist außerhalb des Dienstes und besonders Bekannten gegenüber ein allerdings origineller, aber bei all seiner Grimmigkeit doch gutmütiger Kopf."

„Aber ich werde bei dieser Vorstellung unmöglich das feine Benehmen einer Edeldame zeigen können."

„Wird auch von ihm nie verlangt; ich werde überhaupt dabei gar keine besondere Vorstellung machen, sondern meine Anrede so kurz wie möglich fassen, und das gerade liebt er."

„Wie denn zum Beispiel?"

„Ich werde ungefähr sagen: Durchlaucht, guckt doch einmal her; hier bring ich

die Rose von Ernstthal!"

ANHANG: DER SAMIEL

Diese Erzählung Karl Mays ist eine Vorstufe zur späteren Fassung, die der Dichter in seinen Roman „Der Weg zum Glück" einschaltete (Teil 2 von Band 68 „Der Wurzelsepp"). Die Wiedergabe der Urform erfolgt als Faksimile-Abdruck der einzig bekannt gewordenen Veröffentlichung, die in „Das Buch für Alle — Illustrierte Zeitung zur Belehrung und Unterhaltung. Chronik der Gegenwart", 13. Jahrgang 1878, Heft 8, im Verlag von Hermann Schönlein, Stuttgart, herausgegeben wurde.

Sicherlich ist das Erscheinungsjahr 1878 nicht auch die Zeit der Entstehung. Die im selben Jahr anderswo veröffentlichten Erzgebirgischen Dorfgeschichten, zum Beispiel „Der Teufelsbauer" oder „Der Herrgottsengel", ferner auch Reiseerzählungen, tragen Merkmale einer schriftstellerischen Fertigkeit, die hier noch fehlt.

Doch gerade darum ist der „Samiel" ein interessantes poetisches und psychologisches Dokument, das Einblick gibt in Mays Entwicklung. Die Art des Vortrags, das unbekümmerte Draufloserzählen, das warmherzige Gefühl, die schriftstellerische Unverdorbenheit, die manchmal rührende Naivität gegenüber dem Leben und der Umwelt, der unbestechlich klare Beobachterblick, die unverbrauchte Leidenschaft und der knappe, präzise Dialog, der ohne Umschweife das Wesentliche sagt: Das alles sind Merkmale eines in seiner Art genialen Naturtalents.

Der unveränderte Neudruck des alten Schriftbilds ermöglicht es, diese Erzählung innerhalb ihrer Zeit zu betrachten. Geschmack und Stil der Epoche äußern sich genauso wie die Schreibart vor der Rechtschreibungsreform, die in Karl Mays Heimat Sachsen 1889 verbindlich wurde. Insbesondere aber zeigt der Text Empfindungen und Hemmungen, Beziehungen zu Landschaft und Leben — er vermittelt einen Einblick in eine vergangene Zeit. Dies ist der Vorzug einer solchen Wiedergabe. Und nicht ohne Bewegung liest man diese Urform der Geschichte vom „Samiel", dem geheimnisvollen Wilderer.

Der Herausgeber

Der „Samiel".

Ein Erzählung aus dem Erzgebirge

von

Karl May.

1.

Der Blößenförster befand sich in einer fürchterlichen Aufregung. Gestern Abend mit der Büchse ausgegangen, war er erst jetzt am Spätnachmittage ohne dieselbe nach Hause gekommen, hatte das bereitstehende Mahl nicht angerührt und ging mit raschen, energischen Schritten, zornig gestikulirend und in kräftigen Ausdrücken seinem Grimme Luft machend, im Zimmer auf und ab.

„Nein, so etwas ist wahrhaftig unerhört, ist noch nimmer dagewesen, ist eigentlich reinweg unmöglich! Hier ist ja kein Mensch, kein Wild und keine Fliege mehr sicher; Alles putzt er weg, der verwünschte Wilderer, der ‚Samiel', wie sie ihn überall nennen, und ich kann mir die Füße ablaufen, mich Tag und Nacht auf die Lauer legen, — ich erwische ihn doch nicht, ja, ich bekomme ihn gar nicht einmal zu sehen!"

Die beiden Frauen, welche in der Fensternische saßen, beobachteten ein sorgfältiges Schweigen; sie wußten, daß jeder Versuch, ihn zu beruhigen, seinen Aerger nur steigern werde.

„Und was das Schlimmste ist," fuhr der Zornige fort, „ganz allein *mein* Revier wird von ihm heimgesucht; die Nachbarn verschont er ganz und gar, sie stehen an der Grenze, stecken die Hände in die Hosen und lachen mich aus über die Vorwürfe, welche ich fast Tag für Tag zu hören bekomme. Erst gestern war der Oberförster hier und meinte endlich, wenn das nicht anders werde, so müsse ein Mann her, der sich besser auf die Forstpolizei verstehe als ich. Ist das nicht gleich zum Närrischwerden? Schießt mir dieser Kerl noch so einen der seltenen Zwölfender weg, wie heute Nacht, so fahre ich aus der Haut!"

Er zog das blauleinene Sacktuch aus der Tasche und wischte sich die glühende Stirne.

„Da höre ich heut Nacht, während ich draußen umherspürte, einen Schuß; ich stürme so schnell durch die Büsche, daß mir die Aeste das Gesicht wund schlagen, und sehe auf der freien Stelle am Waldwasser den schönsten Zwölfer liegen. Der Mond scheint hell vom Himmel, damit ich ja Alles deutlich sehen und mich gehörig ärgern soll, aber den, der geschossen hat, den erblicke ich nicht. Plötzlich erhalte ich einen Schlag über den Kopf, daß mir die Sinne vergehen, und als ich wieder aufwache, bin ich an den Baum gebunden, der Zwölfer liegt noch an seinem Platze, aber meine Büchse ist fort. So eine Schande! Ich hätte mich selbst ohrfeigen können, wenn die Hände dazu frei gewesen wären. Rufen durfte ich nicht, sonst war ich ja blamirt für alle Zeit und Ewigkeit, und so blieb ich den ganzen Tag am Baume, bis es mir vorhin endlich gelang, mich loszureißen. Und als ich nachher in die Tasche greife, steckt ein Zettel darin mit der Quittung für die Büchse und der Bemerkung, daß mein Nachfolger sie zum Angebinde erhalten solle, sobald ich von der Stelle gejagt worden sei. Das muß man erleben, ohne vor Wuth gleich zu zerplatzen! Ich habe stets meine Pflicht gethan, jetzt thue ich fast noch mehr, fast über die Gebühr, und doch muß ich von der Stelle, wenn ich den Samiel nicht erwische, der mir den Wildstand freventlich zu Grunde richtet und wie ein Geist niemals zu treffen und zu greifen ist!"

Er riß ein altes, sichtlich wenig in Gebrauch gewesenes Gewehr von der Wand und stieß es mit dem Kolben auf den Boden, daß die Diele krachte.

„Meine Büchse ist fort; nun nehme ich diese hier. Sie stammt vom vorigen Förster, dem Vater der Wiesenbäuerin, der auch aus dem Dienst gemußt hat, aber wegen Unterschlagung und derartiger Dinge. Die Bäuerin hat gar oft daraus geschossen, als sie noch ledig war, und sie aus Impertinenz hier hängen lassen, ‚damit ich möcht' das Schießen lernen', wie sie sagte. Jetzt werde ich laden, und die Kugel, die ich hineinthue, die trifft entweder den ‚Samiel' oder ich jage sie mir selbst durch den Kopf. Dann ist die Schande zu Ende und der Aerger auch!"

Er warf das Gewehr über die Schulter und schickte sich an, wieder fortzugehen.

„Du willst doch nicht etwa schon wieder in den Wald hinaus!" suchte ihn die ältere der Frauen mit sanfter Mahnung zurückzuhalten. „Du bist ja soeben erst herein!"

„Freilich will ich wieder gehen! Es läßt mir weder Ruhe noch Rast, bis ich ihn fest habe und in das Gefängniß liefern kann. Habe ich nur erst das kleinste Zeichen, nur die geringste Spur von ihm, so wird er mein, und wenn er zehnmal kugelfest ist und tausendmal blauschießt, wie die Leute erzählen! Aber das ist es ja: man bekommt ihn nimmer vor das Auge und auch nichts von ihm jemals in die Hände. Alleweile nun gehe ich; lebt wohl!"

„Aber so iß doch erst, oder thu' Dir wenigstens etwas in die Tasche. Du hast seit gestern nichts genossen; wer soll das aushalten bei den Strapazen im tiefen Forst!"

„Nein, laßt mich gehn! Ich werde weder essen noch trinken, bis ich ihn habe, das will ich gleich hoch und theuer verschwören und geloben. Ob mich der Hunger umbringt oder die Angst und Bangigkeit um meine Stelle, das kommt am Ende doch nur auf Eins heraus!"

Er ging. Mutter und Tochter blickten ihm besorgt nach, bis er über die Blöße, auf welcher das Forsthaus lag, gegangen und sodann im Schatten der Bäume verschwunden war.

Ihr jetzt so unruhiges und schwer gewordenes Leben

war früher ein durchaus glückliches gewesen und die Bewohner der Försterei lebten still und mit aller Welt in Frieden. Nur die Wiesenbäurin hatte es nie verschmerzen können, daß ihr Vater einst gezwungen gewesen war, dem jetzigen Förster Raum zu geben, und aus diesem Grunde jede Gelegenheit ergriffen, dem Letzteren ihre feindselige Gesinnung an den Tag zu legen. Aber außer diesem einen Falle besaßen die braven Bewohner des Blößenhauses trotz der schwierigen Lage, in welche ein gewissenhafter Forstbeamter sich den von ihrer Armuth auf die Holzlese angewiesenen Bewohnern des Gebirges gegenüber so oft versetzt sieht, das allgemeine Wohlwollen der ganzen Umwohnerschaft. Auch in ihrem häuslichen Kreise hatten stets Liebe und Eintracht gewaltet, wenn auch der verstohlene Wunsch eines jugendlichen Herzens es zuweilen wagte, sich leise gegen den Willen des strengen Vaters aufzulehnen. Aber das hatte seit länger als nun Jahresfrist eine Aenderung erlitten.

Pauline wußte noch ganz genau den Tag, welcher der letzte frohe und glückliche gewesen war. Der Hermann war wieder einmal im Dorfe gewesen; es hatte grad „Jungferntanz“ gegeben, wobei nicht die Bursche und Männer, sondern die Mädchen und Frauen zum Tanz aufforderten. Mit Keiner hatte er getanzt, Allen hatte er es abgeschlagen, sogar der Wiesenbäuerin, der reichen, schönen Wittfrau, die, wie man wohl wußte, früher einmal ein Liebesverhältniß mit dem schmucken Burschen gehabt hatte, und darum wagte sie es auch nicht, ihn aufzufordern. Da war er plötzlich hin zu Pauline gekommen und hatte mit so tiefem, freundlichem Auge gefragt:

„Warum bist Du doch so einsam hier, Paule? Willst Du denn nicht auch einmal den Tanz versuchen?“

„Mit wem denn? Sie haben fast Alle ihren Mann oder ihren Schatz, ich aber wohne draußen im Wald, bin gar selten hier im Ort und habe Keinen, zu dem ich mich halten kann.“

„So nimm mich als Schatz und tanze mit mir! Willst Du, Paule?“

Sie hatte nicht geantwortet. Es war die Erinnerung an vergangene Zeiten, in denen sie, das kaum erblühende Mädchen, vor der wilden und schönen Tochter des vorigen Försters hatte zurücktreten müssen, mit aller Bitterkeit in ihr aufgestiegen, aber ihren Arm — den hatte sie ihm doch gereicht. Und nun war es gewesen, als dürfe sie gar nicht zur Ruhe kommen. Bei jeder neuen Tour hatte er vor ihr gestanden und sie, ohne nach der heutigen Ordnung zu fragen, zum Reigen geführt. Auch der Wiesenbäuerin hatte das auffallen müssen. Sie war während einer Pause ganz in der Nähe gewesen und hatte gefragt:

„Der Herr Lakai hat wohl in der Fremde verlernt, wie es hier auf dem Jungferntanz Sitte und Regel ist? Das arme Ding da kann ja gar nicht mehr von ihm loskommen!“

„Weil das arme Ding dem ‚Lakai‘ viel lieber ist als die falsche Schlange, die zu nichts taugt als zum Zertreten!“ hatte er geantwortet und ihr dann den Rücken zugekehrt. Darauf waren sie mit einander fortgegangen und er hatte so lieb und gut zu ihr gesprochen und dabei den Arm um sie gehabt, grad als ob es mit dem „Schatz“ sein Ernst gewesen sei. Sie mußte noch heut an diesen schönen Heimgang denken, aber auch an das, was darauf folgte. Grad als sie die Blöße erreicht hatten, war ihr Vater von einem späten Gange aus dem Walde zurückgekommen und an der Thür mit ihnen zusammen getroffen.

„Was?!“ hatte er gerufen; „den bringst Du mir mit? Willst Du ihn wohl sofort von dannen lassen und gleich hineingehen in das Haus, Du unverständiges Kind!“

Sie hatte vor Bestürzung nichts erwiedern können und dem Befehle ohne Zögern Gehorsam geleistet. Doch im Flur war sie noch einen Augenblick lang stehen geblieben und hatte die Frage vernommen:

„Bitte, Herr Förster, wollt Ihr mir vielleicht sagen, warum Ihr mich in dieser Weise empfangt? Ich habe die Pauline in allen Ehren begleitet und darf mich darum wohl über Eure Rede wundern."

„Ich dächte doch, hier gäb's nichts zu verwundern! Als Dein Vater noch lebte — ich war damals erst Heger hier — da hielten wir gute Freundschaft und es galt für ausgemacht, daß ihr Beide, Du und die Pauline, ein Paar werden solltet. Sie hat Dich lieb gehabt und ist Dir vielleicht auch heut noch gut, Du aber hast ihr junges, treues Herz verachtet und bist einer Andern nachgelaufen, die Dir besser in die Augen stach. Aber der Försterswildfang hat Dich ausgezahlt und statt Deiner den reichen Wiesenbauer geheirathet, der dann vor Aerger über sein schlimmes Weib gestorben ist. Jetzt nun wäre die Pauline wohl gut genug? Geh fort, wir sind geschiedene Leute; Du bekommst sie nimmer!"

„Ich habe noch gar nicht gesagt, daß ich sie will, Förster. Ich brauche mir meine Frau nicht grad hier vom Dorf zu holen, denn es gibt der Mädchen schon auch anderwärts noch genug, und ich bin nicht der Mann, der um ein Weib zu betteln braucht; aber wenn ich sie möchte, so wäre die Jugendverirrung, welche Ihr mir vorwerft, mir doch vielleicht noch zu verzeihen. Ueberlegt Euch das und habt nun gute Nacht!"

So hatte der letzte glückliche Tag geendet. Am andern Morgen war Hermann wieder fort und der Vater fand den ersten Bock, den eine fremde Kugel niedergestreckt hatte, draußen im Walde liegen. Von nun an trieb der „Samiel", dem fast in jeder Nacht irgend ein Wild zum Opfer fiel, sein unheimliches Wesen im Reviere, und das Leid zog ein in das Blößenhaus und auch in Paulinens Herz, größer und mächtiger noch als früher, wo es ein nur kleines und heimliches Plätzchen in dem verschmähten Mädchenherzen gefunden hatte. —

„Hast Du die großmächtige Beule gesehen, die der Vater am Kopfe hat?" frug jetzt die Mutter.

„Ja. Es muß doch ein fürchterlicher Schlag ge=

wesen sein, den er bekommen hat. Du hättest ihm doch eine Salbe auflegen sollen!"

„Da wäre ich schön angekommen! Gar nicht erinnern durfte ich ihn daran, sonst wäre er gewiß gleich wieder in Zorn gerathen. Was ich für Angst ausgestanden habe, als er diese Nacht und auch am Morgen nicht nach Hause kam, das ist gar nicht zu beschreiben, und was soll jetzt erst daraus werden? — Wenn die Beiden zusammengerathen, er und der ‚Samiel', so geschieht ein Unglück, wie es bei uns noch keines gegeben hat. Wenn man nur wüßte, wer der heimliche Wilderer eigentlich ist! Man könnte dann doch vielleicht etwas thun, um das Unheil abzuwenden."

Die Tochter blickte vor sich nieder. Ein schwerer Tropfen viel von ihrer Wimper.

„Du weinst, Paule! Du weißt, wer es ist?!"

„Nein, Mutter, ich weiß es nicht, aber der Vater denkt wer's ist, und darüber könnt ich schier viel weinen."

„Er denkt sich wen? Davon hat er mir noch nichts gesagt. Sprich, wen meint er?"

„Gesagt hat er auch mir noch nichts, aber ich höre es aus seinen Reden. Er glaubt nicht, daß der Hermann damals wirklich fortgegangen ist zu dem Grafen, der sein Hauptmann war und bei dem er nun Leibdiener ist, sondern er meint, daß er hier geblieben sei und ihm nun aus Rachsucht das Wild wegputze, um ihn aus der Stelle zu vertreiben. Der Hermann kennt jeden Schritt und Tritt im Walde und ist von den Soldaten her ein ebenso guter Schütz als wie der Vater. Darum soll er der ‚Samiel' sein."

Sie erhob sich und verließ die Stube, um der Mutter ihre Thränen zu verbergen. Unter dem verblühten Flieder hinter dem Hause stand eine Moosbank; auf ihr saß sie lange, lange Zeit. Sollten alle die Hoffnungen, die sie still im Herzen trug, verwelken und verblühen wie die duftigen Traubendolden, deren ausgefallene Kelche rings den Boden bedeckten? Schon einmal war ein tödtlicher Hauch darüber hinweggegangen. —

„Sag, Paule, worein bist Du so sinnvertieft?"

Sie schrak aus ihrem Grübeln empor und blickte in dieselben Augen, die sie seit jenem Tage nicht hatte vergessen können, die ihr im Wachen und im Traume immer von Neuem erschienen waren und an die sie auch jetzt wieder gedacht hatte. Sie war zuerst erschrocken, als er sie so plötzlich anredete und gleich darauf neben ihr saß; sie konnte nicht antworten, grad wie damals im Saale; aber wie sie ihm ihre Hand dort dennoch gereicht hatte, so hob es auch jetzt ihre Arme empor, — sie schlangen sich um seinen Hals, und mit unterdrücktem Schluchzen lehnte sich das kleine Köpfchen gegen seine Brust. Er war wieder da nach so langer, schwerer Zeit, und nun wurde gewiß Alles gut, — einen anderen Gedanken hatte sie nicht mehr.

Ueberglücklich zog er sie an sich. Er hatte ja in seinem Dienste gelernt, auf das Fühlen und Denken Anderer Acht zu haben, und so erkannte er leicht, daß der unerwartete Empfang eine innere Vorbereitung gefunden haben müsse.

„Bist Du mir denn noch gut, Paule?" flüsterte er.

Sie nickte.

„Auch noch wie früher, ehe ich zu — zu der Wiesenbäuerin gerieth?"

„Ja."

„Und willst Du mir das verzeihen?"

„Gern, wenn Du nicht wieder zu ihr gehst!"

„Ich schau sie nimmer an!"

„Aber sie ist gar schön, fast schöner noch als früher! Und ich — ich darf mich da ja gar nicht zu ihr hinstellen."

Er hob ihr rosiges, gutes Gesichtchen zu sich empor und erwiederte lächelnd:

„Du bist lieb und brav, und das ist tausendmal besser als schön! Darum habe ich auch immer nur an Dich gedacht, seit ich Dich zum letzten Male sah, und nun mein Herr gestorben ist und ich aus meiner Stelle frei geworden bin, habe ich herbei gemußt, um Dich zu sehen und auch zu erfahren, ob Du mich vergessen hast oder nicht. Ist Dein Vater daheim?"

„Nein; er ist im Walde." Sie hatte auf die kurzen Augenblicke das Leid der letzten Zeiten vergessen gehabt; jetzt kam ihr dasselbe wieder in den Sinn. „Ach, Hermann, wenn Du wüßtest, wie es bei uns steht! So traurig ist es noch nie gewesen, und wenn es so fortgeht, weine ich mich noch zu Tode!"

Sie theilte ihm Alles mit, was auf ihrem Herzen lag. Er hörte ihrem Berichte aufmerksam zu und frug, als sie geendet hatte, mit nachdenklich gedehnter Stimme:

„‚Samiel' — —? Wer hat ihm denn diesen Namen gegeben?"

„Ich weiß es nicht. Es kennt ihn ja Niemand, und so hat man den Namen des „Bösen" für ihn ausgesucht, der vielleicht besser paßt als ein anderer."

„Und es hat sich wirklich niemals eine Spur von ihm entdecken lassen?"

„Nicht die geringste! Er muß den Wald fast noch besser kennen als der Vater."

„Habt ihr nicht vielleicht auf die Gastwirthe und Wildprethändler ein Augenmerk gehabt? Wenn er so grausam viel darniederschießt, muß er doch Hehler haben, die ihm seine Waare abnehmen!"

„Er verkauft ja seine Beute gar nicht, sondern läßt sie stets liegen, wo er sie getroffen hat. Er geht also nicht des Gewinnes wegen, sondern nur aus Passion in den Forst, das sieht man ja ganz deutlich, und dazu ist er ein Schütze, vor dem man eigentlich Respekt haben muß, denn auch beim schwersten Schusse sitzt die Kugel immer nur da, wo sie kunstgerecht aufzutreffen hat!"

Er sprang empor, seine Augen funkelten.

„Paule, jetzt weiß ich es bald, wer's ist, und ich kann mir auch denken, warum er es thut! Es ist die Passion, die ihn hinaustreibt, die Leidenschaft, ja, aber eine ganz andere als ihr meint. Es gibt nur zwei Menschen, die das Revier so genau kennen, wie es für den ‚Samiel' nothwendig ist, ich und — und — und noch Jemand. Und es gibt nur Drei, die mit der Büchse so umzugehen verstehen wie er, Dein Vater, ich und — und — und wieder dieser Jemand. Er hat es thun können, blos weil ich nicht dagewesen bin, jetzt aber ist es aus mit ihm, jetzt werde ich ihn aufsuchen, und ich muß ihn finden! Habt ihr wirklich gar kein Zeichen, gar nicht irgend einen Gegenstand von ihm, eine Fußspur, einen Pfropfenrest, ein Stückchen Papier oder sonst etwas Geringes, aus dem man weiter schließen kann?"

„Nein; er ist gewaltig vorsichtig und hat nie etwas hinterlassen, denn — — aber warte, Hermann, jetzt fällt mir ein: heut in der Nacht hat er doch dem Vater ein Papier in die Tasche gesteckt, wo seine Schrift darauf zu lesen sein muß! Ich weiß zwar nicht, welche Tasche der Vater meint, aber seine Joppe hängt noch in der Stube; sie war von den Dornen zerrissen, und darum hat er die andere angezogen als er ging. Soll ich einmal nachschaun?"

„Ja, geh gleich, Paule! Aber laß die Mutter nicht erfahren, daß ich hier bin; sie hat der Sorgen schon so genug!"

Sie trat in das Haus. Nach einigen Minuten kam sie zurück und hielt ihm ein zusammengeknittertes Papier entgegen.

„Das ist Alles, was zu finden ist; ich habe selber noch nicht darauf gesehen."

Er öffnete es mit sichtbarer Hast, strich die Falten aus und las dann die wenigen Bleistiftzeilen, denen man ansah, daß sie mit unsicherer Hand und beim Mondesscheine geschrieben worden seien. Dann legte er mit triumphirender Miene das Papier wieder zusammen und steckte es zu sich.

„Ist es das rechte, Hermann?" frug das Mädchen. „Ja, ich sehe Dir es an!"

„Freilich ist es das richtige und ich glaube, der ‚Samiel' hat sich damit gefangen. O, er ist ein gar kluger und durchtriebener Bursche! Ich habe ihn mehr kennen gelernt als mir lieb gewesen ist! Aber es ist kein Kopf so schlau und fein, daß er nicht auch einmal eine Unvorsichtigkeit begeht. Das Papier, das nehme ich mit!"

Sie blickte halb freudig, halb besorgt zu ihm empor.

„Ist es wahr, daß Du ihn fassen kannst?"

„Fast ganz gewiß!"

„Aber die Gefahr, welche dabei ist! Willst Du das Wagniß allein unternehmen?"

„Das ist noch unbestimmt und muß sich erst zeigen. Aber schau mich doch an, Paule! Denkst Du wirklich, daß ich mich vor Jemandem zu fürchten brauche?" Er stellte sich vor sie hin und reckte seine kräftige Gestalt mit zuversichtlichem Lächeln empor. „Oder hast Du jemals vernommen, daß mich irgend Jemand bezwungen und geworfen hat?"

Sie schüttelte ebenfalls lächelnd den Kopf.

„O nein; Du warst ja stets bekannt als der Schnellste und auch Stärkste hier im Dorfe; aber der ‚Samiel' ist doch jedenfalls kein gewöhnlicher Gegner. Sag', wer es ist, Hermann?"

„Das kann ich nicht, Paule! Bis jetzt vermuthe ich es nur; sobald ich es gewiß weiß, bist Du die Erste, die es erfährt. Jetzt nun gehe ich; aber ich glaube, Du wirst bald wieder von mir hören. Leb wohl!"

„Leb wohl, Hermann! Ich danke Dir gar sehr für den Trost, welchen Du mir gegeben hast; aber bitte, nimm Dich ja recht gut in Acht; damit Du nicht zu Schaden kommst. Sag lieber dem Vater, was Du thun willst, der wird Dir ja beistehen müssen!"

„Ich will mir es überlegen!"

Er schritt eilends über die Waldblöße und schlug dann den Weg ein, welcher von dem Forsthause nach dem Dorfe führte. Allmählig aber wurden seine Schritte langsamer, das Nachdenken minderte ihre Schnelligkeit. Auch in der Ferne schon hatte er von dem ‚Samiel' gehört, doch war das, was man sich erzählte, mehr ein Märchen als ein wahrheitstreuer Bericht gewesen. Was er jetzt von Pauline vernommen hatte, war dagegen nur zu sehr geeignet, sein lebhaftes Interesse zu erregen. Die Vermuthungen, welche die ungewöhnliche Ortskenntniß und Schußsicherheit des Wilderers in ihm erregt hatten, waren durch die Schriftzüge vollständig bestätigt worden. Er kannte diese verzogenen, wirren Buchstabenreihen; sie waren ein deutliches Charakterbild des Schreibers. Wie oft hatte er ähnliche Zeilen in der Hand gehabt, auf's Papier geworfen in Feld oder Wald; wie oft hatten sie ihn mit Seligkeit erfüllt, wie oft ihn in das tiefste Leid geschleudert; wie oft hatten sie seine festesten Vorsätze wankend gemacht und ihn immer wieder hinausgezogen in den Forst!

An einem der letzten Bäume lehnte eine weibliche Gestalt, welche bei seinem Nahen sich vom Stamme löste und auf ihn zutrat. Es war die schöne Wiesenbäuerin, die hier offenbar auf ihn gewartet hatte.

„Da bist Du ja endlich wieder! Hast Du meinen Brief erhalten, Hermann?"

„Erhalten habe ich ihn, ja, aber aufgemacht und gelesen nicht. Ich wollte die Annahme nicht verweigern, weil er sonst erbrochen worden wäre, und das mochte ich Dir doch nicht anthun. Lieber bringe ich ihn selber zurück. Hier hast Du ihn!"

Ihr großes, dunkles Auge flammte zornig auf; mit einer kurzen Bewegung des Kopfes warf sie die reichen rabenschwarzen Locken nach hinten und trat ihm rasch um einen Schritt näher.

„Was?! Empfangen hast Du ihn, aber gelesen nicht — den Brief von mir, von der Wiesenbäuerin nicht gelesen? Und warum denn nicht, wenn ich fragen darf? Wohl wegen der Dirne dort, mit der Du schön und zärtlich gethan hast fast eine ganze Stunde lang? Ich habe es gar wohl gesehen; ich stand am Busch und sah Dich zu ihr schleichen!"

„Das ist mir recht, denn da hast Du gleich die Antwort gesehen auf das, was hier in Deinem Briefe jedenfalls zu lesen steht. Aber nimm ihn endlich hin, sonst muß ich Dir ihn zuschicken."

„So willst Du wirklich gar nichts von mir wissen!?“

„Nichts, gar nichts, selbst nicht das Geringste von dem, was man vom Nagel herunterschabt. Ich brauche es Dir gar nicht mehr zu sagen, Du hast es schon hundertmal gehört.“

„So gib her!“ rief sie mit dem Fuße stampfend. Und das Papier ihm aus der Hand nehmend und in Stücke reißend fuhr sie fort: „Aber dabei merke: so wie ich hier mein Schriftwerk zernichte, so zerreiße ich auch meine Liebe zu Dir, und ebenso werde ich Dich und die Paule vernichten, wenn ich euch wieder so zu sehen bekomme wie vorhin!“

„Thue es, wenn Du's vermagst!“ antwortete er kalt.

Sie hatte sich umgedreht und ging. Schon einige Schritte von ihm entfernt, blieb sie wie unter einem Entschlusse stehen, wandte sich dann wieder zurück und trat rasch auf ihn zu. Seine beiden Hände erfassend, schaute sie ihm mit glühenden Blicken in das ruhige Auge:

„Hermann, laß mich nicht so von Dir gehen, es ist Dein Unglück und auch das meinige! Du kennst mich; Du weißt, daß meine Liebe nicht ist wie Anderer Liebe und daß ich den Wiesenbauer nur aus Eigennutz genommen habe. Du hattest nichts und ich noch weniger; der Vater war aus dem Amt gejagt und die reiche Heirath half uns aus der Noth. Ich will Dir es zuschwören, daß ich mit dem Bauer ärger noch gelebt habe als wie im Zuchthause. Ich konnte nicht von Dir lassen, ich habe es gefühlt in meiner Ehe und Dich deshalb aufgesucht so oft es nur möglich war. Wenn Du mich von Dir stößest, so gehe ich zu Grunde, aber ich nicht allein, das sage ich Dir; Du mußt auch mit!“

Die Versicherung ihrer Liebe war keine Lüge, man sah es dem verführerisch schönen Weibe an. Hundert Andere hätten in ihrer Entschlossenheit gewankt, er aber entzog ihr seine Hände.

„Thue was Du willst! Ich muß Dich verachten und mich schämen, daß Du einst mein Schatz gewesen bist. Dein Leben ist nichts gewesen als ein Aufruhr gegen das, was anderen Frauen heilig und werth ist, und von diesem Sinne kannst Du nimmer lassen. Vor Deiner Rache habe ich keine Bangigkeit, und darum sage ich Dir ganz offen, daß ich die Pauline heirathen werde. Ich habe mir so viel gespart, daß ich den Haushalt beginnen kann, und ich denke, auf dem ‚Lakai' seinem Eigenthum wird wohl Glück und Segen ruhen, da er es nicht durch Untreue und Wortbrüchigkeit erworben hat."

„Hermann, ich bitte Dich tausendmal, sag', daß dies nicht Dein Ernst ist!" Sie ergriff seine Hände abermals.

„Grad so habe ich auch gesagt damals, als Du mir den Abschied gabst! ‚Es kann nicht Dein Ernst sein, Lisbeth — ich bitte Dich tausendmal!' Und was gabst Du mir zur Antwort? Du lachtest und sprachst: ‚Bitte' so viel Du willst; ich mag Dich nicht mehr sehen!' Schau, es kommt für jede Schuld die Strafe, und der liebe Gott ist der gerechteste unter allen Richtern. Er nimmt den Lohn aus der That heraus und vergilt grad immer nur mit dem, womit man fehlt und sündigt. Dasselbe Wort, mit dem Du mich damals fast getödtet hast, mußt Du jetzt von mir vernehmen, und dieselben Qualen, die ich sodann erduldet habe, die wirst nun auch Du erleiden. Ich will Dir wünschen, daß Du sie so überwindest, wie ich sie überstanden habe!"

„Nein, ich erdulde sie nicht und ich überwinde sie nicht!" rief sie voll Leidenschaft, indem sie die Arme stürmisch um ihn schlang. „Du bist mein Leben und mein Seligkeit; meine erste und einzige Liebe hat nur Dir gegolten, Dir allein; ich will Dich haben, ich muß Dich haben, und wenn das nicht sein soll, so gilt mir Alles gleich, ob ich todt bin oder lebendig, ob Du stirbst oder lebst! Hermann, Du weißt, wie bitter die Armuth ist; laß von der Pauline und Du sollst Wiesenbauer werden. Ich will Dir gehorchen; jedes

Wort, was ich spreche und Alles, was ich thue, soll Dir beweisen, daß ich nichts sein will, als nur Deine Magd, die glücklich ist, wenn Du mit ihr zufrieden bist und sie einmal freundlich anschaust. Willst Du?"

Es gelang ihm nur mit Anwendung von Gewalt, sich aus ihrer Umarmung zu befreien.

„Laß los; mich verlangt gar nimmer, Wiesenbauer zu werden. Was Du mir heute versprichst, das hast Du mir früher schon oft versprochen, aber Du kannst es gar nicht halten. Es treibt Dich zum Bösen, auch wenn Du grad das Gute willst, und das Feuer, welches in Dir brennt, kennt weder Ziel noch Schranke; es wird Dich selbst vernichten!"

„Ist das Dein fester Wille und Vorsatz, Hermann? Ueberlege es wohl vorher!"

„Mein fester! Du dauerst mich, aber ich kann nicht anders."

„So fahre hin, Du elender Wicht! Fahr hin und geh zu Grunde mit Deiner sauberen Liebsten!"

Sie stieß ihm die Faust vor die Brust, daß er zurücktaumelte, und verschwand dann zwischen den Bäumen. Er stand eine Weile auf demselben Platze und sprach vor sich hin:

„Was wäre das für ein Weib, wenn sie so sein könnte, wie sie zur guten Stunde oft sein will! Wie oft bin ich fast wahnwitzig über sie geworden; nun aber ist es mit ihrer Macht vorbei und die Pflicht gebietet mir, der Schlange das verderbliche Gift zu nehmen, so schwer es mir auch wird!"

2.

Der Mond schien heute so hell wie gestern. Der Förster hatte sich ermüdet in die duftende Haide gestreckt und unterwarf in Gedanken die Bewohner der vor ihm liegenden Häuserreihe des Dorfes einer sorgfältigen Musterung. Der ‚Samiel' konnte unmöglich in einem fremden Orte zu Hause sein. Und doch wollte alles Sinnen und Grübeln zu keinem Resultate führen; es gab eben unter den Nachbarn keinen einzigen, auf den ein begründeter Verdacht geleitet werden konnte.

„Es bleibt dabei," meinte er endlich, sich erhebend, „ich kann forschen und vergleichen so viel ich will: der Hermann ist's! Er hat weder Vater noch Mutter mehr oder sonst ein Anverwandtes, braucht nur für sich zu schaffen und kann also thun und lassen was er will. Bei ihm ist es gleich, ob er irgendwo dient oder sich im Forst herumtreibt, und den kennt er ja fast besser noch als ich. Er und die Lisbeth sind Tag für Tag und oft bis in die tiefe Nacht hinein darin herumgestrichen, als sie noch Kinder waren, und später ist es wohl auch nicht viel anders gewesen. Schießen kann er auch wie Einer, und wenn ich die Rache für meine Abweisung hinzufüge, so bin ich mit mir einig. Aber ich werde ihn ganz sicher noch bekommen, vielleicht gar noch heute! Gestern ist er diesseit vom Dorfe gewesen, heute wird er also wohl nach jenseit hinüber gehen, und ich kann ganz gut vermuthen, bei welchem Wechsel er dort sich niederlegt. Am besten ist's, ich komme eher als er, darum muß ich fort von hier!"

Er schritt auf das Dorf zu, um es quer zu durchschneiden. Sein Weg führte ihn hart an dem Wirthshause vorüber, vor welchem innerhalb der Umzäunung an einigen zusammengerückten Tischen die gewohnten abendlichen Stammgäste Platz genommen hatten. Auch er saß zuweilen ein Stündchen in ihrer Reihe und würde sich wohl auch jetzt für eine kurze Zeit zu ihnen gesellt haben, wenn ihn nicht sein heutiger Vorsatz daran verhindert hätte. Schon stand er im Begriffe, unbemerkt vorüber zu gehen, als er ein Wort vernahm, welches ihn zum Stehenbleiben veranlaßte.

„Und nun kommt das Funkelnagelneueste, was heute in der Nacht passirt ist. Habt ihr es schon vernommen?"

Es war die Wiesenbäuerin, welche sprach. Sie saß häufig dort mitten unter den Männern und trank ihr

Glas Bier. So hatte sie es gehalten, seitdem sie Bäuerin war, und es fiel auch nicht besonders auf, da man dergleichen Ungewöhnlichkeiten bei ihr längst gewohnt war.

„Der ‚Samiel' hat wieder einen Zwölfer geschossen," fuhr sie fort, „und dabei den Förster an den Baum gebunden. Ich vernahm es von dem Beihüter, der das Thier hat holen müssen."

Die Neuigkeit wurde unter allgemeiner Theilnahme für den Förster aufgenommen. Man bedauerte ihn auf das Lebhafteste und wünschte ihm Glück bei dem Bestreben, den räthselhaften Wilderer endlich festzunehmen.

„Ja, ein guter Kerl mag er sein," meinte die Erzählerin, „das will ich euch gar nicht bestreiten, aber an der Klugheit mangelt es ihm gewaltig. Er hat den ‚Samiel' bei der Treffschau überrascht, ihn mit dem Kolben niedergeschlagen und ihm sodann die Arme verschnürt. Der aber ist bald wieder bei Besinnung gewesen, und während nun der Förster ausweidet, zerreißt er die Schnur und macht sich über ihn her, so daß er ihn wirklich an den Baum festbringt. Ist das nicht eine Schande für euern Blößenjäger?"

„Nein," antwortete eine Stimme, bei deren Klange der Förster überrascht aufhorchte, „eine Schande für ihn ist es nicht, wohl aber eine Lüge von Dir, Wiesenbäuerin! Er hat den Schuß von fern gehört und ist herbeigeeilt; während er nun vorsichtig durch die Büsche schaut und Niemanden bei dem Zwölfer erblickt, erhält er von hinten den heimtückischen Schlag, der ihn betäubt, und als er später aufwacht, ist er angebunden. So ist es gewesen, und so unehrlich und hinterlistig wie der Schlag war, ist auch Deine Lüge!"

„Menge Dich nicht ein, Lakai, sonst muß man denken, Du bist der ‚Samiel', weil Du Alles so sehr genau zu erzählen vermagst! Es ist so wie ich sagte, und wer es nicht glauben will, der kann es ja bleiben lassen. Dein Schwiegervater ist nun einmal nicht der Mann, der dem ‚Samiel' gewachsen wäre. Ich kenne den

Förster besser als ihr alle mit einander, er war ja der Heger bei meinem Vater, und als er den um das Brod brachte und selber Förster wurde, besaß er nicht einmal ein gescheidtes Gewehr, weshalb ich ihm aus Gnade und Barmherzigkeit meine Büchse zurückgelassen habe, damit er könnt' das Schießen lernen. Er kann es heute noch nicht!"

„Kannst Du es vielleicht besser, Wiesenliese?" klang es da über den Zaun herüber.

„Besser als Du doch immer! Ich ging noch in die Schule, da schoß ich die Eichel vom Baume herab, Du aber hast kaum den Stamm getroffen. Komm herein und bring Deine Hollunderflinte mit, wenn Du Dich mit mir messen willst!"

„Da bin ich schon!" gab er, herzutretend, zur Antwort. Es trieb ihn theils der Zorn, theils auch die unerwartete Anwesenheit Hermanns herbei; er wurde durch den Umstand, daß dieser den nächtlichen Vorgang so genau zu erzählen wußte, in seiner bereits ausgesprochenen Vermuthung bestärkt und dachte, hier vielleicht irgend einen Anhaltspunkt zu finden. „Doch mit dem Messen ist es heute nichts. Die Büchse ist zwar geladen, aber die Kugel, welche darinnen steckt, bekommt nur der ‚Samiel'!"

„Das ist nur eine Ausrede; Du kannst ja wieder laden!"

„Nein, ich habe es geschworen und sie bleibt also drinn für ihn. Ich stehe Dir schon noch ein andermal zu Diensten, und da wird es sich ja finden, wer den Stamm und wer die Eichel trifft, Du oder der, von dem Du erst gelernt hast, das Gewehr richtig anzufassen. — Und Du," wandte er sich an Hermann, „woher weißt Du denn so perfekt, wie es heute Nacht zwischen mir und dem ‚Samiel' gegangen ist?"

„Ich habe es gehört."

„Von wem?"

„Das werde ich Euch vielleicht später einmal sagen."

„So ist kein gutes Gewissen dabei. Hast Du gerechte Sache, so sage es gleich!"

„Wenn Ihr in dieser Weise kommt, so muß ich schon reden! Die Pauline hat es mir erzählt.“

„Die Pauline? So hast Du mit ihr gesprochen! Wo bist Du bei ihr gewesen?“

„Am Forsthause heute gegen Abend.“

„Das laß mir fernerhin nur bleiben! Du kennst einmal meinen Willen — das Mädchen ist nicht für Dich, und wenn Du zehnmal den Leuten weiß machst, daß Du ein herrschaftlicher Leibdiener bist, Du bekommst sie nicht!“

„Und doch bekomme ich sie!“ entgegnete Hermann, zornig darüber, daß der Sprecher diese Angelegenheit so öffentlich und vor den Ohren der Wiesenbäuerin zur Verhandlung brachte.

„Nicht um die Welt, sage ich!“

„Das mag sein, denn die Welt vermag ja Keiner zu bieten, und ich erst recht nicht.“

„Auch sonst um keinen Preis!“

„Um keinen?“

„Um keinen; er kann so hoch sein wie er will!“

„Oho! Auch um den ‚Samiel‘ nicht?“

Der Förster trat erstaunt zurück. Wollte der junge Mann ihn etwa verhöhnen, oder war die so sorgsam gehegte Vermuthung doch vielleicht ein falsche?

„Um den ‚Samiel‘?! Wie kommst Du auf diesen?“ fragte der Förster.

„Weil er der einzige Preis ist, den Ihr gelten laßt. Oder nicht?“

„Ja, den ‚Samiel‘, den laß ich als Preis gelten, um den kannst Du sie bekommen!“

„Gut!“ rief Hermann triumphirend, „so werde ich Euer Schwiegersohn, denn ich weiß, Ihr werdet Wort halten, und hier sind ja auch der Zeugen mehr als genug. Wann wollt Ihr ihn haben?“

Die Verwunderung des Forstbeamten steigerte sich bis zum höchsten Grade und auch die Anderen saßen mit geöffnetem Munde dabei und konnten sich das selbstbewußte Auftreten Hermanns unmöglich erklären.

Seine Frage klang ganz so, als handle es sich nur um die Lieferung irgend eines alltäglichen und ganz gewöhnlichen Gegenstandes.

„Ich habe heute gelobt, weder zu essen noch zu trinken bis er in meiner Hand ist. Und die Kugel hier in der Büchse soll entweder ihn treffen oder mich. Mach also schnell!"

„So sollt Ihr ihn heute noch bekommen!"

„Heute noch?" frug der Förster, und „heute noch?" klang es auch außer einem einzigen Munde von Aller Lippen.

„Ja, heute noch! Ich kenne ihn ganz genau, ihn und seinen Schlupfwinkel; ich weiß sogar, wo er sich grad jetzt in diesem Augenblicke befindet."

„Wo denn? Sage es schnell!" wurde er stürmisch aufgefordert.

„Da bist Du es wohl selber, wie ich schon vorhin gesagt habe?" frug die Wiesenbäuerin höhnisch, aber sie war bei seinem Worte zusammengezuckt und bleich geworden.

„Soll ich Dir ihn zeigen?"

„Ich sehne mich nicht nach Deiner Komödie. Das Zeigen hilft Dir nichts, ich glaube ja doch nicht daran. Ein Wildschütz muß mit der Waffe in der Hand und auf der That ergriffen werden!"

„Auch das kannst Du haben! Kommt mit mir, Förster, ich gebe Euch mein Wort, schon in der nächsten Stunde steht er vor Eurer ‚Hollunderflinte', und dann könnt Ihr ihm zeigen, was Ihr gelernt habt. Er muß hinaus, es geht nicht anders!"

„So gehe ich mit! Aber ich glaube Dir erst dann, wenn ich ihn gebunden und gefesselt in meiner Stube liegen sehe. Hast Du ein Gewehr?"

„Ich brauche keins. Der Lakai faßt den ‚Samiel' blos mit der Hand! Und wenn Ihr ihn lieber in Eurer Stube als draußen im Walde schnüren wollt, so werde ich auch dieses möglich machen. Ich stimme Euch gern bei; es ist bequemer!"

Er leerte sein Glas und schritt davon; der Förster folgte ihm. Die Uebrigen sahen sich mit zweifelhaften Mienen an und schüttelten die Köpfe. Der Wirth nahm zuerst das Wort:

„Es wäre doch wirklich ganz absonderlich," meinte er, „wenn der Hermann die Wahrheit gesagt hätte und sein Versprechen hielte! Ein Lügner und Windbeutel ist er nicht, das wissen wir Alle, und ein muthiger Streich ist ihm auch wohl eher zuzutrauen, als gar manchem Anderen. Ich denke, Ihr bleibt hier, bis die Frist vorbei ist, die er sich selbst gesetzt hat — vielleicht erfahren wir dann, was es draußen gegeben hat!"

Der Vorschlag wurde, eine einzige Stimme abgerechnet, von Allen angenommen.

„So ist es recht; so machte ich es auch, wenn ich der Wirth hier wäre!" lachte die Wiesenbäuerin. „Ich ließ die Gäste gar nimmer fort; das bringt Zechgeld und auch Vergnügen, denn wenn wir wegen dem Märchen, welches euch der Lakai aufgebunden hat, bis zum Morgen sitzen bleiben, so gibt es in der Frühe ein Gelächter im Dorfe, von dem der Kirchthurm wackelt. Ich bin nicht so dumm wie ihr, und werde schlafen geh'n. Gute Nacht!"

„Gute Nacht, Wiesenbäuerin," antwortete der Wirth; „Ihr wollt dem Hermann nicht zutrauen, daß er sein Versprechen einlöst, wir aber denken besser von ihm, und es muß sich ja bald zeigen, wer Recht behält!"

Sie lachte nur höhnisch und schritt hierauf rasch von dannen. –

Vielleicht eine halbe Stunde darauf, während die Gäste noch immer im Wirthshause saßen, sich die Zeit durch allerhand Erzählungen kürzend, kam ein Mann von einem nahegelegenen großen Gehöfte, horchte vorsichtig in die Nacht hinaus und eilte dann mit hastigen Schritten querfeldein der Höhe zu, von welcher der Rand des Forstes dunkel herniederblickte. Den hellen Mondschein vermeidend, suchte er so viel wie möglich den Schatten der zerstreut umherstehenden Büsche zu benutzen; mußte er aber nothgedrungen einmal eine der lichteren Flächen durchlaufen, so war Gestalt und Kleidung deutlich zu erkennen. Von mittlerer, untersetzter Statur, zeigte er einen vollen, kräftigen Gliederbau; ein dichter, schwarzer Bart verdeckte die untere Hälfte des Gesichtes, doch ließ die Gewandtheit, mit welcher er das schwierige Terrain überwand, auf ein noch jugendliches Alter schließen. Er trug eine kurze, bequeme Joppe, hatte die Hosen in die niedrigen Stiefelschäfte gesteckt und den Hut so tief über die Stirn hereingezogen, daß die breite, heruntergeschlagene Krempe noch zu einem andern Schutze als dem gegen die unschädlichen Strahlen des Mondes bestimmt zu sein schien.

Als die steile Strecke überwunden war, blieb er athemholend stehen.

„Er hat Recht," murmelte er vor sich hin, „ich muß hinaus; ich habe ja meine Gewänder draußen im Loche und die Gewehre und noch vieles Andere, was mich verrathen muß. Heut ist der schlimmste Tag in meinem Leben; aber mir gilt nun auch Alles gleich: ich schieß' sie Beide nieder! Oder denkt der Hermann etwa, ich habe kein Gewehr außer dem in meinem Verstecke? Wart', gleich werde ich eins holen und dann wehe ihnen!"

Ohne auf die dichten Zweige zu achten, drang er in das Dunkel des Waldes ein und hielt nach kurzem Laufe vor einem Baume, dessen Stamm von dichtem Unterholz umgeben war.

„Der ist hohl, dies weiß nur ich, und drin steckt dem Förster seine Doppelbüchse, die ich ihm gestern abgenommen habe. Sie ist geladen; das gibt für Jeden einen Schuß. Nun aber wieder fort!"

Die sichere Schnelligkeit, mit welcher er sich fortbewegte, war bewundernswerth; er schien trotz des Dunkels jeden Baum, jeden einzelnen Strauch zu kennen. Es dauerte eine lange Zeit, ehe seine Schritte langsamer und vorsichtiger wurden. Er bewegte sich jetzt in dem Bette eines ausgetrockneten Baches, dessen Quell wohl schon seit langer Zeit versiegt war; je weiter er kam, desto größer wurde seine Vorsicht, und fast zitternd erhob er die Hand, um endlich einen Steinhaufen, welcher den Weg versperrte, zu betasten.

„Der Faden ist noch da, den ich darübergespannt habe; sie sind noch nicht dagewesen!" jubelte er innerlich. „Rasch hinein und schnell Alles verbrannt, was mir gefährlich ist!"

Mit der bisher beachteten Vorsicht war es vorbei. Rechts und links flogen die Steine zur Seite und es wurde eine Oeffnung frei, in welche er hineinkroch. Bald leuchtete ein greller Lichtschein auf und die angezündete Talgkerze erhellte einen Raum, dessen hintere Wand eine zweite Oeffnung zeigte. Der Mann ließ entsetzt das Licht fallen.

„Es ist leer. Sie sind von der anderen Seite hereingekommen und haben Alles mitgenommen! Das konnte ich mir gleich zuvor denken; der Hermann hat ja selbst das Loch gebaut unter der alten eingestürzten Brücke und weiß grad so gut Bescheid wie ich. Nun bin ich verloren, denn nun haben sie die Beweise! Doch nein, noch ist es Zeit, noch ist Rettung möglich! Sie sind ganz sicher mit den Sachen nach dem Forsthause. Ich springe nach; ich muß Alles wieder haben, was hier gewesen ist. Ich entreiße es Ihnen, und sollte ich dabei etwas thun, vor dem sich Andere grauen!"

Er verließ das Versteck, nahm das zurückgelassene Gewehr wieder auf und eilte nun den Weg zurück, den er gekommen war. In kurzer Zeit lag jetzt das Dorf vor ihm; er ließ es seitwärts liegen und bog nach dem Blößenhause ein. Bei der Stelle angekommen, wo heute Hermann auf die Wiesenbäuerin gestoßen war, verweilte er einen kurzen Augenblick und stieß drohend das Gewehr auf den Boden.

„Ja, mir gilt es gleich, ob ich schießen muß oder nicht; es ist nicht schade um ihn. Ich thue es, wenn's nöthig ist!"

Am Rande der Blöße legte er sich nieder und kroch vollständig geräuschlos bis an die hintere Seite des Hauses, welche im Schatten lag. Hier blieb er einige Augenblicke ruhig und bewegungslos.

„Nun gilt es, zehnfach Achtung geben! Der Hermann will mich in der Stube fangen und kann mir darum wohl gar hier eine Falle bereitet haben. Wir wollen sehen, wer der Schlaueste von uns Beiden ist!"

Niemand hatte ihn bemerkt. Er erhob sich an einem der Fenster und legte das Auge an eine Ladenspalte, durch welche ein schmaler Lichtstreifen schimmerte. Hiebei bemerkte er, daß der Laden nicht geschlossen, sondern nur angelehnt war.

„Das sind mir die Rechten; nehmen es mit dem ‚Samiel' auf und vergessen, die Fenster zu schließen! Ja, da sitzen sie, der Hermann und der Förster, und meine Sachen liegen daneben auf der Erde. Die Unvorsichtigen haben gar ihren Rücken gegen das Fenster gekehrt, so daß sie mich überhaupt nicht bemerken können. Jetzt gilt es! — — Soll ich schießen — —? Ja, ich schieße — ich muß ja, wenn ich nicht in das Zuchthaus will!"

Er nahm langsam und noch zögernd das Gewehr empor.

„Jetzt stehe ich zwischen Tod und Leben, zwischen Himmel und Hölle! Ist mir's wirklich gleich, was ich thue? Erst wollte ich nur den Förster von der Stelle treiben, des Vaters halber und auch von wegen dem Hermann und der Pauline. Kann ich dafür, daß es weiter geht? Was sagte er denn heut? Ich hätte den Teufel in der Seele, der mich zum Bösen treibt? Nein, Lakai, nicht den Teufel, sondern Dich habe ich in der Seele, Du bist an Allem Schuld, Du allein treibst mich immer tiefer in das Böse hinein und hast es auch jetzt nicht anders gewollt! Fahre hin, Du und der Alte dort — — ich schieß!"

Er zog den Laden so weit als nöthig herüber und, ohne in seiner Aufregung die im Zimmer Sitzenden nochmals genauer anzusehen, legte er schnell an. Im selben Augenblicke krachte auch ein Schuß durch die lautlose Nacht, noch einer — — — ein schallendes Gelächter ertönte hinter ihm.

„Seit wann schießt der gewaltige ‚Samiel‘ denn auf Puppen statt auf Zwölfer? Diese Art von Wild treffe ich mit meiner Hollunderflinte wohl auch!“

Der Schütze stand da, das Gewehr noch im Anschlage, und starrte mit weit aufgerissenem Auge den Förster an. Ein Zweiter trat hinzu und zog ihm den tief hereingedrückten Hut vom Kopfe. Hermann war es.

„Der ‚Samiel‘ trägt ja Locken grad wie die Wiesenbäuerin! Nimm den Bart weg, Lisbeth!“

Ein Schrei, so furchtbar und entsetzlich, als stoße ihn ein wildes Thier in der größten Todesnoth aus, entrang sich der Brust des entlarvten Weibes; dann ließ sie die Büchse fallen und brach lautlos zusammen.

„Die hat genug!“ meinte der Förster. „Greif zu, Hermann, damit wir sie in die Stube bringen!“

Beide trugen die Unselige hinein, dann rief der Förster die beiden Frauen herbei, welche eingeweiht gewesen waren und in einem der oberen Räume mit ängstlicher Spannung auf das Ergebniß der Kriegslist gewartet hatten.

„Kommt her, wir haben sie! Der Hermann hat sein Wort gehalten und den Preis gezahlt. Geh hin zu ihm, Pauline, und danke ihm, daß er uns befreit hat von dem Feinde, der unser Unglück wollte!“

Trotz des ernsten Augenblickes strahlte ein wonniges Lächeln auf dem Angesichte des Mädchens, als es zum Geliebten trat und ihm nun vor den Augen der Eltern die Hand bot.

„Der Dank bleibt mir gewiß,“ meinte Hermann. „Nimm Dich jetzt mit der Mutter der Bäuerin an, damit ihr das Bewußtsein wiederkommt!“

Noch waren die beiden Frauen mit der Ohnmächtigen beschäftigt, die schon Zeichen des zurückkehrenden Lebens von sich gab, als es draußen an die Thür klopfte und auf die Frage des Försters sich die Stimme des Wirthes vernehmen ließ.

„Wie ist es gegangen, Blößenförster? Wir haben die Schüsse gehört und uns gleich aufgemacht, um nachzuschauen, wie es steht.“

„Kommt herein, wenn Ihr es sehen wollt!“

Er ging hinaus, um zu öffnen. Es fehlte keiner der Gäste, und unbeschreiblich war ihre Verwunderung, als sie vernahmen und sahen, wer der gefürchtete Wilddieb gewesen war. Alles drängte sich herbei, um die Bäuerin in Augenschein zu nehmen, und bei der außerordentlichen Bewegung, welche rings im Kreise herrschte, bemerkte Keiner, daß die Gefangene zuweilen einen verstohlenen Blick unter den gesenkten Wimpern hervorwarf, um ihre Umgebung zu durchmustern.

Die Besinnung war ihr vollständig zurückgekehrt, sie erkannte, daß Rettung unmöglich sei und keine Macht der Erde ihr mehr helfen könne. Dort an der Wand hing die „Hollunderflinte“, die sie einst dem Förster zurückgelassen hatte. Sie war geladen; die Kugel sollte ihn oder den ‚Samiel‘ treffen, wie er geschworen hatte. Noch lange lag sie unter finstern Gedanken regungslos und ließ die Schmähungen der Umstehenden über sich ergehen. Plötzlich aber tönte ein allgemeiner Schrei durch das Zimmer. Sie war emporgesprungen, hatte die im Wege Stehenden, die einen solchen Angriff nicht erwarteten, bei Seite gestoßen, das Gewehr herabgerissen und war durch die noch offen stehenden Thüren davongesprungen.

„Ihr nach, ihr nach!“ rief der Förster, indem er zugleich das Beispiel gab und ohne Verzug in die mondeshelle Nacht eilte.

Die Andern folgten. Sie kamen eben noch rechtzeitig, um die Fliehende am Rande der Blöße verschwinden zu sehen. Sie hatte den Weg nach dem Dorfe eingeschlagen. Wollte sie nach Hause? Die Antwort sollte den Verfolgenden bald werden. Ein Schuß krachte, Hermann hatte den Förster überholt; als er an die

Stelle kam, wo er in der Abenddämmerung mit ihr gerungen hatte, stieß sein eilender Fuß an einen im Wege liegenden Körper. Er hielt den Schritt zurück und bückte sich ahnungsvoll zur Erde. Sie war es!

Bald standen die Uebrigen bei ihm. Der Förster untersuchte die Todte; die Kugel war ihr grad in das Herz gedrungen.

„Der ‚Samiel' hat ausgespielt," meinte er, nicht weniger ergriffen als die Andern. „Gott sei der armen Seele gnädig! Laßt uns ein Vaterunser beten!"

Die Männer entblößten ihre Häupter und falteten die Hände. Auch Hermann folgte der Aufforderung des alten rauhen Mannes. Er fühlte sich im tiefsten Herzen gepackt von dem Schicksale, welches die einst von ihm Geliebte ereilt hatte. „Fahr hin und geh' zu Grunde!" hatte sie ihm vorhin in besinnungslosem Grimme zugerufen — das Schicksal hatte es anders gewendet und dieser Fluch war der Abschluß ihres eigenen Lebens geworden.

KARL MAY

GESAMMELTE WERKE

1 Durch die Wüste
2 Durchs wilde Kurdistan
3 Von Bagdad nach Stambul
4 In den Schluchten des Balkan
5 Durch das Land der Skipetaren
6 Der Schut

7 Winnetou I
8 Winnetou II
9 Winnetou III

10 Sand des Verderbens

11 Am Stillen Ozean

12 Am Rio de la Plata
13 In den Kordilleren

14 Old Surehand I
15 Old Surehand II

16 Menschenjäger
17 Der Mahdi
18 Im Sudan

19 Kapitän Kaiman

20 Die Felsenburg
21 Krüger Bei
22 Satan und Ischariot

23 Auf fremden Pfaden

24 Weihnacht

25 Am Jenseits

26 Der Löwe der Blutrache

27 Bei den Trümmern von Babylon

28 Im Reiche des silbernen Löwen
29 Das versteinerte Gebet

30 Und Friede auf Erden

31 Ardistan
32 Der Mir von Dschinnistan

33 Winnetous Erben

34 „ICH"

35 Unter Geiern

36 Der Schatz im Silbersee

37 Der Ölprinz

38 Halbblut

39 Das Vermächtnis des Inka

40 Der blaurote Methusalem

41 Die Sklavenkarawane

42 Der alte Dessauer

43 Aus dunklem Tann

44 Der Waldschwarze

45 Zepter und Hammer
46 Die Juweleninsel

47 Professor Vitzliputzli

48 Das Zauberwasser

49 Lichte Höhen

50 In Mekka

51 Schloß Rodriganda
52 Die Pyramide des Sonnengottes
53 Benito Juarez
54 Trapper Geierschnabel
55 Der sterbende Kaiser

56 Der Weg nach Waterloo
57 Das Geheimnis des Marabut
58 Der Spion von Ortry
59 Die Herren von Greifenklau

60 Allah il Allah!

61 Der Derwisch
62 Im Tal des Todes
63 Zobeljäger und Kosak

64 Das Buschgespenst

65 Der Fremde aus Indien

66 Der Peitschenmüller
67 Der Silberbauer

68 Der Wurzelsepp

69 Ritter und Rebellen

70 Der Waldläufer

71 Old Firehand

72 Schacht und Hütte

73 Der Habicht

KARL-MAY-VERLAG BAMBERG

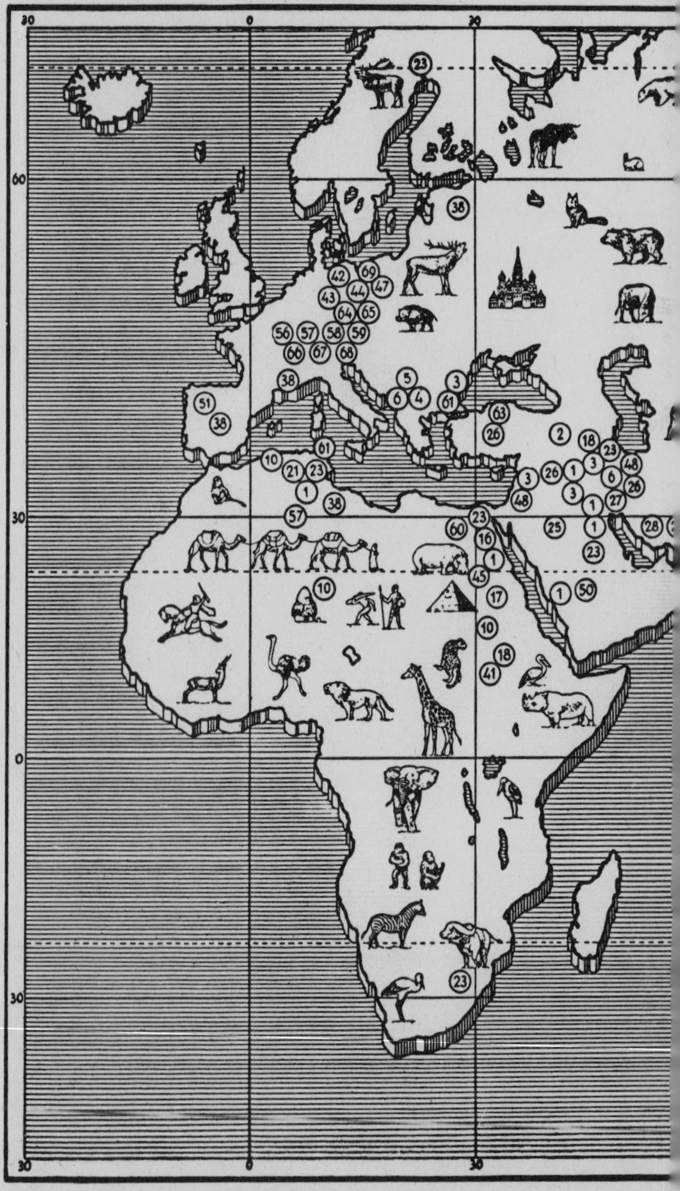
30
0
30
60
30
0
30
30
0
30
23
38
42
69
43
44
47
64
65
56
57
58
59
66
67
68
38
5
3
51
6
4
61
38
63
26
2
18
61
23
10
21
23
26
1
3
48
6
28
3
1
48
3
1
27
38
57
23
60
25
1
28
16
23
1
45
10
1
50
17
10
18
41
23